申论
真题解题示例对比·热点问题预测

姚裕群　钱俊生　主编

中国人民大学出版社
·北京·

编 委 会

编者说明

近几年，公务员职业越来越受到社会的青睐，参加公务员录用考试的人越来越多，应考竞争也越来越激烈。可想而知，考生实现职业理想的难度绝对不小。面对激烈的竞争，考生对自身的最低要求已经不再是顺利通过考试，而是名列前茅。唯有如此，才有可能获得面试的机会，进而实现职业理想。

如何在考试中取得高分、脱颖而出？充分的知识积累当然是一个先决条件。但这不是一天两天甚至两三个月能够完成的。有了丰富的知识，并不代表能够在考试中胜出，也不代表解题速度和方法能高人一筹。不了解公务员考试的考查目的和试题特点，就贸然出击，无异于手持大刀乱砍石头，有再大的本领也使不出来。仔细研究考试试题，特别是具有典型代表性的分类试题，比较正误解法，从中发现解题的快捷方法，无疑是成功的关键。

本套书的编写目的，就是帮助考生了解试题的类别，通过分类练习和集中演练，强化练习，"熟能生巧"，可以有效地使考生获得并熟练掌握快捷有用的解题技法，帮助考生将盲目砍"石头"往往卷刃的"大刀"，换成砸"石头"的既有准头又有力度的"铁榔头"，化解疑难，取得高分。

本套书是在中国人民大学博士生导师姚裕群教授和中共中央党校博士生导师钱俊生教授的主持下完成的，共4本，包括《行政职业能力测验分类精解精练　400真题·700自测》、《申论真题解题示例对比·热点问题预测》、《公共基础知识与常识判断习题贯通演练》和《行政职业能力测验强化演练·精解详析8套题》。

《行政职业能力测验分类精解精练　400真题·700自测》选取了历年国家及有代表性的各省市试题中的典型同类试题，从中析出解题技法，通过正误对比，给出最佳解题途径。

《申论真题解题示例对比·热点问题预测》汇集了多套中央和地方申论考试真题，并给出了一优一劣的答案示例，通过这"一优一劣"的对比分析，提出了应对申论考试的最佳思路。

《公共基础知识与常识判断习题贯通演练》通过精心编写试题，将中央和地方公务员考试所需要掌握的基础知识巧妙地串联在一起。对于厌倦了死记硬背的考生来说，积累考试所需要的基础知识将倍感轻松。

《行政职业能力测验强化演练·精解详析8套题》针对考试时间紧、做题速度要快的考试特点，面向2012年国家和各地公务员考试精心编写套题，并给出详细解析，让考生进行考前大练兵。其中最后2套，进一步增加题量、增加考试难度，使考生能在考前"最后冲刺"时提高应试能力。

需要说明的是，理性的思考成果并不一定能解决一切实际问题，考生应联系实际情况，灵活运用本套书所阐述的方法，切忌生搬硬套。

衷心希望报考中央或地方公务员录用考试的考生能够成功实现心中所想！

编者

前言

近年来，中央、国家机关公务员考试申论试题的难度越来越大，其 100 分的分值不可忽视，因此申论的得分在一定程度上决定了考生是否能够得到面试资格。

很多考生对自己的申论答卷非常满意，可是最后的得分却不高，于是怀疑阅卷人的主观性太强。但是近年来的阅卷工作越来越客观，而且部分题目答案的客观性也越来越强，可以说，答卷的质量高低与得分高低绝对不会有悬殊的偏差。这就说明，清楚地了解什么样的答卷是优秀答卷、什么样的答卷是一般答卷，对于考生来说十分必要。为此，我们组织有关专家学者编写了这套 2012 年的复习材料。

本书对最近几年中央、国家机关公务员录用考试申论试题和部分省、市近几年的几套优秀试题进行了详细讲解。讲解的时候，每套题目都给出了两份完全不同的答卷，其中一份属于优秀答卷，另外一份是一般答卷。一般答卷所存在的问题不仅属于文字和卷面问题，主要是答卷的内容有问题。这些一般答卷都是一般考生看起来不错的答卷，甚至读者本人也可能会那样作答。本书对两份不同的答卷进行了分析，告诉考生好的好在哪儿，差的又差在什么地方，使考生在比较和鉴别之后掌握正确的思路和答题技巧。

除了告诉考生答题方法和技巧，提高考生的应试能力，本书还根据申论考试的特点，分析了近年来的社会热点问题，收集了相关资料，并与申论考试结合起来进行分析，使考生对 2012 年的复习重点和范围有大概的了解，提高复习效率。

本书的编委会由中国人民大学、中央党校、国家行政学院等高校专家学者及部分国家机关退休老干部组成，对试题把握全面准确，对阅卷标准和有关工作也比较熟悉，能够深入地把握答卷的优劣和答题技巧，有效把握申论考试的热点问题。因此，本书的实用性和针对性就比较强，对考生的帮助也就会比较明显。这对于广大考生而言，无疑是一个好消息。

需要指出的是，在考卷命题完毕之前没有任何人能够肯定考试的具体内容。因此，提高自身的实力才是提高成绩的主要途径。希望广大考生在复习过程中不要盲目模仿答卷，应该注重学习答题方法，提高分析问题、解决问题和表述的能力，并最终取得好成绩。

编者
2011 年 4 月

目录

第一章　申论简介/1

第二章　真题分析/6

2011 年中央、国家机关公务员录用考试《申论》试题及详解
省级以上（含副省级）综合管理类/6

2011 年中央、国家机关公务员录用考试《申论》试题及详解
市（地）以下综合管理类和行政执法类/17

2010 年中央、国家机关公务员录用考试《申论》试题及详解
省级以上（含副省级）综合管理类/28

2010 年中央、国家机关公务员录用考试《申论》试题及详解
市（地）以下综合管理类和行政执法类/38

2009 年中央、国家机关公务员录用考试《申论》试题及详解/47

2008 年中央、国家机关公务员录用考试《申论》试题及详解/58

2007 年中央、国家机关公务员录用考试《申论》试题及详解/71

2006 年中央、国家机关公务员录用考试《申论》试题及详解/83

2005 年中央、国家机关公务员录用考试《申论》试题及详解/94

2004 年中央、国家机关公务员录用考试《申论》试题及详解/102

2010 年黑龙江省公务员录用考试《申论》试题及详解/111

2010 年江西省国家公务员录用考试《申论》试题及详解/120

2009 年广西壮族自治区国家公务员录用考试《申论》试题及详解/131

2009 年青海省国家公务员录用考试《申论》试题及详解/139

2008 年湖南省国家公务员录用考试《申论》试题及详解/148

2008 年广西壮族自治区国家公务员录用考试《申论》试题及详解/155

2007 年山东省国家公务员录用考试《申论》试题及详解/164

2007 年湖南省国家公务员录用考试《申论》试题及详解/173

2006 年 12 月北京市国家公务员录用考试《申论》试题及详解/179

第三章　热点问题详解/186

第一节　科学发展观/186

第二节　教育问题/209

第三节　安全卫生/229

第四节　和谐社会/242

第五节　其他热点问题/276

第一章　申论简介

一、申论考试内容和应试方法

申论，取自孔子的"申而论之"，即申述、申辩、论述、论证之意。它既有别于古代科举考试中要求就给定题目论证某项政策或对策，撰写论文的策论形式，也有别于以往公务员录用考试中的作文形式。但申论考试的内容、方法及其要达到的测评功能，实际涵盖了策论和作文这两种考试形式的基本方面。

申论考试"主要侧重考查应试者对给定资料的阅读理解能力、分析归纳能力、提出和解决问题能力以及文字表达能力"。考试形式既严格又灵活，要求考生摒弃套话、闲话，要求分析、论证和解决问题透彻、全面、清晰，同时又保证考生能充分发挥自己的潜力，展示自己的真才实学。

二、申论考试的特点

首先，申论考试的背景材料具有普遍性。公务员录用考试比较注重对应试者实际能力的考查，而且内容并不局限于某一方面，对政治、经济、社会、法律、文化、科技等诸多方面题材均有涉及。申论作为国家公务员录用考试的重要内容，试题一般较为规范，不会出现偏差。这主要表现在试题的表述明确，涉及的内容和观点都不偏颇，没有争议，每个考生应该都能有论而发。对于一些难以定论的问题，尤其是争论激烈的前沿问题，一般是不会考的。这样，考生在准备时就不必面面俱到，涉及过多问题。

其次，申论的题目有很强的针对性。虽然申论考试题目的背景资料涉及面广，内容复杂，但是重点突出。针对性和可行性是申论考试中两个基本要求，认识和抓住了这两点，才算真正领会了申论考试的精髓，找准了答题的突破口，从而能够高屋建瓴、鞭辟入里地建构思路和完成论证。因此，考生应认真仔细地阅读给定资料，不要匆忙提笔作答和写作，在把握资料本质内容的基础上，抓住重点，条分缕析，使回答和论证更富有表现力和说服力。否则，只能是四处出击，尽管洋洋洒洒，长篇大论，但却不得要领，事倍功半。

三、申论的考试内容

申论考试的结构比较规范，清晰明确。首先给定一组数千字的资料，要求应试者在认真阅读给定资料的基础上，理解给定资料所反映的事件（或案例、或社会现象）的性质和本质，然后按要求作答。其答题形式具体言之，就是经过对资料的整理、分析、归纳后，用简明扼要的文字概括出给定资料所反映的主要问题，然后针对主要问题提出解决问题的对策和可行性方案，在完成上述两项程序的基础上，紧紧扣住给定资料及其反映的主要问题，申明、阐述、论证对问题的基本看法和解决问题的方法。

"申论要求"之一是"概括出给定资料所反映的主要问题"，所要应用的文体是"缩写"和"综述"。

"申论要求"之二是"提出给定资料反映问题的解决方案",其目的是考查考生运用现有的知识和社会经验,从全局角度分析问题、解决问题的能力,并能够将自己的观点建议条理清晰地表述出来。

"申论要求"之三是"就给定资料所反映的主要问题,自拟标题进行论述",实际上是要求在较短的时间内写出一篇自拟题目的议论文。

因而,只要会写说明文、议论文、总结之类的文章,就能写申论。但是,要想写出好的申论文章,并非易事,需要下较大的工夫去学习和准备。

四、申论考试的解题环节和方法

申论考试的全部过程,可以归纳为阅读资料、概括主题、提出对策、进行论述四个主要环节。

阅读并理解给定资料是申论考试最基础的环节。这个环节虽然不能用文字直接在答卷上反映出来,却是完成其他三个环节的前提条件。申论考试的时间应该说是比较充足的,考生应该也完全有必要拿出一定的时间(一般需要 40 分钟左右)来仔细阅读给定资料,以求真正理解和掌握资料的叙述思路和内容实质。只有读懂、读通全部给定资料,才能把握资料所反映的事件的性质,也才能准确地概括出给定资料所反映的主要问题,完成第二环节的要求。切不可只匆匆忙忙地浏览一遍,而不求甚解。

概括主题是一个重要的承上启下的环节。一方面,这个环节是对前面阅读资料环节的一个小结,另一方面,又使提出的对策或可行性方案以及论证过程更具有针对性,是据以立论和展开的基础。若是主题概括不准确或是不够全面,下面的环节也就很难进行了。

提出对策是申论考试的关键环节。这个环节重点考查考生的思维开阔程度、探索创新意识、应变能力和解决问题的能力。它给考生提供了充分发挥的自由空间,考生可以根据各自的知识、阅历,对同一问题各抒己见,见仁见智。需要注意的是,在这一环节中必须结合给定资料所涉及的范围和条件,才可能提出切实可行的对策和方案。

进行论述是申论考试最后一个环节。在一定意义上,这个环节才算是申论的真正开始。它要求应试者充分利用给定资料,切中主要问题,全面阐明、论证自己对给定资料所反映的主要问题的基本看法以及解决问题的方案。前面的三个环节尽管非常重要,不可或缺,不能有任何懈怠,但总的来说,还都只是积极有益的铺垫,此处的论证过程则需要浓墨重彩、淋漓尽致地展开。这不仅是因为它的字数要求多,分值高于其他部分,更重要的是,论证才是申论考试的核心,能全面考查和衡量一个人的分析归纳能力、提出和解决问题的能力以及逻辑说理能力。

论证部分的写作应该在深入思考、运筹帷幄的基础上进行,最好事先列一个扼要的提纲,做到胸有成竹,行文流畅,并要注意论题鲜明、重点突出、线索清晰、详略得当等这些写作的基本要求和规范。

五、参加申论考试的注意事项

1. 认真审题。考试时要注意答题技巧,合理分配时间,不要盲目求快。一定要拿出足够的时间认真仔细地阅读给定资料,也就是说,审题至关重要。在这个过程中,要先理清资料的逻辑联系，抓住一个复杂事件的主要问题。然后，要把握住给定资料所反映的事件的环境和条件，这种既定的条件是提出的对策是否具有可行性的重要依据。抓准了主要问题，解决问题的方案就有了针对性；搞清给定资料所提供的环境、条件，所提出的解决问题的方案才有可行性。

2. 紧扣资料答题。一定要注意申论考试的限制性要求，即无论是概括主题，陈述看法，还是提出对策，都限于试卷的给定资料，而最后的论证，也是在前述基础上，就给定资料和从中概括出的主要问题及其解决方案进行阐述和论证（要在概括的基础上自拟一个主题进行论证）。切忌脱离给定资料，随意联想和发挥。

3. 注意限制要求。申论考试中对字数是有限制性要求的。概括给定资料所反映的主要问题，一般要求在 150 字以内；提出解决问题的方案并加以简要说明，一般要求在 350 字以内；申述、论证应试者对问题的基本看法和解决问题的方法，一般要求在 1 200 字以内。超过或不足的字数一般不低于要求字数的 10%，否则要扣分。另外，答题应该简洁，做到要言不烦，切中要点。这种要求其实也是从一个侧面对应试者阅读能力、归纳能力、概括能力、文字水平的综合性测评。应试者不要因在这方面没有给予足够重视而影响考试成绩。

4. 临考前做适量的模拟题。申论是一门相对较新的考试科目，许多人对其可能并不清楚。应试者借此可以了解考试试题的总体设计、考试时间的安排，把握做题的节奏，并且熟悉、掌握各类题型的答题角度与答题技巧。这样，考生有备而来，在考试现场就不至于手忙脚乱，影响临场发挥。

六、例题

（一）某省的申论考试题目

给定资料

1. 前些年，我国北方地区连续出现沙尘暴、扬沙和浮尘天气，滚滚沙尘掠过华北、东北，跨过长江，直指祖国东南。频繁袭来的沙尘暴使人们体验到风沙的无情，天灾的恐怖。一份权威的统计资料显示出一种可怕的趋势：我国沙漠化的扩展速度在不断加快。20世纪 70 年代，沙漠化土地每年推进 1 560 平方公里，20 世纪 90 年代扩展速度达到每年 2 460 平方公里。气象部门统计显示：20 世纪 50- 70 年代的 20 年间，特大沙尘暴在我国发生了 26 次，20 世纪 80 年代至 90 年代有 37 次。

2. 内蒙古锡林郭勒大草原位于北京正北方，是我国主要的畜牧业生产基地之一。据说从前一到夏天，这里绿草连天，牛羊满地，一片"风吹草低见牛羊"的优美景致。由于当地水草丰美，所产的苏尼特羊因肉质鲜美被北京东来顺饭庄列为首选羊肉。可去年 8 月再踏足其上时，却发现这里既没有草，也很少看到牛羊，只剩下干燥的风裹着沙砾刺得人脸生疼。放眼望去，零星点缀着枯草的黄沙地连到天边，偶尔会见到瘦骨嶙峋的死羊躺在地上……（后面省略，原文 2 000 字左右。）

申论要求

1. 请用不超过 150 字的篇幅，概括出给定资料的主要内容。要求：有条理、有层次。（20 分）

2. 请用不超过 350 字的篇幅，提出解决给定资料所反映问题的方案，方案可以是全方位的，也可以是就某一方面的。要求有条理地说明，要体现针对性和可操作性。（30 分）

3. 就给定资料反映的主要问题，用 1 200 字左右的篇幅，自拟题目进行论述。（50 分）

要求：中心明确，内容充实，论述深刻，有说服力。

（二）参考答案

1. 我国经济高速发展的同时，自然环境遭到了严重的破坏。江河水域严重污染，草原沙漠化不断扩大，沙尘暴频繁肆虐，工业污染和生活废弃污染没有得到有效控制，这一切都说明了我国环境保护任务十分艰巨，实施可持续发展战略任重而道远。

2.（1）必须把中央制定的可持续发展战略目标作为对各地方政府业绩考核的重要内容。

（2）加快退耕还林、退耕还草的实施。大力提倡植树种草，绿化环境。

（3）加强环境保护的力度，对跨地区的河流、湖泊等水域污染、大气污染、沙漠化等环境灾害，出中央统筹管理和治理。

（4）加强对污染源的监控和管理。

（5）继续加大环境保护的宣传力度，特别是对污染严重的地域和广大偏僻地区，使人人都了解国家的环保战略和相关政策、法规，进一步提高全民的环保意识。

3. 例文：

实施环境保护与可持续发展战略

在现阶段，人们都在谈论如何积极营造一个可持续发展的生存环境，以求为自己的子孙后代建立一个良好的社会生态环境，而人们赖以生存的环境，却在逐步地走向恶性循环，人们生存的活动空间逐步缩小。当今人类生存环境已经开始呈现出穷途末路的局面了，而我们在今后的生活中需要的是一个健康的、持续发展的，有利于人类生存、生产的生态环境，并且能够使环境保护沿着可持续发展的方向形成良性循环。

为实现可持续发展，必须控制人口数量，提高人口素质，建立正确的资源、环境价值观念，改变过去掠夺式的、挥霍式的生产和生活方式，爱惜和保护有限的自然资源及人类赖以生存的自然环境。同时，人们还需要随时调整自身与自然环境的关系，充分认识到人既是地球生态系统的中心，又是地球生物组成的一员，人们应做的不是征服自然而是与自然和谐共处，使社会的进步和环境保护相协调。因此，在制定环境保护的可持续发展战略时，应该努力做到以下几个方面：

首先，国家环境法律工作者在制定与环境有关的法律时，必须密切注意生态环境与人类生存的相互关系，力求使环境保护和可持续发展在法律条文中得到良好的体现，同时兼顾社会经济效益和人类的生存与发展。保护环境，在另一个角度上也是对社会环境和经济环境的一种保护，而且人类生存的环境时刻都在同人类的社会活动相互作用、相互制约着，两者互为前提，缺一不可。在现实生活中，坚持环境保护的可持续发展战略并不是要抑制经济增长，相反还会促进和鼓励经济增长；坚持环境保护的可持续发展在重视增长数量的同时，追求改善质量、提高效益，节约能源，改变传统的生产和消费模式，实施清洁生产和文明消费。因而，制定环境方面的法律，首先必须将环境法作为一个独立的法的部门，视其所调整的对象的特殊性而制定相应的规定。

其次，在环境保护的落实方面，环境管理机构必须依照环境法的指导思想和基本原则，严格按照国家有关环境保护的各种法律制度，针对环境案件的实际情况做出相应的处理，以使可持续发展战略能够有效地得到贯彻。环境保护以保护自然为基础，具体包括控制环境污染，改善环境质量，保护生命支持系统，保护生物多样性，保持地球生态的完整性，保证以可持续的方式使用可再生资源，使人类的发展保持在地球承载能力之内。因此，各个国家在进行环境保护时必须考虑到这些因素，正确处理环境保护与人类社会发展的关系，不能片面地强调保护和改善环境，也不能不顾生态环境而盲目地追求人类社会发展。尤其是对广大发展中国家来讲，只能在适度经济增长的前提下，关注社会发展状况，结合当地现实情况，寻求适合本国国情的解决环境问题的途径和方法，保障人类的生存、生产环境不因环境保护而受到限制，以引导人类社会与环境保护朝着良性循环道路发展。

再次，人们对于环境保护的传统观念还有待改变，应该树立起可持续发展观念。生态环境的保护不是一项短暂的间歇性工程，它作为一项长期的建设工程，稍有不当，就会给子孙后代的生存带来不利后果。在改造自身的生存环境时必须先改变这种不合理的观点，应该站在长远发展的立场上改造生态环境，进行长期的环境保护。

总而言之，人类赖以生存的生态环境在现阶段虽然还面临着许多问题，而且也有部分问题是目前难以克服和解决的，但是作为社会活动的主体，我们在关注自身发展的同时，也应该密切关注环境保护，使得环境保护和可持续发展战略能够成为人类社会发展的基础性战略。

第二章　真题分析

2011年中央、国家机关公务员录用考试《申论》试题及详解

省级以上（含副省级）综合管理类

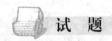 试　题

一、注意事项

1. 申论考试与传统的作文考试不同，是分析驾驭材料的能力与表达能力并重的考试。

2. 作答参考时限：阅读资料40分钟，作答110分钟。

3. 仔细阅读给定的资料，按照后面提出的"作答要求"依次作答在答题纸指定位置。

4. 答题时请认准题号，避免答错位置影响考试成绩。

5. 作答时必须使用黑色钢笔或圆珠笔，在答题纸有效区域内作答，超出答题区域的作答无效。

二、给定资料

1. 黄河是中华民族的母亲河，是华夏文明的摇篮。黄河从青海源头，向东流经四川、甘肃、宁夏、内蒙古、陕西、山西、河南等省区，在山东垦利县注入渤海，全长5 464千米，流域面积75.24万平方千米。黄河流域是中国文化的发祥地之一。几十万年以前，这里就有了人类的踪迹，新石器时代的遗址，遍及黄河沿岸。进入阶级社会以后，在一个相当长的历史时期内，黄河流域是我国政治、经济、文化的中心。黄河流域是我国开发最早的地区之一，在世界各地大都还处在蒙昧状态的时候，我们勤劳勇敢的祖先就在这块广阔的土地上斩荆棘、辟蒿莱，劳动生息，创造了灿烂夺目的古代文化。黄河流域四季分明，植被繁茂，山溪密布，旱有密布如网的河流之水，涝有山冈丘峦可退。这里有第一个能显示华夏文明的夏王朝宫殿群，还有商王朝第一个宫殿的都城偃师商城和郑州商城。商王朝迁徙到安阳殷墟时，甲骨文字已是常用的规范文字。青铜器更显现了殷商王国政权的演化过程。文字和王权的出现，是黄河文明进程中的一个重大转折点，"中国"一词最早的所指也是黄河流域。

古往今来，黄河两岸演出了一幕幕威武雄壮的历史话剧，鼓舞着一代代中国人奋勇前进。黄河流域地灵人杰，涌现了许许多多伟大的历史人物，杰出的唯物主义思想家荀况，著名的政治家蔺相如，优秀的军事家廉颇、卫青、霍去病，名垂千古的文化巨匠张衡、司马迁、杜甫、白居易、关汉卿以及为民族解放事业捐躯的杨靖宇、吉鸿昌……他们如历史长河中灿烂的群星，放射出耀眼的光芒，为推进社会进步作出了巨大的贡献，这是黄河的

骄傲，也是每一个中国人的骄傲。

"黄河之水天上来，奔流到海不复还"，黄河第一景观该是那闻名天下的壶口瀑布。黄河流经此地时，敛水成束，倾泻在30多米深的石槽中，形似茶壶注水，正如古云"盖河漩涡，如一壶然"。在这里，黄河河床陡然收束并下陷，湍急的河水骤然被挤进狭小的空间，瞬时就形成了万马奔腾的局面。浪花飞溅，波涛奔涌，浑浊的河水被两岸的石壁无情挤压后，又反身冲向河水中央，形成了白色 V 字形的雪浪，翻滚着从壶口落下 30 多米深的谷底，愤怒的河水发出震天的怒吼，同时腾起了冲天的水浪和白雾。白雾中又幻化出了美丽的彩虹，若能在这里聆听人民音乐家冼星海的《黄河大合唱》，你定会觉得空前庄严神圣，热血沸腾……黄河在这里完成了她的交响乐中最华美壮丽的乐章。

北宋画家张择端的长卷《清明上河图》浓缩了中华古都的繁华盛况，弥散着浓浓的生活气息，这是世界绘画的瑰宝。陕西的秦腔、河南的豫剧承载着博大精深的黄河文化，唱出了黄河儿女的心声与愿景，世代流传。屹立在孟门山上的大禹雕像又会令瞻仰者忆起那惊天地、泣鬼神的治水英雄业绩……黄河之水从源头到入海口，汩汩滔滔，孕育着取之不尽的文化资源。

在黄河文化演进发展的历史过程中，黄河的治理开发与管理保护占有重要的地位。从某种意义上说，广大人民群众的治黄实践活动，是黄河文化发展的沃土和源泉，而黄河流域经济的发展又为黄河文化建设提供了雄厚的经济基础。

2. "母亲河"的水量并不丰沛，但却以占全国河川径流 2.4％的有限水资源，滋养着全国 12％的人口，灌溉着 15％的耕地。60 多年来，当代治黄工作取得了举世瞩目的成就：依靠已建成的防洪工程体系，"上拦下排，两岸分滞"控制洪水，战胜了花园口 1 万～1.5 万立方米／秒的洪水 7 次，1.5 万立方米／秒以上的洪水 3 次，确保了沿黄地区工农业生产和人民群众的安全；在黄河流域已建成和在建的大中小型水库有 3 147 座，全河引水工程已建成 4 600 多处，引黄灌溉已由解放前的 1 200 万亩，发展到 11 000 万亩，增长了 8 倍。黄河水的利用多达 307 亿立方米，为全国各江河利用率之首；60 多年来，有计划地进行了三次人工改道，彻底扭转了历史上黄河口居民"十年河东，十年河西"的险恶局面；随着河口流路的稳定，黄河三角洲由过去一片荒凉变为富庶的鱼米之乡。黄河流域丰富的旅游资源，也为当地人民带来了极大的经济回报。但黄河毕竟是一条桀骜不驯的大河，从广义上说，黄河资源的开发利用就包含着对黄河的治理。为了抵御河患、造福人民，早在两千多年前，我国就开始修建黄河大堤。黄河大堤承载了黄河的记忆，见证了黄河的沧桑，既记录了人类利用黄河、改造黄河、与大自然斗争的宏伟经历，又记录了黄河以其自然破坏力给人类带来的灾难和不幸；既传承了我国劳动人民治理黄河的事迹、成就和精神，又反映了人与自然相互斗争、相互依存的辩证关系。

但是近年来，随着经济的发展，黄河流域废污水排放量比 20 世纪 80 年代多了一倍，化工和矿业污染事件不断发生。黄河中下游几乎所有支流水质常年处于劣五类状态，支流变成"排污沟"，黄河污染触目惊心。"一碗河水半碗沙"，黄河是世界上含沙量最多的河流之一。全国人大代表、黄河水利委员会负责人李国英提交了《关于尽快立项建设黄土高原粗泥沙集中来源区拦沙工程的建议》，建议通过加大对黄土高原 1.88 万平方公里粗泥沙集中来源区的治理力度，改善黄河水沙关系，延长水库使用寿命，减少下游河道泥沙淤积。据史料记载，从公元前 602 年至 1938 年的 2 540 年间，黄河下游共决口 1 590 次，改道 26 次。究其原因，主要是黄河携带的大量泥沙淤积河道。长期的淤积抬高，使黄河下游河道成为名副其实的地上悬河，黄河底床比河南开封市地面高 13 米，比新乡市高 20 米，"一旦堤防决口，就是灭顶之灾"。

3. 长期以来，美国对密西西比河的开发活动主要是防洪和扩大航运，这两项工程耗费了巨大的财力、物力和人力资源，但水质问题却是影响着密西西比河全流域"健康"的一个关键性问题。美国地表水排放有毒废水量最大的有 15 个州，其中 5 个州分布在密西西比河沿岸。这里很多河段都达不到美国政府 1972 年颁布的《清洁水法》中有关适于鱼类生存和人们游泳方面的水质标准。调查表明，排入上密西西比河的许多化学物质来自农业生产过程中被污染的废水。虽然美国政府对密西西比河的治理十分重视，建设了大量工程，但计划中的工程仅完成 60% 左右，实际还只能勉强防御一般性大洪水。航运一直是上密西西比河重要的商业活动。明尼苏达州到密苏里州之间的河段建造了 27 座船闸和大坝，虽然极大地改善了航运条件，但很少考虑这些大坝对整个生态系统的负面影响，航运与其他活动的相容性仍是密西西比河管理的一个重要课题。泥沙淤积是上密西西比河的主要环境问题，过量泥沙使水生植物的光透射性减少，并淤填在上密西西比河的回水区。上密西西比河的渠化、一系列船闸、大坝以及通航水库也形成了一个拦截冲刷泥沙的系统。湿地减少也是密西西比河流域各州的一个关键性问题。上密西西比河至今仍没有全面规划，近年才采取整体考虑的方式研究航运与环境的关系，但尚未根本解决整个上游流域的综合治理，发生严重水灾的可能依然存在。

科学家警告说，森林砍伐已经使亚马逊河众多支流的水文状况发生了巨大变化，干流受到影响只是一个时间问题。目前，亚马逊河的 7 000 条支流正逐渐干涸，另外，肥料和农药也对这些支流的生态状况造成了很大影响。近年来，亚马逊地区的森林砍伐速度较以前加快，一些森林开垦为养牛场，还有很多林区则开垦成农田，进行大规模的粮食作物和经济作物种植。大豆的种植面积很大，而大豆如要在赤道地区生长则需要大量的肥料和浓度很高的农药，势必引发水质污染。为使亚马逊河免遭干涸的命运，巴西政府制定的一项法律规定，禁止农民砍伐沿河岸 50 米以内的森林；另一项法律则规定，只能砍伐 20% 的森林，其他 80% 的森林可以根据政府批准的林业管理规划有选择性地进行砍伐。但是，在这个面积超过整个欧洲的亚马逊地区，上述法律以及其他环境法规常常受到漠视。

埃及地处北非，是严重干旱缺水的国家，工农业及生活用水全靠尼罗河。曼扎拉湖位于尼罗河三角洲的北端，是一个长 60 公里、宽 40 公里的长方形湖泊，它对尼罗河的"健康"起到至关重要的作用。每年埃及各地的工业、农业和生活污水几乎都通过 5 条水渠流入湖中。20 世纪 90 年代以前，因为人口激增，工业和农业及生活废水大幅增加，加上没有进行有效的治理，导致曼扎拉湖水质急剧恶化，湖里鱼类几乎绝迹，鸟类也大量减少，生态环境受到严重破坏。面对严峻的现实，埃及政府对这里的生态环境进行了全面评估并得出了这样的认识：消除曼扎拉湖的污染，改善曼扎拉湖的水质，不仅对提高湖区周边人民群众的生活水平有重要意义，而且对整个埃及也具有重要的示范作用。曼扎拉湖治污工程于 1992 年开始实施，人工湿地的工程包括扬水站、污水沉降池、污水处理池、幼鱼池和养鱼场等，2001 年工程全部完工。经过人工湿地处理后的污水已经基本消除了其中的污染物质，如富氧物质的 70%、总浮游物的 80%、氮磷总量的 50% 和粪便的 98% 都已不复存在。记者在参观这一人工湿地工程时看到，污水源源不断地流入第一、第二和第三沉降池，经过多次过滤和清污处理之后再引入幼鱼池，鱼池里的水清澈透明，鱼儿在池中悠闲地游动。经过鱼池流入曼扎拉湖的已处理过的水便不会再污染湖水。如今，这里的生态又恢复了勃勃生机。

4. "维持黄河的健康生命"是被广泛宣传的一句口号。黄河的健康标准是什么呢？通常说法有四条，即：堤防不决口，河道不断流，水质不超标，河床不抬高。初闻此话，似觉有理。但实际上这不能算作黄河自身的健康标准。从黄河的发育史上可知，在有人类之前的许多年，黄河曾是互相之间并不连通的四段，最下面的一段为三门峡所阻隔未能入海，那时它是一条内陆河，而此时黄河的生命非常健康，正处于它的蓬勃发育时期。在有了人类之后，黄河是三年两决口，百年一改道。因此，若舍掉人类存续与黄河的相互关系，单就黄河本身而言，黄河健康生命的主要表现形式就是"三善"，即："善淤、善决、善徙"，这是一个为几千年历史所反复证明的基本事实。否则，也就不会有25万平方公里的华北大平原，而这正是几亿中国人安身立命的根本。自1946年黄河水利委员会指导治黄以来，黄河伏秋大汛没有决口，可谓"三年安澜"；其后几十年固堤防洪成了治黄的主要手段，成绩很大，但代价也很大，其结果是黄河河床不断淤高，这为未来埋下了很大隐患。

毛泽东同志历来重视水利建设，治理黄河更是他牵肠挂肚的一件大事。1952年10月，毛泽东第一次出京视察的地方就是黄河。他不无忧虑地问："黄河涨上天怎么样？"毛泽东在水面比开封城高出三四米的黄河柳园口，感慨地说："这就是悬河啊。"毛泽东接着指出："南方水多，北方水少，借一点来是可以的。"南水北调这个雄伟的战略构想就这样被提出来了。毛泽东视黄河为"中华民族的象征"，他敬畏黄河，审慎思考着黄河的开发与治理，他没有留下"根治"之类的豪言壮语。在视察时只是殷殷嘱咐有关方面负责同志："你们要把黄河的事情办好。"1953年2月，毛泽东在外出视察的专列上就三门峡水库建设的时间、库区移民问题、黄河中上游的水土保持以及南水北调等问题与负责水利工作的有关领导进行了探讨。1954年冬，毛泽东在郑州火车站的专列上专门听取了治黄工作的汇报，并着重谈了水土保持和治理规划问题。1955年6月，毛泽东又听取了河南省委有关治黄工作的汇报。1959年，毛泽东在济南泺口又一次视察了黄河，并说了一句意味深长的话："人说不到黄河心不死，我是到了黄河也不死心。"

邓小平同志十分重视黄河在我国社会主义现代化建设进程中的重要地位，对于黄河建设给予了亲切的关怀和支持。1980年7月23日，他来到花园口视察黄河大堤，询问黄河的汛期流量和防洪措施，在黄河主航道旁，仔细观察了黄河主流的流量，就防止泥沙淤积问题与有关同志交换意见，他感慨地说："维持黄河的现状，仍有相当大一部分地区和人口在特大洪水出现时有危险，因此，还是要搞小浪底水库，解决黄河中下游的汛期防洪问题。"1999年6月21日，江泽民同志在郑州主持召开黄河治理开发工作座谈会，他在讲话中指出，进一步把黄河的事情办好，让古老的黄河焕发青春，更好地为中华民族造福。

在全国人民隆重纪念中国共产党领导人民治理黄河60周年之际，胡锦涛同志强调指出，黄河是中华民族的母亲河，黄河治理事关我国现代化建设全局。60年来，人民治理黄河事业成就辉煌，但黄河的治理开发仍然任重道远，必须认真贯彻落实科学发展观，坚持人与自然和谐相处，全面规划，统筹兼顾，标本兼治，综合治理，加强统一管理和统一调度，进一步把黄河的事情办好，让黄河更好地造福中华民族。

5. 东汉永平12年，孝明帝令水利专家王景治黄（此前黄河已泛滥几十年）。王景受命于危难之际，率几十万兵士民工，修汴渠治黄河，历时一年，用费亿钱。自王景治河后，河行新道，维持了900多年未发生大改道，是时，汴渠成为东通江淮的主要水道。王景的主要工作是修建了自荥阳至千乘的黄河大堤，治理了作为东汉漕运主要通道的汴渠。王景治河后，黄河相对安澜800年，据分析与王景所选定的东汉故道河身较短、地势较低，因而行河路线较优有关；另外，"十里立一水门，令更相回注"所描述的可能是一种利用沿河大泽放淤的工程措施，这对于延长行河年限也有一定作用。以上所述主要是从治黄工程的角度看问题，但据黄河水文、植保专家的研究，王景治河至隋代的500多年间，为黄河史上又一阶段，其特点是黄河下游河患相对较少，在此期间，黄河中游地区大暴雨的记录较少，这一时期黄河下游有分支，两侧又有较多湖泊洼地；但其中更重要的原因就是那时黄河输沙量的减少，否则，王景所开新河道（如汴水），也会很快被淤积，从而使河床不断淤高，降低其泄洪能力。这一时期黄河输沙量的减少并不是推论，而是有以下诸条事实，即在这一时期有关黄河水清的记载较多，且有"黄河清复清"的民谣。这一时期黄河输沙量的减少主要归因于黄土高原人口减少，植被得到一定恢复。安史之乱后，农牧界线又迅速北移到河套以北，大片草原又变为农田，又一次加剧了水土侵蚀，黄河下游灾害增多。五代、两宋至元、明时期，农牧界线一直游移于陕北和内蒙之间，直至清乾隆之后，农田植被更逐渐推移至阴山以北，这时整个草原几乎全部为当年生栽培作物所取代，水土流失非常严重，陕北风沙加剧，黄河下游水患频繁。王景治河后黄河安澜800年，他的治黄思路和做法很值得今人研究与借鉴。

6. 黄河担负着沿黄地区50余座大中城市和420个县的城镇居民生活供水任务，黄河污染给城镇居民供水安全带来巨大威胁。2003年，黄河发生了有实测记录以来最严重的污染，三门峡水库蓄水变成"一库污水"。三门峡水库自规划修建之日起便承载着国人"黄河清"的千年梦想。由于黄河下游难得一清，古人把"黄河清"作为一种瑞征。南朝萧统编选的《文选》中首次提出"黄河清而圣人生"的说法，后来逐渐演变成"圣人出而黄河清"的祈盼。面对黄河这样一条"善淤、善决、善徙"、水旱灾害频仍的河流，人们盼望圣主的诞生，以便带来"河清海晏"的太平盛世，也本无可厚非。在封建社会，许多大臣曾上书奏称黄河变清，如清雍正年间的河道总督齐苏勒曾奏称黄河变清，雍正皇帝非常高兴。然而，由于黄河治理的复杂性，在漫长的历史时期，"黄河清"从未真正实现，只是萦绕于人民心中的梦而已。当年，三门峡水利枢纽修建之时，美国巨型大坝的建设正如火如荼，胡佛坝、大古力坝相继而起，前苏联也先后在伏尔加河、顿河流域上建起高坝大库。因此，很少有人怀疑这样的构想：在黄河上建起一座大坝拦截泥沙，再附之以水土保持措施，从而既能让下游变清，又能综合开发。当全国人大一届二次会议的1 000多位代表面对修建三门峡水库这样一个承载着国人"黄河清"千年梦想的工程，一个"战胜自然的伟大计划"一致欢呼通过，也是完全可以理解的。

1999年8月以后，我国从黄土高原开始，开展了全国范围内的退耕还草还林，停止了坡地开荒，至2007年底，全国累计退耕面积约3.2亿亩。据估计，黄土高原要占到一半左右，这在治黄史上是一个历史性的大事件。回顾历史，在北宋年间，黄土高原上就出现了开垦坡地的记录，以后此况曾愈演愈烈，而在约一千年之后的今天，其坡地开垦终于停止，这无疑是一次惊天的大逆转，人们希望以往治黄的大困局将由此而全盘皆活。

7. 为治理黄河而奔波半生的水利专家王化云同志在其回忆录《我的治河实践》中辛酸地叹道："黄河不可能变清……黄河也不需要变清。未来黄河的治理与开发，我认为应该建立在黄河不清的基础上。"资深黄河环保专家、1978年就曾经探访了黄河源头的Y某指出，黄河源头长期屡禁不止的盗猎、金矿开采以及过度的林区资源开发，导致了黄河源头的"美丽童话"正渐渐消失，保护黄河，关键是治理黄河源头的水和沙，因而，对黄河源头的保护就显得更为重要，假如黄河源头都受到污染，那么黄河的断流、污染就更难解决。文化学者R教授踏勘黄河源头时感慨万千，他认为，从某种意义上讲，认识黄河、了解黄河，是在寻找一种精神资源，寻找一种精神的依归；对于环保，R教授对"黄河区域的移民一定会带来黄河的污染"的说法则不予赞同，他说："关键要看移的是什么民，人们的环保意识是决定黄河未来的关键因素。"中国地理学会M教授的观点也很明确：要重新认识黄河，为此，他引入了"大黄河"概念。他说："如果狭义的黄河文化是指黄河中下游地区的农耕文化，那么，广义的黄河文化就应从大黄河的概念出发，将中原农耕文化和北方草原文化统一纳入黄河文化体系。"致力于黄河文化研究的Z博士提出了弘扬黄河文化的四个关键控制点：首先，深刻认识黄河文化的价值；其次，注重"黄河文化圈"的培养与维护；再次，注重将文化创意融入生态旅游的一站式体验；最后，主动融入全球价值链。

三、作答要求

（一）认真阅读"给定资料"，简要回答下面两题。（20分）

1. "给定资料4"写道："黄河健康生命的主要表现形式就是'三善'即'善淤、善决、善徙'，这是一个为几千年历史所反复证明的基本事实。"请结合对这句话的理解，谈谈对黄河自身规律的认识。（10分）

要求：简明、完整。不超过200字。

2. "给定材料5"介绍了汉代王景治理黄河的思路和做法。请概括王景治河后黄河安澜800年的主要原因。（10分）

要求：简明扼要，条理清楚。不超过200字。

（二）"给定资料3"介绍了密西西比河、亚马逊河、尼罗河等流域出现的生态危机以及各国政府的治理举措。请对这些材料进行归纳，并说明我国治理黄河可以从中受到哪些启示。（20分）

要求：内容具体，表述清晰。不超过300字。

（三）国家某部门拟编写一本以黄河为主题的宣传手册，作为对青少年进行爱国主义教育的材料。宣传材料由四个部分组成，依次为："黄河之水天上来"、"黄河与中华文明"、"黄河的治理与开发"、"黄河精神万古传"。请参考"给定资料"，分别列出每个部分的内容要点。（20分）

要求：

（1）切合主题；

（2）全面、表述准确、有逻辑性；

（3）本题作答不超过400字。

（四）请参考"给定资料"，以弘扬黄河精神为主题，自选角度，自拟题目，写一篇文章。（40分）

要求：

（1）中心论点明确，有思想高度；

（2）内容充实，有说服力；

（3）语言流畅，1 000 字左右。

 详 解

【综合分析】

2011 年国家公务员录用考试申论试题（省级）主要考查黄河治理与黄河精神这一话题。本题材看似普通，其实难度比往年有所加大，它把具体的环境保护、历史上有关治理黄河的措施等具体问题与黄河精神这一抽象问题结合起来，作答难度明显加大。

【答案提示】

（一）1. 示例答案一 ▷

"善淤、善决、善徙"是黄河自身活动所遵循的客观规律，即黄河经常性地淤积泥沙，经常性地发生决口甚至河流改道。一方面，黄河自身的活动规律冲积形成了华北平原，这是几亿中国人安身立命的根本；另一方面，黄河也对群众的生命财产安全构成威胁。新中国几代领导人的指示体现了对治黄规律的认识，最新的实践就是"必须认真贯彻落实科学发展观，坚持人与自然和谐相处，全面规划，统筹兼顾，标本兼治，综合治理，加强统一管理和统一调度"，办好黄河水利，使黄河更好地造福人民。

示例答案二 ▷

"善淤、善决、善徙"即黄河经常性地淤积泥沙，并经常性地发生决口甚至河流改道，这是它自身千百年来所遵循的客观规律。如果治理黄河只是一味地修筑堤坝堵截，只会使河床不断淤高，不但增加治理的成本，而且会造成更大的隐患。要善于利用黄河泥沙多、容易泛滥的规律，在治理过程中不盲目堵塞河水，而是采用疏浚的方式，将大水和泥沙分流，以保证治理的切实有效。

 评 析

答案一和答案二都按照题目要求进行作答。答案一对"善淤、善决、善徙"的解释更加准确全面；答案二相对要差一些，得分肯定不如答案一高。

（一）2. 示例答案一 ▷

王景治河后黄河安澜 800 年的主要原因有以下几点：

（1）政府重视，投入大量人力、物力和财力治理黄河；

（2）王景治理黄河的措施得当，兴修黄河大堤和汴渠，选择河身较短、地势较低的较优行河路线，建设和利用沿河大泽放淤的工程；

（3）这一时期自然环境发生变化，黄河中游地区大暴雨较少，下游分支较多，两侧又有较多的湖泊洼地，使黄河下游水患减少；

（4）社会人文环境发生变化，这一时期黄土高原人口减少，植被一定程度上得到恢

复，使黄河输沙量减少。

王景治河黄河安澜800年的原因有：他善于因地制宜，利用东汉故道河身较短、地势较低的便利引导河水；疏浚汴渠，使黄河与江淮水道连为一体，分水分沙；修建自荥阳至千乘的黄河大堤，大力防洪；每十里在河道中开辟一个出口，使河水倒灌到周边湖泊和洼地，疏解压力。客观上，王景治河后的几百年间，黄河上游人口减少，中游牧进农退，植被得到一定程度的恢复，河流泥沙减少；黄河中游地区大暴雨较少，降低了水患压力。

✎ 评 析

题目要求概括王景治河后黄河安澜800年的主要原因，答案一和答案二都围绕这一点进行解答。答案一条理比较清楚，答案二概括的点比较多，两个答案各有千秋。

（二）示例答案一 ▷

密西西比河因过度开发，导致水质污染、湿地减少，生态系统遭到破坏。虽然美国政府一直十分重视治理，但执行不力，治理工程建设滞后，同时缺乏整体规划。亚马逊河流域由于森林砍伐、农药化肥污染等原因，生态系统受到威胁。对此，巴西政府制定了专项法规，但宣传不到位。尼罗河流域曾经污染严重，生态系统遭到严重破坏，埃及政府科学规划，建设人工湿地工程，有效治理水质污染，逐步恢复了尼罗河生机。

以上案例启示我们治理黄河，要坚持统筹规划，正确处理人与自然的关系，做好黄河流域综合治理。第一，建设人工湿地工程，保护森林、草原等植被，有效治理农药等造成的水质污染。第二，制定专项法律，并加大环保执法力度。第三，加强宣传，营造全民关注环保的良好氛围。

密西西比河以防洪和扩大航运为目的进行了开发，未能将开发与流域生态保护统筹规划，导致水质污染、防洪效果不佳、航运相容性较差、泥沙淤积严重、湿地减少等问题。亚马逊河流域周边居民为扩大农业生产砍伐森林，且大量使用肥料和农药，造成水质恶化，虽然巴西政府出台了相关法律，但没有切实执行。尼罗河流域的曼扎拉湖由于排污缺乏治理，严重污染，后通过建设人工湿地等措施逐步恢复了环境。

以上各国政府的举措对治理黄河有这样的启示：一是在治理过程中要统筹兼顾、全面规划开发与环境保护的关系，防止环境被破坏。二是完善相关法律并加大执行力度，保护两岸生态环境。三是对重点水域进行综合整治，通过人工湿地等方式改善水质，保护生态环境。

✎ 评 析

答案一的表述更贴近材料，分析更加全面，启示也更切合实际；答案二基本围绕题目要求作答，但是比答案一稍显逊色。

"黄河之水天上来"的内容要点：

1. 介绍黄河的源头及其流经地

2. 以壶口瀑布为例，介绍黄河的自然景观

"黄河与中华文明"的内容要点

1. 古代黄河流域中华文明的印记，如宫殿、青铜器、甲骨文等

2. 介绍黄河流域出现的历史伟人

3. 介绍黄河流域出现的一些文化现象，如秦腔、豫剧等

"黄河的治理与开发"的内容要点

1. 介绍历史和当代黄河的治理情况

2. 介绍历史和当代黄河的开发情况

3. 介绍党和国家领导人毛泽东、邓小平、江泽民、胡锦涛关于黄河治理和开发的思想和做法

"黄河精神万古传"的内容要点

1. 指出黄河精神的内容——在治理和开发的过程中注意人与自然的和谐相处

2. 号召人们维护和发扬黄河精神

示例答案二 ▷

"黄河之水天上来"的内容要点：

1. 黄河的地理位置及流域概况

2. 黄河流域的自然景观和人文景观

"黄河与中华文明"的内容要点：

1. 中华民族在黄河流域繁衍生息的历史

2. 黄河流域涌现的中华文明杰出代表人物

3. 黄河流域的历史遗迹和文化遗产

"黄河的治理与开发"的内容要点：

1. 黄河的自然规律和特点

2. 中华民族几千年来治理黄河的情况

3. 历史上和当代黄河的开发情况

4. 党和国家历届领导人对黄河治理和开发的重视

"黄河精神万古传"的内容要点：

1. 黄河精神的实质——"勤劳勇敢、坚忍不拔、实事求是、团结奋进"

2. 黄河精神的传承与发扬

评析

题目要求宣传材料由四部分组成，依次为："黄河之水天上来"、"黄河与中华文明"、"黄河的治理与开发"、"黄河精神万古传"。请参考给定资料，分别列出每个部分的内容要点。答案一结合材料明显，给出的提纲可操作性更强；答案二也围绕这一点作答，但是比答案一稍显逊色。

弘扬黄河精神 维持黄河健康生命

黄河，从远古以来孕育了中原文明，是中华民族与中华文化的摇篮。千百年来代代先辈在治理黄河洪灾与泥沙的奋斗中，累积形成了黄河精神，这是我们最可宝贵的精神财富，在世世代代维持黄河健康生命的历史长河中，必将不断放射出耀眼的光辉。

黄河曾经以她丰饶的乳汁哺育了华夏文明，为两岸耕地提供灌溉，也给诗人以灵感，唐诗汉赋、歌曲绘画，无数动人的辞章都与黄河有关，黄河多年平均天然年径流量为580亿立方米，占中国总水量的2％，是长江的1/17，却养育了全国12％的人口，灌溉了全国15％的耕地，黄河对中华民族的贡献不可磨灭，但由于黄河两岸生态变化和经济建设的影响等因素，黄河污染日益严重，黄河活力日益衰竭。近些年来，黄河逐渐成为中华民族的忧患之河。

为全面治理黄河，使母亲河再现生机与活力，2004年1月12日，黄河水利委员会主任李国英主任提出了以"维持黄河健康生命"为终极目标的"1493"治黄理论框架体系，即：一个终极目标、四个主要标志、九条治理途径、"三条黄河"建设，在推进"维持黄河健康生命"的黄河治理新工程中，我们尤其要注重弘扬黄河精神，确保黄河治理工程的高起点、高标准、高水平。

黄河精神永远都是我们最宝贵的精神财富，随着岁月的流逝，不仅丝毫未磨损它的深刻内涵和神奇魅力，而且愈加凸显出其鲜明的时代价值。在建设"三条黄河"，实现"堤防不决口，河道不断流，污染不超标，河床不抬高"治河目标的今天，要践行"维持黄河健康生命"的新理念，就要大力发扬"团结、务实、开拓、拼搏、奉献"的黄河精神，不断开创各项治黄工作新局面。

新中国治黄60年的辉煌业绩证明：伟大的理想信念必将产生强大的动力，坚定的信念必然激发不懈的追求和坚强的毅力。确立了治黄新理念就有了坚定的奋斗目标、强大的精神支柱和用之不竭的力量源泉，要贯彻落实科学发展观，践行治水新思路，实现以黄河水资源的可持续利用，保障流域及相关地区经济社会可持续发展，同样需要"团结、务实、开拓、拼搏、奉献"的黄河精神作支柱。

"维持黄河健康生命"，要把强大的精神动力同先进的理念结合起来，探索出一条符合科学发展观与黄河实际的治黄道路。按照"1493"治黄体系，维持黄河健康生命，是黄河治理、开发与管理的终极目标；"堤防不决口，河道不断流，污染不超标，河床不抬高"是"维持黄河健康生命"的四个主要标志；九条治理途径是：减少入黄泥沙的措施建设；流域及相关地区水资源利用的有效管理；增加黄河水资源量的外流域调水方案研究；黄河水沙调控体系建设；制定黄河下游河道科学合理的治理方略；使下游河道主槽不萎缩的水量及其过程塑造；满足降低污径比使污染不超标的水量补充要求；治理黄河河口，以尽量减少其对下游河道的反馈影响；黄河三角洲地区生态系统的良性维持；原型黄河、模型黄河、数字黄河"三条黄河"治河体系是三个有效手段。

维持黄河健康生命任重而道远。在科学发展观的指导下，弘扬黄河精神，不断开拓创新，探索治黄新路，积极建立有利于维持黄河健康生命的体制机制，持之以恒、不懈奋斗，一定能够实现"维持黄河健康生命"的宏伟目标，一定能够为中华民族与华夏文明的永续发展筑就最牢固的根基！

黄河治理迫在眉睫

——人与自然和谐 传扬黄河精神

黄河是我国的母亲河，与中华文化的形成发展相依相伴，也以其奔腾不绝的河水滋养和浇铸了生生不息的黄河精神。黄河记录了华夏民族的坚强不屈和勤劳勇敢、开拓进取和智慧创新。这也是黄河精神的精髓。

黄河水"一碗河水半碗沙"，河水泥沙含量巨大。由于泥沙在中下游较为平坦的河道不断淤积，形成严重的"悬河"现象，历史上黄河屡屡决堤、改道，泛滥的河水虽然形成了肥沃的冲积平原，但也给两岸人民带来了深重的现实灾难和危险隐患。所以，历史上对黄河的开发利用总是和对灾难的治理交织在一起的。新中国成立以来，对黄河的开发和治理成效显著，但近年来黄河流域又出现了非常严重的污染，对黄河的持续利用与管理造成了严重的影响。

在黄河治理中，一直都强调的是堤防不决口，河道不断流，水质不超标，河床不抬高，但却忽视了一个基本的事实，那就是黄河"善淤、善决、善徙"的基本特征。一切"治黄"工作，如果不尊重这一基本的规律性事实，必然影响最终的效果，甚至适得其反，为之付出惨重的代价。治理黄河必须弘扬悠久的黄河精神，以尊重其固有规律为出发点，注重统筹兼顾、源头治理和疏导，方能取得理想的效果。

治理黄河一定要以生态环境保护为出发点。黄河中游是广袤的黄土高原，植被破坏严重，大量的耕种开垦和矿产开发加剧了沿河两岸的水土流失，是导致黄河泥沙含量巨大的根本原因。要从根本上治理黄河泥沙淤积问题，必须恢复其中上游地区的生态功能，从对其源头的保护入手，大力实施退耕还林工程，限制甚至禁止地下资源开发，减少植被破坏，固土固沙，防止水土流失。

治理黄河要遵循黄河本身的规律。短期来看，黄河泥沙量巨大的问题不可能得到根本解决，要想减少中下游地区由于泥沙淤积而带来的河床升高甚至"悬河"现象，必须在其流经地区形成有效的"卸载"渠道。东汉王景"治黄"和埃及治理尼罗河的经验可资借鉴。在黄河流经地区，可以利用河道开口形成的人工湿地达到有效沉积淤泥的效果。此外，人工湿地还可以对治理水质污染、净化水质起到巨大的作用。

综上所述，黄河的治理与开发，浓缩了中华民族的智慧与勇气。在与黄河不懈抗争的过程中，中华民族形成了独具内涵的黄河精神，其中注重因地制宜，不固守成见，对自然规律在认识的基础上尊重并加以利用的开拓精神，必将引领中华民族以更加开放的胸怀接纳和融入全球文明的新浪潮。

 评析

2011年中央、国家机关公务员录用考试《申论》试题及详解

市（地）以下综合管理类和行政执法类

 试　题

一、注意事项

1. 申论考试与传统的作文考试不同，是分析驾驭材料的能力与表达能力并重的考试。

2. 作答参考时限：阅读资料40分钟，作答110分钟。

3. 仔细阅读给定的资料，按照后面提出的"作答要求"依次作答在答题纸指定位置。

4. 答题时请认准题号，避免答错位置影响考试成绩。

5. 作答时必须使用黑色钢笔或圆珠笔，在答题纸有效区域内作答，超出答题区域的作答无效。

二、给定资料

1. 在城里公立小学开学的9月1日，张老师的打工子弟学校也开学了，在垃圾场边的平房里，18名学生走进了简陋的教室。同是小学教师出身的李某夫妇创办的"行知打工子弟学校"，则在一片荒芜的菜地里迎来了求学的孩子们。最早的一批打工子弟学校就这样在有志之士的努力下艰难地生存了下来。这样的学校数量有限，仍有众多的外来务工人员子女不知道哪里有学上。

在某民办大学做管理工作的孙某为了让从农村接出来的孩子有学上，在郊区找了五六家公立小学。但是，校方要收取1万元到10万元不等的借读费和赞助费，这些高昂的费用让孙某感到发憷。因为公办学校门槛高，在城乡结合部，条件简陋、收费较低的民办农民工子弟学校如雨后春笋般破土而出。然而，这样的学校绝大部分都戴着"非法"的帽子——没有办学许可证，很难逃脱被关停的命运。已有3年"办学经验"的秦老师说："要拿办学许可证，必须有房屋产权证。可由于经费紧张，学校只能租用别人的场地及房屋。别说我们拿不出房屋产权证，就连房东也拿不出，因为房东也是租村里的地。"一度拥有1500多名学生规模的私立金星小学就是因为校舍所在地被拆迁，从此销声匿迹了。"没有政府的支持，我们也不敢在硬件设备上加大投资。"办学人代某说："艰难办学，最希望的是能有合法的地位，学生可以放心读书，老师也可以安心工作。"实际上这类学校的教师队伍很不稳定，往往春节一过，教师走掉一半是常事。许多年轻教师都把私立学校当作跳板，一旦找到合适工作，立马就跳槽走人。

开学已经好几天了，因为交不起300多元的学费，12岁的陈某迟迟没有报到。和陈某一样，由于家庭生活困难，不少农民工子女不得不放弃求学。树人学校也是一所农民工子弟学校，开学已经一周，还有100来名学生没来报到。校长既失落又无奈，"反正每到开学，总得少那么百八十人。有的回老家了，有的转学了。至于有没有人辍学，那就没办法统计了。"

春节过后，8岁的乡村女孩儿张某在B市郊区的一所公办小学里迎来了新学期，但更

多"漂泊"在市郊的农民工子女难有这样的待遇。"我也想去公办学校上学，至少那里有好的食堂，但学费实在太高。"一想起夏天早上带的饭菜到中午有点变味发馊，一位小学四年级学生心里就有点发酸。

"B市的公办学校，用的都是B市地方实验教材。将来考大学，因为没有户口，孩子还得回去考，怎么办？"从山西来B市打工的张某愁苦地问。考虑到这个因素，许多家长不得不把孩子送到使用全国统编教材的民办农民工子弟学校。

"我妈妈很少给我零花钱，我也没有什么新文具，总觉得在班里抬不起头。"这是一个"有幸"到公办学校就读的农民工的孩子所遇到的尴尬。记者在采访中发现，有不少乡下来的孩子，在大部分是城市孩子的公办学校里，都有孤独、自卑的感觉。对此，中国社会科学院一研究员表示，要警惕农民工子女心理"边缘化"倾向。他说，农民工子女本身就在经济条件等方面处于弱势地位，好不容易能与城里孩子坐在同一个教室里接受质量较高的教育，却又要承受来自各方面的不理解。生活上的困难没有让他们退缩，可这种心灵的创伤却难以抚平。

2010年8月颁布的《国家中长期教育改革和发展规划纲要（2010—2020年）》中明确指出："坚持以输入地政府管理为主、以全日制公办中小学为主，确保进城务工人员随迁子女平等接受义务教育，研究制定进城务工人员随迁子女接受义务教育后在当地参加升学考试的办法。"

"同在蓝天下，共同成长进步"，这是温家宝总理在考察北京玉泉路打工子弟小学时，在学校黑板上写下的题词。广大人民群众都希望并相信在实施《纲要》的过程中，这美好的愿景会变成现实。

2. 新华社、中国青年报记者联合进行了一项问卷调查。这一调查历时7天，在北京、上海、广东、浙江、江苏、山东等地，向农民工发放调查问卷131份，其中有效问卷125份。73名受访者表示，最大的愿望是自己的孩子能"和城里孩子享有同样的待遇"，43名受访者最希望能"降低收费标准"，17人希望能"有供农民工子女就读的专门学校"。调查同时显示，78位受访农民工表示，通过"朋友介绍"为孩子在城里联系学校；16人表示"从媒体报刊获悉"有关学校信息；5人表示"向城市教育部门咨询"；2人表示由"家乡教育部门推荐"；1人表示"学校主动上门"。

调查表明，有46名农民工子女，曾经因为父母务工地点的变化而被迫转学。其中转学1次的有10人，转学2次的有12人，转学3次或3次以上的有24人。在回答子女在城里求学遇到的最大困难时，54位受访者表示是"费用太高"，占受访者总数的43.2%；46人表示是"没有城市户籍"，占受访者的36.8%。选择"住处附近没有学校"、"受城里人的歧视"、"毕业后拿不到毕业证"的受访者比例依次为16.8%、6.4%和4.8%。"我本来准备把小孩送到公立学校，但因为不是本地户口，我找的一所学校每学期竟然要8000元的赞助费，另外还要交这费交那费，最终还是没有去。"在N市打工的罗某告诉记者。

调查同时显示，有20名农民工表示孩子在上学时曾"遭受到拒绝"，7人表示"做了很多努力学校才接受"；有19位受访者表示孩子在学校"有过不公平待遇，但不严重"，3人表示孩子在学校"有过不公平待遇，情况比较严重"。调查还显示，77.6%的受访农民工表示，孩子"学习成绩一般"或"成绩不好"。88名受访者表示，"从来没有"或"不一定"有时间辅导孩子学习，占受访者总数的70.4%。"小孩只要听话，知道尊老爱幼就行了。我整天忙，没时间想太多，学校的质量也就不管了。"今年33岁的王某来自南方某县，以帮酒店洗台布为生，谈起孩子的教育，他无奈地说。

3. 近年来，在发展边境少数民族地区教育的过程中，地处西南边境的L县坚持"调整一些不合理校点布局，逐步推进寄宿制办学"的工作思路，特别是结合国家在L县实施的"西部地区农村寄宿制学校建设工程"，对本县的学校布局进行调整。通过该工程的实施，L县各乡镇学校布局更加合理，办学条件进一步改善，办学效益得到了明显提高。L县在将教育资源的合理配置作为中心工作来抓的同时，注意发动社会各界共同关心和支持，努力把寄宿制学校办成群众满意、家长放心、学生"进得来、留得住、学得好"的学校。

撤并教学点，意味着自己的子女要去更远的地方读书，来回的交通又不方便，难免会让家长心存疑虑。L县充分利用报纸、广播、电视等宣传媒体，开辟"创建"专栏，还利用挂横额、张贴标语、出板报等形式大力宣传创建寄宿制学校的重要意义，营造良好的舆论氛围，动员社会各方面的力量都来关心、支持"创建"工作。县教育局、乡镇政府干部牵头，带领教师和村干部分头走访学生家长，认真听取群众意见，并做好摸底工作。通过宣传发动，提高广大群众的思想认识，形成全社会关心、支持、参与"创建"工作的良好氛围。

L县把创建寄宿制学校作为改变农村教育现状的重点工作来抓，有效利用各方面条件，努力提高办学效益和质量，积极为农村教育的发展创造条件。一是充分利用"义教工程"、边境建设大会战教育建设项目、中小学危房改造工程等项目的资金投入，完善了学校的各项设施。几年来，共投入资金4 379万元，建设了教学用房56幢，学生宿舍楼89幢，学生食堂79幢，学生厕所73间。二是推进教育资源配置方式的改革，统筹规划学校布局。针对农村校点多、规模小、难以实现有限资源优化配置的情况，L县从各地的实际出发，按照人口自然分布、统筹规划学校布点的原则，把办学的规模效益作为工作的立足点和重要目标。

L县的学校布局调整工作坚持因地制宜、科学规划、先易后难、逐步实施、规模办学，提高了效益，盘活了教育资源。在着力于调整中小学布局、撤并教学点工作进程中，根据当前政府财力和群众承受能力，重点建设一些试点学校，形成了富有特色的实践模式。其一，联村办寄宿制学校。随着人口出生率越来越低，学校生源减少，村村办学的现象将成为历史，联村办学势在必行。如响水镇棉江、四清、高峰、红阳等村由于靠近设施完善、教学质量好的鸣凤中心小学，L县便利用"义教工程"43万元资金，在鸣凤中心小学建起了学生宿舍楼、教学综合楼和学生饭堂，扩大学校规模，将其建成寄宿制学校。其二，创办民族寄宿制学校。L县武德、金龙、水口等3个乡镇同属边境乡镇，部分村屯由于地处边远山区，交通不便，许多适龄儿童不能按时入学读书。为了解决他们的入学难问题，L县在武德乡中心小学创建了寄宿制学校，招收武德、金龙、水口等3个乡镇部分村小学四、五年级的学生，国家给予一定的生活补助，学生统一到校寄宿就读，实行封闭式管理。目前，该校有在校生752人，寄宿生532人，近十年来共培养了1 000多名少数民族学生。其三，创建边境形象学校。L县抓住边境大会战教育项目建设工程实施的机会，积极筹措经费，重点建设一批国门学校，进一步改善办学条件。现在水口镇罗回中心小学、彬桥中心小学在校生均在500人以上，寄宿生达150多人；水口中学、彬桥中学的寄宿生均超过 400 人。

4. 越是上学难，有些农民却越把希望寄托在下一代上学受教育上。如 F 村各家相互攀比"不惜血本供孩子读书"，以致出现了忍饥挨饿、倾家荡产供孩子读书的"英雄"。教育的成本越来越高，有社会学家计算过，一个大学生 4 年学费大约相当于一个农村居民 20 年的纯收入。不用说西部贫困地区，连基本脱贫的东部地区的农民孩子的"大学梦也越来越远了"。实际上，新世纪以来，农村孩子在大学生源中的比例与 20 世纪 80 年代相比，几乎下降了一半，这就意味着"通过高考，农村孩子向上流动的渠道"正在"缩窄"。贫困家庭用于教育的支出占其收入的比例仍相当大，也就是说，农民倾其全力支持了教育的发展，而现在一旦出现了大学生就业危机，贫困农民家庭所受的损失将是巨大的。

在当下中国农村出现了必须引起社会高度关注的现象：H 省的一个调查表明，个别地区的农村贫困生的失学率高达 30.4%，辍学的学生基本上都是 20 世纪 90 年代出生的那一代，他们的父母有的过去还能读到高中毕业，而他们之中有数量可观的人初中还没有读完，由此导致的劳动者文化素质的下降，对未来中国发展的影响，确实令人担忧。有社会学家指出，"在一些地方已经出现明显的因教致贫、因教返贫的现象"，"G 省的抽样调查显示，由于教育因素返贫的农户，占返贫总数的 50%"。农民寄希望于教育使他们的子女另寻出路的想法靠不住了，于是"辍学"之风抬头，用一著名作家的话来说，就是用辍学来"保护人心，保护土地，阻止下一代向充满着蔑视、冷漠以及焦灼不宁的惨淡日子滑落"。但也如这一作家所说，这样的选择既显得"荒唐"，又有些无奈。而且也还有许多农民几乎是孤注一掷地仍然将孩子的教育放在生活中的第一位，这样的"知其不可而为之"的努力确实给人以悲壮感。一位下乡支教的大学生说，这是"困境中的不绝希望"。如果不对农民寄以希望的教育（包括农村教育及城市教育）进行新的反思与改造，如果不从根本上解决教育资源的合理分配与农民子弟就业难的问题，恐怕很难实现他们可以看到并应享受的教育，即广大农民寄以希望的教育。

5. 柳延希望小学是李某当村主任的时候筹资修建的，可惜只用了七八年就撤了，留下了空荡荡的校园。20 世纪 90 年代，和中国大多数农村一样，李某所在的枣园镇延店则村，也经历了轰轰烈烈的建校潮。然而时隔几年，新的农村教育布局调整又让很多农村小学陷入"沉睡"状态。这其中，也殃及部分希望小学。

柳延希望小学的几间教室已被村委会用做办公室。当年的筹建者、已不再担任村干部的李某，如今也搬到学校住。他的任务是看守校产，清除杂草。

如今，村里还有 50 多个孩子在邻村的裴庄希望小学上学。由于路有点远，又不能住校，大人们只好每天骑车接送孩子。"现在除了房子，什么都没了。"在校门外的一堆砖头瓦砾里，李某找到了唯一能见证这所学校历史的一块石碑，那上面盖满了泥土，看不清碑文。他让孙子端一盆水过来浇在石碑上，然后用手慢慢地抹去碑身上的泥土，这才露出了清晰的字样：延店则村希望小学占地 1 260 平方米，共建教室 10 间……

和李某不同，同样是校园看护人的向老师不甘心学校就这么闲着，他在已经撤掉的学校里办起了幼儿园。撤校前，向老师是校长。学校原来只有 12 口窑洞。2004 年 3 月，经联系，香港某纺织有限公司董事长赵先生捐赠 20 万元，为学校修建了一栋两层教学楼。然而，当教学楼建好投入使用时，四至六年级的学生却并到了乡中心小学。学生一下子少了一大半。"这一并，低年级孩子的家长的心就动摇了，学生哪里多就往哪里送。"向老师说，"2007年后半年，就没有学生了，学校也就撤了。"于是，几个村民又找到向老师，鼓动他在学校里办一所幼儿园。他雇了一名老师、一名司机，还买了一辆面包车用来接送孩子，办起了幼儿园。可一年多后，向老师又开始发愁了，"娃娃少，成本太高了。"原来，每个孩子一学期1000元，每天上下学接送不说，中午还管一顿午饭。每个月还要给请来的教师、司机开工资，不赚钱不说，还赔钱了。幼儿园再往下办，也很难了。

6. 2009年是希望工程实施20周年。20年来，希望工程共募集资金56.7亿元，资助346万名家庭困难的青少年继续学业，资助建设15 940所希望小学，为支持经济落后地区基础教育事业、促进青少年成长作出了积极贡献。

从1999年开始，中国青少年发展基金会经过调查论证后，开始实行希望工程战略重点转移：由过去对贫困失学儿童的普遍救助，转到对优秀受助生的跟踪培养；而希望小学也由起初的硬件建设为主，转向以教师培训、现代化教育设施软件建设为主。

根据教育部公布的数据，2007年全国小学在校生10 564万人，而1998年全国小学在校生是13 953.8万人，9年间减少了3 300多万人。伴之而来的是乡村小学数量的锐减，20余年间，中国的乡村小学从1985年的83万所，至2007年已撤并至34万所。这其中包括部分早期建设的希望小学。

据2010年10月25日报载：截止2008年12月，G省长阳县76所希望小学有53所被废弃。这样的情况随着"撤点并校"的政策大规模推广，在越来越多的地区出现，很多希望小学被撤销，要求与镇小学或中心小学合并，因个别条件无法合并的，直接被闲置。部分校舍被当地村委会再利用，作为临时教学点等，服务于周边村民。但更多的是被困置下来，甚至直接被用作仓库，有的操场被翻垦成了田地，准备种上苞谷，有的学校甚至养起了猪和鸡。

来自Y市共青团市委希望工程办公室的统计数据显示：截止2008年4月25日，Y市某区运行的希望小学有119所，撤并38所，其中最早兴建的京温希望小学，已经变成了红枣产品加工厂。这里原来每个行政村都有一所小学，可如今只剩下3所了。教办主任张某介绍：本世纪初，生源开始锐减，2001年，有一个镇在校学生2 400多人，可现在不到1 100人，这个镇流动人口占到一半左右。随着越来越多的人外出务工，部分学龄儿童只好随家长走，异地就读。记者采访过程中见到了不少"空巢村庄"，年轻人纷纷外出打工，留在村里的，基本上都是四五十岁以上的中老年人。

农村税费改革后也引发了农村学校经费的紧张。2001年，我国农村实行税费改革，取消了原来的教育集资和教育附加费，学校的经费由财政支持。而学校过多让有限的经费投入像撒胡椒面一样，有效投入降低，于是进行大撤并。撤并之后，留下了大量校舍，在有些村子，学校校舍依然是最漂亮的建筑。可这些校舍有的被用做村委会办公室、党员或者群众活动室，有的被村集体租赁出去成为厂房或仓库，还有一部分仍处于闲置状态。

7. 乡村文化的衰落，引起了许多学者的担忧和焦虑。这些学者有不少出身于农村，他们有着自己的乡村记忆和对现实乡村的直接观察和体验。因此，他们的忧虑就特别值得注意。故乡的传统生活方式正在消亡与崩溃。这里既有传统的以民间节日、宗教仪式、戏曲为中心的地方文化生活的淡出、空洞化，也包括曾经相当活跃的，与集体生产相伴随的农村公共生活形式（如夜校、识字班、电影放映队、青年演出队）的消逝，更有在纯净的大自然中劳作和以家庭、家族、邻里亲密接触、和睦相处为特点的农村日常生活形态解体的征兆和趋向。生态环境的恶化，家庭邻里关系的淡漠和紧张，社会安全感的丧失，使乡村生活已逐渐失去了自己独到的文化精神内涵。赌博、暴力犯罪，这在很大程度上都是乡村社会文化精神缺失的表征。于是，有研究者产生了更深层面的焦虑："传统乡间伦理价值秩序早已解体，法律根本难以进入村民日常生活，新的合理的价值秩序又远没有建立，剩下的就只能是金钱与利益。"一些农民对自我价值的认知完全趋于利益化，钱成了衡量自我价值的唯一标准，消费文化已经成为农村社会的主宰性的意识形态，它对生活以及人生意义的设定已经主宰了许多农民尤其是农村里的年轻人的头脑，由此带来的问题自然是十分严重的。于是就有了"作为文化—生命内涵的乡村已经终结"的这一根本性的忧虑。而乡村作为文化存在的虚化，直接导致乡村少年成长中本土资源的缺失，如今的乡村少年，他们生活在乡村，却根本无法对乡村文化产生亲和力、归依感，然而，城市文化对他们又是那样遥远，这样，他们生命存在的根基就极易发生动摇，成了在文化精神上无根的存在——乡村文化的危机和乡村教育的危机，就是这样相互纠结着。

这一切，对那些曾经感悟，至今仍依恋乡村文化的知识分子产生了巨大的冲击力。有位知识分子说，"我已经无家可归"，"我在城市是寓公，在家乡成了异客"。这样，无论在乡村少年身上，还是农民工那里，以及这些出身农村的知识分子的群落里，我们都发现了"失根"的危机。乡村文化的衰落，乡村教育的文化缺失，对我们究竟意味着什么？这是我们应当思考和追问的。

三、作答要求

（一）认真阅读"给定资料"，简要回答下面两题。（20 分）

1. "给定资料 1"和"给定资料 2"集中反映了进城务工人员随迁子女受教育的诸多问题。请根据这两则资料，对这些问题的具体表现进行概括和归纳。（10 分）

要求：准确、全面、有条理。不超过 200 字。

2. 根据"给定资料 4"中的有关内容，谈谈对文中"困境中的不绝希望"这一表述的理解。（10 分）

要求：准确、简明。不超过 150 字。

（二）L 县政府拟进一步宣传寄宿制学校的办学模式，以期更好地提高办学效益和质量。请根据"给定资料 3"，以县教育局的名义草拟《给各村中小学生家长的一封信》。（20 分）

要求：

（1）内容具体，符合实际；

（2）用语得体，通俗易懂；

（3）不超过 400 字。

（三）假定你是一名派到农村的支教人员，请根据"给定资料"简要分析希望小学遭废弃的原因，并提出解决希望小学遭废弃问题的具体建议，供上级有关部门参考。（20 分）

要求：

（1）对原因的分析准确、全面，不超过 100 字；

（2）所提建议具体、有针对性、切实可行，不超过 300 字；

（3）条理清楚，表达简明。

（四）"给定资料7"的画线部分写道："有位知识分子说，'我已经无家可归'，'我在城市是寓公，在家乡成了异客'。这样，无论在乡村少年身上，还是农民工那里，以及这些出身农村的知识分子的群落里，我们都发现了'失根'的危机。"请结合你对这段话的思考，参考"给定资料"，自拟题目，写一篇文章。（40分）

要求：

（1）自选角度，立意明确；

（2）联系实际，不拘泥于"给定资料"；

（3）语言流畅；

（4）总字数800～1 000字。

详　解

【综合分析】

2011年国家公务员录用考试申论试题（地市级）主要考查农村孩子的教育问题，这一问题一直是社会热点问题。本年度的申论试题也没有太偏的地方，难度相对不是很大。

【答案提示】

（一）1. 示例答案一 ▷

根据资料分析，进城务工人员随迁子女受教育问题，主要体现为以下两个方面：

公办学校学费、赞助费、借读费高，而且缺少专门供农民工子女就读的公办学校；农民工子女没有城市户籍，考大学成为难题；在公办学校遭受不公平待遇和歧视，使农民工子女心灵受到创伤。

民办农民工子弟学校数量有限，条件简陋，经费紧张；没有办学许可证，没有合法地位，没有政府支持；教师队伍不稳定，生源不稳定，教学质量难以保证。

示例答案二 ▷

根据材料，进城务工人员随迁子女受教育遇到的问题主要有：民办学校条件差，无办学许可证，教师流失严重；上学的学费高，难以承担；上学所用教材不统一，给考大学带来麻烦；农民工子女在公办学校容易孤独、自卑，心理往往受到创伤；和城市孩子相比，农民工子女有时会遭受不公平的待遇；户籍制度的限制造成求学困难，农民工子女没有城市户籍，考大学成为难题等。

评析

答案一和答案二都分析了造成进城务工人员随迁子女受教育难的原因，答案一思路明确，对问题概括得比较全面；答案二思路不够清晰，比较混乱，明显是一个很差的答案。

（一）2. 示例答案一 ▷

"困境"表明农村儿童教育面临巨大的困难，主要包括：农村学校教育条件差，教师素质不高，教育成本高，缺乏资金。"不绝希望"表明了农民对通过读书改变命运的希望，这句话提醒我们要重视农村教育，启示我们不要轻言放弃。

示例答案二 ▷

目前，上学难在农村表现得尤为突出，有些地方出现因教致贫、因教返贫的困境，辍学之风抬头，但是仍然有许多农民越是在这样的困境中越是把希望寄托在下一代受教育上，并且不惜血本地投资教育。因此，应该采取措施，改变教育资源分配不合理的状况，解决农民子弟就业难的问题，帮助农村孩子上学。

评 析

答案一思路明确，表述准确；答案二作答含混不清，重点不突出，明显比答案一差。

（二）示例答案一 ▷

各位家长：

你们好！

我县人多地广，居住分散，这给学校建设带来很大的困难。以前我们分散建校，这不仅造成了资源的浪费，还分散了教学资源。

在这种情况下，我们决定撤并一些学校，这样一来，有些孩子可能需要去更远的地方上学。为了解决这个问题，我们决定建立寄宿制学校。有的家长可能不愿意孩子到离家远的村镇上学，大家的心情可以理解。但是我们是否想过，孩子迟早需要自己独立。让孩子上寄宿制学校能够培养他们的独立意识和能力，帮助他们成长。有的家长可能会担心孩子的饮食和安全，这一点请大家放心，寄宿制学校将采取严格的封闭式管理，保证孩子们的安全。寄宿的费用问题大家也不用担心，我们将会通过财政补贴、积极申请社会援助等，将寄宿的费用降到最低。

再苦不能苦孩子，教育关系到孩子的未来，关系到家庭的幸福。希望大家积极配合我们的工作，让孩子有力量去托起明天的希望。

L县教育局

2010 年 12 月 5 日

示例答案二 ▷

尊敬的各位家长：

大家好！

为了改变我县学校布局不合理的局面，进一步改善办学条件，提高办学效益，合理配置教育资源，我们将有效利用各方面条件，改进学校建设。

县有关部门会加大资金投入，将资金投入到建设新的教学楼、学生宿舍楼、学校食堂、学生厕所等，完善学校的各项设施，保证学生学习的环境。我们将合理配置教育资源，统筹规划学校布局。一是从实际出发，将农村学校有限的资源进行优化配置；二是调整中小学布局，建设一批试点学校，形成富有特色的实践模式，如联村办寄宿制学校、民族寄宿制学校、边境形象学校等。

创办寄宿制学校，意味着孩子们要去更远的地方读书，由于交通不便等原因，家长们难免会担忧。我们将努力把寄宿制学校办成群众满意、家长放心、学生"进得来、留得住、学得好"的学校，希望广大家长朋友能够共同关心和支持我县寄宿制学校建设，共同为孩子们创造好的学习条件。

L 县教育局

2010 年 12 月 5 日

 **评析**

答案一和答案二的格式和体例都没有问题，内容也基本上没有偏离主题。答案一内容具体，说理更为人性化，更容易让人接受；答案二内容过于简单，而且太直白，明显比答案一差。

（三）示例答案一 ▷

希望小学遭到废弃主要有以下三点原因：一是农村教育布局调整和"撤点并校"使一些希望小学被撤；二是学龄儿童减少，部分学龄儿童追随在外地务工的家长异地就学；三是农村税费改革引发经费紧张，财政经费的投入减少。

为解决这一问题应从以下几方面入手：第一，要有科学规划。新建希望小学的选址，务必要符合农村中小学教育布局调整计划，在捐建希望小学之前，首先要了解当地教育部门对未来学校发展的布局，一旦被撤并，要及时进行资产置换，保证捐方利益，在新学校里也要保留捐方曾经捐赠过的痕迹。第二，进行合理利用。废弃的希望小学的校舍属于集体财产，应当最大限度地利用起来，可以利用废弃的校舍建立乡村图书馆、村文化活动中心等村民文化娱乐场所，提高农村居民生活质量，实现废弃校舍的"零闲置率"。第三，加强宣传引导。通过增加就业岗位，加强学校基础设施建设等方面的努力，鼓励农民工在家乡务工、子女在本地就学，保证学校的学生数量。

示例答案二 ▷

根据资料，希望小学被废弃的原因有：希望小学条件相对较差，家长对希望小学教学质量缺乏信任；受城市化进程加快、计划生育政策、学校合并等因素影响，学生人数减少；学校选址不合理，导致办学和上学成本较高。

根据以上问题现提出以下建议：其一，整合教育资源。对非法占用的校舍进行回收，将废弃的希望小学进行拍卖处理。其二，集中资金兴建硬件条件完善、方便学生就近入学的学校。其三，将希望工程资金由过去对农村地区教育的扶持转移到对城市流动人口子女教育的扶持上；由硬件建设为主，转向以教师培训、现代化教育设施软件建设为主。

 **评析**

提干要求根据"给定资料"简要分析希望小学遭废弃的原因，并提出解决希望小学遭废弃问题的具体建议。答案一根据材料，分析了具体原因，并有针对性地提出了解决建议；答案二也按照题目要求进行作答，但是分析不够全面，其建议不如答案一具有可行性。

愿君莫做"摇摆人" 愿君惜取同源血
——在城乡公共服务一体化进程中解决外来人员"无根化"危机

城市与农村、城市人与农村人的身份认同危机和文化断裂，是当代中国社会的一个突出问题，那些来自农村、身在城市的知识分子，感觉自己融不进城市生活但又无法回到农村去，成为徘徊于城乡之间的"摇摆人"，这种"无根化"危机的意识在我国社会中普遍存在，我们要建设一个和谐社会，而不是断裂社会。十七大报告提出要解决好发展理念和发展机制，"形成城乡经济社会发展一体化新格局"。我们期待在加快推进城乡公共服务一体化的进程中，能够解决城市外来人员的精神困惑与"无根化"危机，让每一个社会成员获得平等地位，珍惜同源的血液，再也没有一个"摇摆人"。

城乡"摇摆人"是伴随着我国城市化进程加快，在人口流动中出现的一个特殊现象，像农民工、毕业后在城市工作的青年，由于户籍壁垒、经济实力、地域文化的隔膜等因素，陷入农村回不去又融不进城市生活的尴尬境地，许多城乡"摇摆人"怀揣梦想来到繁华都市打拼，与早期外来农民工群体相比，他们接受新生事物的能力更强，其价值观念和行为方式更为现代化，当然，他们也更加渴望融入城市生活，但是由于自身因素及现实的制度门槛、政策限制等，他们当中的大部分人只能游走于城市的边缘，被喻为"无根"之人：故乡回不去，城市也吝于向他们敞开怀抱。作为一支庞大的、不可忽视的新生力量，如何表达他们的诉求和情感，如何实现他们的权利和梦想，又如何在工业化、城市化建设的大潮中找到他们的未来，成为当下一个现实的问题。

解决"无根化"危机，消除"摇摆人"现象，首先要加强制度建设，加快推进城乡公共服务一体化的进程，打破户籍壁垒和地域限制，使公共服务普遍惠及在城市生活与工作的每个群体、每个人，要将外来务工人员普遍纳入城市社会保障体系，给予教育、就业、医疗、住房、养老等全方位的普遍保障，要让外来人员享受同等的市民待遇，才能促使他们落地生根，尤其要重视农民工子女教育问题，《国家中长期教育改革和发展规划纲要》明确要求解决好农民工子女就学问题，落实以全日制公办学校为主、以输入地为主保障农民工子女平等接受义务教育的政策，全面取消借读费。要研究农民工随迁子女义务教育后参加升学考试的办法，逐步实现农民工子女与城镇居民子女在接受教育方面享有同等待遇。"同等待遇"就意味着平等，意味着公共服务在不同群体之间的均等化，意味着公共服务在城乡之间的一体化和紧密衔接，这理应成为未来社会建设的主要方向。

解决"无根化"危机，另一个重要方面是给予外来人员以精神上的呵护，一些"摇摆人"之所以感到难以融入城市，关键在于城市文化的大门没有向他们敞开，要加大文化公共服务建设的力度，积极创造条件、提供平台，打造融本地居民与外来人员于一体的文化共建、共享体系，让外来人员参与共建，分享城市精神文明的成果，在城市中找到属于自己的精神家园。

不管是城市居民还是农村居民，我们具有同源的血液——源自一个民族，共踏一方热土，让我们珍惜、呵护不同群体本出同源的血液，化解一些社会成员的"无根化"危机，实现每一个社会成员地位平等，促进整个社会的和谐。

别让"失根危机"成为社会进步的障碍

近年来，我国经济快速发展，然而，经济高速发展的背后，却是乡土文化的衰败、地方文化的淡出，进而导致了国民心理的"失根危机"。伴随着这种危机心理的产生，是公民主体心理地位的丧失，甚至是人性的迷失。

我们知道，任何社会现象的产生有其深刻的社会背景。"失根危机"的产生既有制度层面的原因，也与我国特殊的二元经济结构以及长期的"文化赤字"现象息息相关。

在制度方面，户籍制度作为我国独有的一种民政管理制度，在我国历史上具有举足轻重的作用。但随着社会的发展，其僵化的结构所存在的弊端日益显现。我国经济发展出现的城乡差异以及地区差异现象，导致了劳动力人口的大规模流动，大量的进城务工人员的户籍问题无法解决，社会地位难以得到认同。

在经济方面，由于不同阶层间收入水平的差距不断拉大，"同工同酬"的愿景难以实现，公共基础设施的分配不均，其他资源的配给也呈现出极端分化的趋势。古人云："不患寡而患不均，不患贫而患不安。"这种分配机制的不合理，导致了国民自我价值感降低。

在文化方面，随着我国城市化进程的不断推进，西方思潮的不断涌进，中国传统文化的主体地位日益式微。都市"鸽子笼"式的生存环境，导致国民之间的经济联系虽然更加广泛，但心理距离却日益扩大。

针对以上问题，要消除国民"失根危机"的心态，首先，必须进一步推进户籍制度的改革，废除不合理的户籍制度；建立农村社会保障与社会福利体系，缩小城乡之间在社保、福利等方面的差距，淡化户籍作为差别化分配社会资源的功能。其次，保障社会公平，必须把公平摆在社会发展的绝对优先位置，初次分配也须优先注重公平，加强对高收入者的监管，从立法层面上对社会公平加以保障。最后，各级地方政府应加大对传统文化的普及推广，培养文化从属心理。另外，城镇社区应开展联动，丰富人民群众的文化娱乐生活，拉近彼此间的距离。

民众的心理土壤为"皮"，社会经济政治等各方面的建设为"毛"。唯有"皮"的"健康积极"才能造就"毛"的"柔顺平稳"。中国特色社会主义的目标是建立一个民主法治、公平正义、诚信友爱、充满活力、安定有序的和谐社会，在这样的目标理想的呼唤下，民众心理的"失根危机"一定能够得到妥善的解决。

评析

题目要求根据材料中的一段话，自拟题目写一篇文章，而那段话的关键词是"失根"。答案一主题鲜明，结构完整，观点明晰，是一篇不错的文章；答案二明显有些偏题，难以得到高分。

2010年中央、国家机关公务员录用考试《申论》试题及详解

省级以上（含副省级）综合管理类

 **试 题**

注意事项

本次考试包括给定资料和作答要求两部分。总时间为150分钟，建议阅读资料为40分钟，作答时间为110分钟，总分100分。

给定资料

1. 全球海洋面积大约3.6亿平方公里，占地球面积的71%。一般认为海洋资源包括旅游、可再生能源、油气、渔业、港口和海水六大类。根据国务院2003年5月9日颁布的《全国海洋经济发展规划纲要》，我国有海洋生物两万多种，其中，海洋鱼类3 000多种，天然气资源量14万亿立方米，滨海砂矿资源储量31亿吨，海洋可再生能源理论贮藏量6.3亿千瓦，海洋石油资源量约240亿吨。

联合国亚洲及远东经济委员会对包括钓鱼岛列岛在内的我国东部海底资源进行勘察，得出的结论是：东海大陆架可能是世界上最丰富的油田之一。据我国科学家估计，钓鱼岛周围海域石油储量大约30亿吨到70亿吨。据有关部门测算，整个南海发现的石油地质储量大约230亿吨至3 000亿吨，约占我国总资源量的三分之一，有第二个"波斯湾"之称。南海海域是世界上尚待开发的大型油藏之一，其中一半以上的储量分布在应归中国管辖的海域。

国家海洋局某负责同志指出，要看到我国海洋资源这些数字相对于我国庞大的人口规模来说是非常有限的。他说，衡量一个国家的海洋资源优势通常有三个指标：第一个指标是人均管辖海域面积。从这个指标上来看，我国在世界上的排名大概是120名左右；第二个指标是海陆面积比，我国这个比值是0.31∶1，世界排名大概100多一点；还有一个指标是海岸线长度和国土面积比，这个比值我国在世界上的排名是90多位。

渤海是我国唯一的半封闭型内海，总面积7.7万平方公里，海岸线3 784公里，素有我国"鱼仓"、"盐仓"和"海洋公园"的美誉。渤海是中国北方经济社会发展的生命线，20世纪80年代以来，随着环渤海地区经济的快速发展和开发力度的加大，渤海的污染日益加剧。

濒临渤海的二界沟是某市最大的渔港，过去城里的海鲜商贩和饭店伙计基本上都到这里来上海货。可眼下，尽管离休渔期还有一个月，但很多船都停靠在码头没有出海。"去年上冻之前，船上坞，一直停到现在。"一位码头管理人员告诉记者，因为污染，渤海的鱼越来越少，许多渔民都不愿出海了。有些大船一停就是半年，只有零星的几条小船还出海打鱼。正说话间，一条出海的渔船回来了。

记者："出去多长时间了？弄到啥了？"

船老大："哪有鱼啊，两天就那点虾爬子。"

记者："是不是你这船不行，不能到远的地方去？"

船老大："这船能跑十多海里呢，远处也没什么货，油用得多，赔得更多嘛。"

船老大告诉记者，出去两天，走了5海里，打上来的东西也就卖个几百块钱。可工钱、油钱，再加上吃喝，一天就得1 000块钱，倒赔。

船老大："三四年前这个季节，我一网下去就能上来四五百斤虾爬子，真能致富啊！可好景太短啦。眼前这些小得可怜的海货只配作饲料，卖不上价钱。"

根据某水产研究所的调查，1983年渤海鱼类有63种，2004年只有30种，带鱼、鳓鱼、真鲷、银鲳等几乎绝迹。

2007年，渤海实施监测的100个入海排污口中，有91个排污口超标排污，超标排污所占比例居渤海、黄海、东海、南海四大海域之首。调查显示，2003—2007年，渤海全海域未达到清洁海域水质标准的面积年均2.25万平方公里，约占总面积的29%，主要污染物为无机氮、活性磷酸盐和石油类。污染物主要来源于陆源排污、河流输入和海上养殖业。近年来，渤海海域赤潮发生的频率和规模逐年上升。2000—2007年，发生赤潮87次，累计赤潮面积2.05万平方公里，赤潮已经成为渤海海域主要的海洋灾害之一。权威部门指出，如果不采取果断措施，渤海将在十几年后变成"死海"。那时，即使不向渤海输入一滴污水，单靠其与外界水体交换恢复清洁，至少也要200年。实际上，从世界范围看，海洋及其资源的破坏，波及面积相当大，其原因不单是污染，还包括过度捕捞、填海造地、盲目攫取海底能源等。海洋的污染将毁灭鱼儿的家园，但让人类不寒而栗的毁灭绝非仅此而已！

2008年11月，国务院批准了《渤海环境保护总体规划（2008—2020年）》，规划确定了加强重点环节和关键领域的保护与防治，建立渤海污染防治与生态保护系统：面源点源治防联动，建立陆域污染源控制和综合治理系统；全面实施节水治污战略，建立流域水资源和水环境综合管理与整治系统等五大主要建设任务，体现了渤海环境保护任务的综合性、战略性与长期性，并强调在海洋开发过程中，全面推进节水、节能、节地、节材和综合利用，确保引进项目为低消耗、低排放、低污染和高效益的企业和产品，促进海洋环境的可持续利用。

2. 2009年4月，中共中央总书记、国家主席胡锦涛在视察沿海某省时提出，"要大力发展海洋经济，科学开发海洋资源，培育海洋优势产业，打造半岛蓝色经济区。"截止到2008年，我国海洋经济总产值接近3万亿元，占GDP总量的9.87%，并且提供了数以千万计的就业岗位。我国沿海已初步形成包括环渤海、长三角、珠三角在内的"三大五小"的经济区域整体布局，为进一步发展海洋经济奠定了坚实基础。据预测，到2010年，我国海洋生产总值占国内生产总值比重有可能达到11.11%，2020年将达到15.84%。

与传统海洋经济相比，承载蓝色经济发展的经济区，是以海洋、临港、涉海产业发达为特征，以科学开发海洋资源、保护生态环境为导向，以优势区域产业为特色，以经济、社会、生态协调发展为前提，即有较强综合竞争力的经济功能区。根据《实施集中集约用海 打造半岛蓝色经济区草案》，蓝色经济区将被打造成为黄河流域出海大通道经济引擎、环渤海经济圈南部隆起带、贯穿东北老工业基地与长三角经济区的枢纽、中日韩自由贸易先行区。但是，该省目前存在着实施"集中集约用海"的障碍，所谓"诸侯经济"发展态势明显，沿海各地申请的用海项目大都局限于本地区经济社会发展的需求，"诸侯经济"催生的"诸侯港口、诸侯电厂"遍地开花，重复建设及海岸线资源浪费严重，打造半岛蓝色经济区则有望打破这一瓶颈。该省知名专家W分析："如果从全国乃至全球发展的大格局上来审视，需要明确一个在国内外具有核心竞争力的重大战略；放在黄河流域来定位，则需要一个便捷的出海大通道和能带动整个流域发展的龙头。"他认为："把半岛蓝色经济区建设成为黄河流域的大港口、大交通、大钢铁、大能源、大电力、大石化、大造船基地，将拉动整个黄河流域社会经济迅猛崛起……半岛蓝色经济区的战略定位并非仅仅成为黄河流域经济发展的龙头，要争取把半岛蓝色经济区纳入国家发展战略。"目前，环渤海地区的天津滨海新区、河北曹妃甸工业区等都陆续进入国家战略。曹妃甸地处唐山市南部沿海，它依托唐山雄厚的产业基础和京津等大城市的区位、人才优势，发展潜力极大。根据国家批准的《曹妃甸循环经济示范区产业发展总体规划》，其工业区确定的功能定位是：能源、矿石等大宗货物的集疏港、新型工业化基地、商业性能源储备基地和国家级循环经济示范区。W呼吁："我省也必须积极争取国家重大政策支持，为今后的经济发展定位一个高起点。另一方面，环渤海地区的产业集聚能力已经相当高，为我省环渤海区域经济发展带来了不可多得的机遇。"

有识之士都赞成把原来分散的海洋经济区域整合起来，打造一个产业集聚区，最大程度地实现资源优势互补，在半岛地区形成具有核心竞争力的产业集群。据悉，该省拟打造蓝色经济区主体区"两城七区"，包括两个海上新城以及重化工集聚区、机械制造业集聚区、海洋装备业集聚区、海洋化工业集聚区、海洋高新科技产业集聚区、海洋新能源产业集聚区、石油产业集聚区七个工业区。"两城七区"的功能定位有交集，但是主导产业在其原有发展的基础上各有所异，海洋高科技产业在半岛蓝色经济区产业中的比重将得到大幅提高，以实现开发与保护并重的目的。

3. 日本濑户内海是半封闭的内海，曾是天然的鱼仓，是日本列岛最富足的海湾。20世纪40年代末，日本为全力发展经济，将濑户内海沿岸选为最重要的工业基地，此后，这里便逐渐成为工业部门的下水道，工厂把未经处理的工业废水随意排入内海。1955年以后，濑户内海的污染日甚一日，原来十几年一次的赤潮，后来发展到一年几百次，鱼虾绝迹。在这个过程中，发生了震惊世界的水俣病，熊本县水俣湾的老百姓吃了从濑户内海中捕捞的被高毒性的汞污染的海产品，导致痴呆麻痹、精神失常，只有4万居民的水俣县，竟有1万人得了这种病，更可怕的是水俣病还具有遗传性。水俣病震惊了世界。从20世纪70年代开始，日本下决心着手治理濑户内海，首先，颁布实施《水质污染防止法》、《海洋污染及海上灾害防治法》，还针对濑户内海特别制定了《濑户内海环境保护临时措施法》，决定对排入濑户内海及其邻近海域的工业废水负荷量减少一半，并规定三年之内，逐步将与工业废水有关的污染负荷量减少到规定程度。该措施法实施了三年，又延长了两年，事实证明它对恢复海域的良好环境起到了很大的作用，为不使前功尽弃，日本国会通过决议，将《濑户内海环境保护临时措施法》改为永久性法律，更名为《濑户内海环境保护特别措施法》。为了切断污染源头，政府将污染严重的化工厂迁离濑户内海，并大大减少填海造地的面积，濑户内海的大部分区域都被规划为国家公园，建立了800多个野生动物自然保护区。政府还协调建立了该海区沿岸13个府县和5个市的知事、市长参加的环境保护工作会议制度。在治理海洋污染的过程中，这种联席会议发挥着非常重大的作用。同时，有关部门大力加强内海环境调查与监视、监测的投资，各种自动化监测设备可以一年到头连续在海上观测，并多次开展大规模的海洋污染综合调查，对濑户内海的污染现状、如何治理了然于胸。通产省成立了防止濑户内海水质污染研究会、海洋生物环境研究所等科研机构，其他许多省厅和地方政府的研究所及大学和民间团体也都从事着与治理海洋污染有关的环境科学研究工作。半官方的濑户内海环境保护协会也扮演了重要角色，民间环保组织更是大量诞生，规模之大居世界之首。社会各阶层都在宣传保护濑户内海的重要性和必要性。经过30年社会各界的共同努力，濑户内海的水质已基本恢复到良好状态，海洋渔获量明显增加。现在，"综合性海域管理"已经成为世界学者都很重视和关注的课题，一些国际学者最担忧的情况是对海洋的无序开发，希望各国政府能以此为鉴，因为无序开发将给海洋环境带来难以估量的严重后果。

4.2009年10月，荷兰内阁批准一项"退耕还海"方案，位于荷兰南部西斯海尔德水道两岸的部分堤坝被推倒，一片围海造田得来的3平方公里"开拓地"将再次被海水淹没，恢复为可供鸟类栖息的湿地。这项"退耕还海"计划是对西斯海尔德水道疏浚工程的"补偿"，西斯海尔德水道位于荷兰南部，是比利时重要港口安特卫普港的出海通道，由于湾长水浅，进出安特卫普港的大型油轮只能在海水涨潮时通过西斯海尔德水道，据称，由此每年给安特卫普港造成损失7 000万欧元。疏浚西斯海尔德水道对于荷兰、比利时两国无疑都具有重要的经济意义。但是，要疏浚水道，必然要拓宽水岸，岸边的湿地就会被侵占。在环保组织看来，西斯海尔德水道两岸的湿地，首先是候鸟们在北非与西伯利亚之间迁徙的落脚点、中转站，其次才是可供人类利用的水道。为了人类的利益侵占候鸟栖息的湿地，实属不义之举。环保组织锲而不舍的抗争，促使荷兰政府作出决定，让几十户农民迁出100多年前围海造田得来的家园，以供候鸟们栖息，以此换取环保组织对水道疏浚工程的支持。

经过700多年的与海奋斗，荷兰人不仅用堤坝为自己营造出一个安全的家园，围海造田的面积更是占到荷兰国土面积的五分之一。这样一个在与环境不懈战斗中立足的国家，如今却要为候鸟让出部分家园，应当说，这样的抉择是值得称赞的。其实，类似围海造田这样的词汇，中国人并不陌生。自20世纪50年代以来，在"向湖泊要良田"的思想指导下，经过几十年的围湖造田运动，我国鄱阳湖和洞庭湖两大淡水湖面积均大幅缩小。到20世纪末，两湖面积比40年代末分别减少了1 400平方公里和1 700平方公里，减少比例分别为26％和40％。1998年肆虐整个长江流域的洪水，以一种惩罚性的方式，向围湖造田发出了最后的控诉。按照国家部署，1999年，有关省市开始实行大规模的"退耕还湖"，至2001年，"退耕还湖"已使昔日中国第一大淡水湖鄱阳湖水面面积增加了1 000多平方公里，大大提高了蓄水抗洪能力。据称，鄱阳湖水面面积因此大致恢复到了1949年的水平。荷兰的"围海造田"与我国的"围湖造田"有着相似的初衷，而"退耕还海"与"退耕还湖"都反映了人类可贵的自省。还应注意到，荷兰人的"退耕还海"虽然只涉及3平方公里的海域，但留给人们的思考却是很宝贵的。

5.1962年，在"与海争地海让路，向山要粮山听遣"的鼓舞下，南方某市数万士兵、学生大搞围海造田，历时4年，西郊牛田洋筑堤拦海工程全面完成，10多平方公里的大海变成了一个大型军垦农场。1969年7月28日，一场12级台风突袭，数层楼高的海浪涌入海堤，市区平均进水一两米，一艘外轮甚至被从港口抛到了山上。牛田洋军垦农场的海堤被削剩无几，抢险队员们以肉身筑成人堤，欲阻挡滔天巨浪，结果，一眨眼队伍便被冲入海中。30多个小时后，他们耕作的地方成为一片汪洋，553名部队官兵和大学生殉难。一场台风，大海夺回了本就属于它的土地，夺回的速度比数万狂热军民围海造田的速度快了几千倍。"沧海桑田—桑田沧海"，一个轮回只有7年！这真是奇迹，一个让人不堪回首的奇迹！

6. 根据《联合国海洋法公约》规定和我国《专属经济区和大陆架法》的主张，我国管辖的海域面积约300万平方公里（包括内海、领海、专属经济区等）。我国领海包括渤海、黄海、东海和南海的全部海域，总面积约38万平方公里。领海内分布着大大小小几千个岛屿，最大的为台湾岛，面积3.578万平方公里；其次是海南岛，面积3.22万平方公里，保护和开发海岛，是树立现代国土意识的重要组成部分。2009年6月，十一届全国人大常委会第九次会议上，《海岛保护法（草案）》首次提请审议，10月27日，再次提请全国人大常委会第十一次会议审议。预计该法案于年底出台。

阳光、沙滩、蔚蓝色的海水，珊瑚礁石垒成的渔村，停泊着几艘小渔船的渔港，这里是南海的西岛。2002年以来，南海某市制定与实施了一系列海岛管理制度，涉及海洋海岛开发保护规划的编制、海岛开发项目的审批程序、属地对海岛的有效监控等等。从某种意义上说，西岛能出现令人欣喜的现状，正是该市通过尝试一些新的制度和做法，协调了海岛开发和保护关系的结果。

海岛资源具有很大的旅游开发潜力，但又非常脆弱，一旦破坏，恢复非常困难，比如珊瑚礁，它是岛屿生态环境的重要组成部分，对环境有很高的要求，要在清洁且温度适宜的海水中才能生存，珊瑚遭受污染、破坏，不但岛屿整体环境会恶化，海岛的存亡也会受到威胁。有关专家指出，《海岛保护法（草案）》体现了一个非常重要的思想，就是把海岛和海岛周边的环境看做一个整体来保护，这里面既包括陆地，也包括海岸带、珊瑚礁、红树林以及海域等，陆地周边的环境对于海岛同样有重要的意义，共同组成了一个不可分割的整体。同时，在海岛资源环境保护的范围和性质上也有了很大的扩充，从岛陆扩展到整个海岛环境及各种资源，从有居民的海岛扩展到无居民的海岛。草案规定，无居民海岛所有权属于国家，防止随意侵占和开发无居民海岛的行为，保护的目标更加充实和明确。可以这样说，《海岛保护法（草案）》提供了一种认识海岛价值的新思维，它所产生的社会意义是极为重大与深远的。

申论要求

一、认真阅读给定资料，简要回答下面两题。

1. "给定资料1"提到，权威部门指出，如果再不采取果断措施，渤海将在十几年后变成"死海"。这里的"死海"是什么意思？（10分）

要求：准确、简明，不超过100字。

2. 请结合给定资料中的具体事例，谈谈你对"海洋的污染将毁灭鱼儿的家园，但让人类不寒而栗的毁灭绝非仅此而已！"这句话的理解。（10分）

要求：准确、简明，不超过150字。

二、依据给定资料，谈谈你从下面一段文字中得到了哪些启示。（20分）

荷兰的"围海造田"与我国的"围湖造田"有着相似的初衷，而"退耕还海"与"退耕还湖"都反映了人类可贵的自省；还应该注意到，荷兰人的"退耕还海"虽然只涉及3平方公里的海域，但留给人们的思考却是很宝贵的。

要求：分析全面，条理清晰，不超过300字。

三、假设你是沿海某省省政府工作人员，请结合给定资料，草拟一份《关于将半岛蓝色经济区纳入国家发展战略的报告》的内容要点。（20分）

要求：

1. 内容全面，有针对性；

2. 条理清楚，表达简明，不超过400字。

四、参考给定资料，围绕"海洋的保护与开发"，自选角度，自拟题目，写一篇文章。（40分）

要求：

1. 思想深刻，观点明确；

2. 内容充实，结构完整，语言畅达；

3. 总字数900～1 100字。

 详 解

【综合分析】

2010年的中央、国家机关公务员录用考试申论命题相对于2009年发生了不小变化，主要体现在以下方面：

1. 试题难度有所下降

给定资料字数在6 000字左右，与2009年相比有所下降；议论文题目要求中明确提出围绕"海洋的保护与开发"写一篇文章，主题明确，而2009年的申论主题提炼难度相对来说较大。

2. 题型选择打破以往的传统模式

2010年国考申论将省级以上综合管理类与市（地）以下综合管理类及行政执法类分开命题后，省级以上综合管理类职位的命题一改往年的传统题型，没有直接出现常见的概括题和对策题，第一题两道小题均为理解释义类题目，第二题要求思考荷兰人"退耕还海"的启示，是一道观点表达类题目，前两道题重点考查考生的阅读理解能力及综合分析能力。

3. 应用文体依然是申论命题的热点

应用文体是近几年国考申论命题的一个热点，2010年的考试中，这种特点再次得到体现。第三题要求考生以沿海某省省政府工作人员的身份，草拟一份《关于将半岛蓝色经济区纳入国家发展战略的报告》的内容要点。虽然只要求列出报告的内容要点，但实际上考查了考生对报告这一应用文体的掌握。在作答中，考生应从将半岛蓝色经济区纳入国家发展战略的必要性、可行性和前景三方面进行阐述，做到内容全面，条理清楚。

4. 议论文要求综合性强

2010年国考申论议论文看似难度不大，但如果不仔细审题，很容易只关注海洋的保护或开发的某一方面，从而导致偏题。海洋的开发和保护是两方面的问题，保护是针对海洋所遭受的污染而言的；开发是指如何实现有序开发，避免过度开发，如何更好地发展海洋经济。同时，这两方面又是紧密联系的，开发要在保护的前提下进行，保护和开发要统一而不能对立，这样才能实现人与自然的和谐。考生在作答时一定要先阐明两者之间的关

系，再对如何保护和开发展开论述。

【答案提示】

1. (1) 示例答案一 ▷

这里的"死海"是指因为对海洋资源过度利用、向海洋过度排污而产生的水域环境被污染、海水水质恶化、野生动植物减少乃至灭绝、自然灾害增多、海洋环境短时期内不能实现自我调节的海域。

示例答案二 ▷

此处的"死海"是指没有动植物能够生存的海域。因为人类忽视环境保护，造成海洋的水质变坏，里面的生物都灭绝了。

✏ **评析**

解答此题应结合给定资料的上下文意思，说明死海的形成原因和主要特征。答案一比较具体全面；答案二概括得过于简单，说法模糊，得不到高分。

1. (2) 示例答案一 ▷

海洋的污染将毁灭鱼类的生存环境，但是还会造成更严重的后果。因为海鱼是食物链的重要一环，鱼类灭绝将导致很多海鸟灭绝，并由此导致其他动植物灭绝。同时，海岸附近渔民的生活来源也大受影响，海洋养殖业将无法进行。而且，由于污染，人民的身体健康将受到损害。

示例答案二 ▷

海洋的污染破坏了海洋生态，导致水质恶化、野生动植物减少甚至绝迹。更严重的是，这种污染可能导致海洋生态环境自我调节能力受损，自然资源减少，自然灾害增多，影响经济社会的可持续发展；海洋污染还可能导致疫病，直接威胁沿海地区居民的生命和身体健康。这些危害比动植物减少更让人担忧。

✏ **评析**

此题关键是说明海洋污染更严重的后果。答案一条理清楚，说明全面；答案二概括得也比较全面，只是在语言组织上显得凌乱，得分应该不如答案一高。

2. 示例答案一 ▷

荷兰的"退耕还海"和我国的"退耕还湖"有共同的出发点，表明了人们对自然环境的重视。这带给我们的启示是：我们在改造自然、发展经济的同时必须注意经济与环境的协调，开发要适度、合理，要符合自然资源的承受力，否则会导致严重后果；我们对过去经济发展中一些错误做法造成的对自然的损害要敢于承认和纠正，从协调经济、环境的角度出发，适当牺牲人类经济发展的需要，采取措施恢复自然环境，无论这种错误多么微小，都要坚决改正；在经济发展过程中要坚持对发展思路、方式的错误进行反省和纠正，不断改进发展方式，不能只看到眼前或当代的利益，要有长远眼光。

这段文字带给我们的启示如下：

第一，为谋求发展，人类有必要对自然资源进行合理的开发和利用，如荷兰疏浚西斯海尔德水道。

第二，在经济发展与环境保护存在矛盾时，要采取科学合理的措施平衡两者之间的关系。对自然资源的开发利用应当是合理的、有节制的，决策时应充分考虑生态环境因素。

第三，事实证明，不考虑环境因素而进行资源的开发利用会导致严重后果，从而影响经济社会的健康发展。人类应当自省自身的行为，及时纠正错误做法，从以往及他人的教训中吸取经验。

第四，荷兰能够舍弃本国经济利益保护迁徙候鸟，为生态保护作出贡献，这是值得称道的，也为各国处理类似问题带来启发。

第五，环保组织在环境保护工作中起到了十分重要的作用。

评析

> 此题要求围绕荷兰"退耕还海"和我国"退耕还湖"来阐述启示。答案一中心明确，有社会高度；答案二看似概括全面，但思路混乱，没有重点，得分不会高。

3. 示例答案一 ▷

《关于将半岛蓝色经济区纳入国家发展战略的报告》的要点如下：

第一，我省半岛经济发展面临瓶颈，各地区各自为战，重复建设情况严重，难以形成合力，严重阻碍全面发展。由于缺乏统一协调，资源的无序利用现象突出，环境得不到有效保护。为了改变这一现状，使本地区获得快速发展，我们应尽力争取使这一重要规划纳入国家发展战略，争取国家支持。

第二，半岛蓝色经济区应以港航、交通、造船等龙头产业为重点，在省内规划"两城七区"的经济区主体区分工，确定不同的发展目标，整合各地资源，做到优势互补，将周边海岛纳入总体规划，强调开发与保护并重，更加注重海洋高科技产业、旅游业等的发展，从而实现整个地区的全面快速发展。

第三，半岛蓝色经济区的建立应特别注重提高产业层级、优化发展方式，要加大对相关企业、产业发展的审查力度，着力发展技术含量高、低污染、低排放的产业，淘汰落后产业，适当建立环保区域，推进节水、节能、节地、节材和综合利用。在实现发展的同时，要有效保护环境，做到可持续发展。

示例答案二 ▷

《关于将半岛蓝色经济区纳入国家发展战略的报告》的要点如下：

第一，半岛蓝色经济区的功能定位。要将其打造成为黄河流域出海大通道经济引擎、环渤海经济圈南部隆起带、贯穿东北老工业基地与长三角经济区的枢纽、中日韩贸易先行区。

第二，将其纳入国家发展战略的可行性和必要性。大力发展海洋经济，有利于我国经济社会发展。我国沿海经济发展已具有一定规模，为进一步发展奠定了基础。打造半岛蓝色经济区，有利于整合分散的海洋经济区域，减少"诸侯经济"带来的项目重复建设及资源浪费造成的损失，促进黄河流域社会经济迅猛崛起，服务全国经济发展大局。另外，要争取国家政策支持，从而推动该区域进一步发展。

第三，打造半岛蓝色经济区的具体措施。一要按照"两城七区"的功能定位发展半岛蓝色经济区，实现主导产业各有所异，优势互补。二要注重科学开发和保护生态环境，以经济社会生态协调发展为前提，提高高科技产业经济比重，做到开发与保护并重。

评析

《关于将半岛蓝色经济区纳入国家发展战略的报告》的要点应当包括为什么要将半岛蓝色经济区纳入国家发展战略，纳入后应该如何发展。答案一条理清楚，说明全面；答案二引用材料内容过多，说明散乱而不全面，得分肯定不如答案一高。

4. 示例答案一 ▷

实现海洋开发与保护双赢

近年来，海洋资源开发范围不断扩大，海岸线上的工商业越来越发达，而其造成的我国天然海洋资源减少、海岸带生态环境遭受破坏以及近岸海域污染形势严峻等后果也越来越严重。海洋环境保护是当今世界各国都关注的问题，也是重大的社会经济问题，已成为科学技术领域重大的研究课题，我们在开发海洋资源的时候尤其要重视保护。

首先，要对海岸、海岛做好保护工作。目前，国家海洋局正在积极呼吁加快《海岛保护法》出台。对于有争议的海域，中国一直倡导"搁置争议，共同开发"的原则。在"搁置争议，共同开发"之前，我们应该提议"共同保护"。这样更容易被一些国家所接受，各国要更加注意保护海岛，而不只是索取利益。通过共同保护，更加有利于今后我们海洋资源的可持续利用。我国的海岛资源丰富，是我国经济发展触角有待延伸的一片广阔空间。但是，由于缺乏合理的开发利用规划，导致了无序、盲目开发的混乱局面，使得海岛及其周围海域资源衰退，生态环境恶化等。为了避免海岛生态环境的进一步恶化，我们一定要规划好、保护好海岛。其实保护也是一种发展。保护好了海岛和海岸，就是保护了亲鱼产卵地和幼鱼栖息地，保持了鱼类的再生能力，从而实现渔业资源的可持续利用，渔民的生产生活就有了保障。

其次，统一规划，有序利用。在强调保护海洋资源的同时，如何实现合理利用呢？海岛、海岸都是珍贵的资源，我们一定要有序利用，高效使用，不能粗放式地开发利用。我们要明确一个观念：它们都是宝贵的蓝色国土资源，不能盲目开发，无序利用，国家要做好统一规划，要做好边界划分工作。目前界限不清的情况主要有三种：一是河口跟海域的界限不清，或者说根本没有确定一条分界线；目前是哪个单位强势就归哪个单位管。二是省份之间管辖的河口、海域要划清界限。由于界限不清，沿海地区之间的争端时有发生。三是由于海域划界不清，引起与其他国家的海洋资源争端、岛屿归属等争议问题。建议国家要出台相关政策保护我们的岛屿。如果划清界限，就可明确各方开发的权利和相应的保护责任，改变"各自开发，无人保护"的无序局面。

第三，保护与利用是可以互利互惠的。那么，保护与开发之间到底应该如何平衡呢？我们不能为了保护而保护，而是要实现利用与保护的双赢。有人认为保护和利用是一对矛盾，我认为，只要坚持科学发展观，保护与利用是可以互利互惠的。

总之，我们要以科学发展观为指导思想，合理地开发利用海洋资源，在保护环境的前提下做到全面协调可持续发展。

示例答案二 ▷

海洋的保护与开发

今后几十年，海洋将成为国际竞争的主要领域，而今后 20 年又是我国经济发展的重要战略机遇期，"海洋经济"将成为我国改革发展过程中的重点。

然而，我国目前大部分地区经济发展的粗放型增长方式，以及在环保机制、管理体制和执法力度等方面存在的种种问题和缺陷，使得我国沿岸海域的环境形势始终令人担忧，海洋受到了不同程度的污染和破坏，给人民群众的生存和发展带来了极为不利的后果。如何兼顾海洋的"保护"和"开发"成为摆在我们面前的严峻课题。

目前，我国在海洋的保护和开发领域还存在诸多的问题：我国沿海海域赤潮发生的频率和规模逐年上升，有的沿海领域有演变为"死海"的危机；各省存在着实施"集中集约用海"的障碍，"诸侯港口、诸侯电厂"遍地开花，重复建设及海洋资源浪费严重；历史上的"围湖造田"运动留下了诸多的生态问题，使得江河流域存在洪水隐患。

针对上述存在的众多问题，应该从以下角度出发加大对海洋的保护力度，并按照科学发展观的要求，实现可持续的海洋"开发"：

加强海洋环境保护的执法力度。要改革排污收费制度，变超标收费为排污收费，并尽快制订《排污收费工作实施细则》。

加强海洋环境保护的领导职责。要建立健全海洋环境保护领导任期目标责任制，并将其列入沿海城镇和乡村干部政绩考核内容，做到海洋环境保护工作目标落实、责任落实和措施落实。

建立政府"达标"公众监督制度。环保部门要对重点排污入海单位的达标进度和改善城市水环境质量的建设项目定期检查、定期调度，发现问题后要及时解决。同时，戴斌老师认为还应该切实加强海洋环境保护的宣传教育活动。

不断改善近岸海域环境质量，深化城市环境综合整治定量考核制度，加大城市污水综合整治的投入，用行政处罚、吊销营业执照等多种约束手段，敦促工厂必须按环境生态学的要求，使工业废水排放达到国家或地方规定的标准，并用税收扶持等手段鼓励企业开发环保产品，抢占国际市场。

完善各省份的《环境保护总体规划》。要建立沿海污染防治与生态保护系统，全面实施节水治污战略，建立流域水资源和水环境综合管理与整治系统等五大主要建设任务，并在海洋开发过程中，全面推进节水、节能、节地、节材和综合利用，确保引进项目为低消耗、低排放、低污染和高效益的企业和产品，促进海洋环境的可持续利用。

通过制定相关政策，调整并优化海洋产业及沿海省份的产业结构，在沿海省份发展低能耗、低污染的产业模式。同时，要全面监管近岸海域，及时查处各类违法破坏海洋资源和环境的行为。

依靠科技进步，加大对海洋经济模式及产业化的创新力度。通过开展对海洋产业关键技术和高新技术的研究，提高沿海地区的海洋资源开发利用水平。同时，要进一步加强对环保技术的研发及推广的经济扶持力度，保护海洋环境，最终实现可持续发展。

 评 析

　　此题要求围绕"海洋的保护与开发"，自拟题目进行论述。答案一中心明确，结构合理，条理清楚，论证有力，是一篇不错的议论文；答案二从表面看也不错，但是给出的建议过于粗放，没有现实意义，因此得分不会太高。

2010 年中央、国家机关公务员录用考试《申论》试题及详解

市（地）以下综合管理类和行政执法类

 试 题

注意事项

　　本次考试包括给定资料和作答要求两部分。总时间为 150 分钟，建议阅读资料为 40 分钟，作答时间为 110 分钟，总分 100 分。

给定资料

　　1. 海洋是人类家园的组成部分，为人类社会的发展提供了丰富而宝贵的资源。海洋资源包括旅游、可再生能源、油气、渔业、港口和海水六大类。我国海域内，有海洋生物两万多种，其中，海洋鱼类 3 000 多种，天然气资源量 14 万亿立方米，滨海砂矿资源储量 31 亿吨，海洋可再生能源理论蕴藏量 6.3 亿千瓦，海洋石油资源量约 240 亿吨。

　　随着工业化、城市化的快速发展和人口数量的增长，全球海洋污染愈益严重。海洋污染的治理难度非常大，特别是像渤海这样的内海，海水封闭性强，自身交换能力差，一旦被污染，它的自我更新周期至少需要 15 年。渤海素有我国"鱼仓"、"盐仓"和"海洋公园"的美誉，但近 30 年来污染加剧，情况堪忧。调查显示，1983 年渤海鱼类有 63 种，2004 年只有 30 种，带鱼、鳓鱼、真鲷、银鲳等几乎绝迹。2000—2007 年，渤海发生赤潮灾害 87 次，累计赤潮面积 2.05 万平方公里。

　　2001 年，国务院正式批准由国家环保总局、国家海洋局、交通部等有关部门和天津、河北、辽宁、山东四省市联合制定的《渤海碧海行动计划》（以下简称《碧海计划》），旨在促使渤海近岸海域海洋环境质量的改善，努力实现海洋生态环境的良性循环。《碧海计划》总投资 500 多亿元，投资项目 427 个，主要包括城市污水处理、海上污染应急、海岸生态建设、船舶污染治理等内容。实施区域包括天津、河北、辽宁、山东辖区内的 13 个沿海城市和渤海海域，以每 5 年为一个阶段实施。近岸海域环境保护拟分阶段推进，分为近期、中期和远期目标。2001 年至 2005 年要实现的近期目标是：渤海海域环境污染得到初步控制，生态破坏的趋势得到初步缓解。

　　科学调查与监测结果证明，陆源污染对渤海威胁最大，入海河流流域周边的生活污水、工业废水、农药及化肥污染是三大陆源污染源；此外，船舶石油泄漏、海上石油开采和海水养殖中的添加剂也会对海洋造成严重污染。在近期治理阶段，为遏制陆源排污，做

了大量工作，但我国四大海区中，渤海沿岸超标排放的入海排污口最多，比例高达90％以上。渤海沿岸有分属在三省一市的13个城市，渔、盐、农、航运、石油、旅游、工业等众多行业在渤海进行经济开发活动，海洋、环保、农业、交通等政府管理的不管治理，管治理的管不了排污。众多主体分享渤海的环境效益与经济效益，这就使渤海成为典型的"公地"，直接影响沿海地方政府治理的积极性，造成治理工作效率低下。《碧海计划》只是一个政策性文件，不具有法律强制性效应，执行过程中，难以借助法律手段实现管理体系、监测体系、投资体系、统计体系、评价体系的对接统一，这也直接影响了治理的效果，有关权威部门发布的2004年渤海环境质量公报显示：污染范围比上年扩大。未达到清洁海域水质标准的面积约2.7万平方公里，较上年面积增加约0.6万平方公里，占渤海总面积的35％。其中，轻度污染、中度污染和严重污染海域面积较上年分别增加了44％、56％和57％，污染程度明显加重。近几年的连续监测结果显示，进入21世纪以后，渤海环境污染仍未得到有效控制，轻度、中度和严重污染海域面积呈上升趋势。显然，《碧海计划》近期目标难以如期实现，但是很多专家也指出，不能否定实施《碧海计划》的积极意义，它毕竟为其后《渤海环境保护总体规划（2008—2020年）》的制定提供了可借鉴的经验教训。

2008年11月，国务院批准了《渤海环境保护总体规划（2008—2020年）》。规划确定了加强重点环节和关键领域的保护与防治，建立渤海污染与生态保护系统；面源点源治防联动，建立陆域污染源控制和综合治理系统；全面实施节水治污战略，建立流域水资源和水环境综合管理与整治系统等五大主要建设任务，体现了渤海环境保护任务的综合性、战略性与长期性，并强调在海洋洋开发过程中，全面推进节水、节能、节地、节材和综合利用，确保引进项目为低消耗、低排放、低污染和高效益的企业和产品，促进海洋环境的可持续利用。

2.1996年联合国第二次人居大会提出了"宜居城市"的概念。在现代化城市建设中，首先要考虑经济、文化、社会环境、自然环境的协调发展，只有这样，才能打造良好的人居环境，进而满足居民物质和精神生活的需求，使城市成为适宜所有居民工作、生活和居住的家园。

扼守渤海海口的W市曾被联合国有关机构授予"宜居城市"称号。W市为了进一步建设"宜居城市"，准备扩大城市的"宜居"范围，决定把污染海水的养殖业逐步取消或迁出市区，此项计划已进入实施阶段。如W市城区东侧的海湾，以前有成片的养殖区，自从开发附近岛屿为旅游风景区后，先前的海水养殖逐渐外迁到了70公里以外的外海。最近，W市又着手将污染环境的渔港码头搬迁到郊区。渔港码头搬迁后的新址在市区最北端的远遥村。记者看到，村边到处都是生活垃圾，海产垃圾和建筑垃圾，刚刚下过大雨，污水冲刷着垃圾堆，向大海扑下来，沙滩脏得没处下脚，海水散发出扑鼻的恶臭，新码头的修建已经动工，眼下正在用建筑垃圾填海，渔港码头搬迁到这里，引起了当地村民的不满。村民们说，它们会转移污染，会把这里的海水弄脏，村子弄脏，村里的小渔船也将没有生存空间。另外，远遥村的村民们还养着几千亩扇贝，等渔港搬来后，这项生产也难以为继了。W市对海岸环境的整治，是从"景观治理"的角度来搞的，而市区的渔村，没有主打的旅游项目，常年以传统的渔业、海水养殖业为经济支柱。"远遥村的人也是W市人呀，他们什么时候也能过上'宜居'的日子？"

W市所辖的银滩自然环境优美，在2002年11月被国家旅游局批准为4A级旅游区。银滩开发初期的定位是建一个旅游区，后来外省某大油田在此处投资4亿元买地盖房，准备将4 000户油田职工家属搬迁过来。紧跟着，又有几家石油化工企业出来开发房地产，盖楼卖给自己的职工，相关石油、石化产业也准备搬迁过来。大喜过望的W市提出口号：把银滩打造成不出石油的石油城！据称，如果这些油田所开发的楼盘全部售出，可以安置60万人，现在整个银滩开发区大约只有2万居民。银滩管委会宣传科科长告诉记者："某大油田投资5亿元，正在银滩以北建一个工业园，已经奠基了。"

W市今后怎样发展，怎样建设"宜居城市"引起社会的极大关注。很多市民认为，这里的城市建设年年上项目，名气越来越大，收入肯定越来越多，前景应该看好。一位出租车司机说，10年前W市还破破烂烂的，现在真像个大城市了，来这儿旅游的人很多了，钱好赚了。记者问他："你们就不担心人多了，这里就不再清静了吗？"这位司机说："挣不到钱，怎么生活，光清静有啥用？"

3. 兵库县是日本重要的工业区和港口区，沿海岸线的许多地区工厂林立，许多海岸都被砌成了高大笔直的混凝土大坝，而这些工厂所在的陆地，很多都是填海形成的。20世纪中期，日本经济高速发展，人口迅速增加，国土面积狭小的日本开始规划填海造地，从1945年到1975年，日本政府总计填海造地11.8万公顷（相当于两个新加坡的面积）并统一进行工业布局，将炼油、石化化工、钢铁和造船等资源消耗型企业配置于东京湾以南的沿太平洋带状工业地带上，使原料码头与产品码头成为工厂的一部分，减少中转运输费用。日本有关专家指出，港口与工业区紧密结合在一起的布局不仅使能源消耗量大的钢铁、水泥、制铝、发电和汽车业等成本下降，促进了这些行业以及造船、机械和建筑等工业部门的发展，而且使以石油为原料的石油冶炼、石油化学、合成纤维、塑料制品和化学肥料等工业飞速发展。最明显的问题就是海洋污染，很多靠近陆地的水域里已经没有生物。整个日本的近海海域经历了20世纪六七十年代的严重工业污染，尽管后来政府立法要求工厂和城市限制排污，情况得到了一些缓解，但要恢复到以前的情况非常困难。由于工厂和城市长期排放污染物，海底大量滋生细菌，导致赤潮频发。其次是滩涂减少了约3.9万公顷，后来每年仍然以约2 000公顷的速度消失。过度的填海还导致日本一些港外航道的水流明显减慢，天然湿地减少，海岸线上的生物多样性迅速下降，海水自净能力减弱，水质日益恶化。因此，日本政府现在又不得不投入巨资，希望能够恢复生态环境，国家为此设立了专门的"再生补助项目"基金，并且引导地方政府、居民、企业、民间组织等社会各界积极参与改变和修复被破坏的海洋环境。例如20世纪80年代，地处神户地区的日本钢铁公司搬走后，兵库县大型钢铁厂变成了一块综合性绿地。在治理工作中，兵库县政府还鼓励大家在自己的家周围和工厂区种植植物，所有费用都由政府提供，并且在树木种植之后政府还提供三分之一的管理经费给一些民间公益组织进行维护和管理。当地官员表示："我们计划用100年来彻底改变和恢复这一地区的生态环境。"难怪环保专家这样说："兵库县堪称'环保错位'的典型。"现在，日本的各种海洋环保研究机构正在不断进行各种试验，希望能够找到恢复海洋生态环境的更好方法，这些试验包括人造海滩及人造海岸、人造海洋植物生存带等。经过把各种技术组合起来进行试验，各种小鱼小虾、贝壳和海洋微生物已经出现在人造海滩、海岸周围，显示着环境的改善。日本专家介绍说："我们已经感受到这项工作的难度，这是一项非常漫长的工作，而且所需要的资金和技术投入非常巨大。"关于恢复海洋环境的工作思路，日本专家表示："必须充分考虑自然、海洋和人类三者的和谐，恢复生物多样性的生态环境。"

4. A市早在宋代就享有"东海明珠"的美誉。眼下，这里正在打一场保卫"蓝色国土"的扫黑战役。此"黑"非黑社会势力，而是污染所致的"黑水"。A市海岸带流淌的黑水是漂染、造纸、电镀等企业排放的废水。J市与S市为A市所辖的县级市，早在1997年，濒临海湾的J市准备在郊区西滨兴建电镀集中控制区。当时环保专家对选址作了这样的评估："西滨镇位于J市城市上风向，地面水的下游，沿岸海域环境尽量不受污染。"至于会不会危及下游的S市，那是其次的问题。事实上，兴建"电镀集控区"可能造成一系列的后果。一是集控区电镀、造纸、漂染、制革等企业排放的工业废水具有严重化学毒质，对水产资源有毁灭性的破坏。二是A市所属的几个海湾都是内海腹地浅水湾，海水自净能力差，工业污水将随退潮排出，随涨潮返回，难以排向深海。三是海湾一带是省级蛏苗生产基地，也是红膏鲟、海鳗和虾类的产卵、成苗地，海水污染不仅严重损害上述珍贵水产资源，也给该地区群众生产、生活造成严重危害。四是贝类具有富集重金属的特点，受污染的贝类上市后影响人民群众的身体健康。为此，省水产厅发文，明确提出"按环保的条件评估，不宜在J市西滨镇设立电镀集控区。"但是，就在为选址争议期间，西滨镇已经陆续兴建了一些严重污染环境的工厂，使下游S市附近的水头村深受其害。水头村曾是远近闻名的蛏苗生产基地，80％的村民从事水产养殖，正常的年景，全村的养蛏收入都在四五千万元，所缴税款比一些乡镇的数额多得多。自从村里的溪流注入了来自上游西滨镇的污水，就成了墨汁一般的臭水沟，几千亩滩涂养殖区被污水渗透沉积，已经一片荒芜。据村民介绍，他们村所受的污染已经有好几年了，蛏苗的养殖面积和产量逐年下降，至2004年，全村蛏苗近乎绝收，经济损失三四千万元，村民失去了固定收入，年轻人被迫外出打工。多数人健康状况每况愈下，癌症患者呈逐年上升趋势。省渔业环境监测站对滩涂养殖区蛏苗死亡原因进行监测的结论是：受蛏苗培育区内海水中高浓度铜的影响，其他超标污染物铅、锌、挥发酚、多氯联苯等也起了协同作用，这也是养殖区内水质、底质环境逐年恶化的结果。

2006年1月，A市人代会通过《关于加强近海水域环境污染治理的决议》，确定将"A市近海水域的污染整治"列为政府必须无条件完成的一项"铁任务"。《决议》内容简洁明了，几乎一句话就是一项措施和目标：市政府组织开展近海水域环保状况勘察调查，制定年度治理计划；加快环保基础设施建设，控制近海陆源污染物排放；加强环境监管，巩固治理成效；按照"谁污染谁治理"的原则，征收超标排污费；监督企业完善治污设施并保证正常运行，确保达标排放；落实县（市、区）长环保目标责任制和重点乡镇领导干部环保绩效考核制度，督促本地区污染源治理。2月，市政府通过了市环保局主持编制的《A市近海水域污染专项整治方案》。3月，有关部门完成了全市近海水域的污染源调查。4月，市政府出台了对近海海湾沿岸进行综合治污的具体规划。5月，市中心区的生活污水有望得到妥善处理。最令人鼓舞的是，"西滨镇电镀集中控制区"项目已被市政府彻底否决，污染源头被切断。S市政府出示了"专项整治方案"，将全市70家企业列入污染源监控名单。市政府还计划在四五年内投入3.4亿元用于海水治污，并将在今后5年内逐步淘汰全市的畜禽养殖业，尽力减少污染源。该市政府呼吁，对一些重污染企业将要拿出"壮士断腕"的勇气，如此作为，方可保证将整治工作"进行到底"。

5. 天津地处环渤海中心，拥有153公里的海岸线，其中滨海新区是海洋开发的主要地区，在临港工业区的施工工地，记者看到，一根硕大的管道将几公里外港口疏浚航道的泥沙源源不断地抽吸过来，在这里吹填造陆。工程负责人说："这样做的话既疏浚了航道又进行了吹填造陆。"临海工业区总体规划填海造陆80平方公里，而工业区在建设之中就始终坚持科学选址、科学规划、科学围填，目前一期20平方公里已全面完成建设，成为国家级现代化的循环经济示范区。天津临海工业区主任说："天津的南面污水一直影响到整个滩涂，形成了一个浅滩，适合围海，能改造这块儿的生态环境又适应发展经济的需要。"那么在这里围海造地，到底有没有改善当地的生态环境呢？记者注意到，在新建的陆地上，原来被污染的海滩，已经变成了绿洲，草坪、树木随处可见，码头作业区的海水也变得清澈碧绿。

假日的天津港东疆港区，人们纷纷来到海边游泳度假，孩子们在柔软的沙滩上嬉戏游玩，但谁也想不到脚下金黄色的沙滩是人造的，沙子是天津港的建设人员千里迢迢特意用船从广西运过来的，这又是为什么呢？天津港负责人介绍说："东疆港区在建设之初就充分考虑到生态环境的要求，港口布局按三大块布置，既有生产区又有物流加工区，还给天津市民留有10公里的生态岸线。"发展工业与环境保护融为一体，是天津滨海新区在发展海洋经济上的一大亮点，而在规划中将陆地与海洋的开发取长补短、有机结合、形成互补，则是滨海新区海洋开发的又一特色。采访中记者了解到，天津市海洋部门为了鼓励围垦企业优先考虑环境保护，制定了一定的鼓励政策，如"对于企业预留生态岸线，给予使用金的相应减免"等。

申论要求

一、认真阅读给定资料，简要回答下面两题。

1. 《渤海碧海行动计划》近期目标难以实现有多方面的原因。请依据"给定资料1"分别进行概括。（10分）

要求：准确、全面，不超过200字。

2. "给定资料3"中环保专家认为"兵库县堪称'环保错位'的典型"。请结合资料内容，对"环保错位"的实质进行阐释。（10分）

要求：准确、简明，不超过150字。

二、针对W市在进一步建设"宜居城市"过程中存在的具体问题，参考给定资料，提出解决这些问题的具体建议。（20分）

要求：

1. 准确全面，切实可行。

2. 条理清楚，表达简明，不超过300字。

三、A市市政府准备大力宣传推进对近海水域的污染整治工作，请你结合给定资料，以市政府工作人员的身份，草拟一份宣传纲要。（20分）

要求：

1. 对有关宣传内容的要点进行提纲挈领的陈述；

2. 体现政府精神，使全世界关心、支持污染整治工作；

3. 通俗易懂，不超过400字。

四、结合给定资料中的具体事例，以"海洋的健康"为题目，自选角度，写一篇文章。（40分）

要求：

1. 中心明确，事实与观点紧密结合；
2. 言语畅达，条理清楚；
3. 总字数 800～1 000 字。

详 解

【综合分析】

2010 年的中央、国家公务员录用考试申论第一次将副省级以上和地（市）级以下分开命题，以往都用的是同一试卷，只是在个别题目上有所差别。地（市）级以下的考题具体特点与副省级以上的考题大同小异，差异比较大的是，地（市）级以下的考题更注重贯彻执行能力的考查，这一点考生应该加以重视。

【答案提示】

1.（1）示例答案一 ▷

《渤海碧海行动计划》的近期目标难以实现的原因主要有：第一，渤海地区污染情况严重，陆源污染和海洋污染情况恶劣；第二，渤海的"公地"性质影响了当地政府治理污染的积极性，治理污染效率低下；第三，《渤海碧海行动计划》只是一个政策性文件，缺乏法律的强制性效用，执行过程中难以借助法律作用形成有效的统一管理；第四，缺乏专门的管理机构，未形成责任制，海洋部门和环保部门没有明确职责。

示例答案二 ▷

《渤海碧海行动计划》近期难以产生效果的原因有：渤海海域为内海，具有封闭性的特点，自我净化能力差，短期治理难以奏效；海域入海排污口众多，污染严重，短期治理困难；渤海沿岸涉及省市众多，各管理部门职能不统一，缺乏统一的协调机制，责权不明，难以形成综合治理体系；沿岸各省市之间利益多元，各方只顾追求部门或局部利益，缺乏环境保护和治理的积极性；治理规划属于政策性措施，缺乏法律强制力，影响治理的效果。

评 析

答案一和答案二各有千秋，都比较全面地归纳出了《渤海碧海行动计划》近期目标难以实现的具体原因。此题答题的关键是要紧扣材料内容，总结出具体原因。

1.（2）示例答案一 ▷

"先污染、后治理"的做法是"环保错位"的典型。兵库县为了发展海港经济在沿海施行了"围海造地"，这种做法导致了海洋污染和滩涂减少。日本政府不得不投入大量的资金对破坏的环境进行恢复和治理。有鉴于此，今后在进行海洋开发的同时应当注重海洋环境的保护，形成自然、海洋和人类三者的协调，维护海洋生物的多样性。

文中"环保错位"是指没能做到经济发展和环境保护的协调，片面追求经济效益，缺乏环境保护意识，采取"先开发、后治理"的发展模式，导致海洋生态环境遭到破坏，生态退化，灾害频发，进而影响人类的生存和发展。等这些负面影响显现出来之后再开始采取相应措施进行治理与修复，从而恢复自然生态，增加了治理的难度和成本。

✎ 评 析

"先开发（污染）、再治理"是材料中"环保错位"的核心内容，答案一和答案二都指出了这一点。答案一以材料中指出的兵库县为例来解答显得更具体、形象。

2. 示例答案一 ▷

针对"宜居城市"建设中出现的问题，特提出如下建议：

一要考虑社会的协调发展，不能只关注短期利益，要满足人民生活水平和质量的双重需求。

二要变简单的产业迁移为综合的产业整合，避免迁移带来新的污染。宜居建设不能简单扩大范围，更要注重质量。

三要树立"生态经济治理"的发展思维，不能只搞"景观治理"。发展旅游资源的同时要兼顾传统产业的发展，保护支柱产业；污染治理要做到"以人为本"，避免因治理影响经济发展和人民生活水平。

四要根据地方资源和地理特色合理定位发展方向，避免不科学的投资和项目建设以及以牺牲环境为代价的经济发展。

五要兼顾经济发展与环境保护，以经济增长带动居民生活水平的提高，通过改善生态环境形成良好的经济发展氛围。

示例答案二 ▷

A市在建设"宜居城市"的过程中，存在着目的性不明确、转移污染和不顾当地居民利益的错误做法，应当进行改正。

第一，要具有科学规划，不能简单地转移污染地，这样会带来新的海洋污染。"宜居城市"的建设并不是简单地转移污染地，而是要从根本上治理污染。

第二，要重视当地的传统渔业，避免在发展过程中给当地渔业带来负面影响。重点发展无污染的旅游业，毕竟污染企业对当地居民的生活带来了很大的负面影响。

第三，要正确领悟"宜居城市"的概念，避免当地企业和政府做"面子工程"。企业在经济发展过程中要避免出现"环保错位"的情况。

第四，提高当地居民的责任意识，促进"宜居城市"的正确发展，发挥社会舆论的监督功能。"宜居城市"的建设需要所有市民齐心协力。

✎ 评 析

此题要求围绕建设"宜居城市"提出建议，给出了非常明确的答题方向。答案一比答案二更为全面，措施更为切实可行，因此得分会更高一些。

3. 示例答案一 ▷

关于 A 市治理近海水域污染的宣传纲要

为了贯彻落实科学发展观，解决 A 市近海水域污染严重问题，实现海洋生态可持续发展，特制订我市治理近海水域污染整治工作的宣传纲要。

1. 我市近海水域的现状

我市在宋代就享有"东海明珠"的美誉，近年来，我市经济取得了长足的发展，但伴随经济增长带来的环境污染也日益严重，海洋资源遭受严重破坏，海洋环境日益恶化。

2. 指导思想

以科学发展观为指导，实现我市经济和海洋环境协调发展。

3. 具体措施

第一，加强环保基础设施建设，建设污水处理厂，控制近海陆源污染物排放，做到达标排放。

第二，加强环境监管，巩固治理成效，按照"谁污染，谁治理"的原则，征收超标排污费。

第三，实施环境保护目标责任制，建立健全与环保挂钩的干部考核机制，督促本地区污染源的治理。

第四，拿出"壮士断腕"的勇气，逐步淘汰一些落后的高耗能、高污染、高排放的企业，切断海洋污染的源头。

近海水域污染整治工作需要社会各界的共同努力，本着互惠互利的原则，热烈欢迎热爱环保事业的全球各国公司或者组织积极参与我们的生态建设，让我们携手把 A 市建设成经济繁荣、生态良好的环境友好型城市。

示例答案二 ▷

A 市关于推进近海水域污染整治工作的纲要

海洋是人类生活中最为重要的资源之一，人们在生产发展的过程中肆意破坏海洋环境，使得我们的生活环境不断恶化。经济的发展应该是科学合理的，应当走可持续发展之路。海洋环境的恶化引起了社会各界的关注，我们要采取相应措施，整治海洋环境污染。

针对当前的情况，需要社会各界尤其是政府和企业做好近海水域污染整治工作。

第一，政府要监督企业进行科学生产，鼓励企业进行产业升级，减少对环境的破坏。

第二，对于污染严重的企业，相关部门应勒令其停产整顿，对于采取科学方式生产的企业，政府应给予一定的政策支持。

第三，加大企业的科技投入，促进企业的科技进步，在发展经济的同时也要保护海洋环境。

第四，引导居民养成科学的生活方式，避免和减少不必要的污染排放，减轻近海水域的环境负荷。

总之，保护海洋环境人人有责，随着社会的发展进步，我们不仅要追求经济的快速发展，更要追求如何促进人与自然的和谐发展，在发展的同时不要破坏生态环境。希望广大市民能够肩负起自身的社会责任，做可爱的 A 市人。

评析

> 此题要求写一个宣传纲要。答案一有现状和措施，条理清楚，简洁明了；答案二有些头重脚轻，很难得到高分。

4. 示例答案一 ▷

海洋的健康

海洋是我们人类的好朋友。但是近些年来，由于对海洋资源的不合理开发导致海洋环境遭受着日益严重的污染，物种减少甚至灭绝，生物多样性遭到破坏，珍贵的水产资源面临危机，矿物质污染间接影响人们的身体健康，赤潮频发和水质恶化等一系列问题使海洋的生态健康面临严峻考验。

正视海洋生态环境面临的问题是科学发展观的内在要求，也是人类保护生存环境、实现可持续发展的必然选择。目前海洋生态的破坏源于人们重视经济发展的同时忽视了经济发展与环境保护的关系，过度追求经济利益而忽视生态环境保护，对海洋资源的开发利用缺乏合理、科学、有效的规划，有关保护的规划缺乏法律强制性等。因而，为实现人类社会的可持续发展，必须高度重视在开发海洋资源的同时保护生态环境，具体要做到以下几点。

第一，制定科学规划，创新发展思路。政府要通过严格勘察和调研，制定适合地方经济发展的科学规划，并上升到法律层面，强化执行力度；相关海域管理部门要打破"重经济、轻环保"的陈旧思维，重视环保之于经济发展的长期效应，做到统筹经济发展和环境保护，走可持续发展的资源开发模式。

第二，进行科学开发，避免"环保错位"。要合理开发海洋资源，优化产业布局，根据各地的资源特点确定合理的开发方式；政府要强化责任意识，完善问责制度和绩效考核制度；引导民间组织、公民等社会各界参与改变和修复海洋环境；打破"先污染、后治理"的模式，避免在经济发展的同时以牺牲环境为代价，并为环境治理付出沉重的经济和健康代价。

第三，推动海洋保护，加强政府监管。政府要确定保护的重点环节和关键领域；政府要加强对企业的监管，减少甚至杜绝资源浪费；淘汰落后产业，减少污染源；企业要提高生产工艺，引入治污设备，提高资源利用能力；鼓励企业参与环境保护，给予一定的政策优惠。

保护海洋生态环境是长期的系统工程，需要社会各界的努力，是政府的责任更是每个公民的责任，保护海洋生态环境从长远来看就是保护人类的长远发展，我们不能一味地向海洋索取，还要尽力保护海洋环境，做到可持续发展。

示例答案二 ▷

海洋的健康

海洋是保持环境多样性的重要场所，是人类家园的一部分。因此，爱护海洋就应当一如爱护家园一样。维护海洋的健康是每个公民应尽的义务，但是，现实是人们的意识还未上升到这样的高度，破坏海洋环境的现象依然严重。人类在发展经济的同时置海洋的利益于不顾，破坏了海洋的生态和谐，污染了海洋环境。

生活污染、工业废水和化肥及农药的陆源污染正逐步侵袭着海洋的健康，而船舶石油产品的泄漏、海上石油的开采和海上养殖添加剂等造成的污染给海洋带来了灭顶之灾。这就要求政府要充分发挥其职能，带领企业和居民投入到保护海洋环境的行动中来。但是，保护海洋环境是一项综合性、战略性、长期性的工作。在面对挑战的时候能够抓住机遇，破解发展中的难题，促进海洋经济又好又快地发展。

保护海洋环境，要完善相关的法律制度并加大惩处力度。我国在海洋开发的过程中，缺乏相关的法律制度，《渤海碧海行动计划》只是一个政策性文件，由于其缺乏强有力的法律强制性，使得一些美好的愿望不能落实。因此，国家应当完善相关的法律制度，加大惩戒力度，使得海洋的健康发展得到法律保护。

保护海洋环境，要发挥政府的领导作用并建立相应的管理部门。政府在海洋开发过程中，充当着领导者和监督者的角色，自然也需要不断地完善政府的工作方式，政府要充分调动各部门的积极性，共同保护海洋环境。相关管理部门要对海洋开发进行切实有效的管理。

保护海洋环境，企业要承当起社会责任并进行产业升级。企业是经济发展中的重要组成部分，更是维护海洋健康的主体力量。由于我国企业大多缺乏科学的生产方式，给海洋环境造成了巨大的破坏。因此，企业应当承担起社会责任，通过不断改进生产方式，破解发展中的难题，提高发展的质量和效益，走科学生产之路。

保护海洋环境，需要居民的配合并形成社会舆论监督机制。海洋污染的一个重要来源就是沿海居民的生活垃圾、生活废水。因此，提高居民的环保意识，引导居民养成科学的生活方式显得尤为重要。这固然需要提高居民的环保意识，但是更重要的是全社会的支持，在倡导居民提高环保意识的同时更要形成有力的社会舆论监督机制，做到"保护海洋，人人有责"。

保护海洋环境，需要全社会的共同参与，尤其是企业在发展的同时，要做好各项环保工作。

 评　析

　　此题要求以"海洋的健康"为题，写一篇议论文。考生在答题时，要注意题目要求，尽量控制好篇幅，保证字数在要求的范围内。答案一条理清楚，论证有力，提出的措施切实可行，是一篇不错的文章；答案二很多说法过于绝对，提出的措施不如答案一切合实际，得分应该不如答案一高。

2009 年中央、国家机关公务员录用考试《申论》试题及详解

 试　题

注意事项

1. 本次考试包括给定资料和作答要求两部分。总时间为 150 分钟，建议阅读资料为 40 分钟，作答时间为 110 分钟，总分 100 分。

2. 第一题和第四题要求所有考生必须作答。第二题仅限报考行政执法类、市（地）以下综合管理类职位的考生作答。第三题仅限报考省级（含副省级）以上综合管理类职位的考生作答。

给定资料

1. 去年，胡锦涛总书记在中国共产党第十七次全国代表大会上的报告中指出，加快转变经济发展方式，推动产业结构优化升级，这是关系国民经济全局紧迫而重大的战略任务，要坚持走中国特色新型工业化道路，鼓励发展具有国际竞争力的大企业集团。同年5月1日，胡锦涛总书记在郑州煤矿机械集团有限公司考察时，肯定了该集团产品在国内市场、国际市场所取得的成绩，并进一步指出，我们要创品牌，让郑煤机的产品具有国际竞争力。

今年9月8日至10日，胡锦涛同志前往河南焦作市农村考察粮食生产，在玉米丰产示范田，询问乡亲们对国家惠农政策有什么要求。一位村民答，希望粮食价格提一点，政府补贴多一点。总书记表示一定把这些意见带回去。他指出，发展粮食生产，一靠政策，二靠科技。在温县农科所，总书记勉励科技人员为粮食高产稳产进一步发挥作用。在焦作市隆丰粮食储备有限公司，总书记要求有关部门进一步把储备粮食管好。

9月30日，胡锦涛同志前往安徽考察。在滁州市凤阳县小岗村，他说："我要明确告诉乡亲们，以家庭承包经营为基础、统分结合的双层经营体制是党的农村政策的基石，不仅现有土地承包关系要保持稳定并长久不变，还要赋予农民更加充分而有保障的土地承包经营权。同时，要根据农民的意愿，允许农民以多种形式流转土地承包经营权，发展适度规模经营。"

党的十七届三中全会决议指出，当前国际形势继续发生深刻变化，我国改革发展进入关键阶段，我们要抓好和用好重要战略机遇期，把握农村改革这个重点，在统筹城乡改革上取得重大突破，给农村发展注入新的动力，为整个经济社会发展增添新的活力。

2. 今年10月，记者就广东产业转型问题进行专访，决策专家C说，改革开放以来，广东一直是我国经济发展的"排头兵"，它所取得的成绩是激动人心的。去年，广东的GDP达人民币30 673亿元，经济总量首次超过台湾地区。这是广东继1998年超过新加坡、2003年超过中国香港之后，又一次超越"亚洲四小龙"，预计2010年到2012年间将超过韩国。这种变化是非常惊人的。一句话，广东的成功也是中国的成功。然而，广东问题也是中国的问题。广东的产业结构有硬伤。这种结构模式支持了过去二三十年广东及东部沿海经济的快速成长，现在则遇到严峻挑战。在加工制造产业发展中，过去30年主要是模仿国外早期的某种经济发展模式，"两头在外，中间加工"。比如广东的东莞，一段时间生产了全世界70%的电脑电源线，怎么生产的呢？无非是大量购买原材料，经过一道至数道工序制成零部件，组装成半成品卖到海外市场。在严格意义上说，东莞只是一个制造"车间"，而不是"工厂"。因为"工厂"对定价有决定权的会计和设计部门全是在国外。结果，同一件衬衣在美国卖近百美元，而我们的出口价仅七八美元。

有关人士告诉记者，现代化重工业的启动将成为广东新一轮经济增长的重要特色，珠三角地区改革利用湛江、汕头等地缘优势，向南拓展东盟合作，向东搭上台海经济合作快车。正在进行前期工作的湛江钢铁厂一期建设规模为钢产能1 000万吨；广州南沙开发区中国船舶工业集团300万吨造船基地也已开工生产。此前广州地区船厂只能制造6万吨的船舶。广东省以轻工业起家，在改革开放初期，重工业增长一直处于较低水平。但近年来重工业投资持续增长，2002年全省重工业比重首次超过了轻工业。

在广东省近期公布的新十大工程规划中，规模庞大的高速轨道交通项目引人注目。湛江、汕头、韶关等相对边远地区与珠三角核心区之间的运输时间，将控制在两小时左右。2010年前后，湛钢到广州市铁路交通用时仅为1个半小时。这些，将珠三角传统的产业链条大大扩大，同时也将减少石油消耗及汽车尾气的排放。

3. 东莞某鞋厂的林老板，2003年来东莞办厂前，在台湾地区打拼了20多年。他说现在很糟，最近赔了几十万元。他已经不再接受美国鞋子大卖场和贸易商的订单了，觉得风险太大。他给记者算了一笔账：2007年，受人民币升值、原材料上涨等影响，合计增加的成本超过了20%。

"广东山区对我来说太陌生，我没有太大的兴趣内迁，到一个地方又得从头再来，需要很多时间。补给线拉得很长，对我来说将是致命打击。"林老板这样回应记者提出的是否借这次广东产业转移的机会内迁到粤北山区投资的问题。

有朋友劝他将工厂迁移到越南。但林老板看得很清楚："越南劳动力缺乏，税收各方面跟这里差不多。我一些朋友搬到那里，也没好到哪里去，做几年我估计他们也会走。"

当记者问林老板，有没有考虑走出低端化生存，增加企业的研发能力，推出高端产品，林老板有些无奈地笑着说："还没有这个能力。"

4. "13年了，回想起来，当时的决定很正确。"作为香港电子集团董事、总经理，徐老板一脸庆幸。他一再跟记者提起依然在东莞等地办厂的朋友们的利润空间越来越小的尴尬境遇，庆幸自己提前13年向广东山区罗定市的迁移。

该电子集团1971年成立于香港，是电源供应器制造商。1988年，出于生产成本和人力资源两方面考虑，集团进入深圳宝安区开设工厂。但到1995年，徐老板发现深圳本地可供调配的资源越来越少，生产成本已经很高，于是决定将工厂迁入罗定。

1995年，深圳已提出着重培养和引入高科技企业，加工生产型企业受到重视的程度越来越低，而罗定地区的综合生产成本要比珠三角和其他内陆城市低很多。集团迁到罗定后，劳动力成本减少了30%，运输成本只增加了5%，节约了25%的生产成本。另外，集团的产品过去主要是出口，但今年以来内销的部分有所增长。因此，将工厂迁到罗定，实际为这部分内销产品节省了不少物流成本。集团在罗定13年，从1亿元的规模发展到现在的20亿元，以后还要扩大到40亿元的规模。徐老板到东南亚做过详细考察，他认为，不管人力还是其他各方面的资源支持，中国依然是最佳选择。

目前，让徐老板最为头疼的是高级技工的缺乏。他建议市政府想办法把在珠三角务工的技术成熟的工人吸引回家乡就业，特别是吸引那些走出去的大学毕业生回来建设家乡。

5. 东莞在解放初期，属东江行政区管辖，1988年升格为地级市。当时，在成本上升的不断挤压下，香港繁荣了几十年的出口加工业迫切需要转移，一线之隔的广东成为首选。改革开放初期，广东采取简政放权措施，吸引外资的审查权下放给各个地级市，东莞则进一步把招商引资权下放到乡镇。凭借地缘优势、全国各地的廉价劳动力以及外资提供的资金、技术和管理经验，东莞迅速从一个无足轻重的农业县发展成为闻名国际的世界工厂。有个说法令东莞人自得不已，"不管在世界上什么地方下订单，都在东莞制造。"2007年，东莞的GDP达到创纪录的3 151亿元。东莞的经济奇迹，是中国近30年经济奇迹的典型代表。

其实2004年后，东莞已面临巨大危机。先是"民工荒"，接着是人民币不断升值、出口退税政策调整等因素，增加了加工成本。由于村自为战，东莞土地的利用效率越来越低，却无法整合，电和水的资源很紧张，电厂污染也很厉害。在这一系列因素影响下，2007年，东莞出现了让人担忧的企业迁厂或倒闭现象。有关部门估计，倒闭、迁移或不辞而别的企业大概占总数的10%到20%。

种种迹象表明，"东莞模式"已到了不得不改的地步。但如何实现转型，目前还没有明确的路径。低水平的劳动力、旧产业离开东莞，高层次的劳动力、新产业从何而来？

有人认为，外资企业，特别是世界500强企业的技术水平比较高，它们会成为东莞转型的推动者。但也有人尖锐指出，外资企业是逐利而动的，哪里有利可图就到哪里去，不大可能费心费力地参与自主创新。只有培养一批扎根本土的当地企业，才更有可能和本地经济同甘共苦。港资企业没有转型的历史，只会搬迁或倒闭；台资企业的设计、研发都在台湾地区，大陆只是制造部门而已。

某专家认为，东莞为了产业转型不断探索而仍不得其门而入，全国其他地方的"东莞化"却如火如荼地进行。长三角地区被人津津乐道的"昆山模式"，其实和"东莞模式"并无本质差别，只是引进的制造业相对环保、高端而已。其他地方，包括武汉、成都、重庆、天津这些城市的新特区，也不乏类似"东莞化"的克隆者。内地省区提出"欢迎沿海地区产业转移"之类的口号，实非明智的选择。

6. 在日本战后经济崛起中，稻盛和夫是一位靠加工制造创业的著名企业家。他1932年出生于鹿儿岛的一个贫寒之家，1959年与一批志同道合的年轻人聚到一起，凭借自己研发的新型精密陶瓷原材料技术，在十几年间，便把一个小规模的工厂发展成一个大型跨国集团公司。

稻盛和夫说，早期，日本制造的产品在欧美市场的评价是：虽然便宜，却质量不好。他认为，没有技术开发上的革新就一定会碰壁，不断学习、创新，掌握世界上最好的技术，这是日本经济能够持续发展到现在的关键所在。

1973年和1978年全球范围内出现两次石油危机，日元急剧升值，全面抬高了日本产品的生产成本和出口价格，过去曾以经济实惠驰名世界市场的日本产品，一下子变成了商品世界中的贵族。日本企业如何面对高成本的挑战呢？稻盛和夫说，当时订单减了一半，公司受到毁灭性的打击。他的办法就是跟员工一起共同克服这个难关。为了削减成本，员工们充分发挥了智慧和才智，提出了很多改善的建议。当时日本政府曾经有一些支援，但更多的还是取决于企业自身的努力。重要的问题是，企业选择一个什么样的路径实现超越。困难，往往成为产业升级的一个最好的推进器。

7. 生产加工涉及的范围很广，如汽车、仪表、电器、电子、服装、鞋帽，以及医药、食品、粮油等等，几乎涵盖国计民生的各个方面。

有关人士指出，随着外资的进入，跨国公司在我国建立粮食加工企业，粮食流通领域的竞争会愈演愈烈。从一定意义上讲，这也能促进粮食加工业的体制改革，但迫切需要我们加强管理，尽快出台应对措施。在这个问题上，食用油加工业的情况发人深省。

同粮食市场不一样，我国食用油市场是一个开放的市场，许多油品和主要原材料从国外进口。Y集团是国外某大公司在华投资的以粮食加工为主的企业集团，也是国内最大的粮油加工集团，上世纪80年代在深圳蛇口设厂，为中国引进了小包装食用油的概念。此后十几年间，Y集团先后在深圳、青岛、天津、广州、上海、武汉、西安、成都等主要城市投资设厂和开设贸易公司，成为国际知名的粮油加工贸易商，成功塑造出一批著名品牌，为推动中国粮油行业发展作出了贡献。

随着城乡居民生活水平不断提高，2000年以后，小包装食用油逐渐取代散装食用油成为市场主角，也成为整个食用油市场附加值最高、最赚钱的行业。有数据显示，Y集团国内小包装食用油的市场占有率超过50%。

令人关注的是，Y集团先后在中国累计投资40余家粮油食品以及相关的生产加工企业，经销商超过2 000家，遍布全国400个大中城市，构成了在中国庞大的经销网络。有关人士认为，Y集团的利益扩张，使中国的粮油企业失去了一次千载难逢的市场机遇，换来一个无比强大的竞争对手。

8. 当前，粮食问题举世瞩目。联合国秘书长潘基文最近说，全世界新增加了1亿缺粮人口；世界粮农组织说，37个国家因粮价飙升而导致骚乱；今年4月，世界银行发表报告称，过去3年，国际市场上小麦价格上涨181%，食品价格上涨83%。4月19日，全世界最不发达的49个国家发表联合声明，呼吁国际社会共同解决粮食危机问题。

阿根廷的潘帕斯地区素称世界粮仓之一，人们一直相信，那里肥沃的土地和充足的食物都是上帝赐给阿根廷人的礼物。但在现实的冲击面前，阿根廷政府不得不考虑再次提高大豆、玉米、小麦的出口关税。

莫尼克是埃及的一名清洁工，每月工资80美元。"带5美元去市场，只能买到3千克大米，剩下不到几个钱，根本买不了其他东西。"莫尼克说，因为有好几个孩子要养活，她家里现在每天只吃一顿饭。

国际粮食市场的这一巨变，让很多大米进口国处境艰难，在菲律宾首都马尼拉市400家国营粮店门口，每天一早就排起等候的长队。

由于粮食工作不力，H国总理在一片指责声中黯然下台。

9. 下面是记者就我国粮食问题对国家粮食局领导Z先生的采访摘录。

记者：您能不能介绍一下目前国家粮食库存情况？

Z先生：这几年粮食供求是基本平衡的，因为连续几年大丰收，所以到年末库存相对稳定。国有粮食的销售，不算2008年的收购，也可销售1年多。

记者：现在有一种声音认为我国粮食库存有假，您怎么看待这种声音？

Z先生：我们这几年的抽查，包括我们当前掌握的情况，都表明我们的粮食库存量是真实可靠的。

记者：人均耕地面积在减少，您对此怎么看？

Z先生：耕地是在减少，但党和国家对这个事情非常重视，18亿亩耕地的红线是不能破的，这是一个最基本的保证。18亿亩耕地，意味着我们能够保证粮食产量至少在1万亿斤以上，从现在的消费水平看，这能让我们的粮食供求基本平衡。

记者：2008年大家对粮价问题都非常关心，您觉得粮价什么时候会见底，大概会是一个什么样的价格水平？

Z先生：2008年供求基本平衡，主要粮食品种小麦、稻谷、玉米供大于求。在这种情况下，粮价很难涨得很高，如果说出现了粮价涨得很高的情况，国家也一样有能力采取措施来平抑。我们有足够的库存，使价格保持基本稳定，对此我们很有信心，也请大家放心。但是对于有关部门来说，要解决好粮价问题，归根结底还是要想方设法提高农民种田的积极性。一方面要提高农民种田补贴，另一方面要通过技术手段调控好农业物资的价格。如果这两方面的问题解决好了，粮价问题或许根本算不上一个问题。

10. 据悉，今年我国粮食总产有望超过历史最高水平，实现改革开放以来首次连续5年增产。但是某专家认为，我们绝不可高枕无忧。他说，从长期来看，我们必须清醒地意识到，农产品作为发达国家重要的金融工具，将一直被作为掠夺发展中国家的工具使用。伴随着生物能源大面积铺开的农产品价格上涨，就是明显的例子。美国国务卿基辛格几十年前曾说："如果你控制了石油，你就控制了所有国家；如果你控制了粮食，你就控制了所有的人。"转基因产品，是美国控制粮食的手段之一。比如玉米，原产墨西哥，是当地人的主食，美国利用高科技手段研制出的转基因玉米大量进入墨西哥，结果是墨西哥农民必须向美国购头转基因玉米种子，而美国则把自己的转基因技术当成受保护的专利。这是要挟以此为生的其他国家农民的专利。

他认为，国内情况不容乐观，近年随着农资价格大幅上涨，农民的生产成本不断提高，越来越多的农民选择外出打工，致使大面积耕地荒废，我国农民的种粮意愿在下降。政府补贴赶不上化肥、农药等农资上涨的速度。今年，化肥与农药价格等均处于上涨期，即便在政府预算安排"三农"投入5 625亿元的前提下，部分双季稻主产区仍有双季稻改种单季稻的趋势。

11. 今年9月胡锦涛同志前往河南考察后，有作者在网上发布了一篇谈粮价的文章。其中提出如下政策建议：

要鼓励粮食生产，基本的政策取向是提高粮价和补贴，降低农资成本。但种粮食补贴受制于财政状况，不可能无限扩大。所以，粮价才是粮食政策的关键。对于增加农民收入而言，粮价上涨比增加补贴要实惠有效。按2007年的粮食产量，中央财政1 028亿元的种粮补贴摊到每公斤上为0.2元。也就是说，粮价每公斤再上涨两毛，农民兄弟就能把从中央财政获得的种粮补贴挣回来。这两毛的涨幅，按2006年城镇居民人均消费75.92公斤粮食来算，人均支出仅加15.2元。如果每公斤涨五毛呢，那么就可以增加农民收入2 570亿元，而这换成财政补贴可能需要好几年才能实现。因此，只要粮价上去了，农资价格涨一点没关系，补贴低一点也没关系。

我们现在之所以不敢大幅提高粮价，是担忧粮价上涨影响低收入人群，其实这种担忧是不必要的。因为农民基本上不需要买粮，完全可以种粮来满足自己吃的需要。因此，真正受粮价上涨影响的是城镇居民，尤其是城镇居民中的低收入者，但这种影响完全可以通过补贴来避免，而且这种补贴，要比种粮补贴少。我们可以测算一下：2006年城镇居民低收入的人均粮食消费为78公斤，按占城镇人口比例20%计，为11 541万人。假设粮食价格每公斤上涨0.2元，那么低收入人群每人增加粮食消费15.6元，如果这部分钱全部由财政来补贴，仅需18亿元，远远低于1 028亿元的种粮补贴。即使财政给所有国人都补贴，上涨0.2元，也仅需支出200亿元，还是要比种粮补贴节约。

粮价上涨的受损者，一是政府，因补贴低收入人群而支付财政资金，但前面算过，规模不大，政府完全可以承受；另外的受损者则是城镇居民中的中、高收入人群，但这部分支出对他们的消费总支出来讲并不大，相信不会产生重大影响。农村支持城市那么多年了，现在确实该城市反哺农村了，提高粮价其实是效应最直接的一个反哺政策。

因此，在当前的政策框架中，提高粮价是关键之策、点睛之笔。

申论要求

（一）我国改革开放三十年，取得了巨大成绩，也面临许多问题。请概述"给定资料"反映的我国当前经济发展要解决的主要问题。（20分）

要求：紧扣给定资料，全面，有条理，不必写成文章。不超过300字。

（二）本题仅限报行政执法类、市（地）以下综合管理类职位的考生作答。

1. 对"给定资料3"中林老板的心态进行分析，并指出他的心态所反映的本质问题。（20分）

要求：观点鲜明，分析恰当，不超过200字。

2. "给定资料11"提出了解决我国粮食问题的对策，认为提高粮食价格是关键之策，不必担忧对低收入人群的影响。他的这种观点有没有道理？为什么？请谈谈你的理解。（20分）

要求：观点明确，分析恰当，条理清楚，不超过400字。

（三）本题仅限报考省级（含副省级）以上综合管理类职位的考生作答。

1. "给定资料5"对内地省区"欢迎沿海地区产业转移"的口号提出质疑，请对此进行分析，谈谈你的见解。（20分）

要求：观点明确，分析恰当，条理清楚，不超过300字。

2. 某学术团体为贯彻党的十七届三中全会精神，就我国粮食问题召开研讨会，在关于解决问题对策的讨论中，有人发表了"四点对策"：

其一，建议加大农业投入，以使粮食产量满足人类不断增加的需求。我国粮食生产有很大潜力，只要持续加大农业投资，我国的粮食产量就不仅完全可以在中长期内满足国内需求，而且可以保证出口。

其二，建议科学地分配全球有限的粮食。近年随着全球能源供需矛盾凸显，石油价格上涨，一些国家把粮食加工生产成生物燃料。当欧美一部分人填满他们油箱的时候，很多人正为如何填饱他们的胃而苦苦挣扎，要优先满足人类最基本的需求，科学地解决全球有限粮食合理分配的问题。

其三，建议大力倡导粮食节约。据某市场调查显示，该市饮食行业及单位食堂的就餐者，平均每人每天浪费大米14克，每天浪费大米多达7 000公斤。如果在全国调查，粮食浪费一定是一个惊人的数字。要厉行节约，这是我国可持续发展能力不断增强的重要保证。

其四，建议切实加强国际合作。发达国家、国际组织要向发展中国家提供相关政策和指导。世界银行和国际货币基金组织应向受到粮价攀升冲击严重的发展中国家提供近期紧急粮食援助，并对如何促进发展中国家在中长期提高粮食生产能力给予切实帮助。

这"四点对策"，在内容上、表述上都存在问题。请指出这份"对策"存在的问题，并提出修改意见。（20分）

要求：

（1）明确提出存在哪些问题。

（2）写出相关的修改意见（包括写出需要补充的内容）。

（3）条理清楚，表达简明，不超过400字。

（四）胡锦涛总书记到河南、安徽考察，引发我们许多思考。请联系"给定资料"，整理自己的思考，自拟题目，写一篇文章。（40分）

要求：

（1）观点明确，内容充实，结构完整，语言生动流畅。

（2）报考省级（含副省级）以上综合管理类职位的考生，要深入思考，紧密结合"给定资料"所反映的问题，写一篇视野开阔、见解深刻的文章。

（3）报考行政执法类、市（地）以下综合管理类职位的考生，可结合"给定资料"中所反映的主要问题，写一篇见解比较深刻的文章。

（4）篇幅1 000～1 200字。

 **详 解**

【综合分析】

2009年度的申论考题与以往相比有个重大的差异，就是给定资料的范围比较广泛。前些年，考题中给定的资料都是集中在一个问题上的，但是2009年的资料范围比较广泛，有农业、工业、社会问题等内容，其中粮食问题还结合了国际情况。考题难度也有所加大，出现了一个改错题，对考生的能力要求较高。

【答案提示】

1. 示例答案一 ▷

根据资料，我国经济发展中存在的主要问题有：（1）经济发展方式粗放。经济增长过分依靠重工业，依靠廉价劳动力，科技对经济发展的支撑力度较小。（2）经济结构不合理。工业、农业发展不协调，重、轻工业不协调，工业加工低水平重复，农业加工能力不足。（3）城乡发展不协调。农业基础地位仍需加强，农业增产、农民增收仍然是我国面临的重要任务。（4）区域发展不平衡。东部沿海地区发展较快，中西部地区发展较慢。（5）企业国际竞争力较弱。企业规模较小，产品科技含量低，自主创新能力亟待提高。

示例答案二 ▷

我国经济发展迅速，但是存在的问题也很多，比如，东西部发展不平衡，东部沿海城市已经达到中等发达国家水平，但是西部很多地方人们还没有解决温饱问题；再比如，农村和城市的差距也很大，我国人多地少，农民收入有限，城乡差距有进一步拉大的趋势；还有社会矛盾也在升级，上访情况比较严重，有些地方甚至出现了上访群众堵政府大门的现象。因此，在发展经济的同时，应该综合考虑，建设社会主义和谐社会。

 评 析

解答此题应围绕资料反映出的问题解答，不可东拉西扯。同时应该逐条进行阐述，不要笼统地混为一谈。答案一明显是份好答案，答案二则没有结合给定资料，东拉西扯，肯定是份低分答案。

2. 示例答案一 ▷

林老板的企业受国际市场影响发生亏损，面临困境。面对这种情况，林老板一方面想寻求办法摆脱困境，另一方面他没有从国际国内形势变化中把握发展机遇。他片面地认为企业内迁只会给企业带来困难，没有看到广东打造沿海与内地的连接通道给企业带来的交通便利和低劳动力成本等有利因素。同时，林老板囿于现状，不积极创造条件提高企业自主创新能力，反映出他缺乏全局意识和创新意识。

示例答案二 ▷

林老板的想法是片面的，解决企业问题的途径有很多，如果搬迁能够解决，那工业格局会难以想象。随着交通便捷和社会发展，各地的成本也会日趋一致，也许要不了多久，西部和东部一样会面临类似的问题，因此搬家不能解决根本问题，最多是权宜之计。但是在东部沿海出现问题的时候，也许西部一些地区能够看到问题的症结所在，给出一些解决方案和优惠政策也不敢说，因此迁址在一定程度上也是有道理的。

评 析

解答此题应严格根据林老板的谈话内容进行作答，不能扩展到对其他资料的分析，更不能撇开资料谈自己的日常见闻。答案一不错，答案二就有些漫无边际。

3. 示例答案一 ▷

认为解决粮食问题，应提高粮价，不必担忧低收入人群生活的观点是片面的。虽然这样做能够在一定程度上解决粮食生产问题，但是也要看到负面影响。因为单纯提高粮价会带动其他产品价格上涨，如肉蛋、蔬菜、粮油等生活必需品价格必然上涨，其他工业品价格也会随之上涨。城市低收入人群多增加的支出不但包括粮价也包括其他产品价格上涨增加的支出。实际上提高粮价会严重影响城市低收入人群的生活，进而影响整个经济社会的发展。

示例答案二 ▷

提高粮价是解决粮食生产的一个重要途径，因为粮价的提高意味着农民收入的直接增加，这是提高农民种粮积极性最便捷的措施。文中的解释很明确，提高粮价有一系列好处，能够减少国家的开支，也有利于缩小城乡收入的差距。另外，从一定角度看，提高粮价还有利于减少浪费，降低粮食外流的隐患。因此，提高粮价是一个不错的措施。

评 析

解答此题不能走极端，要看到提高粮价具有积极作用，也要看到其局限性，这样才能得到高分。答案一明显比答案二要优秀一些。

4. 示例答案一 ▷

对内地省区"欢迎沿海地区产业转移"的口号，我们应该从两方面考虑问题。一方面，应该肯定内地省区渴望加快发展的动机，而且也应该看到沿海产业转移能够带来的经济活力。另一方面，对沿海企业，不应该有全盘接收的思想。应该选择适合本地区发展的企业，同时要进行综合考虑，比如环境保护、资源利用等问题，另外还应该研究沿海产业面临问题的原因，在引进企业的时候加以考虑。

示例答案二 ▷

"欢迎沿海地区产业转移"的口号虽然响亮，但是无疑是一种饮鸩止渴的行为。因为资料中已经明确指出了，沿海城市产业是因为出现了麻烦和弊端才转移的，实践证明是不能持续发展的，也就是说这些产业是不科学的，不能够简单地搬来搬去，那样只会形成新的问题。如果中西部地区将那些产业引进，要不了太久，就会面临同沿海城市一样的问题，到时候肯定是得不偿失。

评 析

这道题的解答关键在于看到问题的两个方面，既要肯定中西部省区发展的要求，又要对需要注意的问题进行提示。答案一比较全面，能够客观地看问题；答案二比较片面，说法比较武断。

5. 示例答案一 ▷

材料中给出的四点对策在有关常识、针对性和可行性方面存在一定的问题。第一点没有针对性，没有就如何提高农民种粮积极性给出建议，仅强调了增加投资，这其实相当于没有给出解决办法。第二点和第三点没有实质性建议，只是在发表空洞的解说，没有具体实用的对策，不具有可操作性。第四点违背了基本常识，资料中已经指出，发达国家已经把粮食作为掠夺落后国家的一种工具，作者所给出的建议可能是弊大于利的。补充内容应该围绕解决我国粮食问题展开，包括增加种粮补贴、降低农资价格、提高粮价、增加农业科技投入、规范农村土地经营权流转、促进适度农村经济团体的建立等。

示例答案二 ▷

材料中给出的四点对策，有很多问题。其中有些地方语句不通顺，有病句嫌疑，不能明确说明问题。在给出的建议上，有很多是针对国际情况的，而要求是给出解决国内问题的对策，所以是答非所问。而有的建议又是不切实际的，不能有效解决我国粮食安全问题。对策应该结合我国的实际情况，从国家政策、科技支持、政府投入、粮价补贴、农村建设等角度进行分析，给出可行方案。

评 析

解答此题要认真分析资料中的四点对策，要有针对性地提出问题。另外要说明应该增加的内容。两部分要分开说，这样更加明了。答案一比较全面具体，应该是个高分答案；答案二混为一谈，难得高分。

6. 示例答案一 ▷

抓好粮食生产　确保粮食安全

常言道："手中有粮，心中不慌。"但是，当前国际粮食安全形势警示我们，养活我国

13亿人口只能靠我们自己；如果粮食和农业出了问题，国家就难以长治久安。因此，长期坚持立足国内实现粮食基本自给的方针，任何时候都不能动摇。应该把发展粮食生产作为农业的首要任务和农业部门的首要职责，围绕制约粮食稳定发展的主要问题和突出矛盾，从政策、科技、投入、资源保障等多方面入手，着力提高农业综合生产能力，通过市场和行政等多种方式推动粮食生产，构建支持促进粮食生产的长效机制。

第一，整体规划，确保增产。按照中央的部署和要求，要加快推进实施粮食战略工程，巩固粮食主产区，建设一批核心产区，开发一批后备产区，建设农垦等大型粮食生产基地；加大对耕地质量建设的投入，加快优质粮食产业工程、沃土工程等实施步伐，扩大测土配方施肥规模，努力促进粮食平衡增产、高产稳产，提高单位土地产出效率。

第二，加大农业生产基础设施建设。加强农田水利基础设施建设，加快中低产田改造，实现低产田向中产田、中产田向高产田转变。加快推进农业机械化，提高耕种收综合机械化水平。积极发展设施农业，提高农业防灾减灾能力。

第三，提高科技促进粮食增产的能力。加大农业科研投入，提高农业科技创新与转化应用能力。大力实施科技入户工程，全面开展粮油高产创建活动。加快基层农技推广体系改革与建设，突出农技推广的公益性地位。加强农业生产、科研、推广的协作，形成农业科技成果转化的强大合力，使农业科技促进农业生产。

第四，提升粮食生产抗御风险的能力。牢固树立抗灾夺丰收的思想，不断提高农业基础设施建设标准，推进重大病虫害统防统治，制定完善应急预案，加强监测预警，最大限度地减轻灾害损失。积极推进大宗农作物政策性保险试点，探索政府引导、农民投保、企业参与、合作保险、市场运作的新机制。

第五，提升政策支持能力，构建激励粮食主产区和种粮农民积极性的长效机制。促进调整优化国民收入分配结构，重点向农业特别是粮食生产倾斜。不断强化农业补贴制度，继续扩大粮食直补、良种补贴、农机具购置补贴和农资增支综合补贴。增加农业基本建设投资，加大农田水利基础设施建设投入力度。加大对粮油主产区的扶持力度，完善对粮油大县的奖励政策。加强农村金融服务，完善农业政策性贷款制度。

我们坚信，有党中央、国务院对"三农"工作的高度重视，有各地区、各部门的大力支持，有各级农业部门和亿万农民的辛勤劳作，我们完全有信心、有能力长期主要立足国内生产，保障粮食基本供给。

示例答案二 ▷

构建和谐社会要建和谐文化

文化主要包括三大研究领域，即人类与自然的关系，人与人个体间的关系，个人与自我的关系。和谐文化是社会主义先进文化的重要组成部分，包含着人与自然的和谐、人与人的和谐、人与自我的和谐三个方面，其共同构成了社会主义和谐社会的思想根基。建设社会主义和谐文化，离不开对中国传统文化中的和谐思想观念的继承和发扬。

要达到人类与自然的和谐，就要处理"知天"的问题，目的在于实现天人和谐。人类诞生之后，在处理与自然界的关系上，经历了崇拜自然、征服自然和协调自然三个阶段。随着人类大规模征服自然，人类依靠科技力量使社会发生了深刻而迅速的变化，但与此同时，环境污染、生态失衡、能源短缺等一系列问题，也日益严重地困扰着我们。在处理天人关系上，中国古代大多数思想家都主张一种整体观的理论。主要强调人与自然的协调统一，建议人类既改造自然，又顺应自然；既不屈从自然，又不破坏自然。人既不是大自然的主宰，也不是大自然的奴隶，而是大自然的朋友，要参与大自然造化养育万物的活动。如此，才能达到"与天地合其德，与日月合其明，与四时合其序"的人与自然和谐为目标的境界。

要达到人与人个体间的和谐，就要处理"知人"的问题，目的在于实现人际关系的和谐。中国传统文化十分重视人与人和睦相处，待人诚恳、宽厚，互相关心、理解，与人为善、推己及人，团结友爱、求同存异，以达到人际关系的和谐。在处理人际关系时，"和"与"同"是中国文化所关注的一对含义不同的范畴。"和"是众多不同事物之间的和谐；"同"是简单的同一。"和而不同"，一是主张多样，二是主张平衡。"同归而殊途，一致而百虑"，提倡宽厚之德，发扬包容万物、兼收并蓄、淳厚中和的"厚德载物"的博大精神。

要达到个人与自我的和谐，就要处理"知己"的问题，目的在于实现身心和谐。在处理人与自我和谐方面，中国传统文化讲究"允中"、"执中"。"中"是中国传统伦理道德的重要原则，为我们提供了一种认识方法和一种修养境界。所谓"中"，是说凡事应有一个适当的"度"，超过这个"度"，就是"过"；没有达到一定的"度"，就是"不及"。处理事情，要合乎这个"度"，就是"执中"。作为标准的"中"也不是一成不变的，而是随着时间和条件的变化而变化，应在实际生活中灵活运用。当前，随着改革开放不断深入，利益结构不断调整，生活节奏逐步加快，思想观念、价值取向、行为方式和利益要求日益多元化，选择性、自主性和差异性日益增强，正确认识和处理人与自我的关系尤为重要。要能够善待自己，保持自我处在一个适度、适时、适当的和谐状态。这对于和谐社会的构建，无疑有着积极作用。

党和国家号召构建社会主义和谐社会，我们应该积极响应。但是构建和谐社会，首先是要建设和谐文化，因为文化是一个民族的内涵，和谐文化能够促进现实社会各个方面的和谐稳定与发展。

评析

本题看似一个自命题的开放性作文，但是要求中提到"胡锦涛总书记到河南、安徽考察，引发我们许多思考"。让考生联系"给定资料"，按要求进行作答。作文范围就被限定在胡总书记考察的有关活动和讲话重点中。如果不能抓住这一重要信息，考生就可能偏离主题，得不到高分。很明显，答案一抓住了资料要点，是一份比较好的答卷；而答案二偏离了主题，虽然文章不错，但是也只能是一份低分答卷。

2008 年中央、国家机关公务员录用考试《申论》试题及详解

 **试 题**

注意事项

1. 本试卷由给定资料与作答要求两部分构成。考试时限为 150 分钟。其中，阅读给定

资料参考时限为 40 分钟，作答参考时限为 110 分钟，满分为 100 分。

2. 第一题、第二题，所有考生都必须作答。

第三题、第四题仅限报考行政执法类、市（地）以下综合管理类职位的考生作答。

第五题、第六题仅限报考省级（含副省级）以上综合管理类职位的考生作答。未按上述要求作答的，不得分。

3. 请在答题卡上指定位置填写自己的姓名、报考部门，填涂准考证号。考生应在答题卡指定的位置作答，未在指定位置作答的，不得分。

4. 监考人员宣布考试结束时，考生应该立即停止作答，将试卷、答题卡和草稿纸都留在桌上，待监考人员允许离开后，方可离开。

严禁折叠答题卡！

给定资料

1. 我国的水能资源丰富，能用于发电的将近 5.4 亿千瓦左右，居世界第一位。截至 2006 年，实际开发的水电在 1.29 亿千瓦左右，利用率不到 25%，大大低于发达国家 50%～70% 的开发利用水平。水电是一种可再生能源，但相当长一段时间，我国用电负荷比较集中的东部省市，却是火电项目四处开花。大量利用煤炭发电，对我国社会的可持续发展带来严重隐患。

我国水能资源主要集中在西南地区。在我国水电水利规划设计的大幅项目地图前，可以清楚地看到，西部几乎所有的江河都被大坝拦腰斩断。例如：在岷江，正在建设的紫坪铺电站，装机容量 76 万千瓦，坝高 156 米，紧邻世界文化遗产都江堰。大渡河整个流域规划建设 365 座电站，最大的瀑布沟电站，装机容量 330 万千瓦，估计移民 15 万。在澜沧江，规划了 14 级梯级开发，已建成的漫湾电站装机容量 125 万千瓦，目前是云南最大的水电站。怒江的原始生态流域相对保存完好，也已规划开发。

2. 2004 年 8 月，云南省怒江州的规划报告，提出以松塔和马吉为龙头水库，与丙中洛、鹿马登、福贡、碧江、亚碧罗、泸水、六库、石头寨、赛格、岩桑树和光坡等梯级组成两库十三级开发方案，总装机容量可达 2 132 万千瓦，超出三峡工程装机容量 300 多万千瓦。报告指出，13 个梯级电站的开发，总投资 896.5 亿元，如果 2030 年前全部建成，平均每年投入 30 多亿元，国税年收入增加 51.99 亿元，地税年收入增加 27.18 亿元。896.5 亿元的总投资，可带来 40 多万个长期就业机会，同时带动地方建材、交通等二、三产业的发展，促进财政增收。实施这一方案，将使电力成为地方新兴的支柱产业，由此带来的社会经济效益将远远超过电力行业本身。

3. 怒江州是全国唯一的傈僳族自治州，少数民族占全州人口的 92.2%，一些地方至今还保留着刀耕火种、人背马驮等原始生产方式和纹面部落等原始社会痕迹。怒江 58.3% 的区域面积纳入自然保护范围，丰富的木材资源和矿产资源不能开发，没有支撑地方经济增长的支柱产业。2002 年，怒江州全年的财政收入只有 1.05 亿元，全州 4 县均为国家扶贫重点县。2004 年怒江州人均年收入在 625 元以下的贫困村有 11 个，农民人均年收入 978 元。

位于滇西横断山脉纵谷的怒江、澜沧江、金沙江 3 条大江，在东西 150 公里内紧密地排列依偎着，群山高耸，峡谷深切，构成地球上独一无二的地理奇观。整个区域达 41 万平方公里，雪山和冰川环抱其间，古老的孑遗植物在这里延续生命，珍稀的动植物在其间繁衍生息，这是地球精心营造的一个最雄奇瑰丽的自然宝藏。2003 年联合国教科文组织第 27 届世界遗产大会决定，将我国这一"三江并流"自然景观列入联合国教科文组织的"世界遗产名录"。

准备在这里实施的"两库十三级"怒江水电开发方案，刚一出台便引发巨大争议。

4. 2006 年，云南省国民经济和社会发展"十一五"规划纲要写道：力争珠江、金沙江、澜沧江、怒江等大江大河的上游地区，九大高原湖泊流域区，水土保持重点预防保护区和重点监测区的生态系统和生态功能得到保护与恢复。在生态脆弱区，严格控制开发，建立以保护生态功能为主的政绩考核标准。

对引起巨大争议的怒江水电工程，2006 年水利部门某负责同志表示，完全不开发保持原生态是不可能的，因为事实上怒江已不是原生态河流，但原先提出要充分利用怒江水资源，建设 13 级水电站，是一种掠夺性的开发。虽然当地希望尽早开发，但即便是没有争议的一两个水电站，也要在严格前期工作审查的基础上实施开发。要严格遵循先规划、后开发的原则，确保工程方案安全可靠、经济合理，有序推进开发工作。

5. 怒江峡谷全长 316 公里，以其 2 800 米至 3 800 米的相对高差，被誉为"东方大峡谷"。其间高山湖泊星罗棋布，江河瀑布奇丽壮观，处处有雄关要隘、奇峰异石、飞瀑流泉、急流险滩、雪山雄峰和茫茫原始森林。怒江区域分布着植物 130 多科，900 余属，3 000 多种。其中，竹类 10 属 50 种；花卉 250 多种，光杜鹃花就有 90 多种，兰花 150 多种；药用植物近 1 200 种；动物 505 种，被誉为"物种基因库活的博物馆"。这里是"三江并流"核心区域，是亚欧和印支两大板块的结合部，地质结构复杂，峡谷两岸山体、断层以及岩层的破碎、变质、旁侧牵引现象分布广泛，构成丰富多彩的地质构造遗迹景观。傈僳族、怒族、独龙族、普米族是怒江地区特有的土著居民，传统民俗文化极具特色。如傈僳族的阔时节、同心酒、澡塘会、沙滩埋情人、"上刀山，下火海"、无伴奏多声部合唱；怒族的桃花节、仙女节、密期节；独龙族的纹面女；普米族的吾昔节、火塘文化，此外还有各民族各具特色又互融共生的歌舞说唱文化、饮食文化，以及怒江特色的过江工具——溜索等等。

怒江州提出"三年打基础、五年创建支柱"的旅游业发展目标，旅游经济持续增长。1997 年至 2006 年 10 年间，怒江州旅游业收入年均增长率达 27.9%，国内旅游者年均增长率达 18.6%，海外旅游者年均增长率达 73.13%，旅游业保持了较好的增长势头，已成为怒江州新的经济增长点。

6. 某水利水电职能部门收到反对怒江水电开发的大量意见。

政协委员 A 先生说："有什么根据认为建水坝就可以提高怒江老百姓的生活水平？这并不是直接的因果关系。当然一部分人可以致富，水电公司的人可以致富，地方官员可以搭车致富，但当地老百姓真能致富吗？完全靠水电站发电，用救济的方式解决移民问题不是长远之计，长远之计是必须给老百姓一个生计。"他认为，移民问题不是轻易能解决的。现在报道大量三峡移民特别是到外省市的移民出现回流问题，就是证据。当然，牺牲一部分人利益不可避免，但要权衡。另外还有污水问题，修了水库后，活水变成死水，污染会加剧，怒江也会有类似的问题。

著名环保人士 B 女士根据有关统计数字指出，全国 1 600 万水库移民现在仍有 1 000 万人生活在贫困当中。她说，这 1 000 万贫困移民都没有解决，我们有什么理由说怒江建坝就能改变怒江老百姓的贫困？怒江被人类学家认为是民族的走廊，说明有很多民族，有很多的传统，有各自的生活方式。B女士说，老百姓为什么喜欢在那里生活，为什么政府在沿江给他们盖房子他们不住，而要回到山上去？如果只看到了一个季节的怒江，而且根据几天的考察就认为老百姓不能在那里生活是欠考虑的。

某学报C主编提出："怒江作为目前我国仅存的原生态江河之一，应从国家生态安全长期目标出发，将其作为一条生态江予以保留，不予开发。这样，一方面可使其成为国家的自然遗产得到永久保护；另一方面，把怒江作为一个江河生态的对照物和参照系，开展长期、全面和系统的环境观测活动，取得原始生态环境系统的各种相关数据，与人类已经开发的江河进行对比，能够为国家进行环境影响战略评价提供依据。"他说，目前西方发达国家已经认识到水电开发对生态环境的破坏，基本停止了大坝的建设。

环保专家D教授认为，不反复论证地质情况的可行性就贸然施工已经带来了无法弥补的损失。在金沙江建水坝，不是要解决能源问题，三峡上游所有的电站都是为了拦截泥沙，这只能说是在为三峡工程买单，目前研究三峡泥沙的专家都持这样的看法。但是，真的修了多梯级水库就能解决泥沙问题吗？泥沙一层层拦上去，上游该怎么办呢？

7. 云南大学E教授说："怒江中下游水电开发的确不是解决当地群众贫困和经济发展的唯一途径，但是，怒江州可供开发利用的自然资源十分有限，怒江地区生存条件的恶劣超出了一般人的想象，水电开发至少是迄今为止一条可实现的对怒江社会经济发展具有重要作用的途径。"

某经济研究所F所长认为，只有开发怒江才能有资金进行生态移民，也才有可能使植被不再被当地百姓出于生存需要而破坏，怒江水电建设完全符合循环经济的要求。

上海某大学地理研究所G所长指出："美国人民把搁浅的鲸鱼推入大海，这值得赞扬；鲸鱼被非洲难民捕食，这也应赞扬，因为它救活了一群人。"

云南省政府某研究室H主任说，滇西北的怒江地区经济发展缓慢，至今仍是云南乃至全国最贫困的地区。该地区72万亩耕地大部分是挂在陡坡上的"大字报"地，每亩地的产值回报仅33元，10亩地只能养活一口人，全州唯一支撑地方经济的森工产业也在环保工程实施后退出了历史舞台。

中科院I院士在接受记者采访时明确表示，怒江建水电站能解决老百姓的生活问题，老百姓的贫困不可能靠国家救济解决，库区5万移民的代价还是比较低的。从发电角度说，怒江的装机容量可以达到2 100多万千瓦，超过长江三峡1 800多万千瓦的装机容量，而怒江的投资只有长江三峡的一半，因为怒江的地理条件好，可以用较小的投资产生较大的回报。I院士强调指出："2 100多万千瓦不是小量。"他还认为，云南少数民族地区应该是优先发展的地方，这里发展水电，一部分输出华东、华中，一部分可输出缅甸，从国际形势看，有其战略意义。

8. 在瑞典，几乎所有未被大坝截流的河流均被法律保护起来，以免受到人为开发的破坏。在美国，大约有16 000千米的"杰出"河段在1968年通过的联邦《国家自然与风景河流法案》(National Wild and Rivers Act) 中得到了保护，还有许多河流也受到州一级的立法保护。

在加拿大和美国等一些国家和地区，考虑到生态资源一直是当地居民在使用，所以采用居民以生态资源入股的方法，个人入股大约占30%左右。只要电站还在发电，还在创造经济效益，失去土地的当地居民就不会为生存担忧，他们一直与电站、与电力企业贫富与共。

20世纪70年代，埃及建成了阿斯旺水坝。这座水坝给埃及人带来了廉价的电力，控制了水旱灾害，灌溉了农田，然而也破坏了尼罗河流域的生态平衡。几千年来定期泛滥的尼罗河水带来的肥沃土壤，冲积形成了富饶的三角洲。阿斯旺大坝建成后，截断尼罗河，阻挡了尼罗河夹带的大量淤泥，使两岸土地日渐贫瘠，尼罗河两岸绿洲失去了肥料的来源，没有足够的淡水冲刷土壤中的盐分，土地盐渍化、沙漠化倾向越来越严重，埃及这片美丽富饶的绿洲日渐消失。同时，高坝下游河段沉积物日积月累，使污染情况更加严重，水生动植物生存环境受到影响。尼罗河下游成了静止的"湖泊"，为血吸虫、蚊子的繁殖提供了条件，阿斯旺地区附近居民的血吸虫发病率高达80%～100%。

9. 漫湾水电站是开发中的第一期工程。现在国家财政每年可从漫湾电厂获得1亿多元，其中，云南省财政获得5 000多万元，所涉及的4县获得5 000多万元。漫湾电厂和云南省电力公司共获得1.2亿多元。漫湾电站对国家的贡献是巨大的，但对移民的扶持显得十分微弱。漫湾电站实际移民7 260人，移民经费实际支出5 500万元，其前期补偿严重不足，人均不到8 000元，远远不能满足实际需要。据调查，在库区淹没前，漫湾地区移民人均纯收入曾高出全省平均值11.2%，1997年库区淹没后，这些移民人均纯收入仅为全省平均值的46.7%，收入大幅下降。

田坝村距离漫湾电站大坝800米，漫湾大坝截流，村庄被淹，村民们不得不东一家西一家地搬至群山众壑之间。有的村民说："以前在河边的土地灌溉很方便，而现在山上的土地没有水，种不了粮食，要抽水上山就必须买设备、付电费，可是我们哪里有钱呢？"由于无工可做，无地可耕，一些人只能翻山越岭背井离乡去打工，有的人只能依靠捡电厂的垃圾为生。

漫湾水电站规划在计划经济时期，修建在计划经济向市场经济转轨时期，运行在市场经济时期。漫湾电站的周边地区，类似田坝村的例子还有很多，他们的困难悬在空中，反映、上访多次都得不到解决。

漫湾水电站建成后出现的许多问题，超出了工程建设者的预料。移民普遍搬到了山上，开垦土地，砍伐树木，导致环境退化，水土流失加剧，滑坡与泥石流等灾害频发。在1993年蓄水后的很短时间内，就发生了100多处崩滑坡，财政拮据的当地政府找电厂交涉，电厂认为这是后期滑坡，自己没有责任。

10. 田纳西河位于美国东南部，是密西西比河的二级支流，流域面积10.5万平方公里，干流全长约1 050公里，地跨弗吉尼亚、密西西比、田纳西和肯塔基等7个州。在20世纪20—30年代，该地区经济落后，工业基础薄弱，由于森林被破坏，水土流失严重，洪水泛滥成灾；加之交通闭塞、水运不通，环境恶化，疾病流行，文化落后，成了美国最贫困的地区之一。1933年，该流域的人均收入不足全国平均水平的一半。

在第二次世界大战期间，美国国会立法，成立田纳西流域管理局（Tennessee Valley Authority，通称TVA），开始了规模宏大的田纳西流域治理工程，从在田纳西流域建设水电设施开始，到20世纪40年代末，TVA成为全国最大的电力供应者。目前，TVA电力经营年收入达57亿美元。TVA通过植树造林等措施，保持水土，改善生态环境，控制洪水泛滥，扩大灌溉面积，通过航道建设，形成了1 000多公里的水运通航能力。1945年以来，水道吸引了 30 多亿美元的私人投资，加速了地区工业的发展。河流两岸的工厂为当地居民直接提供了 44 000 多个就业机会以及更多的服务机会。

经过 40 多年的规划和建设，田纳西流域的自然资源得到了综合和合理的开发，区域经济得以振兴。到 1977 年，全流域平均国民收入比 1933 年增加了 34 倍。可以说，正是从水电工程建设开始，TVA 改变了田纳西人的生活，把一个贫穷的田纳西，建设成了以工业为主、全面发展的现代化的田纳西。水电工程带动了田纳西流域农、林、渔、煤矿、旅游等行业的全面发展，彻底改变了这里的贫困落后面貌，使其成为经济充满活力的地区之一。

11. 负责水利水电的某职能部门，就反对在怒江建设水电站的意见准备予以答复。讨论后，形成该部门答复意见的初稿。下面是初稿的基本内容：

慎重考虑生态问题。力求对每条河、每个大坝的规划设计都慎重对待生态问题，严格按 2003 年 9 月 1 日正式实施的《中华人民共和国环境影响评价法》做好环评报告，就每座大坝的生态问题，制定出合理的、可持续发展的解决方案。在不宜进行水电项目建设的国家自然保护区、世界遗产区、国家生态功能区等需要进行保护的区域内，划定保护河段和保护流域区，禁止进行水电工程建设和其他的大型工程建设，彻底改变"技术经济最优"的工程目标。水电建设必须与生态建设结合起来，实现工程效益和环境效益的统一。

慎重对待资源开发问题。在生态脆弱和生态具有特殊价值的地区，尤其不能走片面的资源开发道路。某些经济落后地区有资源优势，但这些地区的资源优势是否一定能够转化为地区的全面发展，在什么样的条件下才能转化为地区的全面发展，这些问题必须弄清。对以前那些资源开发规模上去了、但经济发展水平并未相应提高的案例要总结教训。

参考文献：
胡总书记《在中国共产党第十七次全国代表大会上的报告》摘录：（节选）
坚持生产发展，建设生态文明，基本形成节约能源资源和保护生态环境的产业结构、增长方式、消费模式。循环经济形成较大规模，可再生能源比重显著上升。主要污染物排放得到有效控制，生态环境质量明显改善。生态文明观念在全社会牢固树立。

坚持生产发展、生活富裕、生态良好的文明发展道路，建设资源节约型、环境友好型社会，实现速度和结构质量效益相统一、经济发展与人口资源环境相协调，使人民在良好生态环境中生产生活，实现经济社会永续发展。

申论要求

1. 在怒江开发水电资源问题上有重大争议。请根据"给定资料 1～8"，指出争议的焦点是什么，并对主张怒江水电开发和反对怒江水电开发的理由分别加以概述。（20 分）
要求：指明"焦点"，概述全面，条理清楚，语言流畅，不超过 500 字。
2. 请根据"给定资料 9、10"，分析这两个资料对搞好水电开发提供了哪些重要启示。（15 分）
要求：分析简明扼要，条理清楚，不超过 200 字。
3. 本题仅限报考行政执法类、市（地）以下综合管理类职位的考生作答。
（1）"给定资料 7"引用了上海某研究所 G 所长的话，"美国人民把搁浅的鲸鱼推入大海，这值得赞扬；鲸鱼被非洲难民捕食，这也应赞扬，因为它救活了一群人。"请说明，这表达了 G 所长怎样的观点。（10 分）

要求：简明、准确地阐释该观点，不超过 200 字。

（2）"给定资料 6"引述了某学报 C 主编提出的意见。请你站在水电规划部门的立场，对 C 主编的意见作出答复。（15 分）

要求：有条理地写出答复内容，有理有据，不考虑行文格式，不超过 300 字。

4. 本题仅限报考行政执法类、市（地）以下综合管理类职位的考生作答。

请以"从'怒江水电开发'说开去"为题，写一篇文章。（40 分）

要求：（1）结合给定资料，自选角度。

（2）符合题意，观点明确，内容充实，结构完整，语言流畅。

（3）总字数 800～1 000 字。

5. 本题仅限报考省级（含副省级）以上综合管理类职位的考生作答。

"给定资料 11"列出了某职能部门准备对反对意见给予答复的基本内容。请指出这样的答复存在哪些明显问题，并就存在的问题分别说明怎样修改补充。（25 分）

要求：（1）分条作答，指出一个问题，接着写出修改补充的内容。

（2）条理清楚，表达简洁流畅，不超过 500 字。

6. 本题限报考省级（含副省级）以上综合管理类职位的考生作答。

请以"人与自然"为题，写一篇文章。（40 分）

要求：（1）参考给定资料，观点明确，内容充实，结构完整，语言生动。

（2）对在"人与自然"问题上的某种错误倾向，应恰当阐述，给予澄清。

（3）总字数 1 000～1 200 字。

 详 解

【综合分析】

2008 年中央、国家公务员录用考试中的申论命题，除沿袭此前的考查方式外，其深度明显加强，试题样式有显著变化，命题方式出现了如下的新特点、新趋势，值得考生引起注意。

一、开始考查马克思主义基本原理。

这一特点主要表现在试卷第六题：请以"人与自然"为题，写一篇文章。我们知道，人与自然，即人类社会与生态环境的关系，是马克思主义哲学原理的重要内容：地理环境是提供社会所需要的物质资料的天然来源，是社会赖以存在和发展的必要前提。

二、贯穿对辩证思维的考查。

如第一题要求，请根据"给定资料 1～8"，指出争议的"焦点"是什么。这一点即是要求考生提炼"矛盾"，通过提炼"矛盾"考查考生的辩证思维能力。

三、深入考查对对策的理解和判断。

如第二题：根据"给定资料 9、10"，分析两个资料对搞好水电开发提供了哪些重要启示。我们从对资料 9、10 的分析中知道，资料 9 反映的是漫湾在资源开发与环境保护关系上的不正确的对策，而资料 10 反映的是美国田纳西河流域在资源开发与环境保护关系上的正确的对策。

四、注重考查"国策"。

本次试卷的给定资料和试题，紧紧围绕资源开发与环境保护的关系问题，它的核心线索是：是只顾资源开发、不顾环境保护，还是在开发资源的同时，注意保护生态环境。那么，由此我们可以发现，这一核心线索比较直接地涉及"全面、协调、可持续"这一科学发展观的基本要求。

【答案提示】

1. 示例答案一 ▷

随着我国经济社会的不断发展，经济发展与生态环境保护之间的矛盾越来越激烈。资料中所反映的是我国怒江水电资源的开发问题。对此，我国各界人士之间存在重大的争议，而争议的焦点是：在怒江开发水电资源对于当地甚至全国的人民群众而言，究竟是利大于弊，还是弊大于利。反对者认为，修建水坝首先会带来泥沙淤积、污水等严重的生态问题，同时还会导致大规模的水库移民。从我国过去的历史经验来看，部分地方由于缺乏对水电项目可行性的反复论证，使得目前尚有近千万的水库移民生活在贫困当中，许多当地群众并没有从水电资源的开发中直接受益。而支持者认为，怒江的地理条件好，适合发展水电，而且怒江地区长期以来经济发展缓慢，当地群众迫切希望脱离贫困，水电工程不仅可以带来就业机会，促进财政增收，有效帮助群众脱贫致富，而且当地水电资源的对外输出也具有重要的战略意义。开发水电资源虽不是唯一的致富途径，却是目前一项可实施的重要脱贫方案。同时开发怒江将获得更多的资金用于保护当地的生态环境，符合循环经济的要求。

示例答案二 ▷

我国的水资源主要集中在西南地区，作为一种可再生能源，需要加以开发利用。怒江拥有得天独厚的水资源，当地政府提出了实施"两库十三级"怒江水电开发方案，由此成为重大争议焦点，形成了主张开发和反对开发的两种态度。

主张开发者以院士等为代表，他们的理由是：怒江地区经济发展缓慢，耕地分散，产值回报低，无森工产业，水电开发可帮助实现经济脱贫，解决百姓的生活问题；怒江可开发的资源有限，综合开发是实现当地经济发展的重要途径；怒江的水电开发，装机容量大，投资少，回报高；可以实现水电对外输出，解决其他用电紧张的状况；水电开发符合循环经济的要求，开发资金用来生态移民，避免植被因生活需要而遭到破坏。

反对开发者以环保专家等为代表，他们的理由是：修建水电站与提高百姓生活没有因果关系，用救济方式解决移民问题不是长久之计，甚至造成贫困移民；开发带来污水问题；怒江民族多，生活方式各异，是民族的走廊；不开发，可使自然遗产得到永久保护，作为江河生态的参照系，通过观测，可以获得相关数据，为环境影响战略评价提高依据；西方国家认为开发会造成生态环境破坏；水电开发的可行性缺乏反复论证，由此造成的泥沙问题难以解决。

✎ 评析

答案一主要从整体上把握了给定资料反映的各方观点并加以交叉论述，而答案二则是以不同主体为对象就其所持观点做了逐一阐述，在阐述的同时指出分歧所在。答案二比较全面。

2. 示例答案一 ▷

从漫湾水电站的开发和田纳西河流域的治理这两个例子中，我们可以发现水电开发不应该是片面的，而应该是全方位的综合治理。不能只注重经济效益，而忽视了社会效益，应该努力避免开发所带来的生态破坏及社会矛盾。我们也不能只注重近期收益，而忽视了长远发展，应该致力于改变库区落后的经济发展模式，同时带动其他行业的发展。水电工程除了要为国家财政带来收益外，还应该增加就业机会，为当地群众寻求实现自身发展的出路。

示例答案二 ▷

资料主要以漫湾水电站的建设和田纳西河的整治为例，从正反两个方面得出重要启示：

（1）在水电开发收益的使用上，应加大对移民资金的扶持力度。避免因开发导致当地居民的收入下降，生活困难。

（2）在贫困地区修建水电站应考虑长远，应通过植树造林，保持水土，改善生态环境，避免由此引发的环境破坏、水土流失、山体滑坡等自然灾害。

（3）应通过建设水电站，为当地居民提供更多的就业机会，避免出现附近居民迫于生活背井离乡、无工可做、无地可种的现象。

（4）应通过水电站建设带动与此相关的其他行业的发展，如农、林、渔和旅游的发展，使其经济充满活力，实现全面发展。

 评 析

答案二在用语上较答案一严谨，且答题的层次分明，这在申论作答中是一种较佳的作答方式，简洁明了，容易获得高分。

3.（1） 示例答案一 ▷

G所长认为，一个国家环保政策的合理与否，应从其实际国情出发去衡量。国家间经济实力和发展水平的差距，决定了环保政策的出发点和落脚点是不一样的，不能用发达国家的环保标准和环保观念来要求和衡量不发达国家的环保事业。因为事物总是存在主要矛盾和次要矛盾的，许多不发达国家现阶段的主要矛盾是解决人民生存问题，其次才是长远发展问题。结合国情，因地制宜、量力而为地推行环保政策，在经济发展和环保间寻求协调方为上策。

示例答案二 ▷

通过打比方的方式，G所长表达了这样的观点：保持当地原有的生态环境和资源优势，不进行开发当然是不错的。但是，如果通过适当的开发能解决当地老百姓的现实困难，满足人们基本的物质生活需求，同时又能给当地人们探索出一条充满活力的全面发展之路，是最理想的选择。从总体上看，所长还是更倾向于对水电站的开发利用，而不是简单反对修建怒江"两库十三级"怒江水电开发方案。

给出的两份答案都比较直观地阐述了G所长的观点，但答案一在文字把握方面比较独到，用词很精确。

3. (2) 示例答案一 ▷

第一，C主编提到的"原生态江河"的定义是什么，因为目前"原生态江河"这个概念在学术界尚有争议，更没有官方的说法。

第二，即使定义确定了，怒江是不是一条原生态江河仍是一个值得考虑的问题。因为资料中无法确定怒江是不是一条原生态江河。

第三，这里我们引入一些背景材料：在怒江的支流实际上已经建了许多中、小型的水电站——在怒江干流的上游，西藏境内的比如县，在20世纪80年代就已经建了一个水电站。在怒江的下游，进入了缅甸境内，叫萨尔温江，现在已经开工在建一个大型的水电站。

第四，C主编认为对怒江"不予开发"就可以达到"永久保护"的目标，这个观点其实有失偏颇。因为合理的开发其实也是一种保护的手段。

第五，西方发达国家停止了水电开发，与我国是否停止水电开发，两者不具备可比性，因为每个国家的具体国情是不一样的。

示例答案二 ▷

主编，你的意见我们已认真阅读，具有一定的参考价值，现对你的意见作出如下答复：

第一，怒江已不是原生态河流，完全不开发保持原生态是不可能的。

第二，怒江等"三江并流"属于"世界自然遗产"名录，对此进行环境监测取得相关数据，确有必要，但是由于怒江地区环境的特殊性，无法与已开发的项目进行对比，开发与保护并不矛盾，只要坚持先规划后开发的原则，便可使水电开发有序推进，保证水电开发的安全、可靠，做到保护生态与形成循环经济相互协调。

第三，从外国的实际情况看，发达国家水资源开发利用率高于我国，我国丰富的水资源却没有得到很好的利用，只有少数国家所兴建的水电站对环境造成了不利影响，所以关键是怎样在不破坏生态的前提下，实现对水资源的综合利用，而修建水电站就是综合开发的一项重要工作。

 评析

答案二的角色设定具体，用语比较符合政府部门工作人员的要求，故为最佳答案。

4. 示例答案一 ▷

在"保护"与"开发"间徘徊

——从"怒江水电开发"说开去

自改革开放以来，伴随着经济的发展，环保问题一直是我国发展进程中的一个沉重话题。以我国西南部的怒江为例，在支持水电开发和反对水电开发之间一直存在着众多的争议。而争议的焦点主要集中在老百姓的脱贫问题、泥石流和地震问题、利益分配问题、能源战略等相关问题上。在这场争论当中，我们不断地在"保护"与"开发"之间徘徊着，似乎还没有找到一个明确的答案。

我们一起来看看双方争议的焦点所在："建坝"所带来的生态破坏问题。反对者列举了"建坝"后将出现的污水问题和泥沙淤积问题，说明"建坝"是不可行的。而支持者则认为，如果不进行开发，当地的群众无法脱贫而继续维持"刀耕火种"式的发展模式，生态环境同样会遭到严重破坏，因此支持者们认为只有当地老百姓不需要刀耕火种来维持正常生存，怒江的环境保护才能进行，才能可持续发展。这里笔者认为矛盾的关键在于，是否必须使用"建坝"这种方式来实现怒江流域的发展。就现阶段的实际情况而言，支持者的观点无疑是对的，因为我国正处于社会主义的初级阶段，政府可划拨的财政资源有限，不可能在完全不开发的情况下，实现怒江环境的保护。而且国外的发达国家的案例常常是不完全具有可比性的，因为我国在环境保护的技术上、管理的科学性上、人民群众的环保意识上均存在一定的差距，很难完全按照发达国家的环保标准去实施社会发展的规划。

说到这里，我们不禁要问，我们真的只能牺牲环境去换取发展吗？答案是否定的，因为反对"建坝"的声音带给我们的，更多的是冷静的思考。因为"建坝"所带来的污水、泥沙淤积等生态问题，我们不容回避，"建坝"后的移民安置问题同样要高度重视。那么我们如何在两者之间找到一种"平衡"呢？关键在于我们的管理者们应该树立以人为本的科学发展观，通过成立专家小组的方式，对怒江的生态和发展问题进行深入的调研论证，合理地统筹怒江的发展规划，同时广开言路，征询广大专家、群众的意见，集思广益，因为真理是越辩越明的。

发展是需要的，但不能操之过急，因为"欲速则不达"。保护也是需要的，但不能片面地保守地认为保护就是"不作改变"，因为事物是永恒发展的，发展的"停滞"所带来的将是更大的危险。

示例答案二 ▷

从题目来看，本文的写作思路是：

开头：精练引用资料中水利部负责人的讲话，强调对怒江的13级水电站的开发将造成对资源的掠夺性破坏。由此引发如何解决目前我国在水电开发方面所带来的生态保护问题。

过渡：或者是对开发水电的两种态度给予列举，或者是分析水资源丰富而区域经济却相对落后，亟待脱贫的状况，由此提出作者自己的观点。

主体：主体部分应该从以下几个方面"说开去"。

一是加强对水资源丰富地区水电开发的规划整治。贯彻"环境影响评价法"的执行力度；坚持先规划后开发的原则；防止大规模或无序开发。

二是实现水电开发的循环发展。加大对当地贫困人口的水电收益扶持力度；实现第一、二、三产业的同步发展；保持原有生态环境不遭到毁坏。

三是以开发带动旅游事业的蓬勃发展。形成良好的自然景观、人造景观的和谐一致，带动旅游收入的快速增长。

评析

答案一采用了"探究式申论文体"的写作手法，在水电开发利弊问题的认识上见解独到，是一篇不错的参考范文。

5. 示例答案一 ▷

(1) 关于资料6原文中政协委员A先生所说的"有什么根据认为建水坝就可以提高怒江老百姓的生活水平？这并不是直接的因果关系"。

可以补充答如下：对怒江老百姓的生活水平的衡量是多方面的，国内外的经验教训证明建水坝是提高老百姓生活水平的一个重要途径，但在具体的实施过程中应兼顾环境保护、移民就业等问题，方能得到全面解决。

(2) 关于资料6原文中著名环保人士B女士所说："全国1 600万水库移民现在仍有1 000万人生活在贫困当中。……这1 000万贫困移民都没有解决，我们有什么理由说怒江建坝就能改变怒江老百姓的贫困？"

可以补充答如下：水库移民的脱贫问题实际上是一个长期的过程，怒江建坝只是帮助库区人民脱贫的其中一项对策，而不是全部。

(3) 关于资料6原文中著名环保人士B女士所说的"如果只看到了一个季节的怒江，而且根据几天的考察就认为老百姓不能在那里生活是欠缺考虑"。

可以补充答复如下：在怒江建坝和水库移民的问题上，我们将加大调研力度，在作出行政决策前将派专家小组对怒江流域进行长期的深入调研，论证工程的可实施性和必要性后再作出初步的审批方案，同时我们将通过各种途径将审批方案对外公示，接受群众监督。

(4) 针对资料6原文中某学报C主编谈到的将怒江作为一条"原生态江河"予以保护的方案和西方发达国家停止了水电开发的案例。

可以补充答复如下：关于"原生态江河"目前在学术界尚有争议，也没有公认的定义和官方说法。暂时也无法确定怒江是不是一条"原生态江河"。C主编认为的对怒江"不予开发"就可以达到"永久保护"的目标，这个观点其实有失偏颇。因为合理的开发其实也是一种保护的手段。至于西方发达国家停止了水电开发的案例，与我国是否停止水电开发，两者不具备可比性，因为每个国家的具体国情是不一样的。我部门将按照怒江的实际情况有针对性地提出开发和保护方案。

(5) 针对环保专家D教授认为的，不反复论证地质情况的可行性就贸然施工带来重大损失的现象。

可以补充答复如下：在实际的保护开发过程中，确实存在少数地方政府部门在履行行政审批职能的过程中，没有按照科学发展观的要求进行深入调研论证，我部门将吸取其中的经验教训，严格审批。

示例答案二 ▷

收到这些反对者的意见，我部门分门别类地进行整理、归纳，现指出问题并提出正确的要求：

第一，慎重考虑生态问题。这种提法过于模糊，态度不鲜明。应改为：保证当地的生态环境不因水电站的建设造成破坏。后面内容表达不充分。应为：水电站建设必须坚持先规划后开发的原则，确保工程方案安全可靠，经济合理，有序推动。坚持可行性反复论证，解决好水电站带来的污水问题、泥沙问题和由此带来的老百姓生活困难问题以及移民问题。

第二，慎重对待资源开发问题。这种提法不明确，应改为：坚持变资源优势为全面发展。在生态脆弱，生态具有特殊价值的地区，尤其不能走片面的资源开发道路，某些经济落后地区拥有资源优势，需要对此进行综合开发，吸收美国田纳西流域治理的好经验，坚持发展循环经济，加大当地资金的扶贫力度，保持当地原有多民族的生活方式，带动当地经济第一、二、三产业的发展尤其是旅游业的发展，为当地居民提供就业机会，纠正只注重开发规模导致经济发展水平下降的短视行为。

✐ **评析**

这两份答案在对资料的分析处理上不相伯仲，都比较具体准确地指出了资料中答复存在的明显问题，在对问题的完善上也有独到之处，尤以答案一的总结最为具体。

6. 示例答案 ▷

本题解析：本题目是命题作文，属于一般化的标题，但结合资料就会发现本题有着特定的含义，不是一般意义上的强调人与自然应相互和谐，而是要结合给定资料中对怒江水电站的梯级开发来写，要求对错误倾向恰当阐述，给予澄清。所以实际上明确了写作的基本思路：

开头：以当地政府提出的怒江"两库十三级"水电开发方案为引子，突出盲目和无序开发将造成严重的生态破坏；提出在水资源丰富地区开发应坚持可持续发展的原则，实现环境与经济、人与自然的和谐发展。

第二段：针对把开发与破坏简单因果相连的错误倾向进行批评，通过列举国外水资源的综合利用的例子，以及三峡的巨大功效来反驳开发就是破坏生态的错误认识。

第三段：实现人与自然的和谐，必须注重开发与保护并重的原则，做到规划在先，开发在后。

第四段：实现人与自然的和谐，必须坚持以人为本的原则，实现当地人民经济发展，生活水平的提高。

第五段：实现人与自然的和谐，必须符合循环发展原则，做到资源的综合利用。

第六段：实现人与自然的和谐，必须坚持继承与创新原则，借鉴国内外有益做法，避免先开发后治理的教训。

结尾：强调人与自然的和谐是构建和谐社会的基础，这一事件本身具有典型的现实意义，应从中吸取教训，澄清错误认识，努力建设环境友好型社会。

✐ **评析**

该答案给出的只是一份写作的步骤指导，但在这份指导中还是可以看出它层次清晰，上下文衔接很到位，所反映的问题一环扣一环，最后很自然地过渡到结尾的总结内容上。考生可依据这份指导意见将答案还原，也是对自己申论应试能力的一次检验。

2007 年中央、国家机关公务员录用考试《申论》试题及详解

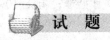

注意事项

1. 申论考试，是对分析驾驭材料能力、解决问题能力、言语表达能力的测试。
2. 作答参考时限：阅读资料 40 分钟，作答 110 分钟。
3. 仔细阅读给定的资料，然后按"申论要求"依次作答，答案书写在指定位置。

给定资料

1. 河北省会石家庄市西北的北焦村，是市二环路内 45 个城中村之一，1 200 多户、3 000 多人，一些外地人在村里租房做生意，多数村民靠收房租生活。

1968 年 2 月，河北省会从保定迁至石家庄，开始迅猛扩张，近郊土地被征用的速度急剧加快，修铁路，盖生活区，建机关、厂矿、医院、学校，都要征地。71 岁的原村支书陈某说，当地土地征用，政府不给钱，但 1 亩地拨 2～3 个名额给村民，身份由农民转为工人。改革开放以后，国家征地越来越多。省政府的外贸、内贸、轻工业和化工等七个厅局级机关先后来到北焦村扎寨。村中布满机关宿舍，北焦村因此号称七局宿舍。

1975 年，陈某还是生产大队长，他记得 70 年代开始国家征地有了补贴。这些补贴主要归生产大队，用于发展集体企业，村民进企业做工。北焦村靠土地补贴发展旅馆、商店，办起了塑料厂、鞋厂等 20 多家企业。

当时国家规定土地按征用前三年平均产值来补偿，补偿分为土地补贴、劳动力补贴和青苗补贴三种，1971 年，每年 1 亩地补贴 240 元；1976 年，每年 1 亩地补贴 1 000 元。陈某说，补贴增加是因为村民改种粮食为种蔬菜，土地产值增加了。

1986 年陈某卸任时，北焦村还剩下三四百亩地。之后，北焦村剩余农地陆续征用，目前只有 30 多亩自留地，供村民种点菜，但多半荒草丛生。

《财经时报》2004 年报道，中国过去 10 年间转让土地达 1 亿亩。《中国改革》杂志 2004 年引用一项调查表明，被征用土地的收益分配大致是：地方政府占 20%～30%，企业 40%～50%，村级组织 25%～30%，农民仅占 5%～10%。地方政府采取强制性土地征用政策，低价征地，高价出售，从中获取巨额土地资本增值收益；同时，城市化进程又是地方政府的政绩，被媒体大力地宣传。在商业利益和政府双重利益的驱动下，城郊农民大量失地，而不法之徒也由此以权力寻租的方式牟利。

从北焦村乘车行驶不到半小时，可到达西营村。西营村处在石家庄市城市地下水源一级保护区内。工厂不让进，企业也不让进。但 2002 年 8 月，经省里特批河北政法职业学院准备在石家庄市北郊征用土地新建校区。

西营村村委会主任杨某说，当时为了争夺学校进村，其他村都相互压价，贱卖土地。最后，学院倾向于在西营村征地 920 亩。2003 年，西营村党支部和村委会决定对学院征地进行民意测验，89% 的村民同意征地，11% 的村民不同意征地。村党支部和村委会据此成

立谈判小组，与学院正式谈判。双方达成的结果是，学院为每亩地支付征地补偿费7万元，还有其他补偿。

但在2004年4月的一份集体上访材料上，至少有360多名村民签字画押反对上述征地方案。西营村现有村民2 000人左右，反对者占18%以上。按《村民委员会组织法》的规定，涉及村民利益的重大事项，村委会必须提请村民会议讨论决定，方可办理；有1/10以上的村民提议，也应当召集村民会议。

该建设被确定为河北省2004年重点建设项目。2004年3月，省国土资源厅和石家庄市政府同意该项目进行工程用地的前期准备工作。但为平整土地，学院和村委会跟村民多次发生冲突。当时，学院派施工人员用履带拖拉机将土地推平，村委会派人把耕地下面用来灌溉的地下水道挖断，致使大部分耕地闲置至今。学院原定2004年9月新生入住新校区，而到了11月，还未破土动工。

眼看着十几亩的果树一棵一棵干死，村民高某很心疼，100多亩蔬菜大棚，菜秧都长出一寸了，他们说拆就拆。村民傅某说，一家5口共有5亩地，其中2.7亩被征用。他说，2.7亩地若种小麦和玉米，年收入有两千来元，种蔬菜年收入也有两三千元。5亩地一年收入1万来元，勉强够全家一年的开销。他说，家里吃的粮食，两个小孩上学，日常花费，都是从地里出。

据村委会主任杨某介绍，到10月，学院仅付款2 350万元，只占总额的1/3多。其中，2 000万元平均分给2 000多个村民，每人1万元，剩下300万元先由村委会保管。杨说，等省国土厅发布公告，征地款才能全部到账，到账后也将全部分给村民。现在村里欠每个村民2万元。

1998年修订的《土地管理法》规定，征用耕地的补偿费用包括土地的补偿费、安置补助费以及地上附着物和青苗的补偿费。土地补偿费，为该耕地被征用前3年平均年产值的6至10倍。安置补助费，按照需要安置的农业人口数计算，每人的补助标准为该耕地被征用前3年平均年产值的4至6倍。按照这个标准的最高倍数乘以2 000元的亩产值，西营村村民每亩地最多获得土地补偿费2万元，安置补偿费1.2万元，总计3.2万元。

《土地管理法》还规定，依照上述规定支付土地补偿费和安置补助费，尚不能使需要安置的农民保持原有生活水平的，经省、自治区、直辖市人民政府批准，可以增加安置补助费。但是，土地补偿费和安置补助费的总和不得超过土地被征用前3年平均产值的30倍。则西营村村民每亩地最多可获得6万元补偿费。

如此计算，政法职业技术学院向西营村支付征地补偿费每亩7万元，似乎村民已经占了便宜。2003年4月，石家庄市政府公布了市区土地基准地价，将商业用地分为八级，一级每平方米为4 723元，折合每亩315万多元；八级每平方米为497元，折合每亩33.1万多元。这意味着，西营村被征用土地所获得的补偿，比用于商业开发，每亩最低少26万元，最高少308万元。西营村部分村民一直想按照商业用地的市场价出让土地。但政法职业学院建新校区不属于商业用途，村民的愿望在现行法律和法规中找不到依据。事实上，村民没有权利为自己的土地定价。

西营村的情形在中国农村非常普遍。据社科院农村发展研究所提供的数据，从1990年到2002年，全国占用耕地4 736万亩用于非农业建设，今后每年非农业建设用地仍需要250万亩~300万亩。这些非农业建设用地主要集中在城郊农村，那里一般人均耕地不足

0.7亩。每占用1亩耕地就会造成1.4人失去土地，依此推算，13年来至少有6 630万农民失去了土地。

专家认为，由于征地补偿标准低，失地农民所获得的补偿不足以创业，政府又没有为他们建立合理的安置和社会保障制度。这些失地农民大都成了无地可种、无正式工作岗位、无社会保障的流民。而中国历史上的社会动荡，流民都成为隐患。

2. 北焦村的土地所剩无几，村办企业在20世纪90年代中期也相继破产。从2000年起，北焦村就陆续有村民上访，开始六七人，到现在已有几百人集体上访，累计上访1 000多人次。石家庄长安区南高营镇西古城村，有关部门为搞土地开发，造成380亩耕地、菜地无法耕种，至今垃圾成堆，杂草丛生，已闲置了4年。村民上访无效后，自发组织起来，在耕种地旁搭了间瓦房，日夜轮流看守，反对圈占。

《土地管理法》规定，国家为了公共利益的需要，可以依法对集体土地实行征用。但大量营利性商业项目，都以公共利益的名义强制征用土地，从而引发农民的群体性上访和干群冲突。调查显示，农村土地纠纷已经取代税费争议而成为目前农民维权的焦点，严重影响农村的社会稳定和发展。一家长期研究农村问题的学术机构收集到2004年来发生的130起农村群体性突发事件，其中87起因土地问题引发，造成数百农民受伤，3人死亡。专家认为，土地是农民的生存保障，土地涉及巨额的经济利益，这就决定了土地争议具有对抗性和持久性的特征。

某研究农村经济问题的专家提出，农村城市化进程可以有两种选择，一种是将原有的集体经济组织全部解散，农民以独立的家庭个体进入城市经商、打工，但前提是必须实现公平分配；另一种是保留原有的农村社区组织，并对产权制度和组织形成进行彻底改造，以适应城市化的进程。

2004年10月底，国务院下发了《关于深化改革、严格土地管理的决定》，强调农用地转用和土地征收的审批权在国务院和省、自治区、直辖市政府，各省、自治区、直辖市政府不得违反法律和行政法规的规定下放土地审批权。该决定对农民最关注的征地补偿作了新承诺：土地补偿费和安置补助费的总和达到法定上限，尚不足以使被征地农民保持原有生活水平的，当地政府可以用国有土地有偿使用收入予以补贴，县级以上政府应当使被征地农民的长远生计有保障。这意味着各级政府要将土地出让金部分转移给被征地的农民。

部分媒体称这个决定是"土地新政"，并给予较高评价，但部分上访农民则有更高的期待。福建省厦门市海沧区霞阳村的许某说，村里的3 000多亩地都被征光了，他希望中央政府真正给农民土地所有权和使用权。政府要保障农民的经济权利，为农村经济发展服务，不能与农民争利，更不能把农民的土地抢走给开发商。他期望征地制度改革能让农民拿自己的土地直接进入市场交易。有的专家，倾向于根据土地使用性质，把土地转让市场区分为两大类进行交易，以保障农民得到应有的补偿。这位专家还指出，目前存在两级市场，政府对一级市场具有垄断权，土地交易先由国家或集体收回，再进入二级市场进行交易，这导致转让利益分配严重不均。

3. 以占江苏不足4.7%的面积，承载了江苏6.2%的人口，产出了占江苏14.8%的经济总量，以保护土地资源来保障发展，以保障经济发展促进资源保护，成为写在无锡大地上的辩证法。据统计，江苏全省GDP每增一个百分点，用地量为2.4万亩。2003年，无锡 GDP 实现 1 901.22 亿元，增幅达 15.4%，而用地增加仅 15.6 万亩，土地资源消耗量仅相当于全省平均水平的一半。

在无锡 4 787.6 平方公里的总面积中，山丘与水域占 47.7%，人均耕地仅 0.55 亩，为江苏地级市中最少的城市。但随着经济社会的迅猛发展，无锡对土地的需求量很大。无锡市政府用严格的制度保护耕地，耕地占一补一的工作列入各级政府年度考核目标，每年以"市长令"形式下发土地复垦方法，全面开展土地开发整理，明确"谁开垦谁受益"。连续多年来，无锡每年都召开土地复垦流动现场会，极大地激发了基层热情。宜兴原茗岭镇不仅没有减少粮田，而且增加耕地 3 400 多亩，这里实施的国家级"丘陵山区万亩土地综合开发整理项目"，被联合国列为在我国的 11 个示范区之一。2001 年至今，无锡关闭了沿太湖地区 200 多家矿山企业，通过土地开发整理，共新增耕地 4.3 万亩，相当于 10 余个中心商务区。目前，正在建造 28 层高的农民公寓。据测算，原来农民散居时户均占地超过 0.5 亩，住进公寓后户均占地不足 0.15 亩。

4. 首钢矿业公司在各级政府部门的指导下，加大投入，加强管理与技术创新，先后完成了大石河铁矿尾矿库、新水选矿厂尾矿库、裴庄土场、羊崖山土场等一大批复垦项目，使矿山的生态环境得到了初步的改善。经多年覆土植被，大石河铁矿尾矿库如今处处郁郁葱葱，长满了紫穗槐；三四年前还是一座沙山的新水尾矿库，如今 1 200 余亩沙棘长势旺盛，已结出沙棘果；裴庄土场覆土种植的刺槐已经成长为一片参天大树，好像一座森林公园。

首钢矿业公司在生产过程中造成的土地破坏，主要是采矿中形成的排土场和在选矿中形成的尾矿库。针对不同的情况，公司组织工程技术人员进行攻关，采取不同方式开展土地复垦工作。

排土场是采矿过程中排出的岩石的堆存场所，是人工堆积起来的废石山，岩石裸露，陡坡较多。公司对排土场采取了平整、覆土、绿化的办法。一是在采矿过程中，将采矿剥离出的后表土单独存放，以备复垦利用；二是待排土场停用后，用推土机平整，为减少工作量，做到小平大不平，平台四周做出 0.5 米的土挡，防止水土流失；三是将存放的表土覆在上部，厚度 0.5 米，栽种以刺槐、紫穗槐为主的水土保持林。首钢采用此方法先后使 2 950 亩排土场披上了绿装。

首钢公司目前有尾矿库 3 座。尹庄尾矿库是 1996 年投入使用的新库，不具备复垦条件，另外 2 座尾矿均已进行了复垦。为防止水土流失，首钢公司每年投入大量资金沿坝面堆成 10～15 米平台，砌有排水沟，保证了汛期雨水沿排水沟排走，从而防止了水土流失。在平台和平台后斜坡上覆盖 20 厘米厚的土，种植以紫穗槐为主的坝面水土保持林。经过几年的实践，已完成尾矿坝绿化 600 余亩，给库区周围的群众建起一条绿色防护带，有效地控制了二次扬尘污染，也为我国固体废物治理探索出一条新的路子。

5. 从 2004 年起，河南省开展了整治"空心村"、砖瓦窑场和工矿废弃地的工作，计划用 5 年时间整治出土地 150 万亩，用于县城经济发展用地或重新恢复为耕地。截至目前，整治出土地 46 万亩，净增耕地总量 26 万亩。全省已连续 6 年实现耕地占补平衡。

不久前，郸城县王拱集村的李老汉得到了一份"大礼"，他家从村里多分了两亩地。"空心村"整治后，该县许多农民都像李老汉一样享受着这份喜悦。目前，郸城县已完成了 19 个"空心村"的治理，新增耕地 7 801.7 亩。河南省国土资源部门有关负责人介绍，该省人均耕地只有 1.23 亩，低于全国平均水平。而全省从"空心村"、砖瓦窑场和工矿废弃地整治中可挖掘出土地 223.4 亩，可复垦耕地 183.3 万亩。

6. 现实的土地供应中到底存在不存在"地荒"？某专家的回答是否定的。他认为，在城市特别是大型城市，仍要提供土地，支持中小户型、中低价位商品住房的建设用地需求，要严格控制大户型和低密度的住房建设，坚决停止别墅建设。

记者了解到，"长三角"地区的用地虽然非常紧张，但是仍然有很大的潜力。这种潜力主要来自于城乡之间的统筹，来自于土地的再利用和再调整。通过存量土地的调整和再调整，旧城旧村、老工业区和老企业改造，可以在已有土地中腾出新的用地空间，能在不占或少占耕地，控制新增建设用地总量的前提下，实现经济和社会持续健康发展。

据悉，近几年来，我国房地产业用地占了全国供地总量的 30% 左右。一边是建设用地的追加，一边是开发商叫喊"地荒"。问题在哪里？闲置问题实在是"地荒"的一个顽疾。

2001 年以来，江苏省苏州市区依法取消了 184 个项目，收回土地达 6 760 亩。仅 2005 年，苏州市盘活存量土地 2 505 宗，占建设用地面积的 35.7%。

一位业内人士说，大量的土地闲置，主要是因为一些地方不按经济规律办事，盲目铺摊子、上项目、大面积占用土地。同时，土地管理措施不力，为一些地方变相非法批地、盲目征用或出让土地带来了可乘之机。当然，城乡规划之中的粗放用地也"消耗了"大量建设用地指标。

按照国家关于城市规划建设用地的最高定额，一般城市人均用地面积最高标准是 100 平方米，首都和特区城市最多是 120 平方米。但有关部门统计，我国 664 个城市中，城镇居民人均用地已达到 133 平方米，而世界上发达国家人均城市用地是 82.4 平方米，发展中国家人均城市用地是 83.3 平方米。

有关部门负责人认为，必须严格控制建设用地的规模，今后土地利用必须保证 60% 以下是存量土地。据了解，60% 的提法是新的表述，以前的表述是要求地方充分利用现有建设用地，不占或少占农民用地，而没有量化标准。

7. 在许多国家或者说在全球范围内，如何有效地利用和保护土地资源，对正在增长的千千万万人民来说，是生死攸关的问题。更大数目的下一代人正处在更严重的危险境地，即目前的生产正在毁坏将来农业赖以生存的土地资源。为了满足日益增长的需求，全球的农业生产必须大幅度地增长，而对具体的每一地方来说，当务之急是保护农业生产的基础——土地资源。因为，全球所有类型食物的 98% 是在陆地上生产的，海洋和陆地水域的产量不到 2%。植物产品构成了人类膳食的 92%，占全世界膳食供给量 8% 的动物产品也间接地来自于生长在陆地上的植物。也就是说，要保持农业产品或农业生产的持续增长，必须保持土地利用的持续性，防止土地资源退化和不断提高土地质量或生成潜力。土地利用方式和农业生产措施在很大程度上控制着土地退化过程，也决定着土地利用的持续性。

农业生产是一个开放系统，受到各种各样的自然环境条件的影响和限制。将集约农业方式转移到贫穷的农民所居住的边际和近边际地区，经常导致土地退化和生态灾难。因此，不能无限制地开发利用土地，有些土地必须保护起来。

施肥、灌溉和其他投入，可以继续获得可观的成功。但生态环境成本将越来越高，如目前化肥投入区，已经发现了地下水硝酸盐富集现象；长期使用农药，使病虫产生了抗药性，也污染了环境。如果进一步加大化肥和农药的投入，不但经济效益下降，而且会造成土壤和地下水的污染。因此人们正在探讨既能继续增产，又不破坏水土资源环境的持续土地利用管理方法，防止土壤与水质退化就是维护土地资源的质量和生产能力。因此，有必要就持续土地利用管理制定评价标准，用来检验和检测土地开发利用是否是持续的。

申论要求

1. 根据"给定资料1、2"的内容，整理一份供有关负责同志参阅的材料。（30分）

要求：概述全面，观点鲜明，条理清楚，语言流畅，不超过500字。

2. "给定资料7"提出了"持续土地利用管理"的问题。请结合"给定资料3～7"，谈谈对"持续土地利用管理"应从哪些方面评价。（15分）

要求：分条作答，简明扼要，不超过200字。

3. 本题仅限报考行政执法类、市（地）以下综合管理类职位的考生作答。

（1）给定资料中谈到了排土场、尾矿库的绿化，"空心村"、砖瓦窑场和工矿废弃地的整治，请概括说明这些做法的目的和意义。不超过200字。（10分）

（2）根据资料，试分别解释"存量土地"和"地荒"的含义。（15分）

4. 本题仅限报考省级（含副省级）以上综合管理类职位的考生作答。

（1）"给定资料2"提到"把土地转让市场区分为两大类进行交易"，请进一步说明这两大类市场怎样区分，并谈谈在这两大类市场中怎样解决"农民没有权利为自己的土地定价"的问题。不超过200字。（10分）

（2）假如中央有关部门成立联合检查组，对地方征用农民集体所有土地补偿费管理使用情况进行专项检查，请列出此项检查所查的主要内容。（15分）

5. 请以"命脉"为题，写一篇关于土地问题的文章。（30分）

要求：（1）参考给定资料，自选角度，提出问题，解决问题。

（2）观点明确，联系实际，分析具体，条理清楚，语言流畅。

（3）全文不少于800字。

 详 解

【综合分析】

2007年中央、国家机关公务员申论的考查内容可以说出乎很多人意料，但又在情理之中。为什么呢？因为继2005年考查了农村方面的问题之后，时隔两年，国家公务员录用考试申论题再一次考查了农村问题。实际上从命题的热点性来说，2007年的题目确实是一个很重要的热点时事，因为连续几年我们国家所出台的一号文件都是谈"三农"问题，因此再次考查农村方面的问题并不违背申论考试的热点性的大原则，所以说在情理之中。只是从传统的押题角度来看，一般来说大家普遍都会认为不会在很短的时间段内重复考查同一个大方向的社会问题，所以就出乎很多人意料。

【答案提示】

1. 示例答案一 ▷

近几年来，在工业化、城镇建设进程不断加快的新形势下，大量农村集体用地被国家征用。以河北北焦村和西营村为例，当地的土地征用基本情况为：第一，耕地流失严重；第二，土地征用的补偿费用偏低，无法弥补农民的损失；第三，在土地征用的过程中存在违法违规的操作行为；第四，利益冲突无法很好地解决导致了上访现象的增加。

由上述情况我们可以发现，我国在城市化发展取得巨大成就的同时，在农村土地征用问题的许多方面仍略显不足。首先，部分地区的征用土地的利用效率偏低，存在部分征地处于荒废状态的现象。其次，从经济学角度来衡量，征地收入与征地补偿之间存在不等价性，在获得巨大征地收入的前提下，对失地农民的补偿费用过低，这是违反价值规律的经济行为。再次，从构建和谐社会的角度看，农民的权益没有得到完全的维护必然会影响社会的稳定。第四，农村的一些相关管理部门存在违法违规卖地的行为，如贱卖土地、拖欠农民土地补偿费等问题。第五，从市场经济的角度来看，作为土地使用权的"卖方"的农民，却没有权利为自己的土地使用权定价，这也是不符合市场经济规律的。

我国政府针对这个问题，已出台《关于深化改革、严格土地管理的决定》，规范审批权，相信该社会问题将逐步地得到解决。

示例答案二 ▷

现行土地征用制度在开发土地资源，合理利用土地，切实保护耕地方面起到了积极的作用。然而，这一制度很大程度上是计划经济时代做法的延续。随着社会主义市场经济体制改革的不断深化，其弊端日益凸显，引发了大量社会矛盾，已经成为影响经济社会协调发展和稳定的重大障碍，应当引起高度重视。土地征用过多、过滥，失地问题严峻。按照《全国土地利用总体规划纲要》规定，1997年至2010年全国非农业建设占用耕地控制指标为2 950万亩。然而，仅1997年至2001年就已占用了1 351万亩，占45.8％。按照这一速度，这个指标到2005年就要用完。国土资源部发布的《21世纪我国耕地资源前景分析及保护对策》指出，在严格控制的前提下，2000年至2030年的30年间全国占用耕地将超过5 450万亩。而且，上述用地数据都是合法审批征用前提下的用地数量，还不包括违法征地的情形。据卫星遥感资料显示，前些年违法用地数量一般占用地总量的20％甚至30％以上，有些地方甚至达到80％，可见失地问题已相当严峻。

评析

答案一从整体上全面地审视了给定资料中的全部信息，理清了其层次及相互关系，准确地说明了问题。答案二断章取义地摘取与主旨无关或关系甚少的只言片语引发观点，没有答出资料的要旨，肯定影响得分。

2. 示例答案一 ▷

应从土地使用效率和土地的可持续利用两方面来评价。

从土地使用效率看：（1）建设用地的规模；（2）人均用地量；（3）经济产出与用地的比例关系；（4）闲置土地的有效利用；（5）建设用地规模的控制；（6）土地复垦的效果。

从土地的可持续利用看：（1）防止土地资源退化，提高土地质量；（2）适度地开发土地；（3）植树造林，防止水土流失；（4）增加对荒地的使用，减少对耕地和森林资源的使用；（5）适度的施肥、灌溉，保护生态环境。

示例答案二 ▷

开发区土地利用评价指标体系设立的原则如下：

一是科学性原则。所选取的指标应能尽量科学地、全面地反映开发区土地利用的状况，内涵明确。评价应体现统计分析方法的客观性和科学性，即要制定科学的指标体系，运用科学的评价方法，评价的基础数据真实可靠，从而使评价公平、公正。

二是目的性原则。所选指标必须与建立开发区土地利用评价指标体系的目的性一致，即首先要明确开发区土地利用的核心是集约高效利用土地，否则就失去设立开发区的意义；然后明确土地利用好坏的重要标志是土地利用效益和集约程度；最后，土地利用的关键是处理好经济建设和土地资源利用与保护的关系。

三是可操作性原则。指标所要求的数据必须能够收集到并便于计算，能与日常管理工作相结合。

四是可比性原则。所选取的指标能在不同规模、不同性质的开发区之间进行比较评价。

五是特殊性原则。评价指标体系应突出开发区这一特殊经济区域在经济、社会等方面的特点，使之区别于一般的行政区域，而且只选取与开发区土地利用有关的指标。

六是引导性原则。评价应尽可能反映出开发区今后的发展趋势和发展重点，评价指标的选取要对开发区未来的发展具备一定的引导性。

七是标准化原则。评价指标体系应尽可能向现有统计指标靠拢，以符合统计指标标准化的原则。

评析

答案一提出问题的文字准确严谨，包容了关键性信息，指向性十分清楚，用精练的文字把问题的本源提挈出来。答案二虽然提出的观点看起来是不错的，但是没有按照题目要求作答，没有紧密结合资料，所以不是一份好答卷。

3. 示例答案一 ▷

（1）目的：

1）加快复垦速度，提高废弃用地的使用率。

2）绿化整治可以防止水土流失，改善生态环境。

3）通过整治可以增加耕地面积，实现耕地占补平衡，同时可使农民获得实惠。

4）绿化还可以控制扬尘污染，保护环境。

意义：通过这些措施促进了土地的合理使用，有利于环境保护，同时也改善了周边农民的生活。（讲到意义，从国家政策谈，有利于实现可持续发展、和谐社会中的人与自然及人与人之间的和谐等发展目标，同时也符合经济学的要求，使土地发挥了最大的效用，而且降低了其他相关社会问题的治理成本。）

（2）存量土地：城市建设"存量土地"是指现有城市建设用地。它是政府经营城市、土地储备工作中使用的名词，特指现有城市建设用地中的低效利用的、破产企业闲置的建设土地，以及需要调整的不符合城市规划的其他建设土地。通过收购、收回方式将这部分土地储备起来，然后依照规划以招拍方式出让。这部分土地就叫城市建设"存量土地"。

地荒：是指城市建设用地的供应量不能满足实际需求的问题。

示例答案二 ▷

（1）要解决土地征用中存在的突出问题，必须认真领会并全面贯彻十六大报告、特别是十六届三中全会的精神，认真落实全会关于完善农村土地制度的决定。具体而言，应从如下几个方面着手：

1）转变观念。

增强公民财产权保障意识，转变以牺牲农民利益为代价发展经济的陈旧观念；重新审视市场经济条件下政府职能的准确定位，转变行政管理方式和政府汲取财富的方式；树立正确的政绩观和科学的发展观，辩证地看待公平、效率之间的关系，既不应片面强调效率而忽视公平，也不能片面追求发展而忽视个人利益和社会稳定；要切实做到协调发展，平衡各方利益。

2）改革制度。

第一，尽快修改《土地管理法》，改革和完善土地征用补偿制度。

第二，改革现行的地方税费制度。

第三，改革和完善地方领导干部的政绩考核制度。

第四，完善对土地征用的监督机制。

第五，完善公民财产权保障制度。

（2）存量土地就是农民手中暂时拥有的不用的土地，地荒就是荒芜没有耕种的土地。

评 析

答案一突出的优点是"条理清晰"。考生将在阅读给定资料过程中发现的问题加以梳理和排序，围绕题目要求，用简洁的语言逐一陈述，产生了比较好的效果。而答案二虽然文笔不错，但内容几乎是答非所问，对具体概念的理解和把握很不准确。

4. 示例答案一 ▷

（1）最重要的是主体的不同。一类市场的主体是政府和农民，政府是买方，农民是卖方，但要注意的是，标的物不是土地，而是土地的使用权。这是一个农民出让土地使用权的过程。另一类市场的主体是政府和土地的开发商或投资者（即购买土地使用权的个人或企业、组织），这里政府就是卖方了，这是一个政府转让土地使用权的过程。

至于"农民没有权利为自己的土地定价"的问题，关键点是一个制度的问题，即在整个征地的过程中农民是一个被动体，至少缺少了两种权利：一是决定土地使用权卖不卖的权利；二是将自己的土地使用权卖多少钱的权利。这里最重要的还是要完善社会主义市场经济制度，因为除非征地完全是为了公共利益，否则征地不应该是一个政治行为，而应该是一个经济行为。要解决"农民没有权利为自己的土地定价"的问题，政府首先要转变角色，从"主导"逐步过渡到"引导"。其次，要完善相关的征地制度，要平衡每一方的利益要求，包括征地方和农民的利益要求。最后，要完善相关的补偿制度。要切记，不仅仅要补偿农民个人，也要补偿农民所在的农村集体组织，更要支付征地引起的环境成本。

（2）第一，审核征地的面积，看当地的征地行为是否合理合法。第二，根据当地的经济水平，以确定征地的价格是否合理。第三，根据被征地农民近三年平均产值，以及征地后的农民实际产值，以确定土地补偿费能否弥补征地后农民的生活需要。第四，审核土地的出售价格，核算后以确定土地补偿费的额度是否合理。第五，审核征用地所兴建的项目，以确定是否符合当地经济发展的需要，是否符合环保和可持续发展的要求。

示例答案二 ▷

（1）当前房地产存在的突出问题，包括以下几个方面：第一，房价上涨过快。2000年以来，商品房及商品住宅平均销售价格涨幅突破了两位数。第二，市场需求偏大，供需矛盾突出。目前房地产已由前些年的需求不足转变为阶段性、结构性的需求过度扩张。第三，部分地区房地产投资增长仍然偏快。第四，市场结构不合理。非住宅开发比例偏大，空置面积上升。中低价位、中小户型商品住宅供应比例偏低。

（2）国家在征用农村集体土地时，补偿分为两大部分，一部分是土地补偿款，归村集体，村集体用于安置本村村民（户口在本村，且承担村民义务的农村承包经营户）；另一部分是地上附着物包括青苗等的补偿款，这部分补偿款归附着物的所有人。

评 析

答案一突出的优点是"条理清晰"。考生将在阅读给定资料过程中发现的问题加以梳理和排序，用简洁的语言逐一陈述，产生了比较好的效果。而答案二却偏离资料，没有就给定资料中谈到的问题按题目要求作出回答，所以失分较多。

5. 示例答案一 ▷

命　脉

——"把脉"中国的土地问题

古人有句话，说明了当时土地与人民的关系："富者田连阡陌，贫者无立锥之地。"可见，自古以来土地就是人民的命脉。到了现代社会，土地也仍然是农民的命脉。目前，随着工业经济不断发展，城市化进程不断加速，农民对土地固有的使用权在发生着各种各样的变化，在这个变化过程中，农村土地征用过程中存在的问题尤其突出。

在城市工业经济主导整体经济的时代，农村地域缩小、人口减少是必然趋势，国家的作用在于在这个城乡变迁的过程中最大限度地捍卫和保护农民的利益，以实现工业经济快速发展、农民利益不受损的双赢局面。那么我们应该怎样达到这种双赢的局面呢？笔者认为应从以下几个角度来考虑：

从经济学的角度看，最大的问题在于目前我国的征地补偿与征地收益之间存在巨大的差额。这首先就不符合价值规律的原则，因为征地补偿实际就是农民土地使用权的"价格"，而征地收益更多的是体现农民土地使用权的"价值"，农民土地使用权的"价格"与农民土地使用权的"价值"不相符，这就是一个不合理的经济现象。那么我们要怎么做呢？就是要重拾价值规律的精神和原则，同时充分考虑到土地的价值与许多因素有关，制定合理的有弹性的符合当地经济发展水平的征地补偿制度，切实维护被征地农民的合法权益，进一步完善征地程序，着重解决征地规模过大、补偿安置不到位、同农民协商不够等突出问题；建立补偿标准听证制度，严格按法律规定落实补偿安置措施；补偿标准要合理公正，土地补偿费要及时到位；严厉查处拖欠、挪用、截留土地补偿费等违法行为。

从社会学的角度看，农村土地征用过程中存在的问题直接影响了农民的实际利益，引起了部分被征地农民的不满，导致了一些冲突、上访等不和谐的社会现象。从这方面来说，我们的政府需要做更多的协调、引导工作。首先，从制度建设的层面来看，要完善相关的土地征用和管理的制度。其次，从维护农民权益的层面看，政府除了在征地时给予经济补偿外，更重要的是要解决农民在失地后的"谋生问题"，要"急农民之所急，想农民之所想"，积极探索解决被征地农民社会保障和长远生计问题的有效办法，建议设立失地农民社会保障基金，专门用于失地农民的最低生活保障、养老保障、医疗保障等。建立健全农村劳动力的培训机制，通过职业培训，进一步提高他们的素质、劳动技能和谋生能力，还可组织农村剩余劳动力进城务工，拓宽农民增收渠道。

从环境保护的角度看，要认识到土地资源的合理利用是关系到子孙后代福祉的大事。目前我国少数地区还存在着"短视"的行政行为，只着重于"开发"，而不注重"保护"。同时还存在着违法违规征地的现象。对于这方面问题，关键在于"监督"和"教育"。"监督"是指监督各级机关、组织和个人的土地、审批、使用，使他们严格遵守我国的征地制度。"教育"是指广大干部和群众要认识到土地资源合理使用的重要性。从我国国情出发，我国还应实行最严格的耕地保护制度，尤其是要重点保护基本农田，同时还要做好土地占补平衡工作，充分挖掘土地资源潜力，以促进土地资源可持续利用，保障国家粮食安全。

通过以上几个角度的分析，我们可以看到，土地实际上不仅仅是农民的命脉，也是城市居民，甚至是我们整个国家的命脉。现在我们的命脉在我国社会的快速发展过程中出现了一些问题，这如同人也会偶尔伤风感冒一样，是一件很正常的事情。而我们要做的，就是为这个社会问题好好地把把脉，找到问题的症结所在，然后对症下药，自然就能药到病除了。

示例答案二

坚持科学发展观，珍惜每一寸土地

自古以来，我国就有"国土神圣"、"神圣国土"之说，这是个国家层面的概念，说的是一个国家的领海、领空、领地是神圣不可侵犯的。在我国，还有"江山社稷"之说，这与"国家"同义。其中的"社"也可以理解为土，"稷"也可以理解为谷，也就是说，有土地能种谷，才能形成种群、族群，进而结合成统一的国家。我国历史上出现社会大动荡、民族大灾难的根源不外乎两个：一是土地集中于豪门，种谷者得不到谷；一是战乱或灾荒造成土地荒芜，所有人都得不到谷。而由乱到治，实现和保持"太平盛世"的一条有效措施就是调整土地政策，抑制兼并，赈灾垦荒，让种谷者休养生息，安居乐业。孙中山把"耕者有其田"作为奋斗目标之一，就是他对中国政治历史经验的深刻总结。孙中山未能实现的理想，中国共产党人用30年的努力，在20世纪50年代初期使之成为现实，从而为取得以不到世界10％的耕地养活了占世界22％的人口这一伟大成就奠定了基础。从中也可以看到，正确处理"社"与"稷"的关系就是保民、保环境、保安宁、保民族繁衍、保国家昌盛。

"社稷"的上述意义，只是就农业社会而言。时至今日，历史向当代共产党人提出了一个新的课题："发展是硬道理"。要发展，就不能不把工业化摆在主导地位，"社"不仅要满足"稷"的需要，而且要满足工业化、城市化的需要。50多年来，我们陆续拿出了几亿亩土地用于工业化、城市化建设，从总体上说满足了我国经济社会发展的客观需要，也丰富和发展了前人关于"社稷"的内涵。但是，我国的基本国情是人多地少，我们绝对不能忘记"社稷"这一概念的本义，至少对于我们和以后的好几代人而言，保存大部分土地用于农业仍是关乎国计民生的大事情，是保障中华民族生存、发展的前提。

党中央、国务院对土地管理工作高度重视。中央领导反复强调，要珍惜每一寸土地，实行世界上最严格的土地保护制度；强调保护耕地对国家粮食安全具有基础作用，对亿万农民的生计具有保障作用，对农村乃至全社会具有稳定作用。中央在分析当前经济形势、研究做好经济工作、保障我国经济平稳运行时，强调要把切实加强土地管理作为加强宏观调控的重要手段。我们要把管好和用好土地，作为新的历史条件下正确处理工农关系、城乡关系、生存与发展关系的一件根本性大事来抓。我们一定要上下一致，各方都应该把思想和行动统一到中央对当前经济形势的分析判断上来，统一到中央的决策部署上来，统一到科学的发展观和正确的政绩观上来，坚决维护中央决策的统一性、权威性和有效性，认真履行参与宏观调控的神圣任务，切实负起保护土地尤其是耕地的历史责任。

人多地少是我国的基本国情。目前，我国耕地面积只有18.51亿亩，人均耕地仅有1.43亩，不到世界人均水平的40%。近七年来，全国耕地减少了1亿亩，占全国耕地总量的5%以上。其中，生态退耕占62%，农业结构调整占18%，建设用地占14%，灾害损毁占6%。耕地总量的逐年减少，进一步加剧了土地供需矛盾。土地资源与经济社会发展的矛盾日益突出。尤其是一些地方政府官员与房地产开发商勾结，一手圈占农民的土地，一手用地做抵押，到银行贷款，作为寻租的手段。有的地方开发区设立过多过滥，部分行业盲目投资、低水平重复建设，造成了建设用地需求的增加，大量耕地被占用和浪费。这既侵害了农民利益，又影响了宏观经济的平稳运行，也增加了社会的不稳定因素。

用科学的发展观认识和处理土地问题，具有重大的现实意义和很强的针对性。科学的发展观强调坚持以人为本，经济社会全面、协调、可持续发展，体现了"三个代表"重要思想的要求，体现了立党为公、执政为民的本质。树立和落实科学发展观，就要牢固树立珍惜和节约资源的观念，努力建设资源节约型国民经济体系和资源节约型社会。衡量一个地区的工作成绩和干部政绩，不仅要看经济指标，还要看人文指标、资源指标和环境指标。按照中央要求，深入开展土地市场治理整顿，进一步加强土地管理，把好土地供给的闸门，正是为了促进节地挖潜、集约用地、建设节地型社会。国土资源管理部门要紧紧抓住参与宏观调控的机遇，认清所担负的任务，尽职尽责，坚决落实中央的宏观调控措施，始终坚持耕地保护和集约用地，科学调控建设用地供应总量、结构和布局。在治理整顿期间，对该暂停的用地要坚决停下来，同时，对确属急需的重点建设项目用地，要按规定要求审查报批，进一步改进服务，提高报批效率。要继续实行"部门联合、经常督促、及时通报、公开调查"的工作机制，从严查处重大土地违法案件。

全面建设小康社会，对土地资源的保障能力提出了更高的要求。珍惜和合理利用每一寸土地，切实保护耕地，是我国必须长期坚持的一项基本国策。深入开展土地市场治理整顿，大力盘活存量土地，转变土地利用方式，推进土地集约利用，是解决土地供求矛盾的有效途径。要进一步发挥市场配置土地资源的基础性作用，健全完善集约合理用地的激励和约束机制，努力在全社会形成树立和落实科学发展观与正确政绩观、珍惜和节约每一寸土地的良好风尚，走出一条符合我国国情的资源集约型的经济社会发展道路。

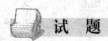 **评 析**

答案一符合题目要求，全面反映和解决了材料的有关问题，提出问题并进行了很好的解答。而答案二首先标题就不符合题目要求，而且内容表达混乱，未能很好地提出问题、解答问题。

2006 年中央、国家机关公务员录用考试《申论》试题及详解

试 题

注意事项

1. 申论考试，是对分析驾驭材料能力、解决问题能力、言语表达能力的测试。

2. 作答参考时限：阅读资料 40 分钟，作答 110 分钟。

3. 仔细阅读给定的资料，然后按"申论要求"依次作答，答案书写在指定位置。

给定资料

2005 年 9 月 20 日，新华网就经济社会安全稳定发展的相关话题邀请专家与网友进行了在线交流。下面，摘录了这次网上交流的主要内容。

主持人：各位网友，大家好！近年来，伴随着我国经济的快速发展，一些突发性的公共事件也时有发生，如 2003 年"非典"爆发、重庆开县井喷事故，2004 年禽流感事件、北京密云虹桥踩踏事故，今年江苏淮安氨气泄漏事件、安徽疫苗事件、四川猪链球菌事件、一次比一次强劲的台风的侵袭、一次又一次的矿难，等等。这些问题的积累已经影响到我国经济的健康发展。

鉴于此，有关专家指出，应尽快找出当前社会领域存在的主要问题，弄清其性质及产生的根源，以便在政策上做出必要的调整。因此，建立预防突发事件、强化危机管理的国家总体应急预案就显得极具必要性。今天，我们邀请社会发展专家、××研究部 D 部长做客"新华访谈"，就经济社会安全稳定发展的相关话题，与网友在线交流。欢迎网友踊跃参与提问。

主持人：D 部长，现在自然灾害和疾病发生越来越频繁，政府是否应把建立突发事件的应对机制列为考核政府能力的指标？

D 部长：首先，我们要理清什么是"突发公共事件"。它不是一般的事故，有人把它混为一般的事故，不是太准确。当然，如果由于政府本身的执政能力而发生问题，使一般事故扩大为突发公共事件，这就是政府的公共管理能力问题。

一般情况下，政府对于一般情况下的各种自然、人为的相关事故都有一套处理程序，比如交通事故，公安局有一整套的处理程序，一般情况下不会变成突发公共事件。另外，在工业化初期，火灾曾经是突发公共事件一个重要的隐患和诱因。但是在建立了消防队和联防机制之后，火灾就不再成为一个突发公共事件的主要诱因了。

实际上，在整个人类和自然界的发展过程中，总会遇到一些原来没有遇到过，或者原来遇到过但影响没有这么大的事件，比如自然灾害，还有由于人多拥挤，在某些建筑物内或者大型活动中产生的踩踏事件，等等。

实际上，突发公共事件主要不是来自这个领域。政府具有很强的动员机制，因此，遇到"非典"的情况，政府的控制很及时。"非典"并没有证明中国的控制能力不强，而证明了动员机制还在起作用，而且能够比较有效地遏制突发的自然灾害所带来的突发事件。

主持人：刚才您说的如何界定突发公共事件，随着社会的推进和人数的增加，概念也在发生变化。我们必须细化什么是突发公共事件。一般的交通事故每年的死亡率非常大，但就个案来讲，单独一个形成不了突发公共事件。比如，火灾以前曾经是突发公共事件。

D部长：17世纪初伦敦发生的大火，是导致国际消防队建立的原因之一。

主持人：首先我们理解了什么是突发公共事件的概念，下面请网友自由提问。

网友"多多到天堂去了"：请问，建立国家总体应急预案的必要性，预案必须具备哪些内容？

D部长：从现在开始，建立国家的总体应急预案是有必要的。这种必要性倒不主要来自于海啸、地震，包括大的飓风，这类灾害以及灾害的严重影响是不可预料的。但是对这些灾害，一个有组织的政府有一整套的处理程序，比如有防灾委员会、防洪局、地震局等，这些都已经常规化了。

最重要的是，由于我国处于工业化进程的特殊时期，在这样一个发展阶段，社会矛盾引发的公共突发事件在增多，比如，征地引起老百姓集体的诉讼、集体上访。上次由于新闻界的关注，把一个大学生死亡变成了一个公共事件，最后导致我们把遣返站变成救助站，这恐怕是今后应该更加注意的。由于西方敌对势力的影响，东欧普遍发生橙色革命，这种情况在我国也有可能发生。这种敌对势力的目的就是影响人们的生活，制造突发公共事件，使我国现代化建设中断。

主持人：我们在访谈前沟通的时候曾经提到法律永远是滞后的，我们谈到大学生死亡的案例，在某种程度上，一个新类型的事件出来以后，相应的应对机制也有可能最后形成解决问题的新机制。

网友"七子之歌"：如何提高社会各界的危机意识？我们还是应该从思想意识方面提高应对突发公共事件的意识。

D部长：从这个角度讲，恐怕更多的是要引导公众来关心我国社会主义市场经济的制度建设。因为社会主义市场经济是具有中国特色的制度设计，但是和西方市场经济也有很多共同的地方，比如在政府公共服务职能方面，哪些应该是由政府承担的责任，哪些是由市场解决的问题，应该有一个责任界限。如果这些问题解决不好，就会出现不能正确应对突发事件的问题，比如"非典"出现的时候，由于我国多年以来国家防疫部门自己要挣钱、卖药，国家的经费大量减少，他们以为"非典"可以通过市场解决。当时整个防疫系统本身就不起作用了，以至于在广东发现病毒之后，不能够很快加以确诊。由于没有明确的居民协调机制，当时几个部队的研究人员和地方研究人员为了样本，还不能取得一致的意见。以上情况都延缓了我们对"非典"的应对。

但是，一旦国家动员启动了相关机制以后，由于国家动员体制很强，所以很快就在各个城市实行了隔离，所以"非典"很快就解决了。这个问题使我们想到，我国公共防疫体制还应该是国家出钱，应当加强科研水平，才能够防患于未然，而不是等到流行病发展到相当规模的传染程度，我们再应对。

主持人：从社会发展研究角度看，您判断在应对"非典"问题上，我国的快速反应机制在国际上处于什么水平？

D部长：相对于西方民主国家来说，实事求是地说，我国目前所谓党政统一的领导体制肯定更有效。因为"非典"从中国过来，已经产生了小规模的传播，这种情况下很难抑制，但我们很快把它抑制了。

网友：D部长，是什么原因引发了这些危机？我们今天探讨所有危机，这个问题太大了。

D部长：突发事件可以有不同的分类法，一种是已知的，一种是未知的。"非典"属于未知传染病，突发事件不一定成为公共事件，如果卫生防疫体制有效，就会及早发现这种病，及早隔离，而不会成为公共事件。由于卫生防疫体制本身出现问题，一直到出现小规模流行的时候，才引起了我们的警觉，这样一个突发事件就变成了公共事件。但是在变成突发公共事件之后，政府采取了强有力的回应，就抑制住了，最后降低了公共事件的危害，但实际代价并不小，很多医护人员也都感染了"非典"，相当多的"非典"患者还留下了很多后遗症。

网友"雪夜的情怀"：我国是否已经初步建立了突发公共事件应急机制？其积极作用是什么？

D部长：7月26日国务院常务会议已经解决了这个问题，今年人大开会的时候，各个代表提出应当建立国家突发公共事件的总体应急预案，这个意见已被国务院认真执行，7月26日国务院常务会议已就国家突发公共事件总体应急预案进行了讨论并通过。这个预案是由25件专项应急预案和80件部门应急预案组成，有相当一部分省部级机构已编制了自己的应急预案。全国应急预案的框架体系应当说已初步建立。

主持人：应对突发事件的解决思路大体是一个体系吗？

D部长："非典"以后，相当多的境内外学者向国务院建议要成立国务院或者国家紧急状态委员会，被国务院内部讨论否定了。原因是，既是突发事件，有很多原因我们是不知道的。最重要的是不管发生什么样的突发事件，在发生突发公共事件的时候，建立一整套工作原则、组织体系和协调机制。

比如现在发生了一起非常大的交通事故，那么，医疗救护单位应当怎么救，交通部门怎么疏散交通，广播系统怎么呼吁各部门给予协助，群众不要围观以免造成拥堵，这需要各部门之间的配合，一起完成社会救助行动。因此，我们认为更重要的是在制定突发公共事件的应急预案时，把握住应急预案的本质就是一个工作原则、组织分工、责任分工以及协调机制。比如水灾、地震过后往往有大病，所以不是简单地把水灾或者地震的事故处理了就完了，事后还要有后续的步骤。另外，大的自然灾害过后还要有重建工作，第一步要救人，第二步防疫，第三步恢复建设，这需要国家投入和社会机制相结合。

主持人：如何界定突发公共事件的严重性？您认为，我国目前处在突发公共事件的高发期吗？

D部长：当前我国是处于突发公共事件的高发期，我主要是指社会根源的突发公共事件。近年来，由于市场经济体制推进的速度很快，特别是"入世"后，相应的社会保障和社会公共服务机制不够完善。比如社会保障系统、养老系统保障不到两亿人，参加医疗保险的城里人还不到一半，就更不用说农村了。有些情况下，城市化进程很快，包括一些大的建设、道路、水库、征地等等。由于补偿机制不够完善，导致部分社会群体的利益受损害，因此引发了一些社会根源的突发事件。我认为是高发期，并不是说现在自然灾害越来越多，自然灾害有它一定的规律。

主持人：上帝要惩罚人类，并不是在人类有准备的时候，也不是集中在某一个阶段里。

D部长：比如海啸，已经有很多年在中小学地理书中它都不是重点内容。但东南亚的海啸事件，因为英国一位年仅10岁的小女孩凭借自己在学校里所学的地理知识，预测出即将发生的海啸，从而挽救了100多名游客的生命，大家又认为应该纳入教材了。但是，我认为这是偶然事件。

网友"有遥远的地方吗"：灾害频发从哪几个方面考验民政、财政和卫生等方面的救灾应急反应？

D部长：一个国家总是要有一定的富余财力，包括各种物资储备以应对各种突发事件，包括经济的、政治的。这种能力是一个国家政府是否成熟的表现。我们不能一遇到自然灾害就到国际上呼吁救中国。中国人口占世界人口1/4，所以我国在这方面一直做了大量的准备工作。在过去我们政府机构体制建设中就已经注意到，我国有粮食储备局，银行储备、财政也留有余地，包括我们为民政部准备的救济款。如果没有突发事件，就进入下一年的财政预算。如果不够，中国老百姓储蓄的积极性特别高，已经相当于我国一年的GDP，中国未雨绸缪的思想深入人心，所以不存在没有储备的问题。另外，在中国的历史中，有唐山地震救灾的经验，武警部队和野战军如何协同的经验。这回的公共突发事件应急预案分了四个级别，在不同的级别上，不同的政府机构或者特殊部门、特殊力量会介入进去，这是由中央统一指挥的。

网友"ZZ40"：应急并不等于浪费，我们在总结"非典"成功经验时，决不能忽略它的巨大浪费。这次矿难事件中也充分说明这一点，浪费是何等的惊人，又是何等的冠冕堂皇。

D部长："浪费"有两方面的含义，一个是不应该花的钱花了，是浪费。有一些情况，特别是当突发公共事件原因不明的时候，有一些产生防御性成本的措施。前两天台风"麦莎"在浙江沿海登陆的时候，我就被困在杭州了。这时中央防灾救灾委员会下令，飞机停飞，要求几十万人撤离，这要产生代价。事后可能风暴没有想象的那么大，我们不能认为这种代价就是浪费。因为老天爷的事谁都说不准，在浙江的时候风力是12级，这样的风速肯定要造成大量的损失，所以人员要很快撤离。不管由于什么原因，台风上岸以后风速减缓得很快，这我们无法预料。这种情况下，我们不能认为撤离就是浪费。当然，如果把防灾救灾的款项、国家物资用来大吃大喝，把钱装在腰包里，这便是浪费。

网友"一言等于九鼎"：举几个例子表明应急预案在实践中发挥的作用、教训。

网友"英岗岭"：举几个例子表明同样的危机，不同的结果。

D部长：国际、国内的例子都有。国内的例子，今年春天"流行性脑炎"又出现了，这种病已经多年没有发生，不存在病毒未知的问题。我国"非典"以后，建立了比较严格的卫生防疫报告机制，这和卫生领域的应急预案是吻合的。这次"流脑"在南京、江苏一带大概只四天就解决了。美国的飓风这次很大，但是令人们惊讶的不是飓风的破坏力，而是一个政府、一个最强国家的政府竟然在飓风发生三天以后，不采取任何行动。同样类似级别的飓风，在加勒比海地区经常发生，有一些人说古巴的体制不好，但古巴的每次飓风都没有造成大的影响，因为国家采取动员体制，很容易让大家迅速疏散。

网友"黄浦江边的徘徊"：危机预案对经济社会安全稳定发展的意义是什么？

D部长：有一个突发公共事件的应急预案，是为了保证我们经济发展的连续性，防止突发的自然灾害或者社会事件导致整个经济发展中断。主要意义在这里。同时在遇到这种情况的时候，减少我们人员财产的损失。

网友"池塘边的小草"：请问D部长，中国人的危机意识如何？如何提高国人的危机意识？

主持人：这位网友可能更针对中国人的特点。

D部长：我们国民的危机意识是世界各民族中危机意识最强的。表现在两方面，中国历史传统中家庭的意识非常强，所以家庭作为社会保障单位，本身对家庭成员遇到不测事件都是有准备的，只要各个家庭有能力。第二，中国文化有5 000年的历史，遇到过很多次大灾害。中国人的储蓄意识非常强，中国人的储蓄水平是国际上最高的。比较高的储蓄率反映出国人很强的危机意识。在中国见到很多的老百姓，由于收入差距拉开，确实有很多要饭的。但一位以色列人的朋友跟我说，以色列人和中国人很少在国外要饭。因为他们未雨绸缪，即使很穷也要面子。

网友"上海之夜"：当前我国社会领域存在哪些主要问题？引发突发事件的诱因是一个前提。

D部长：今年国务院提出为"十一五"准备的社会保障材料，曾提出就业是当前面临的最大的社会问题。就业是人的一种基本生存手段，如果没有就业就没有收入。就业是人不脱离社会的重要媒介，如果一个人没有就业，就很可能游离于社会之外。

实际上西方国家从1760年到1960年，从瓦特发明蒸汽机到后工业社会的来临就没解决就业问题。我国人口解放后达到6亿，改革开放后达到10亿，巨大的人口又不可能移民国外。西方两次世界大战消灭了很多人口，我们不希望这样的事在中国发生，所以就业问题更严重。所谓工业化、现代化，本质就是资本、技术替代劳动力，物质领域中资本不断替代劳动力。

主持人：这个问题对巨大的劳动力市场又形成一种新的矛盾。

D部长：由于现在产业结构调整非常的迅速，造成总量过剩与结构性矛盾并存，是我们当前面临的最大挑战。如果这些人的就业问题长期解决不了，就是最大的社会隐患。

从西方国家历史经验看，社会稳定不是靠消除就业问题解决的，而是靠建立社会保障和实行国家福利政策解决。我们要给失业家庭以基本的生活保障，使他们的子女能够有继续受教育的权利，使失业的家庭也同样对未来充满希望，而不是消灭失业。西方经济学教科书写的是失业率低于4%就是充分就业。

网友"枉评天下"：D部长，您好！请您谈谈，预防和应对突发事件，政府应当做什么？社会应当做什么？老百姓又应当做什么？

D部长：应对突发公共事件主要是政府的责任。在西方社会，在突发公共事件发生以后有一些自愿的团体，或者非营利机构参与救灾活动，这是值得赞扬的。我国对这种行动也鼓励，在海啸中我们政府鼓励大家为受灾国提供救灾和医疗服务，包括志愿者。因为突发公共事件都是由突发的自然事件或者社会根源的突发公共事件导致的，在没有发生的时候，我觉得老百姓主要还是应该安居乐业，好好工作、享受生活。

网友"完美的追求"：如何打造应急预案的"经济基础"？

网友"科学与发展"：如何利用经济手段介入应急预案，包括利用商业保险等机构的行为？

网友"枉评天下"：一般来说，应急预案都有"人防"和"技防"一说，这两方面不难理解，经济手段介入应急预案一说比较新鲜。请您谈谈，"经济手段"介入预案的含义是什么？

D部长：我觉得经济手段不能直接化。目前提到的经济手段是一种商业保险，商业保险只能对已知自然原因的灾害做出反应，不能对未知的自然灾害或者社会根源的问题做出反应。比如，你无法为"非典"保险，因为不知道它要来。现在还没有听说哪个国家建立海啸保险，因为很多年也不发生一次，不可预见度太高。对未知、社会原因不明的公共事件，还是需要政府做出反应。如果政府没有能力做出反应，这个社会就要改朝换代了。

主持人：您说得非常尖锐。

网友"感动也是一种精神"：在面对突发事件问题上，如何重视各种社会问题之间的联系和政策协调？

D部长：国家由于正在进行社会主义市场经济的改革，收入差距拉大了。有时人们之间的感情淡了，发生了阶层对立或者利益上的差别。我觉得在自然灾害面前，在自然灾害导致的突发公共事件面前，大家应当有钱出钱，有力出力，尽一个公民的本分。对社会根源的突发公共事件就难说了，这时会有利益冲突。这时更重要的是要调整不同利益群体之间的矛盾，能做工作的恐怕还是政府。

各利益集团在面对突发公共事件的时候还是要以大局为重。我们就是这样做的，由于下岗造成人员分流，养老金发放有问题，导致静坐、游行、示威，各级政府官员和各级党组织还是采取了尽量不让矛盾激化的方式，协调解决，而不是诉之于法院。在社会变革很快的情况下，法律跟不上社会的变化形势。食品安全预案中，规定了主管部门综合协调的职能，但是现有的食品卫生法没有赋予主管部门综合协调的能力。从这点来看，我们恐怕需要修改《食品卫生法》，并制定《食品安全法》。

人们对待公共防疫机制还要有一个更深的认识，这是我们从"非典"中得到的最大教训。我们认识到，公共卫生防疫是政府公共服务的重要组成部分，这就是我们在改进中得到的最大一个教训。

主持人：随后，在一系列卫生防疫体系中对可能面对的问题也产生了很大的作用。

D部长：第二次世界大战以后，由于工人、黑人的参战，西方各国普遍建立了社会保障，推行了社会福利政策，自称为"福利国家政策"。这种情况下，由于对人口规律不熟悉，过于乐观，导致西方社会保障标准过高和经济不可持续的问题。在撒切尔、里根时期提出反思，要求社会保障由家庭分担一部分，政府只承担最低的社会保障责任。

这个改革是必要的，但是在改革过程中，现在有一部分经济学家认为好像所有的公共服务职能都可以市场化一样，就走过头了。"非典"不仅提醒我们疾病防治的公共职能，也提醒我们普及教育、社会救济包括防灾减灾，以及政府公共服务职能是否都能够市场化的问题。我们鼓励民间机构、非政府机构、公民积极参加，而不是政府放弃责任，让民间机构、非政府机构、公民自救，这是"非典"给政府带来的最大的启示。

网友"望穿还是枉乐"：北京密云虹桥踩踏事故留给我们什么样的反思？

D部长：这属于社会根源问题。比如伊斯兰教在麦加的踩踏事件和印度教在神庙的大型活动的踩踏事件，是类似的。中国存在佛教的问题，但是喜庆活动、节庆活动中，发生悲惨的踩踏事件属于政府组织工作的不利。

网友"二月份的那场雪"：北京从大雪堵路到下雨不愁的变化，体现出来哪些方面的转变？

D部长：北京大雪堵路和大雨塞车都是存在的，大雨塞车是我们的地下水系统不好。北京大雪堵路是由于机动车增加太快，同时出了很多新手，这也是一个特殊的原因，属于经验问题。北京的交通确实存在很多瓶颈，这是交通部门的问题。

很多国外的专家提出，北京的环形路不少，但是放射性状的路太少，不利于疏散交通。这是需要在城市规划体制下解决的问题。另外就是扫雪的问题，过去是作为公共服务提供，改革开放以后，要求各单位自扫门前雪，这也是产生问题的原因。

主持人：在应对突发公共问题上，我们还应当做哪些方面的工作？教育工作等是否应该把这方面的知识和制度方面的知识纳入到教育体系中？

D部长：我认为作为普通教育、常识教育是需要的，通过公示的方式让老百姓知道遇到突发事件的时候，应该找哪一个部门。但我不主张把突发公共事件教育写到课本中去，因为我们不能等着上帝向我们发怒。但是作为普及性常识教育，我认为是需要的，包括对国外的旅游者来说，遇到交通事故、火灾等问题找谁都有明确规定，是一个国家管理成熟的标志。

主持人：您提到不能等到上帝向我们发怒，您也提到所谓建立危机处理机制，并不是要重新设立一个什么应急事件委员会之类的政府临时机构，而是要明确在突发事件情况下，各个政府机构之间的分工、责任和工作程序，以减少突发事件带来的损失和对经济、社会生活的负面影响。从根本上讲，政府面对突发事件的危机处理能力，很大程度上取决于政府常设机构官员的素质和工作效率。

社会问题的复杂性在于：任何一个突发事件，都有可能把潜在的社会矛盾引发出来，威胁整个社会的安定。各级政府固然需要建立起自己的危机处理机制，但更重要的是加强调查研究，及早发现问题，防患于未然。我们期待社会更美好，生活每天都风调雨顺。同时，我们也希望有足够的力量来应对一切突发性事件，天天都是好日子，这是大家共同的心愿。

D部长：我同意你的意见。

主持人：谢谢D部长，也谢谢各位网友的参与。

在线交流结束后，有不少网友发表了帖子：

网友甲：要使社会安全稳定的发展，就要提高政府职能部门的执政水平，以消除突发公共事件的主要来源，如海啸、地震、火灾、大雪堵路等各种自然或人为的相关事故，从而把社会损失降到最低。

网友乙："非典"疾病虽然是由病毒引起的，但我国2003年春夏之交的"非典"事件却不仅仅是自然灾害，而是由各种社会因素引发的突发事件，是一件公共事件。这一事件说明我国的卫生防疫体系有待完善。

网友丙：能否安全处理突发公共事件，与国家是否强大并没有直接关系，关键是看社会制度是否优越。比如前不久美国新奥尔良的飓风灾害，造成了惊人的损失，说明不是国家强大就一定能应付好突发公共事件。

网友丁："上帝"要惩罚人类，并不是在人类有准备的时候。在情况不明的时候，采取防御性措施，花费了巨大的人力、物力、财力，即使灾难并没有降临，也得承认这些代价是必要的，而不应认为是浪费。

网友戊：政府必须完善应对突发公共事件的管理机制，但并不是说有了这种管理机制，一般事件就不会变成突发公共事件。预防突发公共事件，不能没有一定的经济基础，但靠经济手段介入也不一定就能预防得了。

网友己：成功应对公共事件的关键，是在其爆发之后政府有能够及时应对的专门机构。因为未知的、社会原因不明的公共事件，不可预见度太高，如果政府没有能力做出反应，后果是极其严重的。

申论要求

1. 假设你是一位新录用的公务员，请用不超过 500 字的篇幅，概述 D 部长谈话的主要内容，以供领导审批。（30 分）

要求：概括全面，观点明确，条理清晰，语言流畅。

2. 在线交流结束后，网友发表的帖子，有的与 D 部长观点不一致。请在答题纸上相应的位置上对与 D 部长观点不一致的帖子具体说明为什么不一致，说明的字数应在 400 字的篇幅内。对观点一致的帖子请勿作答，否则扣分。（30 分）

3. 在我国，妥善应对突发公共事件是政府面临的重大课题。请你就我国政府如何提高应对突发公共事件的能力，写一篇文章，说出自己的看法。（40 分）

要求：自拟标题，观点明确，联系实际，分析具体，条理清楚，语言流畅。字数在 1 000～1 200 字之间。

 **详　解**

【综合分析】

2006 年申论试题与往年相比，在题目数量的设置上变化不大，仍采用常规的三道题的形式。在题型方面，沿用了 2005 年的新题型——根据所给措施进行选择分析和概括并简述理由，所不同的是如果选错，则要倒扣分，这增加了答题的难度。

与往年不同的是，2006 年的申论试题没有明显的序号标注，而是采用有问有答的形式体现段落的不同和意思的转变。另外，在作答要求中给出了明确的内容范围的限制，即必须以我国政府如何提高应对突发公共事件的能力为范围。

2006 年的申论资料，字数是前两年的总和，内容更为复杂和分散，而且资料采用的是问答的形式，增加了资料的分析难度，增强了对考生阅读速度和归纳整理能力的要求。

【答案提示】

1. 示例答案一 ▷

D 部长的讲话涉及的问题较多。就关系到经济社会稳定、安全、健康发展的突发公共事件问题，D部长有深刻而独到的见解，概括来说，主要有以下几个方面：

第一，突发公共事件的原因及应对的必要性。突发公共事件并不是一般事件，如果应对及时，一般性事故就不会变成突发事件。突发性公共事件的诱因有社会领域存在的各种矛盾，如失业、社会保障和福利问题没有很好解决、社会各阶级利益冲突及政府各部门没有明确的协调机制等。此类事件导致巨大的人员伤亡和财产损失，积极应对十分必要。

第二，如何应对突发公共事件。一是政府要有应对突发事件预案，能及时调动社会各部门应对；二是要有足够的物资储备来应对突发事件；三是提高社会各界的危机意识，加大预防力度。

第三，政府是应对突发公共事件的主导。政府注重协调社会各方的利益关系，减少诱因，积极行使政府公共服务职能，同时经济手段并不能直接用于突发公共事件中，并不是所有的政府公共服务职能都可以市场化。

总之，我国现处于社会突发公共事件的高峰期，虽然我国快速反应机制先进，但相关体制问题仍需要改进。

示例答案二 ▷

××领导：

2005年9月20日，D部长做客新华访谈，其谈话内容如下：

（1）公共事件随着社会的推进和人数的增加，其概念也在发生变化，但它不是一般事件。目前社会矛盾引发的公共突发事件增加，我国正处于突发公共事件高发期。

（2）建立国家总体应急预案是必要的，目前全国应急预案的框架体系已初步形成。

（3）应急预案本身就是一个工作原则、组织分工、任务分工以及协调机制，需要国家投入和社会机制结合。

（4）应对突发公共事件主要是政府的责任，但发生突发事件后应鼓励自愿团体或非政府组织机构参与。

（5）应对突发事件，应以大局为重，注重协调各方利益。

（6）要引导公众关心我国的社会主义市场经济制度建设，提高社会各界的危机意识。

（7）国家要有一定的富裕财力，包括物质准备。

（8）国家应通过公示的方式告知老百姓怎样应对这些事件。

以上是我总结的主要谈话内容，请审阅。

✎ **评析**

答案一比较完整地概括了D部长的讲话内容，而且层次清晰，格式规范，内容全面，语言简洁，是一份在内容概括方面较优秀的答卷。

答案二按要求对D部长的谈话进行概括，采用的行文方式是"报告"这一文体。虽然该答卷符合报告的形式要求，但从主体来看，由于它采用了简单分条的表述方式，没有注意详略得当、突出重点的问题，而且层次不分明，所以属于中低档次的答卷。

2. 示例答案一 ▷

甲、丙、己和D部长的观点不一致。

海啸、地震等自然灾害和人为因素造成的事故，作为突发公共事件的主要来源无法消除，只能通过建立国家的总体应急预案、危机处理机制，使危机损失降低到最低点。故甲和 D 部长的观点不一致。

由资料中"同样类似级别的飓风，在加勒比海地区经常发生，有一些人说古巴的体制不好，但古巴的每次飓风都没有造成大的影响，因为国家采取动员体制，很容易让大家迅速疏散"可看出安全处理突发公共事件和社会制度无关，故丙和 D 部长的观点不一致。

成功应对公共事件，主要是及时建立危机处理机制，要明确各个政府常设机构之间的分工、责任和工作程序，而不是建立专门机构，故己和 D 部长的观点不一致。

示例答案二 ▷

甲认为"人们能够指明突发事件的原因，能够消除掉突发事件"，这与 D 部长的讲话有矛盾，因为讲话中指出，自然界的突发事件可以预测，但人类社会的突发事件有的无法预测。

丙把突发事件完全归结为社会制度、意识形态，而 D 部长的讲话认为，应归结为机制方面，应有全国性的机制。丙的观点与 D 部长的讲话有矛盾。

评析

答案一准确地指出了与 D 部长观点不一致的帖子并给出了合理的理由，反映出考生具有良好的阅读理解能力和综合分析能力。

答案二未准确指出与 D 部长观点不一致的帖子，并且在说明甲、丙与 D 部长观点不一致的原因时过于简单，由此可以看出该考生综合分析、语言表达及概括能力较差；而且没有看出己与 D 部长观点不一致。

3. 示例答案一 ▷

勿让天灾变人祸

现如今，由于社会经济的高速发展，人与环境关系的急速恶化，使得自然环境灾害多次发生，如果政府不能及时采取措施或者采取措施不当，就可能使自然灾害演变成为突发公共事件，危及公共安全，甚至会导致整个社会经济发展中断。政府在防范和化解社会危机方面处在关键位置，发挥着主导作用。我国政府已经成功地遏止了一些突发公共事件的蔓延，但是在灾难面前政府还应该继续加强应急体系建设，运用科学发展观处理好人与自然的关系，避免天灾变成人祸。

近年来，生态环境破坏严重，人类破坏自然环境的行为没有得到有效制止，由此引发了一些突发性灾害，例如"非典"，还有近年来的洪涝灾害、泥石流等，由于国家投入了很大的人力、物力、财力，全民一心，才没有引发社会矛盾，使自然灾害成为突发公共事件。因此，在建立应对突发事件长效机制的同时，要注重环境保护，使人类和自然环境科学协调发展。

我认为，政府提高应对突发公共事件的能力，应从以下几方面着手：

第一，健全社会预警体系，加强应急管理工作。危机发生前的预防是危机管理的重点，预防是危机管理中最简便、成本最低的方法。各监测部门应健全监测、预测机制，及时收集各种信息，并对这些信息进行分析、辨别，有效察觉潜伏的危机，对危机的后果事先加以估计和准备，预先制订科学而周密的危机应变计划，建立一套规范、全面的危机管理预警体系，明确各政府部门的责任，对危机采取果断措施，为危机处理赢得主动，从而预防和减少自然灾害、事故灾难、公共卫生和社会安全事件及其造成的损失，保障国家安全、人民群众生命财产安全，维护社会稳定发展。

第二，各部门加强协调，对突发公共事件迅速做出反应。政府应该建立突发公共事件应急反应机制，进一步明确各部门的职责，将部门协调行动制度化，以保障各部门和领导能在第一时间对危机做出判断，迅速反应，政令畅通，各部门协调配合，临事不乱。各地区各部门要树立大局意识和责任意识，不仅要加强本地区本部门的应急管理，落实好自己责任范围内的专项预案，还要按照总体应急预案的要求，做好纵向和横向的协同配合工作。

第三，加快应急管理的法制建设。由于突发事件的不确定性，在采取措施时没有相应的法律条款来支撑，可能对应急管理形成障碍，使形势不能得到及时遏止，因此，要把应急管理纳入规范化、制度化、法制化轨道，使法律跟上突发事件的发展要求。

第四，高度重视运用科技提高应对突发公共事件的能力，加强应急管理科学研究，提高应急装备和技术水平，加强应急管理信息平台建设，形成国家公共安全和应急管理的科技支撑体系。特别是加强对医药的研制，要投入大量的人力和物力，在灾难来临时使人民的生命危险降到最低。

第五，政府应该进一步完善社会保障制度，协调不同利益群体之间的矛盾，使各利益集团在突发事件面前以大局为重，共同制止天灾扩大化。

政府对突发公共事件的处理结果如何，虽然取决于危机环境的压力情况，但危机管理主体的反应和能力起决定性作用。政府应不断完善管理制度，强化法治，运用科技手段，充分调动政府部门的积极性和行动力，发动广大民众，这样，突发公共事件对民众和社会的影响就将会降到最低，才能使我国经济持续、稳定地发展。

示例答案二 ▷

和谐社会　未雨绸缪

社会主义社会的生命力在于强大的生命力和有效的防御能力，具体到应对突发公共事件，它的优越性就体现在全社会动员机制。

中国处于社会主义初级阶段，基于这一国情，党中央提出建立和谐社会。和谐社会的目的在于全社会把力量积极投入到社会主义建设中，而和谐社会又对突发公共事件的应对和处理作用巨大。

在社会主义建设中，突发公共事件的破坏作用是不容忽视的。"非典"时期，中国的出口额直线下降；1998年的洪水使当年GDP大受影响；刚发生的松花江污染让哈尔滨这个600万人口的城市难掩悲伤。如何应对并降低突发公共事件对经济社会的影响，成了理论界一个热门话题。

党中央提出的和谐社会将很快解决这一问题，和谐社会是从社会每一个行业出发，教育、工业、法律、科技都是其组成部分。全面贯彻党的工作方针，提高人民生活水平，继而提高群众对社会事件的认识水平，切实从认识根源上切断突发公共事件向社会转变。若全民都认识到乱砍滥伐的危害性，1998年的洪水也只是长江谱写的一曲壮歌，而不是一段沉重的诗史。

完善相应法律，加强执行落实是和谐社会的另一个重要方面。建立司法体制是艰巨但必须完成的，因为国家是以规范全国人民为标准的，完善法律，才能为人们的行为确立规范。让我们设想一下，如果环保法律健全，还会出现捕杀动物、乱排放废弃物污染河水的现象吗？这些现象不出现，大自然会用"非典"等疾病惩罚我们吗？母亲河松花江会拒绝用乳汁来喂养哈尔滨吗？

和谐社会目标一旦成为现实，中国国力将突飞猛进地发展，经济实力、科技实力都会上升到新的高度，那时，在面对突发公共事件时，我们将会更加主动，因为我们把握了科技这一有力武器，我们要用科技经济来迎接暴风雨的来临。

和谐社会对我们开展和处理突发公共事件大有裨益。但对于不好应对的问题，我们还应该与国际社会加强合作，使世界人民一起为构建和谐的国际社会、为应对处理全球的突发公共事件而努力。

让我们科技和谐，这是我们的长矛；让我们经济和谐，这是我们的盾牌；让我们社会和谐，这是我们坚不可摧的堡垒。众志成城，未雨绸缪，让我们向公共突发事件宣战，用我们的盾牌捍卫我们的安全。

评　析

　　答案一围绕"我国政府如何提高应对公共事件的能力"这个主题，提出了五点解决措施，内容都具有针对性和可操作性，有利于我国政府部门提高应对公共事件的能力。在结构安排上也显得有条不紊，表述详略得当，主次分明，符合申论写作的基本要求，是一份比较优秀的答卷。

　　答案二的标题是"和谐社会　未雨绸缪"，与论述中要求的"提高政府应对突发公共事件的能力"不相符。从该答卷的整个内容来看，主要谈的是为什么提出和谐社会与建设和谐社会的好处，对于如何建设则谈得较少。该答卷所述与试题要求论述的内容相去甚远，并且语言累赘、口语化。因此，此答卷不可能得到高分。

2005年中央、国家机关公务员录用考试《申论》试题及详解

试　题

注意事项

1. 申论考试是对应考者阅读理解能力、综合分析能力、提出和解决问题能力、文字表达能力的测试。

2. 参考作答时限：阅读资料40分钟，作答110分钟。

3. 仔细阅读给定资料，按照后面提出的"申论要求"作答。

给定资料

1. 缓解和消除贫困仍然是中国今后一项长期的历史任务。为加快解决在一定程度和特定地区仍然存在的贫困问题，我国于2001年5月召开中央扶贫开发工作会议，对21世纪前10年中国的农村扶贫开发工作进行了全面部署。这次会议后，我国正式颁布了《中国农村扶贫开发纲要（2001—2010年）》，提出其后10年中国农村扶贫开发的目标任务、指导思想和方针政策。

2. 经过20多年的努力，中国的贫困人口已基本解决了温饱问题，贫困地区的生产生活条件已经有了较大幅度的改善，抵御自然灾害的能力明显增强，具有了一定的发展能力；在过去扶贫开发的实践中，已创造和积累了很多成功经验，并探索出了一些行之有效的做法。这些都有助于使今后的扶贫开发迈上新的台阶。实践证明，经济增长是解决贫困问题的关键。根据测算，20世纪90年代中国农村贫困人口与经济增长的弹性系数为—0.8，即GDP每增长1个百分点，农村贫困人口就降低0.8个百分点。经济的稳步增长将扩大劳动力需求，有利于贫困地区劳动力的就业。同时，随着综合国力的不断增强，国家可以投入更多的力量促进贫困地区开发建设，为贫困地区的发展提供坚实的物质基础。

3. 陕西是一个贫困面积大、贫困人口多、贫困程度深的欠发达省份。2001年全省贫困人口有817万人，占全国贫困人口的9.1％；其中未解决温饱的382万人，低收入的435万人。全省50个县被定为国家扶贫开发重点县，27个县被定为省级扶贫开发重点县，10 700个行政村被确定为扶贫开发工作的重点村。2002—2003年，陕西省以解决贫困人口的温饱和增加他们的收入为目标，整村推进，全面抓好移民扶贫、信贷扶贫、科技扶贫、外资扶贫和社会扶贫等项工作。到2003年底，陕西贫困地区人均占有粮食达到368公斤；人均纯收入达到1 580元，较2000年增长17.9％。2001—2003年，陕西省共解决109万农村贫困人口的温饱问题，帮助161万低收入人口实现了脱贫。

4. 市场经济是优胜劣汰的竞争性经济，它要求市场主体具有平等地位和自主权。中国农民在与市场的强势主体进行竞争时，其不利因素是显而易见的。同时，农民的生产自主权也常遭到干预，有些乡镇政府常常打着农业结构调整的旗号强制农民种植指令性作物。在种田无利乃至亏本时，农民没有休耕的自主权，有些乡镇政府对那些自愿休耕的农民强行收取"撂荒费"。其实，即便农民拥有平等的市场主体地位，极其分散的小农经济也必然在市场经济的竞争中走向破产和衰落。

5. 农民的全面发展，离不开乡镇体制的重构。一位外国学者指出，"乡镇自主权在各种自主权中是最难实现的，也是最容易受到侵犯的。为了进行有效的防御，乡镇政府必须全力发展自己"。我国乡镇体制改革的成败和农民自由发展的程度，取决于国家宏观制度的设计和创新。从国家宏观层面上来说，要统筹城乡发展，尽快改变城乡二元结构，要普遍实行免费义务教育。当前，有些地方进行了乡镇体制改革的试验，这说明我国正在实现从计划经济向市场经济的进一步转变，从传统人治向现代法治的进一步转变，从单纯追求经济增长向政治经济社会协调发展的进一步转变。

6. 要集中力量继续重点帮助贫困群众发展有特色的种养业项目。依靠科技进步，优化品种，提高质量，增加效益。以有利于改善生态环境为原则，加强生态环境的保护和建设，实现可持续发展。以市场为导向，选准产品和项目，搞好信息服务、技术服务、销售服务。积极推进农业产业化经营。按照产业化发展方向和要求，对具有资源优势和市场需求的农产品生产，进行连片规划建设，形成有特色的区域性主导产业。引导和鼓励具有市场开拓能力的大中型农产品加工企业到贫困地区建立原料生产基地，为贫困农户提供产前、产中、产后系列化服务，形成贸工农一体化、产供销一条龙的产业化经营。增加财政扶贫资金和扶贫贷款。改善贫困地区的基本生产生活条件。以贫困乡、村为单位，加强基本农田、基础设施、环境改造和公共服务设施建设。到 2010 年，在国家重点扶持的贫困区域内，基本解决人畜饮水困难，做到绝大多数行政村通电、通路、通邮、通电话、通广播电视；做到大多数贫困乡有卫生院、贫困村有卫生室，基本控制影响贫困地区群众生活生产的主要地方病。

7. 要鼓励多种所有制经济组织参与扶贫开发。除了政府动用资源进行扶贫外，国家将进一步动员社会各界参与扶贫，增加社会扶贫的资源。根据扶贫开发规划，继续做好东部沿海发达地区对口帮扶西部贫困地区的东西部扶贫协作工作，进一步扩大协作规模，增强帮扶力度。鼓励农民发展生态农业、环保农业。转变贫困地区群众的生育观念，积极倡导贫困地区的农民实行计划生育，把扶贫开发与计划生育结合起来。要开展扶贫领域的国际交流与合作。在扶贫领域，世界银行与中国的合作最早，投入规模最大。世界银行与中国目前已经开展的西南、秦巴、西部三期扶贫贷款项目，援助总规模达 6.1 亿美元，覆盖9 个省区、91 个贫困县，800 多万贫困人口。一些国家、国际组织和非政府组织也与中国在扶贫领域开展了广泛的合作。联合国开发计划署在中国开展了一些扶贫开发和研究项目。欧盟、英国政府、荷兰政府、日本政府、德国技术合作公司、亚洲开发银行、福特基金会等也都在中国开展了扶贫开发项目，并取得了很好的成效。

8. 由于农民没有制度化的权益表达渠道，也缺乏有效的司法救济，不堪重负和欺压的农民只能选择越级上访；而农民越级上访一旦成功，县乡村三级具体责任人就可能遭受丢掉"乌纱帽"等重大损失。在这种背景下，打击报复上访的农民代表现象就显得尤为突出。为防止权益受损害的农民"运用法律武器"到法院起诉，一些基层政权明确要求法院在农民负担、计划生育、社会治安综合治理等方面不予立案。这样一来，保障在"全社会实现公平和正义"的法院就对最需要司法救济的受害农民关紧了大门，由此造成了遍布全国各地的农民上访现象。

9. 一位外国学者在谈到中国农民权利问题的时候，曾回顾了美国对黑人权利保护的问题。在美国内战之前，法律上规定黑人不能享有与白人同样的权利，在内战之后即便是法律做了修改，形式上是平等了，但是 100 多年来，美国的黑人事实上还是没有享受到平等权利。解决美国黑人的平等问题，用了非常多的时间，很多人、很多职业团体都参与到这个过程中。举一个例子，在教育方面，以前黑人和白人不能同校，后来就这个事情上诉到最高法院。最高法院裁定黑人和白人应当同校，不应给白人和黑人分别建立一套教育体制。即便最高法院作了这种裁定，但实施起来也非常困难，50 年过去了，这个裁定虽得以实现，但仍然存在问题。

10. 我国农民对国家经济发展的贡献是双重的。广大农民工，为务工地城市作出了贡献，为推动社会发展提供了强有力的经济支撑。同时，这些农民工将所创造的价值带回家乡，给家乡的经济发展以有力的支撑。因此在经济欠发达的地区，提出了"劳务经济"这个词，农村剩余劳动力的转移带动了当地经济发展。以河南省信阳市为例，它外出人口是180 万，其中农民工是 147 万，最近一两年来，每年所创造的价值，据不完全统计，带回家乡的大体上是 64 个亿。信阳市的市级财政收入才 11 个亿，农民工创造的价值相当于它的 6 倍。四川是全国劳力输出最多的省份，每年有 800 多万人实现异地就业，通过邮局寄回家乡的资金每年约 200 亿元。

11. 信阳市的务工者都集中在珠三角、长三角和京津沪，在这三大经济圈，信阳的农民工是做了很大贡献的。从另外一个方面来讲，河南信阳外出农民工解决了 147 万人的就业，这减缓了政府多么大的压力！新世纪、新阶段，农民工应作为工人阶级的新成员，按照社会主义市场经济这个规则，应给予他们合法的经济地位和社会地位，包括他们的政治地位。

12. 一位学者指出，农民工问题是中国的大问题。过去毛泽东讲过农民是中国革命的根本问题，实际上今天农民问题仍是中国建设的根本问题。他认为，促进城市经济发展、沟通城乡贸易，都是农民工完成的，许多犯罪活动也是农民工干的，出现这种情况的一个原因就是农民工的权利没有得到保障。他还认为，农民工的作用非常了不起。首先作为广大农民解放思想的一个主体力量，他们把城市的许多观点、想法带到农村，带给父母，带给兄弟姐妹，使农民开拓了眼界，知道了自己的地位、自己的弱势。同时他们又是带领广大农民奔小康的主体力量。他们不仅繁荣了城市经济，还繁荣了农村经济，引进了一些基本技术，把更多的兄弟姐妹带到了城市。

13. 2003 年审计署开展大规模扶贫资金审计，缘于新疆的一次扶贫资金调查。2002 年 10 月，新疆维吾尔自治区监察厅、扶贫办、计委、财政厅、审计厅、农行自治区分行联合组成扶贫资金检查组，对和田、喀什、克州、阿克苏等地区的 8 县 1 市 1998 年至 2001 年的以工代赈资金和财政扶贫资金的管理使用，扶贫贴息贷款的投放和回收，1998 年至 2000 年三项扶贫资金审计中发现的违规违纪问题的整改情况以及山东省援助资金的使用情况进行了检查。结果发现违反规定、挪用扶贫资金的问题突出，如不执行项目审批计划，随意变更扶贫项目和资金用途等。另外，还存在挤占扶贫资金、账目不清等问题。据不完全统计，8 县 1 市中，2001 年前被挤占挪用扶贫贴息贷款 3 000 多万元，目前能收回的仅有 30%。

申论要求

1. 给定资料中提到扶贫资金被挤占挪用的问题。下面列出了解决这一问题的 A～E 五项措施，其中不正确的是哪几项？请写出这几项的序号，并分别说明为什么不正确。说明的字数不超过 200 字。选择正确选项的，要扣分。（20 分）

   A. 要加大县乡两级的财政投入。近年来，乡镇撤并，农村税改，县乡财政收入逐年减少，只有加大县乡两级财政投入，才能解决扶贫资金的挤占挪用问题。

   B. 要加大对扶贫专项资金使用的监督检查。监督必须贯穿资金分配使用的全过程。要开展事前、事中、事后的全面监督，才能解决扶贫资金的挤占挪用问题。

   C. 扶贫主管部门要严格履行项目审批程序。若出现以立假项目或虚报项目投资而套取扶贫资金的事件，扶贫主管部门应承担法律责任。

   D. 必须对扶贫资金管理使用情况实行多部门联合的监督检查，同时扶贫资金的监督管理权必须归属各级纪检部门，才能杜绝扶贫资金的挤占挪用。

   E. 要实行扶贫资金的统一管理，不能"谁争取的资金谁使用"。封闭式的资金分配方式，会使一部分直接安排在部门或项目中的资金脱离财政的监督管理。

2. 根据给定资料，概述我国近年来农村扶贫开发工作的基本方针政策。（25 分）

要求：概述文字要简明扼要，不超过200字。

3. （1）给定资料罗列了解决我国农村农民问题的多种意见。其中反映了两种不同思路，请对这两种思路分别加以简述。（20分）

要求：简述文字要简明扼要，不超过150字。

（2）请以"评解决我国农村农民问题的两种思路"为题，写一篇800~1 000字的文章。（35分）

要求：观点明确，分析具体，条理清楚，语言流畅。

 详　解

【综合分析】

2005年申论试题出现了新的题型——根据所给措施进行选择分析和概括并简述理由，而且如果选错，要倒扣分，这增加了答题的难度。

此外，在题目数量上也有变化，但是这并不意味着思路的变化而是进一步说明了申论考试的灵活性和题型的多变性，考生要做好准备。在资料上，2005年的资料比较集中，说的都是目前比较突出的农民问题。该问题是近几年来中央1号文件一直强调的大问题，是各级政府必须认真努力做好的头等大事。

【答案提示】

1. 示例答案一 ▷

参考解答：A选项不正确。加大县乡两级的财政收入并不能解决扶贫资金被挤占挪用的问题，扶贫资金被挤占主要是因为扶贫资金在使用的监督检查环节上存在问题。如果不在监督检查环节上加强行政力度，而一味地加大县乡两级的财政投入，有可能造成更多的扶贫资金被挤占挪用，从而形成更大的财政漏洞。

D选项不正确。一方面，实行多部门联合监督检查的行政措施，会增加扶贫资金的管理成本。另一方面，扶贫资金的管理部门的增多，会增加监督检查的难度，如果各部门协作得不好，很容易造成"各自为政"的局面。由多个部门对扶贫资金的使用情况进行统一检查监督，有可能造成责权严重脱节，有可能在该问题的解决上出现"不作为"和"乱作为"的现象。

A. 分析：因为在第13个资料中谈到了扶贫资金审计的问题，其中有一句是"结果发现违反规定、挪用扶贫资金的问题突出，如不执行项目审批计划，随意变更扶贫项目和资金用途等"。通过这一句话我们就已经可以知道，扶贫资金被挤占挪用是因为"不执行项目审批计划，随意变更扶贫项目和资金用途"，即是因为扶贫资金的监督使用上存在问题才导致了扶贫资金被挤占挪用。因此A选项不正确。

B. 分析：这里谈到了监督的"全面性"的重要性，第13个资料中谈到的扶贫资金被挤占挪用的原因之一是"不执行项目审批计划"，这是发生在"事中"，而资料中谈到的另一个原因"随意变更扶贫项目和资金用途"有可能发生在"事前"，也可能发生在"事后"。因此，B选项是正确的。

C. 分析：第13个资料中谈到的扶贫资金被挤占挪用的原因之一是"不执行项目审批计划"，故C选项说要"严格履行项目审批程序"，同时追究违规部门的责任是符合资料原

文的。C 选项正确。

D. 分析：第 13 个资料在谈扶贫资金被挤占挪用这一问题时，原文中谈到了"审计署开展大规模扶贫资金审计"，从这里我们就可以推知目前调查扶贫资金被挤占挪用的政府部门是"审计署"，并不是其他单位，材料也没有提到有其他单位协办这一事务。资料中没有表示"审计署"来处理扶贫资金被挤占挪用这一问题的效果是"不好的"，也没有表示"一个部门"来处理扶贫资金被挤占挪用这一问题的效果是"不好的"。

而在 D 选项中有两点是与原文不同的：一是提出由"纪检部门"来负责扶贫资金的监督管理，而材料原文是由"审计署"来负责；二是提出"多部门联合的监督检查"，而资料中是"审计署"一个部门来负责。故 D 选项是不正确的。

E. 分析：对于扶贫资金被挤占挪用这一问题，资料中的原因是"不执行项目审批计划，随意变更扶贫项目和资金用途"。而 E 选项所提到的是，"实行扶贫资金的统一管理"，有利于扶贫资金的监督管理。因为通常当单位可以对扶贫资金有更大的"处置权"时，才可能导致其有机会"不执行项目审批计划，随意变更扶贫项目和资金用途"，所以 E 选项是符合资料原文的。E 选项正确。

示例答案二 ▷

A. 问题出在政府部门没有好好利用扶贫资金，这也可能是县乡政府部门本身的资金短缺或者就是部分管理的腐败，因此要加强政府部门对扶贫资金使用过程的监督。

D. 实行以上措施不具有可行性，增加成本，不容易协调，可能会造成问题更加严重。

评析

答案一比较完整地说明了几条措施各自的利弊和正确性，而且层次清晰，格式规范，内容全面，语言简洁，是一份在内容概括方面较优秀的答卷。

答案二虽然判断出哪些选项是正确的，哪些是不正确的，但是评析过程中语言过于口语化，过于简单武断，没有详细说明问题，提出的某些措施不具有可行性，所以不是一份高分答卷。

2. 示例答案一 ▷

(1) 大力加强分散性的小农经济在市场中的竞争力，提高农村经济的市场化程度。(2) 发展有特色的种养业项目，积极推进农业产业化经营。(3) 改善贫困地区的基本生产生活条件，加强公共服务设施建设。(4) 转变贫困地区群众的生育观念，把扶贫开发与计划生育结合起来。(5) 鼓励多种所有制经济组织参与扶贫开发，与多国展开交往和合作，与世界银行开展扶贫贷款项目。(6) 提出"劳务经济"概念，加快农业剩余劳动力转移的步伐，加快部分农村的城市化过程。

示例答案二 ▷

大力发展城乡经济，提高农村经济的市场竞争力，加强公共设施建设，改善贫困地区的基本生产生活条件，鼓励人口流动到较发达地区去打工，带动共同富裕。

答案一准确地提出了一些可行性的措施，而且考虑比较全面，不仅有国内的措施还有国际合作项目，很多考生都不能考虑得如此全面。这反映出考生具有良好的阅读理解能力和综合分析能力。

答案二未准确提出与资料观点一致的方案，并且在分析时过于理想化，没有全面考虑政策的其他方面，比较片面，由此可以看出该考生综合分析能力、语言表达能力及概括能力较差。

3.（1）示例答案一 ▷

解决我国农村农民问题的第一种思路是，着眼自身建设，利用扶贫计划、多种经营等措施帮助农村加快自身发展，努力建设"小城镇"；第二种思路是，鼓励农民外出就业，利用城市发展解决农村就业问题，加快农业人口的城市化进程，统筹城乡经济发展。

示例答案二 ▷

解决我国农村农民问题的第一种思路是提高农民本身的素质，素质提高了才能富裕；第二种思路是政府的大力扶持，像美国那样对农民进行补贴。

✎ 评析

答案一准确明了地提出了两种解决思路，符合资料要求和我国目前的国情，所以不失为一份高分的答卷。答案二的思路过于理想化，没有考虑我国的现实，不具有可操作性和针对性，所以肯定不能得高分。

3.（2）示例答案一 ▷

既要"引进来"，也要"走出去"
——评解决我国农村农民问题的两种思路

改革开放以来，我国的经济处于飞速发展的阶段，国民收入大幅增加，人民群众的生活水平有了很大的提高。但在这段时期中，我国经济建设的重点集中在城市，相对忽视了农村的发展。如今，国家的发展已到了一个新的水平，农村问题尤其是农民增收困难的问题已经成为一个很重要的发展课题摆在了我们面前。对于如何解决我国农村农民问题，现在主要有两种思路：一是加快农村自身发展，二是鼓励农民外出就业，利用城市发展来解决农村问题。究竟哪种思路更符合我们国家的利益呢？

对此，笔者认为应该辩证地看待这个问题。首先我们要看到，从长远来说，加快农村自身发展才是最好的思路。因为从哲学的观点看，"农村自身发展"是内因，而"利用城市发展来解决农村问题"是外因。从内因着手才能从根本上解决农民增收困难的问题。但从目前来说，城市的经济实力相对农村要雄厚得多，利用城市的经济优势来带动农村的发展，其实对于农村是很有利的，因为与相对独立地去加快"农村自身发展"相比较，结合城市的优势可以大大加快农村自身发展的速度，缩短发展的过程。从这个角度来看，城市的带动作用作为外部因素，也不可忽视。因此，笔者认为，我国农村农民问题的解决思路应该是既要"引进来"，也要"走出去"，即两种思路应该结合起来，发挥两种思路各自的优势，避免两种思路各自的局限性。

让我们先谈谈"引进来"这个思路吧。首先就是要把城市的资金引入农村，加快农村基础设施的建设。这里笔者要强调一点，引进投资不能以牺牲环境为代价、掠夺资源为目的。目前农村最吸引投资者的就是丰富的资源和廉价的劳动力，但从长远来看，却不能允许投资者进行掠夺式的投资。可是没有巨大利润吸引，又很难有大量的投资。笔者认为这是"引进来"这种思路的第一个局限性。其次是引入城市的技术。然而农村的人口素质相对于城市要低许多，普及技术的难度要大于城市，这是"引进来"思路的第二个局限性。再次是引入城市的先进理念，尤其是管理理念。但农村数千年的传统理念一定会与新的理念产生冲突，这个过程能成为一个平稳的过渡期吗？这是"引进来"思路的第三个局限性。

再谈"走出去"这个思路。首先的问题是城市能容纳那么多的外来人口吗？教育、住房、社会保障等一系列问题很快就会摆在我们面前。其次的问题是农民出去了还会回来吗？是让出去的农民成为城市人口？还是用户籍制度"强迫"他们回归？这又是个两难的抉择。再次，在城市的快速发展的过程中，进城的农民要扮演什么角色？是从事基础的纯劳动力工作吗？这样的话，农民进城只能获得资金，很难在技术和理念上大幅提高，这又违背了我们的初衷，我们要农民获得的不仅仅是资金而已，而是能带给农民和农村更大价值的技术和理念。显然，"走出去"这个思路很难做到，因为没有给农民一个缓冲的空间，把未经培训的农民与城市的固有劳动者直接放在一起竞争，当然农民就很难获得高技术含量的工作岗位。那么从事基础的纯劳动力工作似乎就变成没有选择的选择。让农民"走出去"如果只能获得很少的一点东西，甚至只局限于"给家里寄点钱"，同时留给城市的教育、住房、社会保障等问题又是如此之多的话，我们是否要重新审视这种思路呢？

综上所述，笔者认为两种思路的优势是明显的，"引进来"有利于农村的长远发展，"走出去"更加符合现在的国情。但两种思路的局限性又是如此不可忽视。因此，对两种思路进行统筹兼顾、取长补短才是解决这一问题的出路所在。

示例答案二 ▷

评解决我国农村农民问题的两种思路

中国农民脱贫的出路在哪里？思路之一是着眼农村自身的经济建设，通过扶贫款项改善农村的基础设施建设，同时积极推进农业产业化经营，建设"小城镇"。思路之二则是利用城市力量解决农村人口的就业问题，加速城市化步伐，让农业剩余劳动力转移出去，城乡经济统筹发展。两种思路，就是两种解决农村农民问题的战略。在农村问题这个关系国民经济的根本大计的首要问题上，任何一种思路的解决方案都会对我国经济的发展产生重大而深远的影响。孰优孰劣，值得作深入的思考。

城乡经济统筹发展，这是个新提法、新思路，很有针对性。20 世纪 50 年代中期以后，在计划经济体制条件下，我国对城市、居民实行一种政策，对农村、农民实行另一种政策。长期实行这种"一国两策"的结果，形成了中国特有的二元经济结构、二元社会结构，城乡不能交融，城乡差距很大，实际形成了两个市场、两个社会，由此引发了一系列的经济社会问题。改革开放以来，由于户籍制度等体制性障碍没有改革，所以城乡差别扩大的趋势还在继续。最近四五年来，东部沿海的大中城市发展很快，一年比一年繁荣，真是日新月异；但农村，尤其是中西部农村还相当落后，依然故我，形成了鲜明的对比。江泽民同志在十六大报告当中提出了一些对新阶段的发展有战略意义的新观点和新思路，其中就包括统筹发展城乡经济社会。报告指出，就现阶段来说，必须把转移农业人口作为当今繁荣农村经济应当肩负的一大重任。有专家指出，这是在新阶段加快农村经济发展的一个非常重要的基本思路，离开了这个思路，要想在十几年内的时间中把农村建成小康社会是很难做到的。

另一方面，就发展"小城镇"的思路来看，中国若要遍地都去发展"小城镇"，总有一天我国会面临无土可耕的危机。我国的城市化不能仿效美国模式，因为美国的土地资源要比我国丰富得多。同时，只着眼于农村自身的建设来发展"小城镇"，实际上是要"农村关起门来搞城市化"，还是不能消除城乡之间巨大的差距。所以，这是不符合中国国情的一条思路。

从2005年1月1日起，各地区将统一使用人口统计中的常住人口计算人均GDP，并对历史数据作调整。长期以来以户籍人口计算的人均GDP将成为历史。农民工对城市GDP的贡献将被承认，他们对公共服务的需求也将由城市的公共财政加以解决，这将是统筹城乡经济社会发展的一个重大战略性举措。要通过改革，使城市向农民开放，农村剩余劳动力向非农业和城镇转移。这是增加农民收入，解决农村问题的根本出路。目前，我国经济持续发展，工农业商品供应充足，市场经济体制已经基本建立，各方面的条件都逐渐具备，应该深化户籍制度等方面的改革，敞开城镇的大门，让农民进来。

评析

答案一围绕"解决农民问题的两种思路"这个主题，并且运用了形象化的主标题"既要引进来，也要走出去"，在标题中就比较明确地表明了文章的主要观点，提出的解决措施、内容都具有针对性和可操作性，在结构安排上也显得有条不紊，表述详略得当，主次分明，符合申论写作的基本要求，是一份比较优秀的答卷。

答案二的标题是"评析解决农民问题的两种思路"，符合题目要求，但是不如示例答案一好，而且其分析也没有答案一全面，因此，此答卷不如答案一的分数高。

2004年中央、国家机关公务员录用考试《申论》试题及详解

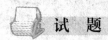

试 题

注意事项

1. 申论考试是对应考者阅读理解能力、综合分析能力、提出和解决问题能力、文字表达能力的测试。

2. 参考作答时限：阅读资料 40 分钟，作答 110 分钟。

3. 仔细阅读给定资料，按照后面提出的"申论要求"作答。

给定资料

1. 上汽集团总裁日前在上海对记者说，中国作为世界上最大的潜在市场，应该有一个很强的汽车工业与之匹配，应该建立一些大规模的汽车工业集团。他指出，中国缺乏具有国际竞争力企业的一个重要原因，在于过去政策的制定往往是哪家困难帮哪家，体现的是扶弱以抗强，结果没有强。百余家整车厂，只能是"山中无老虎，猴子称大王"。要成为汽车强国，必须建设汽车大企业、大集团。他强调，中国汽车工业的时间不多了，我们要用"扶强联弱"的办法，用最短的时间，整合目前汽车工业差、乱的局面。他希望国家能够支持汽车大企业、大集团，以最少的投入来建立具有国际竞争力的汽车企业。

2. 某商报对汽车的市场前景分析如下：载货汽车需求量将增长，但市场份额将有所下降。轿车、客车，尤其是微型客车的需求量将有较大增长，市场份额将进一步提高。以城镇为中心，公款购买、公务使用的第一层次市场会逐步缩小；以企事业单位为中心，公款购置商务用车的第二消费层次市场需求会保持相对稳定或略有下降；以富裕阶层为中心，私人购买和使用的第三层次市场发展势头良好，将成为吸纳汽车增长量的主体。随着国家有关鼓励私人购车政策出台，预计个人购车比例将逐年快速增长。西部地区对中重型货车、各种专用汽车、矿用车和大中型客车的需求将明显增加。农村汽车市场对轻、微型客货车需求会有较大增长。

3. 上海某报记者："上海一大怪，汽车没有行人快"——20 世纪 90 年代初之上海"怪现状"如今似有卷土重来之势。今日大上海，又见行路难。扎堆的车流如蜗牛爬行。高峰期间，市中心区高架道路上蜗行的车辆密密匝匝，远远望去就像个大停车场。一日，记者乘上 703 路公交车，走走停停，从莲花路到上海体育馆，区区 10 公里，竟然走了一个半小时。

4. 上海某报记者：20 世纪 90 年代以来，上海的道路长度和道路面积分别增长了108％和142％，修建了地铁、高架路、跨江大桥、越江隧道等许多道路基础设施，中心城区初步形成现代交通网络，但同期的机动车总量却增长了470％以上。市民的感觉是路越修越多，车越来越堵。最近几年，上海将投资 500 亿元，增设高架路内环匝道，拓宽地面交通要道，新建越江隧道和中环线，从根本上缓解中心城区的道路拥堵状况，与此同时将大力发展智能交通系统。但人们担心，明天会不会还是继续拥堵。10 多年前的"出行难"是上海进入三个"三年大变样"的前期发生的，是城市大发展前的一段"阵痛期"。而今，上海又再次进入了一个"阵痛期"。

5. 广西某报记者：随着南宁私家车的增多，汽车投诉也不断上升。在 3·15 消费者权益保护日当天，记者就接到几位汽车消费者的投诉电话。有的反映，一些新的热销车型有加价销售的现象；有的反映，买了保险，一旦出了问题，真正索赔时手续非常复杂；有的反映，遇着节假日办理上牌、过户不方便。一位刘姓出租车司机向记者反映，南宁汽车维修市场比较混乱，不同维修厂的配件和维修价格相差比较大。私家车主白先生对入户、年检时强制性收取的过路、过桥费等诸多项目和强制小轿车 12 年报废表示不理解。私家车主李先生认为，汽车商家应在售前、售中、售后为消费者提供一个良好的消费环境，让消费者买得放心，用得开心。

6. 原国家经贸委发布的汽车工业"十五"（2000年至2005年）规划：到2005年，汽车工业增加值将达1300亿元，占国内生产总值的1%。其中，轿车的发展速度将大大高于汽车工业的平均增长率。为此，中国政府将致力于汽车工业的战略重组，优化资源配置，培育出两到三家主业突出、核心能力强、拥有自主知识产权、具有较强国际竞争力的大型企业集团。同时，中国政府将积极发展售价8万元左右的经济型轿车。这种车型排量在1.3L以下，百公里油耗量达到国内先进水平，能满足中国家庭的需要。此外，中国将大力推进发展汽车工业的相关环境。据权威人士预计，到2005年，中国公路里程将增加至160万公里，其中高速公路2.5万公里。各地还将加大发展城市基础设施的建设，增加停车场地等交通配套设施。

7. 某报刊载某司机意见：市政建设就像等待大手术的病人，谁知道明天哪条路又要开膛破肚？听说全市目前有14项在建重大工程，道路施工工地遍布中心城区和周围主要地区，对车辆通行影响很大。有时车开到交叉路口，主干道的交通全被施工工地阻断，一堵就能堵上好几个钟头。

8. 一位接受采访的民警说：如果说道路工程建设是以一时堵车换来长期便捷交通的"短痛"，那么种种与交通文明不相协调的陋习则是更让人难以忍受的"长痛"。顺畅的交通环境是人车和谐，各行其道。大城市交通网络本来就密集狭窄，私车拥有量增大以后，道路发展又跟不上车辆增长，再加上市民乱穿马路、骑车抢道等不文明行为比比皆是，严重阻碍了排堵保畅的效率。

9. 当发达国家的人们开始过上"轮子上的生活"时，也曾面临或正在面临堵车的烦恼。对此，国外不同城市各自施展种种招数：

纽约——私车一律停郊外。到纽约曼哈顿的上班族，是从家里开车到市郊地铁站或火车站，换乘地铁或火车进入市区，然后在市内乘公共汽车、地铁或出租车去上班、办事。曼哈顿的许多街道，只有持特殊牌照的车辆才能停车上下货和上下客，其他车辆不得停放。

华盛顿——不仅工商人士不能驾私车进入，联邦政府官员也不得驾车出入华盛顿。官员们大多不住在华盛顿市内，而是住在与华盛顿特区相邻的一个州的小镇上。如果他们每天开几十公里车到华盛顿上班，通向华盛顿的几十条公路都会堵车。为此，联邦政府拟定用公交工具接送代替个人开车的计划。为了使官员们接受这种做法，政府答应在非上下班时间，谁要是有急事回家可由公交系统提供免费出租车乘坐。

巴黎——由于私家车急剧发展，到20世纪70年代初，巴黎的城市交通近于瘫痪。于是，法国政府开始下大力气重点优先发展公共交通。如今，巴黎设置了480多条全天或部分时间禁止其他车辆使用的公共汽车专用道。对于小汽车，巴黎市政府规定，每逢无风日，采用分单双号车牌形式来限制轿车进城。

东京——东京人的家用汽车平日伏在车库里，上下班人们还是乘地铁。一则是因为乘地铁才能准时上下班，二则是公司里只有总经理和董事长才有车位。

伦敦——政府发出交通白皮书公告市民，为了限制轿车数量，减少堵车和空气污染，从2000年起提高停车费用，同时城市内原有的各大公司、公共场所的免费停车场一律改为收费停车场。

10. 相关参考数据：在五种日常交通方式中，单就运行效率而言，小汽车最低，甚至不如步行效率。譬如在3.7米宽的车道上，小汽车每小时最多能运载3600人通行；公共汽车在半饱和状态下，每小时可运载 6 万人，是小汽车的 17 倍；而半饱和的火车每小时可运载 4.2 万人，是小汽车的 12 倍。一条公路快车道可以轻松地容纳两条自行车道，每小时可通行 1.06 万辆自行车，是小汽车的 3 倍；即便是步行，一条快车道宽的道路上，每小时也可通过 6 300 个步行者，是小汽车的 1.7 倍。不仅如此，小汽车运送每位乘客所需的交通面积是自行车的 4 倍，是有轨电车的 20 倍，是地铁的 6 倍至 12 倍，是步行的 40 倍。

11. 某汽车发展研究室主任说，中国的汽车消费过于保守，持币待购现象严重，这种巨大的消费潜能将在不久的将来转化为消费功能而突然释放出来。这样，汽车消费就会进入一个"爆发期"，大量的汽车进入家庭。这种情况在日本和韩国都曾出现过。他说，世界上平均 1 000 人拥有 6 辆汽车，而中国平均每 1 000 人拥有 0.6 辆汽车，只有世界平均水平的 10%，而中国各类商品总的消费能力约占世界水平的 80%。与之相比，目前汽车消费能力与中国实际国力明显不符。他还认为，国内汽车业的许多问题并没有得到解决，加入 WTO 之后，进口车将对国产车形成很大冲击，但出现大批量汽车进口也不太可能，因为那样会导致进出口贸易失衡。

12. 原国家机械工业局某同志接受记者采访时说，从中长期看，"入世"以后，我国的轿车产业面临巨大挑战：缺乏完整的轿车开发能力和自主的品牌，薄弱的零部件制造体系，汽车产业服务体系十分落后。他认为，我国的轿车价格与国际初步接轨，需要 6 年左右，而完全接轨需要 10 年时间。目前我们的一些主导汽车产品在现行市场环境中还是具有优势的，因此，我们要利用"入世"后对幼稚工业的"保护期"，进一步加大力度，开放市场。汽车产业还需加强管理、降低成本，特别是汽车零部件的成本。从政府引导消费来看，要清理、减少不合理的税费，鼓励百姓的汽车消费。

13. 据中国汽车工业协会统计，去年 1～7 月，汽车全行业完成工业总产值 3 723.82 亿元，同比增长 29.44%；产品销售收入 3 598.88 亿元，同比增长 31.05%；利润总额 211.90 亿元，同比增长 51.14%。主要经济指标增长幅度都比较大，实现了增产增收。1～7 月，16 家重点汽车企业（集团）完成工业总产值 2 036.4 亿元，同比增长 33.66%；产品销售收入 1 843.1 亿元，同比增长 29.36%；利润总额 113.71 亿元，同比增长 46.38%，利润总额的增长超过产值和销售收入的增长，均取得了良好的经济效益。汽车产业作为国民经济支柱产业的地位也越来越突出。据悉，去年 8 月份交通运输设备制造行业对工业增长的贡献率首次跃升至 40 个工业行业之首。以汽车制造为主的交通运输设备制造业取代电子信息通信业，已成为名副其实的领头羊。

14. 有的专家认为，就功能定位而言，城市道路应分六个层次，即城际高速路、沟通城郊与城市主干道的快速路、城市主干道、次干道、支路以及生活区道路，可行车速从每小时 120 公里到 10 公里不等。但上海、北京、广州等大城市，道路的功能定位都不甚明了。道路功能不清导致行车错位的病根不除，增加再多的交警去排堵也无济于事。有的专家认为，导致城市出行难还有技术方面的原因。动静态交通相互争夺空间，道路资源利用率低下。目前，国内几乎所有的大城市都有停车难的问题，因市区停车不便产生的临时停车占道现象十分普遍，致使在行车辆遇阻或减速。在上海，由于主干道的交叉口开得太多，车辆运行时速经常会由 40 公里锐减至 20 公里左右。加之行人、自行车违章穿道、绿化景观挤占道路等因素，最终使得这个大型城市的道路使用效率只相当于世界平均水平的

1/3 到 1/2。

申论要求

1. 认真阅读给定资料，概述"我国汽车工业的现状和发展趋势"。（50分）

要求：（1）分析恰当，条理清楚，语言通畅。

（2）作答在答题纸上的指定位置（作答在其他位置上的一律无效）。

（3）不超过1 000字。

2. 假设给定资料中有关我国城市交通拥堵的问题在你市都存在，你作为市交通主管部门的负责人，请根据给定资料，写一份"关于我市交通拥堵情况的报告"。（50分）

要求：（1）简要介绍情况，恰当分析原因，提出全面、明确、可行的对策。

（2）条理清楚，语言通畅。

（3）作答在答题纸上的指定位置（作答在其他位置上一律无效）。

（4）不超过1 500字。

 详 解

【综合分析】

2004年的申论考题，既是近年来申论考试比较有代表性的考题，同时也对以往的命题方式进行了适当的调整，这就使申论考试的命题更加完满，并且又能很好地考查出考生的实力。

【答案提示】

1. 示例答案一 ▷

我国汽车工业的现状和发展趋势

综观我国汽车工业的现状，喜忧参半，展望我国汽车工业的未来，风险与机遇并存。

改革开放以来，特别是近几年我国汽车工业发展势头强劲。据中国汽车工业协会统计，去年1至7月，汽车全行业完成工业总产值3 723.82亿元，同比增长29.44%；产品销售收入3 598.88亿元，同比增长31.05%；利润总额221.90亿元，同比增长51.14%。主要经济指标增长都比较大，实现了增产增收。汽车产业作为国民经济支柱产业的地位越来越突出。去年交通运输设备制造业对工业增长的贡献率首次跃升至40个工业行业之首。以汽车制造业为主的交通运输设备制造业已取代电子信息产业，成为名副其实的领头羊。

随着市场需求的不断扩大，我国汽车工业的发展潜力也越来越大。据有关部门分析，近几年我国汽车消费市场的消费结构已发生了很大变化。载货汽车的需求量仍将持续增长，特别是次发达地区，如西部地区对中重型货车、多种专用汽车、矿用车和大中型客车的需求将明显增加。农村汽车市场对轻、微型客货车需求也会有较大增长。随着国家有关鼓励私人购车政策的出台，预计个人购车比例将逐年快速增长。特别是轿车、客车，尤其是微型客车的需求量会有较大增长，市场份额将进一步提高。为此，国家将积极发展售价8万元左右的经济型轿车，以满足中国家庭的需要。此外，国家还将大力推进发展汽车工业的相关环境：至2005年，中国公路里程将增加至160万公里，其中高速公路2.5万公

里。各地还将加快发展城市基础设施建设，增加停车场地等交通配套设施。所有这些，都无疑会大大促进我国汽车工业的发展。

汽车工业发展形势喜人，但同时也面临着巨大的风险和挑战。特别是"入世"以后，国门完全打开，我国的轿车产业与国外发达国家的汽车企业处于同一个大市场，将不可避免地面临激烈的竞争与挑战。我们现在的主要问题是：缺乏完整的轿车开发能力和自主品牌，零部件制造体系相对薄弱，汽车产业的管理和服务体系仍十分落后，企业规模还难以与国外大公司抗衡。所有这些问题必须认真面对。

打通国际大市场，也给中国汽车工业的发展带来了新的机遇，使我们可以有机会在与强手的合作与竞争中学习他们先进的技术、先进的管理和服务经验，不断完善自己。同时也逼迫我们把自己做大做强。为了应对国际汽车市场的激烈竞争，国家将致力于汽车工业的战略重组，优化资源配置，培育出两到三家主业突出、核心能力强、拥有自主知识产权、具有较强国际竞争力的大型企业集团。同时，我们还可以充分利用"入世"后对幼稚工业的"保护期"进一步加大力度，开放市场，加强对汽车产业的管理，努力降低成本，提高竞争力；抓紧清理减少不合理税费，鼓励百姓的汽车消费。预计6年内我国轿车价格可与国际初步接轨，10年内可完全接轨。只要我们自强不息，艰苦奋斗，中国汽车工业的发展前景还是十分乐观的。

示例答案二 ▷

我国汽车工业的现状和发展趋势

近年来，随着我国经济社会的快速发展，我国的汽车工业也取得了可喜的成就。虽然目前我国还处于社会主义的初级阶段，但中国的汽车市场已经逐步成长为世界上最大的潜在市场，我国的汽车工业可以说有着光明的发展前景。对于这一点，我们可以从以下几方面清楚地感受到：

首先，汽车产业作为国民经济支柱产业的地位越来越突出。以汽车制造为主的交通运输设备制造业取代电子信息产业，已成为名副其实的领头羊。

其次，汽车个人消费的潜力巨大。虽然目前中国公民持币待购现象严重，整个汽车消费市场尚不活跃，但却存在巨大的消费潜能，而这种消费潜能在不久的将来，必定会随着汽车工业的发展、城市居民收入的提高、消费观念的更新而逐渐释放出来。在未来，以富裕阶层为中心，私人购买和使用的第三层次的消费市场将取代传统的公务汽车消费，成为吸纳汽车增长量的主体。

当然，任何事物都存在正反两面。对于我国这样一个新兴的发展中国家而言，我们看到巨大潜力和优势的同时，也要看到我国的汽车工业在发展中的不足。首先我国目前还没有一个与庞大汽车工业和市场相匹配的、大规模的、具有国际竞争力的大型汽车企业。这是一个危险的信号，因为这就意味着我们没有自己的"名牌车"，在与国外汽车厂商的竞争中必定处于不利地位。可喜的是，我们的政府已认识到这一关键问题，已致力于汽车工业的战略重组，优化资源配置，准备培育出两三家拥有自主知识产权、具有较强国际竞争力的大型汽车企业。

我国"入世"后，轿车产业面临巨大挑战：缺乏完整的轿车开发能力和自主品牌，零部件制造体系薄弱，汽车产业服务体系十分落后。这要求我们必须加大调控力度，开放市场。一方面，汽车产业需加强管理、降低成本，尤其是优化资源的配置。另一方面，政府应该积极完善市场，适度鼓励百姓的汽车消费，清理和减少不合理的税费。

另外，交通设施薄弱，有待进一步改善。道路交通跟不上汽车需求的发展，反过来在一定程度上影响汽车工业的发展。如果"汽车没有行人快"的状况普遍存在，并可能长期存在的话，那么花钱买"阔气"的人就会相应地减少，汽车消费将会受到抑制。

综上所述，目前我国汽车工业正处于一个机遇与挑战并存的时代。"风好正是扬帆时"，我们要抓住机遇，加快发展。当然我国汽车工业的发展仍然要面对许多的挑战、困难，这是不可避免的，但在困难面前，我们要保持信心，用轻松的心态驾驶好汽车工业发展的大船，在经历挑战后，回头一看，可能会发现在我们的身后，"轻舟已过万重山"。

评 析

答案一充分利用了给定资料，对我国汽车工业的发展作了深刻分析。该答卷从我国汽车工业强劲的发展态势和面临国际竞争的巨大挑战两个方面，对我国汽车工业的发展现状作了生动而具体的描述。同时又从开放的市场给我国汽车工业发展带来的机遇的角度，对我国汽车工业的发展趋势作了比较透彻的分析和预测。条理清晰，分析恰当，语言通畅，是份优等答卷。

答案二在分析上内容具体，中心明确；语言通顺，表达方式运用恰当，基本无病句；结构合理，条理清楚；格式正确，基本无错别字和标点错误，卷面整洁，但是观点不够新颖，论述不够充分，属于中等答卷。

2. 示例答案一

关于我市交通拥堵情况的报告

我市是一个拥有 700 万人口的大城市。全市车辆拥有量××万辆。城市交通流量每天××万辆。城市交通拥堵一直是困扰我们的一个老大难问题。造成我市交通拥堵的主要原因：一是历史原因造成的道路狭窄，布局不合理；二是城市交通管理手段落后，管理水平低；三是公共交通满足不了城市大众的乘车需要；四是市民自觉维护城市交通的法制意识差，违规占道、违规穿行现象较为普遍。因此，要解决我市交通拥堵现状，必须动员全市方方面面的力量，共同努力才能奏效。为尽快改进我市交通拥堵状况，特提出以下建议：

1. 提高认识、转变观念，把搞好城市交通工作提到重要日程

我市是北方的一个大城市，但市场经济的发展与南方沿海城市相比，差距仍很大。不仅经济落后，观念也落后。"交通是城市的血脉，是城市经济发展重要基础"的观念还未在全市完全形成。因此，建议市政府通过交通工作会议等形式，向全市党政干部讲清我市的交通状况及与经济发展的密切关系，彻底转变一些部门和单位认为交通发展和交通管理与己无关或无足轻重的观念，树立全市人民关心交通、重视交通、支持交通的新局面，为全面加强我市交通建设、改善我市交通管理，奠定坚实的思想基础。为配合这一活动，市交通管理部门拟举办一次城市交通展览会。展览会的主要内容是：展示我市改革开放以来交通建设和交通管理方面的巨大成就；揭示我市交通建设与管理方面的问题，特别是对经

济发展的制约；介绍国外发达国家和我国沿海先进城市交通建设和管理的经验。展览会拟在5月份举办。

2. 举全城之力，修路架桥，彻底解决城市交通拥堵问题

目前，我市交通拥堵的一个重要原因是历史遗留下来的城市道路狭窄，布局不合理。因此，建议市政府增加城市交通建设的财政投入，同时也可通过引进外资共建共享的办法，进行城市主干道的改建、扩建、新建。建议在三环路的基础上再建一条四环路，减小城区车辆的压力。同时在××区、××区二个城市中心区的××路、××路等10条主干道建造5座高架桥。积极筹建高架轻轨，力争在3～5年内建成，从而彻底解决我市道路拥堵问题。

3. 引进先进管理模式，科学管理城市交通

目前，我市交通管理十分落后，建议市政府增加投入，扩建市交通指挥中心，配备现代化的交通监控系统，对全市交通实行微机监控。同时引进国外先进城市的交通管理办法，对市内的街路按功能划分为高速路、快速路、主干道、次干道、支路、生活区路，进行分级管理，限定不同的时速。

为解决市内乱停车问题，建议在年内制定出台"××市车辆停放管理条例"。同时建议市政府对全市新建、扩建的大型广场、商厦的停车场建设规模、功能等做出限制性规定，增加地下停车空间，缓解地面压力。

4. 强化市民素质教育，动员全市人民维护城市交通秩序

城市交通与全市人民的生活息息相关。维护城市交通秩序不仅是城市交通管理部门的事情，也是全市人民的事情。为解决目前市民交通意识薄弱，行人和自行车违章穿道等问题，建议由市政府办公厅牵头，组织全市有关部门开展一次全市人民关心交通、维护交通的宣传教育月。充分利用电台、电视台、报纸、宣传板等媒体及专题讲座、交通知识竞赛、"当一天交通警察（协勤）"等活动，对全市人民进行一次深入的城市交通管理教育。

同时，加大对交通违章违规行为的处理力度。在主要路段增加交通协勤人员，强化交通秩序管理力度。

5. 大力发展城市公共交通事业

我国的国情与国外发达国家不同，城市人口密集、国民收入低，城市交通应该以公共交通为主。鉴于我市公共交通还很落后，企业长期亏损，财政暂时拿不出更多资金的情况，建议采取与外资合作经营城市公共交通的办法，解决资金来源问题，发展城市公共交通。可先选择部分线路试点，成功后再全面铺开。另一个方案是改变目前的乘车管理办法，取消月票，采用IC卡计费的方法，缓解公共汽车公司的经营压力，使其扭亏为盈，增强运营能力。

预计采取该办法后，每年可增加收入××万元，两年左右可将市内现存的陈旧车辆全部更新。但这个办法，可能要增加部分市民的生活支出，有可能引起社会反响，因此，应在广泛征求各方面意见，取得共识的情况下实施。

示例答案二 ▷

关于我市交通拥堵情况的报告

近年来，我市正处于快速发展时期。而对于我们来说，必须要认识到经济社会发展的

道路要通畅，必定离不开通畅的城市道路。对于我市的交通问题，市委市政府非常重视，投入了巨大的人力和物力，并取得了一定的成效。但随着我市经济社会的进一步发展，对城市交通的要求也越来越高，交通拥堵至今仍困扰着我们这座城市，一定程度上也影响了我们的发展。而造成这种状况的原因，主要有以下几点：（1）道路功能不清导致行车错位；（2）动静态交通相互争夺空间，道路资源利用率低下；（3）交通的配套基础设施不足；（4）交通管理不到位；（5）存在不文明的交通陋习。

而如何解决以上问题呢？笔者认为应从五个方面着手来全面解决交通拥堵问题：

1. 促进道路功能的明确化

就城市道路而言，本市道路应分为城市快速路、主干道、次干道、支道、地方小路等，根据道路属性，各有各的职能，必须严格执行道路各自的交通职能。城市快速路主要为快速过境车辆服务，主干道是为快速路汇集车流，而地方道路（包括次干道、支道、地方小路等）应更多地承担疏散车流的功能。

2. 促进动静态交通的平衡化

城市动静态交通的平衡，关键在于解决停车问题，而停车问题关键在于"建"和"管"。"建"是要通过各种措施增加停车位，实现停车的供需平衡；同时要研究出台相关政策，推动停车产业化。"管"是要求加强停车管理工作，政府各有关部门管理职责要清、责任要明，管理内容要细化、要有具体标准。通过市场调节、政策引导及日常监管，改善停车秩序，初步实现本市动静态交通基本平衡。

3. 促进配套基础设施的完善化

在道路交通方面，进一步完善高速公路网；加强区域干线建设，加快市区及周边道路建设；完善国道建设，加快县乡公路网建设；完善道路节点功能；完善市区内的道路标志线、标志牌的设置，并在主要路口增设红绿灯，以加强市区道路交通安全。在车流人流非常集中、事故多发的路段，加设红绿灯后，可以有效疏导交通，减少事故发生。

4. 促进交通管理的科学化

科学化的交通管理必须跳出原来"小打小闹"的微观管理境地，向长远和宏观发展。如新增设"道路交通管理闭路电视监控系统"，使城区各主要路口交通状况尽收眼底，为科学、合理地调控交通流，发挥了重要作用。在路面管理中，执勤干警走下岗台，高峰定点、平峰巡线、警便结合、动静交替。同时，合理设置停车场，依法理顺隶属关系，搬迁马路市场，还路于交通，多部门协同治理，全方位齐抓共管，等等。这些措施既可节省人力，又加大了管理的覆盖面和力度。创设"路长"制。首先，由市政府和下属各业务的主管部门负责人签订门前"五包"（包无乱停乱放、包治安秩序、包门前路面硬化、包绿化、包卫生清洁）合同，再由主管部门领导负责对本部门沿街单位门前"五包"落实情况进行检查，由交通管理机关监督。对违反合同者，年终由市政府追究部门负责人责任，并取消单位评选先进资格，从而使交通管理走向社会化。

5. 促进市民交通习惯的文明化

在全市范围内开展以"公共交通礼让有序"为主题的宣传活动，并设立"示范道路"，以"示范道路"为切入点，全力抓好公共交通礼让有序的宣传管理工作。通过社会调查，找出并公布若干种较为普遍的、人们习以为常的交通不文明行为，从中选出10种，让群众在评选过程中，自觉对照自己的行为，自觉摒弃各种不文明交通习惯。对于一些不文明的交通习惯，也应该像交警处罚交通违章一样，通过电子眼、开罚单甚至治安处罚等方式，把罚款程序化，以确保罚到实处。

预计通过以上措施的综合运用，我市的交通拥堵情况应该能有所缓解，建议各相关部门展开深入的调研，并在广泛征求各方意见的前提下，将相关措施付诸实施，从而解决我市交通拥堵问题。

 评析

答案一在简要介绍情况和分析城市交通拥堵原因的基础上，把重点放到了解决问题的对策上，符合试卷要求。而且解决问题的五条建议很有针对性，全面、明确、可行。文章开头即十分明确地点出了解决问题的总体思路。具体实施建议，不仅涉及城市交通管理部门，还涉及建委、城管、工商等相关部门，以及全市广大市民。对策讲得非常详细，对什么时间做什么，由谁去做，讲得比较清楚，有较强的可操作性，是一份好答卷。不足的是对原因的分析，所占分量过小，如适当展开阐述，效果会更好。

答案二在分析上内容具体，中心明确；语言通顺，表达方式运用恰当，基本无病句；结构合理，条理清楚，但是没有第一份试卷论述透彻、详略得当，是一份普通试卷，属于判卷标准中的"二类"试卷。

2010年黑龙江省公务员录用考试《申论》试题及详解

 **试　题**

一、注意事项

1. 申论考试是对应考者阅读理解能力、综合分析能力、提出和解决问题能力、文字表达能力的测试。

2. 作答时限：150分钟。其中阅读资料参考时限30分钟左右，作答参考时限120分钟左右。

3. 仔细阅读给定资料，按照后面提出的"申论要求"依次作答。

二、给定资料

1. 中国是一个干旱缺水严重的国家，淡水资源总量为28 000亿立方米，占全球水资源总量的6％，仅次于巴西、俄罗斯和加拿大，居世界第四位，但人均只有2 200立方米，仅为世界平均水平的1/4、美国的1/5，在世界上名列第121位，是全球13个人均水资源最贫乏的国家之一。

在全国640个大中城市中，有300个城市缺水，其中100个严重缺水。尽管我国水资源紧缺，但水资源的浪费仍十分严重。1997年，全国仅有123个城市建成307座不同处理等级的污水处理厂，日处理能力仅为1 292万立方米，污水处理率仅为13.4％；我国目前有5万多个小城镇，370多万个乡村，9亿多人口的居住地基本没有污水处理设施，从而直接导致了地表水的广泛污染，使水资源匮乏的矛盾更加尖锐；而且目前我国城市工业用水重复利用率也只有 50.6%，远低于发达国家 90% 以上的水平。

水利部最新成果显示，近年来，中国北方地区水资源量明显减少，其中以黄河、淮河、海河和辽河地区最为显著，水资源总量减少了 12%，北方部分流域周期性的水资源短缺加剧，严重制约经济社会的可持续发展。

2. 无锡一直因城市边上的太湖而骄傲。一曲吴侬软语的《太湖美》曾经唱道：太湖美，美就美在太湖水。2 400 平方公里的太湖是著名的旅游之地，而无锡也被称为"太湖明珠"。

"太湖明珠"并非言过其实，这个拥有 3 000 年历史的城市因工业发达、商业繁荣而素有"小上海"之称，从 19 世纪初开始，无锡由全国著名的米市场、市码头走向区域经济中心城市。

这个有 4 778 平方公里、常住人口 580 万的城市，能有如此骄傲的经济增长速度，很大程度上归功于 20 世纪 70 年代乡镇企业的崛起，这也是后来被广泛谈及的"苏南模式"。

20 世纪 80 年代任无锡市经贸委主任的沈仲兴介绍，乡镇企业自 1958 年就在无锡各个村镇出现，在 1974 年以后更是风起云涌，每个村都有自己的企业，到了 1989 年，无锡乡村两级工业企业产值达 219.9 亿元，占全省的 19.1%，占全国的 3.6%。

整个 20 世纪 80 年代，乡镇企业的产业结构还以轻工业为主，这与无锡的工业传统有关，解放前，无锡的轻工业和重工业比例是 70% 比 30%，无锡市的传统产业是纺织业，到 20 世纪 90 年代，无锡的产业结构开始发生变化，由轻工业开始向重化工业转变，重化工业比重从 1980 年的 42% 跃升到目前的 74%。在此过程中，无锡市形成五大传统支柱产业——机械、纺织、冶金、化工、电子（家电），在"九五"期间，这五大产业的工业增加值占到了全市规模企业总量的 70%。2006 年无锡规模以上工业中，冶金、纺织、机械等行业占制造业的比重为 55.5%。而此时整个苏南地区开始大量引入外资，无锡也不例外。1987 年，无锡市实际利用外资仅占全社会固定资产投资总额的 2.1%，其中外商实际投资仅占 1.3%。而到 1996 年，无锡市实际利用外资占全社会固定资产投资总额的比重已达到 40%。

近几年，因为经历"蓝藻事件"，太湖的污染备受关注，在此次水危机中，数百万无锡市民无法正常饮用自来水。无锡市政府在"蓝藻事件"发生后的总结是，无锡走的是一条传统的工业化道路。无锡长期沿袭着"两头在外"和承接国内外制造业转移的发展模式，生产过程中引进能源和原材料，生产和出口相当多的是耗能高、污染高的产品，在产生利润的同时也产生了污染，在承接产业转移的同时也承接了污染。

3. 长期从事华北地区水资源研究的斯坦福大学资深环境研究员斯科特·罗泽尔（Scott Rozell）日前指出，在极度缺水的华北地区，农民只有靠打井取水，出现了由 2 000 多万口井遍布农村的"奇迹"，并展现出水资源的严重危机，他说："现在的问题是，水位越来越低。而且打出来的水越来越贵。"他还表示，中国已经有了完备的保护水资源的法规和政策，"问题在于，政策是不错的，可是实施这个政策很困难。"

2008 年 7 月《瞭望东方周刊》的一项数据显示，随着降水量的减少，从 1975 年起，河北一直在超采地下水，30 多年共超采 1 200 多亿立方米，这相当于 200 个华北地区最大淡水湖白洋淀的储水量。地下水位一降再降，形成了"世界奇观"的地下漏斗区。而且，近 10 年来，河北 6 万多平方公里的土地上，发生了 200 多处大地裂，最严重的沧州比 20 世纪 70 年代初地陷近 3 米；海河防洪墙下陷两米；秦皇岛的海水内侵已经到了京山铁路线以西，地下水已不可饮用；北戴河的枣园里，原来供应国家领导人喝的甘甜的井水如今已经全部变成了咸水。

4. 2005年，央视经济半小时曾策划了一个节目，寻访中国污染最严重的5条河流，流经上坝的横石河入选。央视经济半小时曾经以《横石河流过死亡村庄》做过报道。严格来说，横石河应算北江的一条二级河流，它发源于韶关市大宝山，一路流经4个村庄，在瓮城汇入瓮江，瓮江在大站镇汇入北江，横石河是从大宝山流出的山泉水，它冲击出了凉桥、上坝等村落肥沃的土壤。

20多年前，横石河清澈见底的水流淌过石子一路欢唱；20多年后，横石河在上坝等同于死水，人称"死亡之河"。10月26日，记者第二次见到了这条河水，河滩边的石子已被染成深棕色，就像劣茶泡出的厚厚茶垢，河岸上沿沉淀出一条黑色金属带。这景色没有任何生物作衬，村里人说，这河里的鱼虾1980年后就绝迹了。横石河河边一片安静，河边不长一根水草，岸边没有一个人，没有牛羊的踪影，也没有昆虫的吵闹。

横石河究竟有多毒？今年6、7月发洪水时，华南农业大学教授林初夏带着他的学生，取了一些横石河水，稀释了10 000倍，结果发现，水生物还是不能在里面存活超过24小时，稀释10 000倍后，横石河水仍然有毒。

这件事更具体的含义是，横石河流到瓮江，其毒性仍不足以被稀释。林初夏告诉记者，一般情况下，横石河的毒性可顺延下游50公里，大雨时，其毒性甚至还可以去到100~200公里远的地方，就是这样毒的一条河，上坝村村民在它边上住了30余年。除了水污染、水资源紧张之外，还有一种潜在的危机的延伸。

5. 世界银行环境与市政高级工程师黎明远最近在一个关于水价的论坛上称，应加快推进水价改革，充分发挥市场机制和价格杠杆的作用。他认为，导致目前水资源浪费相当严重，水污染也得不到有效治理的主要原因是水价构成不合理，水价偏低，没有反映出水资源稀缺程度和水环境治理成本。

2009年4月以来，一股水价提高的"潮流"席卷了全国各大城市。

2009年全国部分城市水价调整统计表

	自来水费		污水处理费		调价理由
	调整前	调整后	调整前	调整后	
上海	1.03元/立方米	1.33元/立方米	0.90元/立方米	1.08元/立方米	成本不断上升，水价多年未作调整，上海现行供排水价格与企业运营成本已明显倒挂，上调水价能促进节约用水，合理配置水资源
沈阳	1.4元/立方米	1.8元/立方米	0.5元/立方米	0.6元/立方米	水库的供水价格提高，取地下水开征水资源费等
天津	3.4元/立方米	3.9元/立方米			筹集南水北调基金，缓解供排水价格矛盾
常州	1.16元/立方米	1.41元/立方米	1.15元/立方米	1.40元/立方米	供排水企业经营亏损
兰州			0.3元/立方米	0.5元/立方米	成本增加

6. 伴随着水价的上涨，各种质疑声不绝于耳。

有学者质疑，如果涨价是为了体现水资源的稀缺程度，那么，提升的应该是水价构成中的水资源费，而不是企业供水价格。所谓水资源费，是政府为开发、利用和管理水资源，而针对取水单位征收的资金，其实质是针对使用水资源征收的税款。但许多地区水资源费征收不足。在兰州，据听证者介绍，水价中的水资源费仅每立方米 0.05 元。而在当前的涨价潮中，增收水资源费并非主流。明确上调水资源费的，仅有天津等少数城市。天津市此次调价中，以地表水为水源的自来水公司，水资源费由每立方米 0.10 元调整为 0.20 元。但就全国而言，水资源的收费并未完全步入正轨。

水价上涨能否带来水资源的节约？在中国水科院水资源所的沈大军博士看来，对我国的绝大多数家庭来说，水的使用是一个刚性需求，仅靠提高水价一项措施来推动节约用水，节约空间不大。他认为，对一个普通生活水平的三口之家来说，基本上每个月的用水量在 8~12 吨，压缩的空间不大。因为我国几乎很少有家庭有游泳池和草坪，水价调高后抑制的只是类似游泳池那样过于奢侈的需求，而日常生活的用水量很难减少，不可能过去一天洗一次澡，涨价后就一个星期洗一次，所以认为涨价就能节约用水的说法对多数家庭并不适用。

7. 2009 年 8 月 6 日，河南省洛阳市举行了水价调整座谈会，而之所以举行这个座谈会，是因为 7 月 31 日洛阳市水价调整听证会上出现的 18 位代表有 17 位同意涨价的结果被很多人质疑，认为这场听证会没有反映民意。最终，洛阳市政府决定通过网络公告、自愿报名的方式，邀请 59 名市民，再举办一场水价调整的座谈会。

2009 年 2 月 29 日的宁波水价调整听证会上，15 名听证会参加人分别站在各自的立场上，对水价是否该调整、调整原因、调整幅度、上调后低收入群体的保障工作等各抒己见。

洛阳水价调整座谈会上网友发言一组：

市民一：第一个问题就是调整价格，有无政策和法律依据。

市民二：这个企业到底亏损不亏损，他们把我们纳税人的钱用到哪里去了？

市民三：刚才律师针对"售水定价成本监审报告"中的一些问题提出了质疑，我是赞同的，我认为该报告不具有科学性。

市民四：如果非要涨价，我建议居民用水十吨以下不要再涨价。

宁波水价调整座谈会代表发言一组：

王军海（市自来水总公司）：水价和成本明显倒挂，企业亏损严重。因此，合理调整水价有利于促进供水企业的健康发展。

王泰琅（市人大代表）：适当调高水价，能避免水资源浪费，保障水质，但涨价幅度应少一些，调价后，自来水的水质应有提高。

吴明华（消费者）：水厂亏损不应该完全由百姓来"埋单"，应多听各方声音，慎重稳妥地进行水价调整，水价调整应分步实施，且幅度不能过大。

周海铭（市财政局）：水价应该调整，有必要利用价格杠杆，引导居民改变用水观念，增强节水意识。企业的财务成本适当向社会公开，接受监督。

胡文翔（市政协委员）：本次水价调整幅度最高不应超过 25%，而且，三年内不能再次提价。

施民伟（市消费者保护委员会）：水价应该相应提高，但是，政府同样也是受益者，政府理应承担一部分供水价格成本。

唐剑冬（市总工会）：水资源是公共资源，水价不能完全与成本挂钩，一部分应由财政补贴，调整的幅度不宜过大，应加大对低收入群体的补贴。

8. 国家发展和改革委员会能源研究所原所长周大地8月14日做客新华网，就日前备受关注的水电气价格改革话题与广大网友在线交流。他认为，资源性产品价格牵扯多方利益，但长远来看，只要价格理顺了，那么在资源的最优分配、合理利用以及引导结构调整等方面就会有长期的、好的作用。

周大地认为，水电气这类资源性产品带有一定的公益性质，前些年在新保守主义思潮下把公益性产品全部市场化也是一个潮流，包括电力体制改革的竞争也都是市场化，但是现在回头看来，在这些问题上，还需仔细研究。资源性产品价格改革如何找到"市场化"与"公益性"的平衡点是一个世界性的难题。

9. 中国住房和城乡建设部城市水资源中心主任邵益生指出，在中国，自来水作为一项公共产品，其价格一直由政府根据水成本制定，水成本包括调水成本、净化费用和污水处理费用，其中调水成本所占比例最大。

"近年来，由于城市本地水源污染日益严重，导致大范围调水工程增多，增加了调水成本和污水净化处理成本，从而使自来水价面临上升压力，这些工程巨大的耗资，最后也将反映到水价上。"邵益生说，据他介绍，目前大规模跨流域调水工程包括引滦入津工程、引碧入连工程以及南水北调工程等。

广东省江门市副市长李葳表示，在自来水定价上，地方政府容易陷入两难境地——一方面，社会舆论普遍不赞成涨价，而另一方面，持续上升的水资源成本使政府面临压力。他说，虽然自来水价格由政府最后制定，但由于污水处理等环节已经完全市场化，所以对水价真正起决定作用的是市场调控下的水资源成本。

10. 法国的供水企业市场化改革颇具参考性。法国采用"国有民营"，保留了水业资产产权的最终国有，并通过特许经营和租赁管理合同等方式，将经营责任转移给私营企业，以提高运营和管理水平。这种模式通过在准入环节的竞争来控制成本，由政府采用招标等方式选择优质企业经营供水，自来水的定价则需要由独立的专业咨询公司测算得出，并经市政议会讨论决定。政府角色定位于行业的监管者和协调者。通过这种模式，法国水业保证了"自然垄断"的水务也可以进行有效的市场竞争——干不了，让别的水务公司干。

2002年以来，中国特许经营的改革模式应用也逐渐增多。不过，相比之下，国有股权转让等方式由于能够短期内让地方政府获得大量资金，同时摆脱基本设施的主要投资责任，颇受青睐，但这样一来，争议便随之而来：管网等公用事业设施建设的资金，政府、企业和消费者三方该如何分担？争议的深层次问题是，在公用事业市场化改革进程中，政府是否该保留所有者的角色？显然，这与供水企业和水价改革的定位密切相关。

马涤明在《中国青年报》发表文章认为：水电气热等公益产品，一头是垄断形成的强势，一头是弱势的消费者涉及民生的基本需求，因而其价格机制的设计尤其要谨慎、科学与合理，如果垄断企业一抛出"成本论"的杀手锏，政府便就范，消费者便"被同意"，一"听"就涨，那么很难说这种价格机制是科学合理的。

11. 2007年，法国成立雅水务（黄河）投资有限公司（下称威力雅）以17.1亿元的"高溢价"收购原兰州供水集团45％的股份，成立了兰州威力雅，并获得30年的兰州市供水特许经营权，曾参与这次改制的北京大岳咨询有限公司总经理金永祥称，17.1亿元中有6.99亿元是股权收购价，其余约10亿元的增资，是企业发展的后续资金，包括基本设施建设资金。这意味着，基础设施投资本就是法国威力雅"胜出"的代价。

但近年来，在兰州市政府的要求下，兰州威力雅及原兰州供水集团先后进行了一系列建设工程。例如，出资3亿多元，向榆中的夏官营、和平镇供水，日送水能力5万吨，大大改善了当地和大学城的水质；投资200多万元向青白石乡供应自来水；投资682万元配合九州开发区完成上水管线工程建设；投资234万元完成彭家坪加压站改造工程，完成了向安宁区日增供水7 000立方米的工程；所有水泥管道基本改造完成，大大降低爆管的风险；实施供水扩建工程，增加了供水能力。

上述工程将计入企业成本，对兰州威力雅而言，这些项目符合兰州市发展规划，因此"难以拒绝"，却并非全部"划算"。

12. 胡锦涛总书记在十七大报告中提出要"完善反映市场供求关系、资源稀缺程度、环境损害成本的生产要素和资源价格形成机制"，温家宝总理在今年的政府工作报告中明确指出要"推进资源性产品价格改革"。

一系列迹象显示，2009年，中国的资源价格改革正在提速，首先是在年初，国家借助国际油价大幅下跌之机，推出了酝酿了多年的燃油税改革，再到眼下各个城市的水价改革，接下来，电价以及天然气价格改革步伐也会加快，国家发改委价格司司长曹长庆在《石油价格办法》发布当日接受记者采访时也表示，未来油价调整、产品价格改革一定要进行好。2009年，应该是中国进行资源价格改革的一个难得的时机。

三、申论要求

（一）认真阅读给定资料，简要回答下面两题。（60分）

1. 根据给定资料，概述我国水资源状况及潜在危机。（40分）

要求：内容全面、观点明确、条理清楚、语言准确，不少于300字。

2. "给定资料8"谈到"资源性产品价格改革如何找到'市场化'与'公益性'的平衡点是一个世界性的难题"。请你谈谈其"难"在何处。（20分）

要求：内容全面、观点明确、条理清楚、语言准确，不少于150字。

（二）近期，城市居民用水价格上涨引起了社会的普遍关注，但看法不一。如你是某市政府部门的人员，需对各方意见进行回复，请写出回复提纲。（60分）

要求：观点明确、内容合理、条理清楚、语言准确，不少于350字。

（三）有人说："如果现在还不珍惜，最后一滴水将与血液等价。"参考给定材料，以"水的价格"为题，写一篇文章谈谈自己的看法。（80分）

要求：观点准确、内容合理、条理清楚、语言准确，800~1 000字。

 **详 解**

【综合分析】

2010年黑龙江省公务员录用考试申论主要考查的是水资源问题，涉及水资源危机和利用等话题，提出了资源的市场化供求完善的途径。水资源问题的本质是环境保护和资源合理利用问题，这是申论的常考问题，并不生僻。

【答案提示】

（一）1. 示例答案一▷

通读给定资料，不难发现我国虽然水资源总量多，但人均占有量比较少，污水处理能力低，重复利用率低，北方水资源周期性短缺情况严重。

江苏无锡等地由于经济快速发展，成为区域经济中心城市，但是随着产业结构由轻工业向重工业转变，水污染也随之加剧。这一现象在全国各地普遍存在，而且有进一步恶化的趋势。

我国华北地区水资源匮乏，农村饮水困难，水资源保护政策难以执行。各地地下水源超采严重，造成内陷和海水内侵。部分河流污染严重。

其潜在危机是，水资源的短缺和浪费、水源污染直接危害的是百姓饮水安全。从水源到饮用水再到食品，水污染形成的"恶性链条"已成为危害群众身体健康与生命安全的"罪魁祸首"，同时水污染会限制经济的发展，而且也会对农业造成巨大打击。

示例答案二▷

我国是一个干旱缺水严重的国家，淡水资源总量为 28 000 亿立方米，占全球淡水资源总量的 6%，仅次于巴西、俄罗斯和加拿大，居世界第四位，但人均只有 2 200 立方米，仅为世界平均水平的 1/4、美国的 1/5，在世界上名列第 121 位，是全球 13 个人均水资源最贫乏的国家之一。

扣除难以利用的洪水径流和分布在偏远地区的地下水资源后，中国现实可利用的淡水资源量则更少，仅为 11 000 亿立方米左右，人均可利用水资源量约为 900 立方米，并且其分布很不均衡，东南部多，西北部少。因此保护水资源迫在眉睫。

评析

答案一和答案二都总结了我国水资源的状况，答案一结合材料内容，总结得更为具体全面；答案二只是泛泛而谈我国水资源的概况，因而得分不如答案一高。

（一）2. 示例答案一▷

通过阅读资料 8，我们知道，资源性产品价格改革涉及多方利益，但是理顺价格有益于资源的优化配置和合理利用，关键是在"市场化"与"公益性"两者的平衡。但是要实现这种平衡却非常难。因为资源性产品在市场经济体制下，理应通过市场化的价格杠杆进行优化配置，这是效率的问题，更是发展的问题，"市场化"是条必由之路。但是，资源性产品涉及公民的切身需求的满足，是公平的问题，更是以人为本的问题，"公益性"是核心根本。这两方面的矛盾必然牵涉诸多利益群体，从而引发各方争议。

示例答案二▷

水资源天生具有公益性，但是在一定条件下它又成为了商品，因此具有天生的矛盾。但是生活用水一定程度的价格上调，究竟能否达到节约用水的目的不好说。因为我们面临这样一种尴尬的现实：对于生活贫困者而言，肆意浪费者寥寥无几，因此水价上调后，其用水量也不会有太大的变化；而对于生活富裕又较易浪费用水者而言，无论是否涨价，都很难改变他们的用水习惯。如此一来，简单地上调水价，其结果只是增加了生活贫困者的支出成本，但难以实现节约用水的目的。

 评析

此题要求分析资源性产品价格改革难以找到"市场化"与"公益性"平衡点的原因。答案一回答比较全面，指出了主要原因；答案二思路不够清晰，而且仅仅局限于水资源层面，明显不如答案一好。

（二）示例答案一 ▷

针对有人提出的城市居民用水价格上涨，无政策和法律依据，可以指出，水价调整符合国家环保的指导思想，并且是国家政策导向所支持的。因为政府提出要完善资源价格形成机制，推进资源性产品价格改革，因此水价上调符合政策导向。

针对有人提出的水价成本问题，可以指出自来水价格一直由政府根据水成本制定，水成本包括调水成本、净化费用和污水处理费用，其中调水成本所占比例最大。供水建设工程投资较大，回收缓慢，且有一定的公益性。水价上调符合市场的价值规律。

针对有人提出的上调水价能避免水资源浪费的问题，可以指出水价上涨不仅包括供水成本的上涨，而且包括增收水资源费，认为涨价就能节约用水的说法对多数家庭并不适用。

针对有人提出的提高水价政府同样也是受益者，政府理应承担一部分供水价格成本，可以指出现行水价政府已经承担了大部分的成本，而且合理的定价有利于优化资源配置。

示例答案二 ▷

政府推进水价改革，在水价中体现资源和环境成本，目的是通过价格杠杆制约浪费，水价上涨符合当前实际。有些地方上调水价是因为水价偏低，没有反映水资源的稀缺程度，导致浪费资源。另外，有的供水企业长期处于亏损状态，这也是水价偏低的表现之一。

 评析

根据材料，城市居民用水价格上涨引起了社会的普遍关注，但看法不一。题目要求以某市政府部门工作人员的身份，对各方意见进行回复，写出回复提纲。答案一根据材料里各方的意见，分别列出了答复意见；答案二思路不够清晰，甚至找不出各方的意见，明显不符合题目要求。

（三）示例答案一 ▷

水的价格

我国虽然水资源总量丰富，但实际上是一个严重干旱缺水的国家。虽然我国淡水资源总量多，但人均占有量很低，近一半的大中城市缺水，尤其是北方地区，普遍存在水资源短缺的现象，严重制约了经济社会的可持续发展；污水处理能力低，重复利用率低，一些地区走传统工业化道路，造成了水资源的浪费，更造成了严重的污染；人们在使用水资源的过程中，浪费现象相当严重，这加剧了水资源的短缺。水资源的短缺、水污染造成了生态环境的破坏，也威胁到人类的健康和其他生物的生存与发展。

有人说："如果现在还不珍惜，最后一滴水将与血液等价。"如果我们不珍惜水资源，将会面临"无水可饮"的尴尬境地。珍惜水资源是我们当下必须作出的刻不容缓的行动，水价的调整是限制浪费的有效手段之一。

导致目前水资源浪费现象严重的主要原因是水价构成不合理，水价偏低，没有反映出水资源稀缺程度和水环境治理成本。珍惜水资源，推进水价格改革是缓解水资源短缺的根本举措。

完善水价改革的相关政策法律制度。一是国家制定总体性的水资源发展规划，出台相关的政策法律制度。胡锦涛总书记在十七大报告中提出要"完善反映市场供求关系、资源稀缺程度、环境损害成本的生产要素和资源价格形成机制"，温家宝总理在政府工作报告中明确提出要"推进资源性产品价格改革"，这些为我国水价改革提供了重要的指导性依据。二是各级地方政府要出台相关的水价改革具体实施计划，共同完善水价改革制度。

发挥市场机制的作用，推进水价改革。水成本包括调水成本、净化费用和污水处理费用，一直以来，我国水价由政府根据水成本制定，水价偏低，导致政府压力大、企业亏损严重、人们用水浪费严重等问题，我们可以借鉴法国供水企业市场化改革的创新做法，通过在准入环节的竞争来控制成本，由政府采用招标等方式选择优质企业供水。

重视信息公开，接受社会监督。一是通过宣传让公众了解我国水资源短缺的现状，了解合理调整水价的必要性，引导居民改变用水习惯，珍惜并节约水资源；二是尊重民意，把水价改革的各个环节适当向社会公开，接受社会监督。

水价上涨虽然会影响到老百姓的生活，但是珍惜水资源，推进水资源价格改革，增强民众节水意识，有重要意义，是关系到子孙后代的重要问题。我们应该正视水价上涨问题，努力构建资源节约型、环境友好型社会，实现水资源的可持续利用，水与血液等价的情形将永远不会出现。

示例答案二 ▷

水的价格

目前，许多城市都提高了水价，此举引发了社会的广泛关注和争论。提高水价虽然有各种各样的理由，但公众普遍质疑水价上涨的合理性，涨价难以服众。

现在自来水价格涨声四起，从此轮水价上涨的动因来看，除了供水企业在听证会上反复提到的成本提高和利于资源节约外，还有"洋水务"的介入和供水企业管理成本的居高不下，都是推高水价的重要因素。而其中备受公众质疑的是供水企业管理成本太高，许多不应该由消费者负担的费用，如管理人员挥霍公款等都计入了管理成本，最终由广大居民承担。

我国的供水企业作为垄断企业，大多机构臃肿，供水成本中管理费用所占比例超过50%。在此情况下，人们对自来水涨价自然很反感，因为最终是消费者为涨价买单。所以，在水价上涨这个问题上，即使可以涨价，也要涨得明明白白，不能是一笔含糊不清的糊涂账。

城市供水企业作为提供城市公共服务的垄断性企业，一直过着旱涝保收的日子，企业人数众多，经营管理成本高企，员工享受着垄断带来的高福利、高工资。在这种情况下计算出来的供水成本，是无法体现真实的供水成本的，凭此作为水价上涨依据也是不科学的。此外，供水企业称供水成本提高导致企业效益不好，这也只是供水企业自己计算的，并没有经过第三方会计机构去核实，也没有剔除那些不应该由消费者承担的附加成本。

水价到底被摊了多少附加成本，哪些该由企业自己负担？哪些该由消费者承担？如果这笔账不算清楚，即使供水企业有节约资源、保护环境、提高水质等涨价理由，履行了"合法"的听证程序，其涨价也不能使广大公众信服！

所以，保护水资源我们没意见，但是水价上涨一定要涨得明明白白，给广大民众一个合理的说法。

评析

此题要求考生以"水的价格"为题写一篇文章。答案一围绕这一主题，有理有据，说理透彻；大案二明显偏题，而且观点比较极端，很难得到高分。

2010 年江西省国家公务员录用考试《申论》试题及详解

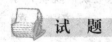

试 题

一、注意事项

1. 申论考试是对应考者阅读理解能力、综合分析能力、提出和解决问题能力、文字表达能力的测试。

2. 作答参考时限：阅读资料 40 分钟，作答 110 分钟。

3. 仔细阅读给定资料，按照后面提出的"作答要求"依次作答。

4. 请在申论答题卡上作答，在草稿纸或其他地方作答一律无效。

5. 严禁折叠答题卡。

二、给定资料

资料 1 2005 年"五一"期间，江西卫视借着日益升温的红色旅游以及纪念长征胜利 70 周年的东风，开启了一个打造江西红色文化品牌的项目——"中国红歌会"，它主要由"放歌井冈"和"中国红歌会"主场晚会两大活动构成。"放歌井冈"活动期间，江西卫视连续 7 天，每天下午 3 个小时现场直播，收视率比平时同时段翻了 3 倍。观众自发发送短信 2 万多条。在南昌八一体育场举办的首届"中国红歌会"主场晚会上，近 3 万人的体育场座无虚席。从"放歌井冈"活动中选拔出的平民红歌手和明星、专业歌手同台激情演唱，演出中，《十送红军》的感人场面令全场观众肃然起立，许多人泪流满面，忘情其中。

2007 年，为纪念中国人民解放军建军、秋收起义、井冈山革命根据地创建 80 周年，迎接党的十七大召开，江西电视台于"五一"黄金周，第二次在井冈山举办了"中国红歌会·放歌井冈山"活动，电视台七天电视现场直播。此次活动形式新颖、方式独特，参与者众多，在海选阶段，共有10多万人报名参赛，参赛者从3岁的儿童到80多岁的高龄老人，关注人数十分广泛，选手中既有公务员、教师、军人和学生，也有工人、农民、企业家；既有汉族选手，也有藏族、苗族等少数民族选手。每场红歌会的播出，除投票短信外，还能收到感言短信4 000～5 000条，收视率同比上升38%，带动井冈山旅游人数也创下历史新高，在全国范围内刮起了一股红色旋风。

2008年，"中国红歌会"以"团结就是力量"作为贯穿整个活动的主线，以选手演唱各个时期的经典红歌为形式，以"凝聚力量 唱响红歌"为主题口号，通过唱响红色歌曲，弘扬红色精神，凝聚全国人民在抗震救灾、重建家园中团结大爱的力量，在奥运的胜利与喜悦中团结拼搏的力量，在总结改革开放的伟大实践中团结前进的力量，用最响亮的红歌为中国喝彩，用最和谐的声音为中国祝福。2008年11月26日晚，由中共江西省委、江西省人民政府主办的"中国红歌会"大型晚会《永远的红歌》在北京人民大会堂隆重举行。两个小时的演出，《十送红军》、《东方红》等动听的红色经典旋律赢得现场观众阵阵掌声。

中共中央政治局常委李长春观看演出后指出，江西是红歌的源头，江西带了个好头，办了件大好事，搭建了红歌会这个平台，受到了全国人民的欢迎，今天看到全国各地的红歌手在这里成功的演出，使我们又进一步重温了我们党领导全国人民的革命史、奋斗史、创业史，我相信红歌一定会给我们全面建设小康社会提供强大的精神动力，希望江西把红歌会打造成更加知名的品牌。

2009年的"中国红歌会"与往届红歌会相比，一个更大的突破特点就在于通过网络视频设立了一个北美海外赛区。届时，海内外同胞们将共同歌颂伟大祖国的欣欣向荣，见证红歌历久弥新的永恒魅力。

资料2 红色旅游是近年来兴起的一个特色旅游产品和文化产品。

媒体报道：法国巴黎以南一百公里处的蒙塔日小城，原以果仁糖发源地的名声来维持可怜兮兮的假日经济，现在已成为中国旅游者的观光胜地。

原来，在20世纪初，小镇的中世纪街道花园里聚集着一批寄居海外的中国知识分子，他们在这里的行为，为中国共产党的成立起了重要作用。比如，蔡和森、向警予、李富春、蔡畅等都曾住在这里。周恩来总理曾多次重返这里。1922年邓小平也曾在这里度过一段时光。

随着中国出境旅游的升温，有着浪漫国度美誉的法国吸引着越来越多的中国游客。蒙塔日地方政府抓住时机，倾力打造包括中国留法学生曾经居住的宿舍、使用的公共浴池以及他们集会的花园在内的"红色旅游路线"，让游客在了解法国文化的同时，也能了解一些中国的历史。小镇因此声名鹊起，经济出现了生机。

每年9月最后一个星期天是俄罗斯的"全俄旅游日"，2009年9月27日，伏尔加河沿岸的乌里扬诺夫斯克在市中心的列宁广场组织了大型纪念活动。乌里扬诺夫斯克州政府旅游局局长弗拉达·斯列波娃透露，与俄罗斯绝大多数城市相反，今年上半年到该市旅游的国内外游客不仅未减少，还比2008年同期略有增加。游客的目的是参观列宁故居和列宁纪念馆。"列宁故乡"已成为乌里扬诺夫斯克对外交往中一张表现的"名片"，该州将进一步利用这一优势大力发展旅游业，借此吸引外资，带动本地经济发展。

从20世纪80年代后期开始，国家旅游局就在国家计划安排的旅游基本建设投资中，每年安排资金，帮助延安、韶山、井冈山等一批革命老区和革命纪念地建设旅游设施，发展旅游产业；从 20 世纪 90 年代后期开始，就正式提出了"红色旅游"的概念。

2004 年 2 月 19 日，中宣部副部长胡振民同志传达了中央政治局常委李长春同志关于"要积极发展红色旅游"的重要指示。

2004 年 12 月，中共中央办公厅、国务院办公厅印发了《2004—2010 年全国红色旅游发展规划纲要》，《纲要》提出：

（1）加快红色旅游发展，使之成为爱国主义教育的重要阵地。

（2）培育形成 12 个"重点红色旅游区"，使其成为主题鲜明、交通便利、服务配套、吸引力强，在国内外有较大影响的旅游目的地。

（3）配套完善 30 条"红色旅游精品路线"，使其成为产品项目成熟、红色旅游与其他项目密切结合、交通连续顺畅、选择性和适应性强、受广大旅游者普遍欢迎的热点旅游线路。

（4）重点打造 100 个左右的"红色旅游经典景区"。到 2007 年，争取有 50 个"红色旅游经典景区"年接待规模达到 50 万人次以上，到 2010 年，争取有 80 个"红色旅游经典景区"年接待规模达到 50 万人次以上。

（5）重点革命历史文化遗产的挖掘、整理、保护、展示和宣传等达到国内先进水平，列入全国重点文物保护单位的革命历史文化遗产在规划期内普遍得到修缮。

（6）实现红色旅游产业化，使其成为带动革命老区发展的优势产业。

资料 3　中国共产党领导中国人民推翻帝国主义、封建主义和官僚资本主义的革命斗争是一部光荣的历史。在全面建设小康社会的新时期，重温革命历史，有助于人们感受中国共产党艰苦卓绝、波澜壮阔的奋斗历程，有助于人民理解在中国革命伟大征途中形成的井冈山精神、延安精神、红岩精神和西柏坡精神。大力发展群众特别是青少年热爱党、热爱祖国、热爱社会主义，进一步坚定在党的领导下，走中国特色社会主义道路、实现中华民族伟大复兴的理想和信念。在井冈山纪念馆的留言簿上，部分留言如下：

2009 年 7 月我有幸参加了一次江西红色旅游，虽然只有短短的 3 天时间，但内心却颇有感触。踏上红色圣地，我怀着对一代革命先烈的无比崇敬和缅怀之情，到北山烈士陵园凭吊革命先烈，参观了毛泽东旧居、红军医院和红军造币厂等革命历史遗址。每到一处，无不感到革命胜利是那样的来之不易，登上黄洋界，隆隆炮声仍在耳，革命先烈英勇奋战、抗击顽敌的景象再次浮现在眼前。这次井冈山之行使我终生难忘。（一位在外地工作的江西游客）

到井冈山革命根据地参观学习，我收获很大，感受颇深，深深被革命先烈英勇斗争的事迹所感动。今后，要牢牢把握井冈山精神的精髓，坚定信念，在平凡的工作中，求真务实，扎实工作，为社会主义事业贡献自己的一份力量。（驻沈阳某部战士）

井冈山革命根据地是中国共产党领导广大群众在极其艰难困苦的条件下开辟的，今天，我们生活在和平年代，我们的生活比蜜还甜，但我知道，我们的幸福生活是烈士们用鲜血和生命换来的，我一定要好好学习，踏着烈士没走完的路，继承烈士没有完成的事业……（一位中学生张媛媛）

"瞻仰一次圣地，净化一次灵魂"……（某游客）

大多数革命遗址位于尚欠发达的革命老区，红色旅游把政治优势有效地转化为经济优势，形成革命老区的经济增长点，成为一项无污染、可持续的扶贫工程、富民工程，红色旅游的发展，将为社会主义市场经济条件下，实现社会效益同经济效益的结合，实现精神文化财富向经济财富的转化，推动老区人民脱贫致富，探索出一条切实可行的良性循环之路。

2009年"十一"是建国60周年大庆，又恰逢中秋节与国庆节重叠，8天长假期间，红色旅游热潮涌动，市场异常火爆，并成为假日旅游新热点，从全国10个重点红色旅游地区统计数据来看，2009年"十一"长假期间，遵义、湘潭、临沂三市游客接待人次在100万以上，游客接待人次在50万以上的城市还有延安、常熟、广安。其中，延安接待游客85.15万人次，同比增长162.9%，旅游收入3.53亿元，同比增长105.5%，遵义两项指标增幅均超过50%。从住宿情况看，长假期间，延安市区及重点旅游县城的宾馆、饭店、招待所接待满员，平均客房入住率达到99%，不少游客不得不入住延安周边的安塞、甘泉、延川等县城；湘潭韶山星级酒店客房入住率保持高增长，平均入住率保持在95%以上；井冈山宾馆饭店平均入住率为94.2%，旅馆招待所平均入住率为82.8%，均创历史新高。

资料4　江西是一个红色旅游资源大省，被称为"红色摇篮"。这里有"中国红色革命摇篮"——井冈山，"共和国摇篮"——瑞金，"人民军队摇篮"——南昌，还有中国工人运动发源地——安源。据统计，江西省共有1 258处革命旧址、旧居和遗址，像井冈山黄洋界、八一南昌起义纪念馆、萍乡安源总平巷、永新三湾改编旧址等著名的革命旧址一共有170多处，其中有9处是国家级爱国主义教育（示范）基地。

在全国红色旅游发展过程中，江西省始终走在前列，成为中国红色旅游兴起的策源地。

1998年，江西在全国率先提出响亮的红色旅游促销口号——"红色摇篮，绿色家园"，将红色旅游打造成具有江西优势的旅游品牌并推向市场。

2001年，在"成都中国国内旅游交易会"上，江西省旅游局率先推出红色旅游的品牌。

2004年1月，江西省旅游局联合北京、上海、广东、福建、河北和浙江等省、市旅游局共同签署了《七省市共同发展红色旅游的郑重宣言》，擎起了中国红色旅游的大旗。

2004年10月，江西又联合15省（市、自治区）开展了"红色之旅万里行"大型红色旅游宣传活动，为发展红色旅游造势，为发展老区的经济打开新的突破口。此后，江西省又率先制定了《红色旅游发展纲要》，力求对全省的红色旅游发展加以指导和规范，努力使红色旅游成为江西旅游新的亮点和增长点。

2005年，江西进一步组建了红色旅行社总社，对全省红色旅游线路进行深度设计，统一包装，推出精品线路：南昌——吉安——井冈山线；赣州——瑞金——于都——会昌——长汀——上杭——古田线；井冈山——永新——茶陵——株洲线。着力打造红色旅游经典景区：南昌市红色旅游系列景区（点）；萍乡市红色旅游系列景区（点）（萍乡市、铜鼓县、水县秋收起义纪念地系列景点，萍乡市安源区安源煤矿工人运动纪念馆）；井冈山市红色旅游系列景区（点）；赣州市、吉安市、抚州市、中央苏区政府根据地红色旅游系列景区（点）；上饶市上饶集中营革命烈士陵园、怀玉山方志敏纪念馆清贫园。

经过多年开发建设，江西省红色旅游景区初具规模，接待设施不断完善，形成了较强的接待能力，全省交通状况有了根本性的改善，尤其是京九铁路、纵横交错的高速公路网络和南昌昌北国际机场、井冈山机场等重要交通基础设施相继投入使用，为进一步发展红色旅游提供了良好的基础条件。

自 2005 年至 2008 年，江西已举办了四届全国性红博会。2005 年红博会于 2005 年 10 月 25 日在南昌市盛大开幕，作为全国第一个以红色旅游为主题的旅游盛会，共吸引了 38 个国家及港澳台地区和国内 28 个省市的 120 余个红色旅游景区、3 000 多家旅游企事业单位、4 万余名代表参展，观景的中外游客达到 102 万人次；2006 年红博会于 2006 年 10 月 16 日在瑞金举行，同时在南昌、上饶、萍乡、井冈山市等地举办了系列策应活动，出席开幕式的嘉宾达到 1.5 万人；2007 年红博会于 2007 年 7 月至 10 月在南昌会场、萍乡—九江—宜春会场、井冈山会场举行，活动期间恰逢南昌 "八一" 起义 80 周年、秋收起义 80 周年和井冈山革命根据地创建 80 周年，因此吸引了社会各界的参与；2008 年红博会开幕式于 2008 年 10 月 7 日在井冈山举行，系列活动从 10 月至 12 月连续在南昌、吉安、赣州、上饶、萍乡、景德镇等地举行。

红博会的举办，促进了江西红色旅游的快速发展（见下表）。

2004—2008 年江西省红色旅游接待人数、收入指标比较

年份	绝对数（万人次）	占全省接待旅游总人数（%）	绝对数（亿元）	占全省旅游总收入%	占全省GDP（%）
2004	1 350	32.78	77	31.97	2.2
2005	1 760	34.53	110	34.37	2.71
2006	2 200.28	36.37	146.58	37.5	3.17
2007	2 840	40	188.25	40.6	3.44
2008	3 543.17	43.72	244.6	43.72	8.6

注：此表根据 2004—2007 年国民经济和社会发展统计公报及江西旅游网（2008 年江西旅游十大亮点）整理而成。

资料 5 江西红色旅游资源虽然遍布全省各地，但有些经济欠发达的革命老区，普遍存在着产业结构单一、资金短缺等问题，致使在面对突如其来的红色旅游热潮时，在吃、住、行、娱、购、游方面的综合配套服务设施落后的问题凸显了出来。由于这些地方条件艰苦，资金短缺，专业人才少，促销力度不够，缺乏系统性，没有充分利用 "绿色"、"红色"、"文化"、"网络" 等新的促销方式，从而导致红色旅游发展受到制约。

一些红色旅游在经营上还停留在遗址参观、简单的图片和物品展示阶段，展示的内容雷同，形式单调，旅游者在游览此类景点时均以参观为主，缺乏参与。很多红色旅游景区基本上都是模仿当年的建筑，各景区之间的风格差异较小，这就使得一部分游客不禁发出了 "红色景区是一个样" 的疑问，红色旅游变成单调的革命历史遗迹观光活动，游客在游览过程中只是走马观花似的在革命博物馆或者纪念地走一圈，出现了 "景点多，看点少；旅游热，市场冷" 的局面。

随着旅游业的发展，我国红色旅游从业人数不断增加，但整体素质偏低，管理不到位，对从业人员培训意识不强，对人员招聘重视程度不够，导致当前红色旅游从业人员素质不一，良莠不齐，有些导游员和解说员的解说词不能充分反映景区的红色文化内涵，泛泛而谈，缺少针对性，令人感到枯燥乏味。

旅游部门有开发景点的积极性，但出于对文物资源保护的考虑，文化部门却不愿放手让旅游部门来开发。红色旅游景区往往有旅游、文物、民政等多个管理部门，条块分割严重，资源整合困难，管理秩序混乱，旅游部门景点开发的行业职能不能有效体现。

尽管政府设立了红色旅游专项基金，一些景点也有上级主管部门的拨款，但由于资金管理不力，一些景点的改扩建工程往往受资金数量、使用方式和资金到位时间等方面的限制。

目前，红色旅游资源被抢注的现象很严重，与红色旅游有关的一些词语，如"井冈山"、"八一"、"第一枪"、"红都瑞金"、"英雄城"等，以及与这些词语相对应的汉语和英语被大量抢注。

资料6　韶山市市长在接受媒体采访时表达了对如何推进"伟人经济效应"的看法："过去，韶山人主做纪念品和餐饮业两桩生意。眼下韶山要尽快改变这种旅游服务浅层化的状况，通过旅游产业结构调整，在更大范围内发展旅游相关产业。"他认为，在韶山这个只有2万多市民的城市发展旅游经济，应当依托"红色旅游"加快发展现代生态旅游、休闲旅游和经济旅游，他还介绍说，按照韶山市"美化景区、繁荣市区"的总体思路，从去年开始，韶山景区进行了大规模的综合整治。目前韶山冲毛泽东故居周围已恢复了昔日优美的田园风光。今年以来，韶山又先后进行了环线公路、旅游服务中心、火车站及站前广场改造等8项重点工程建设，记者了解到，目前韶山的国内外游客每年达180万人次以上。

多年经营旅游艺术品开发项目的陈董事长在谈及红色旅游如何带动相关产业时谈到文化艺术产品，他说，一部电视剧、一场秧歌、一个故事、一类纪念品或者一种带有纪念意味的文化食品，都有可能成为红色旅游相关产业蓬勃兴起的由头。名人故居或纪念场地要尽量保持原样，而旅游商品却可随着人们的想象和需求不断提升品位，不断变化色形与包装，只要有理想的"红色氛围"，就可大胆发挥自己的聪明才智，开发与之互动的精美商品。

井冈山市市委书记说，现在看井冈山的红色旅游与印象中的红色旅游已经不一样了。"过去我们提的是红色摇篮、绿色家园，现在经过这几年的产品结构调整，发展成了五彩之光，即红色的朝圣之旅、绿色的观光之旅、蓝色的休闲之旅、金色的成功之旅、古色的民俗之旅。"特别是休闲产业，已成为井冈山旅游升级的重要方向。

江西省旅游局某官员说，红色旅游源自革命传统教育，要使之通过现代旅游的形式发挥出政治、经济、文化的综合功效，把红色旅游与思想教育结合起来，寓教于游、以游促教；把红色之魂与绿色之美、古色之特相整合，集休闲、观光、度假等为一体，打造复合型旅游产品、线路；把红色旅游的各种资源要素充分整合、创新，以市场化推动产业化；在行政区划内或与周边省份积极开展跨区域、跨省际红色旅游的联合协作发展。

2004年11月份，李长春同志在河北省考察工作时，对发展红色旅游的重大意义第一次作出了最全面、最深刻、最权威的概括，他指出："发展红色旅游，是巩固党的执政地位的政治工程，是弘扬伟大民族精神、加强青少年思想教育、建设社会主义先进文化的文化工程，是促进革命老区经济社会发展、提高群众生活水平的经济工程，是贯彻落实党的十六届四中全会精神，提高建设社会主义先进文化能力的重要举措，是贯彻落实以人为本，全面协调可持续发展的科学发展观的具体表现，也是新形势下宣传思想政治教育创新的一种形式，是一件利党利国利民的实事好事"。

三、作答要求

（一）请根据给定资料，对红色旅游概念中"红色"的含义进行阐释。（15分）

要求：准确、简明。不超过150字

（二）请结合给定资料分析概括江西发展红色旅游的优势。（20分）

要求：准确、全面。不超过300字

（三）针对江西红色旅游发展中存在的具体问题，参考给定资料，提出解决这些问题的建议或对策。（25分）

（四）结合给定资料，以"红色旅游、政治工程、文化工程、经济工程"为主题，自拟题目，写一篇文章。（40分）

要求：中心明确，语言通达，条理清楚。事实与观点紧密结合，字数为1 000～1 200字。

 详　解

【综合分析】

2010年江西省公务员录用考试申论主要考查的是红色旅游及其发展问题，其本质属于经济发展问题，一定程度上涉及脱贫致富、资源保护和革命教育等内容，命题具有江西省特色。

【答案提示】

（一）示例答案一 ▷

根据材料，这里的"红色"是指在革命老区或者革命纪念（根据）地，在原有革命历史文化方面有所创新，通过现代旅游的形式发挥出革命老区和革命纪念（根据）地在革命传统教育之外更多的政治、经济、文化的综合功效，进而把地区旅游资源与思想教育结合起来，促进革命精神的发扬和传播。

示例答案二 ▷

材料中的"红色"主要是指革命活动总称，包括革命运动的历史过程，遗留下来的遗迹、文件、实物及其丰富的精神内涵等。现在，这些项目可以成为旅游市场的突破口，为老区创造经济利益。

 评　析

答案一对"红色"的理解比较准确，而且全面具体；答案二也表达出了"红色"一定的内涵，但是不够准确，明显不如答案一好。

（二）示例答案一 ▷

根据材料，江西省发展红色旅游的优势主要有以下几点：

第一，江西省政府抓住了先机，率先制定了《红色旅游发展纲要》，推动并促进红色旅游的发展。

第二，江西是一个红色旅游资源大省，有很多战斗遗址和多处国家级爱国主义教育（示范）基地。江西省同时又是中国红色旅游兴起的策源地，在全国率先创造红色旅游品牌并推向市场。

第三，江西省发起并签署了《七省市共同发展红色旅游的郑重宣言》，擎起了中国红

色旅游的大旗；开展了"红色之旅万里行"宣传活动，为红色旅游宣传造势，为发展老区经济打开了新的突破口。

第四，红色旅游景区初具规模，接待设施不断完善，形成了较强的接待能力。组建了红色旅行社总社，对全省红色旅游线路进行深度设计，统一包装，推出精品线路。

示例答案二 ▷

江西是一个红色旅游资源大省，被称为"红色摇篮"。这里有中国革命的摇篮——井冈山、共和国的摇篮——瑞金、人民军队的摇篮——南昌和中国工人运动的摇篮——安源。这里还是举世闻名的二万五千里长征的起点，孕育了伟大的长征精神。在革命战争年代，无数革命先辈和英烈在这里用鲜血和生命谱写了一部部气壮山河的英雄史诗，为后人留下了一大笔值得永远学习和传承的伟大精神。

江西作为发展红色旅游的重要省份之一，正在努力打造"具有震撼力"的红色旅游品牌。江西省联合15省（市、区）开展了"红色之旅万里行"大型红色旅游宣传活动，为发展红色旅游宣传造势；提出了"新世纪、新长征、新旅游、新形象"的红色旅游主题，努力把红色旅游打造成具有江西优势的旅游品牌并推向市场；江西省率先制定了《红色旅游发展纲要》，力求对全省的红色旅游发展加强指导和规范，努力使红色旅游成为江西省旅游新的亮点和重要增长点。

红色景区蕴藏着深厚的革命历史文化内涵，是资政育人、教育干部的重要基地。红色旅游将中国革命的辉煌历史与现代旅游形式统一起来，具有丰富的思想内涵和鲜明的时代特色，为党的先进性建设和执政能力建设提供了重要的精神支持。多年来，江西省的井冈山、瑞金等革命圣地一直被辟为党政军干部教育培训基地。

✐ 评析

> 题目要求概括江西发展红色旅游的优势，答案一和答案二都围绕这一点进行作答。答案一结合材料作答，内容很全面；答案二思路不够清晰，内容不全面。

（三）示例答案一 ▷

根据材料，我们可以发现江西红色旅游发展中存在的一些问题，对于这些问题，可采取以下对策加以解决：

第一，红色旅游从业人员整体素质偏低，管理不到位。有些导游和解说员的解说词不能充分反映景区的红色文化内涵，泛泛而谈，缺少针对性。对此应加强从业人员培训，实行职业准入制度。统一规范解说词，解说词要有针对性、有文化内涵。

第二，出于对文物资源保护的考虑，文化部门不愿放手让旅游部门来开发。红色旅游景区往往有旅游、文物、民政等多个管理部门，条块分割严重，资源整合困难，管理秩序混乱。对此应明确各部门的职能、职责，实现规范有序管理，建立各部门联动机制，特事特管。

第三，红色旅游资源商标和域名被抢注的现象很严重，如"井冈山"、"八一"、"第一枪"、"红都瑞金"、"英雄城"等，以及与这些词语相对应的汉语和英语被大量抢注。对此应加强域名资源的相关培训，防止更多的红色旅游资源被恶意抢注，同时对已被抢注的域名可以通过合理沟通赎回，以帮助当地红色旅游产业的发展。

一是红色景区趋同化现象严重。现在很多红色旅游景区基本上都是模仿当年的建筑，各景区之间的风格差异较小，这就使得一部分游客不禁发出了"红色景区咋都一个样"的疑问，进而产生了"游一当十"的心理，影响了红色旅游市场的良性发展。

二是有些红色景区基础配套设施跟不上，如江西红色旅游资源虽然遍布全省各地，但主要集中在井冈山、瑞金等革命老区，而这些地方都是经济欠发达地区，普遍存在着产业结构单一、资金短缺等问题，致使在面对突如其来的红色旅游热潮时，在吃、住、行、娱、购、游等方面的综合配套服务设施落后的问题凸显了出来。

三是红色资源整合力度不够。许多红色景点未能很好地与当地自然资源、风土人情相结合，削弱了其经济利用价值。如有"英雄城"之美誉的南昌，因红色旧址缺少秀丽的山水风景，影响了外地游客前来参观。另外，现行体制下造成的地域分割也增加了不同区域资源整合的难度，影响了红色旅游目的地的集聚效应。

四是资源开发单一，缺乏新意。一些红色旅游地在经营上还停留在遗址参观、简单的图片和物品展示阶段，如井冈山旧址和"红都"瑞金、南昌八一起义纪念馆等都是这样，展示的内容雷同，形式单调。旅游者在游览此类景点时均以参观为主，缺乏参与效应。

五是导游员和解说员素质偏低。红色旅游属于新兴产业，当前红色旅游从业人员素质不高，良莠不齐，有些导游员和解说员的解说词不能充分反映景区的红色文化内涵，泛泛而谈，缺少针对性，令人感到枯燥乏味。

评析

此题要求针对江西红色旅游发展中存在的具体问题，参考给定资料，提出解决这些问题的建议或对策。答案一不仅指出了存在的问题，也给出了解决建议；答案二虽然发现的问题很多，但是没有按要求给出解决措施，得分肯定不高。

（四）示例答案一

红色旅游的随想

红色旅游具有政治、文化、经济多重意义，是一项带有鲜明中国特色的新创造。红色旅游的发展，将为社会主义市场经济条件下实现社会效益同经济效益的结合，实现精神文化财富向经济财富的转化，推动老区人民脱贫致富，探索出一条切实可行的良性循环之路。

在处理老少边穷地区和富裕地区的关系上，红色旅游不失为一种好方式。各类世界组织都普遍关注贫困问题，"减贫旅游"的概念在国际上比较流行，就是用旅游的办法来减轻贫困，使农村贫困地区的经济得到改善，文化、生态环境得到保护。

增加革命老区人民就业。旅游业是综合性、关联性极强的劳动密集型产业，发展旅游业将推动革命老区产业结构的调整，促进农村剩余劳动力向非农产业的转移。一些旅游专家认为，在我国，每接待20名国外游客，就可创造一个就业机会，每接待150名国内游客，也可为地方创造一个就业机会。

增加革命老区人民收入。只要利益分配得当，旅游开发完全可以给景区内的农民带来较大的经济收入。如井冈山小井村，村民们原来人均年收入不过300元，现在家家户户开农家乐旅游餐馆，销售土特产、旅游工艺品等，人均年收入已达5 000多元。

开阔老区人民视野，提高老区人民素质。农业是相对落后封闭的产业，与外界的物质交流、人员交流以及信息交流相对较少。随着红色旅游的开展，外地游客的涌入，革命老区人民得以和来自五湖四海的游客打交道，可以促进老区人民思想观念、行为方式和精神面貌的改观。

促进老区交通、通信等基础设施的改善。发展红色旅游，首先要大力改善旅游目的地的交通、对外联系以及住宿、游览条件等。通过基础设施和服务接待设施的建设，可以将老区的历史、文化和资源优势转化为经济优势，推动经济结构调整，吸引发达地区的投资，带动商贸服务、城乡建设等相关行业的发展，培育老区发展新的经济增长点，为老区经济社会发展注入新的活力。例如，为了大力发展井冈山的红色旅游，江西新修了井冈山机场，使井冈山地区的对外交通条件得到了极大的改善。

在发展红色旅游的同时，我们要注意一些问题。比如"红色"基调不能变调，"红色"是"旅游"的基调，必须坚持主题的严肃、定位的准确，否则难以实现"成为爱国主义教育重要阵地"的目标；"旅游"是"红色"的载体，应以正确的指导思想实施"旅游精品线路"的基础建设；对"红色旅游"的含义与范围要有明确的界定，"红色旅游点"要与其名称相称。

另外，要防止以红色旅游的名义公款消费。倡导"红色旅游"的确是一件好事，可如果把"红色旅游"变成各种各样的"公费旅游"，老百姓肯定不会满意。因此，我们一定要防患于未然，采取必要的措施，把好事办好，不要让"红色旅游"变了味。

我们要以饱满的热情和扎实的行动推动红色旅游持续健康发展，使红色旅游成为开展爱国主义和革命传统教育的重要载体，成为丰富广大人民群众精神文化生活的重要方式，成为发展老区经济、造福老区人民的重要产业。

示例答案二 ▷

红色旅游的问题及建议

目前，我国红色旅游迎来了新的发展时期，红色旅游产业进入了一个快速发展阶段，但在发展过程中出现了不少问题，主要有以下几点：

第一，管理体制没理顺。我国红色旅游景点由文化部门与旅游部门一起管理，由于各自职责的不同往往产生冲突。旅游部门有开发景点的积极性，却要受到文化部门的限制。而文化部门为事业单位，缺乏发展红色旅游的内动力，即便有开发的想法，但经验和能力又有限。同时，文化部门出于对文物资源保护的考虑，也不愿放手让旅游部门来开发。这种管理体制造成了部门间的利益冲突，使其难以形成合力，对我国红色旅游发展极为不利。

第二，资金管理不到位。我国红色旅游资金大多由政府拨款，商业投资较少。尽管政府设立了红色旅游专项基金，一些景点也有上级主管部门的拨款，但由于资金管理不到位，一些景点的改扩建工程往往因受资金数量、使用方式和资金到位时间等方面的限制而搁浅，由此导致红色旅游景点基础设施建设滞后、开发利用不足、建设档次低、陈列馆陈旧甚至破烂等一系列问题。资金管理不到位成为制约我国红色旅游发展的瓶颈，使红色旅游资源优势得不到应有的发挥。

第三，管理质量不高。红色旅游质量管理主要指红色旅游资源的开发方式。我国多数红色旅游景点目前仍以传统的参观、观光等游览方式为主，缺乏参与性项目。此外，景点强调教化功能，开发的内容形式、展示方法和解说词都只限于让游客了解历史。然而，红色旅游作为一项旅游活动，其中也有休闲的成分。由于红色旅游管理质量不高，不能为旅游地招徕更多游客，不能带来很好的经济效益。

第四，从业人员素质不高。随着旅游业的发展，我国红色旅游从业人数不断增加，但从业人员整体素质偏低。有调查显示，这种现象是由高校旅游管理专业毕业生不愿从事旅游行业而致的，但是人力资源管理不到位，对从业人员培训不够，对人员招聘不够重视也是造成红色旅游人才缺乏的重要原因。

针对以上问题，我们应该采取以下措施加以解决：

第一，尽快理顺管理体制，把所有权、开发权和管理权分离，使国家利益的长期效益、企业开发项目的经济实效和专家管理的品牌效益达到和谐统一。另外，景点所在省、市要建立统一的红色旅游景区管理机构，对红色旅游资源进行统一规划和管理，以使红色旅游真正成为驱动地区经济快速发展的助跑器和动力源。

第二，各景点除积极争取国家、政府的各种资金外，还要树立市场意识，采取招商引资、股份制开发等方式，广泛吸纳社会投资（包括投资商、当地居民、社会团体等）参与景区建设，以拓宽资金来源渠道。另外，要成立专门的红色旅游资金监督与调查委员会，以确保资金的有效利用，同时，为了确保专款专用，要把资金的使用情况适时公布，以接受群众的监督。

第三，在红色旅游质量管理方面要努力贴近生活、贴近老百姓的现实需要，要体现时代感，注重历史与现实的结合，以完善旅游产品结构，增强旅游产品的综合吸引力。在具体操作时要充分挖掘红色旅游资源的文化内涵，做到深度开发与创新开发相结合，以提升红色旅游产品的品位。

第四，各地旅游部门应该组织专家编写相关教材，对旅游从业人员进行专项培训。要定时组织人员到旅游发达地区学习，吸收外地的先进管理经验。同时，实行导游人员竞聘上岗，让游客选择自己喜爱的讲解员，进而不断提高其综合素质。

总之，我们应该重视红色教育，好好发展红色旅游行业。

评析

考生在答题时，要注意题目要求，尽量按题目要求答题。答案一条理清楚，论证有力，提出的措施具有可行性，是一篇不错的文章；答案二偏离了"红色旅游、政治工程、文化工程、经济工程"这一主题，得分应该不如答案一高。

2009 年广西壮族自治区国家公务员录用考试《申论》试题及详解

 试 题

一、注意事项

1. 本试卷由给定资料与作答要求两部分构成。考试时限为 150 分钟，其中，阅读给定资料参考时限为 40 分钟，作答参考时限为 110 分钟。满分为 100 分。

2. 请在答题卡上指定位置填写自己的姓名、报考部门，填涂准考证号。考生应在答题卡指定的位置作答，未在指定位置作答的，不得分。

3. 监考人员宣布考试结束时，考生应该立即停止作答，将试卷、答题卡和草稿纸都留在桌上，待监考人员允许离开后，方可离开。

严禁折叠答题卡！

二、给定资料

1. 目前，我国外来物种入侵现象不容忽视，连北京市天坛公园内都发现了外来入侵物种。

北师大生命科学院徐汝梅教授透露，外来入侵物种主要都是入境者从国外带来的，目前入侵北京生态圈的外来物种已超过 56 种，其中动物超过 20 种，植物超过 36 种。2003 年开始在本市发现的美国白蛾，目前在 18 个区县都已发现，部分地区受损严重。美国白蛾繁殖力强，对林木危害尤其严重，这些外来物种的入侵已对北京的生态安全带来严重威胁。

为及时监测、控制外来物种，北京市科委联合市园林绿化局、市农业局和市环保局等相关职能部门，依托北师大、农科院等科研院所的科技资源，开展首都生态圈外来入侵物种监测项目。按照最有可能传入和爆发的入侵物种名单，针对各个生态系统类型建立了 100 个监测点，定期进行系统检查。徐汝梅透露，包括天坛公园在内的几个园林目前也发现了外来入侵物种，项目的监测重点也将放在奥运场馆周边和天坛公园这些园林古迹上，"要在一些物种还没有泛滥之前，及时控制和根除"。对于珍贵的古树，他表示需要定点定期挂牌监测。

2. 珠江水系告急、太湖水系告急……一种俗称水葫芦的生物在我国南方江河湖泊中疯狂肆虐，各地水域警报频传。100 年前被作为花卉引入中国的水葫芦，如今全国每年至少要投入上亿元巨资打捞。

"水葫芦怎么会是世界十大害草呢？在我老家，它还能用来喂猪、喂鹅。"不久前，在广州的一次宣传咨询活动中，一位中年市民的反问显得"有理有据"。

广东省环保局介绍：水葫芦目前已在整个珠江水系安营扎寨，其中在中山、珠海、江门等珠江三角洲地区分布最广，危害最重。据负责清洁珠江广州段的广州市水上环卫队统计，从 1975 年至今，珠江水域水葫芦每 10 年就增长 10 倍，1975 年平均每天只捞到 0.5 吨水葫芦，1985 年为 5 吨，1995 年为 50 吨，而现在平均每天接近 500 吨。

水葫芦在我国广大水域所向披靡，如入无人之境，特别是在我国南方诸省危害严重。原产南美洲的这种观赏植物，已经在中华大地上泛滥成灾。水葫芦是"引狼入室"结出的

恶果。对水葫芦做过专门研究的中国农业科学院丁建清研究员指出：水葫芦 1901 年作为一种花卉引入我国，20 世纪五六十年代作为猪饲料推广种植，后渐渐开始野生，最终出现今天几乎不可收拾的局面。

尽管大多数专家认为水葫芦弊大于利，但仍有少数专家认为，水葫芦存在不少经济价值，比如可以净化水质，可以作为饲料和肥料。中国科学院武汉水生生物所的专家还提出可以制成蔬菜、加工提炼食品、保健品等。一家公司甚至用水葫芦生产出多功能饮料。

为破解"大兵压境"的水葫芦，上海以拦网方式在苏州河、黄浦江布下"五道防线"，每处拦网平均每小时可以处理水葫芦 150 吨。"目前最得力的办法就是打捞。"魏菊敏解释说。"再难，我们也得把它拿下，最终进入景观水域的水葫芦必须控制在流入总量的 5% 以下。"

生态专家指出，国内外大量事实已表明：对于那些连片成灾的水域，迅速采取措施使水葫芦危害程度降到最低，无疑是最佳策略。何况目前的治理速度和生长速度相比不过是九牛一毛。

"非洲的苏丹曾引进德国设备、技术综合利用水葫芦，后因成本大、收益小而失败。国际上已有失败教训，我们为什么还不吸取？"专家质疑，"如果真的在滇池建厂，用水葫芦生产肥料、造纸甚至发电，那么水葫芦用完后怎么办？难道真要把滇池作为一个长期的原料基地不成？"

3. 在我国率先开展生物入侵研究的中科院动物所解焱博士直言，这种"外来物种有益论"正是人类数千年文明史上生物入侵现象愈演愈烈的"罪魁祸首"之一。不容否认，有人类以来，物种的引进确实在很大程度上改变了世界的面貌，也很难想象中国没有引入土豆、西红柿将会怎样，但我们不能因此对物种引入的"双刃剑"效应视而不见：外来物种的"入侵"，可能造成灾难性后果。面对将"有益论"作为盲目引进挡箭牌的做法，关键是要算一笔明明白白的生态账和经济账。

数据表明，我国广东、云南、浙江、福建等地每年都要人工打捞水葫芦，仅浙江温州和福建莆田 1999 年的人工打捞费用就分别为 1 000 万元和 500 万元。"全国总费用有多少，目前没有准确统计，但至少超过 1 亿元。而且还必须年复一年，持之以恒。"解焱说，"水葫芦对农业灌溉、粮食运输、水产养殖、旅游等造成的经济损失更大。"由于水葫芦疯长，滇池成了臭水塘，20 世纪七八十年代建成的理想水上旅游线路被迫取消；滇池草海 20 世纪 60 年代还有 16 种高等植物，到目前只剩下 3 种；海菜花等因生存空间丧失而死亡；在一些地区，水葫芦甚至还"波及"社会治安，浓密成片的植株为罪犯提供了天然的藏匿场所。

水葫芦不仅肆虐中国，也危害着北美、亚洲、大洋洲和非洲的许多国家，让世界为之头疼，成为人和生物之战的典型"代表"。世界自然保护联盟的数字显示，在世界上最穷的非洲，7 个国家每年为控制水葫芦付出的"成本"是 2 000 万美元~5 000 万美元。而水葫芦的作用呢？由于 20 世纪 80 年代以来饲料工业的迅猛发展，其作为饲料的主要用途已被基本"废弃"，其他用途更是让人疑心重重，难以信服。业内人士指出，无论从经济、生态还是从社会角度算，这笔账都是一个结果：得不偿失。

4. 外来有害生物入侵每年给我国造成的经济损失达 560 亿元，令人触目惊心。国家林业局森防总站总站长赵良平说，盲目引种影响国家生态安全。

赵良平说，我国是引进国外物种最多的国家，近年来从国外或境外入侵的有害生物种类明显增多。从全国林业有害生物普查结果来看，1980 年前仅有 10 种外来病虫，短短 20 多年已增加到 26 种，其中随寄主植物入侵的占 81.2%，随木材及木质包装材料传入的占 12.5%。

20 世纪的一段时期内，国内存在一种认识上的偏差，认为"外来的一定比本地的好"，不加分析地盲目引种并大力推广，忽视乡土树种，热衷引进国外树种，对外来物种对我国生态系统造成的损害认识不足；在生态建设中大量引进国外树种和草种；自然保护区的植被恢复也引进国外树种；城市绿化、观赏花卉、城区草坪引种的品种和数量更是惊人。这一认识偏差目前还没有完全消除，赵良平举例说，仅 2005 年全国引种的国外棕榈科植物就是前两年的 15 倍。

目前，全国一些地方政府对外来有害生物入侵形势的严峻性和防控的艰巨性认识不足，社会公众防范意识普遍不强，因尚未建立严格、规范的引种审批制度，管理上存在失控现象，擅自引种现象严重。有些企业、民间组织或个人未经批准擅自携带、引进、繁殖、推广国外植物品种，对引进品种进行商业炒作现象严重，更助长了盲目引种之风。

盲目引种可能造成的危害不可忽视。赵良平说，一个外来物种引入有可能因不适应新环境而被排斥在系统之外，或者因生态系统中没有相抗衡或制约它的生物而成为入侵者，大多会在新的环境中大肆繁殖、扩散并造成危害，改变或破坏原有生态系统的平衡和功能。

赵良平说，我国生物物种资源丰富，种类多、数量大、分布广，现有高等植物 3 万多种，仅次于巴西和哥伦比亚，居世界第三，应该大力开发和利用我国的乡土物种。在引进外来物种大面积推广前，必须经过评估论证、引种审批、隔离试种、驯化试验和鉴定认定，加强检疫封锁，才能"御敌于国门之外"。

5. 几年前，北京有 100 多位市民因食用凉拌螺肉而感染"广州管圆线虫病"。但有专家认为，福寿螺事件只是外来物种入侵的冰山一角——福寿螺是国家环保总局所列 16 种"危害最大的外来物种"之一，而因外来物种入侵给我国每年造成的经济损失至少达 1 000 亿元。

中科院动物所解焱博士认为，人们严重低估了目前面临的危险，"实际上，病源菌的污染已经成为对生态安全的主要威胁。随着野生动物传染病的增加，人类感染罕见疾病的机会也在加大。"

解焱介绍，目前已知动物传染病有 200 多种，其中大约半数以上可传染给人类。2002 年，有超过 1 000 万人死于全球性的传染疾病，占总体死亡人数的 20%。在已知的 1 400 多种传染疾病中，有超过 60% 的疾病可以在动物和人类之间传播。据估计，高致病性禽流感和"非典"给全球经济造成的损失超过了 600 亿美元。

外来物种入侵有如此危害，为什么还屡屡发生相关问题？专家分析，一是片面注重市场、追求利润，而监管却跟不上；二是过去不了解相关知识，盲目引进，留下了祸患。

解焱认为，这次福寿螺事件提醒我们，应让公众更多地了解外来物种入侵及动物与人之间感染疾病的知识。历史上，只有当人类健康或农业生产受到威胁时，野生动物疾病问题才会被认真对待。

"有不少人喜欢吃蛙类，但他们也许不了解一种危险的真菌在两栖类动物中流行。"解焱说，1993 年，在澳大利亚发现有 30 多种野生动物携带一种名叫壶菌的真菌。壶菌不断地引起两栖类动物的死亡。遗憾的是，直到今天科学家们还不知道这种真菌为什么在全世界的两栖动物种群之间传染。1999年，南美洲养殖的牛蛙曾因壶菌病暴发而大规模死亡。更糟糕的是，随着养殖牛蛙外销世界各地，这种病源真菌也随之扩散。到2006年，该真菌导致中美洲40种以上的两栖类动物和全世界93个物种的种群衰退。

专家指出，现在生产和分配食品的方式也是产生安全隐患的一个渠道。来自大农业的农产品，经食品厂加工后在庞大的超市里销售，在快餐店里消耗掉。这是近年来一些发达国家暴发疾病的一个原因。美国西北部受污染的汉堡包和来自中西部的冰淇淋都曾导致疾病的暴发。

疯牛病毁掉了英格兰那些可能在人类中产生疾病的牛群，牛肉的消费量也随之急剧下降，牛肉出口因此停止；在日本暴发的大肠杆菌使几千名学生病倒。因此，集中的食品生产和大规模的食品分配增加了人们对潜在的可怕的疾病暴发和迅速传播的担忧。

此外，解焱还指出，人类导致的全球性气候变化也影响到动物传染性疾病的传播范围。在美国西南部，降雨过多使携带病毒的啮齿类动物的食物增加，一种叫汉塔的病毒因此而暴发。越来越热的夏天和越来越暖的冬天又让美国的杀人蜂迁移到以前被认为太冷而不适宜其生存的地方。

问题还在于，人类仍在大范围地引入外地植物和动物，这不仅会导致生物多样性的损失，还对本地物种和人类健康构成威胁。据动物专家研究证明，在非洲大象身上通常为良性的疱疹病毒对它的亚洲亲戚却是致命的。但是人们对家养和野化动物的引入带来的威胁一直被远远低估。实际上，许多被认为是本土的野生动物疾病最初来源于外来物种的引入。当被引入的疾病转变为地方性疾病时，不仅造成种群衰落或地方性灭绝，而且这些病源会变得更强大，对人类产生直接影响。

据悉，1994年，有665名顾客可能在新汉普斯威尔一家宠物商店接触过一只后来才知道患有狂犬病的小猫，为防治这些人感染狂犬病耗费的资金达110万美元。尽管生物多样性的价值和疾病威胁的重要性可以计算，但由于疾病引发的全球生物多样性的损失却是无法估量的。

6. 福寿螺是国家环保总局所列的16种"危害最大的外来物种"之一。类似福寿螺这样的外来动物还有很多，比如小龙虾、牛蛙以及外形可爱、被当作宠物的巴西龟等，还有各种外来植物，比如沿着三峡向下游扩散的紫茎泽兰、疯长的水葫芦以及引起枯草热疾病的豚草等，它们对于我国生态环境的危害往往被低估了。

就在广西为灭螺而战的时候，河北省却在开展另一场战争——消灭黄顶菊。黄顶菊也是来自异国他乡的"生态杀手"，暂时还不知道它是通过什么渠道传进来的。和许多外来生物一样，黄顶菊繁殖能力强，扩散速度快，植株根系发达，高大的植株和释放的化学物质严重影响其他植物的生长。目前，河北邯郸等5个市都不同程度地发现了黄顶菊，面积10余万亩，重灾面积2万亩。

目前，入侵我国的外来生物有400多种，其中危害较大的有100余种。在世界自然保护联盟公布的全球100种最具威胁的外来物种中，我国就有50余种，每年造成的经济损失至少有1 000亿元人民币。

据农业部的统计，近年来入侵我国的外来生物正呈现出传入数量增多、传入频率加快、蔓延范围扩大、发生危害加剧、经济损失加重等不良趋势。近10年来，新入侵我国的外来入侵生物达 20 余种。我国已经成为遭受外来入侵生物危害最严重的国家之一。

中国科学院的一位专家告诉记者，外来物种有三种入侵途径：有意识引进、无意识引进和自然入侵。而在我国，50%的外来入侵植物是作为有用植物而引进的，25%的外来入侵动物是有意引进的。

外来入侵生物对农业、林业等相关产业产生着深远的负面影响。一些入侵物种还是新疾病的病源，直接威胁人类健康。外来入侵物种一旦形成优势种群，将不断排挤本地物种并最终导致本地物种灭绝，破坏生物多样性，使物种单一化；更有甚者，将导致生态系统的物种组成和结构发生改变，最终彻底破坏整个生态系统。

外来生物入侵是一个全球性的问题。联合国《生物多样性公约》组织 2009 年 3 月份发表报告说，美国、澳大利亚、英国、南非、印度和巴西每年因为外来生物入侵而蒙受的损失估计超过 1 000 亿美元。2009 年 8 月 3 日，《环球时报》曾报道了中国大闸蟹在欧洲引起恐慌的消息。一涉及外来生物的问题，许多国家都是如临大敌。

美国马里兰州克罗夫顿的一个湖边贴着警告说："你见过这种鱼吗？"上面的照片是一条大鱼，像蛇一样的头上长着尖尖的牙齿。底下的说明写着："这是来自中国的北方蛇头鱼（中国称为黑鱼），并非马里兰州本地物种。如果这种鱼进入我们的生态系统，可能会引起严重问题。"实际上，在马里兰州的水域里发现的成年蛇头鱼很少，但是州政府管理野生动物的部门和公众都非常关心这件事。

同样，美国的本地物种也在世界其他地方引起了相同的麻烦。例如，美国西部的一种玉米根上的虫子就被一架商用飞机带到贝尔格莱德，后来一直在欧洲心脏地带的农场中"大吃大喝"。美国一位科技作家巴斯金说，全球贸易的发展带来了物种入侵问题的增长。"贸易发展了，但是有一件意想不到的事就是，运货的板条箱带来了隐藏在那里的一种触角很长的甲虫，叫天牛。这种甲虫爬出来，在芝加哥和纽约大街的树上安了家，咬死了居民区不少可爱的树，闹得怨声载道。"

就连南极洲也遭遇了外来物种的入侵。据媒体报道，北极的蜘蛛蟹、多种无脊椎动物和杂草已经在南极安营扎寨。人类向南极周围岛屿引入了 200 多种非本土物种，这将造成灾难性后果。

外来生物入侵问题引起了中国政府的高度重视。早在几年前，由农业部牵头，经过中国、英国、美国等 6 个国家、3 个国际组织等专家的探讨，发布了《中国外来生物入侵预防与管理的国家发展策略行动框架报告》。该报告确立了未来 10 年的总体目标。

据了解，我国已经建立由农业部等多个相关部门参加的全国外来生物防治协作组，成立了外来物种管理办公室。

但近来连续大规模暴发由于外来物种入侵引发的生态问题表明，形势仍然十分严峻。有专家指出，以前在对外来生物入侵的治理中，为追求"立竿见影"的短期效果，许多地方未经过任何科学的论证和必要的试验，就普遍采取从国外引进天敌和替代物种的方式。这样的做法风险很大，因为很容易导致新的生物入侵。另外，由于外来入侵生物问题牵涉到多个部门，中央政府出台的政策经常没有被真正落实。

7. 近来，因污染问题引发的生态危机已引起人们越来越多的关注，而由于盲目引进、放生外来生物而导致的生态危机尽管时有发生，却没有像环保问题那样引起足够重视。

表现之一是多渠道引进，监管不力。一些地方政府对外来生物入侵形势的严峻性和防控的艰巨性认识不足，社会公众防范意识不强，尚未建立严格、规范的引进审批制度，擅自引进现象严重。有些企业、个人未经批准擅自携带、引进、繁殖、推广国外动植物品种，商业炒作现象严重，更助长了盲目引进之风。

2005 年，繁殖能力极强的"一枝黄花"在大连被发现，经调查，是大连市民从国外空运来的，因为没按照规范种植，花粉飘到室外，结果成片繁殖。一棵"一枝黄花"开花可以形成两万多粒种子，大量繁殖，极易和其他作物争光、争肥，对绿化灌木及农作物产生严重不良影响。

表现之二是盲目放生。几年前，厂家声称从国外引进的新品种麝田鼠经济价值很高，厂家负责回收，鼓励农民饲养致富，大连不少农民饲养麝田鼠。不料，厂家后来"人间蒸发"，麝田鼠没了销路，农民舍不得杀害，就放生野外了。几年内，麝田鼠迅速繁殖，泛滥成害，破坏莲藕、堤坝，偷吃养殖鱼类，咬死家禽，引发生态问题，造成重大经济损失。

近期很受社会关注的福寿螺之灾也是由于养殖户弃养，将其抛进水沟、池塘、荒郊野外，被弃养的福寿螺迅速扩散，酿成螺灾，现已成为危害我国水稻等作物的恶性水生物。

在人们的印象中，松材线虫、美国白蛾等外来生物一听就知道是害虫，对福寿螺、水葫芦、大米草等，往往不能认识和了解其巨大的危害性。实际上，各种生物在其原产地都有制约它的天敌或环境，而在入侵地却没有天敌或制约环境，很容易失控，并最终严重破坏当地原生物种，进而对当地生态环境、社会经济和人身健康产生难以估量的影响。

外来物种入侵被认为是世界范围内对生物多样性的一个巨大威胁，每年给我国造成经济损失达 560 亿元，严重威胁着我国的生态安全。防止更多的外来物种入侵已是当务之急，应当借鉴国外先进经验，加强我国外来物种的引进与管理，建立包括加强立法、促进合作、加大投入以及实施环境教育等举措在内的综合治理机制，不断提高抵制外来物种入侵的能力和意识。

8. 上海市某中学张老师反映：近日我到西区一家大型花鸟市场，发现市场内不少水族馆在出售一种叫"清道夫"的鱼。据说它能吸食鱼缸内的残留垃圾，保持水质清洁，因而十分畅销。可据了解，"清道夫"鱼即原产南美洲，专吃鱼卵、鱼苗的下口鲇。一旦逃逸，由于缺乏天敌制约，将会发展为种群而严重危及本地鱼类。该鱼目前在我国一些地方已泛滥成灾，致使当地不少"土著"鱼断子绝孙。令人遗憾的是，无论是摊主、顾客，还是市场管理人员都认为不值得大惊小怪。

事实上，外来物种在我国适应环境后迅猛繁殖、破坏生态环境的事例层出不穷，水葫芦就是一个突出例子。希望社会各方加强生态安全意识，积极预防外来生物"入侵"。

东华大学学生小任反映：如今养宠物的同学不少，可有些同学竟迷恋上了蜘蛛、蛇蝎、蟑螂等"另类"宠物。如同学小黄就在网上花 60 元买了一只来自非洲的"巨型嘶声蟑螂"；同学小刘则花 200 元在网上购得一只智利红玫瑰蜘蛛。

这些外来"另类"宠物是否源自正规渠道？是否携带病菌和传播疾病？一旦逃窜至野外，是否会影响本地生态环境安全？

目前我国面临的外来生物"入侵"方式中，最值得警惕的即"人为有意引进"：有的系非法渠道走私而引狼入室，有的为猎奇求新而没有进行严格的风险评估即盲目引进。"入侵性"外来生物从引进、定居到大范围繁殖，中间往往会经历一段漫长的潜伏期。说不定周围默默无闻生存很长时间的某种外来生物会突然爆发性生长，给当地生态环境、人类健康和经济发展带来意想不到的灾难。

专家呼吁在建立健全相关法律和制度的前提下，必须加强各类生物交易管理，并加大科普宣传力度，切实提高全民生态安全意识，做到对生物入侵的积极预防和科学有效治理。

三、申论要求

1. 请概括"给定资料2和3"反映的主要问题，字数不超过150字。（20分）

2. 请根据给定资料，分析我国面临的外来生物入侵问题产生的主要原因，字数不超过150字。（30分）

3. 请针对给定资料所反映的主要问题，自拟标题进行论述，字数不超过1 000字。

要求：中心明确，内容充实，论述深刻，有说服力。（50分）

详　解

【综合分析】

2009年度广西壮族自治区公务员录用考试申论内容为外来生物入侵问题，这一问题曾经因水葫芦事件备受人们关注，因此对考生而言不会太过陌生。试题难度也不大，问答题是提炼反映的问题和寻找原因，大作文可以自主命题，给考生留有较大空间。

【答案提示】

1. 示例答案一 ▷

100多年前作为花卉从南美洲引进的水生植物水葫芦，如今正泛滥成灾，肆虐我国南方各省，成为危害生态安全的大敌，国家每年不得不投入巨资治理，但收效甚微。铁的事实让我们又一次清醒地认识到，在经济发展的今天，引进物种是一把"双刃剑"。生态安全已成为一个不容忽视的问题。

示例答案二 ▷

水葫芦在我国广大水域所向披靡，如入无人之境，特别是在我国南方诸省危害严重。原产南美洲的这种观赏植物，已经在中华大地上泛滥成灾。水葫芦是"引狼入室"结出的恶果。水葫芦1901年作为一种花卉引入我国，20世纪五六十年代作为猪饲料推广种植，后渐渐开始野生，最终出现今天几乎不可收拾的局面。

评　析

答案一和答案二都总结出了水葫芦污染水面的情况，答案一谈到生态安全，更有高度；答案二引用原文过多，因而得分不如答案一高。

2. 示例答案一 ▷

造成外来入侵物种逐年增加、危害性日益扩大的主要原因有：国内曾经长期存在一种认识上的偏差，认为"外来的一定比本地的好"，盲目引种情况时有发生；很多时候只关注外来物种的经济价值，忽视了其危害；一些地方政府对外来有害生物入侵形势的严峻性和防控的艰巨性认识不足，社会公众防范意识普遍不强；我国未建立严格、规范的引种审批制度，管理上存在失控现象，擅自引种现象严重。

造成外来入侵物种逐年增加、危害性日益扩大的主要原因是：我国是引进国外物种最多的国家，很多单位和个人对外来物种可能导致的生态和环境后果缺乏足够的认识，外来物种的引进存在一定程度的盲目性。专家分析，一是片面注重市场、追求利润，而监管却跟不上；二是过去不了解相关知识，盲目引进，留下了祸患。

评 析

此题要求分析我国面临的外来生物入侵问题产生的主要原因，要结合给定资料进行作答。答案一回答比较全面，指出了主要原因；答案二思路不够清晰，回答不够全面，明显不如答案一好。

3. 示例答案一 ▷

杜绝盲目引进是防止生物入侵的根本途径

生物入侵是指某种生物从外地自然传入或人为引种后成为野生状态，并对本地生态系统造成一定危害的现象。外来物种入侵作为一种全球范围的生态现象已逐渐成为导致生物多样性丧失、物种灭绝的重要原因。今天，面对一而再、再而三的生物入侵现象，人们有无良策？究竟如何治理？在大多数人对生物入侵、生态安全缺乏基本概念时，这些已变得并不重要。目前最让人担心的不是如何防治现有入侵生物，而是缺乏防范意识导致预防无从谈起，"引狼入室"的故事仍在一天天发生。

事实上，从历史上看，虽然很多生物入侵现象是无意引入的结果，但也有很多是有意引入的"歪果"，甚至就是一些相关职能部门"催生"的。为了经济效益和其他目的，农林、畜牧、水产等部门总是试图引进更多的生物品种，导致的结果是生物多样性受影响，生态环境受到破坏。从福建大米草的疯长到新疆引进河鲈导致大头鱼灭绝，从小银鱼的泛滥到餐桌上常见的福寿螺危害稻田，无不说明了这一点。

不容否认，有人类以来，物种的引进确实在很大程度上改变了世界的面貌，也很难想象中国没有引入土豆、西红柿将会怎样，但我们不能因此对物种引入的"双刃剑"效应视而不见，外来物种的"入侵"，可能造成灾难性后果。面对将"有益论"作为盲目引进挡箭牌的做法，关键是要算一笔明明白白的生态账和经济账。

诚然，有关环保的问题已成为全球的共识。看得见的环境污染已引起我们高度的重视，也取得了较好的治理效果。而容易被忽视的生态污染，还没有引起我们的足够重视。而后者的治理比前者更加困难，生物污染比环境污染更可怕。就像肆虐南方的水葫芦，哪怕你打捞得再干净，其种子就如"癌细胞"一般，只要遇到适当条件仍会扩散，防不胜防。尽管人们想了很多办法，但对水葫芦的治理仍赶不上其蔓延速度。有关方面正尝试从原产地引进水葫芦的天敌。然而，专家们仍然不无忧虑："这些天敌能否控制得住？会不会成为新的入侵生物，从而再次'引狼入室'呢？"

严峻的现实再次清楚地告诉我们：我们要发展经济，但我们更要生存；在保护环境的过程中，我们不但要治理看得见的环境污染，还要杜绝和防范潜移默化的生态污染，以保持物种的生态平衡。生态安全问题，是一个不容忽视的全球性问题。如此严峻的形势，使得越来越多的人逐渐意识到单靠一国的力量根本无法阻挡外来物种的肆意入侵，加强国际合作才能更有效地解除外来物种对生物多样性的危害。

 示例答案二

因地制宜治理外来生物入侵

我国是世界上生物入侵危害最严重的国家之一，入侵物种多、危害严重。因此，必须加强治理这一问题。

造成外来生物入侵危机的主要原因是：各地盲目引进各种物种，同时在治理外来有害生物中，为追求"立竿见影"的短期效果，未经过任何科学论证和必要的试验，就普遍采取从国外引进天敌和替代物种的"以夷治夷"方式，导致新的生物入侵危险性极高。

近来，科学家在四川、云南、贵州等地已发现众多能排挤、抵御外来生物入侵的本土物种，这使我国治理外来生物入侵有了新的转机。

四川省攀枝花市有科研人员发现，在与被称为植物界"食人鱼"的紫茎泽兰生存竞争中，最终可以占优势的本土植物有100多种。目前他们正在对这些植物进行进一步筛选，并在良种选育、采种园建设、栽培技术、管护措施等方面进行深入研究。这为因地制宜治理外来生物入侵提供了研究方向。

我国是世界上生物资源最为丰富的国家之一，其中暗藏着诸多外来生物的天敌。这些本土物种不仅在土地覆盖、与外来物种竞争、天敌资源等方面具有巨大潜力，而且更为安全可靠。

现在，我们要进行立足本土物种、治理入侵有害生物的科学实验，尽量因地制宜治理外来生物入侵。

✏️ 评析

此题要求考生自拟题目，但是必须围绕资料主题作答。答案一和答案二都抓住了治理外来生物入侵这一主题，但是答案二篇幅过短，说理不透彻，很难得到高分。

2009年青海省国家公务员录用考试《申论》试题及详解

 试 题

一、注意事项

1. 本试卷由给定资料与作答要求两部分构成。考试时限为150分钟，其中，阅读给定资料参考时限为40分钟，作答参考时限为110分钟。满分为100分。

2. 请在答题卡上指定位置填写自己的姓名、报考部门，填涂准考证号。考生应在答题卡指定的位置作答，未在指定位置作答的，不得分。

3. 监考人员宣布考试结束时，考生应该立即停止作答，将试卷、答题卡和草稿纸都

留在桌上，待监考人员允许离开后，方可离开。

严禁折叠答题卡！

二、给定资料

1. 随着女儿读的年级越来越高，大连市民李清华开始有点儿发愁了，女儿才读六年级，书包却有四五公斤重。为了应付各色作业、模拟试卷、教辅书籍，孩子每天晚上都要挑灯夜战到十一二点。在沉重的学习压力下，女儿的性格悄然发生着改变，那个爱玩爱笑的小姑娘不见了，稚嫩的脸上，时常会显露出几许与年龄不符的忧郁。

调查显示，我国小学生书包平均重量为3.5公斤，初中生书包为5.5公斤，书包超重现象十分严重。过去，孩子们用的是手提包和单肩背包，后来改用双肩背包，现在有的干脆改用拉杆旅行包。书包一换再换，书包里装的各种复习资料、辅导用书却越来越多。书包超重已成为中小学生课业负担过重的一个缩影。

沉重的书包直接影响着孩子们的成长发育。据大连市人民医院骨科室资料统计，目前10岁至20岁有典型颈椎病症状的病人，占医院门诊颈椎病病人的15%，年龄最小的颈椎病患者仅8岁。近来颈椎病在青少年中有发病率逐渐提高的迹象，主要致病原因是学龄儿童长期伏案，坐卧姿势不正确，特别是书包过重给颈椎造成较大的压力。一位骨科医师说，长期背负过重的书包，会导致中小学生颈、胸、腰椎早期蜕变，尤其是腰椎。

沉重的书包影响的不仅仅是孩子们的身体健康。"整天把孩子限制在屋里，让他们无休止地做一些重复的作业，没有了和同伴交流玩耍的时间，容易使他们产生孤独感和烦躁情绪，对他们的心理健康会有很大影响。"长期从事学生心理教育的曾老师对此忧心忡忡。

众所周知，为孩子们减负的口号已经喊了十多年，各级教育行政部门每年都要下发减负文件，但实际情况是口号喊得愈响，文件发得愈多，学生的课业负担却愈来愈重。

大连市第三小学教师何某说，以前学校里每次月考都会对班级进行排名，名次直接和老师奖金挂钩。有的学校为了保证排名，还给老师设置末位淘汰制，老师们的压力也大啊！最简单有效的办法，就是用大量的习题反复训练学生，以保证分数不后退。有的学生为了考出好的成绩，自己还去书店买大量的练习题来做。

老师们都知道培养"考试机器"有悖于教书育人的理念，但为什么还会迷上"试卷和分数"呢？问题在于"唯分数论"的教师考评机制，所谓的"题海战术"都是考试惹的祸。当前，许多学校依然以排名为骄傲，学生还在为分数而挣扎。从这个意义上来讲，应试教育不变革，任何"减负"措施都是"杯水车薪"，甚至徒劳。

"我给自己的孩子买了两三本教辅，没有一定的习题量做基础，到时候怎么来保证孩子的学习成绩？"大连市实验小学学生家长陈先生说，"我也知道这样做孩子可能会累点儿，但是为了不让他输在起跑线上，我也没办法啊！"

除了老师和父母的压力，孩子们还有来自社会的压力。学生们从小就接受到大量的信息，比如社会的压力大、竞争激烈，如果不好好学习考个好点的学校，以后不好找工作等。尤其是农村的学生，父母为了生存奔走他乡，电话里给孩子的问候总是一成不变的考试分数如何、排名第几等。

孩子们课业负担过重的弊端已经越来越明显。幸运的是，这个问题已经引起了各级教育部门的高度重视。不久前，江西省赣州市教育局下发了《关于切实规范办学行为减轻中小学生过重课业负担的通知》，从本学期开始，给中小学生规定在校学习时间，限制作业量，取消百分制考试制度以及严禁将分数作为评价校长、教师工作的唯一标准。明确提出从学校、教师、学生三个层面"松绑"，从而减轻学生课业负担。

转变家长观念，是实施减负的重要一环。为此，大连市一方面加大减负的宣传力度，使全社会都能正确认识减负的重要性，另一方面通过成立家长委员会、召开家长会、开放课堂、举办教育超市等途径，积极吸收家长参与学校管理，让家长在参与中提高认识，转变观念。通过教育与家庭的有效整合，使家长由减负的观望者和反对者，变成支持者和拥护者，消除了学校实施减负的外部阻力。

2. 据统计，目前我国20%～30%的家庭存在心理问题，全国心理疾病病人约1 600万，1/3（约500多万）在儿童、青少年时期发病。

从河南省郑州市120急救中心传出令人震惊的消息：一名8岁的小学生因害怕上学跳楼自杀；另一位12岁的少年因拒绝学拉小提琴而悬梁自尽。而来自大连的两个十来岁的小男孩离家出走被歹徒砍伤，北京一名15岁的男孩带着音乐家之梦自杀了。

有一位高级教师曾经对本校高一新生做过一次心理测试发现：高中学生存在焦虑的总体水平较高，主要表现在自责倾向（20.63%）、恐怖倾向（16.40%）、对人焦虑（12.63%）和冲动倾向（10.93%）等，显示出高中学生在自信心、人际交往和情绪控制上存在较多的困扰。

在北京市某中学一个班的社会课上，老师让同学们讨论"什么是幸福"。本想启发大家感受到今天生活的幸福，可一个稚气未脱的小男孩"嗖"地站起来大声地说："如果现在从天上掉下一颗炸弹，把咱学校炸了那就幸福了。"话音未落，同学们赞同的掌声就响了起来。"对，要是地震也行。"另一个男生又加了一句。

一位四年级的10岁女孩说："我们老师不像妈妈，背后我们都叫她'条子'，就是警察的意思。平时老师发起脾气来非常厉害，她能一节课什么也不干就是训我们。有时一个同学犯了错，我们全体同学都得挨骂。"

家住北师大附近的一个小学生很爽快地告诉记者："我最大的愿望就是出国，越快越好！听人家说，外国小学就有足球队，我们什么都没有，成天就是学习。"一位原来在海淀读初中的男孩不止一次地跟他爸爸说："送我出国吧，人家孩子都移民了，反正高中我不会在北京上。"后来这位家长为了孩子，真的移民加拿大了。

一位姓孙的女孩讲了她受的委屈：我们学校弄了个"联系本"，每天都要记录我们在校的表现，回家后要家长再写上几句话。由于天天都写，妈妈就有些烦了。有一天，妈妈晚上10点多才回来，只在上面写了个"阅"字，就让我去睡觉了。这一个字惹得老师大发雷霆，当着大家的面训我一顿："你们家长架子也太大了，就写个'阅'字，她以为是领导批示呢？接着老师又把我调到后排。可我又招谁惹谁了？"说着说着孩子的声音有些发颤了。

肖女士说到自个儿的女儿既自豪又不无遗憾。"我女儿正在读初中二年级，上初中前，钢琴就过了8级，9级就差那么一点儿没过，孩子特别爱弹琴。我为了她练琴花四五万块钱买了一架三角钢琴，可现在愣是不能弹了。主要是没时间，学习压力太大了。现在都在喊着减负，老师留作业的招数也变了。有10道题必做，30道题自选，可哪道题孩子敢不做？"

一位在建设银行工作的关小姐讲了她女儿的故事：我女儿现在是小学六年级，因为是大队长（少先队），所以要比别的同学早到校，每天天不亮就起床上学，晚上放学后还要学英语，一直到8点多才回家，她太累了。我们大人要累还可以请假不上班，可她不能不上学。现在的孩子哪有什么金色童年，简直就是"童工"。

从事科研工作的张先生说：原来有老师家访，现在还有哪个老师家访？老师总觉得家长不配合，对家长不满意，可对家长的脾气总跟学生发，孩子的心理承受不了这么大的压力。现在的老师变了！

一位不愿透露姓名的初中教师说："其实，我们也很难！现在的学生心理比以前脆弱，比以前更难教。家长对自己孩子的要求却提高了。社会舆论又一直盯着我们，看我们减不减负，搞不搞课外活动。同时还不能因为搞课外活动影响升学率，否则校长不让。我们是'四面楚歌'，真的很难！"

北京市宣武区南菜园小学的李校长说：不要认为只有孩子的压力大，现在教师的压力也不小。现在的孩子同几十年前的孩子不一样，教育独生子女现在都成为了一门学科，许多教育专家都在研究这一学科，怎么能要求我们每一位老师的素质都能达到科学家的要求呢？社会上紧张的竞争早已进入了学校。现在每所小学每星期都要搞教师培训，并要求小学老师在未来几年内达到大学本科以上学历，许多教师都三十好几了还要到大学去学习，同时还不能耽误上班。马上小学生的生源高峰就要过去了，小学教师还会面临下岗，这心里能轻松吗？加上现在教材的难度、独生子女的特性、工作和家庭把我们也压得够呛，我们也是人哪！

3. 目前，我国的大学容量有限，但现在连门岗都要大专文凭，这种上学和就业的心理压力就转嫁到了家长和学生身上。另外，一个学校能否生存也很大程度上取决于升学率。校长压力转给老师，老师为了保住饭碗再把压力转给学生。一个天真的孩子难以承受这么多压力，就开始厌学、出走。这是社会多种原因造成的结果。

青少年心理健康问题已经到了不能不引起重视的时候了。在中国医科大学心理卫生医院，每天到此看病的有100多人，其中25岁以下的青少年占总数的40%左右。

青少年心理障碍问题，究其根源还是素质教育问题。目前中国的教育不是"以学生为主体"，而是以"教学大纲"为主体。中学生普遍感到学习没有愉快感，是被动的、被迫的。同时，学校和家庭较少关注学生心理健康，也不重视生活技能的培养；学生的个体差异没有受到重视，因材施教很难实施；学校教育与社会人才需求严重脱节。另外，社会转轨过程中带来的心理压力增大，也诱发了心理疾病。

不仅中小学生心理承受力差，近50%的教师也存在心理问题，如果老师心理健康出现问题，他们的心理问题就会潜移默化地影响学生。教师因不良情绪发作而迁怒于学生，会给学生造成更大伤害。

4. 最近有两条关于小学生写作业的新闻引起了网友的注意，一条是成都市一对双胞胎姐妹写作业不认真，被母亲当街罚跪；还有一条是北京小学生大清早在地铁车厢内写作业。这与最近中小学生流行语"晕"不谋而合，因为很多小学生对写作业很晕。本文先简单回顾一下上述两条小学生写作业的新闻，然后分析目前中小学生中有哪些常见的心理问题。

"在成都市超洋花园小区大门斜对面的人行道上，一对双胞胎女孩将两只裤腿挽过膝盖，赤裸着双膝跪在冰冷的人行道上……姐妹俩低着头，眼泪一颗颗掉到地上……两个小女孩对面10多米远的一个面馆门外，她们的母亲正在一边择着莴笋叶子，一边大声地责骂。"

"北京市两名穿着校服的小学生背着书包走进地铁车厢，其中一人还戴着一顶小黄帽。

随后，两名学生都打开了书包，从中取出了课本和作业本，席地而坐，一笔一画地写起了作业，全然不顾周边上上下下的乘客，把嘈杂的地铁车厢当成了教室。"

目前，小学生的十大校园流行语依次是"晕"、"有没有搞错"、"OK"、"哇噻"、"随便"、"气死我了"、"酷"、"囧"、"没劲"、"雷"。据相关数据统计显示，目前小学生面临的心理压力有80%是因为课业负担过重而造成的，有些孩子产生厌学情绪，更严重的已患上了儿童抑郁症。

精神健康网的专家分析称，导致小学生沉重心理压力的原因主要有：没有句号的学习、得不到应有的娱乐、青春期的逆反心理等。小学生的学业太重，没有时间去和别人交流，家长的期望值又很高，有的学生受不了就患上抑郁症。孩子还不具备和成人一样的描述及理解情绪的语言能力，他们往往通过行为来表达这种抑郁心情：为逃避现实压力而沉迷网络，学习成绩不好而自我否定，没有信心。这种挫败感往往会影响孩子今后的一生。

5. 近年来，随着学习压力增加，很多孩子开始出现了不同程度的心理障碍，让人十分忧虑。对此，专家表示，现在的孩子心理健康不容乐观，而学习压力太大则是其中最主要的因素。那么，孩子心理健康如何保障，才能让他们的身心得到健康发展呢？

专家强调，孩子心理健康对于孩子的健康成长至关重要，做家长的千万不要忽视。如果孩子出现心理问题，甚至表现出心理疾病的症状，一定要尽快咨询专业心理医生，积极寻求治疗，让孩子早日摆脱病痛的困扰。

6.8 岁的男孩因学习压力过重患上心理障碍，6 岁的女孩也因缺少时间玩耍竟羡慕奶奶没文化，不用学习。本该是无忧无虑的童年时代，却因为各种学习压力的不断增加，使现在孩子们的心理负担越来越重，儿童心理疾病也随之增多，这种现象令许多家长和专家感到非常忧虑。

"上世纪六七十年代的孩子在玩泥巴中度过童年，八九十年代的孩子在游戏加学习中度过童年，而如今的孩子却在沉重的负担中去经历自己的童年。"这是一位心理专家在一个心理专题讲座中对近几代人的童年作出的一个简单总结，虽然这样的总结可能不很准确，但却大体上反映出了过去和现在孩子童年时代的巨大差别。从这个总结中不难看出来，虽然现在人们的生活水平越来越高，孩子们的童年生活也越来越丰富，但从另外一种角度来说，孩子们的童年也越来越缺少乐趣和快乐，越来越缺少自我了。

小学二年级的强强本是一个聪明活泼的孩子，上幼儿园时，他就表现出了强烈的求知欲望，喜欢看书，喜欢认字，记忆力也特别强，许多问题只要老师或者父母讲一遍，强强就能记得非常清楚。幼儿园生活结束后，强强如愿进入我市一所重点小学上学。一年级时，由于课程还比较轻，强强学习还是非常起劲，可到了二年级后，除正常的课程之外，学校又给他们增加了奥数等课程，而且老师布置的作业一天比一天多，强强的负担和压力也越来越重。每天放学后，强强首先要打开计算机上网，从网上查找老师布置的作业，接着就开始没完没了地做作业。做完作业已经是晚上 9 时多了，强强还是不能休息，他还要遵照父母的要求，练习钢琴，学习绘画。所有这些都进行完后，已经到晚上 11 时多了，强强这时才能去睡觉。有时作业多，还会睡得更晚。强强常常感到自己睡眠不够，但他是个听话的孩子，还是遵照父母的要求，一心一意学习。

可最近一段时间，强强的父母却发现儿子变得有些沉默寡言，而且经常感到身体不舒服。两天前，强强又向父母诉说自己胸闷、难受，且有疼痛感，年轻的父母并没有多少医疗知识，他们听人说心肌炎就是这种症状，急忙带强强到医院进行检查。各种检查结果出来后，医生发现强强各项检查指标都正常，身体并没有什么疾病。医生仔细对强强的母亲进行了询问，了解了强强生活、学习的全面情况后，他作出了诊断，强强的症状是一种因学习压力过大而形成的心理障碍。由于学习压力沉重，孩子根本没有玩耍和同父母、同学、老师交流的时间，长时间的沉重压力和缺少应有的交流，导致了强强的心理障碍，严重的心理症状又影响到身体，从而产生了胸闷和身体不适的感觉。同时，医生告诉强强的父母，要治疗孩子的心理疾病，最主要的是要关心孩子的心理世界，给孩子减压，同时要加强孩子与同学、老师及父母的交流。面对孩子的病情，强强的母亲显得非常痛苦，她伤心地说："早知道这样，就不让孩子学这么多东西了，现在孩子病了，才知道学得太多不一定是什么好事。"

6岁的兰兰正上幼儿园大班，她天真可爱，聪明好学，是全家人的掌上明珠，父母、爷爷奶奶每天都围着她转。为了开发兰兰的智力，让她将来能够有更多的特长，从幼儿园中班开始，除了参加幼儿园里的特长班学习外，父母亲又在外边给兰兰报了绘画、音乐、舞蹈和英语等特长班，每天从幼儿园一出来，兰兰就在父母的带领下，在各种特长班之间不停地奔波，周末和周日也不例外。学习几乎占去了兰兰生活中的大部分时间，留给她玩耍和游戏的时间越来越少，一周除了周日上午能玩半天外，其他时间都不属于兰兰自己。

刚开始时，兰兰似乎对这些特长班的学习很感兴趣，学习也很用功。而且通过学习，她的才艺能力也在幼儿园逐渐表现出来，在幼儿园举办的各种活动中，兰兰常常都名列前茅，而且经常能得到老师的奖励，父母也引以为豪。可随着时间的推移，到上大班时，兰兰似乎对特长班的学习越来越没有兴趣，她经常找各种理由不去上课，还经常对父母发脾气。而且父母还发现，没人的时候，小兰兰经常一个人坐在房间里唉声叹气，显得心事重重。有一次，她竟然叹着气对爸爸妈妈说："我觉得咱家里奶奶最好。"爸爸妈妈急忙问她为什么，兰兰说："因为奶奶不识字，没有文化，不用去学习。"父母担心兰兰生病，带她到医院检查后却没有发现什么问题。医生说，兰兰可能还是心理问题，最好通过减压的方法来进行调理。

目前，像兰兰这样参加多种学习班学习的幼儿园孩子不在少数。每天在幼儿园放学后，家长们都会碰到数量众多的学习班、特长班的招生广告，而一到下班时间和节假日，各种学习班、特长班的门口都会挤满幼小的孩子和陪读的家长。在一个特长班的门口，记者看到每天停放的车辆达上百辆，晚上下课时，从特长班出来的学生和家长经常会使附近道路上的交通堵死。一位家长摇着头说："这种环境让你不想学都不成。"

一位儿童医院的医生说，随着学习压力的不断增加，最近几年来，前来就诊心理疾病的患儿也逐年上升，这种情况让人感到非常忧虑。儿童医院每年要接诊数十万名小患者，很多是患心理行为疾病的儿童，而且，儿童出现心理疾病的年龄也越来越小。

从这些孩子的病例看，家长望子成龙的心理及各种沉重的学习负担和压力是造成儿童心理疾病增多的主要原因。有的孩子每天的睡眠时间只有六七个小时，这么少的时间对许多成年人来说都是不够的，更何况孩子。由于学习时间长，压力大，这些孩子平时既没有玩耍的时间，而且也没有和家人、同学、老师充分的交流和适当的心理疏导，学习造成的心理压力无法释放，久而久之，就容易形成心理问题，如果家长不能及时发现和正确处理，最后还有可能发展成为较严重的心理疾病。

许多专家则对这种状况非常忧虑，他们希望全社会都应该关心孩子们的身心健康，减轻孩子们的学习负担和压力，把童年的快乐还给孩子们。

心理咨询专家杨老师认为，造成儿童心理疾病增加的直接原因是升学压力大、课业负担重，根本原因则是现行的教育评价体制。解决这些问题，必须切实实施素质教育，让孩子们不再为分数、不再为考试所累。而家长的认识也存在偏差，这样不分成长阶段一味让孩子多学知识的做法，实际上是无视孩子成长的心理阶段，把对小孩的期待变成了一种"强迫"。所以好多孩子参加特长班学习都是家长的意思，这种教育形式对孩子的成长是很不利的，这也为孩子青春期产生逆反心理埋下了隐患。家长们望子成龙的想法是可以理解的，但这种做法却违背了孩子成长的自然规律，结果当然可想而知。让孩子马不停蹄地陷入学习各种知识的"陷阱"中，不仅起不到预期效果，而且还会适得其反，让孩子患上学习疲劳症、厌学症及各种心理疾病，最终影响孩子的身心健康。做父母的对孩子承担的责任是要培养他们的身心健康，这才是孩子今后学习、工作、生活的人生基础。过早地开发孩子的智力，让他们学一些超过自身接受能力的知识和事物，对孩子的健康成长其实是非常不利的。

一位教育专家说，从这些孩子身上反映出来的这些问题，已是一个复杂的社会问题，从孩子的学习负担过重到中小学生睡眠不足，从学习疲劳症、厌学症到儿童心理疾病增多，等等，这些问题的存在不仅影响到素质教育的质量，而且也严重影响到了孩子的身心健康，因此，它应该引起全社会的重视和关注。要解决这些问题，需要全社会的共同努力，教育主管部门、学校、家庭及全社会都应该积极行动起来，齐心协力，对中小学生及幼儿的成长和发展进行正确引导，提供一个良好的学习、教育模式，把童年的快乐还给孩子，让他们健康茁壮成长。

7. 2009 年国新办举行新闻发布会，请教育部部长周济介绍新中国成立 60 年来教育事业发展成就等方面情况，并回答记者提问。

记者从发布会上获悉，素质教育进入国家推进、重点突破、全面展开的新阶段。

1999 年，党中央、国务院召开了改革开放以来的第三次全国教育工作会议，作出了关于深化教育改革全面推进素质教育的决定。2006 年，胡锦涛总书记进一步指出，"全面实施素质教育，核心是要解决好培养什么人、怎样培养人的重大问题，这应该成为教育工作的主题。"按照中央的部署和要求，教育部组织开展了素质教育系统调研，提出了进一步推进素质教育的思路和措施，全面实施素质教育取得新的进展。

学校德育工作取得显著成绩。坚持育人为本、德育为先，整体规划大中小学德育体系，把立德树人作为学校教育的根本任务，把社会主义核心价值体系融入国民教育全过程。进一步加强和改进中小学德育课教学内容和方法，积极推进中小学校依法治校，培养学生做合格守法公民，自觉成为社会主义建设者和接班人。全面实施高校思想政治理论课新的课程方案，马克思主义最新成果进教材、进课堂、进学生头脑得到落实。高校网络文化主阵地建设和校园文化建设不断加强，连续多年保持稳定。相关调查表明，广大青少年学生充分信赖以胡锦涛同志为总书记的党中央，高度认同邓小平理论、"三个代表"重要思想和科学发展观，走中国特色社会主义道路的理想信念进一步巩固，思想主流积极向上。

新一轮基础教育课程改革和招生考试评价制度改革深入推进。自 2001 年《基础教育课程改革纲要（试行）》颁布以来，2005 年秋季全国所有小学和初中起始年级的学生全部实施了新课程。2006 年，全国有 10 个省进入到普通高中新课程实验，如今已扩大到 21 个省份。以实行综合素质评价、均衡分配重点高中部分招生名额为关键举措的中考改革在全国范围内推开；与新课改相适应的高考内容改革、高考自主命题改革、高校自主招生改革、高职单独招生考试改革试点等稳步推进。改革切实减轻了学生的课业负担，受到学生、社会和家长的普遍认同。

学校体育工作进一步加强。2007年，中共中央、国务院发出了关于加强青少年体育增强青少年体质的意见，把加强体育作为推进素质教育的突破口和重要工作方面。坚持"健康第一"，广泛开展了"全国亿万青少年学生阳光体育运动"，切实落实学生每天锻炼一小时的要求。高度重视学校美育和劳动观念教育，不断改善学校特别是农村学校卫生设施和条件。重视加强健康教育尤其是心理健康教育，促进学生身心健康发展。

三、申论要求

1. 请概括出给定资料所反映的主要问题，字数不超过150字。（20分）

2. 请根据给定资料，简要分析课业负担过重的原因及其给青少年心理健康造成的危害，字数不超过200字。（30分）

3. 请就给定资料所反映的主要问题，自拟标题进行论述，字数不超过1 200字。

要求：中心明确，内容充实，论述深刻，有说服力。（50分）

 **详　解**

【综合分析】

2009年度青海省公务员录用考试申论内容为中小学生心理问题。这一问题关系到千家万户，社会普遍熟知，对绝大多数考生而言都不偏不怪。第一问采用了传统的概括内容题目，第二问看似一个问题，其实有两问，考生应加以注意。大作文是自主命题作文，考生发挥的空间也比较大。

【答案提示】

1. 示例答案一 ▷

据报道，目前全国约有500万名青少年存在心理问题。据统计，目前我国20%～30%的家庭中存在心理问题。出现这个问题，原因在学生、家长、老师等多方面。青少年心理障碍问题的根源还是素质教育问题，学生负担过重。社会转轨过程中带来的心理压力增大，也诱发了心理疾病。

示例答案二 ▷

我国小学生书包平均重量为3.5公斤，初中生书包为5.5公斤，书包超重现象十分严重。我国20%～30%的家庭存在心理问题，全国心理疾病病人约有1 600万，1/3（约500多万）在儿童、青少年时期发病。青少年心理健康问题已经到了不能不引起重视的时候了。

✎ **评　析**

综合给定的资料，可以发现其主要讲述的是青少年心理问题。答案一的归纳比较准确；答案二没有抓住重点，而且多为引用原文。

原因是部分学校的办学指导思想和教育思想存在偏向，课程分类过多，教材内容偏深、偏难，再加上升学考试指挥棒的误导、市场经济大潮的冲击等。

过重的课业负担会使学生处于过度焦虑的状态，长期如此，学生就会产生不同程度的焦虑症、抑郁症、学习恐惧症。这些症状对学生日后的心理发展会产生很大的消极影响。

示例答案二 ▷

课业负担过重的原因主要是应试教育造成的，现在所有公办学校都是逢进必考、择优录取，学生和老师只能用题海战术来应对。家长也都望子成龙、望女成凤，希望自己的孩子出人头地，给他们增加了额外负担。

评析

此题有两问，考生必须认真看题。答案一回答得比较准确全面，是一份不错的答案；答案二只回答了第一问，因此不可能得到高分。

3. 示例答案一 ▷

改革应试教育　落实课业减负

基础教育的现实决定着国家和民族的未来。自20世纪80年代《九年制义务教育法》颁布以来，中国国民的综合文化水平大幅度提高，中国的教育事业取得了卓越的成绩。

中国的国民文化水平这个"木桶的容量"的不断增大，是因为它从抓初等教育这块"短木板"做起。但是，今天的事实却不得不让我们警醒，极端的教育已使我们走入了应试教育的怪圈：学生一味地考试，老师一味地提高成绩，家长不顾一切地追求孩子的卷面分数……在强大的学习压力和精神压力面前，老师和学生的心理在不断地扭曲和变形。学生成了考试的机器，社会能力和综合素质却越来越差，就像报道中所说，目前全国有500万学生存在心理问题。

中小学炙热的择校竞争、考试竞争，沉重的学业负担，奥数竞赛的金牌和名目繁多的各种证书，正在把许多儿童引入"赢在起点，输在终点"的歧途，使他们从小就被考试压倒，从一上学开始就厌学。如此这般，怎么能指望他们成为具有创造性的优秀人才？因而，我们今天最需要的，首先是改善我们的基础和土壤，创设有利于儿童健康成长的良好环境，是恢复教育树人育人的基本宗旨，是保障基础教育的正常秩序，是依法保护少年儿童，保障他们休息、娱乐和健康的权利。保护他们的童年，保护他们的好奇心和想象力，也就是保护民族的未来。

触目惊心的数字足以使我们猛醒，我们的教育是在培养人还是在毁人？铁一般的事实告诉我们：我们一方面在努力地培养着祖国的未来，提高着他们的文化素质，使那些"木桶"上较短的木板变得长一些，以期增强我们民族"木桶"的容量。然而，方法的错误使我们不断地制造和加工出腐朽和有孔的木板，这样，木板虽然加长了，容量同样不会扩大。

我们必须清醒地认识到应试教育的恶果，把学生、老师和家长从应试教育的桎梏中解放出来，全面推行素质教育，全面提高学生的综合素质，使他们成为人格健康、心理成熟的有用之才。只有这样，中国的总体文化水平才会有更大的提高，未来的中国一定会成为一个文化强国，也必定会成为一个经济强国！

示例答案二

中小学减负任重道远

几年前，我们曾为减负大旗的高扬而欣喜不已，学生们为"书包将要变轻，作业将要减少"而欢呼歌唱，许多人认为中国的素质教育改革开始迈出关键性的一步，然而，我们不难发现，当教育部门在大力强调减负的同时，许多学校却明文规定从某月某日到某月某日双休日补课，很多的学生的书包是越减越重，压力越来越大。

我们寻求原因，先要搞清楚减负到底是谁在第一线执行。众所周知，教师是一切教育政策和教育理念的实践者，他们能否在具体的教学中贯彻上面的精神和政策是教育改革成败的关键，也就是说，一线教师们是否确实执行减负精神是减负能否出现成效最重要的因素，怎么才能使他们推行呢？一方面，教师的自身素质很重要，其思想的转变是减负的基础。另一方面，减负的精神必须与教师所处的具体现实条件相适应，这样才能具有可操作性。

然而，回到现实看一看，似乎存在很多矛盾。从目前的考试机制来看，考试是最合理的人才选拔机制，高考和中考基本上是"唯分论"，这根独木桥的持久存在将是"减负"最大的阻碍。试问那些高三或初三的学生有谁敢在这样激烈的竞争中稍稍减一下负？谁减谁就吃亏，因为选拔的标准就一个。从学校和老师的角度来看，目前对一个教师业绩的评定主要看其所带班级的升学率，并不是看你的学生是否全面发展了，这就使教师不敢松懈，不敢放开，因为减负会损害到他们个人的利益。同样，对一个学校来说，评估其教学质量的依据依然是升学率。

不得不承认，中小学减负的实际可操作性难度很大，可以说，如果考试的"唯分论"不变，对教师和学校的评估机制不变，减负的确很难取得显著成效，中小学生的压力就不会真正降下来。

虽然中小学减负的道路非常曲折，但它是中国教育改革的出路，是推行素质教育的先锋，是中国教育与国际化接轨的必经之路。我们必须坚定决心，做好中小学减负工作。

评 析

本题要求考生自命题写作，也就是要求考生选取一个角度来论述。我们看答案一和答案二都选择了中小学减负问题，但是答案一更有高度；答案二就问题说问题，仅仅停留在表面，得分要低于答案一。

2008年湖南省国家公务员录用考试《申论》试题及详解

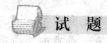

试 题

注意事项

1. 本试卷由给定资料与作答要求两部分构成。考试时限为150分钟。其中，阅读给定资料参考时限为 40 分钟，作答参考时限为 110 分钟。满分为 100 分。

2. 请在答题卡上指定位置填写自己的姓名、报考部门，填涂准考证号。考生应在答题卡指定的位置作答，未在指定位置作答的，不得分。

3. 监考人员宣布考试结束时，考生应该立即停止作答，将试卷、答题卡和草稿纸都留在桌上，待监考人员允许离开后，方可离开。

严禁折叠答题卡！

给定资料

1. 柳元发从湖南来广东打工已七八个年头，4 个月前在东莞上了养老保险。2007 年 12 月底见到他时，他却在忙着办理退保手续。

"退保划算吗？""没办法。要去深圳打工，转不过去，只能退掉。"拿到 622.33 元退到的保金，柳元发摇摇头。

实际上，退保的农民工，不止柳元发一个。临近春节，在珠三角，回家过年的农民工辞工退保成"潮"——有的地区农民工退保率高达 95% 以上。以东莞为例，2007 年一年，这里有超过 60 万人次办理了退保手续，最多时一天退保现金流达 30 多万元。仅南城区社保分局，就有 1.23 万人退保，退保总金额高达 2 628 万元。

目前，我国 1.2 亿农民工中，参加养老保险的已达 15%。截至 2007 年 10 月，广东省参加企业基本养老保险的农民工达 780.1 万人，东莞市养老、医疗、失业三险捆绑参保，参保农民工超过 180 万人。

然而，频繁退保，却使农民工难以享受养老保险带来的好处。好政策的背后，究竟存在什么制度缺陷和利益迷局？

2. 流动性大，参保成"鸡肋"。

河南籍女工刘会翠刚从科泰辞工到新科公司，参保一年半领到退保金 1 900 多元。"打工时要一直上保险将来才能领养老金。可是这里上的保险，到其他地方就没了，不知道该咋办。"流动性大、就业稳定性差，成了农民工频繁退保的重要原因。

记者调查发现，工厂经营不善倒闭、工厂搬迁市外以及春节期间回家潮等，都会造成大量退保。一些企业在有订单时招收大量工人，订单少就裁员，也造成很多人集体退保。2007 年 6 月，东莞寮步镇港资企业祥泰五金厂由于经营不善倒闭，导致厂里 200 多名工人集体退保，2007 年寮步已有 20 多家这样的小企业倒闭。

退保费是农民工一笔重要收入，经济利益诉求也是退保的重要原因。"对农民工来说，拿到现钱最重要。"东莞南城区社保分局局长李小玲介绍说，目前，社会养老保险缴费由个人和企业两方承担，个人缴费 8%，企业缴费 8%。但由于东莞市建立地方养老保险，企业还必须缴费 3%，这部分费用也划入参保职工本人的地方养老保险个人账户，东莞农民工参保满一年退保则可以退回缴费的 11%，不够一年只退 8%。以东莞南城区社保分局为例，退保的人以参保 1 年至 3 年者居多，按镇职工月平均工资 960 元计算，一次性退保后就能得几千元。有的人甚至为领取退保金而故意辞工，请求企业开退保单。"除非本地人，谁能在一个地方打工 15 年？"制度缺陷，导致社保成空中楼阁。"50 岁太遥远了！"从安徽阜阳来东莞的唐敬云今年才 19 岁，"谁能在一个地方打工 15 年交保费？除非是本地人！"准备回家过年，她打工的电池厂 2007 年 12 月有上百人辞工退保。累计缴费 15 年，退休后才能拿到养老金，这个规定让打工者觉得"太遥远"。深圳 1987 年起允许非户籍人员参加养老保险，15年后，能够享受养老待遇的仅有100多人。

广东劳动和社会保障厅养老保险处处长袁伟说："农民工要跨越'累计缴费15年'这道槛绝非易事。不能实现转移接续，农民工参保很难达到规定年限。"

在袁伟看来，另一个制度上的难点，就是城乡之间、地区之间，社保不能有效对接。目前，我国养老保险等主要社会保险制度被分割在2 000多个统筹单位，多为县市级统筹内运行，各统筹单位之间政策不统一，难以互联互通，养老保险关系无法转移接续。镇一级的社保机构尚未健全，许多农民工不知道今后这笔钱会转到哪里。

"虽然国家规定任何地方都要无条件接纳个人养老保险，但某些地方还是设置了障碍。"东莞社保局养老失业保险科科长陈陆说，目前各省都有个别城市设"卡"，不接受从别市转进来的无常住户口人员的社会保险手续。原因很简单：外来人员在当地退休的越多，当地财政需要支出的养老金也越多。

3. 利益驱动，退保成"创收"。

"让农民工参保再退保，不乏社保机构内在的利益驱动。"知情人士透露。

农民工退保，所缴保险费的"小头"——个人缴纳部分由农民工一次性领回，"大头"——单位缴纳的统筹部分，充入地方社保基金。这也是各地社保机构扩大参保面和办理退保时心照不宣的动力。

按相关规定，农民工解除劳动合同时，可保留保险关系，重新就业时再接续（俗称"停保"）；也可将其个人缴费部分一次性支付给本人，同时终止养老保险关系，重新就业重新参保（俗称"退保"）。但一些地方的社保局却更愿意让农民工退保，有的甚至规定"解除劳动合同必须退保"。

东莞台资润丰五金家具厂厂长陈佛林说："我们厂2 300多名农民工，每年向社保局缴纳工伤、养老、医疗、失业四项保险金共300多万元。"一些厂长私下告诉记者：社保局会给工厂下达参保人数指标，企业必须缴足，工人离厂就退保，"以农民工参保名义向企业征缴保险金，已变相成为地方政府的增收行为。"

面对记者，社保部门均表示没对农民工参保的资金情况作统计。据广东省公布的2005年缴费工资下限，记者算了笔账：深圳是1 591元/人/月，单位缴费率是8%，即1名参保1年的农民工退保，单位就向市养老保险基金"贡献"了1 527元。东莞是1 261元/人/月，养老保险单位缴费率是10%，每名退保农民工单位须向市养老基金"贡献"1 513元。广州是1 551元/人/月，单位缴费率是20%（私营企业12%），每名退保农民工单位须向市养老统筹基金"贡献"3 722元。

以东莞寮步镇社保分局为例，去年1—10月该镇养老退保2.37万人次，退保金额达3 180万元，按照企业上缴比例推算，该镇分局2007年沉淀进本地账户的社保资金在3 200万元以上。

4. 统筹全局，让农民工真受益。

"退保损害了农民工权益，使他们晚年无法享受社会保障。"袁伟说。

退休后养老金水平与缴纳年限、个人账户的联系紧密。农民工退保，虽然能拿到现钱，但几年甚至七八年的缴费年限将作废，个人账户将不存在，今后虽可重新缴纳，计发水平却降低。而流动退保，缴费年限达不到要求，就意味着失去了这份保障。调查显示：外来工在广东企业的平均工作周期是4~6年，其间人均换工一次以上。

"一张 IC 信息卡就可以解决养老保险的流动问题。"广东省政府社会发展研究中心副主任李惠武说，广东准备用 3 年左右实现省内城乡统筹，已在 6 个城市试点。如果全国社保统筹，账户跟着农民工走，一张 IC 卡就可以顺利转移，给付标准按照其交费截止到日前的当地标准给付。如在深圳、广州和四川各有交费，领取时就按三地交费时间段和标准领取。这在技术上也可以办到。

"东莞等地率先对农民工养老保险工作做出探索，过程中也暴露出一些问题。这需要从全国的层面来统筹推动解决。国家目前即将出台的农民工养老保险办法应该是低水平、广覆盖、易转移的，最好不要各地都单出一套制度。"东莞市社保局副局长黄庆辉建议，采取中央转移支付、地方互济一部分的办法，统一调控解决。

5. 关注农民工社保待遇　提高社保统筹层次。

农民工平等参加社会保险问题受到委员们的特别关注。傅志寰委员说，调研发现农民工大部分没有参加社会保险，特别是养老保险，再过十年、二十年就会成为很大的社会问题。建议草案对农民工参加社会保险的规定再明确一些，如规定农民工逐步享受与城镇劳动者相同的各项社会保险待遇，先把大原则定下来，再逐步去实现。

列席会议的全国人大代表陈志坤反映了基层企业情况。她说，由于农民工流动性较强，社保转接困难，有些工人宁可企业把买社保的钱直接发到手上而不愿参保。

6. 农民工社保待解接续难题。

民盟重庆市委调研室和綦江县政协进行的一项调查发现，农民工和企业主都对农民工养老持消极态度：80％的企业不赞成为农民工购买养老保险，而接受调查的近 1.5 万农民工中也有 83.2％不愿购买目前推行的养老保险。

景天魁委员分析说，根据现行规定，参加社会养老保险要连续缴费 15 年以上才能享受。而农民工流动性很强，很多地方无法转移关系，社保连续性不能保证，难以跨越"连续缴费 15 年"的门槛。社保金不能随人转移，而且退保手续复杂、等待时间漫长，是导致参保率过低的主要原因。

申论要求

1. 用 100 字至 150 字的篇幅，概括出资料的主要内容。(20 分)

2. 用 500 字左右提出实用性的解决方法。(30 分)

3. 自拟标题写 1 000 字左右的议论文。(50 分)

　详　解

【综合分析】

2008 年度湖南省公务员录用考试申论试题与该省前几年的考题差异不是很大，依然为两道问答题和一道大作文。考题难度也没有明显变化，考查的内容主要是农民工社会保险问题。农民工问题是近些年社会的热点，考生一般都有所了解，解答题目应该不是十分困难。需要特别指出的是，大作文要求自拟标题写作，写作范围必须围绕资料主题，否则会大量丢分。

【答案提示】

1. 示例答案一 ▷

近年来，国家为了保障农民工的利益，要求各地企业为农民工缴纳各项社会保险。但是由于农民工流动性比较大、工作不稳定，很难保证长期在同一城市或地区工作，导致缴纳社会保险却不能受益，而一些农民工为了眼前利益主动要求退保现象严重，续接却又比较困难。这一问题有待解决。

示例答案二 ▷

根据现行规定，参加社会养老保险要连续缴费15年以上才能享受。而农民工流动性很强，很多地方无法转移社保关系，社保连续性不能保证，难以跨越"连续缴费15年"的门槛。社保金不能随人转移，而且退保手续复杂、等待时间漫长，是导致参保率过低的主要原因。

> ✎ **评 析**
>
> 本题要求考生对所有资料的主要内容做概述，字数又限制在150字以内。答案一的概括相对全面准确，是一个不错的答案；而答案二是引用了资料中的一段话，不能得到高分。

2. 示例答案一 ▷

解决方法主要有以下几点：

一是调整财政支出结构，建立规范的社会保障预算制度，进一步提高社会保障支出的比重。

二是科学规划，使社会保障体系的覆盖面进一步扩大。适应人口老龄化、就业方式多样化、城镇化加快的特点，完善现有的保障制度，有计划地把应该纳入而未纳入的人切实纳入进来，真正实现"应保尽保"。

三是探索新的制度建设，针对不同群体增加新的保障项目，如建立符合农民工特点的社会保障制度、农村养老保险制度等。

四是加强社保基金的筹集和监管。通过各种方式，积极引导参保人员缴纳社会保险费，鼓励社会捐赠，扩大社保基金的筹集渠道，不断做大做强全国社保基金。同时，要进一步加大对社保基金的监管力度。要进一步提升基金的统筹层次，建立健全各项制度，促进基金管理的公开、透明，确保基金的安全运行。

五是完善社会保障制度的法律体系，加快出台社会保险法、社会救助法、慈善法等法律，制定养老保险条例、医疗保险条例、社会保障基金管理条例等法规。同时要严格执法，依据《劳动法》等相关法律法规，积极开展规范企业用工、清理社会保险关系等方面的监察执法，提高社会保障工作的效率和质量，加大对违法行为的打击力度。

六是加强各地区相关部门的协调合作，确保农民工在不同地区缴纳的社会保险可以在全国受益，能够在其到退休年龄时自由在各省转换，实现缴纳保险就受益、多缴纳多受益的局面，调动他们的积极性。

关于农民工社保问题的解决需要全社会的关注。因为退休后养老金水平与缴纳年限、个人账户联系紧密。农民工因流动退保，缴费年限达不到要求，就意味着失去了这份保障。调查显示：外来工在广东企业的平均工作周期是4~6年，其间人均换工一次以上。

"一张IC信息卡就可以解决养老保险的流动问题。"广东省政府社会发展研究中心副主任李惠武说，广东准备用3年左右实现省内城乡统筹，已在6个城市试点。如果全国社保统筹，账户跟着农民工走，一张IC卡就可以顺利转移，给付标准按照其交费截止到目前的当地标准给付。如在深圳、广州和四川各有交费，领取时就按三地交费时间段和标准领取。这在技术上也可以办到。

东莞等地率先对农民工养老保险工作做出探索，值得全国学习。国家出台的农民工养老保险办法应该是低水平、广覆盖、易转移的，最好不要各地都单出一套制度。采取中央转移支付、地方互济一部分的办法，统一调控解决。应规定农民工逐步享受与城镇劳动者相同的各项社会保险待遇，先把大原则定下来，再逐步去实现。

评析

此题要求提出解决方法，在答题时应尽量逐条分开说明，给人清晰明了的感觉。另外，给出的建议必须切实可行，不要夸夸其谈。答案一根据资料结合实际，给出了很好的建议；答案二重在参考资料，缺乏主见。

3. 示例答案一 ▷

农民工的社保需要全社会的保护

近年来，随着我国城市化快速发展，许多农民进入到城市当中就业，农民工权益的保障成为新时期构建和谐社会的重要因素。而与此同时，人口的老龄化问题也在不断给我们敲着警钟，如何让农民工能"老有所养"，以养老保险为代表的社会保障体系是必不可少的。

但是，由于农民工长期生活在偏远的农村，风险意识淡薄，甚至不知道保险为何物。有的把"保险"当做"乱收费"，甚至认为买保险不吉利，唯恐避之不及。一些地方政府存在认识误区，不重视农民工的权益保障，甚至对维权行为视而不见。而且，目前对农民工的社会保障体系不够完善，许多地区社会保障制度的范围局限于城市居民，农民工往往不在保险对象之列。失去社会救助系统支持的农民工，渐渐成了生活在城市中却又享受不到居民权利的无保障人群。那么应该如何保障农民工"老有所养"的权益呢？我们可以从以下方面做起：

第一，要加快建立健全社会保障制度和完善保护农民工权益的法律法规。建立农民工养老、医疗、失业保险制度，要让农民工享受大病保险、养老保障等。实现社会保险全国统筹，建立方便合理的社会保险跨省区转移机制。

第二，出台相关政策，放宽农民工落户城镇政策，同时将农民工直接纳入城镇职工基本医疗保险，在缴费办法和享受待遇方面与城镇其他从业人员一视同仁。同时坚持"低费率"原则，农民工参加社会保险的费用，应该主要由用人单位缴纳，同时政府给予适当的补贴，以减轻农民工的负担。

第三，应该保障农民工的政治权利。农民工户籍所在地的村民委员会，在组织换届选举或决定涉及农民工权益的重大事务时，应及时通知农民工，并采取适当方式让农民工行使民主权利。

第四，地方政府要对农民工开展宣传教育，树立正确的保险意识，提高农民工参与社会保险的意识和热情。针对农民工文化素质不高的问题，在为农民工提供社会保险的过程中，要简化手续，优化流程，并按规定完善社会保险费用结算办法，以方便农民工参加社会保险。

第五，有关的劳动监察执法部门要切实承担起查处侵犯农民工权益问题事件的主要职责，切实解决执行劳动法不到位问题，督促有关企业单位为农民工办理社会保险，对于违反劳动法不为农民工办理社会保险的企业要对其加入经济制裁和行政处罚。

或许，今天生活在城市中的人们很难切身感受到缺少社会保障的农民工所具有的"不安全感"。同样，生活在城市中的农民工们也很难直观地感受到，多年后少了社会保障的老年生活将带来的各种"不确定感"。尽管如此，我们依然应该"未雨绸缪"，农民工朋友的社保，需要的不仅仅是其自身提高保护意识，更多的人应该清楚地认识到，农民工的社保问题需要的是全社会的保护。

· 示例答案二 ▷

做好农民工权益保护的建议

农民工作为一个特殊群体，与城市建设的关系越来越密切，他们从社会分工的最底层支持着城市经济的迅速发展，为城市建设创造了巨大的社会效益和经济效益，已成为一个不容忽视的、最需要得到社会关注的弱势群体。对于农民工这样一种群体，国家的方针是"公平待遇，合理引导，完善管理，搞好服务"。希望地方政府与有关部门应当予以积极的关注，在政策和制度上都达到像维护城市市民利益一样地维护他们的利益，从而达到保证城市生活的正常运转，促进社会和谐发展之目的。对此，提出以下建议。

一、建立对城市农民工的管理机构，对农民工实行分类管理

农村劳动力转移就业是一个系统工程，从掌握劳动力资源、就业培训、提供就业信息到维护合法权益，都需要政府部门提供完善的管理和服务。对于目前日渐庞大的农民工队伍，政府应建立相应机构或责成有关部门进行管理。由于农民工流动性大，所以要想统一整体地管理确实难度很大，可以对其进行分类管理。对于长期在城市工作并在城市有固定住所的农民工可与所在社区联手；对于岗位较稳定但住所不在城市的可与用人单位协作；对于岗位不稳定、流动性较大的，可针对其特点逐步摸索或借鉴合适的办法，整体做到心中有数。

二、要继续加大和完善农民工权益保障机制的力度

首先，要从制度机制上杜绝克扣和拖欠农民工工资现象，建立工资支付监控制度，加大对克扣和拖欠农民工工资的用人单位的处罚力度；其次，进一步规范农民工工资管理，严格执行最低工资制度。再次，有关部门要切实履行对用工单位的职业安全和劳动防护情况的监管职责，强化用人单位的职业安全主体责任。最后，对于延长工时或占用休息日、法定假日工作的企业，必须依法支付加班工资。同时，各种督促检查手段要及时跟上。各

级政府应该帮助农民工维护正当权益。

三、逐步完善社会保障制度

目前的社会保障权、医疗服务权等都依附在户籍制度上，由于这种政策的限制导致农民工尽管也工作在城市、也同样为城市建设做贡献，却被排斥在社会保障制度之外。因此，应积极探索农民工在社会保障方面享受与城市居民同等待遇的渠道和途径，消除农村劳动力转移就业的体制性障碍，使城市农民工实现老有所养和老有所乐。同时，在农民工的居住条件改善、子女就学等方面要采取有力的措施，确保他们享有正当权益。

四、加强对农民工的职业培训

在农村劳动力转移就业培训方面，国家实行了"阳光工程"，拨专项资金用于补贴培训农村劳动力转移就业。为了提高农民工的素质和技能，使其尽快适应城市建设发展的需要，对他们进行培训是一项重要的工作。不仅有利于增加农民工的收入，也有利于提高他们的综合素质，为建设和谐社会增加保障。

总之，农民工权益问题是全社会都应该关注的重要问题，各级党和政府都应该为此做出更多努力。

评析

此题要求考生自拟题目写一篇议论文。首先要注意审题，必须写议论文，其次要围绕资料反映的内容，如果偏离主题就会大量丢分。答案一扣题比较准确，是一篇不错的文章；单看答案二，也算一篇好文章，但是与资料反映的主要问题有所偏离，很难得到高分。

2008 年广西壮族自治区国家公务员录用考试《申论》试题及详解

试 题

注意事项

1. 本试卷由给定资料与作答要求两部分构成。考试时限为 150 分钟。其中，阅读给定资料参考时限为 40 分钟，作答参考时限为 110 分钟。满分为 100 分。

2. 请在答题卡上指定位置填写自己的姓名、报考部门，填涂准考证号。考生应在答题卡指定的位置作答，未在指定位置作答的，不得分。

3. 监考人员宣布考试结束时，考生应该立即停止作答，将试卷、答题卡和草稿纸都留在桌上，待监考人员允许离开后，方可离开。

严禁折叠答题卡！

给定资料

1. 记者近日在河北子牙河水系的滹沱河、滏阳河等主要河流调研时发现，"有河皆干、有水皆污"已经成为这一流域的普遍现象。

天津大港区、河北黄骅市的干部群众反映，十几年以来，上游特别是沧州市部分工业和生活污水大量排入河道，对两地沿河群众的生产生活造成了极大影响，沿河不少村民一年四季不开窗，夏天一屋子臭味；污水使两岸农田部分绝收，养殖的虾蟹等经常大量死亡；沿岸村民病亡率远高于非污染地区，不少村庄在河上建立了拦污坝，以阻挡污水的侵袭。

2006年河北环境状况公报显示，由于水资源匮乏，部分地区农民使用污水灌溉，全省污水灌溉面积为52 356公顷，累计废耕农田面积94公顷。全省去年农业污染事故共发生35起，污染耕地面积2 100多公顷，造成农产品产量损失23 621吨，损失金额达到了676万元。

记者在河北四市采访时，基层干部群众说，我们都能直接看到水污染带来的直接危害，但它带来的群众负担加重、对政府不信任等次生矛盾后果更为严重，而且有可能引发恶性事件。据记者了解，许多污染重灾区地下浅水已基本不能饮用，只能靠打深水井维持生产生活所需，动辄三五百米乃至800多米，一个村至少一眼机井，每眼井所需至少十几万，而且因污染连连报废，给农民增加了负担。不少地方"政府拨点、群众凑点、上级要点"，才勉强保证村民满足饮用水的需求。

2. 据有关领导和专家介绍，全国大、中城市浅层地下水不同程度地遭受污染，约一半的城市市区地下水污染较为严重，大城市的中心地带、城镇周围区以及排污河道两侧、引污灌溉区污染尤为严重。全国不少地区符合标准的饮用水水源地呈缩减趋势。据调查，全国113个环保重点城市的222个地表饮用水水源地，平均水质达标率只有72%。

当大城市中心地带和周围的水源出现大面积污染，城市还将如何维系？这是一个十分严峻的问题。事实上，我国本来就干旱缺水。淡水资源人均只有2 300立方米，仅为世界平均水平的1/4，在世界上名列第121位，是全球13个人均水资源最贫乏的国家之一。截至2007年初，中国的660多个城市中，一半以上城市不同程度缺水，其中严重缺水的有111个，全国城市缺水总量为60亿立方米，每年因缺水影响工业产值就达到2 000多亿元。

在淡水资源本来就非常有限的情况下，污染可谓雪上加霜。而且，地下水一旦污染，无论从资金投入的角度还是从技术的角度来看，得到治理的可能性都近乎为零。日本经济虽然非常发达，但对于治理地下水污染所需要耗费的高额投入，也只能扼腕叹息，无可奈何。

除了污染，还有对水的无节制开发和浪费。仅黄河流域，就有16个大中城市实施"拦河造湖"、"挖湖引水"计划。其中郑州、洛阳、西安、咸阳、宝鸡、石嘴山、太原已形成或计划形成的人工景观水面达56平方公里，相当于10个杭州西湖。仅郑州、西安、咸阳，计划投入的相关"圈水资金"就达40多亿元。在黄河一些河段出现断流的情况下，这种"圈水运动"无异于会导致更为严重的后果。

经过几年的发展，城市已经高度现代化，但是，缺水和水污染，将成为制约大城市发展乃至生存的瓶颈，如果我们不尽快采取措施加以解决，继续默认水污染和浪费情况的发生，水可能成为城市的终结者，楼兰古城的悲剧或将重演。

3. 当前，我国经济飞速发展，农村城市化进程逐步加快，但应引起关注的是，农村生态环境恶化、地下水的污染和缺失，已严重影响到了农村的可持续发展。

据调查，农村粪便无害化处理率平均不到3%，有的地区粪便不经处理便直接排入江河，严重污染了水源和环境。农村生活垃圾和污水未能统一有效管理，农户的生活垃圾和污水随便倾倒，流向田头沟渠、池塘、路边，大量有害有毒废弃物如废旧电池等严重污染着土地、水源、庄稼，破坏了农村生态平衡。与此同时，城市垃圾场地一般都设在城镇郊区，农村承受了农村和城镇共同产生的生活垃圾。中国有 8 亿左右农村人口，如果按每人每年产生 0.3 吨计，全国每年合计将增加生活垃圾 24 000 万吨。垃圾堆放过程中，有机物分解，产生了多种酸性的代谢产物及水分，在雨水的淋滤作用下，垃圾中的重金属被溶解并流到地表或渗入地下，垃圾中的病源微生物也可渗入滤液中，构成了有机物、重金属和病源微生物三位一体的污染源。

乡镇企业由于企业生存的经济环境、基础条件及管理水平的限制，主要集中在造纸、印染、电镀、化工、建材等少数产业和土法炼磺、炼焦等落后技术上，大多数设备相对落后，产品技术层次不高，人们环境保护意识薄弱，因而环境污染严重。农村工业污染已使全国 16.7 万平方公里的耕地遭到严重破坏，占全国耕地总量的 17.5%。值得注意的是高能耗的实心黏土砖厂仍在严重污染农村环境。据调查统计，每建造 1 万平方米多层住宅需用 200 万块黏土砖，生产这些黏土砖将耗用土地 3.3 亩，烧制这些黏土砖耗用标准煤 18 万吨，同时排放大量的二氧化碳及二氧化硫气体。

目前，农民在土地上投入的天然农用肥料大幅度减少，化学肥料的施用快速增长且氮磷钾使用比例不平衡，导致土壤板结、耕作质量差，肥料利用率低，土壤和肥料养分易流失，造成对地表水、地下水的污染，湖泊富营养化。据统计，农业生产中氮肥的利用率为 30%～35%，氮肥的地下渗漏损失为 10%，农田排水和暴雨径流损失为 15%；磷肥利用率为 10%～25%，全国缺钾耕地面积占耕地总面积的 56%，20%～30% 的耕地氮养分过量。大量的氮和磷营养元素随农田排水或雨水而进入到江河湖泊，导致水体的富营养化，水质恶化。同时，过量施洒农药、化肥，农业生产过程中生产的垃圾未能妥善处理，农用地膜、农药空瓶、化肥包装袋随意丢弃，难以在短时期内降解，严重污染了耕地，造成一部分农作物减产。

近年来，中国畜禽养殖业得到迅速发展，各地在城镇郊区附近建立了一大批养殖场，由原来农村的分散养殖变成了集中养殖，由此带来畜禽粪便废弃物的排放处理和污染问题。粪尿中大量氮磷渗入地下，使地下水中硝态氮、硬度和细菌总数超标。水产养殖业也对一些湖泊、水库造成污染，这种污染的来源主要包括鱼类粪便、饲料沉淀以及为使水生植物生长而撒的各种肥料。

部分企业公共意识淡薄，对矿产资源重开发、轻恢复，开采矿山时直接剥离地表，破坏植被，造成水土流失、地面下陷、山体滑坡，一些煤矿、磷矿等企业的废水直接排放到田间地头、沟渠河流，被部分农户用来作为灌溉水源，破坏了生态，也污染了农作物。

4. 在广东省中山市某镇，有一家印染企业，该企业在生产中会产生印染污泥。印染污泥因为含有聚丙烯酰胺，在广东省被纳入危险废物进行管理。记者调查发现，经常有人把满载印染污泥的船驶进鸡鸦水道后，直接将污泥冲进水道内。

印染企业的工作人员表示，他们所有的污泥都是以每吨 200 元的价格委托广州绿由公司进行回收处理。一位业务员承认，有时候他们收了印染厂的废物处置费后，并没有按规定把污泥拉回绿由公司进行焚烧处理，而是私自把废物处理掉了。初步统计，半年来共倒掉了 2 200 多吨污泥。

2006 年底，黄河兰州段遭遇不明污染，导致约 30 公里的河水变成奶白色。

据不完全统计，这已是当年最后一季度黄河兰州段遭遇的第四次较大规模的污染。2006 年 10 月 22 日和 11 月 21 日，因为供热站排放污水，导致黄河兰州段河水两次变红。

12 月初，又有人发现在连接黄河的一条河内有大量红褐色污水，并在部分河段形成大量白色泡沫，经调查发现，这是兰州市一家造纸厂排放的污水所致。

5. 民以食为天，食品安全本是老百姓最朴素、最根本的需求。但曾几何时，餐桌却成了最不安全的地方，毒大米、毒蔬菜的惊呼不绝于耳。随着全国土壤现状调查及污染防治项目的正式启动，土壤污染成为继水污染、大气污染、噪声污染和固体废物污染后，受到社会关注最多的污染问题之一。土壤污染被称作"看不见的污染"。

2006 年 11 月中旬在北京召开的国际土壤污染管理经验研讨会上，中美两国专家对我国土壤资源面临的生态问题进行了交流。我国建设用地和污染场地土壤环境安全问题，引起了与会中美两国专家的关注。随着我国城市的发展，城市建设用地规模越来越大。许多建设用地来自于工业、农业或其他特殊用地（如危险品生产、贮运、处置等）。这些场地的土壤很大程度上受到各种各样的污染，由此引发的环境污染和人体健康伤害事件时有发生，已经成为城市土地开发利用中引发纠纷的主要因素。其他类型的土壤污染问题，如污水灌溉区、重污染企业周围地区、废弃工业用地和加油站等场地的土壤污染，对农产品、地下水和人体健康的影响，也已经成为突出的土壤环境安全问题。

6. 有位学者提出，由于人类对自然一味索取、盲目征服与急功近利，造成了严重的环境污染，从而引起大气"温室效应"加剧、大气臭氧层受破坏、酸雨成为"空中死神"、有毒化学品进入环境循环、垃圾泛滥成灾等等，给人类和自然界造成不可复原的生态浩劫。仅就大气污染来说，20 世纪末，世界卫生组织公布的材料显示，在全球大气中总悬浮物、二氧化硫、二氧化碳等完全污染物含量前 10 位的城市中，中国占据 8 位。据有关部门统计，全国 338 个城市中，只有 33.1% 的城市达到国家空气质量二级标准，剩余的 66.9% 都超过二级标准，其中有 137 个城市超过三级标准。在我国，中小城市的空气污染重于大城市，北方重于南方，产业区重于非产业区，冬季重于夏季，早、晚重于中午。据了解，我国北方城市大气中降尘和颗粒物浓度 100% 超标，南方城市 50%～60% 超标。冬季污染尤为严重。由于环境污染，不仅产生了一系列生态环境问题，而且还严重威胁着人民的身心健康，由此而造成的各种"公害病"、新旧传染病接踵而至。

我国水资源总量居世界第 6 位，但人均占有量只有 2 300 立方米，是世界人均量的 1/4，为世界上 13 个贫水国家之一。而且，我国水资源空间分布不均，华北、西北的一些地区缺水严重。一方面长江、淮河水灾频发，另一方面黄河断流严重，从而造成许多生态问题。同时，我国主要河流普遍污染，其中辽河、海河污染严重，淮河水质较差，黄河水质不容乐观。主要淡水湖泊富营养化严重，多数城市地下水受到一定程度污染。由于农业灌溉技术落后、水利设施不配套、城市管网水漏失，水资源利用率低，浪费严重。

森林是陆地上最大的生态系统，其在涵养水源、防风固沙、保持水土、调节气候、抗御自然灾害、维持生态平衡等方面起着重要作用。我国的森林总面积为 1.34 亿公顷，占世界的 3.9%，位居世界第 5 位；森林覆盖率仅为 12.29%，排在世界第 131 位；人均占有森林面积更可怜，只有 0.115 公顷，仅相当于世界平均水平的 17.2%。如此稀缺的资源，却遭到了严重的破坏。目前，我国森林区已出现严重"赤字"，天然森林每年平均消失 40 万公顷，按近十几年的采伐和破坏速度，到 2055 年将全部消失。由于对草地的掠夺式开发，乱开滥垦和长期超载放牧，导致草地面积逐年缩小，质量逐年下降。目前，我国 90% 的草地已经或正在退化。我国目前水土流失总面积达 367 万平方千米，占国土面积的

38.2%，而且平均每年新增水土流失面积 1 万平方千米。

我国是世界上 12 个高度生物多样性的国家之一，但同样面临着森林砍伐、湿地开发、野生动物生存空间急剧缩小的严重威胁。我国动植物种类中已有总物种数的 16%～20% 受到威胁，高于世界水平。近 50 年来，我国约有 200 种植物灭绝；脊椎动物受威胁的有 433 种，灭绝和可能灭绝的有 10 余种，还有 20 余种珍稀动物面临灭绝的危险。目前，我国 34 个省区市均发现了外来入侵生物种类，几乎涉及了所有的生态系统。危害比较大的外来入侵草本植物有豚草、紫茎泽兰、空心莲子草、凤眼莲、大米草等，动物类有麝鼠、食蚊鱼、非洲大蜗牛等。

"落霞与孤鹜齐飞，秋水共长天一色。"王勃《滕王阁序》中这两句千古绝唱，引发了后人多少遐想。然而，今天鄱阳湖的面积，只有 100 年前的 1/5，1 000 年前的 1/50。之所以如此，除了气候影响、板块变迁的因素外，更多的是人为造成的。这导致了什么呢？水域污染，水产动植物种类减少，长江排洪能力减弱，而生活在它周围的人，不得不考虑重新退田还湖。

同很多国家一样，中国生态安全的危机已悄然而至，甚至危及生命：一个 12 岁的女孩因为吃了含有农药污染的蔬菜而命丧黄泉；健康的孕妇却产下了畸形儿子；环境污染严重的地区癌症患者大幅攀升；黄河断流，长江泛滥，淮河污染；森林减少，湿地萎缩，森林区入不敷出，出现严重"赤字"；耕地锐减，荒漠化土地扩大，沙进人退；赤潮频发，酸雨增多，红树林逐渐消失……

近 50 年来，中国因为自然灾害付出了 25 000 亿元人民币的代价，洪涝、干旱、地震、生物等各种灾害，侵袭着中国约三分之一的国土。中国每年因为水质污染、大气污染、生态环境破坏和自然灾害造成的损失高达 2 830 亿元人民币。

凡此种种，不能不引起人们对生态安全的忧虑和警觉。生态安全已经向我们敲起了警钟。

7. 据辽宁省水利厅介绍，鉴于近一段时间水体污染事件多次发生，辽宁省水利厅成立了应对突发性水污染事件领导小组，包括专家咨询组、应急监测组及应急处理组。同时正在编制突发性水污染事件应急预案。

正在编制的应急预案将河流、水库纳入保护范围。预案要求，责任单位和责任人、监测单位在发现突发性水污染事件时，必须在 1 小时内向所在地县级以上人民政府、水行政主管部门水污染事件应急指挥部报告。紧急情况下，可以越级上报。

预案还明确，在应对突发性水污染事件应急工作中，相关人员如出现拒不执行突发性水污染事件应急预案、在事件应急反应时临阵脱逃等行为，将受到行政处分。构成犯罪的，还将依法追究刑事责任。

8. 近几年来，江西省委、省政府高度重视环境保护工作，全省兴起了"既要金山银山，更要绿水青山"的实践，打造了良好的生态环境。

蓝蓝天空，白云悠悠，空气一片澄澈，对英雄城南昌的人们来说，这不是一件很奢侈的事。近两年，南昌围绕创建国家环保模范城、打造后花园的目标，南昌市环保局加大了对市直主要污染企业的监督与整改。自 2004 年 7 月 1 日开始，《南昌市高污染燃料禁燃区管理办法》正式实施，严禁在高污染燃料禁燃区内燃用高污染燃料。市环保局联合有关部门出台了相关管理办法，采取措施使二次扬尘污染迅速下降。通过长期的工作，市内大部分餐饮单位安装了油烟净化器和油水分离器。景德镇10年前30多平方公里的城区集中着183座煤烧圆窑，耸立着600多根烟囱。如今的景德镇发生了翻天覆地的变化。外商和游客漫步瓷都市里乡间，看到的是楼高了、灯亮了、路直了、树绿了、天蓝了，心情更加舒畅。

名扬海内外的庐山没有满足于现状，而是视环境保护为生命。2000年以申报4A旅游区为契机，庐山管理局率先在国内的风景名胜区中引进并建立ISO14001环境管理体系，2001年11月庐山环境管理体系通过认证。

红色革命的摇篮井冈山，树比过去多了，山比过去美了，每一个瀑布、每一条溪水清澈明亮。东江源头安远县的三百山，历届政府都非常重视环境保护，环保相关部门采取有力措施，如撤销木材加工、加大矿产水利执法、推广无公害种植、禁止乱采滥伐等。

上饶市针对信汀城区段排污口排污情况等问题进行了认真的调查研究，掌握了信江水域长度约18公里范围内的36个排污口情况，并及时向市政府提交了调研报告，为领导综合决策提供了参考依据。宜春市对水厂取水口以上所有排入袁河的污染源和5条支流的环境污染情况进行了调查，及时编写了宜春市饮用水源保护区域污染源调查报告并提出了相应整改措施。

9. 国家环保总局有关领导指出，回想2006年中国环保走过的道路，我们的心情十分复杂。一方面，环保工作面临历史性转变，人们从中看到了新时期环保工作的奋斗目标；另一方面，面对今年主要污染物下降2%的约束性指标，有的地方却踩了红线，主要污染物不降反升。而环境事故依然居高不下，今年国家环保总局应急中心共处置环境事件159起，是去年的两倍。严峻的现实告诉我们，中国的环境保护正在步入一个艰苦的徘徊期、拉锯期。

同时指出，中共中央、国务院召开的中央经济工作会议最近在北京举行，这次会议全面分析了当前的国内经济形势和生态安全环境问题，明确提出了2007年经济工作的指导思想和总体要求，强调了国民经济要"又好又快"地发展，各级政府必须下更大的决心，采取更加有力的举措，扎扎实实地推进各项工作。

申论要求

1. 用不超过150字的篇幅，简述以上资料的主要内容。（20分）

2. 用不超过120字的篇幅，对资料6中所提到的"警钟"问题给出对策。（30分）

3. 与过去"又快又好"发展的提法不同，请你结合给定资料说出这次"好"字为什么要排在"快"字之前，不超过100字。（10分）

4. 请以"家园"为话题，写一篇关于如何解决生态安全问题的文章。（40分）

要求：参考给定资料，自选角度，自拟标题；观点明确，联系实际，内容充实，语言流畅，层次清楚，有说服力；全文不少于800字。

 **详 解**

【综合分析】

2008年度广西的公务员录用考试申论考题与前两年差异不大，给定资料的范围比较集中，主要是生态环境问题。前些年，考题中给定的资料都是集中在一个问题上的，因此考题难度看起来并没有加大。而且考查的内容也是大众关注的问题，大多数考生在解答题目时不会感觉太困难。

【答案提示】

1. 示例答案一 ▷

目前，我国环境问题比较严重，并影响到了人们生活的各个方面。农村水污染严重，大中城市水污染、水缺乏，生活垃圾未经无害化处理乱倒，工业污泥乱倾乱倒，乡镇企业技术、设备、管理、意识等落后，因此造成的环境污染已经开始影响到农业生产，造成食物污染，给人们的生活带来损害，给经济社会发展带来很大阻碍，务必要引起高度重视，采取切实有力的措施，防止生态环境继续恶化，促进经济社会与生态环境协调发展。

示例答案二 ▷

同很多国家一样，中国生态安全的危机已悄然而至，甚至危及生命：一个12岁的女孩因为吃了含有农药污染的蔬菜而命丧黄泉；健康的孕妇却产下了畸形儿子；环境污染严重的地区癌症患者大幅攀升，黄河断流，长江泛滥，淮河污染；森林减少，湿地萎缩，森林区入不敷出，出现严重"赤字"；耕地锐减，荒漠化土地扩大，沙进人退；赤潮频发，酸雨增多，红树林逐渐消失……

评析

给出的资料除了涉及环境污染，还涉及食品安全以及国家有关部门对此的重视，考生在作答时应该全面，防止以偏赅全。答案一是个不错的答案；答案二引用了原文，没有全面概括，属于低分答案。

2. 示例答案一 ▷

资料6中所提到的"警钟"问题有：水污染，大气污染，生物多样化受阻受损，水产物减少，乱砍滥伐引起水土流失等。对策建议如下：

（1）转变增长方式，提高发展质量和效益；

（2）加强对高污染高排放重点或大型企业的整治，促进企业技术产品质量升级，减少排污；

（3）加强生态环境监测，建立健全环保监测体系和行之有效的监管机制，立足当前，着眼长远；

（4）加大政府对环境保护的资金投入；

（5）加大舆论宣传和引导，提高公民环保意识。

示例答案二 ▷

为了防治环境污染，应颁布一系列相关法律。努力寻求一条人口、经济、社会、环境和资源相互协调的、既能满足当代人的需要而又不对满足后代人需求的能力构成危害的可持续发展道路。要制定科技标准；控制、治理污染；保护自然生态；进行环境评价；开展宣传教育；发展国际合作；进行环境监察等等。

3. 示例答案一 ▷

"好"是发展质量和效益，"快"是发展速度，字序的交换，表明已由过去的重视或片面追求发展速度和规模、忽视发展质量和效益、只顾眼前利益而不顾长远利益，转变为更加注重发展的质量和效益，更加注重可持续发展。

示例答案二 ▷

"好"和"快"一个是形容质量和内容，一个是形容速度的。以前我们喜欢片面追求速度，容易形成"浮夸风"，在发展的同时留下很多后遗症。把"好"放在前面，突出了质量，体现了科学发展的精神。

4. 示例答案一 ▷

家园
——保护环境加强监督

我国正在以很高的经济增长速度向前发展，但每年在环境方面因污染给经济带来的损失也非常严重，由于环境污染引发人们的发病率上升、医疗费增加、死亡率增高等都是经济损失的一方面。目前我国的环境形势严峻，生态平衡脆弱，污染排放总量远远超过环境容量和承载能力。为了保护我们的家园，必须加强环境保护监督工作。保护环境涉及亿万人民的生命健康，涉及子孙后代，涉及全球人的利益。环境保护监督工作直接影响着国家和人民的生命财产安全，建立完善的环境保护监督机制，加强环境保护监督工作是非常重要的。

加强环境保护监督工作，首先要加强行政监督。政府有关部门要制定区、县及街、镇环保管理标准，进行严格有效的考评。各管理部门要尽职尽责，对各种污染源要依法严格管理，该处罚的处罚，该吊销执照的吊销执照，该移送司法机关的移送司法机关。各级监察、督查部门对环保工作中的重点、难点和群众反映强烈的问题，要进行跟踪督查督办，对不履行或不正确履行法定职责，造成不良影响或后果的，要追究有关责任者的责任。

加强环境保护监督工作，要接受法律监督、民主监督和新闻监督，政府和各部门要自觉接受人大代表和政协委员的检查监督，认真听取意见，及时解决问题。市、区两级人民政府要建立每年向同级人大常委会报告环保工作情况的制度，并向市民公布。新闻媒体要及时宣传环保工作的先进典型，对疏于管理的责任部门和环境污染现象予以曝光批评。

加强环境保护监督工作，要加强公民教育和社会监督。采取各种形式，加强公民公德教育，增加公民的社会责任感，提高全民的环保意识和素质。引导广大群众积极参与环保活动，建立社会各界人士参加的义务监督员队伍，对环境保护实施全方位的监督，及时举报污染点位和违法责任者，督促有关部门及时组织治理整改。

总而言之，一边发展经济，一边保护环境，这才是我国能够长期快速发展的根本之所在。各级政府、各级环境保护机构、各环境监督部门要从维护国家利益的高度出发，本着一切为人民负责的态度，做好环境保护监督工作，不断健全、完善环境保护监督机制，促进我国实现可持续发展战略。

示例答案二 ▷

保护农村环境政府有责

随着党和国家坚持始终把解决好"三农"问题作为工作重中之重以后，农村经济发展摆到了相当重要的位置，同时加强农村环境保护工作问题也随之提上重要议事日程，我们不能以牺牲环境作为发展经济的代价。对搞好农村环境保护工作的思路对策措施建议如下。

一、制定充实农村环境保护政策法规，增强依法防治环境污染工作力度

制定一部可操作性比较强的农村环境保护专用法规是依法监督管理保护农村环境、防止污染恶化和治理污染的重要法律依据。现有的环境保护法在实际执行中主要侧重于城市建设、工业生产和市民生活环境的保护，与现行农业法规及国家产业政策在某些方面还不相适应，尤其是很难完全适应新农村建设的发展需要。应该专门针对农村环境制定相关法律。

二、建立健全农村环境保护综合机构，提高依法行使农村环境监管效果

现有的各级环境保护行政主管部门虽然承担着各自辖区的城乡环境保护的统一监督管理工作，但是实际工作重点主要侧重于城市建设、工业生产和市民生活环境的保护，很少能够完全顾及有效保护农村环境。为把农村环境保护问题解决好，从现在扎实推进新农村建设的起步阶段，就应该首先建立健全能够独立负责任地完全搞好全国各地农村环境保护工作的管理机构，充实精干力量，使其与所独立承担的艰巨的工作任务相适应。形成城乡之间互相监督、互相学习、互相帮助、互相配合、互相促进的工作格局，共同努力，分别搞好各自范围内的工作，解决目前管理不到位和存在的其他诸多问题。

三、努力增加农村环境保护资金投入，提高专项资金投入使用产出效果

随着国家环境保护的重点真正从城市环境保护转移到农村环境保护上来，相应地增加资金投入是搞好农村环境保护工作的必要条件。今后国家财政部门应优先确保农村环境保护部门开展工作必需的经费支出，一要保证全国现有从事农业环境保护工作人员的工资；二要保证购置农村环境监督管理所必需的常规检验检测设备及正常维护保养检修的资金需要；三要保证下乡进村入户现场办公用车用餐等费用；四要保证实施重大农村环境保护项目所需资金来源。

四、切实加强农村环境保护工作领导，提高领导者依法民主科学决策水平

提高领导者依法民主科学决策水平是切实搞好农村环境保护工作的迫切需要。其一要树立立足于主要依靠发展国内农业生产解决国内市场主要农产品供给的指导方针，并采取相应措施，力争提高基本农田的土壤肥力，严格控制城市工业污染向农村排放、转移和扩散；其二要树立国内人民生活用水和农业生产用水优先的指导思想，为避免水环境的进一步恶化、水污染的进一步加重，严格控制沿江沿河沿湖沿海地带的污染工业建厂；其三要放手发动农民群众参与评议当地农村环境保护状况，认真搞好当地新农村建设规划；其四已经造成当地环境污染的领导要勇于承担决策失误应负的责任，敢于及时处理环境污染事故，依法严肃查处随意乱占滥批耕地、随意剥夺农民承包土地使用权的主要责任者；其五要严格按照农村环境和农业资源保护相关法规要求，主动征求当地关心环境保护大事的农民群众的意见；其六要从严审查当前各地新农村建设规划，坚决制止打着新农村建设旗号的破坏资源和污染环境的开发活动。

评　析

　　本题虽然给出了大标题"家园"，但同时要求考生自命题写作，也就是要求考生选取一个角度来论述，如果仅仅以"家园"为题，作文必然空洞，也不容易得到高分。答案一是个不错的答案；答案二过于局限于农村的环境保护，因此得分可能要低一些。

2007年山东省国家公务员录用考试《申论》试题及详解

试　题

注意事项

1. 申论考试是对应考者阅读能力、综合分析能力、提出和解决问题能力、文字表达能力的测试。

2. 参考时限：阅读资料40分钟，参考作答110分钟。

3. 仔细阅读给定资料，按照后面提出的"申论要求"依次作答。

给定资料

材料一

近几年来，不少地方出现了"网络募捐热"：一些人纷纷自建网站，通过网上发布求助信息的方式开展募捐。对于这种做法，有些人认为应该提倡，有些人认为应该禁止，还有些人主张既不应该提倡也不应该禁止。不管怎样，网络已经成为新的慈善平台，网上募捐渐成公益文化。

2000年，河北省无极县中医院职工卢英红建立了名为"爱心无限"个人网站，并利用业余时间到河北各地农村寻找贫困孩子，把家庭确实困难的、综合素质良好的学生，作为资助对象在网上进行发布。全国各地网友寄来善款、文具、衣物后，她再分别转邮给孩子们，有的还专程上门送去。为了增加"爱心无限"网站的点击率，2002年，她拿出家

里仅有的 1 万多元钱，购买了服务器托管在北京一家公司，并申请了国际域名。一批批被救助对象的信息上网了，大量爱心人士的现金汇入了卢英红的账号，再由她代理发往救助对象手中。她把每一笔资金、每一批衣物的来龙去脉都清清楚楚地公布在网站上。6 年来，卢英红募捐到的款物，折合人民币已达 30 多万元。

2005 年 11 月 27 日，江苏启东的季吴畏罹患白血病，在出生一年半以后就离开了人世。尽管这个小生命因为医学的无力挽回而逝去，但其短暂的一生，却经历了一次完美的网络救助和临终关怀。摇篮网上数千位年轻的妈妈向小吴畏伸出了援助之手，让吴畏的父母在不幸之中感受到了人间温情。截止到 11 月 27 日，救助吴畏的捐款总额超过了 11 万元。其中，已使用资金 7.8 万元，剩余资金 3.2 万元，捐款和款项使用情况，在摇篮网上都有网友"我爱季吴畏"的详细公示。

2006 年 7 月，受 4 号台风"碧利斯"影响，广东韶关、清远等地遭受了罕见的洪涝灾害。位于粤北山区的小城乐昌，一夜之间被洪水淹没，成为受灾最严重的地区之一。面对突如其来的灾难，各方纷纷伸出援助之手，其中一个最引人注目之处，便是网络成为民间赈灾的一个新的平台。据不完全统计，7 月底以来，热心人通过网络途径，向乐昌市捐赠的各种物资达 13 吨之多，包括衣物、被褥、药品、食品、瓶装水等灾区人民用得上的物品。2007 年 1 月 8 日，银川市兴源回民中学"育龙阅览室"面向学生开放，阅览室的所有书籍都是由来自山西在该校任教的梁宏明等 4 名青年志愿者，通过互联网发起的"贫困学生帮扶行动"募集而来。志愿者们还表示将继续通过网络募集的方式，再为宁夏山村学校筹建更多的阅览室。

"扶贫济困送温暖"活动是江泽民同志倡导的。1995 年底，他在陕西、甘肃考察时指出，要在全国大中城市开展经常性的捐助活动，支援灾区和贫困地区。随后，以"扶贫济困送温暖"为主题的经常性社会捐助活动在全国普遍展开。胡锦涛总书记对这项工作也高度重视，2006 年 11 月 29 日，专门就组织社会捐助、确保受灾群众过冬衣被等问题作出重要批示。同年，民政部等 7 部委决定将共产党员"送温暖，献爱心"活动与已经在全国开展的"扶贫济困送温暖"活动结合起来，统一部署，统一行动，并确定每年的 11 月都要为困难群众筹集款物。一个全国性、经常性的社会捐助机制已经形成，并正在发挥越来越重要的作用。

作为一种全新的联系方式，互联网的快捷广泛以及它的互交性是其他任何媒体所无法比拟的，它带给人们的不仅仅是信息、娱乐、知识和技术。当一个人的呼喊马上可以传遍全世界，而且立即就能得到回应的时候，网络募捐就成为互联网应用的一个重要功能。据中国互联网络信息中心（CNNIC）2006 年 1 月份的调查，我国网民总人数已达到 11 100 万人，试想一下，如果每个上网用户都浏览一遍一条网络求助信息，且每人只捐出一分钱，那就有 111 万元，更何况有些人并不只捐一分钱，那可就是相当大的一笔数目。俗话说"众人拾柴火焰高"，况且网络联系着世界的每一个角落，它不受地域和时间的限制，向慈善机构在网上公布的一个固定账户打上自己愿意捐赠的数目，受助者立刻就能收到捐款。对于受助者可以说是解了燃眉之急，有助于他们比较快地摆脱所处的困境。

材料二

2005 年 9 月 15 日，西南大学文学院女生陈某，以"卖身救母"的网名在天涯社区重庆版发帖子，为身患肝病的母亲求援。帖子称，妈妈因肝病生命垂危，陈某卖掉了家里的住房，筹措手术费，让妈妈接受肝移植手术。可手术恢复不理想，专家认为应该做第二次肝移植手术，需要几十万手术费。陈某在求助信的结尾处写道："我多么希望有好心的人能救救我妈妈！我宁愿卖掉我自己！"帖子发出后，该学生的个人账号很快收到各地网友超过10万元的捐款。但随后一位网友发出的一篇题为《卖身救母的真相》的帖子，引来了众多网友对陈某"卖身救母"真实性的怀疑。该帖子说，陈某生活奢侈，身穿价值近千元的阿迪达斯和耐克新款服装。该帖子称，陈某利用了媒体，其行为有欺骗性质。10月19日，天涯社区网上又出现了一篇《"卖身救母"事件调查实况》的帖子，发帖者与另一名网友赶赴重庆"独立调查"发现，陈某的母亲是泸州检察院职工，第一次手术的费用是30多万元，由于享受医疗保险，医保机构按照标准支付了15万元，检察院职工为她募捐了2万多元。如果她进行第二次手术，需要30万元～40万元，医保能再支付15万元。但关于其母享受医保这一点，陈某始终没有提及。该调查引起了许多网友对陈某的不满，一些网友说："我们的社会需要真诚，我们应该建立一种完善的捐助机制，受助人理应公开情况。"网友的讨伐与质疑，集中在陈某有选择地公开求援信息，影响了捐助人的知情权。这些声音在10月23日陈某的母亲去世之后开始变弱，但仍有网友不肯罢休，甚至表示要将陈某告上法庭。对此，陈某和她的亲戚表示，将选择一个适当渠道公布详细账目，同时希望能有司法部门介入调查，将真相告诉公众，他们还呼吁能够出现专门的机构监管网上民间捐助，这样当事人就不会再受到类似的伤害。

自9月15日陈某在网上发出救助帖子至其母手术后去世，再到后来迫于巨大的舆论和心理压力陈某休学回家，网络上各种观点包括对陈某、对"独立调查人"的支持与"讨伐"等，展开了尖锐激烈的争论，甚至出现了许多非理性的谩骂攻击。包括央视和许多重要的平面媒体也对此事件进行了深入采访报道，网络募捐一时成为社会上最引人关注的焦点，陈某则成为当年我国最"著名"的网络人物之一。

前不久，在"无忧团购"网站上，网友"雪儿妈"自述：雪儿已经持续7天发热，并且都是在38.5℃左右，头一天晚上身上开始冒出小红点，患白血病的可能性有70%，治疗这种病需要20多万元。"雪儿妈"还发布了团购奶粉和超低价"帮宝适"婴儿尿片的消息，希望网友们通过自己代理的产品来帮助自己。这件事打动了不少市民，他们纷纷捐钱，近200名已做妈妈的网友向她订购商品，累计金额达12万元，其中一位姓陆的女士通过网上银行支付了33 000元，向"雪儿妈"购买婴儿尿片。可后来，人们发现所有向"雪儿妈"购买奶粉和婴儿尿片的妈妈们，都迟迟拿不到"雪儿妈"的货品，"雪儿妈"接到汇款后，总是以各种理由搪塞，而且人们还偶然发现，在网上与"雪儿妈"一唱一和的网友"孙迈克"和"静静的守护者"上网使用的IP地址，竟然与"雪儿妈"完全相同。网友们终于认识到，这是一场精心设计的骗局。

2006年6月，一位网名为"紫色回忆"的女士，在某网站论坛上发帖子说，她去年遭遇车祸，自杀未成一度昏迷。在医院，她每天都能收到网友们的问候和录制的歌声，她就是这样被唤醒的。不幸的是，她现在又患上了脑瘤，需要大量治疗费。这位"阿紫"的遭遇打动了不少网友。一名叫"蝴蝶兰"的网友为"阿紫"发起捐款倡议，不长时间就募集到了4万元，汇给了"阿紫"。但也有网友怀疑"阿紫"与"蝴蝶兰"有可能合伙利用募捐骗钱。还有网友真的到了他们所说的山东淄博某医院了解情况，结果发现医院根本没有其人，才知道是上当受骗了。随后，网友们在论坛上纷纷声讨"阿紫"的欺骗行为，"阿紫"又编造了"自杀"谎言在网上传播。后来,人们得知,"阿紫"根本没有病,她将捐款用作别处了。

2005年1月28日,"胶东在线网"二手信息审核的编辑发现一条信息,有人以红十字会烟台办事处名义,打着"为了灾区重建家园捐款"和"一方有难,八方支援"的幌子,在网上发布了农业银行账号以及咨询电话号码,企图骗取热心人捐款。该网站及时与市红十字会取得了联系,并成功地拦截了这条信息的发布。两个小时以后,又有人在该网站发布这样的消息,工作人员当机立断予以拦截,随后该网站将相关信息打印后送到市红十字会。烟台市红十字会有关人士表示,幸亏"胶东在线网"及时拦截,才使众多网民没有上当受骗,避免了一起诈骗案件的发生。市红十字会为此也提醒广大市民,如有意对印度洋海啸赈灾捐款,请认准市红十字会授权发布的指定银行账号或直接到市红十字会现场捐赠,切勿相信网上募捐和街头捐助活动。

一位网友说:"我参加过多次爱心捐赠,对网上的爱心援助也会一视同仁,在有所了解和可能的情况下参加。可问题的关键在于网络有其虚拟的一面,如何核实求助事件的真实性,就是一个难题。网上救助还应有一种识别机制,否则,就有可能造成爱心的滥用,甚至社会诚信的缺失。许多人对个人网络募捐持怀疑观望态度,他们在未核实事情的真实性之前是不会捐款的。"还有的网友说:"利用网络诈骗的例子很多,如果一看到网络上的募捐消息,就匆匆忙忙慷慨解囊的话,那免不了会上当受骗。如果在网上看到募捐的消息,可以通过电话或者其他途径,向当地的政府机构或者居民查询,情况如果属实,就可以操作。"

个人网上募捐是一把双刃剑,有利也有弊。由于网络本身的隐蔽性和不确定性,从而导致它的公信度和可信度大打折扣。如此一来,个人网络捐助在热心资助他人的同时,也充满了道德上的陷阱。所以,每一个实施爱心网络救助的人,都有必要考证其真实性,以免同情心遭遇被无情欺骗的尴尬和无奈。

网络所具有的匿名性、隐蔽性等特征,让非法之徒有可乘之机,使有爱心之人对"网络救助"失去信心。一些人利用网络救助,把人们的同情心与爱心当做幌子,实则是吸引更多的网民点击自己的帖子,等其帖子达到较高的点击率,他就可以得到BBS虚拟的奖励。他们却不知道在自己的满足欲膨胀的同时,也深深地伤害了他人。更有甚者,利用网络救助欺诈他人钱财,待得手后溜之大吉,这方面的案例举不胜举,这种行为是不可饶恕的,它致使人们心灵的最后一片净土受到玷污。渐渐地,人们对于网络上出现的"求助"、"救助"等一类信息,产生了漠视的态度。

赞成禁止个人网上募捐的人们,看到的是这种募捐方式弊的一面;反对禁止个人网上募捐的人们,考虑的则是这种方式利的一面。但世界不仅仅是"一分为二"的,于是有些人主张既不提倡也不应禁止这种做法。主要是在目前的情况和条件下,特别是互联网应用迅速普及发展的形势下,不能也不可能取缔网上募捐这种方式。但它目前也无法律支持,缺乏法律、法规规范,所以也不宜提倡。

材料三

普通人的捐助,为慈善事业提供了稳定的资金来源。慈善事业的经费来源主要包括三种渠道:一是企业或各种经济组织(实体)的捐献,二是政府财政拨款或救助,三是社会成员的个人捐赠。目前,我国企业捐赠的范围很小,个人捐助也十分有限,这是制约和影响我国慈善事业蓬勃发展的瓶颈性障碍。而在慈善事业较为发达的美国，一年数千亿美元捐款中，有80％是个人捐助，而这其中的70％又是来自普通人。2003年，美国人均私人捐款为828.7美元。中国与美国的人均收入之比为1：38，而人均慈善捐款之比为1：7 300，可见，我国普通人广泛参与慈善事业的意义尤为重大。

美国慈善事业一个值得注意的趋势是网上捐款日益盛行。据《慈善纪事（The Chronicle of Philanthropy)》发表的报告，2006年美国167个慈善组织网上筹集9亿多美元，网上捐款数额同比增长了150％。

就现代社会的特征而言，助人就是助己。贫富差距存在的现实基础，原因就在于穷人需要救助，而富人有能力提供救助，财富有条件从富有者转向匮乏者。只要是衣食无忧、安居乐业者就有能力、有责任救助那些因天灾人祸而遭遇生活变故落入困境的人。现代社会的特征之一就是风险加剧，风险类型增多，后果严重。在这样的条件下，任何人都有可能遭遇不测。因为风险是普遍存在的，它降落在谁的身上，只是一个概率问题，谁也不能保证下一次它不会落在自己头上，或者说正因为别人替你承担了一次风险，你才有可能平安无事。

由于个体道德感缺失，致使社会上的高尚助人行为也遭到贬斥，表现为主动助人者不仅得不到他人的表扬与肯定，而且还可能受到猜疑与嘲笑，这就进一步降低了助人的愿望，减少了捐资助人的行为。

中国民间慈善活动所具有的浓厚乡里情结和亲族情结，导致了慈善事业的封闭性和内敛性，与现代慈善事业的社会化、开放性、广泛性、公平和公正等基本特征不相符合。

慈善是帮助人们摆脱各种困难、抵御各类风险，发展社会公益事业的重要途径。它关注的对象是弱势群体及脆弱的社会成员，对贫弱者以金钱或物品相助，或者提供其他一些实际援助。从本质上讲，慈善是一种救济行为，其性质属于志愿性公益事业。同时，慈善事业还能有效调剂贫富差距、缓解社会矛盾，成为国家社会保障的必要补充。

在我国，每一次大规模的募捐活动往往是以行政方式完成的。如此一来，捐款就不仅仅是奉献爱心，而成了完成任务，不是出于自觉自愿，而是碍于情面，甚至带有强迫的色彩。慈善事业管理过程中行政色彩过浓，非营利性的慈善组织缺乏独立地位和自主权，民间捐款被作为政府关怀和救助发放给受助对象，这无论对于捐助者还是受助者都会造成不利的影响。

材料四

目前，四川全省募捐市场不同程度地存在着混乱、重复捐赠现象，不少组织或个人将慈善捐款挪作他用，也有多部门捐助同一人的现象，导致受助人一夜之间突然"暴富"，这既不利于发挥慈善作为社会再分配的调节功能，更不利于社会的公平公正。2007年四川省人民政府办公厅要求今后除中央统一安排的民政经常性社会募捐活动，大灾之年以政府名义开展的赈灾募捐，依法成立的公益性社会团体和公募基金会开展的募捐以外，其他任何单位、组织和个人，未经当地民政部门审批，不得组织社会性捐赠活动。民政部门今后将建立社会性慈善捐赠活动审批、公布制度，及时通过新闻媒体向社会公布已批准的社会性慈善捐赠活动，相关内容同时报送上级民政主管部门审核备案。确保规范、合法的慈善组织能够更有效地整合慈善资源，实现慈善资金的募集、使用的最优化，推进各类善款的募集和使用更加公开透明、合理合法。

河南省南阳市油泵油嘴厂职工张哲利用网络，与10多名网友创办了一个民间募捐组织，将募捐来的钱物捐赠给贫寒学子。他建立网站募捐的义举，得到了南阳市慈善总会的肯定和支持。张哲说，网上募捐完全在南阳市慈善总会的监管下进行，募捐的金额、捐款的去向，全部向所有献爱心的网友公开，接受监督。2007年1月22日，张哲等网友利用所捐款项，会同南阳市慈善总会来到内乡县夏馆镇黄龙村，将一笔善款捐给了一个贫困家庭的女孩。

网友"小虫"说，以前一些公益网站民政部门不给登记，由于没有一个合法身份，也就不能设立一个用于从事公益事业的专门账户。要组织捐款只能用个人账户，即使账目公开透明，也还是面临质疑，压力很大。所以，官方出台文件，只要通过审批就可以组织募捐，实际上给了网络募捐一个"合法身份"。而这又正好弥补了半官方慈善机构程序多、捐款使用不灵活、时效性差的弊端。

据了解，目前我国只有《中华人民共和国公益事业捐赠法》、《社会团体登记管理条例》、《基金会管理条例》等三部相关法律法规，但这些法律法规对于规范、保护和促进网络募捐的有序健康发展，显然"力不从心"。现在，我国捐助行为的法律关系依靠《中华人民共和国公益事业捐赠法》来规范，但这部法律只适用于"公益性社会团体"接受捐赠的行为，私人要成立这样的机构，基本上是不可能的。

公益事业是社会发展的主要内容。公益是一种普通互助的价值观念。公益机构是现代社会管理结构的重要组成部分。在公共物品中，除了事关国家安全、稳定或需要执行操作的公共服务，其他的都可由政府机关以外的机构来承担具体事务。通常把这样的机构称做公益机构。一般来说，对具有较强公益性、有关产品和服务涉及国家长期利益或大多数公众基本利益的社会事业，主要由政府提供。

《中华人民共和国公益事业捐赠法》所称公益事业是指非营利的下列事项：（1）救助灾祸、救济扶贫、扶助残疾人等困难社会群体和个人的活动；（2）教育、科学、文化、卫生、体育事业；（3）环境保护、社会公共设施建设；（4）促进社会发展和进步的其他社会公共和福利事业。公益性社会团体受赠的财产及其增值为社会公共财产，受国家法律保护，任何单位和个人不得侵占、挪用和损毁。国家鼓励自然人、法人或其他组织对公益事业进行捐赠。有些法律界人士提出，《公益事业捐赠法》出台时，没有制定相应的实施细则，所以只有一个"粗线条"的法。尤其是在优惠政策、管理体制、运行机制、社会监督等方面没有制定详细的规范，可操作性并不强。

网络本身所具有的隐蔽性和不确定性，也给网络募捐带来了监管上的难度。当前，网络募捐在监管和管理上仍存在欠规范的问题，如部分基金会对资金的筹集、投向及捐款的项目未能实现公开，社会捐赠资金在管理、使用过程中还存在不规范现象，资金的安全性也有诸多隐患。另外，网络慈善发起的救助往往属于民间私募行为，募捐的发起者一般都不具备发起募捐的法律资质，如何去规范他们的募捐行为，如何监督所筹善款的流向与使用，将是民众最担忧的问题。国家应成立专门的网络救助机构，对民间个人捐款进行监管，定期公布账目，最大程度地实现透明化和公开化。这不仅可以保障网络捐助的真实性和合法性，还能有效规避不法分子进行网络诈骗的伎俩。

2007年3月7日《光明日报》载文：国家要制定相关法律法规，为广大用户创造一个健康、文明、安全的网络环境。通过法律手段，明确网络接入商、网络内容提供者、网络服务者、线上资料服务者及其他在网络上提供资料者的责任与义务，引导网络从业人员、网络服务机构严格自律，杜绝有害信息和不良网络产品的制作、复制、发布和传播。与此同时，净化网络环境，还要加强网络安全领域关键核心技术的研发，加快网络安全技术平台建设，大力推广和普及相关网络技术，如过滤技术、安全技术、加密技术、信息追踪技术等。

材料五

中共中央宣传部理论局编写的《理论热点面对面（2006）》一书指出：互联网的复杂性，使得世界上没有一个国家对其不加引导、放任不管，区别只是方式和程度不同而已。号称"自由之国"的美国，虽然没有专门管理互联网的法律，但却通过完善的法律体系对互联网实行严密的监控。法律授权政府或执法机构，可以截取嫌疑人的互联网通信内容，网络公司有义务向政府提供网络用户的有关信息和背景。法国的网络管理在欧洲处于领先地位，在电子商务的诚信及数字签名、互联网通信的安全管理等方面均有立法，并实行实名上网，个人在网络公司登记的资料必须是完全真实的。在新加坡，对网络监管比较严格，设立了专门机构监控网络有害信息，要求内容提供商认真履行对色情、政治、宗教、种族等方面的有害信息进行过滤的义务，对黑客、垃圾邮件、非法下载等行为的惩处也非常严厉。当然，如何真正做到对互联网高效有力的管理，现在还是一个世界性的难题。

在美国，网络募捐已经成为一种高度普及的大众文化。在澳大利亚，网络募捐均由民间经办，与政府形成了一种合作关系。政府负责规划募捐的发展，确定资助的总额和方向。但政府并不直接办服务机构，而是由民办机构去提供。民办机构可以平等地通过竞争机制获得政府的资助，但他们必须履行相应的义务，提供政府规定的服务。民办服务组织与居民的关系非常密切，可以更加灵活地适应居民的需要，这些方面比政府办的机构更有效率。同时，他们还可以充分地运用自有资源，合理利用社会资源来提供周到服务，从而大大减轻了政府机构的负担。

申论要求

1. 给定资料提出了"民间个人网络募捐该不该搞"的话题，但"网络已成为一个新的慈善平台，网上募捐逐渐成为一种公益文化"却是一个不争的事实。请根据给定资料一、三、四，解析"慈善"与"公益"这两个概念的内涵和外延。字数不超过150字。（12分）

2. 给定资料表明："个人网络募捐是一把双刃剑，有利也有弊。"请根据给定资料二所提供的案例作答。（25分）

（1）找出个人网络募捐所面临的突出矛盾和问题，并将其整理成一份《情况反映》。

（2）对西南大学女生陈某网上"卖身救母"风波作出点评。

要求：条理清晰，重点突出，文体得当，字数550字以内。

3. 给定资料中提供了以下数据：

（1）2003年人均私人捐款：中国0.92元人民币，美国828.7美元；当年中国和美国的人均收入之比为1:38，而人均慈善捐款之比为1:7 300。

（2）2006年美国167个慈善组织网上筹集9亿多美元，网上捐款数额同比增长了150%。

请针对以上数据，依据给定资料三，进行归纳性述要，并结合自己所知道的事例，说

出影响个人捐助的社会因素。（18分）

要求：表述准确，层次分明，引例恰当，字数400字左右。

4. 给定资料提到"网络本身所具有的隐蔽性和不确定性，也给网络募捐带来了监管上的难度"，请根据给定资料四、五，联系实际，提出保障个人网络募捐真实性与合法性的有效途径。字数300字左右。（15分）

5. 请根据给定资料，以"由网上募捐所想到的"为副标题，自拟主标题，写一篇不少于700字的文章。（30分）

要求：从给定资料入手，观点明确，判断恰当，论述集中，语言流畅。

 详 解

【综合分析】

2007年山东省国家公务员录用申论考试围绕网络募捐展开，一共给了五组材料。第一组材料是网络募捐的几个例子及网络募捐的作用。第二组材料是引起争议的几个网络募捐的例子及网络募捐的弊端。第三组材料是外国和中国慈善事业的对比。第四组材料和第五组材料是网络募捐存在的问题及其监管。2007年命题内容考生比较熟悉，理解起来难度不大。这也说明申论的考试内容更加贴近现实生活。

【答案提示】

1. 示例答案

慈善是关怀、同情别人，它是帮助人们摆脱各种困难，抵御各类风险，发展社会公益事业的重要途径。公益是一种普通互助的价值观念，是社会发展的重要因素，涉及国家长期利益与大多数公众的利益，对社会的和谐公平起着重要作用。

2. 示例答案一

（1）网络募捐活动不仅存在信任危机，而且在具体管理上也是一片空白：对募捐款物的管理和使用缺乏有效的监督与制约，无法保证募捐发起人真正做到公正无私或廉洁自律；没有建立申报登记制度，随意性较大，谁想发起谁就可以发起，这容易被不法分子钻空子……

其实，网络救助之所以问题多，根本原因就在于没有一个完善的监督机制。也就是说，必须要通过一种制度化的保证，让民间募捐在法律上不再处于尴尬地位。

虽然爱心是无限的，但是体现爱心的钱是有限的。一旦一笔爱心捐款出现浪费甚至流失，就可能意味着有其他需要爱心帮助的人会陷于无助。因此，规范管理的重要性丝毫不逊色于奉献。因此，网络救助在帮助不少人的同时，也充斥着陷阱。由此，人们对网络救助产生了严重的信任危机。

（2）近几年随着网络的普及，网民数量的增加，网络募捐热也随之出现，其优势也非常明显。但任何事物都是一分为二的，网络募捐是一把双刃剑，其不和谐的方面近几年也彰显出来，其存在的弊端和问题主要是由于网络存在的虚拟性和不透明性引起的，人们无法核对其真实性的一面，致使许多网民上当受骗，这不仅让一些不法分子中饱私囊而且还伤害了网民的心灵，长此以往会造成社会诚信度的缺乏及不良社会风气的蔓延。

（1）材料反映，个人网络募捐在帮助生活困难者摆脱窘境方面起到了一定作用，但其面临着一系列突出矛盾和问题，主要表现在四个方面：

一是进行网络募捐的个人往往以化名出现，在网上发布的信息由个人拟定，没有经过有效审核，信息的真实性和合法性不强；

二是网友对个人网络募捐信息缺乏鉴别力，网友无法鉴别信息真实性和全面性，仅凭文字进行理解，受情绪感染捐款捐物；

三是个人网络募捐缺乏有效管理，有人借募捐进行商品推销，有人打着红十字会的招牌进行诈骗，令捐赠者事后追悔莫及。

四是个人网络募捐查处难度大，只能依靠独立调查人或募捐者周围的人进行核实，但核实后当事人也只受到道德谴责，很难受到法律处理。

（2）2005年9月，西南大学女生陈某以"卖身救母"的网名在天涯社区重庆版发帖，为身患肝病的母亲求援。很快收到各地网友超过10万元的捐款。但随后各地网友严厉指责陈某没有在募捐信息中向社会公开受助者全部信息，隐匿了其母享受医保这一点。陈某迫于巨大的舆论和心理压力休学回家。

陈某网上"卖身救母"风波显示了广大网民具有关爱他人、同情弱者的美德，但同时也暴露了个人网络募捐在信息公开方面存在制度缺陷。由于网络本身的隐蔽性和不确定性，导致其公信度和可信度大打折扣。对个人网络募捐应当加强法律支持，加强制度规范，当前不能搞一刀切，要审慎对待。

 评 析

答案二要好于答案一，不仅指出了问题，也提出了简要对策。答案一只是指出了问题。

3. 示例答案 ▷

（1）公民个人道德感缺失，致使社会上的高尚助人行为遭到贬斥。很多人认为救助穷人是国家和政府的责任，或只有富人才能做善事，自己根本不是富人，所以帮助别人与己无关，根本不去参加任何捐助活动。不仅如此，他们还贬斥社会上高尚的助人行为，这就削弱了其他人帮人助人的积极性与愿望。

（2）由于网络的匿名性和隐蔽性使非法之徒有可乘之机，使有爱心之人对网络救助失去了信心。由于网络的公信度和可信度大打折扣，网络捐助充满了道德陷阱，使很多奉献爱心的人遭受欺骗。

（3）捐助体系不完善，法律不健全。我国在募捐监管和善款使用上仍不规范，这使得人们不能真正了解自己奉献的爱心到底用到了何处，这也降低了人们对公益事业的积极性。

4. 示例答案 ▷

保障网络募捐真实性与安全性的主要途径有：

（1）国家制定相关法律法规，为网络募捐活动创造安全文明的环境。

（2）净化网络捐款活动还需要加强网络安全技术开发及核心技术的研发，加快网络安全平台建设，确保网上捐款的安全性。

（3）加强网络管理，建立与健全网上捐款审批制度，给网上捐款一个合法的身份。

（4）提高人们的网络募捐安全意识。人们可以通过电话查询的方式，询问有关部门，确保网上捐款的安全性。

（5）新闻媒体进行跟踪监督，公布募捐活动过程，上交民政部门审核。

5. 示例答案

中国慈善体系的完善

——由网上募捐所想到的

近些年来，随着网络技术的普及，网上捐款成为一种时尚。网上募捐活动具有及时性与直接性的特点，极大地推动了慈善活动的进行。但是网上捐款的隐蔽性又使我们看到了中国慈善体系的不完善，因此完善中国的慈善体系势在必行。为了更好地发展我国慈善事业，急需政府采取一些措施来建立健全慈善事业监督管理机制。

首先政府需要建立一些法律来规范募捐活动，特别是网络募捐。应从组织募捐开始严格考察、审批；既而严格监管募捐财物流向，使账目清晰地公布于众，接受社会监督。

中国的慈善机构还不够健全，需要加强审批部门的建设，更要加强监管部门建设，以确保捐款过程的合法性，以使资金流向真正需要的地方，真正实现募捐的价值。

另外，我们每一个奉献爱心的人都应该提高警惕，不要盲目奉献我们的爱心。要到政府部门或当地群众那里了解情况，确定事情属实再募捐也不晚。我们也应该行使我们的监督权，不要以为捐出财物就好了，还要监督这些财物的流向，看其是否真正帮助了别人。

最后，行政部门要加强对募捐活动的监督，在积极发起募捐活动的同时，严格监督募捐活动的过程，同时保证募捐活动的公开透明。

慈善事业既是经济事业发展的晴雨表，也是调节贫富差别的平衡器。通过市场实现收入的第一次分配；通过政府调节实现收入的第二次分配；在习惯与道德的影响下，个人出于自愿将可支配收入的一部分或大部分捐赠社会，乃是不可小觑的第三次收入分配。它有助于缩小两极分化，减弱"仇富"心理，有利于社会的和谐。

综上所述，我国的慈善募捐刚刚起步，还有很多不尽如人意之处，但只要我们不断完善慈善体制，加强监督，我们的慈善事业定会稳步发展，一步一步走向辉煌。

2007年湖南省国家公务员录用考试《申论》试题及详解

试 题

注意事项

1. 申论考试是对应考者阅读能力、综合分析能力、提出和解决问题能力、文字表达能力的测试。

2. 参考时限：阅读资料40分钟，参考作答110分钟。

3. 仔细阅读给定资料，按照后面提出的"申论要求"作答。

给定资料

1. "禁"还是"限"? 这似乎仍然是个问题。在已决定对烟花爆竹适度开放的北京，人们还在谨慎权衡，精神快乐与安全环保谁更重要，如何才能鱼与熊掌兼得。

北京市人大法制委员会9月14日召开燃放烟花爆竹立法听证会。虽然所安排的听证事项是《北京市烟花爆竹安全管理条例（草案）》（以下简称《草案》）中关于限放地点和时间两个具体问题，但是，来自编辑、律师、职员、学生等各行各业的16位陈述人所关注的范围却远远超越于此，旷日持久的"禁"与"限"之争再次激烈展开。有一点可以明确的是，对立双方所关心的问题高度一致：解禁后的北京应如何保证安全与环保。

听证会上，虽然陈述人之间的观点交锋激烈，但是无论"主禁派"还是"主限派"，几乎所有的人都承认，随着时代和社会环境发生的巨变，燃放烟花爆竹的行为已不再仅仅是个人记忆中温馨美好的快乐之梦，而成为一个伴随着诸多现实困扰的公共问题。

首先，北京成为一个人口密集、资源紧张的超大城市，公共安全成为最无法忽视的问题。公司职员魏京民说，从1993年至今，北京的城市环境发生了很大变化，人口、车辆不断增加，犯罪时有发生，火灾的隐患更多，大家可以想象，当爆竹像炸雷般炸开，将造成多么可怕的危险和污染。

其次，由于缺乏法律规范，能量与日俱增的爆竹，越来越令人感到恐惧。今年66岁的退休工人王崇礼说，他从20世纪50年代起就在北京过春节，回忆起来大人小孩一起在四合院放爆竹的情景历历在目。但当时几乎所有的人都放小鞭小炮，很少见到伤人事故。但今非昔比，有些能量大的爆竹甚至能赶得上炸药。

此次听证的具体事项包括以下两个内容：《草案》中关于"本市五环路以内的地区为限制燃放烟花爆竹地区，五环路以外的地区允许燃放烟花爆竹"的规定；《草案》中关于"在限制燃放烟花爆竹地区，每年农历除夕至正月十六，允许燃放烟花爆竹"的规定。

有趣的是，出于对现实利益的平衡考虑，在政府趋向宽大的法规面前，七成以上的陈述人都提出：允许燃放的地区范围可以再小点，允许燃放的时间可以再短点。

职员李全利说，《草案》中对限放区以五环路为界的规定不全面。因为，现在北五环以外的居民也很密集，建议可将此条改为在本市五环路以内，以及居住稠密区等都规定为限放区。

律师黄海说，《草案》关于时间的限制过于粗糙，没有考虑到老年人和体弱多病的人的休息权，建议将其进一步进行细化。比如考虑中国人有守夜的习惯，除夕可以24小时燃放，正月初一至十六则规定21点至24点禁放。

还有多位陈述人建议，应由政府出面，在节日期间组织专人统一进行燃放，减少个人的随意行为，以此减少安全隐患。

听证会前，北京市政府以及人大有关部门通过座谈会、民意调查、网上公开征集意见等多种形式广泛听取民意，并在媒体上进行了充分报道。由此，人们明显感受到一种变化，那便是各种观点不再是截然对立的，更趋向交叉甚至融合。

2. 国家行政学院教授汪玉凯认为，北京市对于上述两个十分具体、且人们普遍关注的法律事项进行听证，是非常有必要，并值得赞许的。他说，这可以使人们与即将出台的新法进行充分互动，听证既是听取民意的过程，也是民意消化和接受法律的过程。在进行公开、透明、广泛的意见征集后，政府降低了决策风险，百姓也提高了对新法的认识，有利于未来现实的执行。2005年春节，北京市民终于又可以"爆竹声中辞旧岁"了——这是 13 年来的第一次。9 月 9 日北京市人大常委会表决通过的《北京市烟花爆竹安全管理规定》，取消实行 13 年之久的禁放令，改全面禁放为局部限放。种种迹象显示，京城"禁改限"很可能产生"多米诺骨牌"效应。人们不会忘记，1993 年年底，正是在北京下达"禁放令"后，全国数百个城市闻风而动，纷纷设定燃放禁区。10 多年来，共有上海、广州、武汉、西安等 282 个城市禁放烟花爆竹。无疑，"放炮年"的到来是尊重民意、顺应民心之举。即使是反对解禁者，也不得不承认"禁改限"具备广泛的民意基础。据社情民意调查中心统计，86.3% 的北京市民赞成放开对燃放烟花爆竹的限制，其中 92.4% 赞成在春节期间燃放烟花爆竹。北京市政府法制办主任周继东也表示，修订禁放规定主要是因为近年来群众关于解禁的呼声越来越高，春节期间"顶风放炮"的现象逐渐增加。但是，在为立法者尊重民意叫好的同时，有关人士提醒，不要忘记当年的"禁放令"在当时也是"顺应民心之举"。

"千万别忘了，当年我们是因为什么而禁放的。"北京退休干部沈有海说，"与 10 多年前相比，许多情况已经改变。但也有些东西是不会变的，包括当年禁放的一个重要理由：燃放爆竹所带来的人身伤害和财产损失。"

3. 2005 年春节期间，仅北京就因燃放烟花爆竹 551 人受伤，发生火灾多起。来自国家环境检测部门的信息显示，春节期间全国各地大气污染综合指数也多呈上升趋势，一些城市的大气质量连续数日为重度污染、中度污染。而环保专家分析，"罪魁祸首"便是大面积、集中地燃放烟花爆竹后生成的二氧化硫气体。

23 岁的媒体从业者王林认为，虽然市民支持"禁改限"者居多，但依据以人为本的原则，要求安宁生活的权利应大于娱乐权，不能简单以"民意多寡"论高下。爆竹声会对老、幼、病、弱人士的身体健康造成损害，有关部门也应该关注这些"少数派"的利益。不论是赞成者还是反对者，都不得不考虑 13 年前"禁放"立法者已经考虑过的问题：面对烟花爆竹，城市如何保证安全与宁静？

4. 一位市民在北京市政府网站"首都之窗"上留言，希望政府认真考虑几个问题：解禁后容易发生安全事故；空气污染和噪声污染必然会增加；影响市区交通，增加交通管理、消防设施和人力等成本。前车之鉴就在眼前。2005 年春节，河南郑州先于北京解禁。结果，从农历腊月三十（2 月 8 日）到正月初七（2 月 15 日），郑州急救中心每天接到 140 多起求助电话，其中燃放烟花鞭炮致伤占 2%～3%，甚至有儿童被爆竹炸死。

近来有关部门的反馈称，北京市公安机关正在制定关于对违反烟花爆竹燃放规定现象的有奖举报办法，质监局正在起草准予燃放的烟花爆竹品种和规格，而安全生产局正在起草关于烟花爆竹专营的办法。

"立法能够反映民意民情，当然是好事。但是，良法必须落实到位，必须有相关部门的严格监管。"一些市民担心，管理的不到位将会造成诸多问题。毕竟，烟花爆竹所带来的污染、火灾等现实威胁，不会因为"禁改限"而改变。

5. 在过去"禁放"的 12 年中，很多人确实感到被禁掉爆竹声的年越过越没劲。于是，一些人不辞辛劳跑到郊外去过瘾，另有少数胆大者则不惜为放鞭炮而甘冒违法被逮之险。这样冒险偷放的爆竹声，至少笔者每年都能听到不止一起。而申奥成功那天晚上，欢庆的鞭炮就更是理直气壮地响到了凌晨 3 点。这尽管同样是"违法"的，但却表明，在中国人心中，确实没有什么方式比燃放鞭炮更能表达喜庆的情绪、渲染喜庆气氛的了，爆竹声很大程度上就是人们发自内心的欢呼声。

因此，北京市政府顺应多数人的意愿，在充分听证的基础上将"禁放"条例改为"限放"条例，不仅是对中国传统民俗的尊重，也是对民众精神需求的尊重。

然而，在充分肯定"禁改限"积极意义的同时，也必须指出的是，"限放"绝不是全面开放，更没有鼓励多"放"的意思，"放"的时间、地点都是有限制的，对此，除了老百姓应该明白外，还特别需要政府有关管理部门认真依法把好"限放"的关。可从去年12月1日新条例实施后的情况看，这个关能否切实把好，可能还真不是一件好打保票的事情。有事实为证，自元旦以来，笔者居住的小区附近就已没了任何限制，不分白天晚上总时不时就响起一阵"噼啪"声，却从未见有管理者、执法者来干涉。

这多少有些令人担心。如果管理不到位，光指望老百姓"自律"，最终"限放"之"限"变得如同虚设，那不仅法规的严肃性将直接受到挑战，由此引发的安全事故也恐有上升之虞。这无疑是任何人都不愿意看到的后果。从这一点来说，与"禁放"相比，"限放"将更考验政府的管理和服务能力，从对烟花爆竹市场的管理，到对违"限"放炮者的处罚，从消防安全保障，到燃放遗留物的及时清理，哪个环节都马虎不得。这样才能真正将一件顺应多数民意的好事办得让人满意。在"禁改限"后的第一个春节，政府能交出一份让市民满意的答卷吗？

6. 新年将近，与烟花爆竹生产、运输、销售、存储相关的地区、部门和单位都在紧锣密鼓地做着准备。同时也有几则信息让人心惊：今年1月至11月，全国发生烟花爆竹伤亡事故87起，死亡187人。而国家质检总局最近对全国十个省、自治区的监督抽查表明，近五成烟花爆竹存在质量安全隐患。这些情况向人们发出警示：烟花爆竹生产经营和消费中的安全问题须高度重视，防止一些地方"禁放"改为"限放"后，因麻痹大意导致事故增多，让节日的欢乐成为悲剧。

7. 应该明确的是，燃放烟花爆竹是一件有利有弊的事情。也确实是牺牲了一部分人的利益去满足另一些人的愿望。如果该限的限不住，就难免弊大于利，给居民生活和城市环境带来更不利的影响。

因此，"禁改限"措施还将继续经受考验。

申论要求

1. 根据材料概述"禁改限"政策的制定和实施过程中，政府面临的主要问题。字数150～200字。（15分）

2. 为保证人民过一个祥和、和谐的春节，针对"禁改限"政策实施暴露出来的问题，政府应该采取什么对策？字数300～400字。（25分）

3. 根据材料讲述的问题，写一篇1 000～1 200字的文章，要求主题明确，中心突出。（60分）

 **详 解**

【综合分析】

随着生活水平的提高，爆竹有越做个儿越大、越放声儿越响之势。一到除夕夜，炮声隆隆、火光闪闪，除了让老人、病人心惊肉跳之外，火灾频起和伤员不断更造成了惨重的损失。有人说如今的烟花爆竹已经不是娱乐工具了，已经是"杀伤性武器"了。这些都不能不引起广大市民的注意，政府出台相关措施来对烟花爆竹的燃放进行引导和限制也是必需的。

【答案提示】

1. 示例答案一 ▷

政府投入的成本比往年有所增加。"禁改限"后，为实施禁放令，政府投入了大量的人力、物力，无形中增加了政府的投入。与此同时，燃放烟花的过程中伤亡事故时有发生，政府的公信力与法律权威性也受到损害。可是如果放手不管，听任人口和财产高度密集的市区随意燃放烟花爆竹，政府又无疑放弃了自己保护公共财产和公民人身财产安全的法定职责。

示例答案二 ▷

（1）爆竹质量监控难。

政府难以把握流入市场的所有烟花爆竹的质量，这就给"禁改限"政策的实施效果带来了很大的不确定因素。从某些城市的"禁改限"效果的分析，燃放所造成的损失反而比往年要高。

（2）集中燃放也有隐患。

政府将燃放的地点集中在有限的几个地方总不能满足整个城市的需要，所以对燃放地的管理就成了大问题。

 评析

答案一给出了一个比较全面而具体的概括，是在认真阅读了所有材料的基础上得到的成果。而材料二相对来说则过于简单，不严谨。

2. 示例答案一 ▷

（1）由被动堵禁向主动引导转移。放花炮是老百姓节日喜庆的表现方式，是一种有益的民间风俗，政府在改变人民观念方面应下大工夫，不应一禁了之，而应该正确引导人们对于传统节日的观念的转变。"禁改限"既保留了传统节日的气氛，又可以维护人们的人身安全和利益。

（2）由以量相搏向以质取胜转移。在市场竞争日趋激烈的情形下，烟花产业安全发展靠的是规模优势之质，而不是散小企业之量。政府应该在烟花爆竹的生产质量上严加把关。解禁城市应制订严格的质量标准，甚至可以高于国家的质量标准。

（3）由事后救火向事前防火转移。"事未至而预图，则处之常有余；事既至而后计，则应之常不足"。针对"禁改限"后烟花企业布点更散、隐患更多、监控更难的新问题，要全面落实预防为主的方针，止患于初，事成于预。推进材料革命、工艺革命和环保革命。

（1）组织专门的巡逻队上街巡逻，确保政策能够落到实处。

为了保障广大市民在节日期间的生命财产安全，必须要在每一个细节上下工夫。

（2）利用街道委员会等组织对市民进行节日安全教育，防患于未然。

教育的作用在于防患于未然。大多数市民并没有安全意识，在一个安全的环境里生活惯了的人总会如此，所以经常性地提醒他们小心注意是十分必要的。

（3）制定相关措施，对不遵守燃放规定的市民进行必要的惩罚教育。

（4）从机关做起，让政府部门工作人员以身作则，起到带头作用。

评析

答案 比较全面地给出了一些可行性较强的对策，在实际的操作过程中能起到应有的作用。而答案二的表述则比较混乱，并且在政策的关联上有所欠缺。

3. 示例答案

节日安全不可忽视

中国传统节日在发展过程中，已经出现了与之相配套的节庆文化。烟花爆竹的燃放也是节庆文化中不可缺少的部分，"爆竹声中一岁除，春风送暖入屠苏"、"东风夜放花千树"等就是对传统节日中烟花爆竹燃放活动的赞美和表述。在大型节日和庆典活动中，燃放烟花爆竹已经成为了中国特有的文化现象。之所以曾有很多城市全面禁止燃放烟花爆竹，其原因无外乎噪音污染、制造垃圾和潜在的安全隐患，政府为了上述原因而简单地采取一刀切的方式全面禁止燃放，从而导致了传统的节日气氛慢慢淡化，取而代之的是洋节的火爆，端午、春节等传统节日纷纷被其他国家抢先纳入知识产权保护范围。

实行了十多年的禁放并未达到预期的目的，其中既有外部因素也有内部因素。就外部因素而言，市民的意愿是不能违背的，十多年的禁放令并未有效阻止市民燃放鞭炮，也没有有效防止因燃放烟花爆竹而造成的人身和财产损失。随着社会结构的复杂化，原来那种靠简单控制就能解决一切问题的时代已经一去不复返了。当代社会已经高度复杂化了，加之禁放令有违民意民俗，想要把它完全控制起来，其成本过于高昂，行政执法成本远远大于社会收益。由于控制的成本过高，必须要改革政府治理社会的思路，这是许多地方政府燃放鞭炮由禁改限的最直接原因。

其实，每一件事情都是辩证统一的。禁止燃放烟花爆竹固然可以免除由此而带来的噪音污染、环境污染和潜在的安全隐患，但是，一个产业从此就销声匿迹，其中所蕴含的文化内涵也会逐步消亡，这个世界就变得单调了，只剩下寒冷的天空和冰冷的政策。所以，简单的一刀切方式既不是人文政府的做派，也有悖文化传承的需要，是政府面对矛盾乏力的体现。任何事情，只要我们有勇于直面矛盾的决心和勇气，有科学的管理手段相配套，就能化弊为利，烟花爆竹的燃放同样如此，由禁改限，彰显的是政府的自信，体现的是更多的人文关怀。

从禁改限的措施，引发我们对政府公权力应如何为人民服务的思考。对于作为烟花爆竹生产大省的湖南，应该超脱禁限本身，做更加深入的分析。我们要从禁中看到目前烟花爆竹带来的负面影响，通过科学和技术的手段，改良烟花爆竹产品，比如音乐类烟花、无声类烟花、无尘烟花爆竹等等，实现产业升级，为湖南烟花注入长久的生命力。同时，我们也要看到由禁改限而带来的商机，做好"限地"的文章，通过限地烟花节等诸如此类的大型活动，推介湖南烟花产品，加快湖南在这一领域的发展。

由于中国有几千年的政府本位思想，所以，改革开放后虽经过一系列的政府改革，政府与社会之间依然存在着"主客体关系"色彩。由"禁"到"限"的改变彰显了执法为民的理念，体现了政府尊重民意、尊重传统及以人为本的思想。其实，在是禁是限的问题上，民意并未出现一边倒的态势，而"禁改限"则恰恰能够满足不同层次市民的需求，因而符合现代城市管理的思维模式，也体现了政府务实、负责的精神和态度，执政的理念也越来越人性化。

2006 年 12 月北京市国家公务员录用考试《申论》试题及详解

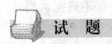

试 题

注意事项

1. 申论考试是对应试者阅读理解能力、分析综合能力、提出和解决问题能力及语言文字表达能力的测试。

2. 作答参考时限：阅读资料 40 分钟，作答 110 分钟。

3. 仔细阅读所给定资料，按照资料后面提出的"申论要求"依次作答。

给定资料

1. 1998 年 7 月，河南省漯河市政府（甲方）与广州市南强塑胶有限公司（乙方）签订协议书，同意南强公司在漯河市投资办厂。协议约定：为使乙方南强公司降低成本提高效益，至 2001 年底如乙方所办塑胶公司及回收公司月用电量达 700 万度、用工达 6 000 人、年交增值税达 2 000 万元、年产值达 6 亿元时，甲方漯河市政府将漯河市电厂交付乙方无偿经营使用。合同签订后，广州南强公司积极履行协议，截止到 2001 年 12 月 31 日，全面超额实现了协议书规定的各项指标，达到了漯河市政府交付电厂的各项条件。但当南强公司找漯河市政府协商交付电厂时，漯河市政府一直借故推诿，不予履行协议。

在多次交涉未果的情况下，2002 年 2 月，广州南强公司向河南省高级人民法院提起诉讼，要求判令漯河市人民政府履行投资办厂协议书，将漯河市电厂经营权交付原告，如不能交付，由其赔偿原告各项损失共计 5 000 万元。漯河市政府秘书长刘运杰告诉记者，这个企业（指广州南强公司）很特殊，对政府有了意见，不是通过协调解决，而是直接诉诸法律，这和内地企业的做法大不一样。

2. 2004 年 5 月 11 日，香港中国能源环保集团公司执行董事林标先生一行到河南省沁阳市考察，通过了在沁阳市投资的方案。5 月 24 日，投资总额为 12.6 亿元的发电机组项目正式在沁阳市签约。6 月 7 日，沁阳市联进电业有限公司正式成立。之后半个月内，项目审批、注册所涉及的环保、土地规划、工商、外贸等部门的手续，由沁阳市委、市政府出面办理齐全。8月25日，项目奠基仪式举行。此后，投资商对沁阳市的电力建设兴趣甚浓，并流露出想购买一家电厂的意图。市委书记胡小平如数家珍地向他们介绍了沁阳市煤炭资源充足、地下水资源丰富、有山前宜工坡地、有电力配套企业等适合火电项目的优势。出乎投资商意料的是，对1976年的两台0.6万千瓦组属环保关闭机组，但可用相应机组替换的实情，他也毫不隐瞒地"抖搂"了出来。走南闯北的投资商当时"大为不解"：哪有招商引资还自揭家丑的？沁阳人咋这么老实！经再三斟酌，投资商最终仍愿意购买此机组，项目很快就进入了评估阶段。

3. 国务院2002年9月10日下发了《关于妥善处理现有保证外方投资固定回报项目有关问题的通知》，明确指出，保证外方投资固定回报，不符合中外投资者的利益共享、风险共担的原则，违反了中外合资、合作经营有关法律的规定，今后任何单位不得违反国家规定保证外方投资固定回报，并提出必须在年内整改完毕的限制，要求各地政府对固定回报投资项目进行清理和妥善处理。

4. 据2004年9月4日网易报道：2001年12月8日，普宝公司与上海市普陀区桃浦镇杨村村民委员会就共同利用、开发土地达成共识，签订了《合作协议》。然而，桃浦镇党委副书记、副镇长、新杨工业园区管理委员会党委书记、主任冯卫华却不同意共同开发，而承诺在没有办理《建设用地许可证》的情况下，可以用"先上车、后买票"的办法把土地使用权出让给普宝公司，并为普宝公司办理好相关手续，把此约定写进了协议书。协议签订后，普宝公司出资3 000万元，在城郊结合部废弃的垃圾场上建造起了2.5万平方米的仓库，并按照协议要求进行招商。2002年9月之后，在普陀区桃浦镇政府及其下属的上海市新杨工业园区（以下简称新杨园区）管理委员会为普宝公司出具产权证明的情况下，来自全国各地的36家企业先后与普宝公司签订了3至12年不等的厂房租赁协议。然而，桃浦镇政府并未履行自己要在协议签订后一年半内办出《建设用地许可证》和《房产证》的承诺，普宝公司的2.5万平方米的仓库只能沦为无任何手续的违规建筑。为此，从2002年4月到2004年6月，普宝公司被各职能部门以罚款直至强行拆迁的形式行政处罚5次。上海市国土资源局一处长介绍，2002年7月，他们对普宝公司进行了26万元的罚款后，责成桃浦镇政府和新杨园区尽快补办手续，但是桃浦镇政府和新杨园区一直没有补办《建设用地许可证》。2004年7月21日上午8时30分，普陀区政府办公室主任组织指挥城管大队、公安局、桃浦镇政府等部门500多人，大型拆房机4台，铲车及其他车辆30多辆，突然来到普宝公司，准备强行拆迁普宝公司2.5万平方米的仓库，理由是普宝仓库属违规建筑。普宝公司和36家入驻企业的员工关闭了公司的大门，双方发生肢体冲突并用砖块互相投掷。11时30分，全体强拆人员开始撤退，本次强拆以失败告终。

5. 2004年8月11日，复旦—中硅网暑期社会实践西北组就内蒙古自治区包头市石拐工业区厂家反映的政府过度招商引资的问题，采访了包头市经贸委王处长。王处长介绍说，大部分招商引资是在去年上半年进行的，那时虽然电力已经出现了紧张的趋势，但实际限电措施还没有执行。当地政府在预计上存在一定的错误，导致对很多厂家的用电量承诺不能兑现，使他们遭受了很大的损失。

6. 西南某市一家工程装饰公司获得一个区各幢大楼的灯光工程项目。公司大干快上，指望着几个月完成任务后有100多万元的收入。就在项目进入尾声之时，决策此项目的职能部门负责人突然被调离,新任官员出人意料地提出完成此项目的附加条件:必须无偿完成该区域的绿化工程。绿化工程的成本比灯光工程所获利润高很多!这不是明摆着的亏本生意吗?最后经双方谈判,公司虽然没亏,但原本到手的利润没拿到,实在是令公司老板痛心疾首。

7.2003年地方政府及其职能部门土地违法案件有4 746件,涉及土地面积1.01万公顷,分别比上年上升28.53%和42.53%。在国土资源部公开查处的9起土地违法大案中,有8起属于地方县、乡政府及其职能部门违法。另据统计,1999年新《土地管理法》实施至去年底,广东省共发生违法使用土地案件3.5万宗,平均每年达7 500宗以上。由于土地管理不善,我国土地收益大大流失。

8.广西壮族自治区北海市以发展园区经济为突破口,整合重组了工业园区和高新科技园区,使之成为拉动北海工业经济增长的新亮点。目前,已引进了正大集团、恒基伟业、玉柴集团等53家企业入园建厂,引进资金近30亿元。而北海高新科技园区规划建设了软件园、电子科技园、海洋科技园、生物制药园和农业科技园,银河科技、北生药业等21家高新技术企业相继入园。目前,全市高新技术企业产值达21.5亿元,占工业总产值的40%以上。

9.政府在招商引资的过程中表现得很积极,为企业办理各种手续。在工程开始时政府各级领导部门前去祝贺,并给予许多的优惠政策。然而,在工程将近结束之时,却无人过问,到期的款收不回来,以致在工程结束后尾款无处要,无法收回。找政府部门,政府也无力支付,造成投资者的严重损失。

10.最近,欧盟决定于今年11月在湖南长沙举行"湖南—欧盟中小企业合作伙伴洽谈会"。让人耳目一新的是,欧盟方将洽谈会全部委托给中介机构——瑞典信息中心操作,所有项目都只能由贸促会、商会等中介机构来申办和承办,政府只承担监督职能。欧盟要求洽谈成功率达到30%。洽谈签约后,欧盟还将进行为期8个月的跟踪评估。

11.2003年12月30日上午9时57分,三声沉闷的爆炸声在辽宁省铁岭市昌图县双庙子镇响起。爆炸发生地——昌图安全环保彩光声响有限责任公司,千米厂房变成一片废墟,包括这个公司四层大楼在内,方圆3公里内房屋的玻璃窗全部震碎。这场特大事故共造成37人死亡,10多人受重伤。2003年8月,该公司作为招商引资项目开始在昌图县双庙子镇建厂,由于政府招商引资急切,工商部门给它颁发了营业执照,但没有安全生产许可证,而且在建厂时未对其进行技术等方面的检验,以后也没有相应的监督措施,致使一场大祸降临。

12.1997年,福州市政府与福州鑫远城市桥梁有限公司签订了由鑫远城市桥梁有限公司投资兴建闽江四桥的《专营权协议》。福州市政府做出郑重承诺,保证在9年之内从南面进出福州市的车辆全部通过收费站。如果因特殊情况不能保证收费,政府出资偿还外商的投资,同时保证每年给外商18%的补偿。7年后的今天,福州市政府无法兑现承诺,致使投资商数亿投资血本无归。

13.河北省邱县是上世纪80年代被省里评定为小康县的,当时人少地多,广植棉花,农民还是比较殷实的,但由于工业企业效益在转轨过程中连续几年大面积滑坡,财政状况到了难以为继的地步。2003年,邱县农民连续遭受三次大面积雹灾,十几万亩棉花几近绝收,两家财政支柱企业停产,天灾人祸致使当年收入损失近亿元,经济指标大幅下降。邱县交通不便利,不适合引进大投资商。新一届县委班子统一了思想:不再贪大求洋,认真种好脚下的"一亩三分地"，让群众得实惠。邱县经济发展的基础是农业，优势产业是种植棉花、养羊等，农民群众最大的愿望是县里能够带领大伙发展特色农业。在培育主导产业上，邱县县委不刻意追求新、奇、特，而是根据当地实际，确定了"两白一绿"（棉业、羊业、林业）三大主导产业，并坚持一抓到底。实践证明这种发展思路是非常有效的。

申论要求

1. 用不超过400字的篇幅，概括资料所反映的主要内容。（30分）

2. 资料4中的"普宝事件"是招商引资过程中出现的具体问题，假如你是上级政府有关工作人员，请提出你对协调各方、处理该事件的具体意见。不超过400字。（20分）

3. 结合资料，谈谈你对政府积极、有效招商引资，发展经济的看法。篇幅为800～1 000字。（50分）

 **详 解**

【综合分析】

该份试题所给的13段资料，乍看起来十分凌乱，资料的相互联系也不是很密切，但仔细阅读分析不难看出，这些资料都从不同的角度反映了一个主题和核心内容，即：政府在招商引资发展经济的过程中，如何面对和解决处理好出现的各种问题。这就是《申论》命题的特点和高明之处，考查的正是考生的阅读理解能力和分析综合能力。

【答案提示】

1. 示例答案一 ▷

近年来地方政府及其职能部门的违法案件不断出现，个别地方政府官员用自己手中的权力任意影响企业，依法行政的法律意识和服务经济建设的观念荡然无存。他们明目张胆地侵害企业的合法权益，造成大量的社会矛盾与不稳定因素，与中央的政策背道而驰，严重影响政府形象。在我国社会主义市场经济发展过程中，政府为了增加财政收入，以招商引资来发展当地经济本没有错，可在有些地方，招商引资却成为政府官员满足一己之私的借口。一方面有些地方政府把招商引资作为一项硬性任务；另一方面政府部门还采取与此配套的优惠政策，奖励招商引资的公职人员，并且给予企业税收优惠。在如此"威逼"、"利诱"下，政府部门招商引资的后果可想而知。材料中就有政府不履行协议的义务，造成投资商的巨大经济损失，甚至强拆建筑造成流血事件发生的情况。由此可知，建立依法行政的法治政府刻不容缓。政府招商引资应实事求是地介绍当地情况，或者利用当地优势开发有特色的产业以发展当地经济。

示例答案二 ▷

首先，肯定政府在招商引资中做出的成绩。

其次，指出政府在招商引资中出现的问题。

问题主要是经济发展不科学，其主要表现有以下几点：

（1）没有转变政府的职能；

（2）政府诚信不够；

（3）土地资源流失；

（4）法律法规不健全；

（5）没有处理好人与自然环境的关系；

（6）没有处理好不同利益群体之间的关系。

最后，要贯彻科学发展观和和谐社会的理念，处理好上述的几个关系。

 评 析

答案一详细地反映了资料所阐述的问题，比较全面，也比较清晰，层次比较分明，反映出考生的理解能力和综合能力也比较高，所以是一份比较优秀的答卷。

答案二虽然也反映出了资料的问题，并且列成条纲看似很简单明了，但是过于简单而不能深层次说明资料的问题，所以不能算一份好答卷。

2. 示例答案一 ▷

为了协调"普宝事件"中各方矛盾，建议采取以下措施：

（1）对于没有履行协议义务的桃浦镇政府相关责任人，依法追究其违约责任，并且帮助投资商补办有关手续。

（2）对于桃浦镇政府因没有补办《建设用地许可证》和《房产证》而使得普宝公司遭受罚款以及强拆仓库所造成的损失，违约方应进行补偿。

（3）除了证件不全，调查相关政府部门所说的普宝仓库其他方面的违规情况是否属实，请专业人员对仓库建筑进行技术鉴定。假如不属于违规建筑，就要对普陀区政府办公室主任依法进行行政处分。

（4）对于肢体冲突，要调查确认责任方，对其进行处罚。

（5）了解普陀区政府的意图，若必须拆迁就要对普宝公司以及36家入驻企业进行经济补偿，用法律手段保障企业的合法权益不受侵害。

（6）对有关部门，包括工商、税务、公安等部门有关负责人进行责任追查处理和教育。

（7）对外公布处理结果，以起到警示、宣传作用。

示例答案二 ▷

为了协调"普宝事件"中各方矛盾，建议采取以下措施：

（1）加强民众对政府机关的监督。

（2）对于没有依章办事的单位或者个人要严厉督促其补办相关证件，并给以一定的处罚措施。

（3）对工商、税务、公安等部门有关负责人进行查处和教育。

（4）加强中央控制措施。

 评 析

答案一详细地反映了资料论述的问题，并提出相应的对策，具有针对性和可操作性，而答案二根本就没有反映资料的问题也没有针对问题提出对策，泛泛而谈，算是差等答卷。

3. 示例答案一 ▷

打造诚信政府

近年来，各地纷纷进行招商引资，带动了当地经济的发展，加速了我国社会主义现代化建设。但是，我们还应该看到招商引资过程中出现的问题，某些政府官员滥用自己手中的权力，暴露出一些政府官员依法行政的法律意识淡薄，使政府诚信遭到质疑。

一些地方政府盲目追求经济增长速度，出台一些招商引资的优惠政策来吸引投资者，或者干脆使招商引资和个人利益挂钩，这种看似积极的措施背后则是政府部门利益、个人利益的介入，使得政府转变工作职能时遇到重重障碍，即用行政的手段管理经济而不是服务于经济，他们用行政命令的方法侵犯企业的权益。因为政府参与其中，导致无法公正协调不同利益群体之间的关系，甚至发生流血事件，造成了政府诚信的丧失。有的地方政府盲目以招商引资为重，对一些不法经营者"睁一只眼，闭一只眼"，监管不力，造成重大安全事故的发生。实际上，企业的正常活动得以开展有赖于政府的制度保障，企业的投资就是基于对国家政策的信任，即对于良好的政府信用的依赖。因此提升政府诚信有利于招商引资，为此，政府部门应采取以下措施进行有效招商引资：

一是建立健全法律法规。在招商引资的过程中，政府违法的事件不断出现，却没有相应的法律法规来约束，因此，健全法律法规是保障企业利益的首要条件。应对政府各种违法的案件进行总结，细化各种规定，完善相关制度，明确哪些行为是被禁止的。对于违反规定的政府官员，应严厉处罚。

二是转变政府工作职能，为招商引资做好服务工作。首先，政府部门应脱离利益牵扯。例如取消政府公职人员招商引资的硬任务。其次，政府部门不能对企业滥用行政权力，只能为其服务，协调各利益集团之间的冲突，以保障企业顺利运营，促进当地经济的发展。

三是加强对招商引资项目的监管力度。首先要求明确政府各职能部门的具体职责。对投资运营企业应严格检查，包括各种许可证、设备安全检查等，以免发生事故，保障其产品质量，杜绝地方政府只关注经济利益而忽视社会利益与公众利益的现象发生。同时，为了杜绝政府内部的腐败，应广泛发动群众，对政府部门进行监督，一旦发现有盲目招商引资的情况应进行彻底调查。若情况属实则应对相关政府官员进行严肃处理，并且要加强教育。

诚信政府是经济建设的基础，是保障社会主义经济快速稳定增长的根本。但打造诚信政府不是一朝一夕就能完成的，是一个长期的过程，需要全体民众的配合和共同努力。只有这样，我们的政府才能更好地服务于经济，才能使招商引资成为推动地方经济增长的原动力，从而加速和谐社会的形成。

示例答案二 ▷

谈政府诚信

诚信是市场经济健康运转、飞速发展的"润滑剂"。江泽民同志曾指出，没有信用，就没有秩序，市场经济就不能健康发展。对政府来说，如果诚信缺失，诚信失范，就会使整个地区的经济秩序混乱，经济成本增大，对外失去吸引力，对内失去凝聚力，市场失去竞争力，社会资源利用率降低，制约经济发展。面对市场竞争十分激烈的态势，一个地区要在竞争中赢得主动，加速发展，首要的任务就是打造诚信政府。

要抓诚信，须明诚信。什么是诚信？简言之，诚信就是诚实守信的意思。所谓"诚实"，就是言行跟内心思想一致，不弄虚作假，不欺上瞒下；所谓"守信"，就是遵守自己所做的承诺，讲信用、守信用。

在社会主义市场经济体制的转轨过程中，人们的信用行为往往影响着市场经济行为，一些地方政府或部门或多或少出现的信用危机，导致公众信心不足，诱发社会失信行为。其原因，一是政府部门的一些领导干部把权力私有化，滥用权力，把国家利益、群众利益抛之脑后，把手中的权力变为实现小集团利益和个人利益的工具。二是一些政府在制定地方发展规划做出承诺时，信誓旦旦，要为群众解决哪些问题，办多少实事。然而，不少"实事"都流于形式，成了花架子工程、形象工程、政绩工程。还有的官员官僚主义严重，嘴上讲要维护群众的切身利益，办事要尊重群众意愿，却在实际行动中侵害群众利益，伤害群众的感情。三是一些政策的出台不规范，可操作性不强，执行打折扣，甚至不讲信用，出尔反尔，前届说的话后届不算数，出现一任官员一套政策，新官不理旧账，新官不理旧事的现象。四是一些官员以权势压人，盛气凌人，不讲政策，不讲原则，工作方法简单，作风粗暴。政府官员要善待百姓，而事实上有些官员处理问题不能平等对待老百姓，没有做到公平、公正、公开、透明。五是政府过度的行政干预，导致了市场经济秩序混乱，出现官商、地方保护主义等现象，以及制贩假冒伪劣产品、坑蒙拐骗等行为，破坏了市场内在的诚信机制，不仅使公众对市场和企业失去了信任，而且使公众对政府也失去了信任。

打造诚信政府，必须加快构筑社会信用体系，必须把信用建设摆到十分重要的位置，注重政府信用和监督制度的建设：一是建立健全和完善政府的相关规则。在制定地方规范性文件时，要严肃慎重，要在充分调查研究，广泛征求群众意见的基础上，发挥好行政执法部门的职能作用，严格把关，依据有关法律法规，建立健全和完善各种法规、制度，杜绝上下级政府文件之间、文件与文件之间相互打架。保证政府出台的政策切合实际，可操作，能得到贯彻执行。同时，要让政府官员清楚政府的规则是什么，明确哪些能做，哪些不能做，做了会产生什么后果，受到什么样的追究，从而推动政府官员自觉遵守，使政府诚信产生约束力。二是政府在管理中应当言而有信。公众信任政府，政府管理才行之有效。建设诚信政府，必须增强诚信理念，做到令出必行，行必有果，言行一致，兑现承诺，说到做到，不说假话，不做表面文章，不搞形式主义，不轻易改变政府出台的政策，从而取信于民。政府也不要轻易许诺，因为轻率许诺，一旦实现不了，就会失去信任。如果政府讲话不算数，做出虚假承诺，政府的信任度就会降低，就会失去公众的支持，经济的发展将成为无源之水。

✎ **评析**

虽然从总体上看答案一和答案二都提出要维护和提高政府诚信，但是仔细阅读会发现，答案一是结合材料进行论述，而答案二与材料的结合并不紧密。所以答案一能得高分，答案二却不可以。

第三章 热点问题详解

第一节 科学发展观

一、节约能源问题

注意事项

1. 申论考试是对应考者阅读能力、综合分析能力、提出和解决问题能力、文字表达能力的测试。

2. 参考时限：阅读资料 40 分钟，参考作答 110 分钟。

3. 仔细阅读给定资料，按照后面提出的"申论要求"作答。

给定资料

1. 德国是欧洲国家中节能减排法律框架最完善的国家之一。2004 年德国政府出台了《国家可持续发展战略报告》，其中专门制定了"燃料战略——替代燃料和创新驱动方式"。德国"燃料战略"的目的是减少化石能源消耗，达到温室气体减排。"燃料战略"共提出四项措施：优化传统发动机、合成生物燃料、开发混合动力技术和发展燃料电池。德国的《废弃物处理法》最早制定于 1972 年，1986 年修改为《废弃物限制及废弃物处理法》。在主要领域的一系列实践后，1996 年德国提出了新的《循环经济与废弃物管理法》，2002 年出台了《节省能源法案》，把减少化石能源和废弃物处理提高到发展循环经济的思想高度并建立了系统配套的法律体系。

2006 年，日本经济产业省编制了《新国家能源战略》。该《战略》中所阐述的 8 大战略及措施，条条都与节能减排、开发利用新能源有关。其中第一条战略就是"节能减排先进基准计划"，该计划目标是"制定支撑未来能源中长期节能减排的技术发展战略，优先设定节能减排技术领先基准，加大节能减排推广政策支持力度，建立鼓励节能减排技术的创新体制"。而实际上，日本早在 1979 年就颁布实施了《节约能源法》，后来又对其进行了多次修订，最近一次是在 2006 年。该法对能源消耗标准作了严格的规定，并奖惩分明。从 1991 年至 2001 年，日本还先后制定了《关于促进利用再生资源的法律》、《合理用能及再生资源利用法》、《废弃物处理法》、《化学物质排出管理促进法》、《2010 年能源供应和需求的长期展望》，通过强有力的法律手段，进一步全面推动各项节能减排措施的实施。

美国现行节能法规主要体现在 2005 年 8 月布什总统签署的《2005 年国家能源政策法》中。另外，美国早在 1976 年就制定了《固体废弃物处置法》，后又经过多次修改。美国是世界上最大的能源消耗和污染物排放大国，美国的法律法规就能源消耗和污染标准进行严格、详细的限制，任何企业如有违规行为，该企业和政府执法部门都将面临非常大的社会压力，如果一家企业被判处违反节能、洁能法规，处罚将非常严厉，要么倒闭垮台，要么因常年承担清理污染责任而负担沉重。而值得一提的是，尽管美国联邦政府对管制二氧化碳排放一直持消极态度，但一些态度积极的州则签订了具有约束力的州际二氧化碳排放份额交易协定，以减少二氧化碳的排放。2007 年 4 月，美国联邦最高法院作出判决，认为二氧化碳属于污染物质，应当受《清洁空气法》的约束，联邦环保局应当对汽车尾气的排放予以管制。

2. 据统计，欧洲 94％的二氧化碳排放是由于使用石油、煤炭和天然气等能源造成的。欧盟承诺，到 2008—2012 年间，要在 1990 年的基础上将温室气体排放量减少 8％。但若不采取具体措施，预计到 2010 年温室气体排放量将增加 5.2％。因此，欧盟强调节约能源和开发使用可再生能源是防止全球气候变暖的关键，并于 2002 年 4 月提出了所谓"欧洲聪明能源"计划，主张在需求方面加强节能对策，在供给方面要重视可再生能源开发利用，要求成员国每年将能源使用效率提高 1％，到 2010 年可再生能源的消费比例从 6％提高到 12％。2007 年 2 月欧盟推出"能源新政"，又推出了一个强制性目标，即到 2020 年使可再生能源在能源消费总量中的比重达到 20％。在提高能效方面，到 2020 年使初级能源消耗量比目前节约 20％。此举意味着到 2020 年欧盟将比现在少消耗 13％的能源，因此每年可少产生 780 吨二氧化碳。"能源新政"还单方承诺，到 2020 年欧盟的温室气体排放量将比 1990 年的水平低 20％。欧盟同时强调，节能减排需要全世界共同努力，在《京都议定书》2012 年失效后，若其他发达国家同意到 2020 年将温室气体排放量减少到比 1990 年的水平低 30％，那么欧盟也会相应提高减排目标。目前欧盟已基本完成了《京都议定书》规定到 2020 年温室气体排放量比 1990 年的水平减少 8％的目标。

英国是世界上控制气候变化最积极的倡导者和实践者，也是先行者。与欧盟整体行动相呼应，英国于 2007 年 3 月 13 日公布了全球首部应对气候变化问题的专门性国内立法文件——《气候变化法（草案）》。草案愿意对《京都议定书》为欧盟规定的目标承担更多的责任，并为英国制定了一个清晰而连贯的中长期减排目标：到 2020 年，将二氧化碳排放量在 1990 年的基础上削减 26％至 32％；到 2050 年，将总排放量削减至少 60％，实现低碳经济。

鉴于经济发达程度相近，国内政治环境趋同等因素，德国、法国等欧洲发达国家及美国拟议定的同类计划将在很大程度上采取与英国相同的计划取向，即通过为国民经济设立中长期节能减排目标，谋求实现整个国民经济体系向更环保、更有效率的"低碳经济体"的转变。比如，美国在其《综合国家能源战略》中要求，到 2010 年电力系统燃煤发电效率要达到 60％以上，燃气发电效率达到 70％；主要的能源密集型工业部门的能源消费总量减少 25％，交通领域将推出燃料利用率 3 倍于常规交通工具的新型私人交通工具等。

3. 为了有效地实施节能减排的相关法律法规，并实现其提出的相应目标，欧美国家政府先后配套出台了各种制度，使节能减排的有关法律法规的实施得到切实具体的落实，并见到实实在在的成效。在这方面日本很有代表性，日本政府对能源消费总量不同的企业实施分类管理制度，即根据能源消耗多少对能源使用单位进行分类，指定能源消耗折合原油 3 000 千升以上或耗电 1 200 万千瓦时以上的单位为一类能源管理单位，能源消耗折合原油 1 500 千升以上或耗电 600 万千瓦以上的单位为二类能源管理单位，并要求上述单位每年必须减少 1％的能源消耗，对于一类能源管理单位规定其必须建立节能减排管理机制，任命节能减排管理负责人，向国家提交节能减排计划，定期报告节能减排情况。另外，对企业的节能减排管理人员实行"节能减排管理师制度"，由国家统一认定节能减排管理人员的从业资格，并加强对节能减排管理人员的培训；对用能产品实施产品标准"领跑者"制度，各种产品强制实行能效标识制度，规定执行"领跑者"制度，鼓励和激发企业不断创新的内在动力；对各类建筑物实施用能管理制度，用能超过限额的建筑物必须配备能源管理员，并向政府有关部门提交节能中长期计划和年度计划等等。

欧盟委员会于1992年9月颁布欧盟统一能效标识法规（92/75/EEC能源效率标识导则），要求生产商在其产品上标出产品的能源效率等级、年耗能量等信息，使用户和消费者能够对不同品牌产品的能耗性进行比较。目前，欧盟已对家用电冰箱、洗衣机、照明器具、空调器等7种产品实施了强制性的能效标识制度。该制度的实施已使欧盟取得了显著的经济效益和环境效益。一是节约能源。1992—2000年，家用电冰箱累计能源消耗比未实施标识前降低了16%，到2020年预计达到21%，节电量将达到350亿千瓦时。二是降低二氧化碳等温室气体排放。2000年减排量达到420万吨，2010年将达到1 260万吨，2020年将达到1 720万吨。此外，使消费者节约了电费。

澳大利亚的能效标识制度在州一级有深厚的基础。1985年，南威尔士和维多利亚州制定了强制性的能效标识制度。1999年澳大利亚实施全国统一的能效标识制度。迄今已对电冰箱、空调、洗衣机、洗碗机和干衣机等5类产品实施了强制性的能效标识，对燃气热水器等3种使用煤气和天然气的产品实施了自愿性的能效标识。到1997年（当时尚没有实施全国统一标识），能效标识的实施使电冰箱的耗电量比未实施标识时的可能耗电量降低12%，洗碗机降低16%，空调降低6%，家用电器标识项目在2010年将减排二氧化碳38万吨。

4. 美国主要通过财税优惠政策鼓励企业家及家庭、个人更多地使用节能、洁能产品，以达到减排目标。在未来10年内，美国政府将向全美能源企业提供146亿美元的减税额度，以鼓励石油、天然气、煤气和电力企业采取节能、洁能措施。美国政府在2001年的财政预算中，对新建的节能住宅、高效建筑设备等都实行减免税收政策。对于超出最低能效标准的商业建筑，每平方英尺减免75美分，约占建筑成本的2%。在个人消费方面，如私人住宅更新取暖、空调等家庭大型耗能设施，政府将提供税收减免优惠，甚至更换室内温度调控器、换窗户，维修室内制冷制热设备的泄漏等，也可获得全部开销10%的税收减免。规定购买太阳能设施30%的费用可用来抵税。另外，美国各州政府还根据当地的实际情况，分别制定了地方节能产品税收优惠政策。如加州节能型洗碗机、洗衣机、水加热设备，减税额度在50美元～200美元之间。此外，美国规定购买燃料电池的车等新型车辆的消费者可享受抵税优惠。

在欧洲，法国通过减免税，鼓励在工业、服务、住房建筑、交通运输等领域采用节能型设备，如政府采取多项措施，鼓励使用同时能生产电力和热能的设备。此外，法国政府还鼓励企业和个人研制和使用利用太阳能或电能的清洁汽车，通过优惠的折旧条件，促使清洁汽车和相关设备进入市场。荷兰政府制定了一个能源目录，明确规定能够享受能源税收优惠政策的主要项目类型，如建筑物的保温隔热、高能效生产设备、余热利用设备、太阳能、风能等，可享受10%的投资优惠。此外，节能设备还可以有12%～13%的能源税收优惠。

日本则对使用列入目录的 111 种节能设备实行税收减免优惠。减免税收约占设备购置成本的 7%。另外，经济产业省决定从 2007 年起大幅提高对家庭住宅建设的节能补贴，补贴的总金额将从 2006 年的每年 6 亿日元增加到 12 亿日元，每年大约有 1 600 个家庭可以获得该项节能补贴。

5. 为促进节能减排，欧美国家无论实行强制性政策还是实行诱导性政策，其立足点都放在充分利用市场机制上。也就是说，欧美国家节能减排能取得重大进展，是其政府政策和市场机制相互配合的结果。比如，欧盟成员国实行的固定价格法和固定产量（比例）法，对欧盟可再生能源发展促进特别大。固定价格法是指国家确定可再生能源发电的上网价格（大大高于化石能源发电的价格），而发电量的多少由市场决定。采用固定价格法的国家主要有法国、丹麦、西班牙等，这些国家通常由国家与可再生能源发电生产商签署 10~15 年的采购协议，协议期间价格基本固定，有力地促进清洁电力的大量生产和可再生能源电力生产商追求规模经济效益。固定产量法是指国家规定发电商或经营电网的配电商保证一定比例的电力必须来源于可再生能源发电，而可再生能源发电的价格则由竞争性的市场决定。采取固定产量法的国家主要有意大利、瑞典、英国等。固定产量法迫使可再生能源发电企业努力降低生产成本，并导致"可交易绿色证书"市场的出现。"可交易绿色证书"市场是指那些可再生能源发电比例不足的发电商或配电商可以从那些可再生能源发电比例超标的发电商或配电商那里按照市场价格购买清洁电力用于上网。

日本认为，节能减排工作既需要有政府"有形之手"的推动和支持，更需要经市场"无形之手"的培育和考验。日本政府大力扶持节能减排服务产业，把"有形之手"和"无形之手"有机地结合起来，形成合力，按市场经济的客观规律做好节能减排工作。如能源服务公司（ESCO）就是按合同对能源进行统一管理的一种运作机制，是以赢利为目的的能源专业化服务公司。

6. 循环经济是以资源利用最大化和污染排放最小化为目标，将清洁生产、生产和生活废弃物回收利用、生态平衡与可持续发展等融为一体的经济运行模式。循环经济的最大特点是资源节约和废弃物循环利用，既以单位产出资源消耗减量化为手段，实现广义节能，而且可以从源头和全过程预防污染产生，实现废弃物排放的最小化和无害化。可见，发展循环经济是从源头实现节能减排的最有效途径。目前，欧美发达国家都将循环经济视为节能减排的重要方式，而且表现出一种强烈的国家行为。近年来，在用循环经济方式推进节能减排方面，欧美国家排除争论，打破常规，态度非常积极，不仅通过立法，而且还充分利用了行政手段进行制度创新，政府成为强有力的主导力量。

欧美国家在探索循环经济发展模式上，比较有代表性的有丹麦卡伦堡生态工业园区模式和美国杜邦化学公司模式。前者是一种区域层面上的模式，即工业园区层面的循环经济。把不同工厂联结起来，形成共享资源和互换副产品的产业共生组合，使一个企业产生的废气、废热、废水、废渣在自身循环利用的同时，成为另一个企业的能源和原料。后者是一种在企业层面上建立的小循环模式。其方式是组织厂内各工艺之间的物料循环。生态工业园区与传统的工业园区的最大不同是它不仅强调经济利润的最大化，而且强调节能减排，促使经济、环境和社会功能的协调和共进。

7. 科技创新是节能减排的重要保证。近年来，欧盟成员国依靠政策引导，开发出了一系列的节能减排技术，通过不断改造工业、制造业高耗能设备，以及更多地采用供热、供气和发电相结合的方式，提高了热量回收利用效率。目前欧盟成员国已有多种型号具备节能减排功能的新型涡轮发电机投入使用，这种发电机可将工厂锅炉产生的多余动能用于发电，从而产生出更多的电能，其能效提高了30％以上。另外，通过成员国企业联合的方式，将工厂产生的余热收集起来，直接提供给其他制造业企业或城市耗能设备。据悉，仅此一项改造就节省电能20％，减少二氧化碳及有害气体排放量15％。欧盟成员国还将垃圾转换能源（WTE）的理念视作"生态循环社会"的一个重要标志。这极大地促进了垃圾焚烧新技术和设备的开发、生产及实际应用，从而提高了垃圾和烟气中的有机物燃烧效率和热利用效率，大幅度减少了有害物质的生成，最大限度减少了环境污染和温室气体排放量。新型建筑材料也成为欧盟成员国不断研发的重点，并使得以往的砖、石、土、木等传统建筑材料被保温、防腐、耐辐射、密封性能优良的混合型建材和各种各样的节能玻璃所取代。

日本各大公司，尤其是涉及国民经济的钢铁、冶炼、电力、交通等部门都在进行科技创新，挖空心思节能减排。比如，现在一款开门超过30秒就会发出提醒的嗡嗡声的真空绝缘电冰箱一年只耗费160千瓦时电量，这只是10年前标准冰箱耗能的1/8。而丰田和本田已成为世界上生产混合燃料车技术的翘楚，丰田和本田汽车公司开发的混合燃料公交车除节能外，还没有废气排出的难闻气味，同时几乎是静音行驶。这显然是节能减排的极品。

申论要求

1. 根据资料用不超过200字的篇幅，概括出给定资料的内容。（20分）

2. 根据资料介绍的发达国家的经验，以国务院有关职能部门的身份，提出我国加强节能减排工作的措施，字数500字左右。（40分）

3. 以"加强节能减排的紧迫性、必要性"为题写一篇文章，字数800字左右。（40分）

 **详 解**

1. ［答案提示］▷

节能减排已经得到了世界各国尤其是发达国家的重视，已到了刻不容缓的时刻。如果不对温室效应采取节能减排措施，全球将出现20世纪30年代那样的经济大萧条。由于人们已经认识到二氧化碳等温室气体的排放会造成全球气候变暖，致使气象灾害频繁，于是全球"节能减排"的呼声越来越高，并有力地推动了节能减排工作，尤其是发达国家，在完善法律框架、确立清晰目标、加强制度建设、实行优惠政策、利用市场机制、发展循环经济、依靠科技创新等方面积累了许多经验，对我国有一定的借鉴意义。

2. ［答案提示］▷

一是充分发挥政府的主导作用。我国"十一五"规划纲要提出了到2010年，万元GDP能耗降低20％、主要污染物排放减少10％的目标。要实现这一目标，必须把节能减排作为政府调节经济运行的重要抓手，真正放在经济工作的首位，真正作为硬任务来抓。各级政府必须通过完善体制，改变以往不顾任何代价追求GDP增速的状况，把节能减排工作的成效列为评价和使用干部的重要依据。必须建立健全节能减排工作责任制和问责制，地方各级人民政府对本行政区域节能减排负总责，政府主要领导是第一责任人。要调整现行的一些实际上是鼓励粗放扩张的政策。对能源消耗和污染排放要严管到位，严格执法。建立完善的舆论监督与导向机制。

二是加快节能减排的法制建设。节能减排贯穿整个生产、销售和消费、使用以及废气及回收、资源化、再利用的过程，上述各个领域对法制都有要求。只有在法制上对生产者、消费者和使用者以及再利用者的行为加以规定，才能保证节能减排工作得以顺利推进。因此，要以国家法律为指导，加快制定一系列促进节能减排工作的法律法规制度，形成较为完备的法制体系。尽快建立和完善节能减排指标体系、监测体系和环境影响评价制度，加强企业以及发电、建筑、交通运输等领域的节能减排管理制度建设。只有制定并实施有关节能减排的规章制度，才能使有关职能部门的管理工作有法可依，有章可循。而且要监管到位，严格执法。

三是完善节能减排的配套政策。实践表明，运用市场机制，利用经济手段，能最有效地做到节能减排，因此，必须尽快完善配套政策。积极稳妥地推进煤、油、气、电、水等资源性产品的价格改革，运用价格杠杆引导企业节能减排。按照补偿治理成本原则提高排污单位排污费征收标准，只有这样，才能迅速扭转浪费能源资源、随意排污的局面。通过价格机制的作用，将能源与环境的成本内化到企业的生产决策中去，将节能减排与企业经济效益紧密结合起来，引导企业自觉地实施节能减排行动。完善促进节能减排的财政政策、税收政策，以利于节约能源资源和保护环境。通过严格的土地、信贷、项目审批、进出口关税和配额的政策措施，坚决遏制高耗能、高污染产业过快增长。同时完善监督检查机制，保证这些政策能够得以贯彻。

四是发展循环经济和清洁生产。积极发展循环经济和清洁生产，开辟资源综合利用、反复使用的新途径，把发展经济与节约资源、保护环境结合起来，是实现节能减排的重要途径。各级政府编制国民经济和社会发展总体规划、区域规划及各种专项规划时，应制定发展循环经济的目标。加快组织编制重点行业循环经济推进计划，建立循环经济评价指标体系和考核制度。要继续在重点行业分期分批开展清洁生产试点工作，组织评审试点企业的清洁生产审核报告，促进资源的循环利用和清洁利用。

五是加快节能减排技术创新。建立节能减排技术创新体系，组织实施节能减排科技开发专项，开发一批节能减排关键和共性技术。完善节能技术成果转化体系，搭建节能技术服务平台，加快节能减排技术推广。

3. 参考例文 ▷

浅谈加强节能减排的重大意义

节能减排是贯彻落实科学发展观、构建社会主义和谐社会的重大举措，是建设资源节约型、环境友好型社会的必然选择，对于调整经济结构、转变增长方式、提高人民生活质量、维护中华民族长远利益，具有极其重要而深远的意义。也是我国对国际社会应该承担的责任。我们要充分认识节能减排工作的重要性和紧迫性。

第一，节能减排是中国可持续发展的必然选择。

关于中国的能源状况，有一种说法是中国富煤、贫油、少气。而实际上，煤炭资源虽然绝对数量庞大，但1800亿吨左右的可采储量，只要除以13亿这个庞大的人口基数，人均资源占有量就会少得可怜。我国去年消费原油3.2亿吨，其中1.5亿吨靠进口。这就是说，即使将新发现的渤海湾大油田10亿吨储存全部开采，也仅够我国用三年。目前我国探明石油储量约60亿吨，仅够开采20年，刚好是世界平均年限40年的一半。我国节能的压力比世界上任何一个国家都要大，特别是，我国还是世界上能源浪费较为严重的国家之一。

我国不能像美国那样消耗能源，现在我国平均每人每年消耗石油200公斤，美国每人每年消耗3吨。2020年，中国15亿人口，我们如果像美国一样每人消耗3吨，每年就需要45亿吨。去年世界石油产量只有40亿吨，40亿吨石油贸易量只有16亿吨，加上成品油20亿吨贸易量，全部贸易量给中国都不够。我们必须走一条新兴工业化道路，建设资源节约型、环境友好型社会。

第二，节能减排是应对资源稀缺与环境承载能力有限的挑战的必然选择。

近年来，我国的资源环境问题日益突出，节能减排形势十分严峻。我国人均水资源占有量仅为世界平均水平的1/4，到2030年将成为世界上严重缺水的国家。我国的石油、天然气人均占有储量分别只有世界平均水平的11%和4.5%，45种矿产资源人均占有量不到世界平均水平的一半。我国人均耕地面积不足1.5亩，不到世界平均水平的1/2。目前，我国能源利用效率比国际先进水平低10个百分点左右，单位GDP能耗是世界平均水平的3倍左右。环境形势更加严峻，主要污染物排放量超过环境承载能力，流经城市的河段普遍受到污染，土壤污染面积扩大，水土流失严重，生态环境总体恶化的趋势仍未得到根本扭转。发达国家上百年分阶段出现的环境问题，近20多年来在我国集中出现。由于我国已经进入工业化和城镇化加速期，重化工业较快增长还会持续较长一段时间，这一过程中能源资源消耗和污染排放与经济增长一般呈现正向关联。因此，在资源稀缺与环境承载能力有限的情况下，传统的高投入、高消耗、高排放、低效率的增长方式已经走到了尽头。不加快转变经济发展方式，资源难以支撑，环境难以容纳，社会难以承受，科学发展难以实现。

第三，节能减排是遵循人类社会发展规律和顺应当今世界发展潮流的战略举措。

工业革命以来，世界各国尤其是西方国家经济的飞速发展是以大量消耗能源资源为代价的，并且造成了生态环境的日益恶化。有关研究表明，过去50年全球平均气温上升的原因，90%以上与人类使用石油等燃料产生的温室气体增加有关，由此引发了一系列生态危机。节约能源资源，保护生态环境，已成为世界人民的广泛共识。保护生态环境，发达国家应该承担更多的责任。发展中国家也要发挥后发优势，避免走发达国家"先污染、后治理"的老路。对于我国来讲，进一步加强节能减排工作，既是对人类社会发展规律认识的不断深化，也是积极应对全球气候变化的迫切需要，是树立负责任的大国形象、走新型工业化道路的战略选择。

二、节约型政府问题

注意事项

1. 申论考试是对应考者阅读理解能力、综合分析能力、提出和解决问题能力、文字表达能力的测试。

2. 作答参考时限：阅读资料 40 分钟，作答 110 分钟。

3. 仔细阅读给定资料，按照后面提出的"申论要求"依次作答。

给定资料

1.2005 年 6 月 12 日，国务院机关事务管理局在中央国家机关全面启动以"建设节约型政府，做资源节约表率"为主题的"节能宣传周"活动。此次"节能宣传周"期间，国务院机关事务管理局根据国家发展和改革委员会等七部门《关于 2005 年全国节能宣传周活动安排意见的通知》的统一部署，组织开展一系列生动有效的宣传和体验活动，如：倡议中央国家机关各部门停开办公区域空调半天，进行"感受能源短缺"活动；统一设计、制作、发放节能提示性标签；举办资源节约系列报告会；组织节能技术展览；印发开展"绿色政府"构建活动倡议书；在各部门之间开展评比等。

2.2004 年 4 月 29 日，国务院机关事务管理局和中共中央直属机关事务管理局联合倡议，中央和国家机关要在全社会做开展资源节约活动的表率。一年多来，各部门结合自身实际，积极行动起来，通过加强组织领导、强化宣传教育、建立规章制度、严格日常管理、实施节能改造等多方面的努力，资源节约工作已经取得了初步成效。

3. 北京市一项对 54 家市、区政府机关 2004 年能源消费的调查显示，政府机关单位建筑面积年耗电量约为 80 千瓦时～180 千瓦时，是居民住宅的 3 倍～6 倍，人均年耗电量是居民的 7 倍。行政机关年人均用能 1.8 吨标准煤，是全市人均生活用能 0.47 吨标准煤的 4 倍。

4. 据国务院机关事务管理局有关人士介绍，目前中央国家机关已确立了开展资源节约活动的主要目标：力争在三年内，使资源意识和节约意识显著增强，资源浪费现象得到有效遏制，资源节约技术广泛使用，资源管理水平有较大提高，资源节约的规章制度和办法标准健全完善，政府节能采购、建筑节能改造等工作取得明显进展，政府运行成本降低，在加强建设资源节约型社会中做出表率。争取在三年内，使中央国家机关年人均能耗、水耗比全国平均水平低 5%～10%，单位建筑面积能源消耗每年降低 5%，能源性费用支出每年降低 5%。目前，中央国家机关正在建立和完善资源消耗年度统计报告制度，研究制定科学合理的资源消耗定额，积极推行资源节约型的政府采购工作，广泛推广应用节约资源的新技术、新产品、新材料，研究降低公务用车能耗的具体措施，力争使中央国家机关在建设资源节约型社会的过程中切实起到表率作用。

5.2005 年，北京市政府机构将全部更换高效节能灯具，全面推广使用高效照明产品和节电器。通过选定 10 家单位进行试点，为在政府机构实行能耗、水耗定额管理提供经验。2005 年，政府要力争全年节能 8% 以上。

6. 据统计，北京市大型公共建筑面积仅占民用建筑的 5.4%，但全年耗电量却接近全市居民生活用电的一半，单位面积年均耗电量是普通住宅的 7 倍～10 倍。根据 2005 年行动计划，大型公共建筑用能将实行定额，其供暖锅炉实行计划供气。倡导自然采光，严格控制室内温度。而在节能监察上，将杜绝"跑、冒、滴、漏"的浪费现象，对浪费能源的单位依法实施加价收费并给予曝光，而节能效果突出的单位将被授予"节能之星"称号。北京市发改委透露，针对冶金、石化、建材、化工和电力五大工业行业超指标耗能耗水的情况，将按照规定征收超限额加价费，严重超标的要采取限水限电的强制措施。

7. 世界上不少国家都把政府采购作为政府公共政策推广的一个窗口，通过政府机关的采购行为来引导公众利益与价值取向。1998 年，美国总统克林顿签署了《环境优选采购指南》，提出鼓励行政机关采购环境优选产品和服务，通过政府来引导公众对节能产品的消费。

8. 长期以来，政府机构采购为公众服务所需的产品，使用的是财政资金，大多数政府机构的消费属于"集团消费"或者是"公款消费"，存在着盲目消费，在相互"攀比"心理的影响下，一味地追求"排场"、"大方"；在采购一些物品时，所考虑的是品牌、款式和价格，而不会去考虑所采购的物品是否节能。如在购买空调时，优先考虑的是空调的品牌、样式，或者是价格，而对其功率、效能、耗电量等因素可能不会在意，至于是否省电，则用不着考虑。又如采购计算机或其他办公自动化设备，考虑最多的还是产品的品牌、款式、配置、功能等因素，而根本不会考虑这些设备是否省电。再如购买汽车，首先考虑的是名牌汽车，配置要最好的，排气量尽可能要最大的，也不会考虑汽车是否省油，更不会考虑零配件价格、维修费用。

9. 在政府采购实际工作中，常常会有一些采购人，在向采购机构申报或委托采购项目时，只提出要买什么东西，而不提具体要求。采购机构的工作人员问他们在采购方案上有什么具体要求，大多数采购单位的经办人会说，"我们也不懂，单位领导说过，要买最好的"，搞得采购机构的工作人员哭笑不得。

10. 2004年12月财政部、国家发改委印发《节能产品政府采购实施意见》（财库〔2004〕185号文件）以来，各省、自治区、直辖市积极响应，尤其是中央国家机关实施政府节能采购的规模不断扩大。但此项工作还不平衡，不少市、县地区至今仍未行动起来，甚至一些地区的政府节能采购已成为"被遗忘的角落"。

11. 在日常采购工作中，经常会遇到一些单位和个人，竟然不知道国家已经出台了《节能产品政府采购实施意见》，更不知道节能清单。更有甚者，就连一些政府采购机构对此也知之甚少。因为财政部和国家发改委所出台的毕竟是实施意见，没有强制性，采购人不愿意接受节能产品，不愿意变更采购方案，不愿意调整项目采购清单，政府采购机构也无可奈何。

12. 《节能产品政府采购实施意见》指出，采购人用财政性资金进行采购的，应当优先采购节能产品，逐步淘汰低能效产品。但采购人在采购时，如果不落实《实施意见》、不优先采购节能产品时，谁来监督、谁来检查？政府采购监督管理机构、采购人、采购代理机构在落实《实施意见》、推行节能采购中都有什么职责、负什么责任，等等，《实施意见》中没有作出明确规定。而在实际工作中，由于在一些部门和单位中普遍存在着节能意识淡漠、政策观念不强的问题，由于职能部门配合不够，监督检查不力，《实施意见》根本没有办法彻底落实，节能采购也没有办法彻底推行。

13. 针对目前节能产品政府采购中出现的"节能清单产品未能中标"、"采购人、企业强烈反对节能清单"等现象，中国环境科学院研究员夏青指出，只有制定国家节能标准、建立权威的技术评定监督体系、节能产品实行政府强制采购三管齐下，节能产品政府采购才能真正落实到位。由于目前这些措施都不到位，《节能产品政府采购实施意见》难免落入一纸空文的尴尬处境。

14. 当前节能产品的政府采购是按清单法来执行的。清单法是指政府在工程、货物和服务的采购中，为了达成节能目标，基于政府认定的节能标准，搜集和监测相关产品或服务的节能功能，形成政府确认的节能清单。政府采购人或采购机构在采购节能产品时，需要参考或遵行这个清单的规定，优先或者按照清单列举的产品采购。清单法最大的优点在于，它能够将政府的政策意向或流于表面的要求落到实处，使采购人、采购机构的节能采购有明确依据，是一种务实有用的方式。

15. 目前节能产品政府采购清单的主要功能应该是指导性的，因为政府的采购可能要达成多种目标，而节能只能是多种目标中的一部分，何况清单所列的产品并不一定、也不可能具有完全的权威性。随着市场经济的发展，政府的需要通常是千差万别的，而市场上供应的产品也是各不相同且变化万千，真正十分完整、准确地把各种产品节能与环保的全部情况掌握好并列入统一的清单，在实际操作中的确有很大难度。

申论要求

1. 用不超过 150 字的篇幅，概括出给定资料所反映的主要问题。（20 分）

2. 用不超过 350 字的篇幅，提出解决给定资料所反映的主要问题的方案。要有条理地说明，要体现针对性和可操作性。（40 分）

3. 就给定资料所反映的主要问题，用 1 200 字左右的篇幅，自拟标题进行论述。（40 分）要求：中心明确，内容充实，有说服力。

 **详　解**

1. ［答案提示］ ▷

给定资料反映了以下问题：在实际生活中，政府机构浪费能源的现象比较严重。在能源极度短缺而能源需求不断膨胀之今日，政府机构节能已成为社会关注的热点，更成为政府机构面对的焦点。搞好政府机构节能不仅可以有效减少能源消耗、提高资源利用效率、节约财政支出，而且还能发挥示范作用，促进社会节能意识的提高和节能技术的推广。

2. ［答案提示］ ▷

（1）各地都要结合实际，制定出本地区的《节能产品政府采购实施办法》，明确本地区国家机关、事业单位和团体组织用财政性资金进行采购的，应当优先采购节能产品。

（2）把推进政府节能采购工作落实到各级单位负责人的岗位责任制中去，从而在推进政府节能采购方面自加压力、增强动力、激发活力。

（3）开展办公楼节能评估活动，增强单位实施政府节能采购的紧迫感和责任感，自觉实施政府节能采购。

（4）本地区政府采购管理机构在编制的政府采购预算和政府采购计划中，必须使政府节能采购占有一定的计划份额。

（5）大力推进政府节能产品协议供应方式和定点采购方式，适应目前采购人购买节能产品品种多、单价小、总金额不大的特点。

（6）简化和改善节能产品政府采购的程序和方法，以不断提高其政府采购效率。

3. 参考例文 ▷

建设节约型社会，政府机构应率先垂范

高投入、低效率的粗放型发展模式，注定经济的发展成本居高不下。在能源极度短缺、需求不断膨胀的今天，如何走出高能耗困境，不仅是中国经济转型的关键，还事关国家安全。

在日前全国做好建设节约型社会近期重点工作电视电话会议上，温家宝总理明确表示，建设节约型社会是我国的一项重大战略。而节约型政府，与节约型城市、节约型企业、节约型社区并列，也成为我国创建节约型社会的重要环节。由于政府的特殊地位，它的节约与否自然成为我国建设节约型社会成败的关键。

据权威部门测算，我国政府机构（包括教育等公共部门）的能源消费约占全国能源消费总量的5%，节能潜力为15%～20%，能源费用超过800亿元，单位建筑面积能耗超过世界头号耗能大国——美国政府机关1999年平均水平的33%。最近北京市的一项调查显示，48家市、区政府机构2004年年人均耗能量、年人均用水量和年人均用电量分别是北京居民的4倍、3倍和7倍。有的政府机构每个公务员1天的耗电量，够一个普通老百姓19天的生活用电。

在建设节约型社会中，政府机构应率先垂范，节约一度电、一杯水、一张纸和一滴油。这些细节，对控制和降低资源消费增长有着重要作用。

专家为节约"一度电"，算过这样一笔账。8瓦的节能灯亮度等同于40瓦的白炽灯，点亮它600小时所需电费仅为2.93元，比40瓦的白炽灯便宜11.71元。按节能灯使用寿命8000小时计，1只节能灯"一生"可节约电费156元。粗看起来，这些钱有些微不足道。但聚沙成塔，目前本市已有50多家单位将40万只灯具换成节能灯，一年可节电1800万度，减少电力负荷8600千瓦。

与居民、企业不同，政府部门一般不创造财富，对于商品价格也不敏感，因此，政府机构的节约需要依靠道德自律。从这一角度来看，政府的自觉节约，既是政府自身良好形象的体现，更在于对全社会起到一种示范，于推动节约型社会的纵深展开有着重要作用。

在上海，政府部门带头节约的示范效应已经显现。例如，使用再生纸产品，已成为上海机关中的一种时尚。大部分政府部门的工作人员名片，右下角都有了一个小小的再生纸标示，喝茶的纸杯也产于再生纸，连打印纸和普通文件用纸也是再生用品。又如，复印、打印纸张双面使用，尽量使用再生纸等做法，也已在各级党政机关中普及开来。不仅如此，从市政府各委办局到各区县党政机关，纸质文件少了，电子邮件多了，人们越来越习惯无纸化办公，既提高了工作效率，又节约了纸张。随手关灯关机、推广使用节能灯等做法，不仅在各级党政机关中蔚然成风，还被许多人带回了家里。

三、科学消费观问题

注意事项

1. 申论考试是对应考者阅读理解能力、综合分析能力、提出和解决问题能力、文字表达能力的测试。

2. 作答参考时限：阅读资料40分钟，作答110分钟。

3. 仔细阅读给定资料，按照后面提出的"申论要求"依次作答。

给定资料

1. 2005年6月27日下午，中共中央政治局进行第二十三次集体学习，中共中央总书记胡锦涛主持学习。他强调，能源资源问题是关系我国经济社会发展全局的一个重大战略问题。我们要从推动我国经济社会持续发展和人民生活水平不断提高的全局出发，全面分析能源资源形势，深入研究能源资源问题，全面做好能源资源工作，促进形成可持续的生产方式和消费模式，建立资源节约型国民经济体系和资源节约型社会，为实现全面建设小康社会的宏伟目标和我国的长远发展提供可靠的能源资源保证。

2. 在能源利用效率上，目前中国的能源综合利用总效率约为33%，比发达国家低大约10个百分点，还有较大差距。电力、钢铁、有色金属、石化、建材、化工、轻工、纺织八个行业主要产品单位能耗平均比国际先进水平高出40%。钢、水泥、纸（纸板）的单产综合能耗比国际先进水平分别高21%、45%和120%。机动车油耗水平比欧洲高25%，比日本高20%。单位建筑面积采暖能耗相当于气候条件相近发达国家的2倍～3倍。

3. 一组来自国家有关部门的调查数字显示：我国政府机构年电力消耗总量占全国总消耗量的5%，能源费用超过800亿元，单位建筑面积能耗超过世界头号耗能大国美国政府机关1999年平均水平的33%。

4. 在大学校园里，很容易看到的一种现象就是水房里的水龙头在一刻不停地运转。有时是盆里放几件衣服，一冲就是一天。

5. 据统计，目前，我国已建房屋有400亿平方米以上属于高耗能建筑，造成巨大的能源浪费。仅到2000年末，我国建筑年消耗商品能源共计3.76亿吨标准煤，占全社会终端能耗总量的27.6%，而建筑用能的增加对全国的温室气体排放"贡献率"已经达到了25%。因高耗能建筑比例大，单北方采暖地区每年就多耗标准煤1 800万吨，直接经济损失达70亿元，多排二氧化碳52万吨。

6. 有数字显示，由于我国城镇供水管网漏失率在20%左右，每年因此损失的自来水近100亿立方米，甚至高于南水北调中线的输水量。

7. 国家安全生产监督管理总局的数字显示，中国煤矿回采率平均只有35%，一些乡镇煤矿回采率仅为15%，有些甚至低至10%。煤矿回采率这么低，是煤矿开采企业"挑肥拣瘦"造成的。据了解，在我国不少地区的煤层平均厚度有50米至60米。按国家规定，开采较厚的煤层要采用工艺复杂的分层技术，逐层开采。而面对旺盛的需求，一般企业往往只是开采中间最"肥"的煤层，大量资源就这样被浪费了。而煤矿开采企业之所以能够在如此低的回采率下仍旧生活得很好，原因就是我国当前的资源税过低，而且收费方法不合理。为了照顾地方利益，获得开采权的企业现在交付的资源税往往不足成本的1%。这样企业就很难对这一税种产生足够的重视。

8. 中国是以煤为主要能源的国家，也是世界上最大的煤炭消费国，而煤炭的大量使用，造成能源环境问题十分突出。国家发展与改革委员会副主任张晓强介绍，中国原煤产量2001年为11.6亿吨，2001年已达到19.6亿吨。2004年中国二氧化硫排放量约2 200万吨，居世界首位，酸雨面积已占国土面积的1/3。张晓强说："这些已大大超过中国的环境容量，经济发展面临的环境压力越来越大。"

9. 据国家电监会的监测，2004年电荒席卷了国内21个省、市，在用电高峰时段电力供需缺口达2 000万千瓦至3 000万千瓦。2005年一季度全国共有24个省、市拉闸限电。而这一缺电缺口提前增大的严峻态势，使得业内专家把今年普遍视为自上个世纪80年代以来电力最紧缺的一年。

10. 国家电网按照各主要电网电力电量平衡结果，预计2005年全国电力供应缺口仍然很大。在全年迎峰度夏期间，华东电网最大电力缺口将达到1 100万千瓦至1 400万千瓦；华北电网最大电力缺口高达300万千瓦；华中电网和西北电网仍然存在很大缺口。而在今年枯水期，南方五省区电网最大电力缺口大致为700万千瓦至800万千瓦。

11. 我国共有660座城市，其中2/3缺水，110座城市严重缺水。由于缺水，每年工业总产值的损失大约在2 000亿元人民币。

12. 中国的人均资源占有量低于世界平均水平，中国的资源总量虽然居世界第三位，但是人均资源占有量是世界第53位，仅为世界人均占有量的一半。中国的淡水资源占有量是世界平均水平的1/4，随着中国人口的增长，人均的淡水资源量将会越来越少，估计到2030年中国将列入严重缺水国家。

13. 中国人口多、人均资源不足的基本国情要求我们节约资源，高效和循环利用资源。建设节约型社会，发展循环经济，是中国可持续发展的重大战略举措。本世纪前二十年要紧紧地抓住重要发展机遇期，全面建设惠及十几亿人口的更高水平的小康社会，不断提高人民生活水平和质量，包括进一步实现GDP翻两番，能源消费只翻一番甚至更好一点的目标。这样就必须走出一条科技含量高、经济效益好、资源消耗低、环境污染少、人力资源得到充分发挥的新型工业化道路。

14. "中国要在2020年实现国内生产总值翻两番，全面建设小康社会的目标，就必须大力降低资源的消耗，努力提高资源的利用效率。"中国工程院院士、中国工程院院长、全国政协副主席徐匡迪认为，优化产业结构是最大的节约和对资源利用效率的提高，在我国工业化过程中，国家应该明确制定环保和能源消耗的技术门槛，停止和限制高消费、高污染、低效率、低产出的产业和企业。"在这一点上，东部尤其要先行，产业体系结构的优化是最大的节约，无论有多少困难都必须迎难而上。政府要发挥宏观调控的作用，利用政策、法律和经济手段来引导企业走上正确的发展道路。"徐匡迪说。

15. 2004年与1990年相比，全国每万元GDP能耗下降了45%，累计节约和少用能源7亿吨标准煤；火电供电耗煤、吨钢可比能耗、水泥综合能耗分别降低11.2%、29.6%和21.9%，与国外先进水平的差距逐渐缩小。

16. 北京市工业能耗占全市总能耗的50%，其中五大重点高耗能行业（冶金、石化、建材、化工和电力）工业增加值占全市工业增加值的28%，却耗用了全市工业85%的能源、77%的新鲜水，排放了93%的大气污染物；万元GDP能耗为7.13吨标准煤，是全市万元GDP能耗1.33吨标煤的5倍以上。

17. 当下中国的能源供应主要靠煤炭支撑，据统计，2003年度，中国煤炭生产百万吨死亡率为印度的10倍、美国的100倍。可见能源成本实质上是生命成本，这种情况下，尽可能地节制能耗，就不只是为了节约几个钱，更是为了体恤民力尤其是体恤人的生命和健康。

申论要求

1. 用不超过150字的篇幅，概括出给定资料所反映的主要问题。（20分）

2. 用不超过350字的篇幅，提出解决给定资料所反映的主要问题的方案。要有条理地说明，要体现针对性和可操作性。（40分）

3. 就给定资料所反映的主要问题，用1 200字左右的篇幅，自拟标题进行论述。（40分）

要求：中心明确，内容充实，有说服力。

 详　解

1.［答案提示］ ▷

给定资料反映了以下问题：随着经济的快速发展、人口增加、工业化和城镇化进程加快，我国经济社会发展面临的资源、能源不足问题日见突出。为此，重视节约型社会建设，不断改善生态环境，实现可持续发展，已经成为我国经济社会发展十分紧迫的任务。

2.［答案提示］ ▷

（1）抓好重点耗能行业和企业的节能，提出节能降耗目标和措施，加强指导。

（2）大力发展低耗能的第三产业和高新技术产业，用高新技术和先进实用技术改造传统产业。加快淘汰能耗高、效率低、污染重的工艺、技术和设备。

（3）制定和实施强化节能的激励政策，研究制定鼓励生产和使用节能产品的税收政策以及节能型建筑的经济政策。

（4）深化能源价格改革，形成有利于节能，提高能效的价格机制，重点是推进电价、热价和天然气价格改革。

（5）加大依法实施节能管理的力度，要完善节能的相关法律，并制定配套法规和政策。

（6）推行政府机构节能采购，充分发挥示范和带头作用。

（7）强化节能宣传。

（8）扩大在节能降耗领域的国际合作。

3. 参考例文 ▷

节约型社会亟须建立科学消费观

当前社会中盛行的许多不健康的、甚至奢靡的消费观念和消费方式，正成为建设节约型社会的重大阻碍，倡导和建立科学消费观已是当务之急。

随着社会物质财富的积聚和科学技术的进步，人们的消费心理和消费方式也在发生变化，适度和时尚的消费行为被人们所接受，这是社会进步的表现。但生活中，与科学生活方式相悖的不健康消费，超越现实条件、盲目攀比的畸形消费，斗富摆阔的奢靡消费，过度包装的蓄意浪费，则与建设节约型社会格格不入。而在这些消费行为中，"大款"与"公款"占了主角，并给青少年的消费心理和行为带来不良影响。

形成有利于节约资源的消费模式，是建立节约型国民经济体系的重要组成部分。有识之士认为，要在全社会建立科学的消费观，大力倡导合理消费、适度消费的消费观念和消费行为，特别是在服务行业、公用设施、公务活动、住房、汽车及日常生活消费中，逐步形成与国情相适应的节约型消费模式。

首先，建立科学的消费观。建立科学的消费观是一件事关社会方方面面的系统工程。各级领导干部和所有公务人员要率先垂范。官员的消费行为是社会关注的焦点，具有极强示范作用。领导干部消费朴素适度，围着官员的大款们想花钱也找不到对象。公款消费应

厉行节约，反对浪费。

其次，建设节约型社会文化。通过教育宣传，从现在做起，从点滴做起，从我做起，树立节约意识、倡导节约文明，让节约成为每个公民一种健康科学的生活态度和生活方式，营造浓厚的节约资源的社会氛围。

第三，制定和实施建设节约型社会的保障机制。依靠科技进步和创新，构建节约资源的技术支撑体系；深化改革，建立节约资源的体制机制和政策体系；最为重要的是加强法制建设，完善节约资源的法律法规体系，使科学的消费观得到充分尊重和发扬光大，使不健康的、畸形的、奢靡的消费观受到应有的惩戒和制止。

四、建设创新型国家问题

注意事项

1. 申论考试，与传统作文考试不同，是对分析、驾驭材料的能力与对表达能力并重的考试。

2. 作答参考时限：阅读资料40分钟，作答110分钟。

3. 仔细阅读给定资料，按照后面提出的"申论要求"依次作答。

给定资料

《中国青年报》2006年3月10日报道：十届全国人大四次会议今天下午举行中外记者招待会，科技部部长徐冠华、发改委副主任张晓强、教育部副部长赵沁平、财政部部长助理张少春就建设创新型国家回答了中外记者的提问。

1. 科技进步贡献率必须由当前的39％提高到60％。在回答记者"在现阶段提出建设创新型国家目标是基于哪些方面的考虑"的问题时，徐冠华说：中央提出建设创新型国家战略，是基于以下几个方面的考虑：

第一，经济增长主要取决于劳动力、资料和科技进步。根据测算，要实现2020年翻两番的目标，就要使投资率在今后继续保持40％，科技进步贡献率必须由当前的39％提高到60％。

第二，我国人均能源、水资源、土地资源供应严重不足，面临越来越紧迫的资源问题和环境问题。解决这些问题只有靠科技进步。

第三，中国企业面临着越来越严重的国际竞争压力。由于缺乏核心技术，我国生产的手机价格的20％、计算机价格的30％、数控机床价格的40％不得不付给国外专利拥有者。此外，随着劳动力成本的不断提高，我国劳动力的比较优势在不断弱化。

综合"几方面考虑，我们只有一条路，就是通过自主创新，建设创新型国家。"

2. "十一五"期间，财政科技投入的增幅将明显高于财政经常性收入增幅。

在回答记者关于"国家在财税政策和资金投入方面有哪些举措"的提问时，张少春说，我国将大力增加财政资金投入。2006年中央财政计划投入科技经费716亿元，比上年增加115亿元，增长了19.2％。这个增幅明显高于中央本级财政收入和支出的增幅。"十一五"期间，财政科技投入的增幅也将明显高于财政经常性收入的增幅。利用这个政策信号，来鼓励和引导全社会更加重视科技自主创新，更加重视科技的投入。

张少春说，国家将利用五项财税扶持政策促进科技进步，推动企业成为创新的主体，大幅度增加研发投入。一是要加大企业对企业研发投入的所得税前的抵扣力度，允许企业按当年实际发生的研发费用的 150% 来抵扣当年的应纳税所得额；二是要允许企业加速用于研究开发的设备仪器的折旧；三是完善促进高新技术企业的税收政策；四是完善进出口税收政策；五是实施促进自主创新的政府采购政策。

3. 中国科技创新综合能力在 49 个主要大国中位列第 28 位，目标是再进 10 位。

在回答记者关于"创新能力"的提问时，徐冠华说，根据 2001 年的数据，中国科技创新综合能力在 49 个主要国家当中位列第 28 位，处于中等偏下的位次。如果中国 2020 年要进入创新型国家行列，意味着我们要从当前的水平再前进 10 位，进入世界前 20 位，任务相当艰巨。

徐冠华说，我国已经建成了只有在世界上为数不多的国家才具备的、完整的科学技术体系。据统计，中国的科技人力资源达到 3 850 万人，名列世界第一；研发人员 109 万人，名列世界第二。并且，我们已经具备了比较强的科技实力。目前我国人均 GDP 大约 1 000 多美元，但据测算，科技综合创新指标已经相当于人均 GDP 5 000 美元～6 000 美元国家的水平。在生物、纳米、航天等一些重要领域研究开发能力已跻身世界先进水平行列。我们一定能够在 2020 年进入创新型国家行列。

4. 高校自主创新能力较弱，55% 的人认为是受体制制约。

在回答记者关于"高校自主创新能力"的问题时，赵沁平说，经过几十年建设，我国高校自主创新能力有了很大提高，但是总体来看仍然较弱。

有记者说，据一项调查显示，关于我国高校自主创新能力较弱的原因，有 55% 的人认为受体制制约，36% 的人认为是由于经费不足。

对此，赵沁平说，我国高等学校的自主创新能力比过去有很大的提高，但是和建设创新型国家的要求，或者和世界上一些高水平的优秀大学相比较仍有相当大的差距。主要有三方面原因：第一，创新人才和科研条件缺乏。第二，体制和机制方面还存在一些问题，包括科技资源配置、科技组织管理、创新激励以及创新人才的培养等。第三，更深层次的问题是缺乏有利于创新人才培养、创新人才成长和有利于科技创新的文化环境。

5. 创造好环境是政府最聪明的做法。

在回答记者提问时，徐冠华说在建设创新型国家中，政府不要自己来做。高技术企业是高成长性，也是高风险性的企业，政府要创造一个好环境，这是最聪明的做法，也是最务实的做法。

徐冠华对深圳通过技术进步推动经济社会发展取得的成功感到"深受鼓舞"：深圳市有 4 个 90%：90% 的研发人员在企业，90% 的科技投入来自企业，90% 的专利产生于企业，90% 的研发机构建设在企业。另外，深圳提出未来 5 年内要用 1 000 亿元投入科技。"如果中国其他各个城市都像深圳一样，我相信中国建设创新型国家大有希望"，徐冠华说。

申论要求

1. 用不超过 150 字的篇幅，概括出给定资料所反映的主要问题。（20 分）

2. 用不超过 350 字的篇幅，提出解决给定资料所反映的主要问题的方案。要有条理地说明，要体现针对性和可操作性。（40 分）

3. 就给定资料所反映的主要问题，用 1 200 字左右的篇幅，自拟标题进行论述。（40 分）

要求：中心明确，内容充实，有说服力。

详 解

该资料主要反映了在现阶段我国提出建设创新型国家，这是中央提出的一项重大战略任务，我国已具备了建设创新型国家的重要基础和良好条件。

2. [答案提示] ▷

现阶段我国建设创新型国家，可以采取以下措施：

（1）实施正确的指导方针，走中国特色自主创新道路，既要顺应世界科技发展的潮流，遵循科技创新规律，又要紧密结合国情和国家战略需求，选择顺应时代要求、符合我国实际的发展道路；

（2）坚持把提高自主创新能力摆在突出位置，大幅度提高国家竞争力；

（3）深化体制改革，加快推进国家创新体系建设；

（4）创造良好环境，培养造就富有创新精神的人才队伍；

（5）发展创新文化，努力培育全社会的创新精神。

3. 参考提纲 ▷

我们只有一条路

（1）建设创新型国家，必须转变发展观念、创新发展模式、提高发展质量，要注重优化结构、提高效益、降低消耗、减少污染；

（2）要坚持以科学发展观为统领，统筹城乡发展，统筹经济社会发展，统筹人与自然和谐发展，统筹国内发展和对外开放；

（3）提高我国自主创新能力，把增强自主创新能力作为国家战略，建立健全鼓励科研、高校和企业自主创新的机制；

（4）努力营造有利于创新人才培养、创新人才成长和有利于科技创新的文化环境。

五、能源紧缺问题

注意事项

1. 申论考试，与传统作文考试不同，是对分析、驾驭材料的能力与对表达能力并重的考试。

2. 作答参考时限：阅读资料40分钟，作答110分钟。

3. 仔细阅读给定资料，按照后面提出的"申论要求"依次作答。

给定资料

我国人口占世界总人口的20%，已探明的煤炭储量占世界储量的11%，原油占2.4%，天然气仅占1.2%，人均煤炭资源为世界平均值的42.5%，人均石油资源为世界平均值的17.1%，人均天然气资源为世界平均值的13.2%，人均能源资源占有量还不到世界平均水平的一半。

在产品和产值能耗方面，据统计比较，每公斤标准煤能产生的国内生产总值，日本为

5.58 美元，法国为 3.24 美元，韩国为 1.56 美元，印度为 0.72 美元，世界平均值为 1.86 美元，而我国仅为 0.36 美元。我国火电厂供电煤耗为每千瓦时 404 克标准煤，国际先进水平为 317 克标准煤，高出 27.4%；我国每吨钢可比能耗平均为 966 公斤标准煤，国际先进水平是 656 公斤标准煤，高出 47.3%；我国每吨水泥熟料燃料消耗为 170 公斤标准煤，而国际先进水平为 107.5 公斤标准煤，高出 58.1%。

2003 年我国电力出现严重不足的情况，包括河北、山西、内蒙、浙江、江苏、上海、安徽、福建、河南、湖北、湖南、江西、四川、重庆、广东、广西、云南、贵州、海南、甘肃、青海和宁夏在内的 22 个省市不同程度地拉闸限电。长沙市民为应对停电，开始购买发电机；厦门 10 多家大商场，每周因停电停业两天；华东地区的企业不得不采取错峰、避峰生产；浙江省将一些企业用电转移到凌晨 2 点以后的用电低峰；其他大部分省市也开始按"拉限序位表"计划用电。电力缺口给企业生产和百姓生活带来明显影响。据统计显示，综合国民经济发展和用电新增容量等情况，今年我国全年用电量将净增 2 000 多亿千瓦时，加上年内投产的机组，今年的电力缺口仍将在 1 000 万千瓦以上。

2003 年 11 月份，自上海、广州 0 号柴油告急开始，90 号汽油告急，全国又出现一定范围的"油荒"，在长三角地区，很多加油站等待加油的汽车排起了长龙。上海、南京、苏州、无锡、常州以及杭州等地甚至有相当一部分加油站已经没有了 0 号柴油供应，有供应的加油点也基本都是限量销售。东北三省、四川、重庆等地也传来了柴油供应匮乏的消息。

2000 年，全球的原油储备量估计有 59 亿桶，相当于 90 天的世界消费量，其中 13 亿桶为战略储备，其余的 46 亿桶为商业储备。美国、日本、德国、韩国的石油储备分别是 158 天、161 天、127 天、74 天。据去年中国石油消耗总量测算，我国的石油储备仅可维持近 20 天。

国际石油价格的波动已经给中国能源利用带来巨大影响。据美林公司估计，如果每桶原油平均价格达到 33 美元，除日本以外的东亚地区的经济增长率可能降低 0.5 个百分点。由于中国是东亚经济增长率最高的国家，显然全球石油价格上涨对我国的影响不会低于上述数字。

美国能源信息管理局（EIA）估计中国的原油消耗量将从 2000 年的 478 万桶/天上升到 2020 年的 1 050 万桶/天。中国将超过日本成为世界上原油消耗第二多的国家，其中 60% 的原油将依赖进口。这不仅将使中国成为世界能源市场上最主要的买主，也会使中国面临更大的政治和能源安全压力。

中国的能源战略一夜之间成为整个社会关注的焦点。在全国政协十届一次会议第二次全体会议上，全国政协委员陈洲其与张洽联合提出，必须从宏观、长远的观点来研究和把握能源问题，制定符合国情的能源发展战略，以确保现代化建设有长期足够的能源供应。

作为非再生性能源，石油一直是我国短缺性战略物资。为了扩大供给，我国除了不断在国内开采石油外，还通过各种方式从国际市场寻找稳定的供货渠道。中石油已在海外签订合同项目 26 个，项目分布在四大洲的 12 个国家，业务范围包括油气勘探开发、生产销售、炼油化工及成品油销售等领域，初步形成海外发展的三大战略区，即中东及北非地区、中亚及俄罗斯地区和南美地区。中石化集团在伊朗成功打出高产油气井；参与竞标开发伊朗 16 个新油田，获邀参与开发伊朗第二大油田阿扎德干德项目的竞标；中标开发沙特的一个天然气项目。中海油已同18个国家和地区的71家公司签订了160多个石油合同和协议。去年，其海外产量占总产量的比例已达1/5以上。

2003年我国的GDP取得了9.1%的增长，创下六年来的新高。就在人们对经济高速增长津津乐道时，温家宝总理在近日的十届全国人大二次会议的政府工作报告中却指出，中央今年提出的经济增长预期目标为7%左右，要考虑到保持宏观调控目标的连续性，也要考虑经济增长速度与能源、重要原材料、交通运输等实际条件的衔接，减轻对资源和环境的压力。

申论要求

1. 用不超过150字的篇幅，概括出给定资料所反映的主要问题。（20分）

2. 用不超过350字的篇幅，提出解决给定资料所反映的主要问题的方案。要有条理地说明，要体现针对性和可操作性。（40分）

3. 就给定资料所反映的主要问题，用1 200字左右的篇幅，自拟标题进行论述。（40分）要求：中心明确，内容充实，有说服力。

详　解

1. ［答案提示］ ▷

2003年我国出现了电、油等能源的严重紧缺，能源紧缺问题将直接影响国家的政治安全和经济发展。能源紧缺问题暴露出我国基础性能源储备量低、人均能源占有量低、能源利用率低等问题。要解决能源紧缺的问题，实现经济的可持续发展，必须改变将经济发展简单地等同于经济增长的错误认识，彻底改变现有经济发展模式。

2. ［答案提示］ ▷

针对资源供给现状，中国需要彻底转变发展模式，把节约放在首位，大力推行循环经济，加快建设节约型社会，否则可持续发展将成空谈。

第一，要着力构建节约型的增长方式。资源投入要实现由主要依靠资金和自然资源支撑增长向更多地依靠人力资本和技术进步支撑增长转变；资源利用方式要实现向反馈式循环过程转变，逐步形成低投入、低消耗、低排放、高效率的经济增长方式。

第二，要着力构建节约型的产业结构，加快淘汰落后工艺、技术和设备。

第三，要着力构建节约型的城市化模式。城市化发展必须充分考虑资源条件和环境承载能力，节约和集约利用土地、淡水、能源等重要资源。要严格建设用地规划管理，改进建筑结构，充分利用可使用空间。大力发展节能建筑和城市集中供热。大力推进城市节水。建立规范的再生资源回收利用体系。

第四，着力构建节约型的消费模式。

3. 参考例文 ▷

多管齐下破"能源资源瓶颈"

我国人均石油资源为世界平均值的17.1%，人均天然气资源为世界平均值的13.2%，人均能源资源占有量还不到世界平均水平的一半。如果说现有资源"家底"让我们无法乐观，那么更让人担忧的则是资源利用率明显偏低，浪费惊人。城市里的"节水"标语已经贴到了小区的垃圾桶和学校卫生间的水龙头旁。但与此同时，水资源的浪费已经成为城市里的顽症。"当全国许多地区为南水北调作出牺牲的时候，北京人还在用自来水浇花"，中国工程院院士吴良镛先生对这种浪费水资源的现象很难理解。

化解可持续发展之痛，出路只能是开源与节流并举。立足我国当前实际，则必须提倡节约型社会，把节流放在首位，显著提高能源资源利用效率。

首先应大力发展循环经济，从资源开采、生产消耗、废弃物利用和社会消费等环节，加快推进资源综合利用和循环利用。循环经济以"资源—产品—再生资源"为特征，能最有效利用资源和保护环境，是一种促进人与自然协调发展的全新经济模式。循环经济在工业领域，就是推行清洁生产，着眼于对生产全过程的控制及整个产品生命周期过程对环境的影响，以最大限度地减少原料和能源的消耗，将其对环境的污染和危害降到最低。比如，我们完全可以采取节能的循环经济措施生产水泥等建材，产煤带来的大量煤矸石可以制造砖和水泥，用煤发电产生的粉灰可以做墙板和水泥，以电热炼钢铁产生的炉钢渣也可以生产水泥。如果这样处理，废弃物就变成了资源。

倡导绿色消费是发展循环经济的重要环节。现在许多人在个人生活方式上普遍追求奢侈，追求低级趣味的暴发户心态正在一部分人当中滋长。比如汽车消费，日本汽车年产量1 000多万辆，拥有车将近1亿辆，其中只有30%左右是排放量大于1.3升的。而我国许多地方对低于1.3升排放量的汽车竟不给上牌照，不许过长江大桥，不许走重要公路。这就是一种滥用资源的炫耀性消费。绿色消费则不是这样，它主张适度消费，着眼人与环境的和谐。比如，空调不是开得温度越低越好，照明不是越亮越好，小轿车也没必要一味追求普及率，城市交通仍然要以公交为主等等。

此外，尽快建立"绿色国民账户"，也是实现资源利用、经济发展和环境保护"三赢"的积极举措。所谓"绿色国民账户"，就是在尽可能保持现有国民账户体系概念和原则的前提下，将资源环境数据整合到现有国民账户信息体系中，对发展统计指标进行"绿色过滤"：如果经济增长在扣除环境破坏所造成的损失后得出的结果是低增长、零增长、甚至负增长，那么就意味着经济是以资源环境破坏为代价增长起来的，因而经济发展是不可持续的；反之，经济发展则是可持续的。我们应该结合中国实际，尽快建立起类似的国民核算新体系。

只要我们的政府从长远发展的角度来制定科学的宏观政策，再加上全体人民的共同努力，我们有理由相信党的"十六大"提出的"全面建设小康社会"的目标一定能早日实现，"中华民族的伟大复兴"也将在不久的将来成为现实。

六、环境保护问题

注意事项

1. 申论考试，与传统作文考试不同，是对分析、驾驭材料的能力与对表达能力并重的考试。

2. 作答参考时限：阅读资料40分钟，作答110分钟。

3. 仔细阅读给定资料，按照后面提出的"申论要求"依次作答。

给定资料

四川省简阳市由于氨氮超标 100 多倍，水不能喝了。从 3 月 2 日到 3 月 16 日停水 13 天。

这次污染对简阳市来说，无疑是一场史无前例的灾难，简阳市 12 个乡镇、115 个村、721 个村民小组、84 887 户、171 828 人受灾，受灾耕地面积达到 243 557 亩，直接经济损失高达 7 633.06 万元，占到简阳市全年财政收入的一半。

根据四川省环保局公布的报告，事件的制造者是沱江上游的川化集团。今年 2 月 11 日到 3 月 2 日，这家工厂违规向沱江排放了大量高浓度氨氮废水，结果导致这些废水先后污染了沱江下游的简阳、资阳、内江等地，最后流入长江。

超标几十倍、上百倍的污水，顺着沱江向下游倾泻，沿岸的农民和渔民遭遇的是另一种灾难。最早是在 2 月 26 日的早上，当简阳城里的居民开始发现家里的自来水出现异味的时候，简阳郊外的沱江江面也开始浮起一条条死鱼，养鱼的农民在随后几天里眼睁睁看着一场灾难发生。这次污染受灾最重的是平泉镇新桥乡长春村养鱼户池济明、罗文利夫妇，他们家近 2 万斤鱼全部被毒死。一年的养殖，10 多万元的投资就这样一下子泡汤了。

沱江污染给百姓带来了巨大的灾难，也给沿岸的经济造成了很大损失。这边是群众拉着网箱里的鱼在沱江与污染赛跑，而另一边简阳市政府还不得不花钱，轰轰烈烈地开展着捞鱼运动。简阳市人民政府副市长陈卫东说："被水污染致死的鱼是肯定不能食用的，所以政府对这一块非常重视。给沿途的乡镇发了专门通知，要求乡镇一定要想办法，出钱请老百姓打捞这些死鱼，打捞起来做无害化处理。"价格是每一公斤大概 8 角。"共买了死鱼 23 万多公斤，政府就为这块出了大概 27 万元钱。"这次污染，简阳市养殖户死鱼量高达 328 吨，经济损失 763.75 万元。沱江简阳段天然鱼死亡损失高达 2 367.75 万元。

简阳市政府发布的通告显示，此次污染，简阳市损失达 7 000 多万元，波及沿江 600 多公里的流域，整个污染造成的直接经济损失有上亿元。无论是影响范围、污染程度，还是损失数字，这次沱江事件都算得上是一起少见的特大污染事故。

据简阳市环保局的报告显示，沿沱江 600 多公里的流域，这次遭受的是一次严重的生态灾难。上百万人前后 26 天无水可喝，江里漂浮着成片的死鱼，但这些都阻挡不了川化集团继续排污的数量。面对发生的事故，污水处理厂在公众监督面前，依旧是抱着瞒天过海的态度偷排污水，排污口外的世界，真的和他们没有关系吗？沿江下游的损失，到底由谁来负责呢？

现在最着急的，是在沱江里养鱼的人。他们原本指日可待的财富，瞬间变成了泡影，无辜地承受这一切，这笔账，谁来承担呢？

污染事件过后，百姓的损失、当地经济的损失已经成为首先要解决的问题：农作物受损 940.36 万元，渔民捕捞损失 361.35 万元，企业损失 2 033.91 万元，总共损失突破 7 000 多万元。

三岔湖是简阳市的一个水库，它的蓄水能力为 20 008 万立方米。4 月 10 日是春耕的时候，按照往年的惯例，这里的水将用于农田灌溉。然而今年三岔湖的水，除了灌溉以外，还有另外一个用途，就是用于冲刷沱江已经被污染的河床。然而，三岔湖水库用于冲刷沱江的水，并不是水库自己的，而是四川省政府为沱江污染应急，统一协调从都江堰调配过来的，也就是说是花钱从都江堰买来的。于是，买水的钱谁来出，成了一个很棘手的问题。单这一笔损失就接近 36 万元。

因为污染蒙受损失的还有简阳市的泰华电站，污染后，沱江上游需要把已经污染的水放出去，下游需要大量的水冲刷和稀释。在这种情况下，泰华电站不得不服从命令开闸放水。从放水那一天起，这个电站有 20 多天的时间被迫停产，损失将近 8 万度电，每天损失就接近 2 万元。

事件发生后，四川省对相关责任人进行了处理，川化集团总裁谢木喜引咎辞职，相关责任人被追究司法责任，川化集团赔偿 1 100 万元。事情至此，沱江特大污染事故可以说是有了一个结果。然而，就在这次污染事件处理即将画上句号的时候，令人震惊的是，沱江又一次发生了污染。

就在这次污染事件正在调查和处理过程中时，5 月 3 日沱江流域再次发生污染事件。这一次污染造成了沱江中段 8 万多公斤鱼死亡。8 万公斤各种鱼类的死亡，这个结果对不少渔民来说意味着失去主要生活来源。污染源头就是离资中县 100 公里左右的一家造纸企业——仁寿县东方红纸业有限公司。东方红纸业有限公司安装不经过污水处理的暗管直接排放工业污水。位于简阳市沱江大桥右侧的一个造纸厂外墙距离沱江只有 50 米远，而工厂的排水沟直通沱江。由于现在是枯水期，裸露在外面的排水沟与江面不足 20 厘米，如果水位上涨，它将淹没在沱江中。白天看这个排水沟，只有少量的水流出，但是当你在夜里再看这个排水沟时，情况则大不一样，大量乌黑的水散发着难以忍受的味道排进了沱江。

沱江能不能变清澈，沿江 600 公里的老百姓说，答案就在政府部门的手里。在经济效益和公众利益之间，政府部门不应该犹豫。

为什么事先没有发现这些污染源？四川省环保局局长朱天开说："我们在检查它这次年终违法排污的情况当中，发现它做了假账。它有两本账，一本就是专门应付环保部门的，另一部分就是他们自己真实记录的情况，他们只是报给他厂里领导看。我们这次也了解到在这个沱江干流和支流发生污染之后，四川省环保系统内，至少有两名基层环保局局长被免职。这是杀一儆百，以儆效尤。我们的人员始终都要懂得，权力有多大责任就有多大。"

申论要求

1. 请用不超过 150 字的篇幅，概括出给定资料所反映的主要问题。（20 分）

2. 以省政府调研室工作人员的身份，用不超过 350 字的篇幅，对沱江的污染提出解决方案。要有条理地说明，要体现针对性和可操作性。（30 分）

3. 就给定资料所反映的主要问题，用 1 200 字左右的篇幅，自拟标题进行论述。（50 分）
要求：中心明确，内容充实，论述深刻，有说服力。

 **详 解**

1. [答案提示] ▷

该资料反映了我国在经济建设迅猛发展过程中出现的环境污染问题。企业为追求高利润、高效益，不顾国家和人民的生命财产安全超标排放污染，给人民生活带来了严重的影响，给国家带来重大损失。而这个问题，由于种种原因，很难加以消除。环境污染已日渐成为制约我国经济发展的重要因素之一。

2. [答案提示] ▷

关于沱江污染问题，根据调查研究现提出解决方案如下：

第一，对违规排放污水造成沱江污染的企业按不同违规程度进行经济处罚。追究主要负责人的责任，情节严重的追究刑事责任。

第二，对违规企业的罚款要首先用于在这次沱江污染中受到经济损失的沿江渔民的经济赔偿。

第三，以企业自身出资为主、政府拨款为辅建立沱江沿岸企业的污水处理设施，将污水排放控制在国家规定的标准以内。

第四，市环保局应定期对企业的排污情况进行检查，对于经过整顿，污水排放量仍然超标的企业，立即要求其停业整顿。即刻组织专项组对沱江进行清理，尽快恢复沱江水质。设立居民反映沱江污染情况的热线电话，及时处理居民反映的问题。

第五，市环保局组织"环境保护与企业发展"学习班，对各大企业领导进行轮训，以促使其高度重视。

3. 参考例文 ▷

加强环境保护监督

我国正在以很高的经济增长速度向前发展，但每年在环境方面因污染给经济带来的损失也非常严重。由于环境污染引发人们的发病率上升、医疗费增加、死亡率增高等都是经济损失的一方面。目前我国的环境形势严峻，生态平衡脆弱，污染排放总量远远超过环境容量和承载能力。因此，社会各界强烈呼吁：加强环境保护监督工作。保护环境关乎亿万人民的生命健康、关乎子孙后代、关乎全球人类的利益。环境保护监督工作直接影响着国家和人民的生命财产安全，建立完善的环境保护监督机制，加强环境保护监督工作是非常重要的。

加强环境保护监督工作，首先要加强行政监督。政府有关部门要制定区、县及街、镇环保管理标准，实行严格有效的考评。各管理部门要尽职尽责，对各种污染源依法严格管理，该处罚的处罚，该吊销执照的吊销执照，该移送司法机关的移送司法机关。各级监察、督查部门对环保工作中的重点、难点和群众反映强烈的问题，要进行跟踪督查督办，对不履行或不正确履行法定职责，造成不良影响或后果的，追究有关责任者的责任。

加强环境保护监督工作，要接受法律监督、民主监督和新闻监督。政府和各部门要自觉接受人大代表和政协委员的检查监督，认真听取意见，及时解决问题。市、区两级人民政府要建立每年向同级人大常委会报告环保工作情况的制度，并向市民公布。新闻媒体要及时宣传环保工作的先进典型，对疏于管理的责任部门和环境污染现象予以曝光批评。

加强环境保护监督工作，要加强公民教育和社会监督。采取各种形式，加强公民公德教育，增加社会责任感，提高全民的环保意识和素质。引导广大群众积极参与环保活动，建立社会各界人士参加的义务监督员队伍，对环境保护实施全方位的监督，及时举报污染单位和违法责任者，督促有关部门及时组织治理整改。

总而言之，一边发展经济，一边保护环境，这才是我国能够长期快速发展的根本之所在。各级政府、各级环境保护机构、各环境监督部门要从维护国家利益的高度，本着一切为人民负责的态度，做好环境保护监督工作，不断健全、完善环境保护监督机制，促进我国实现可持续发展。

第二节　教育问题

一、高考加分作弊问题

注意事项

1. 申论考试，与传统作文考试不同，是对分析、驾驭材料的能力与对表达能力并重的考试。

2. 作答参考时限：阅读资料 40 分钟，作答 110 分钟。

3. 仔细阅读给定资料，按照后面提出的"申论要求"依次作答。

给定资料

1.2006 年 7 月，福建省一名学生家长在得知见义勇为者子女高考可获加分后，将他三年前下水救人一事向当地公安机关申报见义勇为行为。因未获认定，该家长不惜将公安局告上了法庭，在当地引起诸多争议。

2. 湖南省体育局纪检组长李舜表示，由于 2006 年湖南省取消了"三好学生"和优秀学生干部的高考加分政策，所以不少学生和家长希望能在体育上加分。长期以来，我国的二级运动员审批都是由市、州一级体育行政部门执行。湖南省体育局 4 月份接到群众关于湖南省娄底市二级运动员办证弄虚作假现象的举报后，对各市、州办理二级运动员证书工作进行清理督查。其中娄底市颁发的 410 份证书存在严重"水分"，经查处后，385 人的二级运动员证书被撤销。

除暂停各市、州行使国家二级运动员审批权外，湖南省体育局还将规范市、州级体育竞赛，市、州举办的正式比赛必须在省体育局备案，竞赛中达到二级运动员标准者，裁判长和两名一级以上裁判必须在成绩单上同时签名认定。湖南省体育局负责人说："各项比赛的裁判长必须由省体育局指派，实行异地抽调，严厉打击高考'为办证而比赛'的现象。"

3. 新华社 2006 年 7 月 4 日专电：随着高考录取工作的开始，辽宁省鞍山市、湖南省娄底市等地违规办理二级运动员证事件相继浮出水面，加上 2004 年曝光的陕西省假二级证事件，高考生违规办理二级运动员证已经愈演愈烈。

根据教育部有关高考招生规定，获国家二级运动员以上称号并通过省级招生部门测试的考生，可享受最高 20 分的加分。

湖南省假证泛滥。在已清查的 3 102 名持证学生中，有 450 人已被撤销二级运动员资格证书。而辽宁鞍山一所学校一年就出了 153 名"二级运动员"。据了解，这种高考生假证事件在全国各省、市都不同程度存在。

针对高考生违规造假二级运动员证的事件，国家体育总局竞技司有关负责人表示，造假者将受到严肃处理。

4. 陕西省考试管理中心新闻发言人郝春槐对记者说:"出现假证的原因是因为发证机关过多过杂。但是,这些发证机关也都是经过国家授权的,希望国家有关部门对二级证发放进行严格规范,从源头上建起一道'防火墙'。"

清华大学体育教研部主任陈伟强建议:"高考结束后,可以通过网络、报纸等多种渠道及时公布持二级证的考生情况,并实行严格的复测制度,使二级证加分更加透明、公开。"

北京体育大学副校长钟秉枢对记者说:"对于高中生二级证的管理的确存在问题,但是也不能因噎废食。不如把复测权交给高校,参照目前的自主招生制度,由各高校自行确定测试标准,把二级证作为一个参考,这样更利于培养学生全面发展。"

2006年高考可增加分数投档的考生范围有所扩大,驻守在祖国边陲艰苦地区的军人子女在同等条件下可优先录取,扩大了对自谋职业退役士兵的照顾范围。但相关学校对有加分资格考生的情况要在网上公示,最高加分不能超过20分。

据了解,普通高校招生加分政策可分为鼓励性加分和照顾性加分两大类。鼓励性加分,是指考生通过自身努力,取得了某些方面的成就和奖项,以此获得加分机会;照顾性加分,是考生自然属性和国家相关照顾政策,如民族政策,所产生的加分。

同时符合几项情形的考生,省级招办投档时只能取最高的一项分值作为考生附加分。为确保公平公正,省招办将在相关部门的配合下,对所有具有加分资格的考生进行审查,并在有关媒体或网站上公示。符合全国性加分政策的,还要在教育部指定网站公示。同时,相关学校对一些考生的资格认定,也要在本校网站上公示。各级招办设有举报电话,对有举报经查确实是弄虚作假取得高考加分资格的考生,将取消其加分资格,同时还要将其行为记入电子诚信档案,提供给高校,作为学校是否予以录取的重要依据。

5. 湖南省高招委介绍,除加分优惠政策范围、幅度适当"缩水"外,尤其加强了体育竞赛优胜者加分政策的管理,并在加分政策中广泛引入社会监督的力量。

湖南省高考招生优惠政策中,取消了省级"三好学生"和优秀学生干部等奖励性加分。同时,对体育优胜者加分分值也进行了调整,其中省级以上体育优胜者经测试合格可加20分,市级体育优胜者及获得国家二级运动员以上称号的考生,经统一测试合格,加分从往年的20分降为10分。

6. 由于假证事件的影响,陕西省已在高考中取消二级运动员的加分政策。湖南省在2006年6月爆出假证丑闻后,也做出决定,暂停各市、州二级运动员审批权一年。

但是,取消二级证加分政策也引发了新的问题。一些具备真正的二级运动员资格的学生家长表示,不能因为出现造假,就全部取消,这是一种不负责任的做法。这样做,不仅与国家的招生政策相悖,对于真正有体育特长的学生也很不公平。北京体育大学副校长钟秉枢认为,这种"一刀切"的方式过于简单化,不利于学生全面发展和开展素质教育,与教育部门鼓励学生发挥特长的初衷也不相符。取消了体育特长加分,陕西省一些传统体育学校的积极性也受到影响,很多有体育特长的学生对体育的兴趣明显下降。

申论要求

1. 请用不超过150字的篇幅,概括出给定资料所反映的主要问题。(20分)

2. 用不超过350字的篇幅,提出解决给定资料所反映主要问题的方案。要有条理地说明,要体现针对性和可操作性。(30分)

3. 就给定资料所反映的主要问题，用 1 500 字左右的篇幅，自拟标题进行论述。(50分)

要求：中心明确，内容充实，论述深刻，有说服力。

详 解

1.〔答案提示〕 ▷

此资料是关于高考加分中的作弊问题。随着我国经济、政治、文化等方面的快速发展和人们对高考的重视程度增加，使得一些老政策、旧制度在高考公正上凸显出了其缺陷。具体表现在：过去的高考加分制度本意是好的，但其中关于加分范围、条件、被加分人资格审查等规定都很笼统。政府管理还没跟上，管理力度太弱，导致有人有机可乘去造假加分，使加分制度成了作弊手段。高考生为加分违规办理二级运动员证等作弊行为，就反映了加分制度管理中存在很多缺陷与不足。

2.〔答案提示〕 ▷

为了规范高考加分制度，避免高考加分作弊行为，应采取以下措施：

（1）高考结束后，可以通过网络、报纸等多种渠道及时公布持二级运动员证的考生情况，并实行严格的复测制度，使二级证加分更加透明、公开。

（2）规范市、州级体育竞赛。市、州举办的正式比赛必须在省体育局备案，竞赛中达到二级运动员标准者，裁判长和两名一级以上裁判必须在成绩单上同时签名认定。各项比赛的裁判长必须由省体育局指派，实行异地抽调，严厉打击"为办证而比赛"的现象。

（3）采取有力措施，严厉打击高考加分作弊者，对考生应取消录取资格，对造假者要追究其刑事责任。

3. 参考例文 ▷

要完善和规范高考加分制度

一年一度的大学高考录取开始了，"高考加分"再度引起国人的瞩目。"高考加分"乱象百出，五花八门，并且愈演愈烈、势不可挡。

现在中国各地高考加分可谓眼花缭乱："三好学生"加分、优秀学生干部加分、"青少年科技创新大赛"获奖加分、华侨子女加分、港澳台同胞子女加分、少数民族学生加分、二级运动员加分、博士生子女加分、见义勇为者子女加分、烈士子女加分、优秀专家子女加分、"明天小小科学家"活动获奖者加分、"中小学电脑制作"获奖者加分、"国际科学与工程大奖赛"获奖者加分、奥林匹克竞赛获奖者加分……

这些加分项目大致可归为两类：一类是鼓励性加分，另一类是照顾性加分。其中仅教育部公布的高考加分政策就有十多个条目，涉及数十个类别。同时，各地区的高考招生委员会还有权制定本地区的政策性高考加分政策。

据研究高考加分政策多年的一位专家说，近几年来，许多行业或部门纷纷通过关系找教育部门要求出台加分政策，加分项目越来越多。这位专家统计，如今各地高考加分项目涉及体育、外事、计划生育、公安、民政、工会、民族事务委员会、残疾人联合会、科学技术协会等十多个部门和单位。

这就出现了这样的问题：所谓的"高考加分"，"加"的是什么分？是通过考试得来的分数吗？是合法的分数吗？就凭教育主管部门的一纸规定吗？这纸规定有何法理依据？

了解中国高考情况的人都知道，高考当中，每一分都是宝贵的，"一分之差"会跨越成千上万的人。而高考加分一"加"就是10分、20分。可以想象，将会有多少学生和家庭因此而改变了命运！这就使得某些家长想方设法为子女弄来各种名目的加分资格。

中国各地不断出现高考加分造假的丑闻：高考考生"二级运动员"资格造假，华侨子女资格造假，"三好学生"和优秀学生荣誉造假等。那些没有办法获得加分资格的考生和家长感到极不公平，以致连续发出疾呼：要"裸考"！不要加分！

可以说，"高考加分"颠覆了受教育者在入学、升学等方面依法享有平等权利的法定原则。缺乏严肃性，没有公平性和公正性，自然就会出现"丑闻四起、乱象百出"的现象。

事实上，这些加分造假活动除了要家长与学校配合，也需要家长利用关系或金钱买通有关部门的工作人员。比如，要获得国家二级运动员证书，就需要买通那些负责办理运动员资格证书的机构或其工作人员。

一项初衷良好的制度之所以会被一些人滥用，原因是非常复杂的。从技术上看，加分制度本身存在某些漏洞。心理上的原因是，整个社会把高考对于命运的影响看得过于重要，导致少数学生和家长为上大学、上好大学而不择手段。但最根本的原因还是，这些学生、家长、学校相关人员完全丧失了道德约束，肆无忌惮地为了加分而作弊。有人因此提出，既然加分制度容易被滥用，何不索性取消高考加分制度？

取消高考加分制度，以高考考场答题的分数为录取的唯一标准，确实可以给考生以形式上的公平。但这也意味着，高考录取标准走向单一化，而这不应当是教育制度和高考制度改革发展的方向。这些年来，教育界和社会都形成了一个共识：高考制度改革的基本方向，是淡化高考分在大学录取过程中的权重，而增加其他方面的考核，比如对学生从事公益活动等情况的考查。同时，也需要扩大大学的自主招生权，增加考官的主观印象在录取过程中的权重。

加分制度、保送制度、正在试点的高校自主招生制度，都是在这个方向上进行的探索。因此，对于这些突破考分单一标准的做法，没有理由废除。相反，应当尽可能地堵塞漏洞，使之能够趋向公平。

有些地方、有些部门已经在进行这方面的努力。比如，有些地方对持有二级运动员证书的学生进行测试，就让那些持有假证书者露出原形。如果这种测试成为一项制度，就可以抑制作弊活动。公开性也是遏制加分作弊的良方。国家体育总局日前表示，将公示国家二级运动员名单，这也有利于发现假证书。更进一步，对于这些持有假证书者，应当按照法规给予惩罚。原则上，应当取消这些学生的录取资格，检察机关、公安部门也应当介入，调查其中的伪造证书、官员腐败等刑事犯罪。

可以预见，围绕着加分的作弊行为不可能在短时间内完全杜绝，但不应因此阻止教育部门和大学沿着考核标准多元化、强化大学与学生自主选择权的方向对大学录取制度进行改革。否则，国民的创造性与文化的多样性会因此遭到抑制。

二、大学生就业问题

注意事项

1. 申论考试，与传统作文考试不同，是对分析、驾驭材料的能力与对表达能力并重的考试。

2. 作答参考时限：阅读资料 40 分钟，作答 110 分钟。

3. 仔细阅读给定资料，按照后面提出的"申论要求"依次作答。

给定资料

王洋（化名）是法律专业的学生，2008 年 7 月已经通过了国有大型企业中国港湾工程有限公司的笔试和面试。但毕业前在该公司实习时，由于过分关注薪酬而丧失了工作机会。事情的起因是因业务需要，公司员工需要加班，王洋依法提出要加班费。

中国港湾总经理胡建华目前在中国对外承包工程商会主办的"全球建筑峰会"上接受记者专访时介绍，王洋这样做本来是件好事，说明员工已经懂得依法维护自身权益。但此举却引起了周围同事的反感。一些人怀疑他对企业的忠诚度——万一在海外代表企业开展业务时，到了关键时候企业没满足他的个人条件，他不干了怎么办？

"这是一个典型的因过分关注收入而丢失工作的案例。"胡建华认为，大学生应聘过程中应表现出一种责任感和事业心，只有企业做好了，个人才会好，否则个人连发展的机会都没有。

国家发改委的有关资料显示，预计今年城镇可新增就业岗位约 1 100 万个，但劳动力供给将达 1 400 万人。一年年飘红的高校毕业生人数也预示了日益严峻的就业形势。应届大学毕业生为了找到理想的工作，使出了浑身解数。但也有毕业生不知道用人单位真正的需求是什么，把劲儿用错了地方。记者日前采访了两家特大型国企和两家知名外企，请他们就对大学毕业生的一些具体要求，以及一些应聘环节和社会热点谈谈看法。

学习能力，综合素质都重要

"渣打在招聘应届毕业生时，不仅仅看重他们金融经济方面的专业知识，更看重他们的学习能力。"渣打银行中国区人力资源部总监劳坤仪女士告诉记者，"一个人的知识总是有限的，而且总有一天会落伍过时，但不变的是他的学习愿望和能力。想学习、会学习的毕业生才最有发展潜力。"这是劳坤仪在渣打银行担任此职务后第一次接受媒体专访。据透露，今年，渣打银行在中国招聘的应届毕业生将占其全年招聘计划的 20% 左右。

劳坤仪的观点得到了西门子（中国）有限公司人力资源部招聘中心经理柏良睿的认同。他说，西门子在校园招聘过程中，主要考查应聘大学生的知识技能、实践经验和综合素质，希望加入公司的毕业生是积极主动的、有创造性的、热爱学习的。同时希望他们有良好的团队合作精神；敬业，有很好的客户意识。

两家国企对应届毕业生的要求则稍有不同：

中国化学工程集团公司是中央直属的大型企业，国内 90% 以上的化工项目、60% 以上的石油化工项目、30% 以上的炼油项目都是由该集团承建的。该公司总裁金克宁告诉记者，来求职的应届毕业生必须先满足四个条件：专业领域相近，知识面广；热爱这份工作，不能来回跳槽；思路新，反应快；动手能力强，对一件事要有解决方案，哪怕这个方案是非常幼稚和简单的。一间房子到底有多少功能？有的人可能只能想到几项功能，而有的人却可能说出几十种。我们每年到全国高校招聘 250～300 名应届毕业生，需要的正是后者。

"想到中国港湾工程公司工作的大学生，一定要有国际化的视野，还要有较高的外语水平和政治素质。"胡建华介绍，"这是因为公司员工很多都是在海外独立工作，代表企业甚至代表中国与海外同行和客户打交道。"据介绍，中国港湾的员工经常被派往第三世界国家，虽然环境艰苦，甚至有危险，但发展空间也很大，所以员工必须有吃苦耐劳的精神。

简历要展示真实的你

有的学生为了更容易地找到工作，通常会在简历里对自己进行包装。甚至有些人在简历里写自己是全才，什么都能干。针对这种对简历的"过度包装"现象，劳坤仪表示，当前学生们迫于就业压力而采取的这种做法可以理解，但应聘大学生应该展现出自己最真实的一面。

"不但要说明自己有什么优点，也要坦诚地告诉用人单位自己有哪些弱点。"胡建华说，"公司一旦发现应聘者在简历中造假，该应聘者肯定会失去被录取的机会；如果他已被录取，公司会马上开除他。因为员工经常在国外单兵作战，如果连简历都造假，很难让人相信其诚信度。"

据了解，中国港湾在招聘时，首先看的就是简历的真实性。如果有几十人应聘同一个职位，仅简历一个环节就可能刷掉一半多的应聘者。面试时，招聘人员不仅会与应聘者讨论简历、对里面的内容进行确认，还会派人到学校调查简历中所写的情况是否属实。

面试时最好少谈薪水

被用人单位录用后能享受什么待遇？这成了大学生非常关心的一个问题。不过，几位接受记者采访的企业有关负责人均建议，面试时尽量少与用人单位讨论薪水。

劳坤仪表示，大学生能够与用人单位谈薪水实际上体现了他们渴望了解自己价值的心情，这一点可以理解。但通常情况下，当企业决定录用一名员工的时候，会主动了解他们对薪水的想法。

对于刚刚走出校门的大学生，劳坤仪建议不要过多在乎薪水问题。她说，作为事业的起点，关注这份工作能为你的长远发展带来什么，这才是最重要的。另外，年轻人正是学习知识、培养职业习惯的重要阶段，"在这个阶段，打基础远比多挣些钱更重要"。柏良睿也说，西门子公司会向被录用的学生详细说明公司提供给他的薪资待遇，包括月工资、年度奖金以及各项福利等。报酬的高低对毕业生是非常重要的，但同时毕业生们更应关注公司可以提供给他们的职业发展空间。

工夫要做在平时

"机会总是给有准备的人，无论竞争多么激烈，总是有人能够取得胜利。"劳坤仪说，大学生到一家单位应聘前，首先应该了解用人单位的具体要求和公司的基本情况，然后可以分析自己的优势和劣势、理想和兴趣，结合自己的专业知识，有的放矢。"不要向所有可能的职位投递简历。"柏良睿建议，大学生要有针对性地进行申请。对于可能被录用的候选人，西门子会要求他来参加面试。"面试过程中会提很多的问题，为了不让候选人感到过于紧张，面试官会尽量创造轻松友好的谈话气氛。"柏良睿还给大学生支了个招——应聘前可以请朋友或家人帮忙做个模拟面试，练习根据简历如何介绍自己，这样真正参加面试的时候就不会那么紧张了。面试时，学生只要认真倾听并坦诚地回答面试官的问题，自然地表达出对工作的兴趣、热情，证明自己有能力胜任这份工作就可以了。

申论要求

1. 请用不超过150字的篇幅，概括出给定资料所反映的主要问题。（20分）

2. 用不超过350字的篇幅，提出解决给定资料所反映主要问题的方案。要有条理地说明，要体现针对性和可操作性。（30分）

3. 就给定资料所反映的主要问题，用1 200字左右的篇幅，自拟标题进行论述。（50分）要求：中心明确，内容充实，论述深刻，有说服力。

 **详 解**

1. [答案提示] ▷

本资料是关于大学生的就业问题。通过一些大型企业对应届毕业生的要求和大学生求职失败的例子，反映出在日益严峻的就业形势下，有相当一部分大学生不懂用人单位的真正需求，缺乏就业竞争力，所以在求职过程中很容易被淘汰。要解决就业难问题，必须提高竞争力。所以除了在高校期间培养学生的专业能力和综合素质外，还应让学生有针对性地了解用人单位的真正需求，早做准备，做足准备，同时避免在求职过程中出现失误而错失就业机会。

2. [答案提示] ▷

就资料所反映的问题提出以下方案：

（1）如何解决大学毕业生就业难，提高就业竞争力，最根本的是要提高高校的教育质量，深化教学改革：一是创新教育模式，优化学生的知识结构；二是拓展教育空间，优化学生的能力结构；三是面向就业市场，创新就业指导。

（2）在就业竞争力的自我培养上，学生宜早做准备，把大学看成是为接受终身教育奠定基础和不断提高就业竞争力的过程，明确自己如何提高这样的竞争力以及有望达到什么样的水平。

（3）大学生在求职中，要诚实地介绍自己，力戒简历作假，同时不要过分地关注薪水和福利待遇，而要关注这份工作能为你的长远发展带来什么，这才是最重要的。

3. 参考例文 ▷

求解大学生就业难——竞争力是硬道理

不论是在高校还是在公共话语空间，"就业难"都是一句流行语。大学生就业难何以破解？从提高就业竞争力入手提升大学生整体的就业水平，当是现实且不乏理性的选择。

就业竞争力本质上是一种表现力

大学生就业竞争力本质上是一种表现力，是毕业生把握并获取就业机会、赢得欣赏的实际能力和比较优势。综合素质是竞争力的基础，而竞争力是综合素质的集中反映和显著标志。假定两人的学问基础等同而择业时的实际表现不同，他们的差异通常是竞争力的差异所致。

构成大学生就业竞争力的要素包括知识结构、心理素质、表达能力、反应能力、气质修养。其中，知识结构是基础。只有不断优化知识结构，求职者才会显得"有内涵"。心理素质是否过硬，已越来越成为"双向选择"成与败的关键。自信成就了不少人，自卑也使不少人痛失良机。在招聘活动越来越重视现场因素、情景因素的今天，对临场反应能力的要求越来越高，所以表达能力是就业竞争力的构成要素。随着社会文化水平特别是审美水平的不断提高，一个人的气质修养在就业实践中的作用也越来越被看好。

就业竞争力的提升根基在高校

当前我国的高等教育有着明显的硬伤，与之相联系，便是学生身上表现出的短板效应。在素质教育被反复提及的同时，应试教育和单纯的知识教育依然我行我素。学生的动手能力、实践能力以及知识转化、外化能力一直是制约他们自身发展的瓶颈因素。面对就业市场，毕业生的无措、无助及至无奈，说到底是竞争力的问题。所以，目前一项现实而紧迫的任务就是着眼于实际和实战，切实加强毕业生这方面能力的培养。

创新教育模式，优化学生的知识结构。高校在专业课程的设置上，不少课程知识老化、陈旧，学科与专业课程之间缺乏有机联系。要扭转这种状况，就必须把专业课程设置的纵向深入与横向拓宽统筹起来，实现自然学科和人文学科课程的相互渗透，打破专业之间的壁垒，培养复合型人才。要顺应知识增长、学术发展的新趋势，适度、适量地开设研究型课程。在确保基础理论课程足量开设的前提下，要特别注重课程内容和体系的及时更新。注重理论课教学与社会实践相结合、显性课程和隐性课程相结合。通过课程改革，促进学科之间的良性互动，提高学生的学习积极性和获取知识的质量。

在教学方式上，眼下多是以教材、教室、教师为核心的单一枯燥的模式。教师主宰整个课堂，学生被动接受。教学模式的创新，就是要打破这种局面，吸收世界高新科技的文明成果和教育教学的成功经验，打通课程之间以及课堂与社会的联系，高度重视个性和主体性，培养问题意识，引导学生思考和探究问题，营造活跃的课堂氛围，养成科学的思维方式。

拓展教育空间，优化学生的能力结构。用人单位对大学生的实际操作能力、个性、特长以及人际协调能力等提出的要求越来越高。为此，高校在做好"第一课堂"命题作文的同时，还要挖掘"第二课堂"，做好自选题作文。要盘活、用足校内外教育资源，通过丰富多彩的校园文化活动、社会实践活动等，使教育空间、教育效能最大化并进而实现学生能力发展最大化，满足学生全面发展的要求以及社会对人才的多元化需求。比如，当前在高校普遍开展的"大学生素质拓展计划"就是一项富有创意的活动。

随着学分制改革的逐步深化和班级淡化趋势的明朗化，学生社团在能力结构的优化方面有望发挥越来越大的作用。这不仅因为社团是共同兴趣爱好者的集合体——兴趣是最好的老师。而且，由于社团品种的多样性以及活动形式的灵活性，使得学生补齐能力短缺的期望更有可能实现。

不只是校内资源，还应把校外可利用的资源纳入视野，最大限度地实现资源共享。面对开发潜力巨大的空间，高校应以更主动更有建设性的姿态，探索新机制，开辟新途径，追求"多赢"。面向就业市场，创新就业指导。要建立和完善就业指导服务机构，优化配置人力、财力和物力资源。要及早入手，重心前移，从大一开始，有计划、分层次、全过程进行这方面的教育，确定人才培养的目标，指导学生做好职业生涯规划。

在内容上，从实际和实战出发，切实把握重点：首要的一点是指导学生掌握最新的就业政策和规定，从宏观上明确社会的需要状况，依法就业和规范就业。针对当前不少学生受利益驱动的影响、不切实际甚至急功近利的思想表现，还要注意引导他们认清就业形势，在全面、客观地评价自己的基础上，适度调整期望值，使职业意向与社会需求相吻合。要指导毕业生学会自我调节，提高心理承受能力，在择业过程中克服从众心理，培养科学决策能力，确立正确的择业观。要及时筛选就业信息，进行最佳择业点分析，帮助毕业生实现科学的择业决策，引导他们根据学以致用、尊重现实的筛选原则，结合自己的实际情况，对现有需求信息进行有目的、有针对性的排列、整理和分析。在此基础上，指导毕业生根据社会需求、个人期望以及兴趣、气质、性格、能力等因素最终选择自己理想的职业。

就业竞争力的实现，面向市场从我做起

在就业竞争力的自我培养上，学生宜早做准备，把大学看成是为接受终身教育奠定基础和不断提高就业竞争力的过程。明确自己如何提高这样的竞争力以及有望达到什么样的水平，大学生面临并且迫切期待解决的一个问题，就是怎样把学到的知识应用于实际，为我所用。只是拥有知识，不会转化，知识就失去了价值。如果在大学阶段能始终绷紧这根弦，想到如何把知识运用到实际生活和工作中去，用理论指导实践，在实践中进一步深化知识，就业时就能具备较强的社会适应性和较强的动手能力。

现代化社会，机会只给予有准备者，而成功只青睐敢于把握机会和善于把握机会者。在做好充分准备的基础上，毕业生平静而自信地推销自己，既是对竞争力的个性表达，同时这种状态本身又构成了竞争力。与之相反的诸如焦虑、消极、急功近利的心态，抑或守株待兔、碰运气的做法都不可取。

三、学术造假问题

注意事项

1. 申论考试，与传统作文考试不同，是对分析、驾驭材料的能力与对表达能力并重的考试。

2. 作答参考时限：阅读资料40分钟，作答110分钟。

3. 仔细阅读给定资料，按照后面提出的"申论要求"依次作答。

给定资料

1. 2006年3月10日，《中国青年报》报道：从天津一名副教授因剽窃登报致歉，到四川大学"海归"教授"学术造假"，学术丑闻在2005年频频曝光。按照中国政法大学教授、学术批评网主持人杨玉圣的说法，国内几乎所有著名高校都已传出有学者卷入学术丑闻，被点名和被质疑的不下百人。

2. 国外一家著名科学杂志给某所学校来信，要求这所学校对该校的一名学生进行调查。因为他们认为这名学生投给杂志的论文有造假嫌疑：论文中发表的实验都不可重复，一个小小的发现被扩大了许多倍。这家杂志同时也表明自己的态度：如果学校不愿调查，就要取消这所学校所有人在该杂志上发表论文的权利。

调查结果证实了这家杂志的怀疑。这所大学的校长决定对这件事情严加惩处，却不能

如愿：不少人责备校长，不同意给学生严重处分；那个学生也跑到校长办公室大吵大闹，以自杀来要挟。无奈之下，学校最后的处理结果是只给了这名学生警告处分。

3. 南方一所大学一名教授的论文涉嫌造假，学校最后证实了这件事情，结果只是取消了他的教授资格。这位前教授的生活一切照旧，继续在学校开设的公司任职，继续挣钱。很多人都说，造假的代价并不大，甚至还受益不少。

4. 近几年来，为了惩治学术不端行为，教育部和高校都出台了不少规定和条例。各种惩处条例是有声有势，但给人的感觉却是高高举起，轻轻落下，欠缺实际的东西。各种有关学术不端的行为依然在发生。任何时代都有人企图不劳而获，但是发生太多就有问题了。现在看来，有愈演愈烈的趋势。

5. 为什么学术不端行为惩处不了？现在学术不端行为很难治理，很大一个原因是领导袒护。曾经有个年轻的学者在一所学校担任到一定级别的领导，后来这位学者被人揭发论文造假并被证实后，学术同行纷纷要求处罚这名学者，可上级主管机关的领导不同意，还在公开场合表示不要再讨论这件事情。最后，这位学者被调到另一所学校担任领导职务。学术不端行为的背后牵扯到领导的政绩，不少造假者都是在某位领导人在任期间内被当做人才引进的，如果造假者被公开处理，就会让领导下不来台。从目前状态看，发生造假事件的单位也不愿意扩大事态。之所以如此，在于个人和学校是一个利益共同体。

6. 现在的评价体系非常急功近利。一个单位方方面面都有指标考核。比如：大学里学生有指标，不少学校要求博士发表多少篇 SCI 论文，否则就不可以获得学位。老师也有考核指标。老师们要竞争上岗，这个竞争一直延伸到当上院士才可以结束。之前，就连五六十岁的老教授也免不了这个局面。而所有的这些指标汇总到最后，就成了学校的综合实力。学校要凭借这些指标与其他学校竞争，去获得认可并获得资源优势，比如说，重点学科的审批，进入"211 工程"，结果就是压力逐层下移，学校把压力转移到学院，学院转移到老师，老师转移到学生。

7. 各个学术单位竞争激烈。对他们来说，发生学术不端行为的事件是个致命的打击。单位与学者是一个利益共同体。如果学者受到打击，就会使单位的荣誉受损。在这个资讯发达的年代，这类信息容易散播，那单位就要被上级领导批评。

8. 最让我们担心的是目前的风气对年轻一代腐蚀太大，是插在人心上的利剑。现在有一批年轻的科研工作者几乎成了得奖专业户，这很让人疑惑。这种高产违背科学精神，其实只要问问他们的实验周期有多长，就可以知道他们到底搞了多少东西。有的人吹牛，好像除了"两弹一星"不能做，几乎没有不能做的事情。这不是个体现象，而是群体现象。我们的教学质量下滑，许多年轻人没有沉下心来，而是急于求成。我们要建设创新型国家，但是我们的创新精神完全被摧毁了。学术不端行为，到了非整治不可的时候了！

申论要求

1. 请用不超过 150 字的篇幅，概括出给定资料所反映的主要问题。（20 分）

2. 用不超过 350 字的篇幅，提出解决给定资料所反映的主要问题的方案。要有条理地说明，要体现针对性和可操作性。（30 分）

3. 就给定资料所反映的主要问题，用 1 200 字左右的篇幅，自拟标题进行论述。（50 分）要求中心明确，内容充实，论述深刻，有说服力。

 **详　解**

1. [答案提示]　▷

　　该资料主要反映了在目前社会中，学术界存在的剽窃行为。这一弄虚作假的现象，实质上反映了国家和社会对于学术腐败问题的严重性、危害性缺乏认识，没有采取得力的解决措施，有的对这种现象视而不见，采取回避和包庇的态度，这一态度也是当今学术作风变得如此败坏的重要原因之一。

2. [答案提示]　▷

　　要遏制学术弄虚作假的腐败问题，可以从以下几个方面入手：

　　(1) 国家有关部门必须采取有效措施，建立健全学术评价、学术奖励和惩罚机制；

　　(2) 要制定和健全相关的法律条例，以法律为标准，对学术腐败行为依法严肃处理；

　　(3) 大力倡导社会主义荣辱观，树立良好的学术道德风尚，形成学术造假可耻的社会氛围；

　　(4) 加强媒体和公众的监督作用，大胆揭露、批判学术腐败问题和不良风气。

3. 参考例文　▷

学术造假须严惩

　　建设创新型国家离不开创新精神的培养，而创新精神最基本的要求应该是实事求是的学术品质，只有建立在实事求是基础上的创新成果，才能经得起历史与实践的考验，才能对国家与民族产生积极意义。

　　近年来，学术界抄袭、剽窃，伪造学历骗取职称，伪造证明骗取硕士、博士点等学术腐败现象屡被曝光，此类事件几乎已不再称为新闻，一些专门的造假网站"生意红火"。但是，众多被揭发出来的学术腐败事件，处理起来大都是雷声大雨点小，以至于当一位新闻学教授因被指涉嫌抄袭，自动引咎辞职时，竟引发了公众的广泛赞扬，俨然成了正面人物。

　　分析学术造假屡禁不绝的原因，有关人员学术道德品质低下当然是重要因素，但我们也不能忽视学术评价机制等不完善带来的消极导向作用。现在的评价体系非常急功近利，一个单位方方面面都有指标考核，学校要凭借这些指标与其他学校竞争……结果就是压力逐层下移。同时，现有的法律法规对学术造假等学术腐败行为惩处力度也尚待加强。还有一点需要提及的是，部分地方领导对学术造假的宽容也是不可忽视的因素。据报道，一位不愿透露姓名的政协委员说，学术不端行为的背后牵扯领导人的政绩。不少造假者都是在某位领导在任期内被当做人才引进的，如果造假者被公开处理，就会让领导下不来台。

　　学术造假不同于街头小贩的证件造假，学术造假是最大的不诚信行为，是对科学的严重不负责任。如果任由这种学术不端行为蔓延，牺牲掉的不仅是一两个专家、一两所学校的声誉，而将是整个国家与民族的创新动力与复兴机遇。因此，对于学术造假行为必须以完善制度为核心，从严治理。

首先，要结合实际对学术评价机制进行改革与完善；其次，要树立科学的荣辱观念，正确理解胡锦涛总书记在 2006 年 3 月 4 日看望全国政协委员时所说的"以崇尚科学为荣、以愚昧无知为耻"的含义，加强学术道德系统的约束作用，建立有关的学术道德监督和鉴定机构；同时，部分党政领导干部也要树立正确的政绩观与人才观，实事求是地对待学术问题；最为重要的是要在条件适合的情况下，运用法律惩处学术造假行为，用"重拳"打击学术腐败的痼疾。

四、教育乱收费问题

注意事项

1. 申论考试与传统作文考试不同，是对分析驾驭材料的能力与对表达能力并重的考试。

2. 作答参考时限：阅读资料 40 分钟，作答 110 分钟。

3. 仔细阅读给定资料，按照后面提出的"申论要求"依次作答。

给定资料

材料一

新华网北京 2 月 19 日电（记者刘铮）　国家发展和改革委员会 19 日曝光了八所教育乱收费学校，分别是西安美术学院、华南理工大学、南京审计学院、河南师范大学、南昌市第一中学、沈阳市第二中学、太原市第五中学、浙江奉化中学，乱收费金额总计 2 270万元。这些学校的教育乱收费行为在第三次全国教育收费专项检查中被查出。发改委提供的这八所学校乱收费主要情况依次如下：

西安美术学院违反国家有关教育收费政策，在去年招生中，提高标准收取学费。绘画和设计专业学费标准应收每生每年 9 000 元，实收 15 000 元，超标准多收学费 559 万元。华南理工大学网络教育学院超标准向 2002 级计算机、电子商务等专业学生收取学费。计算机专业每生四年应收 29 500 元，实收 34 000 元；电子商务专业每生四年应收 28 000 元，实收 34 000 元。共多收取学费 218 万元。

南京审计学院在 2004 年至 2005 年共招收 209 名专升本学生，每生每年应收 4 600 元，实收 8 500 元。在 2004 年招生中，以每生 3 万元至 5 万元标准直接收取 19 名学生赞助款。两项共计 164 万元。

河南师范大学自立项目强制向住宿学生收取洗涤费，2004 年至 2005 年以每生 40 元标准，收取洗涤费 117 万元。

江西省南昌市第一中学违反义务教育阶段"一费制"政策规定，去年在向每名初一新生收取规定的杂费外，又擅自按每生 4 200 元的标准，一次性收取英语教学实验费 168万元。

辽宁省沈阳市第二中学违反关于严格执行择校生"三限"（限分数、限人数、限钱数）政策的规定，去年以每生 3 万元的标准，超"三限"招收学生 120 人，共多收 360 万元。

山西省太原市第五中学在 2004 年、2005 年招生中，以每生 3 万元标准，多招收 113 名"三限生"，共多收费用 339 万元。

浙江省奉化中学在公办学校设立"校中校"，去年按照民办学校的学费标准，招收学生 869 名，初中每生每学期收费 2 000 元至 4 700 元、高中每生每学期收费 6 000 元，合计多收 345 万元。

材料二

会议上透露，广东省去年清退中小学违规收费金额 637.13 万元人民币，清退高等院校违规收费金额 110 万元，共清退教育乱收费 747.13 万元，有 67 人受到党纪政纪等处分。

中共广东省教育纪工委书记陈韩晓说，教育乱收费问题一直是教育纪检工作的重点。去年广东省各级教育纪检监察部门积极配合有关单位进行了农村中小学生均公用经费和预算内生均公用经费最低定额标准的核定工作，加强了对各地制定和落实农村中小学生均公用经费和预算内生均公用经费拨款标准情况的监督检查。

广东省纪委副书记丘海说，教育系统是腐败案件的高发区、易发区以及不正之风的多发区，教育问题更是群众关注的热点。去年广东省纪检部门立案 4 600 多宗，其中教育系统立案有 200 多宗，占立案总数的 5%。广东省教育厅厅长郑德涛强调教育系统各级党员干部须严格遵守五大规定：一是要坚持执行一把手不直接管财的要求，经费开支要按规定逐级审批；二是决不能违反规定干预和插手建设工程招投标、设备图书采购、药品采购、后勤产业与经营等市场经济活动，如发生此类问题，不管是否收受好处，均要严肃处理；三是决不能接受与其行使职权有关系的单位，包括办学单位、校办公司和企业、所主管的部门及个人的现金、有价证券和支付凭证；四是不许经商办企业，也不得入股或参股；五是管好自己的配偶、子女和身边工作人员，决不允许他们打着领导的旗号办私事，捞好处。

材料三

新华网重庆 2 月 24 日电（记者茆琛）　记者近日从重庆市教委获悉，在去年治理教育乱收费，加强政风行风建设中，重庆三名农村中小学校长因涉嫌乱收费被有关部门立案调查。

据介绍，重庆某乡小学校长申某借职务之便重复收取班费、杂费、计算机学习费等约 6 万元，用假发票套取公款、开具假发票支取招待费等约 3 万元；忠县某小学校长向部分班级收取补课费，纵容亲属在学校经营教辅资料；三峡库区某乡镇中学校长冉某要求学生补交资料费等行为，因乱收费情节严重，被当地纪委、监察局等部门立案调查。

重庆市教委负责人表示，今年，重庆将继续加大农村义务教育阶段学校乱收费监管力度。各学校严禁以教育经费短缺等理由向学生"伸手"，农村义务教育阶段公办学校实施经费保障机制后，经费不到位的学校必须找政府解决，绝不准再向学生乱收费。

材料四

新华网 2006 年 3 月 28 日电　据国家发展和改革委员会消息，教育乱收费问题一直是近几年来群众举报的热点。经过近几年的大力治理，教育收费总体情况逐步好转，但存在的问题依然较突出。2005 年，价格主管部门共查处教育乱收费举报案件 13 250 件，较 2004 年下降 24.6%，但仍居各类举报首位，问题集中表现在：

一是"校中校、校中班"收费问题。一些公办学校设立"校中校"、"校中班"，有的采取与民办学校联合举办"实验班"、"快慢班"、"英语班"、"法语班"、"国际合作班"等形式高额收取费用，加重学生家长负担。

二是与招生入学挂钩的捐资助学问题。有的学校义务教育阶段收取高额"赞助费"，高中、大学在招生环节收取"捐款"、"建校费"等等，群众反映强烈。

三是专升本收费问题。部分地方违反国家政策精神，规定专升本要缴纳一定的培养补偿费，或者所审批的专升本学生学费标准高于普通本科学生学费标准。有的规定专升本学生只能升入高校二级学院，而二级学院的收费标准远远高于普通本科收费标准，学生不堪重负。

四是择校费问题。部分地方重点中学突破"三限"（限分数、限人数、限钱数）政策招收高中择校生，收取高额择校费。

材料五

（2006年3月22日《工人日报》陶映荃）近年来，国家审计署对50个县的审计报告显示，60%的教育违规收费由政府行为引发，40%是学校自身引发的。这是记者21日从教育部新闻发布会上得到的消息。

中纪委驻教育部纪检组组长田淑兰把教育乱收费分为四种类型："生存型"、"发展型"、"趋利型"、"转嫁型"。她说，无论哪种类型的乱收费都是错误的，必须旗帜鲜明地反对，坚决加以制止。

田淑兰说，"生存型"乱收费主要发生在贫困地区的农村中小学和城市薄弱学校；"发展型"乱收费是学校发展到一定程度以后，受到经费等方面的制约，在没有得到批准的情况下收取了费用；"转嫁型"乱收费，体现为基层政府向学校乱摊派，学校将其转嫁到学生身上，也有一些政府部门通过学校对学生乱收费。

据田淑兰介绍，"趋利型"乱收费，是在教育的公益性和市场的功利性发生冲突的时候，在有的校长或领导教育思想不够端正的情况下出现的，这方面的问题尤其需要引起高度重视。有的地方行政部门默许了一些学校的不规范收费行为，"这种做法是很危险的，它把收费和教师的福利待遇、切身利益联系起来，甚至会导致腐败"。

申论要求

1. 请用不超过150字的篇幅，概括出给定资料所反映的主要问题。（20分）

2. 用不超过350字的篇幅，提出解决给定资料所反映的主要问题的方案。要有条理地说明，要体现针对性和可操作性。（30分）

3. 就给定资料所反映的主要问题，用1 200字左右的篇幅，自拟标题进行论述。（50分）

要求：中心明确，内容充实，论述深刻，有说服力。

 详 解

1.[答案提示] ▷

教育体制的不完备使得有些学校发生乱收费现象，但是又没有很好的约束机制，是教育乱收费屡禁不止的首要原因。

2.[答案提示] ▷

一是加强领导，落实教育收费责任。二是强化管理，规范教育收费行为。三是全面公开，自觉接受社会监督。四是狠抓查处，坚决治理教育乱收费。

遏制教育乱收费从何入手

教育乱收费为何屡禁不止？一是有借口，二是无畏惧。教育界有关人士说，经费不足，还要办教育，就要允许学校"多渠道筹资"，让学校"多渠道"，却没有完善、规范的筹资机制，乱收费就不可避免。这就是借口。在许多地方，教育乱收费已经成为一种常态，众多家长敢怒不敢言，因为政府部门往往持默许态度，一些收费项目甚至是因为政府"给政策"才收的。如为了弥补教育经费不足的情况，有些地方政府允许学校办"校中校"，以"国有民助"性质招收高价学生，或以办"重点班"的办法增加些收入。这些收费严格说来属于政府行为，所以有些理直气壮。

因此，要让学校不敢乱收费，督促的重点不独是教育部门和学校，还要督促教育经费的落实，制定相对统一的政策，严格清理审查土政策。

让学校"不敢收"是一种办法，让学校"不用收"更必要。用检查督促的办法让其"不敢收"是"扬汤"，但用完善的体制保证其"不用收"才是"抽薪"。只有当学校不用为钱发愁的时候，只有家长和学生不因学校乱收费而充满情绪的时候，学校才能恢复"天底下最神圣的地方"的本来面目。前几天读到一则教育信息，一些地方的学校教师每节课只能用一支粉笔，电话只能接不能打，一些城市学校甚至往往也只有一部外线电话。教师的生活根本没有教师行业应有的体面，所以往往也丧失了教师应有的尊严，所以有了乱收费。

一是加强领导，落实教育收费责任。要从实践"三个代表"重要思想的高度，进一步提高对治理教育乱收费的重要性和紧迫性的认识，加强对教育收费工作的领导。按照"谁主管谁负责"的原则，签订教育收费管理责任书，做到一级抓一级，层层抓落实。并将学校收费工作纳入学校考核内容，实行学校违规收费"一票否决制"。

二是强化管理，规范教育收费行为。要加强学校代办收费管理，学校向学生提供代购校服等物品的服务，必须征得学生及其监护人同意，不得强制或变相强制学生接受代购服务，学校提供代购服务不得牟利。学校利用社区力量和学校教育资源，举办学生自愿参加的以培养学生兴趣爱好和提高学生综合素质为目的的课外培训班等活动，必须经教育局同意，其收费必须经相关主管机构批准，禁止教师个人或委托社会人员举办各种兴趣小组。要规范捐资助学行为，今后所有对教育的捐资（物）由各地人民教育基金会统一接收，统一使用财政捐赠发票，捐赠资金交各地财政专户统一管理。禁止学校收取与学生入学挂钩的捐资费和赞助费。从今年秋季开学起，在义务教育阶段将实行"一费制"。

三是全面公开，自觉接受社会监督。要切实做到收费项目、收费标准、收费依据"三公开"，各地中小学使用统一制作的公示牌，及时将收费情况向社会公示。要拓宽监督渠道，常设举报电话，开展教育违规收费专项投诉活动，聘请教育系统行风建设监督员，进一步加大教育收费外部监督力度。

四是狠抓查处，坚决治理教育乱收费。对教育收费要坚持定期检查与不定期检查相结合。专项检查与综合检查相结合，学校自查与教育行政部门抽查相结合。及时受理群众投诉案件，对教育乱收费问题，发现一起查处一起，决不手软。对乱收费的学校，除清退或收缴违反规定所得外，要依法追究校长和直接责任人员的责任。

五、高校招生制度问题

注意事项

1. 申论考试是对考生阅读理解能力、综合分析能力、提出和解决问题能力、文字表达能力的测试。

2. 作答参考时限：阅读资料40分钟，作答110分钟。

3. 仔细阅读给定资料，按照后面提出的"申论要求"依次作答。

给定资料

1. 连续一周，全城媒体天天都发布今年本地中考、高考招生的信息。这不禁让人想到近十多年来，广州小学生中招生考试制度大变革起码有四五次之多，让人眼花缭乱。

恢复高考后，广州长期实行"一考定终身"，全市小学毕业生参加各区的升学考试，竞争激烈的程度以至要让孩子之间以0.5分之差来决胜负。到20世纪90年代，开始部分实施电脑派位；2002年，广州为"减负"全部实施电脑派位，孩子们似乎一下子如释重负。但笔者在一次采访时，一个小女孩哭着问："姐姐，我的成绩很好，这是我努力了6年的结果。但是为什么不让我考试，就把我派位到一所差学校？为什么连一个拼搏的机会都不给我？我6年的努力白费了……"孩子的话语犹在耳边。第二年广州又恢复了"特长生"制度，瞬息间羊城内外遍布各种名为"兴趣班"实为"特长生速成班"的培训点，少年宫空前火爆。到今年又恢复了停止多年的"推荐生"制度。由于有几家名校撤销初中部，无数家长领着孩子轮番赶考名校"换船出海"开办的"公助民办名校"初中部的招生考试。招生考试制度的变革从另一个角度讲，也反映了广州教育的蓬勃发展。但我们可以看到，每次变革都会有一批人的利益受到影响，比如多年准备应试的孩子失去了考试的机会。而对孩子而言，受教育几乎是影响一辈子的大事，尤其是在广州这种人才竞争高度激烈的城市，一个环节上的教育水平很可能影响着一个人今后的升学深造之路是通途还是蜀道。每次升学考试、择校对于考生来说都似乎是面临着一次人生的转折。

2. 一位旅美教育学专家反思中国高考制度时说：高考好像是制约人才资源发展的瓶颈。瓶口外——高考选拔人才的方式引导着全国的中小学教育、家庭教育、社会教育都为一个目的——培养一流考生；瓶口内——按照陈旧而落后的评价体系去扩大招生，培养更多"'高质量的考生'，而不是'高素质的学生'"。

3. 对很多考生来说，高考好比一把双刃剑，既痛苦又充满了希望。每天起早贪黑，"两耳不闻窗外事，一心只读应试书"，是很多学校毕业班学生高考重压下的真实写照。"举步维艰，进展缓慢"，一位教育界人士这样形容目前素质教育的实施情况。他说，为追求高升学率，不少学校压缩正常教学时间，用半年甚至一年的时间复习备考。老师拼命"满堂灌"，根本无暇顾及素质教育；学生负担过重，严重影响身心健康，心理承受能力弱。

对高三学生而言，他们普遍有着这样的压力：父母亲人的期望、老师的期待以及同学之间的对比。这些要么导致学生产生虚荣心或对自己期待过高，要么对自己失去信心，对未来感到渺茫。

这些压力的形成，固然有着社会现实以及高考制度的影响，但将之绝对化，也表明了学生本身的不成熟。

4. 自 1977 年恢复高考制度以来的 20 多年里，中国社会一直将有幸能被大学录取的少数人称为"天之骄子"，很多因出身和地位而无法取得推荐上大学资格的普通人，通过高考改变了自己的命运。

当年中国有 570 万人参加高考，录取 27 万人，比例是 21∶1。如今这些人已成为中国改革开放最坚定的支持者和参与者。进入 21 世纪后，随着中国经济的发展以及高校数量的快速增长，当年考大学的高淘汰率已不复存在。

5. 中国高等学校自 1999 年开始大规模扩招新生。当年，全国高校就扩招了 45 万新生，增长幅度为 42%。处在中国改革开放前沿的广东省，早在 2000 年，高考录取率就已提高到 65%，这意味着 100 个高中生中有 65 个能够接受高等教育。全国平均录取率从 1998 年的 36% 提高到 2001 年的 57%，各地差距也在迅速缩小，国家近年来每年都扩招 20% 以上。

6. 2003 年，教育部实行的扩大高校招生自主权的改革，允许北大、清华、北京师范大学等 20 所著名高校自主录取 5% 的新生。这不仅标志着中国高考制度的松动，也是中国促进教育创新和素质教育的历史性突破。更多才华出众的中学生，在分数略低的情况下，也有可能进入理想的高校。但是，5% 的自主权却也让大学校长们大伤脑筋：如何保证不让自主权变成腐败的土壤，成为关系和金钱的通道？

7. 随着一些高考舞弊事件的曝光，人们对泄露考题和徇私枉法的行为非常愤慨。在多数人的心目中，现行的高考制度，是目前保证教育公正的唯一办法，是保障全体公民平等地受教育权方面比较合适的一种设计。确实有一部分特殊人才，由于不适应这种考试，而被挡在高等教育之外，但这个问题有关部门早已有所重视。诸如保送生制度，就是针对这些弊病而提出的针对性措施。但近年来对保送生制度的叫停，也从另一角度说明，只有高考这种形式，才能真正保障每个学生有平等的获得受高等教育的机会。

8. 素质教育是教育的发展方向，但在我国的高等教育还不能从精英教育真正转变为全民教育的现实情况下，初级和中等教育还只能围绕着高考的指挥棒走。因为在中国目前城乡教育有着天壤之别的情况下，死读几门核心课，对占人口绝大多数的农村子弟来说，才能保证他们真正有机会参与相对公平的竞争。

客观而言，现行的高考制度，承担了其所不能承受之重。高考制度的最大问题，在于我国的教育制度在中等教育和职业教育上的重大缺失，从而导致"千军万马只能过独木桥"。

9. 中南财经政法大学教授乔新生对《环球》杂志记者说，"我国的传统文化和社会舆论对高等教育资源配置有一定的负面影响"。许多家长认为，如果无力送孩子上大学将是一件非常丢人的事，他们宁愿举债也要供养孩子读大学。而这样做的结果是，混淆了大学投资的义务主体，培养了一些大学生的懒惰思想。其实，即使在发达国家，学费也是一种投资。如果大学生认为家长供养自己读书天经地义，或者认为社会应该承担自己上大学的费用，缺乏回报意识，这样的孩子不读大学也罢。

10. 为鼓励素质教育，革除"一考定终身"的高考制度的弊端，从 2004 年高考开始，上海市教委将尝试在高中试行《学生综合素质评价手册》，参考学生成长记录、社会实践和社会公益活动记录、体育与文艺活动记录、综合实践活动记录等其他资料，综合考查后进行录取的做法，供普通高校录取时参考。

11. 随着经济体制改革的深入进行，城乡二元结构被真正打破，高等教育事业进一步发展，高等教育真正摆脱精英教育的窠臼，使个人的发展不再受地域和城乡的束缚，个人的发展机会实现了真正的平等，高考也就不再会有所谓"人生第一考"的尴尬。

一位高三老师曾提出"享受高考"的说法。在他看来，高考不仅是一场成绩上的选拔，还是一场心理的竞争，而心理力量恰恰是一个人多年经历的整合。可以想象，当摆脱了目前附属在高考制度上的种种不合理因素之后，素质教育才能真正实现，"不拘一格降人才"才能变成"万紫千红总是春"。

12. 北师大教授、博导郑日昌认为，"减负"减不下来，与考试制度、升学制度、社会的人才观都有关系。

从考试方面说，现在考试的最大毛病是死记硬背的多，背的多了，负担自然就重。当然现在的考试增加了能力考查，高考增加了考试次数，但即使将来都考能力了，也有负担问题。从用人机制上说，流行看法是学历越高越好，有博士不用硕士，有本科不用专科。但最根本的原因是与我国经济发展水平不高，高等教育不能满足群众需要有关。我国高校招生太少，资源利用率太低。国外大学能招几万人，校园面积、教学楼也不见得比我们大多少。

13. 教育部《2005年普通高等学校招生工作规定》中明确规定，有下列情形之一的应届高中毕业考生，由省级招生委员会决定，可在考生统考成绩总分的基础上适当增加分数投档，由学校审查决定是否录取。同一考生如符合多项增加分数投档条件的，只能取其中最高一项分值，增加的分值不得超过20分。具备以下条件的考生可以加分：

（1）评选获得省级优秀学生称号者；

（2）高级中等教育阶段思想政治品德方面有突出事迹者；

（3）高级中等教育阶段获得省级以上青少年科技创新大赛或全国中学生学科奥林匹克竞赛省赛区一等奖以上者；

（4）高级中等教育阶段参加重大国际体育比赛或全国性体育比赛取得前六名（须出具参加比赛的原始成绩）；高级中等教育阶段获国家二级运动员（含）以上称号并经省级招生委员会在报考当年组织测试、认定的考生。

14. 拥有自主招生权的高校竞相举办选优考，为应对庞大的考生群，许多学校不得不提高"门槛"，教育界人士担忧——"自主招生"几乎变成"小高考"。元旦前后，沪上5所拥有自主招生权的高校，有3所接踵举行选优考，应试考生无不逾千，规模之大令人惊讶。有家长评论，如此规模的选优考，仿佛是在秋季高考前，各校先行组织了"小高考"。

某校招办主任更烦恼，感叹"成本太高了"。他说，依照5%的比例，学校可自主招生的人数不过一两百，但报名者数千。学校从命题、组考到评判，从集中专家审核、复核到校方斟酌取舍，事务之庞杂繁重，甚至超过7月的正式招生。

更让高校头疼的是，在个别人心中，较之过去保送生制度的弊端，自主招生会更有"窟窿"可钻，每年"招呼电话"源源不断，导致各校不得不提高考试的门槛，给学生们排个座次，求个公平。

15. 一位广西考生去年被北京航空航天大学录取，但附加条件是必须交10万元，否则领不到录取通知书。这一公开索贿的丑闻被媒体曝光后，引起了社会各界的极大震撼。利用政策漏洞进行暗箱操作，违规招生，牟取暴利，也引发了人们对高考制度和教育界的信任危机。据《中国青年报》报道，这一现象并非孤立，甚至可以说只是冰山一角。的确，北航丑闻还在沸沸扬扬之际，《华商报》又揭出了西安科技大学 2 万元换录取通知书的黑幕，西安财经学院也有学生举报收取 3 万元才肯录取第二志愿。一位经常采访高校和地方教育部门的记者披露，高校往往在定向招生计划、使用机动指标降分录取、少数民族预科生指标分配、特长生招生、保送生资格选拔、补录等方面做些手脚，从中牟利。

首都师范大学人文学院教授陶东风认为，这种弊端主要来自于录取制度还不够公开以及监督机制的不完善。信息的严重不对称使得考生常常成为被"宰"的对象，学校招生有自主性的项目并不会公开，例如调档的标准、特长生的"特长"等很多都不公之于众，而学校的自我监督又无法应对一些自律不严的招生人员。因此，陶教授呼吁，只有信息公开与健全的社会监督机制才能有效遏制教育腐败。

16. 高考刚刚结束，江西农村一位 70 多岁的老者居然收到了某职业学校的录取通知书。为何出现这样滑稽的事情？江西省招生考试管理中心负责人一针见血地指出："高考刚刚结束，又到了招生骗子漫天撒网的时候了！"原来所谓的录取通知书不过是招生骗子骗财的方式之一。每年高考结束到新生报到之间的三个月都是招生骗子们最活跃的时候，黑龙江省一位考生家长说，高招期间，学校周围的宾馆里住满了各种"校方代表"、"招生顾问"，其中大多都是高招"掮客"。

申论要求

1. 请用不超过 150 字的篇幅，概括出给定资料所反映的主要问题。（20 分）

2. 用不超过 350 字的篇幅，提出解决给定资料所反映的主要问题的解决方案。要有条理地说明，要体现针对性和可操作性。（30 分）

3. 就给定资料所反映的主要问题，用 1 200 字左右的篇幅，自拟标题进行论述。（50 分）要求：中心明确，内容充实，论述深刻，有说服力。

 **详 解**

1. ［答案提示］ ▷

自 1977 年恢复高考以来，高考及与之相关的高校招生制度，在为高等学校选拔人才、推动高等教育事业发展方面功不可没，但也存在种种弊端。在高考教育走向大众化的形势下，高校招生考试制度必须作全方位的改革。

2. ［答案提示］ ▷

做好高校招生工作，必须注意处理以下几个方面的问题：

在选拔新生的过程中，要注意处理德智体全面衡量与以入学考试为主要选拔手段之间的关系。德智体全面衡量、择优录取，是教育公平性原则在招生工作中的体现，是党的教育方针在招生工作中的具体化。

在招生工作中逐步扩大高校选拔新生的自主权，加大对其行政监督的力度，加速其自我约束机制的完善。

完善政策、法规，加强管理，加速依法治理招生工作的进程。

如何改革高校招生制度

联系当前高校招生制度改革实际，可以在以下几个方面尽快落实高校招生改革措施：

1. 加快高考科目设置和高考内容改革。"3＋X"打破了长期存在的"大一统"的考试模式，是对"把统一性考试与多样性、选择性考试相结合"的有益尝试，符合大众化高等教育多样化选择的趋势。但"3＋X"还有许多问题需要解决，如综合考试是否能真正成为"能力测试"而不成为数门科目的"拼盘"？是否能引导中学的素质教育而不增加考生的学习负担？高校选择考试科目与考生填报不同专业、不同学校是否构成冲突，"3＋X"方案还有待于在改革中不断完善。

高考科目设置改革在一定意义上只是形式的改革，而"考什么、怎么考"直接影响到中学"教什么、怎么教"。因此，高考内容改革要更加注重对考生能力和素质的考查，高考命题要把以知识立意转变为以能力立意，改变传统的、封闭的学科观念，注重考查跨学科的综合能力。同时，要增加高考的信度、效度和区分度，使不同水平的学生考出不同的成绩，让不同层次的高校都能有效地选拔人才。

2. 录取中注重对学生的全面考查。现行的录取办法，几乎以高考分为唯一标准，唯高分是录，对考生的思想品德、心理素质、社会能力、创新精神等其他因素难以掌握。从高校方面讲，很希望能录取全面发展、素质高的考生，很想对考生的多方面进行考查，但目前中学提供的材料中，除了学习成绩以外，没有其他更加详细的内容。所以许多高校连确定120％以内的提档比例的自主权都放弃，毫无例外地按分数高低录取。教育部最近在一些文件中特别强调要"综合评价、择优录取，注意克服以分数为唯一录取标准的片面性"。能否真正全面地考查学生，根源在于中学。基础教育必须有政策导向，鼓励学生全面发展，对于真正全面发展的学生要得到评价制度的肯定。要在中学建立起科学的学生综合评价体系，从高一起建立完善的学生综合评价档案（而不是在高考前突击做材料），这样才能为高校的全面考查提供依据。高考录取线的划定上要有一定的灵活性，不要造成高考分数是录取的唯一标准的事实，投档比例也可以大些，给高校更大的选择权。

3. 高校要有选择考试科目的权力。今年在个别省份的"3＋X"考试中，除语文、数学、外语和综合考试外，高校可为本校的各专业确定一门选考科目，录取时作为参考，这是一种有益的尝试。以后应逐步增加选考科目，有些也可作为一种资格考试不与高考同时进行。如一些理工科可以考实验操作，高职可以考动手能力等。高校还可根据专业需要，对统一考试的科目进行加权记分，打破高考记分上的平均主义。

4. 在改革高考的同时，采用多种招生录取途径。经过多年实践证明，保送生、推荐生、特长生、特殊专业单独考试等制度的实施，有利于特殊人才的培养和选拔，是高考统一招生的有益补充。

5. 在少数高校试行单独招生和"宽进严出"。无论是高校自主单独招生，还是"宽进严出"的考试方法，在国外都有比较成熟的经验。统一高考、统一招生目前在中国是最为可行的办法，但是我们可以在少数或个别学校试行单独招生，即不通过全国统一高考招生，而是由学校自己命题、自己组织考试和录取。这样既能充分落实高校招生自主权，又给考生提供了更多的选择机会。同时，可在一些院校试行"宽进严出"的方法，实行弹性学制和中期淘汰制。这些制度的试行，可为探索更为科学、合理、可行的招生制度积累经验。

第三节 安全卫生

一、食品安全问题

注意事项

1. 申论考试，与传统作文考试不同，是对分析驾驭材料的能力与对表达能力并重的考试。

2. 作答参考时限：阅读资料 40 分钟，作答 110 分钟。

3. 仔细阅读给定资料，按照后面提出的"申论要求"依次作答。

给定资料

材料一

国务院办公厅关于印发 2006 年全国食品安全专项整治行动方案的通知

各省、自治区、直辖市人民政府，国务院各部委、各直属机构：

《2006 年全国食品安全专项整治行动方案》已经国务院同意，现印发给你们，请认真贯彻执行。

国务院办公厅

二〇〇六年三月三十一日

2006 年全国食品安全专项整治行动方案

根据 2006 年全国整顿和规范市场经济秩序工作要点的要求，继续贯彻《国务院关于进一步加强食品安全工作的决定》（国发〔2004〕23 号），开展食品安全专项整治行动，使食品生产经营秩序持续好转，人民群众消费安全感进一步增强，继续提高我国食品安全水平。

一、突出抓好农村食品安全

（一）进一步加强农村地区食品生产加工、流通和消费等各个环节的监管，突出抓好分散在广大农村的各类食品批发市场、集贸市场、个体商贩、小作坊、小商店、小食店、小餐馆和学校食堂等的整治，有效遏制农村市场的假冒伪劣食品。

（二）进一步推进农村食品安全流通网、监管责任网和群众监督网建设。推进"万村千乡市场工程"，建立农村专兼职食品安全管理队伍，填补监管空白。

二、狠抓农产品污染源头治理

（三）深入推进"无公害食品行动计划"。组织实施农产品质量安全绿色行动，制（修）订农业行业标准 300 项。在 14 个省、直辖市开展良好农业规范（GAP）和认证示范单位创建活动。启动首批 100 个国家级农业标准化示范县（场）建设。力争达到认证无公害农产品、绿色食品、有机农产品 5 000 个。

（四）强化农产品质量安全例行监测。继续开展种植业产品农药残留、畜产品"瘦肉精"和水产品"氯霉素"等质量安全例行监测工作，监测范围逐步覆盖全国大中城市的主要农产品生产基地、批发市场等。促进农产品污染源头追溯工作，并定期向社会发布农产品质量安全检验检测信息。开展水产品中"孔雀石绿"检测和液态奶中复原乳相关检测。开展无公害农产品、绿色食品和有机农产品专项监测与认证的抽查工作。

（五）深入开展对农业生产环境、投入品、生产过程的治理。继续推行加强农业投入品监管的相关计划，推广使用高效低残农药、兽药。强化农资产品质量监管，扩大放心农资下乡进村试点，推进农资信用体系建设，加强对农民的服务指导，提高农民科学选购和使用农资水平。

三、强化食品生产加工监管

（六）严格对食品的质量安全进行监管。要对食品生产加工企业和厂点进行普查，健全企业档案，严格证后监管，严查无证生产。认真组织开展强制检验和专项监督抽查，督促企业严格按照标准组织生产、严格出厂检验。加快实施食品包装材料、食品添加剂等食品相关产品的生产许可、强制检验等市场准入制度及食品生产加工企业使用食品添加剂的备案制度。进一步完善区域监管责任制，实现对食品安全问题的早发现、早控制、早处理。

（七）深入开展食品执法打假工作。大力整顿食品小作坊的安全卫生。国家食品质量监督检查要覆盖60种以上食品，全国重点监督抽查的食品不少于6类。规范食品标签标志，加强对非食品用原料的风险监测，严厉打击使用非食品原料加工食品的违法行为。继续实施食品质量安全专项整治工程。推动食品标准建设，提高企业标准化意识。

四、进一步整治和规范食品流通环节经营秩序

（八）严格食品经营主体市场准入。要严把食品生产经营主体准入关，始终坚持先证后照，坚决依法取缔无照经营。对涉及食品生产、销售的企业和个体商户的经营资格进行全面清理。主要内容包括证照是否齐全有效、经营事项与登记事项是否一致、年检和验照是否通过等。

（九）加强市场食品质量监管。建立健全食品质量准入体系，逐步扩大对食品的日常监测和快速检测的覆盖面，配备食品快速检测设备，完善食品安全监测数据直报点制度；加强食品市场日常监管力度，开展重点区域、经营者自律承诺和节日食品市场等专项执法检查，依法查办食品违法案件。加强对食品退市的监管。

（十）继续推进"三绿"工程，确保上市销售食品的渠道正、品质好、手续全。加强对生猪屠宰行为的监管，对全国屠宰企业进行清理整顿，严厉打击私屠滥宰和制售注水肉、病害肉等不法行为。开展酒类市场专项整治。

五、加强食品卫生许可和监督

（十一）继续推进"食品安全行动计划"，贯彻实施《食品卫生许可证管理办法》、《餐饮业和集体用餐配送单位卫生规范》，全面实施食品卫生监督量化分级管理制度，严格食品生产经营和餐饮单位卫生许可方面的规范和要求，加大食品卫生监督抽检力度，加强对儿童食品、保健食品和餐饮业的卫生监督检查。

（十二）开展卫生许可专项整治。严格卫生许可证的发放审核和监督。在2006年8月底前，对婴幼儿配方食品、瓶（桶）装水、膨化食品、食用植物油等生产企业和学生营养餐配送单位的卫生许可情况开展专项整治，对不符合要求的企业依法予以查处。

（十三）开展农村食品卫生专项整治。强化对农村集贸市场和餐饮单位的食品卫生监督检查，严厉查处无卫生许可证生产、经营食品和餐饮服务的违法行为。在 2006 年"五一"、"十一"期间分别开展集中执法行动。

六、完善食品安全监管机制

（十四）加强食品安全信息工作。启动国家、省、市、县四级食品安全信息网络和重点企业的食品安全信息监测网络建设。继续开展乳品、猪肉、香精香料、甜味剂、化妆品等五个品种的信息收集和分析工作。结合食品安全专项整治工作中的重点品种和环节，选择重大危害因素开展食品安全调查与评价工作。

（十五）健全食品安全事故应急体系。全面落实《突发公共卫生事件应急预案》、《国家重大食品安全事故应急预案》，建立健全食品安全事故报告系统，完善事故处理机制。相关部门要确定各级事故应急责任人，严格执行应急预案规定的各项措施，对延误事故处理时机、行政不作为等行为要追究责任，严肃处理。积极组织重大食品安全事故应急救援工作，建立和完善重大食品安全事故回访督察制度。

（十六）加强对食品安全隐患和危害因素的监督检查。选择重点地区、重点行业、重点品种，总结重大食品安全事故的规律，建立健全危害因素监控操作规范，提高预防控制能力，对食品安全措施落实情况加大监察力度。加大查办食品违法案件力度，尤其要抓好对大案要案的督办和查处，建立健全重大食品违法案件逐级报告制度和案件协查与协作机制。

七、保障措施及工作要求

（十七）全面落实食品安全责任制和责任追究制。各地区、各部门要按照权责明确、行为规范、监督有效、保障有力和责权一致、实事求是、客观公正、落实到位的原则，将食品安全专项整治行动的具体任务和工作目标逐级分解落实，逐级考核，确保抓实抓细抓出成效。

（十八）加快长效机制建设。积极配合推进《食品卫生法》、《生猪屠宰管理条例》的修订和《农产品质量安全法》的立法工作。继续做好食品安全信用体系试点工作，不断巩固和扩大试点成果。进一步完善食品安全综合评价标准体系，推动各地深入开展食品安全综合评价工作。在北京、上海、广州开展试点，探索综合监督与信用体系建设相结合、销地与产地全链条监管、中心城市与生产基地共建食品安全保障体系的新路子。

（十九）加强宣传报道，正确引导消费。制定食品安全知识普及五年纲要。通过多种形式开展宣传，普及食品安全知识，提高公众食品安全意识，增强辨别能力。注重宣传各类放心食品，正确引导消费。建立食品安全专项整治新闻发布制度，及时发布食品安全信息。

各省、自治区、直辖市要在 5 月底前将 2006 年食品安全专项整治工作安排报送国家食品药品监督管理局。2006 年底，国家食品药品监督管理局将会同公安部、农业部、商务部、卫生部、工商总局、质检总局和海关总署等部门，对各地开展专项整治情况进行检查，并将检查结果报告国务院。

材料二

据新华社消息，20 个批次的不合格小食品近日被北京市食品安全办责令下架，潮安荣园、尚佳味等多次出现下架食品的"大户"，又上了黑榜。市食品办再次提醒消费者，凡已购买不合格食品的消费者，可凭购物小票和食品外包装向销售单位要求退货。

此次公布的不合格食品多为瓜子、蜜饯、牛肉干等休闲食品，也有鲜蘑菇、小磨香油等厨房常备材料。其中，登上质量黑榜的北京企业就有6家，包括北京万味园商贸有限公司、北京南联味食品有限责任公司、北京良之味商贸有限责任公司、北京兰大盛食品有限公司、北京旺兴盛商贸有限公司、北京一品红商贸有限责任公司。

2008年"三鹿奶粉"事件历历在目，然而2009年年底有关部门又在市场上发现了三聚氰胺奶制品。

材料三

据《北京娱乐信报》报道，最近，北京工商行政管理人员根据群众举报，通过便装暗访，发现了一个惊人的事实：一些有着良好声誉、颇受消费者信赖的食品厂商经销人员，擅自改变熟食制品保质期，将超过食品保质期的熟食制品"改头换面"，重新摆上柜台，蒙骗消费者。

顺天府：垃圾箱中发现问题标签

2006年3月22日8时30分，位于北京百万庄的顺天府连锁超市二店刚刚开门，穿着便装的工商执法检查人员就来到熟肉制品柜台。

一旁的垃圾箱里，黏着食品汤汁儿的保鲜膜和标签引起了执法人员的注意。在这些被促销员扔掉的保鲜膜上，分别标有："浦五房酱牛肉"，0.185千克，售价11.03元；"浦五房米粉肉"，0.260千克，售价4.58元；"育青鸡"，0.396千克，售价12.67元……其中，"浦五房酱牛肉"、"浦五房米粉肉"标签标注的生产日期为3月21日，保质期至3月22日；"育青鸡"标签标注的包装日期为3月21日，保质期至3月22日。执法人员检查后发现，被扔掉的标签与货架上正在售卖的熟食制品标签条形码、重量、售价完全一样。不同的是，货架上的"浦五房酱牛肉"、"浦五房米粉肉"、"育青鸡"标签标注的包装日期均为3月22日，保质期至3月23日。

华堂商场：改头换面同样上演

2006年3月24日9时20分，在北京华堂商场西直门店地下一层超市熟食柜台，促销员正忙着往商品上粘贴印有促销字样的标签。

暗访的工商执法人员在超市柜台电子秤下方的垃圾袋中找到了22个标签，分别贴有北京慧星食品工贸有限公司和北京华夏志诚食品有限公司生产的"慧星板鸭"和"华夏五香卤兔"标签。这22个标签标注的包装日期和保质期都是3月23日。

经过比对，执法人员在超市熟食柜台上找到了22份熟食制品，标签标注的条形码、重量、售价与垃圾袋中检出的22个熟食制品标签完全一样。不同的是，包装日期和保质期却是3月24日。对此，促销员承认更换标签的熟食制品是3月21日送来的，3月23日分割包装上架，但未销售出去。促销员便将原保质期为3月23日的产品标签更换为3月24日，目的是为了把剩余的产品销售出去。

圈内人士：这种做法已成潜规则

记者发现，此次被查出有违规行为的一些超市和食品生产厂家，有的是颇具规模的连锁店，有的是百年老字号，在消费者心目中赫赫有名、信誉良好。然而，就是这些知名品牌厂商的促销人员，却做出了违背诚信经营、有损消费者权益的事情。

一位不愿透露姓名的圈内人士介绍，更改包括熟食制品在内的一些散装食品的保质期，似乎已成为业内心知肚明的潜规则。

卫生部颁布的《散装食品卫生管理规范》第11条明确规定，散装食品标签标注的生产日期必须与生产者出厂时标注的生产日期相一致。由生产者和经营者预包装或分装的食品，严禁更改原有的生产日期和保质期限。已上市销售的预包装食品不得拆封后重新包装或散装销售。

据了解，北京市工商管理部门正在对上述涉嫌违法企业做进一步调查。

申论要求

1. 用不超过150字的篇幅，概括出给定资料所反映的主要问题。（20分）

2. 用不超过350字的篇幅，提出解决给定资料所反映的主要问题的方案。要有条理地说明，要体现针对性和可操作性。（30分）

3. 就给定资料所反映的主要问题，用1 200字左右的篇幅，自拟标题进行论述。（50分）要求：中心明确，内容充实，有说服力。

 **详　解**

1. ［答案提示］ ▷

接连发生的恶性食品安全事故引发了人们对食品安全的深切关注，也促使政府重新审视这一关系国家公共安全的问题。造成食品安全问题屡禁不绝的重要原因在于缺乏完整的保障体系。在今后较长的一段时间里，应当把从整体上建立我国食品安全的保障体系作为食品安全工作的重点和战略目标。

2. ［答案提示］ ▷

保障我国食品安全的措施建议：

(1) 提高对食品安全重要性的认识，加强食品安全工作的责任感；

(2) 进一步健全食品安全的法规体系；

(3) 抓好农产品源头的监督和管理；

(4) 加强对食品生产过程的控制；

(5) 强化对食品的质量控制；

(6) 建立食品企业的示范工程；

(7) 提高食品安全领域的科技水平；

(8) 建立食品安全信息与监测体系；

(9) 加强食品市场的监督管理。

3. 参考例文 ▷

止痛良方

我国食品市场秩序如此紊乱的深层原因在于市场失灵和政府失灵同时并存。也就是说，市场机制这只"无形的手"和政府规制这只"有形的手"还没有做到"两手都硬"。

造成市场失灵的主要原因即市场信息的不对称、不完全性。由于食品安全质量特征，食品市场买卖双方同样面临着对食品安全信息了解的不完全性。由于种种原因，食品生产者、加工者或销售者也缺乏对食品的农药残留、微生物污染等相关食品安全信息的全面了解。但相比之下，食品生产者、加工者、销售者比消费者对食品安全性的信息了解更多。消费者在知情权和选择权等信息占有上总是处于劣势，对于所选食品的安全性难以做出正确判断，有可能导致市场经济的"优胜劣汰"机制失灵，以致市场上出现低质劣质食品驱逐高质优质食品的现象，食品市场秩序混乱也就不可避免了。

我国正处于经济转型的过程中，目前我国市场发育很不充分，政府退出后市场机制即不能正常发挥作用。与此同时，由于政府功能定位不当，没能及时跟进监管，食品市场秩序的管理出现了真空状态。

目前我国有关食品安全的法律制度仍缺乏系统性、完整性，相关法律法规尚不能涵盖从农田到餐桌的各个环节，有些行政执法部门甚至无法可依或有法难依。相关法律法规虽然有几十部之多，但是条款相对分散，调整范围较窄，有交叉也有盲点，留下了执法空隙和隐患；有的法律条文比较原则和宽泛，可操作性差，给执法带来难度；执法主体不同，适用法律不同，难以准确定性，使同一违法行为出现不同处理结果；法律处罚则较轻，对违法行为大多作出查封、捣毁窝点、停业整顿和罚款等处理，威慑力不够。

要提高对食品安全重要性的认识，加强食品安全工作的责任感，全力提高全社会对食品安全重要性的认识，把食品安全问题作为保障人民健康、增强人民体质、提高人民生活水平和保证社会稳定的大事来抓。各级政府和各有关部门要在各自职责范围内认真做好食品安全相关工作，并要总结以往食品安全工作的经验和不足，加强各地区、各部门的协调工作。

进一步健全食品安全的法规体系。加强与国际食品法典委员会（CAC）的合作，参照国外的食品安全法规，进一步修订、补充和完善我国食品安全的有关法规。食品安全监督管理部门要严格执法，加大处罚力度并建立相应的制度让违法者受到应有的惩罚，不允许重大违法者再从事食品的生产加工和经营。

抓好农产品源头的监督和管理。将食品安全的监督和管理延伸到对农业生产过程和农产品初加工的监管上，通过明确的农产品标准，规范对上市农产品的检验，加大执法力度，杜绝不安全的农产品流入市场和用于食品加工，严厉打击在饲料中和在农作物生长过程中违规使用化肥、农药和违法使用、添加禁止使用的化学品的行为。大力提倡发展有机农产品和绿色农产品。

加强对食品生产过程的控制。建立、完善并严格执行食品生产规程，将其贯彻到从原料进入、加工制造直至产成品出厂的全过程中，保证产品符合食品安全要求。

强化对食品的质量控制。根据企业生产技术水平和加强食品安全的需要，组织力量对现有食品标准进行进一步的清理、修订和补充。力求在涉及食品安全的指标上尽快与国际水平接轨。制定政策鼓励企业对产品检验增加投入，更新检验手段。

建立食品企业的示范工程。逐步实行"从农场到餐桌"的综合管理。当前应选择食品行业中影响食品安全较突出的产品，建立一套从原料到消费者食用均符合食品安全要求的体系。在不同的地区根据特点建立不同的食品安全示范工程。

提高食品安全领域的科技水平。在全面提高食品生产加工企业科技水平的同时，加强对涉及食品安全的共性和普遍性问题的研究；要加强与国际发达国家在食品安全方面的合作研究，提高快速、准确鉴定食品中危害因子的技术和能力；进一步研究病原微生物的抗性、病原的控制等预防技术和食品的现代加工、贮藏技术等。

建立食品安全信息与监测体系。建立统一的全国性食品安全信息与监测体系，使之能系统而全面地收集、整理食品安全方面的各种信息资料。这些信息资料是向社会公开的，使全社会都能及时、方便地获取各种有关食品安全方面的信息资料。同时作为对外交流的窗口，用网络或其他形式与世界各国从事食品安全工作的同行建立广泛而密切的联系。

加强食品市场的监督管理。必须加强食品市场监管，严格监督执法，加大对涉及食品安全事件的企业和责任人的惩罚打击力度。健全市场管理和食品生产许可证、产成品市场准入制度管理。借鉴国外相关制度，尽快形成适合我国国情的不安全食品的强制返回制度并付诸实施。为提高对市场的监管力度，应在社区广泛提倡建立规范化的超市，降低个体摊点的数量，保证和方便群众购买放心食品。

二、农村医疗卫生保障制度问题

注意事项

1. 申论考试，与传统作文考试不同，是对分析、驾驭材料的能力与对表达能力并重的考试。

2. 作答参考时限：阅读资料30分钟，作答120分钟。

3. 仔细阅读给定资料，按照后面提出的"申论要求"依次作答。

给定资料

2003年的春季，一场突如其来的非典型肺炎在我国部分地区迅速蔓延，虽然疫情主要爆发在北京、广州等大城市，但广大农村地区也成为社会关注的焦点之一。以下是从国内一些媒体中采集到的材料。

（1）4月18日，农业部发出通知，要求各级农业部门做好农村非典型肺炎预防工作，坚决防止非典型肺炎向广大农村地区扩散。通知特别强调，要阻断农民工因流动就业感染疫病和成为向农村传播疫情的途径。

（2）卫生部常务副部长高强在4月20日的国务院新闻发布会上坦承，由于中国农民的收入、农村医疗条件以及农民的自我防护意识相对比城市水平低，一旦农村发生疫情流行，后果将非常严重。

（3）长期以来，受政府投入不足及农村预防保健机构服务能力的限制，我国农村公共预防保健服务显得非常薄弱。各地政府对县级预防保健机构的拨款平均只占其支出的1/3左右，大部分款项来自业务收入，这使防疫站、保健站等把主要精力用于门诊、住院等有偿服务的开展，计划免疫控制以外的某些传染病（如肝炎等）尚未得到有效控制，一些新的传染病（如性病、艾滋病）发病率出现上升趋势，甚至出现了一系列注射器和针头未消毒而导致大批农民感染艾滋病等触目惊心的恶性事件。

（4）中国农村医疗体系曾有过短暂的辉煌。新中国成立后，农村合作医疗体系曾给农民提供了最初级的医疗卫生保障。20世纪70年代，该制度与农村三级医疗保健网、赤脚医生一起成为农村医疗的"三大法宝"。但是，80年代以后，随着集体经济的衰落以及社会经济结构的深刻变革，医疗卫生体制逐步市场化导向的改革使得农村合作医疗逐步解体。90年代后，政府在推进城镇医疗保障制度改革的同时，提出了"恢复与重建"合作医疗制度的任务。但事实证明，除部分试点地区和城市郊区，农村合作医疗制度并没有像预期的那样恢复和重建起来，其人口覆盖率始终低于10%的水准，90%左右的农民成为毫无保障的自费医疗群体。至于三级医疗预防保健网，更是受到严重冲击，一些已经消灭或控制的传染病再度复发，农民因病致贫、因病返贫的现象比比皆是。

（5）据有关媒体调查，在一些农村地区，主要由乡镇卫生院承担着医疗卫生和防疫任务，而其中不少活得"有气无力"。在对西部某省一个城市郊区的调查中发现，一些乡镇卫生院医务人员，利用国家优惠政策，自由分散经营，全区60所乡镇卫生院，分散经营的有22所，约占37%。分散经营的医务人员不纳税、不交管理费，有的还不承担法定义务，如预防保健工作、传染病报告工作等。

国家、集体投入乡镇卫生院的固定资产已经变成了职工获取个人利益的工具。固定资产的折旧、集体积累和发展再生产根本没有纳入医疗成本，使得卫生院的房屋越来越破，设备越来越旧。该区60所乡镇卫生院，仅有7台B超机，2台X光机，其他就是血压计、体温计、听诊器等简单设备，诊治手段十分落后。

乡镇卫生院人员年龄老化，技术水平低下。年龄在45岁以下、具有医师以上专业技术职称的只有32人，约占在职职工总数的9%，职工中只有少数人员是正规卫生专业院校毕业，绝大多数是跟师学艺和自学，还有一部分人连医疗基本知识都不懂，不少病无法及时有效地诊断和治疗，医疗纠纷时有发生。

（6）1984年财政制度改革后，财政经费逐级下放给省、县、乡各级政府自行支配，至20世纪80年代末90年代初，乡政府形成了"分灶吃饭"的一级独立财政，其中卫生经费也由县财政划拨到乡政府直接管理。但由于乡政府缺乏懂得卫生知识的管理人员，对乡卫生院的管理多是流于形式。加之很多地区乡财政捉襟见肘，出现了乡政府截留卫生经费的情况，甚至有的乡工作人员的工资都是来自卫生经费。在卫生费用逐步减少的压力下，各地纷纷出现了拍卖卫生院的一幕。

（7）据世界银行专家对中国近11年来的公共支出的分析显示，中国公共开支的分配向富裕区域倾斜，而在区域内则向发展最快的省份倾斜。据统计，目前约占中国总人口15%的城市人口享用着2/3的卫生保障服务，而约占85%的农村人口却只能享用不到1/3的医疗卫生保障服务。

申论要求

1. 用200字左右概括出给定资料所反映的主要问题，并列举各种现状。（30分）

要求：紧扣材料，全面准确，条理清晰，简明扼要。

2. 针对给定资料反映的主要问题，提出相关对策建议，并加以论证。（70分）

要求：自拟标题，对策建议具有针对性，切实可行。论证逻辑清晰，论据充分，条理清晰，语言流畅。字数要求在1 500字左右。

 **详　解**

1. [答案提示] ▷

在农村，传染病发病率上涨，已被消灭和控制的传染病再度复发，重大医疗事故时有发生，农民因病致贫、因病返贫，这些问题反映出我国农村医疗卫生体系薄弱。政府投入不足，医疗卫生市场化导致医疗保障体系缺失，对乡镇卫生院管理不善，医疗"硬件"和"软件"薄弱，农民收入低、疾病防护意识差。国家医疗财政制度不完善是导致农村医疗卫生体系薄弱的重要原因。建立完善的医疗卫生保障制度成为当前亟待解决的问题。

2. 参考例文 ▷

加强农村医疗卫生保障制度建设

2003 年 SARS 肆虐了中国相当多的地方，SARS 危机带给我们无尽的思索，特别是对于高度分散且公共卫生网络建设相对薄弱的广大农村地区，农民普遍感染怎么办？农民病了谁来管？这些尖锐的公共卫生问题摆在我们面前。

常言道，"什么都可以有，就是不能有病"。可在城市与农村，"病"却有着不同的待遇：约占全国总人口 80% 的农村人口只有 20% 的医疗资源；大医院、好设备和高水平医生都集中在城市，而不少农民因当地缺医少药，有个大病就得远离家乡到城市；城市居民有医保呵护，但游离于医疗保障体系之外的农民，生老病死基本上由自己承担，而他们的收入仅相当于城市居民的 1/3。长期以来，广大农村因病而贫、因病返贫，成了他们绕不开的怪圈。

在市场经济迅速发展的今天，政府部门的政策规划不能一切都围绕"以经济建设为中心"的效率目标而开展，应该从具体的事务管理当中超脱出来，致力于全社会的资源分配和公共服务建设。

政府要强化对农村医疗卫生保障的责任机制。政府作为代表公共利益的社会管理者，要根据社会经济发展规划和农村的经济社会发展水平制定社会保障规划并组织实施。政府在解决农村医疗卫生保障问题过程中的责任主要集中在以下方面：一是制定符合贫困农村社会经济发展的总体政策和分级分项政策，从政策、制度上保证和导向农村居民对公共卫生服务产品的获得，并在卫生资源的布局、配置、利用、管理、保障水平、资金筹集和服务模式等的选择上，坚持政策规范以及政策保证的一贯性与动态性相结合、协调性和倡导性相一致。二是政府要加强对农村基本医疗、公共卫生和预防保健等公共产品的必要经费投入。贫困农村的医疗卫生保障无论选择何种体系模式，其费用及费用的筹集和管理都是制约其发展的物质基础。

政府要加强农村的预防卫生保健工作。改革开放前我国的农村医疗卫生服务模式，其中最得力的并非合作医疗，而是预防、母婴保健和群众运动式的自我预防保健活动，因其价廉物美，切合时宜地改造、净化了农村环境，消除了自然和社会中的各种致病因子，提高了农民群众的自我保健意识和健康水平，最符合贫困农村农民的实际需要。现在，地方各级人民政府要认真贯彻"预防为主"的方针，高度重视发展农村初级卫生保健工作，并随着农村经济发展逐步提高初级卫生保健水平。贫困农村的预防保健工作除了保证常规的防保任务完成以外，应加强对季节性、交叉传染性疾病的针对性预防和对农民预防保健意识的提升。

政府要加强农村社区卫生服务建设。随着经济体制改革的深入发展和社会主义市场经济体制的逐步建立，无论是卫生人力、物力资源配置，还是居民群众的医疗保障覆盖、就医流向都集中于城市的大医院，乡镇卫生院举步维艰，预防保健事业捉襟见肘，农村居民基本无医疗保障。应发展立足于农村社区居民和家庭，以提高居民健康水平和改善生活方式为中心工作，实行登门服务，满足农村居民生理、心理、社会需要的社区卫生服务。发展农村社区卫生服务有利于合理、优化地配置卫生资源，引导卫生资源向农村基层社区调整，能控制医疗费用的不合理增长，降低卫生服务成本，符合就地就近的服务模式和农民群众"用得上、看得起、花钱少、保健康"的医疗卫生保障需求。

政府要加强农村的医疗水平。医疗扶贫是政府和社会对贫困人口中因病而无经济能力进行治疗的人实施专项帮助和经济支持的行为。其扶贫方式包括医疗减免、临时救济、专项补助、医疗救助基金、团体医疗互助和慈善救助等形式。农村的真正医疗扶贫应该一扶观念；二扶医疗技术；三扶医疗设备；四扶经费与项目；五扶医疗规范管理服务。城区各大医院应确立定期轮流选派业务精、作风硬、卜得去的相关中、西医专家到农村乡镇卫生院对口支持服务3~5个月，对乡、村医生进行业务指导的目标责任制管理，并将其纳入本人的年度业务考核、记入本人业务档案，与职务晋升挂钩。同时，对于能下基层服务的大学毕业生，政府可用定额补贴的形式保证其工资略高于在城市的同等毕业生工资待遇，以保证农村卫生人才进得去和留得住。

政府应加强制定完善的医疗卫生保障制度，使其反映公众意愿和公共利益，体现公正、公平和安全的理念。让农民不再"小病拖，大病扛，重病才往医院抬"，让农民不再因"看病难、看病贵"而被挡在医院外。

三、公共场所卫生问题

注意事项

1. 申论考试，与传统作文考试不同，是对分析、驾驭材料的能力与对文字表达能力并重的考试。

2. 作答参考时限：阅读资料40分钟，作答110分钟。

3. 仔细阅读给定的资料，按照后面提出的"申论要求"依次作答。

给定资料

1. 2005年3月17日，是北京市城管部门开展的首个小广告治理活动日。全市城管部门统一行动，全线出击，在平时治理的基础上，对小广告进行了集中的清理和打击。天安门城管队这次采取了将虚假小广告做成活生生的展板的形式，现场向游客逐一讲解。散发小广告行为，一直是困扰城市管理工作的"顽疾"，由于它具有欺骗性，危害到了群众的利益，使人们对之深恶痛绝。市城管执法局的相关领导表示，今后每个月的第三个星期四都将成为治理小广告的行动日，在全市范围内动员社会力量共同清除各种小广告。与此同时，城管部门也在积极探索治理小广告的长效办法。如进一步研制开发电话、短信警示系统；严格落实立交桥、过街天桥、电话亭、地下通道、公交站牌等市政公共设施、场所管理人的保洁责任，积极探索市场化运作等方式。

2. 随着北京申奥成功和中国加入世界贸易组织，首都市民都为之高兴与自豪，北京不仅要在硬件上能适应现代化国际大都市的要求，也应当有一个良好的软环境，让北京的美好形象永远保留在世界人民心中，可是我们在日常生活中常常能见到一些有损北京文明形象的行为，比如小广告的张贴问题。本来是竖立在公交车站旁的站牌，可当您走上前去想查看时，却尽是密密麻麻的小广告；您原本想去报亭买份报纸，可是迎面看到的先是一堆花花绿绿的广告招贴；您到过街天桥去吹风纳凉，结果四处贴的又是小广告，这些小广告对北京的市容市貌造成了极坏的影响。希望每个市民都能对这种严重损害北京文明形象的行为予以制止，见到张贴小广告者立即与执法人员或有关部门联系，让这些张贴者在大家监督下自己进行清除擦洗，从而彻底遏制乱贴乱发小广告的恶风。

3. 治理乱贴小广告，除了堵之外还有没有别的办法？团结湖街道的六个社区，在最显眼的地方开设信息岛，让人来贴小广告。于是，到处乱贴的小广告一下子减少了八成，信息岛还成了当地居民了解社会信息的一个窗口。社区入口处，立着一个不锈钢柱，上面贴满了小广告，这就是社区立的信息岛。记者昨天看到，上面的小广告有30多条，有写字楼招租、餐馆招工、电脑学校暑期招生、个人寻房启事，还有社区贴出的放映露天电影通知……不时有买菜回家的居民停下，看看上面的内容。信息岛建立以来，社区里到处乱贴的小广告越来越少。前不久，团结湖城管分队解散了小广告清理队。这支小广告清理队是三年前成立的，专门清理社区、楼道等犄角旮旯的小广告。那时候，每月清理小广告上万条。现在信息岛上的小广告，由社区清洁队每周清洗一次。社区偶尔出现乱贴的小广告，他们顺手就能清理了。

4. 2005年4月21日，是北京市第二个治理小广告活动日。由北京城市管理广播和北京市城管执法局联合举办的"清除小广告、擦亮北京城"大型公益活动，在本市八个城区同时展开。市城管执法局的领导、城管队员、城市管理广播的领导和新成立的1073城市管理志愿者服务队志愿者代表参加了仪式。在启动仪式上，北京城市管理广播的边建台长代表新成立的1073城市管理志愿者服务队宣读了此次活动的倡议书，号召广大市民从身边的小事做起，用自己的双手，为改善城市环境贡献一份力量。市城管执法局的马惠民副局长在讲话中首先感谢各位志愿者积极参与清除小广告的活动，对各位志愿者心系首都形象，关心首都环境建设，主动维护首都市容环境的主人翁精神表示由衷的钦佩和谢意。马副局长同时指出，与小广告的斗争还将是一个长期的过程。治理小广告需要政府各有关部门齐抓共管，需要全社会都来参与。志愿者代表赵大妈表示，为迎接北京奥运的到来，每个人都要尽心尽力把小广告清理好。

5. 小广告写在桥墩上，涂料一刷，小广告倒是遮住了，桥墩上却打了一个"补丁"，形成二次污染。为解决这个问题，顺义城管大队仁和分队的执法人员将桥墩离地面2米以上全刷成白色，不仅遮盖了小广告，而且再有小广告写上，用白涂料一刷，也不会出现一块块的"大补丁"了。据仁和分队赵队长介绍，他们刷白桥墩的想法是借鉴了小区文化墙的做法。而且，在选择涂料颜色时之所以选用白色，主要是考虑到这里是公路，白色比较醒目，有利于提高过往司机的注意力，确保行车安全。

6. 10月18日凌晨6点，天安门广场上，三五一群清除口香糖的工人们正埋头又涂又刷又铲，引来了四周来来往往中外游人的目光。几位正要在天安门合影的老人看到这么冷的天，工人们为了清除口香糖被冻得脸色铁青，忍不住大声谴责起来。一位老先生气愤地说，这些东西太难抠了，他们随随便便这么一吐，让别人遭多少罪！太没有道德了！

清洗公司的赵经理告诉记者，这些工人多数早上5点就从家里出发了，班车从首都机场出发到天安门广场需要两个小时的车程。有的女工已经50多岁了，坐车回去已经晚上7点多了，还得做饭带孩子，非常辛苦。清洗工狄宏星说，往往一天下来腿都站不起来了。

快 12 点时，天又下起了雨，工人们准备吃午饭。记者发现早上他们刚领的手套已经磨出了洞，人人手上都起着水泡。赵经理说工人们每天领一把新铁刷一把新铁铲。到中午基本上刷子就磨秃了，为了节约成本，锯掉前半截再用。小铲如果没有撅断把也得磨短半截，工作量很大。但就在他们工作的四周，记者还是发现有几块口香糖残渣，还呈现淡淡的粉色，显然是被刚刚吐掉的，其中有一块仅离垃圾箱一尺远。

　　7. 在毛主席纪念堂南门有 20 多位工人师傅正在清理口香糖残渣，记者与师傅一道体验了清刷过程。清洁的师傅们交给记者特制的清洗液和铁铲、铁刷两样工具，之后戴上白线手套，先将特制清洗液倒在黑残渣上，当残渣软化后，用铁铲砸二三十下使残渣表面断裂，然后用钢丝铁刷横刷、纵刷 80 到 100 下，直到黑色痕迹消失。师傅们清理一块口香糖约花 36 秒到 1 分半钟。

　　8. 据统计，40 万平方米的天安门广场有 60 万块口香糖残渣，经实地测算，刨去纪念碑、纪念堂的面积，平均每平方米有 5 块口香糖残渣。记者在广场随机选取 5 块地方测算密度，其中纪念堂南门地面上每平方米平均多达 9 块，广场东南出入口也达到 8 块。在纪念碑北侧口香糖残渣相对比较少，平均每平方米 3 块，但走到国旗旗杆下又达到每平方米 5 块，在地下通道口也有每平方米 5 块之多。

　　9. 天安门管理委员会环卫处志诚清洗公司经理说，清洗口香糖用的是能将其溶解的爱斯 50 专用清洗剂，从国外进口，15 万元一吨，需要清理的范围按 42 万平方米计算，他们购进 3 吨，花费 45 万元。清洗工作从 9 月 27 日开始，已经 20 多天了，人工投入每天达 80 人，最少也有 20 多人，已投入人工近千人次。他们每天从早上 8 点开始清洗，下午 5 点以后收工，每人每天基本能清除 100 克的口香糖废弃物，他们推算清除一块口香糖的费用是 1 元钱。因地面凹凸不平，很难做到彻底清除。市政管委环卫处的北清集团此次也承担了清除任务。他们用的是意大利、德国、日本进口设备组装的小广告冲刷专用车。截至昨晚 8 点，4 天来他们已出动 32 车次、人工 96 人。另外，使用一台水车、70 吨水、一个移动厕所，共清除 10 万多平方米。公司经理刘先生告诉记者，他们清洗一块口香糖需耗费成本一角左右。这样计算，处理一块口香糖的总成本约为 1.1 元。

　　10. 天近黄昏的时候，70 岁的肖大爷一边收拾着风筝，一边与身边的外地游客争论着吐口香糖到底应不应该罚款的问题。按肖大爷的说法："要想让天安门广场上没有口香糖，就得靠大伙的自觉！"肖大爷说："执法人员可以去管理那些吐口香糖的人，但是他们能够管理每个人吗？你前脚走，他后脚就吐。所以说这问题还得从思想上抓起。"如果不是记者的提醒，可能很多人都没有注意到低头蹲在他们身边的清洁工人到底在做些什么。而在得到记者的提示后，人们大都非常惊讶，因为他们从来没有意识到天安门广场上会有如此多的口香糖"污点"。来自伦敦的小伙子苏尼克对有关部门能够主动清除天安门广场上的口香糖非常赞赏，他说，在伦敦很多地方，口香糖密度比这里要大得多，也没有什么更好的办法解决。而从德国来的苏珊说，在德国随地吐口香糖要被处 30 美元的罚款。新加坡政府 1992 年颁布了进口及销售口香糖的禁令。此外还有法律明文规定，胆敢在公共场合吃口香糖的人将被处以高额罚款。

申论要求

1. 用不超过 150 字的篇幅，概括出给定资料所反映的主要问题。（20 分）

2. 用不超过 200 字的篇幅，提出解决给定资料所反映的主要问题的方案。要有条理地说明；要体现针对性和可操作性。（30 分）

3. 除了乱吐口香糖，在公共场所乱发小广告、胡乱吐痰的现象在各地也普遍存在。为此，A 城有关部门准备制作两张分别题为"禁止在公共场所乱发小广告"和"纠正随地吐痰的恶习"的宣传板，以号召市民抵制这种现象。请你为这两张宣传板填充相关文字的内容。（50 分）

要求：形象、生动，富有感染力和说服力，每张宣传板不超过 400 字。

 详 解

1. ［答案提示］ ▷

在城市公共场所乱贴小广告、乱吐口香糖的行为，严重破坏了市容市貌，不但给清理工作带来了很大困难，而且还增加了用于城市环保的开支，损害了首都北京的文明形象。保护环境，人人有责。只有人人尽责，才能创造和保持一个美好的环境，广大市民群众的文明素质与环保意识亟待加强。

2. ［答案提示］ ▷

现提出以下建议：一是健全和完善相关法规；二是要坚持疏堵结合、以疏为主的方针；三是加强执法检查，加大处罚力度；四是加大宣传力度，动员广大市民参与治理；五是加强对清理作业队伍的建设。

3. 参考例文 ▷

禁止在公共场所散发小广告

不论您是走在过街天桥上还是地下通道中，或是去商场购物，有时您去接送孩子上下学或者自己忙着上下班，总会有人窜出来散发小广告，您也许草草扫一眼或根本看也不看就随手扔掉。城市许多繁华地段、主要路口等地方，这些散发小广告者几乎无处不在。这些小广告被扔到地上，平时纸屑满地，一遇刮风下雨，零落成一堆烂泥般的污物，使本来清洁的路面变得凌杂脏乱。这严重影响了城市环境卫生，为环卫部门增添了许多麻烦，使清除工作难度加大。为了保持 A 城优美洁净的生活环境，保持 A 城的文明形象，请广大市民朋友和我们一起行动起来，以主人翁精神维护 A 城的市容环境，希望每位市民都能对这种行为予以制止，共同监督这些小广告散发者，从而彻底遏制乱发乱贴小广告的恶风，让 A 城再也没有他们的市场。

纠正随地乱吐的恶习

随地乱吐成了整治 A 城环境卫生中的一个痼疾，不论您走在哪里，您都会看到周围有不少痰渍、口香糖及人们吐出的果核或嗑出的瓜子皮，使本来清洁漂亮的街面令人不堪直视。这个恶习再不彻底纠正，恐怕不论在硬件上下多大工夫，我们 A 城的城市环境也要受人轻视和指责。因此我们希望每一位 A 城市民都能从自己做起，改正这个恶习，在自我约束的同时也能对别人的不文明行为进行制止。希望大家从自我做起，从身边的小事做起，自觉维护 A 城的文明形象，保持 A 城优美的生活环境，让我们的家园更加洁净，让我们的心灵更加美好，让我们以实际行动为美丽的 A 城贡献一份力量。

第四节 和谐社会

一、社会保障问题

注意事项

1. 申论考试是对应考者阅读能力、综合分析能力、提出和解决问题能力、文字表达能力的测试。

2. 参考时限：阅读资料 40 分钟，参考作答 110 分钟。

3. 仔细阅读给定资料，按照后面提出的"申论要求"作答。

给定资料

材料一

目前，我国所有城镇以及部分农村地区建立了居民最低生活保障制度。城市低保制度于 1993 年在上海开始试行。1997 年 9 月，国务院发布《关于在全国建立城市居民最低生活保障制度的通知》，要求"1998 年底以前，地级以上城市要建立起这项制度；1999 年底以前，县级市和县政府所在地的镇要建立起这项制度"。1999 年 9 月，国务院再次颁布《城市居民最低生活保障条例》，对城市低保制度进行了明确和规范。

材料二

南京目前进入低保的家庭已达 2.5 万户，惠及困难群体 5.5 万多人，基本实现应保尽保。同时，在实施低保工程过程中，少数受助家庭存在隐形就业或隐瞒实际收入，不符合条件也申领低保。启动低保举报查实奖励制度，就是为了杜绝"富人"吃低保、懒人吃低保现象。市民如发现不符合低保条件的，可随时拨打举报电话或各区县电话，一经查实，立即对不符合条件的保障对象减发、停发低保金，同时对举报人兑现奖励，奖励标准一般为举报查实后，当月退出的低保金额。有关部门将切实保护举报人的合法权益。

城市低保生活保障金申领审批有严格的程序，街道（镇）和社区居委会要对申领者实行审前、审后两次公示，张榜公示的内容、时限、地点也有严格要求。

材料三

民政部要求各地今年进一步加大资金投入，科学制定低保标准，通过"应保尽保"和对特别困难家庭"分类施保"，切实提高低保对象的生活水平。据预测，今年中国城市低保对象还将增加 200 万人。

一些地方近期出现了虚报冒领、搭车收费、强制销售、克扣低保金等不正之风，这些现象尽管是个别的，但造成的负面影响很大。

民政部要求，各级民政部门要切实加强低保工作的监督力度，当前要重点完善低保对象家庭备案和定期抽查制度，并组织社会力量进行监督检查；要建立统计报告和公示制度，每月对低保对象、资金发放、人均补差等重要数据按时向社会公布；要建立联系协商制度，会同财政、劳动、经贸、统计、工会等有关部门，及时研究解决工作中的问题。

民政部副部长杨衍银强调，各级民政部门要加强监督检查工作，监督检查要实事求是，突出重点，增强针对性，对发现的问题，要采取切实有效措施加以整改。各级民政部门都要设立低保热线电话，以利于接受社会监督。对于群众举报的问题要逐一登记办理，做到件件有结果。

材料四

9月22日至10月27日，重庆市綦江县组织32名工作人员，分成15个组对全县19个镇的低保执行情况展开拉网式检查，将该县587户、1 282名城市居民低保对象清理出低保行列。这意味着这1 200多人此前系违规领取低保，他们每月领走低保金48 581元。此外，经过此次检查，因家庭收入增加而降低低保金的有183户、314人，月降低低保金9 361元；因家庭收入降低而增加低保金的140户、279人，月增加低保金6 317元。将所有增减相抵，此次检查将使该县每年少发放低保金近62万元。消息传出，舆论大哗，"假低保"问题引起了重庆社会各界的广泛关注。

材料五

大连市西岗区低保审批工作走出办公室，走进群众中，在老百姓的监督下公开审批。避免了以往审批工作由于不够透明而导致的种种弊端，从根本上杜绝了"人情保"、"关系保"，真正做到公平、公正。

以前，低保审定工作由居民自己申报，居委会调查后，将材料交给街道和区政府审批。因评审过程中没有群众参与监督，有个别人隐瞒收入，骗领保障金；居民靠拉关系领取保障金；出现"人情保"、"关系保"，使应保的居民享受不到低保。

大连市实行新低保政策后，增加了低保评审委员会评审、街道干部入户调查、名单公示三天等三个环节，还增加了一些具体规定，诸如因吸毒生活困难且尚未改正的、银行存款超过当地最低生活保障标准3倍的、家中有机动车辆的等都不能享受低保政策。

材料六

为切实维护城市困难居民的基本生活权益，做到低保对象有进有出、标准有升有降，真正实现动态管理下的"应保尽保"，从今年2月至6月，湖北省襄樊市城区对已享受低保的对象进行了为期4个月的全面核查清理工作，收到了较为明显的成效。据统计，共清理出因家庭收入发生变化而不符合低保条件的已保对象1 443户、3 978人，停发保障金18万多元。

为做好此次清查工作，该区成立了以民政局局长为组长的88人组成的低保清理工作领导小组，并制定下发实施方案。区民政局党组成员包片包点，每人具体负责一个街道办事处。各街道办事处、社区居委会按照实施方案的要求，抽调熟知低保政策法规、秉公办事的人员，组建了清理工作小组。与此同时，他们通过利用新闻媒体、召开会议、深入企业座谈等方式，向社会群众广泛宣传低保政策法规和清理工作的情况。区民政局又投资5万多元，为8个街道办事处、59个社区居委会安装了统一制作的"申请办理城市低保须知"宣传牌。

在清理工作中，他们首先公布了举报电话，接受群众对不符合低保条件的已保对象进行举报，共接到举报132起，查实并清理出不符合低保标准的已保对象23户。其次，他们召开座谈会，听取邻里及单位情况反映，逐户对已享受低保对象的家庭人口、就业状况，特别是月收入进行拉网式入户调查核实。再次，张榜公布。对经评审小组评定的拟取消低保待遇的已保对象进行一周的张榜公布，接受群众的监督。张榜公布一周内，拟被取消的已保对象可向街道办事处、居委会说明自己的家庭情况，如果认为调查的情况与自己的家庭实际不相符，街道办事处、居委会再进行核实；张榜公布一周后，社区居委会将拟取消的已保对象名单上报街道办事处，经办事处低保评审委员会评审、审核后，将名单报区民政局。

申论要求

1. 用不超过150字的篇幅，概括出给定资料所反映的主要内容。（20分）

2. 用不超过350字的篇幅，提出解决给定资料所反映问题的方案。要有条理地说明，要体现针对性和可操作性。（30分）

3. 就给定资料所反映的主要内容，用1 200字左右的篇幅，自拟标题进行论述。（50分）要求：中心明确，内容充实，论述深刻，有说服力。

 **详　解**

1. ［答案提示］▷

我国的城市居民最低生活保障工作取得了很大的进步，相应的法规制度日趋成熟、完善，但在执行过程中出现的"假低保"问题仍然非常严重。这个问题引起了社会各界的广泛关注。各级民政部门为做到"应保尽保"、杜绝"假低保"，也在适时调整城市低保制度，积极采取核查清理等措施使低保制度进一步科学化、完善化。

2. ［答案提示］▷

（1）对于不符合条件的人冒领、多领低保金的，令其归还冒领、多领的低保金。

（2）为完善低保制度，要始终注重低保调研工作。民政部门要根据街道低保工作动态组成调研组，深入街道进行专题调研。实行低保家庭情况动态核实制，区、街、居分级设立低保咨询举报电话等制度。

（3）规范管理，建立低保人员分类、分级管理制度，实现"量身定做"。可以将低保家庭分为长期救助和短期救助两类，再将短期救助家庭的成员按照实际情况分级管理。

（4）低保监管部门要逐步形成民主参与、部门联审、公益自管的工作机制。要在低保工作中实行民主参与与群众监督相结合的工作制度，提高低保工作的透明度。

（5）就业指导，适时制定低保对象就业援助办法。建立低保人员再就业专人指导制度，为有劳动能力的低保人员安排再就业助理员，签订协议，定期宣讲政策，并提供就业信息和职业指导。

3. 参考例文▷

监督让权力透明

政府的行政决策由于具体执行人员的问题造成贯彻不力，损害了政府部门权威，降低了民众对社会的信任。

国家制定的政策始终是代表广大人民利益的，但这些政策不能贯彻执行，究其原因主要有以下几个方面：首先，某些地方干部受利益驱动，置党纪国法于不顾，不但不干而且变着法地顶着干；其次，政府机构冗员太多，办事环节增多，推诿扯皮，内耗严重，层层干预，使简单的事情复杂化。即使有明确的法律规定、政策规范、领导指示和群众需求，执行者也要故意推诿习难，使"政策"在庞大的官僚机构的传达中失去了其原本的意义。

国家呼吁建设公共服务型政府。公共服务型政府，就是以民为本，为人民服务，让政府成为真正意义上的人民的公仆。要真正做到这一点，就要完善对政府的监督，让权力在监督下透明。

要杜绝政策在执行过程中变质，就要加强政府工作人员的自律。古人说："政者正也"。又说："其身正，不令而行；其身不正，虽令不从。"政府工作人员要树立正确的权力观，要始终坚持让手中的权力为人民谋利益，绝不能把它变成谋取个人或少数人私利的工具。

要杜绝政策在执行过程中变质，就要切实落实好各项制度。要认真落实党政领导班子、领导干部定期考核等制度，不断提高制度的约束力、强制力，使权力运行机制更加程序化、规范化和法制化。严格实行领导干部责任追究制，保证干部监督的各项制度落实到底，覆盖到边。

要杜绝政策在执行过程中变质，就要建立透明的政府行政机制和监督机制，搭建公共信息平台，让民众积极参与，监督政府的行政举措和贯彻力度。对中央政策的执行不力的关键原因就在于政府行政管理决策和监督机构的不透明。公共决策应在信息公开透明的基础上作出，非保密的信息必须对社会公开，这将日益成为现代公共决策的重要原则，也是公民知情权的重要组成部分，更是公民进行舆论监督的前提条件。公共决策的公开和透明，能够保证决策者更好地履行职责。一方面，政府应通过有效的媒介手段搭建信息平台，及时地向公众提供公共决策中非保密的各种信息，要建立公共决策项目的预告制度和重大事项社会公示制度，便于公民了解、监督。另一方面，提供公民有序的决策参与途径，建立社会各阶层广泛参与基础上的舆论监督体系，凡涉及公民、法人或其他组织切身利益的重要决策，要及时接受反馈并采取有效措施。

要杜绝政策在执行过程中变质，就要积极疏通群众监督和社会监督渠道，将各级政府工作人员真正置于社会和人民群众的广泛监督之中。众所周知，传媒作为信息传播的载体和意见表达的平台，既鼓励和保障大众参与公众生活讨论、表达各自意见的自由权利，又对国家机器和民主进程行使批判和监督功能。公众使用传媒可行使包括知情权、表达权等在内的言论自由权。

监督不是最终目的，解决问题和遏止类似问题的产生才是根本。我们相信，政府部门在公开、透明、全面的监督机制下，将会更好地依法履行职责，提高行政行为的科学性、透明度和有效性，真正做到执政为民，不谋私利。

二、建设新农村，人才要先行

注意事项

1. 申论考试，与传统作文考试不同，是对分析、驾驭材料的能力与对表达能力并重的考试。

2. 作答参考时限：阅读资料 40 分钟，作答 110 分钟。

3. 仔细阅读给定资料，按照后面提出的"申论要求"依次作答。

给定资料

2000 年 10 月中共十六届五中全会上，中央第一次提出"建设社会主义新农村"，并指出建设社会主义新农村是我国现代化进程中的重大历史任务。在 2006 年 3 月召开的第十届全国人大和全国政协会议上，"十一五"期间的社会主义新农村建设再次成为代表委员热议的重点。在我国的"十一五"规划中，社会主义新农村建设作为一项重要内容，占据了相当的篇幅。

建设社会主义新农村，人才是支撑。正如江苏省分管农业农村工作的省委副书记张连珍所言："人才将是'十一五'期间新农村建设的决定性因素，新农村建设，人才要先行。"

目前，各地的"十一五"人才规划正陆续出台，"十一五"期间人才工作如何为新农村建设提供保障？记者对此进行了采访分析。

农村人才开发成为工作重点之一

开发农村人才资源，培养一大批活跃在农业生产第一线的农村实用人才，依靠科技进步摆脱传统农业发展模式的困扰，已成为农业和农村经济发展的关键。在许多地方出台的"十一五"人才规划中，农村人才资源开发成为其中一项重要内容。

江西省人事厅在"十一五"人才规划中，将农村实用人才队伍建设工程列为工作重点之一。该省人事厅一位负责人介绍说，江西要抓好农村企业经营管理人员、农业技术人员、种养能手、能工巧匠和农村行政管理人才五支队伍建设。实现农村实用人才总量有较大增长，结构得到优化，整体素质有明显提升。农村实用人才培养、引进、评价、使用和激励机制进一步完善，农村实用人才创业发展的政策环境与社会氛围进一步优化。到"十一五"期末，全省农村实用人才总量达到 65 万名左右，每百名农村劳动力中拥有人才 4 人。青海省提出，要适应农牧区经济社会发展和建设社会主义新农村的需要，建设农牧区实用人才队伍。着眼于农牧民发展经济、脱贫致富，加快农牧业科技、生产经营等多方面的实用人才开发，重点培养生产能手、能工巧匠、经营能手和乡村科技人员。

北京市的"十一五"人才规划中则指出，要创新体制机制，促使优质资源向郊区转移，把专业技术人才引入农村，创出"工业反哺农业，城市支持农村"的具体途径。

湖南省郴州市人事局在"十一五"人才规划中提出：到 2010 年，郴州市农村农业实用人才达到 9 万名，每个村至少有一名大专毕业生。每个村联络数十名实用人才，每个乡（镇）培养数百名实用人才，每个县选拔数千名实用人才。到 2010 年，全市农村实用人才素质普遍提高，驾驭市场的能力明显增强，农民生活基本达到小康。

湖南省株洲市提出，该市人才队伍建设除突出加强高层次领域、非公有制经济领域人才建设外，还要突出加强农村领域人才队伍建设，为建设社会主义新农村提供人才支撑。围绕推进农业产业化，积极扶持优势龙头加工企业人才队伍建设，重点围绕食品加工业、竹木加工业、林化工产业的发展，通过本土开发培养、对外引才借智等方式积极培养造就一批农业产业带头人。把农村实用人才纳入人事人才工作管理范围，实施好"县乡村实用人才工程"，重点抓好农业科技推广、经营管理、种养能手、能工巧匠、农商业者五支队伍建设。到 2010 年实现 80% 的农户至少有一人掌握一至二门实用技术的目标。

扎实的措施提供有效保障

在各地的"十一五"人才规划中，新农村人才开发不仅具有宏伟的目标，而且结合当地实际，提供了许多实实在在的措施。

据了解，江西省将根据该省农村建设实际，制定符合省情的农村实用型人才标准。依托"农村劳动力转移培训计划"、"农村实用技术培训计划"、"百万中专生培养计划"和"农村实用人才创业引导计划"，结合该省社会主义新农村的建设，每年委培一定数量的农村人才到大中专院校、职业学校学习，学成后为当地农村的经济建设服务。江西将整合利用现有技校、高职和培训机构资源，对农村青年进行职业技能培训，加大对农村行政管理人员的培养，每年培训村级干部以及后备干部1万人次，在五年内实现每个村至少有两名村级干部接受过培训。

湖南省郴州市加强农村实用人才队伍建设的措施丰富多样。据了解，该市将实行农科教相结合，建立多层次、多渠道、全方位的农村实用人才培训体系。充分发挥农广校、农函大、农科所等农村技术培训服务基地的作用，发展农村远程教育，加快农业科技示范园和先进实用技术推广基础设施建设。郴州市将建立农村实用人才培训分辖负责制度。组织部门牵头抓好农村党员、基层干部的实用技术培训工作，科技部门抓好"星火"科技培训，农业部门抓好农村富余劳动力转移就业前培训、新型农民培训、绿色证书、绿色电波入户等工程，以及对农村实用人才培训情况的统计综合；劳动保障部门抓好农村技能人才培训；建设部门负责建设类从业人员职业培训，培养农村建设类实用人才。他们将广泛组织实施"一村一名大学生计划"，引导和鼓励高校毕业生到基层就业。在环境营造方面，市委、市政府每两年进行一次"优秀农村实用人才"的选拔表彰活动，每次表彰25名左右。

农村实用人才成为群众致富的领头雁

"十一五"期间，我国的农村人才队伍建设取得了可喜成就。据了解，辽宁省针对农村的实际，制定优惠政策，运用市场机制选拔、培养了一大批"田秀才"、"土专家"和种、养、销专业示范户，建立了4万人的农村实用技术人才队伍，较"九五"的3万人增加了25%。截至2004年底，青海省农牧区实用人才约15万，初步形成了有一定规模的农牧区实用人才队伍。不断壮大的农村实用人才队伍，已经成为各地农民群众致富的领头雁。然而，同社会主义新农村建设的要求相比，我国的农村人才队伍状况还存在着不少问题。我国长期研究农村经济发展的学者林毅夫认为，提高农村的教育水平要确确实实，这也是为培育新农村的新型农民打下关键的基础。但据有关统计资料，目前我国农村中小学校舍危房率高达6.6%，占全国中小学危房面积的81%。西部地区尚有100多万中小学生因校舍短缺不能就学。从这些情况看，开发新农村人才，还有很长的路要走。

申论要求

1. 用不超过150字的篇幅，概括出给定资料所反映的主要问题。（20分）

2. 用不超过350字的篇幅，提出解决给定资料所反映的主要问题的方案。要有条理地说明，要体现针对性和可操作性。（30分）

3. 就给定资料所反映的主要问题，用1 200字左右的篇幅，自拟标题进行论述。（50分）

要求：中心明确，内容充实，有说服力。

 详 解

1. [答案提示]

该资料主要反映了建设社会主义新农村，人才是支撑，人才要先行的观点。开发农村人才资源，培养一大批活跃在农业生产第一线的农村实用人才，依靠科技进步摆脱传统农业发展模式的困扰，已成为农村经济发展和建设社会主义新农村的关键。

2. [答案提示]

要大力开发农村人才资源，加速社会主义新农村建设，应采取以下措施：

（1）加大对农村人才培训经费的投入，要按照农村市场经济发展新阶段的要求，建立多层次、多渠道、全方位的农村实用人才培训体系，要突出技能培训和管理知识的培训。

（2）利用政策导向，优化人才环境，大力引进人才。引导和鼓励高校毕业生到农村、到基层就业，为农村人才创业、发展创造宽松的空间。

（3）建立有效机制，引导、鼓励农村人才合理、有序流动，使农村人才在市场竞争中得到锻炼和提高，实现自身价值。

3. 参考例文

建设新农村，人才要先行

建设新农村，人才要先行。目前许多地方在制定"十一五"人才规划时，都把农村人才资源开发作为一项重要内容写进规划，着实令人欣慰、令人鼓舞。这也是人事人才工作服务大局的生动体现。

要落实好"十一五"人才规划，让农村人才开发切实产生成效，除了要转变观念、提高开发农村人才资源的思想认识，把开发农村人才资源作为人才工作和新农村建设服务的切入点和突破口，还必须抓住几个重要环节：

第一，正确看待投入与产出的辩证关系，把农村人才培训作为农村人才开发的着力点。培训是开发的基础，在对待农村人才的培训上，要有长远观点，舍得投资。各级政府要随着财力的增长，逐步增加对农村人才培训经费的投入；要按照农村市场经济发展新阶段的要求，突出技能培训和管理知识的培训。对一般农民，着重进行实际、实用、实效的致富新技术的培训；对镇、村干部，要加强政策法规、观念信仰、领导艺术的教育，切实提高他们驾驭农村市场经济、做好群众工作的能力和水平。培训方式要灵活多样，不拘一格。

第二，把握人才结构性转移的机遇，吸引更多的高层次人才到农村建功立业。建设新农村，首先必须依靠一大批乡土人才，但仅仅做到这一点，还远远不够，还必须有大批高层次人才的支持。近年来，农村的高层次人才十分紧缺，应该抓住这一机遇，吸引高层次人才到农村，充分发挥他们在大中城市机关、企业集团工作所积累的经验、技术和管理优势，为农村经济的发展注入新的生机和活力。要抓紧制定各种优惠政策，从利益分配、住房、福利等方面给予优厚待遇，或者采用由当事人直接领办、创办企业，聘任为经济顾问或科技副职等形式，为高层次人才实现自我价值创造有利条件。

第三，运用价值规律，让农村人才在大市场中得到锻炼和提高。农村人才资源也应该走向市场，只有在市场的调节下，才能真正找准自己的位置，发挥自己的作用。当前农村急需经济管理、种养加工、农业科技等各类专业人才。对这类人才，要建立有效机制，引导、鼓励他们合理、有序流动，既满足各地的人才需求，又使人才本身在市场竞争中受到更多锤炼，获得经济效益，实现自身价值。

第四，要优化环境，为农村人才创业、发展创造宽松空间。要积极营造一种尊重农村人才、爱护农村人才、帮助农村人才、向农村人才学习的良好气氛，为农村人才的成长和发挥作用创造宽松的社会环境。要制定农村人才成长的激励政策，因势利导，鼓励各类"田秀才"、"土专家"兴办民办科研实体和发展型经济实体，市、镇财政要在经济上给予一定的扶持资金。对农村经济发展作出突出贡献的乡土人才，应给予精神和物质奖励，并优先选任村干部或纳入村级后备干部；优先承包农村资源，优先获得农业开发项目、农业贷款、技术资料、良种和先进农机器具设备等；在技术推广、新品种试验、评定职称等方面也要给予倾斜，使乡土人才的作用得到充分的发挥。

三、"三农"问题

注意事项

1. 申论考试，与传统作文考试不同，是对分析、驾驭材料的能力与对表达能力并重的考试。

2. 作答参考时限：阅读资料 40 分钟，作答 110 分钟。

3. 仔细阅读给定资料，按照后面提出的"申论要求"依次作答。

给定资料

《中国青年报》2006 年 7 月 14 日报道：当陈可可说出"权益"两个字时，身边那些一身泥水、戴着斗笠、拿着锄头的农民朋友，有一半在茫然摇头。

陈可可是中国农业大学人文与发展学院的硕士生。在过去的一年里，她和 20 名同学一起，参加了学校组织的我国首次农民权益保护现状调查。据悉，调查结果将直接提交给有关部委，为我国制定相关法律提供依据。

这次针对福建、山东等 6 个省及其下辖的 24 个乡、60 个村的调查显示，我国农民权益保护状况虽有较大改善，但存在的问题仍让人忧心。

中央给农民的实惠相当部分被农资价格上涨等抵消了。某村一名妇女详细记录了读初二的儿子所在镇中学 2005 年春季学期的收费情况：学费 380 元（包括教育费、教育附加费、学杂费、书费），住宿费 130 元，校服 50 元，补习费 80 元，报纸费 20 元，提纲费 20 元，合计 680 元。此外，该校一些老师提到每个学校学员还捐了几元，村民反映毕业班的学生交得更多。调研人员查阅了该县物价局、教育局和减负办联合下发的文件，其中明确规定：从 2004 年秋季学期开始，在义务教育阶段公办学校全面实行"一费制"，包括"杂费、课本费和作业本费"，对于初中学生来说，杂费每学期 120 元。初三学生一学期的课本费是 195 元，作业本费是 15 元，合计每学期 330 元。对比发现，该校初中二年级 2005 年春季学期收费提高了一倍。

调研表明，农村义务教育乱收费现象在部分地区仍然存在。23.5% 的农民对"禁止通过中小学向农民乱收费"的实施情况感到不满意。

说不清的还有农村收费和罚款。一些农民说："不知道罚款是否依法，是否有法律标准。"还有一些农民对部分执法人员在收取罚款时，工作方式粗暴，收不上罚款就搬东西、拉牲口的做法感到不满。

某村村民方某反映，由于他的妻子生第二个孩子时未办准生证，被镇政府罚款4 900元。方某在县里修车，镇政府欠了他修车的钱，于是方某想用欠款抵计划生育罚款，政府不同意，坚持要交现金，方某当时拿不出来，政府便将方某家生产灌溉用的汽油拿走。方某将罚款交清后向政府多次反映想拿回汽油，但政府部门互相推托，最后还是不了了之。

一些村民反映，村里修路、修水渠等基础设施的筹资也加重了农民负担。某村村主任说，村路每公里政府拨款12万元，镇村要自筹另外一半资金。有林业、煤炭等资源的村，就通过卖木材、煤炭等筹资，没有资源的村只能由农民集资。

此外，农资价格上涨也严重影响了农民的收益。某村农民反映·"2005年化肥每100斤一般涨了4元，种子和农药也涨价了，中央政策给农民的实惠相当部分被农资价格上涨抵消了。"

1/4农民遇到过农资质量问题。

调研中，26.4%的农民说买到过伪劣农用生产物资，其中获得补偿的不到1/5。还有一些农民反映他们对某农药的质量有怀疑，因为"施了农药以后，效果不大，也不知是不是有质量问题"。

调查人员问农民是否会拿去鉴定，是否会要求赔偿？农民回答，"谁会拿去鉴定，买农药的钱还不够路费呢。"

访谈中，调研人员分析赔偿比例不大的主要原因是：第一，多数农民购买农资的量较小，往往自认倒霉，不愿意再搭上交通费、耽误农时去索赔。第二，一些农民保护消费证据的意识不强。购买农资时往往不知索取票据，待发现问题求助法律解决时，没有凭证，无法要求赔偿。第三，农资质量的鉴定成本很高，某省的调研显示，在指定部门鉴定化肥质量是否符合国家标准的费用是200元，农民往往无法负担。

某省400多户菇农曾因购买了假石膏严重影响了生产，要鉴定由于使用假石膏而影响蘑菇生产十分困难。最后，该省师范大学工程学院的教授用电子显微镜观察不同时期蘑菇在施用该假石膏后的图片，才证明该假石膏对蘑菇生产所造成的损害。调查取证和鉴定费用达4万元。由于这起案件所涉及的农户众多，最终由政府出资查处。但试想，如果只是几个农户受到该假农资的侵害，如何能完成取证和鉴定工作？

土地权益最易被侵害。

土地是农民最重要的资源，可这样的资源屡屡受到侵害。调查结果表明，有15.6%的农民反映，家中有土地被征用过，其中只有79.1%的农户获得过补偿。在这些获得补偿的农户中，16.9%的农户对补偿数额不满意。

调查显示，现在的一些征地项目超出"公共利益的需要"。"公共目的"的土地征用与商业目的土地征用混杂在一起，存在土地征用权滥用的情况。同时，征地补偿过低，由于土地产权不清，农民作为出让土地价格收益分配博弈中的弱势一方，通常不能充分表达自己的意愿，只能被动接受打了折扣的征地补偿费。

调研人员认为，征地补偿由土地部门与用地单位协商确定，这种做法有一定合理性，因为往往农民对补偿的要求不一样，需要有组织出面与用地单位协商。但是政府作为独立的利益集团，即使可以完全杜绝寻租行为，也还有可能为了招商引资等政绩而牺牲农民的利益。

耕地之外的自然资源，如林地的管理也存在类似问题。某省有农户反映，他们退耕还林保护起来的山林，正在被卖、被毁。没有林地所有权的农民，只能眼看着自己栽种的曾经寄托着无数希望的树苗被毁。还有矿山资源，法律明确规定了矿山资源属于国家，但是矿山周边的农民不但不能分享利益，还要遭受山林被毁和采矿带来的环境污染。

有些基层政府忽视甚至侵害农民的权益。

某县农业局局长说，涉及农民切身利益的大事，农民往往不知情。比如，政府举行农资限价听证会时，参会的全是专家，没有一位农民，这对农民的权利极不尊重。

被访谈农民中，对村务和财务不了解的占48.8%，近1/4的农民根本就不知道自己有知情权，还有部分农民对知情权不是很清楚。

调研发现，有些基层政府对农民反映的问题不及时答复。一些乡镇干部与农民关系紧张。在问及"就权益问题是否向相关部门提出过自己的意见"时，只有19.1%的农民向相关部门反映过权益问题，有12.4%的农民不知道向谁反映，19.2%的农民认为反映了也没用。

某村曾因修高速公路征地，影响了村里的水渠，许多水田改成了旱地。高速公路指挥部把修水渠的钱拨到镇里，但镇里到去年还没修水渠。村里每年到镇里反映，镇干部却说："有些问题镇里能解决就解决了，但农民什么事都找镇里，镇里不能什么都解决。"

还有部分基层政府在工作中与农民沟通不够，甚至忽视或侵犯农民的权益。调研人员在某村了解到，镇政府与村民就划定区域建新村的问题存在矛盾。前任村支书说："镇政府为了政绩牵头建新村，因为都说富不富看住房。镇政府要求村民把原来的农田改造成新村居住区，集中盖房居住。"

调研人员问："农田不能占用，怎么能用来建新村？占用农田是否给予补偿？"前任支书回答说："占用农田总是先做再批，批少占多。而且占用的农田没有给予农民补偿，因为当时向上级虚报农民的收入，说是小康村，不需要补偿。原来自己家的地有1亩，但现在只有半亩了，也没有给补偿。"

申论要求

1. 请用不超过150字的篇幅概括出给定资料所反映的主要问题。（20分）

2. 请用不超过250字的篇幅，提出解决给定资料所反映问题的方案。要有条理地说明，要体现针对性和可操作性。（30分）

3. 就给定资料所反映的主要问题，用1 200字左右的篇幅，自拟题目进行论述。（50分）要求：中心明确，内容充实，论述深刻，有说服力。

 **详　解**

1. ［答案提示］ ▷

本资料主要反映了农民权益受到侵害的问题。免除农业税后本应减轻农民的负担，但在一些地方却呈现出反弹势头，个别地方侵害农民权益问题还相当严重。教育乱收费和名目繁多的收费、罚款；农资质量问题和农资价格上涨导致农民实际拿不到中央给的实惠，经济负担仍然沉重；一些基层政府滥用权力肆意侵害农民土地与权益。这些问题都说明保护农民权益的问题亟待解决，要走的路还很长。

2. ［答案提示］ ▷

为了使农民权益保护问题切实得到有效解决，要采取以下措施：

（1）改变城乡二元结构，实现农民自由迁徙和平等就业，从制度上根本解决农民权益受损问题。

（2）尽快制定农民权益保护法，使农民权益受到侵害时有法可依。

（3）大力开展法律援助下乡。在农村开展权益保护宣传工作，加强农民的维权意识，帮助农民用法律手段解决权益被侵害的问题。

（4）严厉惩治滥用权力侵害农民土地权益的行为。

3. 参考提纲 ▷

保护农民权益刻不容缓

农民问题是我国"三农"问题的中心点，农民权益又是农民问题的核心之一。中国要实现长期可持续发展。必须让农民更多地享受到中国发展的成果。

（1）广大农村消费者严重缺乏自我保护意识。由于自身文化素质不高，加上地域偏僻、信息闭塞，大多数人对相关法律法规不熟悉、不了解或一知半解，其权益受到侵害后往往是自己忍气吞声，默默咽下苦果，而不会理直气壮地去找有关部门解决，缺乏维权的主动性，怕打官司，怕上法庭，这种被动心态普遍存在，尚未形成应有的维权氛围和环境。因此，要教育农民增强维权意识，敢于同侵害其权益的行为作斗争。

（2）基层政府要自觉保护农民的合法权益，涉及农民切身利益的大事，都要主动听取农民的意见，尊重农民的意见，如政府举行农资价格听证会时，要吸收农民参加。

（3）认真贯彻执行中央有关农村政策，严禁多种乱收费和乱罚款，严禁农民的土地权益被侵害，把中央政策给农民的实惠落到实处。

（4）执法部门要进一步强化宗旨意识。要将维护农民权益的工作放在心上，加大查处力度，扫除监管盲点，同时加强行政职能部门的协作配合，形成执法合力，做到有为、有威，执法到位，不缺位、不越位，以高度的责任感和使命感维护农民的各种合法权益。

四、农民工子女教育问题

注意事项

1. 申论考试，与传统作文考试不同，是对分析、驾驭材料的能力与对表达能力并重的考试。

2. 作答参考时限：阅读资料40分钟，作答110分钟。

3. 仔细阅读给定资料，按照后面提出的"申论要求"依次作答。

给定资料

《中国青年报》曾经报道：近年来，农民工问题不仅是社会热门话题，也成为出版界关注的焦点。目前，由人民文学出版社出版的《我的课桌在哪里：农民工子女教育调查》、中国青年出版社出版的《看看他们：北京100个外来贫困农民家庭》、长征出版社出版的《中国民工潮：关于打工族生存状况的调查报告》等形成了一股强劲"农民工出版潮"，并以其扎实的内容、翔实的调查，真实反映了我国农民工的生存状态。

我们不比北京的孩子差

人民文学出版社出版的《我的课桌在哪里：农民工子女教育调查》，收录了北京一所农民工子弟学校的学生胡竞《给政府的一封信》。信中写道："有时候，我自己都搞不懂我们是谁。用温暖的词来形容我们的话，别人就叫我们城市新移民；用准确的词来形容我们，就叫打工者子弟，倒不如干脆称我们为弱势群体。我觉得用弱势群体这个词儿来形容我们会比较确切、准确。我们生活在一个狭小的圈子里。身份的低下，让我们觉得有些自卑，造成心理上的压力，让我们觉得自己不如别人。我们这代人，从小就生活在北京这个繁华的大城市，我们希望永久在这里生活，不希望回老家过那种贫困的生活。请给我们这些打工者子弟创造一个良好的环境，同在一片蓝天下，我们并不比北京的孩子差。"

《看看他们：北京100个外来贫困农民家庭》的内容是由"北京市外来人口贫困问题研究"课题组的访谈记录和研究报告构成。本书对100例访谈记录进行了极少的删节，并统一用"×××口述实录"作为标题，保持了强烈的原生态色彩。每位农民工的打工史都饱含着无尽的苦难和心酸。

著名"三农"问题专家、国务院发展研究中心农村研究部部长韩俊在给《看看他们》一书所作的序言中写道："每个人读了这100个进城农民的故事，心灵都会受到震撼。希望在我们的国家，有更多的人来关注进城农民，理解进城农民，关心进城农民，关爱进城农民。期待着我们国家中各种阻碍城乡联系的体制壁垒能尽快消失，农民能充分享受到自由进城和自由迁徙的权利。"

教育公平是最基本的社会公平

随着农村劳动力跨区域流动，农村一些儿童伴随外出打工的父母流入了城镇，据2000年第五次人口普查显示，我国有流动儿童近2 000万。农民工子弟学校在夹缝中步履维艰。在北京市石景山区的一个垃圾场，《我的课桌在哪里：农民工子女教育调查》的作者黄传会遇到一个来自河南省安阳市的小女孩。她12岁了，从5岁开始就跟着父母捡垃圾。问她为什么还不去上学？她把头扭到一旁，默默地落泪了。就因为她是农民工的女儿，就因为交不起借读费和赞助费，便没有享受义务教育的权利。她那挂在腮边的晶莹泪珠，包含着多少委屈和无奈。2003年11月5日，国务院妇女儿童工作委员会和全国妇联，在京公布了我国9城市流动儿童状况调查结果。此次调查历时1年，访问了1.2万多名流动儿童的监护人和7 800多名儿童。调查显示：我国流动儿童失学率较高。

"教育费用过高仍是流动儿童家庭面临的最大困难"，中国人民大学人口与发展研究中心教授段成荣指出，"在调查中我们发现，大多数流动儿童要多交纳借读费、赞助费等名目繁多的费用。最多的一年多交了2.7万多元。"而农民工是城市经济收入最低的群体之一，三四口人的家庭，月收入只有800元～1 200元。

国务院发展研究中心的研究员赵树凯说："教育公平是最基本的社会公平。基础教育，门槛最低的应该是公办学校，却因为乱收费，逼得农民工的子女上不起学。而他们上得起的打工子弟学校，又要被取缔。这等于放弃了对农民工子女教育的责任。"

我们不仅出版畅销书，更要出有价值的书

《我的课桌在哪里》的责编脚印认为，尽管以前有不少关于农民工的新闻报道，但是看了黄传会的书稿后，还是非常震惊。想不到在北京有近400所外来农民工子弟的学校，有几十万的农民工子弟在如此简陋、艰苦的环境中求学。这不再是个别现象，已是一个重大的社会问题！

她认为《我的课桌在哪里》是对这样一个我们所有人不得不关注的问题进行了客观的呈现，而且是极其克制的呈现。本书通过深入的调查，全面反映了农民工子女教育的现状，希望引起更多人对这个重大问题的关注。

虽然有关专家、出版社对农民工这类的图书评价很高，认为是一类值得推荐的好书，但对这类图书的市场前景并不看好。《看看他们》印刷了2.5万册，《我的课桌在哪里》印刷1万册，《中国民工潮》只印刷了5 000册。

脚印也承认，农民工题材的书籍是非常有价值的图书，也是当前社会非常需要的书籍，但是未必能成为畅销的书籍。与这类书紧相连的人群——农民工及其亲友，没有经济能力购买此类书；而富裕的城市市民，不会关心农民工的状况，恐怕也不会购买此类书。只有个别城市市民想购买这类书给自己的孩子看，将这些书作为教育孩子认识苦难的教材。

关注弱势群体是我们共同的道义和责任

黄传会认为，农民工子弟上学的问题，不仅仅是上学本身的问题，这种对农民工子女的歧视，对他们心理造成的伤害才是更为严重的问题。

一位农民子女在作文中写道："那几年，给我印象最深的是我们的学校老被查封。每次查封，都会来许多警察和干部模样的人，还开来许多卡车，把学校的课桌椅全部拉走。最厉害的是小学六年级下学期那一次。我们刚刚升完旗，随着一声令下，有人封教室，有人搬课桌。校长哭了，老师哭了，我们学生也哭成一团……"

顾明是一位农民工的孩子，最初在北京的一所公办学校上学。一次，顾明班上一位同学书包里的300元钱丢了，班主任怀疑是顾明偷的。从那以后，同学们都不跟他玩了。后来，他坚持转学到了一家打工子弟学校。

这些出版物中不约而同地凸显一个问题：过去，农村孩子失学主要是由于自身家庭贫困的原因。如今，农民工子女在城市失学，则让他们自身感受到了不公平。这些农民工子女从小在城市里长大，却始终得不到良好的教育，得到的只有歧视和偏见，这将会在他们心里埋下仇恨的种子。

中国青基会常务副理事长徐永光说："100万游荡在城市街头的失学农民工子女，他们耽误的不仅仅是自己的前途，还会成为未来社会的'定时炸弹'。"

农民工的孩子注定会成为城市的未来公民。城市人应该懂得，帮助他们，就是帮助自己；善待他们，就是善待自己。

申论要求

1. 请用不超过150字的篇幅概括出给定资料所反映的主要问题。（20分）

2. 请用不超过250字的篇幅，提出解决给定资料所反映问题的方案。要有条理地说明，要体现针对性和可操作性。（30分）

3. 就给定资料所反映的主要问题，用1 200字的左右的篇幅，自拟标题进行论述。（50分）

要求：中心明确，内容充实，论述深刻，有说服力。

 **详 解**

1.〔答案提示〕 ▷

本资料反映的是关于农民工子女的教育问题。教育乱收费、打工子弟学校被取缔等教育不公平现象说明农民工子弟的受教育权长久以来被无情地践踏。在社会的发展大潮中，城市的外来农民工越来越多，农民工子弟上不了学的问题由一个、两个发展成一片。而社会对农民工问题惯有的冷漠使得这个问题不被重视而日渐严重，最终上升为社会问题。我们的政府与社会公众都有责任帮助并保护这个弱势群体，让每一个农民工子弟都上得起学。有学可上，明日他们才会是社会的人才。

2.〔答案提示〕 ▷

针对以上反映的问题，我们提出以下解决方案：

（1）公立学校应该成为吸收流动儿童就学的主渠道。现在的北京公立小学由于本市生源减少，教育设施和老师皆有过剩闲置的情况。但是，公立学校的高额赞助费对流动人口构成一道不可逾越的门槛，而其收费标准并没有国家规定，实际上是公立学校的"创收"手段。不取消这道门槛，只会把流动儿童逼到打工子弟学校，造成一边是优越的教育资源被闲置，一边是打工子弟学校校舍简陋的现实。取消这道门槛，既可以解决流动人口子女的上学问题，又可以充分利用闲置的教育资源，是一举两得的事情。

（2）教育部门要出台打工者子弟学校的办学标准。由于现实条件的制约，这个标准可以稍低于公立学校的标准。达到标准的学校，可以合法化；对于不合标准的学校，则要坚决取缔。

（3）对办学者和教师的素质要加以规范。对办学者应要求达到大专以上学历，教师应具有中师或相当于中师的学历。对那些办学者和教师达不到素质要求的学校，取消办学资格。

（4）对达到标准的学校的教学活动，教育部门应进行定期的指导和监督，而不能放任自流。发现问题，及时指导学校改善，不断提高办学质量。

3. 参考例文 ▷

边缘化的基础教育及其出路

打工者子女教育问题暴露出中国人口地域流动——主要是农村人口向城市流动中出现的一个社会问题。这个问题的产生基于以下三个客观因素：第一，人口流动中家庭迁移的比重越来越大，大批学龄儿童跟随父母来到城市；第二，城乡户籍壁垒的存在，造成流动到城市的农村人口子女在城市中无法得到与城市学生同样的受教育权利；第三，农村流动人口恶劣的经济状况，使他们没有能力支付子女在城市公立学校受教育所需要的额外增加的费用。

流动儿童基础教育的边缘化。流动儿童基础教育被排斥在城市和乡村的教育体制之外，而被迫以体制外的自发的市场化方式来解决，市场化的教育供给和有效需求（支付能力）都处于严重匮乏的状态，造成流动儿童受教育权利的缺失。现在的打工子女受教育的现状反映了中国城乡之间的不平等的关系，也损害了基础教育的义务性、公平性和完整性原则。政府教育部门要采取措施，给予政策倾斜，妥善解决这一日益严重的社会问题。

（一）建立更富有弹性和符合现实的外来人口管理制度

我国现行义务教育体制实行的是分级办学、分级管理，基础教育由县、乡负责。这就明确规定了适龄儿童应在户口所在地接受九年义务教育，所需教育经费由当地政府负责筹措，当地政府也只对本地学龄儿童普及九年义务教育负责，没有义务也不会去管外来儿童的初等教育问题。由此看来，现行义务教育体制是同陈旧的户口制度相适应的，是以城乡分割、区域封闭为基本特征的。这种教育和社会体制使流动到城市的农村人口完全被当做廉价劳动力，而且是暂时的劳动力，用完即被打发回老家，根本不被当做城市社会的一员，因此他们在城市里的种种社会性需求都被无意甚至有意地忽视。随着在城市就业和生活的稳定性增强，外来劳动力子女的出生或者随迁是一种必然的也是合乎情理的现象，但城市学校的高额收费使多数家庭不堪负担。这种情况说明，义务教育体制的城乡差别落后于社会需要，不能适应城乡关系在经济改革中急剧变化、人口城市化过程加快的社会现实。要解决好流动儿童的教育问题，首先要破除这种地域观念、取消身份歧视、恢复流动儿童的基本受教育权利。这需要国家在全新的治理理念下进行制度创新，即改变目前的户籍管理制度，开放地接受流动人口，并及时出台面对现实的管理政策。

（二）深化学校体制改革，扩大农民工子女就学渠道

大幅度减少乃至取消公立学校的所谓"赞助费"，使公立学校成为吸收打工者子女的主要渠道。现在的北京公立小学由于本市生源减少，教育设施和老师皆有过剩闲置情况。但是，公立学校的高额赞助费对流动人口构成一道不可逾越的门槛。如果取消这道门槛，既可以解决流动人口子女的上学问题，又可以充分利用闲置的教育资源，是一举两得的事情。日前，北京市宣武区第一次将外来务工人员的子女就学纳入公办学校招生计划，指定鸿联小学和广安中学分别招收10名和80名外来人员子女入学，不收赞助费并且与北京本地学生混合编班。借读费为小学生每人每学期600元，中学生1 000元。同时每月人均收入低于340元的家庭，如果出具所在单位或者居委会的证明，可以给予其子女学费减免。石景山区在此前已设立两所公办学校专门招收外来人员子女，这无疑是非常有意义的尝试。

规范打工者子弟学校。教育部早在几年前就已经出台了关于流动儿童就学的暂行办法，但对现实影响并不大。在对待打工者子弟学校方面，地方政府往往走向两个极端：要么不管不问，让打工者子弟学校放任自流；要么统统取缔，不留活口。在北京，大部分区、县采取的是前一种方式；个别区、县则是后一种方式。这两种方式都是不可取的。前一种方式使得打工者子弟学校缺少规范管理，由私人随意操作，耽误的是大批孩子；而后一种方式危害更大，因为在不解决公立学校的赞助费问题、不开放体制渠道的情况下取缔打工者子弟学校，等于是把那些孩子推向失学。在打工者子弟学校问题上，首先，应该明确承认打工者子弟小学存在的合法性，给其留出制度化发展的空间。允许不同教育方式之间的竞争，而不是一味地以治安为名对打工者子弟学校进行打压。其次，要加强对打工者子弟学校的管理。正确的态度和方式应该是：建立公正的教育标准、责任计量以及教育监督体系，出台打工者子弟学校的办学标准。

（三）开展力所能及的社会救助活动，为流动儿童的教育创造良好的环境

打工者子弟学校的发展速度远远超出研究人员对它的认知。近几年来，研究人员对这一问题采取了跟进性研究以及在此基础上对打工者子弟学校的援助活动，如：对打工者子

弟学校教师进行培训、给打工者子弟小学建图书馆、对贫困儿童给予资助等，大学生社团对打工者子弟学校支教的积极参与，有社会良知的记者的跟踪报道，北京同龄儿童对流动儿童生存空间的体验等，都超越了研究者个人的单纯学术志趣，而用行动构筑了研究者和被研究者之间、决策者和实施主体之间的良好互动，也在事实上促进了北京打工者子弟学校的发展。我们希冀研究者通过一些基础调研活动反映问题，努力通过政策渠道影响决策层，以使他们在制度安排上为流动儿童的教育发展争取到一定空间。我们也向社会各界呼吁，为流动儿童教育争取一个良好的外部环境。

五、和谐社会问题

注意事项

1. 申论考试与传统作文考试不同，是对分析、驾驭材料的能力与对表达能力并重的考试。

2. 作答参考时限：阅读资料40分钟，作答110分钟。

3. 仔细阅读给定资料，按照后面提出的"申论要求"依次作答。

给定资料

材料一

在2005年的党和国家发展的答卷上，打分最高的是一道政论题叫"和谐"，正如胡锦涛总书记指出的那样：这个正在构建之中的和谐社会，应该是"民主法治、公平正义、诚信友爱、充满活力、安定有序、人与自然和谐相处的社会主义和谐社会"。无疑这已成为党和国家的一个政治纲领，社会追求的一个基本目标，人们的一种热切希望。尽管，即将过去的2005年，国家的进步与发展与人们要求的还有相当大的差距，但是人们还是怀着美好的追求与向往，对2006年和谐社会的发展进步，充满了憧憬和渴望，归纳起来一共有"十个期待"：

一是党的执政能力建设不断提升。中国共产党是中国特色社会主义建设事业的领导核心，她的能力高低与否，不仅事关党自身建设的成败，更事关人民的福祉。党只有不断加强执政能力建设，才能经得住任何风浪的考验，破解抵御风险和拒腐防变两大历史性课题，始终成为带领全国人民实现中华民族伟大复兴，建设有中国特色社会主义事业的坚强领导核心。

二是党员始终保持先进性。每个党员，特别是党员干部的一举一动，都代表着党的形象。他们是带领人民前进发展进步的领头人。使保持共产党员先进性教育不成为"一阵风"，认真贯彻"三个代表"的重要思想，牢记全心全意为人民服务的宗旨，自觉做到权为民所用，情为民所系，利为民所谋，把人民群众的衣食冷暖始终挂在心上。

三是打造务实、廉洁、高效政府的步伐进一步加快。各级政府要进一步转变工作职能，从管理型转变为服务型，切实做到务实、廉洁、高效，真正适应经济社会的发展，切实成为有利于社会发展，为人民办实事的政府。

四是科学发展观贯穿经济建设发展的全过程。坚持以人为本的科学发展观，做到"五个统筹"，大力发展社会主义商品经济，不把牺牲人民的根本利益、国家的利益和子孙后代的利益作为发展的成本和代价，切实使人民在文明、和谐、友好环保的环境中，享受经济发展的成果。

五是继续打击腐败现象。切实构建系统的防腐败体系，探索反腐败的治本之策，真正使官员不想贪，不能贪，不敢贪。对顶风作案的腐败分子要坚决打击、严惩，还人民以公平，还社会以正义，还国家以安宁。

六是正确处理人民内部矛盾和加大打击严重刑事犯罪活动的力度。党的各级组织和政府部门要转变作风，规范行为，做到科学执政、民主施政、依法行政，提高协调、处理各种人民内部矛盾的能力，化消极因素为积极因素，不激化矛盾，不出现冤假错案。严厉打击各种刑事犯罪活动，保持社会的稳定。

七是"普惠"原则得到进一步贯彻。缩小东西、南北、城乡和老少边穷地区与内地的贫富差距；教育、医疗、住房等三大难题能尽快解决，确保穷人上得起学，看得起病，住得上房；采取积极的就业政策，建立完善的社会保障体系和社会救助制度，使弱势群体的基本生活水平得到保障。

八是减少和杜绝重大安全生产事故。采取坚强有力的措施，严政令、出重拳、下猛药，减少和杜绝交通肇事、环境污染，特别是矿难等重大行政责任事故，使普通人的人身权利得到保护，还人们一片蔚蓝的天空。

九是农民工工资能及时到位。把进城务工的农民视为城市的建设者，真正成为城市这个大家庭中的一员，少一些歧视，多一些关怀。对他们的辛苦钱要保证及时到位。

十是推进祖国的早日统一。在坚持"九二共识"的基础上，加强与台湾岛内有识之士的接触和沟通，坚决打击"台独"势力，促进祖国统一大业的早日完成。

（2005 年 12 月 31 日《新京报》姜伟）

材料二

新闻背景

北京市统计局制定的反映社会和谐程度的指标体系，包括两个客观指标和一个主观指标。两个客观指标是社会冲突指标和社会冲突协调机制指标。一个主观指标是社会主体社会诉求指标。其中社会冲突指标包括贫富差距、社会安定以及环境资源三个类别。社会冲突协调机制指标包括社会保障、舆情反映、民主法制、社会应急以及社会控制五个类别。

您的生活幸福吗？您认为自己所处的城市社会和谐吗？哪些方面影响了社会和谐程度……北京市统计局对北京和谐社会状况的调查显示 2000 年至 2004 年北京和谐社会指数年均增长 4.8%，54.6% 的受调查市民认为，目前北京社会和谐。

和谐社会指数平稳提升

过半被调查者认为北京是一个和谐、充满活力的社会。

北京市和谐社会指数以 2000 年为基期，设定该年度和谐指数为 100 点经测算后得出，2000—2004 年，北京市和谐社会指数从 100 点提高到 120.83 点，年均增长率为 4.8%。

同时，一项针对北京市社会和谐程度看法的调查结果显示，54.6% 的被调查者认为目前北京是一个和谐、充满活力的社会。对实现和谐社会的信心的调查结果显示，72.8% 的被调查者对实现和谐社会有信心，19.5% 的被调查者表示一般，只有 6.5% 的被调查者认为没有信心。

调查中，半数左右的被调查者认为目前社会在收入、住房、就业和医疗方面存在不公平。

幸福感被纳入调查范围

68.2% 的被调查者对目前生活幸福程度表示满意。

居民生活得幸不幸福，除了要看客观数据之外，更要考虑居民自身的感受。北京市统计局进行的一项居民意向调查表明，68.2%的被调查者对目前生活幸福程度表示满意。

调查将生活水平分为上等、中上等、中等、中下等、下等。被调查者认为自己生活水平属于中间层次（中上等、中等和中下等）的人数高达85.4%。结果呈现的这种社会阶层结构有利于社会稳定。调查对象中认为自己生活水平属于下等的达到12.9%，调查中显示的这一偏多底层值得关注。

调查从对未来生活预期的角度考察北京市居民的生活态度和价值观。结果显示，71.1%的被调查者认为5年后的生活会比现在好，19.9%的被调查者认为会跟现在差不多，只有5.9%的被调查者认为生活会变差。这说明北京市居民对未来生活的预期相当积极。调查中特别设置了居民对政府工作的评价的内容。要求被调查者从政府低保工作、流动人口管理、信访问题的解决、基层民主工作、社会应急机制、食品安全控制、劳动就业工作等七个方面中选择最满意的三个方面。结果57.1%的被调查者选择了食品安全控制，43.1%的被调查者选择了低保工作，7.8%的被调查者选择了社会应急机制。

冲突协调机制有待加强

社会应急机制进一步建立，但城市交通拥堵问题日益凸显。社会矛盾出现后，能否成功进行处理，对社会发展至关重要。现在的冲突协调机制能成功应对当前的矛盾冲突吗？

对北京市社会冲突协调机制现状的调查显示，除舆情反映指数逐年下降以外，其余指数均呈现上升趋势。在社会应急方面，虽然应急机制进一步建立，但城市交通拥堵问题日益凸显。调查结果显示，自2003年在元大都城垣遗址公园建立应急避难场所以来，到目前为止，北京已经建成19个应急避难场所。面积由2003年的60.1万平方米增加到2004年的284.2万平方米，社会应急指数提高8.73点。但城市交通拥堵问题日益凸显，交通拥堵报警量大幅度增加，城市交通和疏导体系的建设和完善迫在眉睫。

（2006年1月20日《人民日报》王建新）

材料三

和谐以差异的存在为前提，没有差异也就无所谓和谐。社会和谐是指社会系统各不同要素之间的和平友好相处。但是，由于并非所有的差异都会自然地构成和谐，因而，要把握和谐社会的本质，就必须研究各种差异的特质及其内在联系。

首先，要把握积极差异和消极差异的特质及其内在联系。差异可分为有利于社会及人的生存和发展的积极差异和不利于人的生存和发展的消极差异。例如，按劳分配所形成的差异就是一种积极差异，它有利于调动人的积极性、主动性、创造性，有利于创造更多的物质财富。又如，等级制度造成的差异是一种消极差异，它把人的发展空间限定在等级之中，阻碍人们能力的发挥。积极差异可以带来和谐，消极差异则往往是冲突的隐患。古代农民起义提出的"均贫富"、"等贵贱"的口号，正是对封建社会贫富不公、等级森严消极差异的强烈反抗。对积极差异的积极性也要辩证看待，积极差异的发展也应有适当的限度，即它对于形成和谐社会的差异张力，应当保持在一定"度"的范围之内，超过了一定的"度"，它就可能发生质变，积极差异就可能转化为消极差异，从而导致社会不和谐。

其次，把握客观差异与主观差异的特质及其内在联系。构建差异基础上的和谐社会，既要研究把握差异发展的客观程度，又要考虑到人们对现实差异的主观感受力和心理承受力。从客观方面来讲，城乡之间、地区之间、阶层之间存在较大差异；主观方面来讲，我们变革社会时又要考虑到人们对各种差异不同的心理感受倾向。一般而言，对于公正手段产生的差异，人们的心理承受力较大；对于非公正手段带来的差异，心理承受力较小。对于经济收入差异的心理承受力较大；对于政治待遇差异的心理承受力较小；对于发展性物品分配差异的心理承受力较大；对于生存性物品分配差异的心理承受力较小。同时，不同历史时期的人，不同民族、国家、地域的人，不同的现实个体，他们对各种不同差异的敏感程度、对同一差异的心理承受力也是不一样的。所以，对于人们有关客观差异的主观感知力、心理承受力的把握，持一种历史的、辩证的态度。

第三，把握横向差异与纵向差异的特质及其内在联系。我们在分析社会差异时，既要看到横向比较所生成的差异，又要看到纵向比较所生成的差异，既要看到贫与富的现实差异，又要看到社会的不断进步，看到走向共同富裕的历史进程。只见现实差异、横向比较差异，不见历史差异、纵向比较差异，或只见历史差异、纵向比较差异，不见现实差异、横向比较差异，都是片面的。更为重要的是，我们要在纵向差异中、在发展过程中改善横向差异的不合理存在状态。现实社会中许多不合理的差异是导致社会不和谐的根本因素，是改革的对象。其实，社会和谐只能是发展中的相对稳定、协调，这不仅因为运动发展着的社会只能在动态中达到平衡，而且因为纵向高速发展所带来的发展利益也有利于消解横向比较差异所形成的心理压力。我们现在出现的一些地区贫富差异扩大，但仍能保持社会稳定的一个重要原因，就是纵向经济发展速度很快，人们的生活水平不断提高因而相对淡化了贫富差异的横向对比强度。当然，这并不意味着贫富差异的分化是合理的。

（2006 年 4 月 18 日《光明日报》易小明）

申论要求

1. 用不超过 150 字的篇幅，概括出给定资料所反映的主要问题。（20 分）

2. 用不超过 350 字的篇幅，概括解决给定资料所反映的当前我国存在的不和谐与不协调的表现。要有条理地说明，要体现针对性。（30 分）

3. 就给定资料所反映的主要问题，用 1 800 字左右的篇幅，自拟标题进行论述。（50 分）
要求：中心明确，内容充实，有说服力。

 **详 解**

1.〔答案提示〕▷

实现社会和谐，建设美好社会，始终是人类孜孜以求的一个社会理想，也是包括中国共产党在内的马克思主义政党不懈追求的一个社会理想。我们所要建设的社会主义和谐社会，应该是民主法治、公平正义、诚信友爱、充满活力、安定有序、人与自然和谐相处的社会。消除当前社会中的不合理差异，构建社会主义和谐社会，是我们党全心全意为人民服务的根本宗旨所决定的，它既体现了广大人民群众的"最近目的和利益"，也体现了广大人民群众的"未来"利益。

2.〔答案提示〕▷

当前我国存在的不和谐与不协调主要表现在以下五个方面：一是收入分配失衡导致的

贫富差距扩大化，以及由此而带来的贫富阶层之间的冲突。二是劳动关系失衡导致的强资本弱劳工格局，以及由此而带来的劳资之间的利益冲突。三是城乡发展失衡导致的城乡差距扩大化，以及由此而带来的城乡之间的冲突。"三农"问题的突出，表明了城乡之间的发展确实处于不协调与不和谐状态。四是地区发展失衡导致的地区差距扩大化，以及由此而带来的地区之间的冲突。五是物质文明与精神文明发展失衡导致的价值观扭曲，以及由此而带来的道德滑坡。

3.　[参考例文] ▷

解决不和谐问题，构建社会主义和谐社会

毋庸置疑，中国 20 多年来的改革与发展确实取得了举世瞩目的巨大成就。然而，中外的发展实践表明，经济的持续高速增长并不能够自动地消除社会问题。随着市场经济的发展及改革进程中的某些矫枉过正的做法，旧的社会问题虽然得以化解，但是新的社会问题与社会矛盾也在不断出现。当前我国存在的不和谐与不协调主要表现在以下五个方面：一是收入分配失衡导致的贫富差距扩大化，以及由此而带来的贫富阶层之间的冲突。二是劳动关系失衡导致的强资本弱劳工格局，以及由此而带来的劳资之间的利益冲突。三是城乡发展失衡导致的城乡差距扩大化，以及由此而带来的城乡之间的冲突。"三农"问题的突出，表明了城乡之间的发展确实处于不协调与不和谐状态。四是地区发展失衡导致的地区差距扩大化，以及由此而带来的地区之间的冲突。五是物质文明与精神文明发展失衡导致的价值观扭曲，以及由此而带来的道德滑坡。如官德、医德、师德的下滑已经成为公众议论的焦点，慈善公益事业的发展严重滞后，先富起来的群体形象急需改善，等等。

造成发展中出现诸多不和谐与不协调现象的原因，概括而言当然是社会进步中的社会分化，但具体来说，却又表现在发展中的诸多方面的失衡，如重经济发展与 GDP 增长而轻社会发展；重鼓励部分人先富起来而轻共同富裕；重招商引资而轻劳工权益保护；重城市发展而轻乡村发展；重经济效益与经济利益而轻社会公平；重社会稳定而轻社会和谐；重政策调整而轻法制建设；重打破旧制度而轻完善新制度等等。所以，要构建和谐社会，必须正确认识以下几个基本问题：

促进社会协调发展是构建社会主义和谐社会的前提和基础。现代和谐社会是建立在现代化物质技术基础上的，社会和谐是新型的现代化，需要发达的物质技术基础。因此，要不断提高生产力水平，增加物质财富。诚然，富裕不一定带来社会和谐，但贫困的社会肯定不会是现代和谐社会，而且贫困还是产生社会不和谐的根本原因。在经济文化比较落后的国家，和谐社会更是硬道理，必须始终把发展作为第一要务。发展首要是发展生产力，但同时必须全面发展经济、政治、文化和社会事业。这就是要贯彻和落实科学发展观，坚持以人为本，实现宏观经济社会全面、协调、可持续发展，促进物质文明、精神文明、政治文明和社会文明的共同进步，促进人的自由而全面的发展。

维护公平和正义，是解决人民内部矛盾的关键环节。首先，部分社会成员收入分配差别以及城乡差别、区域差别等呈继续扩大的趋势；其次是贫富差别和社会贫困问题趋于扩大，社会贫困凸现。所有这些差距矛盾问题成为制约发展与稳定的"瓶颈"问题。在经济快速发展、社会矛盾日益突出的新形势下，必须更加注重社会公平、收入分配差别不能拉得过大。应该把这种差距控制在可以接受的范围内。我国处于社会主义初级阶段的公平只

能是相对的公平。当前的国情，决定了我们只能从我国社会主义初级阶段出发来认识和解决公平，尤其是收入分配公平问题，这就要求我们正确处理以按劳分配为主体和实行多种分配方式的关系，鼓励一部分地区、一部分人先富起来，注重社会公平，合理调整国民收入分配格局，切实采取有力措施解决地区之间和社会部分成员收入差距过大问题，逐步实现全体人员共同富裕。在坚持按劳分配为主体、多种分配形式并存的同时，让劳动、资本、技术和管理等生产要素按其贡献参与分配。必须坚持效率优先、兼顾公平，初次分配注重效率、再分配注重公平。在收入分配方面建立起公平的机制、公平的规则、公平的环境、公平的条件和公平的发展机会。

实现社会安定有序是构建社会主义和谐社会的重要保证。社会安定表现为社会运行呈现出一种持续的连贯的平稳的运行态势。每个人都能从中获得人身和财产安全与保障。社会安定包括社会发展平稳、社会结构稳定、社会关系融洽和人们心气平和。社会有序就是社会井井有条，表现为社会的政治秩序、经济秩序、文化秩序、身份（地位）秩序符合已经形成的法律秩序、制度秩序、政策秩序、纪律秩序、道德秩序、宗教秩序、习俗秩序等。目前，我国正处于从计划经济体制向市场经济体制转化，从传统社会向现代化社会转型，从对外开放到全面融入经济全球化进程的关键时期，社会稳定和社会秩序问题十分突出。因此，我们党高度重视并正确处理社会矛盾，努力建立合理的社会结构，形成融洽的社会关系，树立良好的社会道德风尚，坚决打击权钱交易、以权谋私、贪污腐化、制假贩假、"黄、赌、毒"等各种社会丑恶现象；严禁有令不行、有法不依、执法不严和滋养官僚主义、形式主义等不良习气，确立社会安定有序的运行机制。

党是构建社会主义和谐社会的核心主体，无论是促进社会全面协调发展，使社会充满活力，还是维护社会公平正义，实现社会安定有序，都离不开党的领导。所以在构建社会主义和谐社会中，要通过不断完善党内民主制度，完善党的领导方式和执政方式，加强党与人民群众的血肉联系，把党建成廉洁、高效、充满创造力的执政党，增强党构建和谐社会的感召力、凝聚力和战斗力。

六、收入差距问题

注意事项

1. 申论考试，与传统作文考试不同，是对分析、驾驭材料的能力与对表达能力并重的考试。

2. 作答参考时限：阅读资料 40 分钟，作答 110 分钟。

3. 仔细阅读给定资料，按照后面提出的"申论要求"依次作答。

给定资料

材料一

《中国青年报》曾对当前我国贫富差距扩大、收入分配不公的社会热点问题进行了报道。

"最大的愿望是能找一份月收入 1 000 多元的工作"

当许多地方的经济保持高速增长时，居住在西部地区的人却依然难以感受到经济增长给他们带来的实惠。尤其是这里的农民工、未就业大学生、下岗职工等在收入分配中处于弱势的群体，辛苦一年，收入不足以维持温饱，更谈不上基本的社会保障。

在宁夏回族自治区银川市一家建筑工地，记者遇到了老杨师傅。这位来自宁夏西海固地区的农民工说，自己每天在工地上工作 13 个小时，收入 28 元。除去饭钱，辛苦半年能为家里积攒 3 000 多元，这是支撑他全家人生活的主要经济来源。

"俺家七口人，上面有一个老父亲，下面有四个娃。其中两个十来岁的女娃现在已辍学回家。"老杨说，每逢夏季，孩子们都会到邻近县城的脱水蔬菜厂去洗菜，挣个千儿八百的，加上自个儿外出打工挣到的钱，生活勉强能维持下去。

事实上，近年来，西部地区各级政府每年都会组织大规模的劳务输出，除像老杨这样 40 多岁的人以外，更多的是具有初中文化程度的年轻人。他们大都在企业的流水线上工作，每月工资七八百元，但伙食费得自己负担。

毕业于宁夏某高校旅游专业的小李，大专毕业已经四年了，至今还没有找到一份固定工作。他最初在银川一家酒店找了份工作，每月工资 800 元，吃住自理，酒店不给他买任何保险。由于家里不宽裕，他每月要从工资中拿出大部分接济父母。今年，小李所在的酒店承包给了私人老板，他本来就不高的工资又有了明显下降。辛苦一个月还拿不到 500元，小李只好主动辞职。在朋友的帮助下，他干上了报纸发行工作，可每月工资也不过600 元。从 24 岁大学毕业到现在，小李已经快 30 岁了，面对越来越严峻的就业压力，由于无法找到一份稳定的、收入较高的工作，他的婚事不得不一拖再拖。

"我并不羡慕那些年薪几十万元的人"，小李说，"我最大的愿望就是能找一份月收入1 000 多元的工作，在银川成家，能过上粗茶淡饭的日子。"

同为社会地位较高的群体，东西部地区的收入差距也很大

东西部地区间的收入差距，还体现在公务员、律师、教授等社会地位比较高的群体中。在宁夏西海固地区，一户家庭年人均收入若能达到 1 000 多元就算相当富裕了，而在北京等大城市，一个三口之家的月收入即使达到 1 万元，也仍会感觉到经济上的压力。

一位从西部银行调到北京银行工作的普通工作人员，他的工资则可以从 1 000 多元涨到六七千元，而且他还可能享受到其他的福利补贴。

一位律师在西部代理一场官司只能得到几百元、几千元的酬劳；而一位律师在东部，代理一场官司的报酬有可能达到几万元、几十万元。

在西部高校，博士生导师指导博士生毕业论文基本是免费的，学校只会算一定的工作量。而在北京，某高校计算机专业博士生导师只要看一遍博士论文，并提出修改意见，博士生个人就须付给导师 5 000 元。

某著名经济学家，尽管曾公开抨击过中国越来越大的贫富差距，但是当西部某城市邀请他作有关演讲时，他提出的要求是，除了负担他所有的交通住宿费外，还需要给他 8 万元的演讲费。据说这还是他照顾西部贫困地区所开的优惠价格。

灰色收入和不法收入进一步拉大了贫富差距

其实，工资之间的差距还是看得见的，灰色收入和不法收入才是收入差距不断拉大的主要原因。

几年前，就在国家实施公房改革时，一些行业的职工只需花几万元，就能把 100 多平方米的公房变成私有产权。现在，大部分单位都不再福利分房了，但仍有一些单位的员工可以享受到二三十万元、甚至四五十万元的购房补贴。2005 年，当各地纷纷建经济适用房的时候，又是一些身在好单位、好行业的人得以享受。难怪有人说："他们的运气总是

那么好，总能站到政策的'里面'。"

一些人还能在国有企业改革中获得大量财富。西部一家乳品厂因多年亏损而改制，当时厂领导出台方案，要将该厂所有的资产用很低的价格卖给个人，其实就是厂长本人。一位老职工认为该厂引进的雪糕生产设备使用时间并不长，如果充分利用起来，肯定可以赚钱。当这位老职工以高出改制方案规定的价格竞买该厂时，由于厂长的阻挠，竟然没有成功。最终，厂长利用一家外厂兼并了该厂，并进行了改制，使其在实质上仍由他个人掌控。就这样，大量的国有资产落入了厂长个人的腰包。

即使在同一个单位或部门，内部分配制度也存在不公平现象

在西部某商业银行工作的王先生，今年年初被提升为该银行一个小分行的行长，每月收入从2 000多元上涨到了1万元。他说，当地县级农村信用社主任的工资水平也是每月8 000多元，而且每人还会补贴10万元用于购买轿车。其实，西部金融部门的经济效益并不好，普通员工的月收入只有1 000多元。这些基层支行的行长，虽然只从事一些简单的管理工作，拿到的工资却高于普通员工近10倍。

这种现象在一些国有企业也很常见。在这些企业，普通员工的工资一般与企业效益挂钩，但企业领导的工资却是年薪制，不论企业效益如何，他们的工资只升不降。

贫富差距正在波及下一代

朱小军的家境并不算很好，但他争气，从小到大学习成绩都很优秀。2004年，他研究生毕业后留在北京的一家国企工作。

与朱小军不同，他姑姑的儿子蔡建面临的压力要小得多，因为姑夫是当地一家事业单位的二把手。用蔡建的话说，就是"去哪儿工作，得看老头子的本事"。蔡建在2001年高考中达到了专科线，在河南的一所师范学院读大专。毕业后，又读了专升本。

2005年春节，两家人开始探讨孩子的工作和住房问题。"按照北京的房价，小军即使一个月不吃不喝，也只能勉强在北京的'偏远地区'买一个平方米。"小军的母亲说，她们这代人的贫富差距正在波及下一代。

而此时，小军的姑父早已开始为蔡建的工作四处活动了。"有很多种选择，去他爸爸的单位，或者找个法院，再不然，去银行、电力之类的地方。"朱小军认为，对姑父来说，困难在于去哪儿对蔡建更好。至于房子，蔡建也不需要担心。如果回家工作，他就住父母120平方米的旧房子；如果去外地，父母会给他再买一套。

虽然朱小军自强自立，但他却很累。他需要还银行贷款、支付孩子的学费、生活费以及父母看病的费用，"想到这些就有点喘不上来气"。尽管表弟蔡建学习不好，朱小军也一直认为自己比他更有出息，但在生活的重担面前，朱小军开始羡慕蔡建，"他活得太轻松了"。

材料二

改革开放20多年，是我国经济发展最快的时期，也是居民收入增长最快、群众得到实惠最多的时期。由于实行党的富民政策，人民生活水平显著提高，贫困人口大幅度减少。

随着改革的发展，我们的分配制度和格局也进行了相应的调整，尤其是十六大确立的收入分配政策，有利于促进经济发展，有利于提高广大人民群众的生活水平。但是，收入差距问题不容忽视。收入分配关系国计民生，关系改革发展稳定的大局。实行科学的分配制度，建立合理的分配机制，不仅有助于妥善处理社会各个阶层、群体的利益关系，化解

社会矛盾，为改革开放和经济发展创造良好的环境，而且有利于激发人的积极性和创造性，同时又约束人的行为，调动一切积极因素，保持社会的良性运行。

1. 我国收入分配存在的问题及原因

自从 1990 年以来，我国居民的收入差距、财富差距以及由此引发的社会心理差距日益严重。应该说，合理且适度的收入差距是贯彻党和国家尊重劳动、尊重知识、尊重人才、尊重创造重大方针的必然要求。放手让一切劳动、知识、技术、管理和资本的活力竞相迸发，让一切创造社会财富的源泉充分涌流，对加快小康社会的经济发展具有积极的促进作用。但是，目前我国存在的两个 40% 是不容忽视的：一是目前我国 40% 以上的财富集中在 1% 的人手里；一是全国 40% 以上的个人所得税是由工薪阶层缴纳的。此外，还有一部分农民和城镇居民的收入增长缓慢，一些群众的生活遇到实际困难。对这些情况，我们必须高度重视。

必须看到，我国的收入差距问题存在着深刻的体制原因：

（1）我国处于社会主义初级阶段。受生产力水平的制约，我国个人消费品的产出总量还没有达到可以满足所有人物质文化生活需要的程度。因此，有限的社会总产品分配过程中必然有一部分人的部分需要不能满足。这是我国的基本国情，也是产生收入差距的根本原因。根本解决办法就是尽快把"蛋糕"做大。只有这样，才能从根本上改善收入分配关系，才能为公平分配和减轻贫困打下牢固的基础。

（2）二元经济结构的长期存在。二元经济结构作为中国经济的鲜明特征，能够较好地说明农村和城镇居民的收入差距。而二元经济结构的转换又被认为是导致城镇及农村收入差距扩大的一个重要原因。民工的流动导致农民内部不同家户之间收入的不同，同时因为在某种程度上对城镇工人的替代而导致了城镇不同家户之间收入的不同，这就产生了多层次的收入分配差距。

除了体制原因外，以下因素对我国收入差距的形成也起到了极大的作用：

（1）制度因素。表现为：再分配调节手段不完善，对一些特殊行业的收入缺乏有效的监督和合理调节。社会主义市场经济既要效率，又要讲求公平。而社会公平的实现在很大程度上与政府财政的转移支付制度相关。通过财政的转移支付活动，调整社会成员和集团之间原有对国民收入的占有份额，使社会成员和集团之间收入分配差距保持在社会可以容忍的范围之内，而不至于引起收入分配的剧烈利益冲突与对抗。具体操作起来，无论从支出的结构，还是支出的规模来看，都有待于进一步完善。

（2）个体差异因素。表现为：受教育程度、年龄及个人能力等因素的影响。目前，我国尊重知识、尊重人才的风气已经十分浓厚，收入水平与受教育程度已经基本上呈现正相关关系，即受教育程度越高，收入水平也就越高。在下岗失业人员再就业过程中，有不少人由于年龄问题被迫失去就业机会，这说明年龄在再就业过程中也是一个相关因素。另外，在越来越注重个人能力的今天，个人能力的大小也在很大程度上决定了收入水平。

（3）经济发展阶段因素。表现为城镇居民的失业、下岗问题。对城镇居民来说，失业、下岗是造成收入减少的重要因素。下岗失业人员已经成为当前中国城市生活困难群体的主要组成部分，下岗失业人员的出现是转型期的典型表现，昭示着产业结构的转变，也在不同程度上影响了城市居民的生活，给农村、城市居民的思维方式和行为方式打上了深深的时代烙印。

2. 解决我国收入差距问题的方法

（1）实施积极的政策增加就业。我国有着大量的劳动力供给，劳动力价格在世界上非常有竞争优势。因此，应以优先就业作为今后发展的最重要选择，大力发展劳动密集型产业，特别是发展劳动密集型的中小企业，努力创造适宜中小企业生存的环境，从而尽可能多地创造就业机会，使更多的劳动力参与到工业化进程中，并从中获得相应的收入。具体来说，一是促进劳动力市场的机会平等，这需要反垄断和打破城乡分割，建立全国范围的劳动力市场。促进要素流动，通过流动使得报酬平均化，发挥市场力量对收入差距的调节作用。二是促进劳动力本身素质的提高和身份的平等。这里主要强调的是普遍教育，只有提高人的基本素质，劳动者的平等才有初步的基础。城乡户籍制度导致的身份不平等也应逐步消除。劳动者只有在身份和教育等方面无歧视的条件下，创造和分享价值的权利才能平等。目前农民收入水平比较低，要坚持"多予、少取、放活"的思想，要提高农民收入，减轻农民负担，实现农民的充分就业。

（2）强化税收的调节作用。规范的个人收入分配制度是制止收入失控的根本保证，既要发挥市场对初次分配的作用以调动人民的积极性，又要发挥政府对二次分配的宏观调控作用。其中，税收无疑是一个最重要、最直接有效的手段。当前应建立和完善对高收入者在收入、消费、财产诸方面有效的税收调节机制，强化个人所得税的征收和管理，尽快出台遗产税、赠与税等新税种。还应注意，要把凭借生产要素获得的收入量化、细化，而不仅仅以工资的高低作为征收个人所得税的标准。在讲求知识和效率的今天，个人凭借生产要素获得职业外收入已经被社会认可，所以，对这部分收入的纳税也应当提上议事日程。

（3）加强打击非法收入力度。市场经济要有秩序运行才会产生高效益，这个"序"，最重要的内涵就是"法"。在这里，法的意义就在于用最低的社会成本最大可能地消灭利用公共权力谋取个人利益。要进一步完善监督机制，强化监督职能，彻底消灭各种权钱交易，健全各级举报监督机制；加强法制建设，真正做到"违法必究"和"执法必严"；强化司法独立审判职能，建设一支高素质的司法队伍。

（4）完善社会保障制度。我国的社会保障支出占国民生产总值的比重还不到10%。当前应以反贫困和调节高收入为重点。尤其是要建立以反贫困为基准的社会保障体制。我国城市原有的社会保障体制解体后，相应的社会保障制度还不健全。当出现大规模失业时，城市贫困问题就会显得非常严重。因此建立健全社会保障体制是一项长期的任务。要以反贫困为基准建立"福利补偿"制度，切实实行最低工资保障制度，健全失业人员的失业保险金制度，对低于贫困线以下的贫困者实行各种途径的社会救济。

（5）力求区域经济协调发展。缩小城乡之间和地区之间居民收入差距的根本是发展农村经济和中西部地区经济。努力加大农业投入，扶持乡镇企业发展，引导农村剩余劳动力向非农产业转移，逐步提高广大农村居民的收入水平。积极实施西部大开发战略，提高西部地区人民的收入水平和生活质量。按照资源优化配置的原则，明确各个区域在经济发展中的地位和作用，因地制宜发展地方经济。同时，要深化劳动力市场的改革，提高各类人才的流动性和劳动力市场的流动性。给予西部地区和东部地区的某些不富裕的地区优惠政策，加大对这些地区的科技、教育等方面的投入，缩小不同区域间人民收入水平的差距。

解决收入差距问题，根本上还是要改进和完善分配机制。要从中国的国情出发，坚持和完善按劳分配为主体、多种分配方式并存的制度，把按劳分配和按生产要素分配结合起来；要贯彻效率优先、兼顾公平的原则，既要注重效率，反对平均主义，也要讲求公平，防止收入差距过分扩大；要坚持鼓励一部分人先富，先富帮助和带动后富，逐步实现共同富裕的政策；要正确处理一次分配和二次分配的关系，在经济发展的基础上普遍提高居民的收入水平。

申论要求

1. 用不超过 150 字的篇幅，概括出给定资料所反映的主要问题。（20 分）

2. 用不超过 350 字的篇幅，提出解决给定资料所反映的主要问题的方案。要有条理地说明，要体现针对性和可操作性。（30 分）

3. 就给定资料所反映的主要问题，用 1 200 字左右的篇幅，自拟标题进行论述。（50 分）

要求：中心明确，内容充实，有说服力。

详 解

1. ［答案提示］ ▷

本资料主要反映了收入分配不公的问题。多年来，我国经济保持了高速增长，但一些地区的人民却没有享受到实惠。东西部地区的收入差距不断扩大；灰色收入和不法收入进一步扩大了贫富差距；企业内部收入分配不公；部门之间和行业之间收入分配不合理；特别是垄断行业凭借其特殊性而获取超额利润。收入差距问题事关经济和社会的健康发展。为了实现"全面小康"的目标，当务之急就是调整和改革收入分配制度。

2. ［答案提示］ ▷

为了缩减收入差距，我们提出以下方案：

（1）建立完善的社会保障体系。保障低收入家庭和弱势人群的生活水平以及医疗和子女教育等社会福利。

（2）调整个人所得税，同时出台一些辅助措施，如增设遗产税、建立各种类别的慈善基金。

（3）加强对垄断行业收入分配的监督和管理。加快电力、石油、铁路、民航、电信等垄断性行业的改革，放宽市场准入条件，打破垄断格局。

（4）调整和改革地域分配制度，分配政策要向边远地区和基层倾斜。

（5）规范收入分配秩序，缩小"制度外"不合理的收入差距，特别要严厉打击"灰色收入"和非法收入。

3. ［参考提纲］ ▷

调整收入差距，保持社会稳定

收入差距的存在是一把双刃剑，既有其利，又有其弊。应当看到，合理的收入差距有积极作用，不合理的收入差距会造成不容忽视的负面影响。

（1）收入差距过大影响社会稳定。随着收入分配差距的拉大，不同人群的经济地位和政治态度也会发生变化。经济地位上升的群体有可能提出与自己的经济状况相适应的政治和社会要求；经济上比较困难的社会群体则有可能产生心理失衡和失落感，容易产生与社会对抗的行为，甚至导致社会阶层矛盾的激化。

（2）收入差距扩大制约社会有效需求的增长，妨碍经济持续发展。对于高收入社会阶层而言，由于大部分需求很容易得到满足，因此用于消费方面的支出会相对减少，很大一部分作为私人存款积累起来；低收入阶层虽有消费欲望，但由于受有限收入的限制，实际消费支出很少。同时，由于受子女教育、伤病医疗等未来不确定因素的影响，还不得不拿出相当一部分收入储蓄起来。这样，居民的有效需求不足，就会制约消费对经济的拉动作用。

（3）收入差距的不合理拉大会造成人们的价值观扭曲，使唯利是图思想蔓延。由于居民收入差距拉大的过程包含许多不合理因素，这很容易造成人们价值观的扭曲和人生观的庸俗化，甚至可能导致社会道德水准大幅度下滑，形成一种物欲横流的可怕局面。这种精神上的堕落和腐败比行为上的堕落和腐败更可怕，后果更严重。如果这种现象像瘟疫一样传播开来，整个民族就会大大削弱进步的动力和信心。

（4）要以共同富裕为目标，扩大中等收入者比重，提高低收入者的收入水平，以逐步形成高收入者和低收入者占少数，中等收入者占多数的"两头小，中间大"的格局。加强政府对收入分配的宏观调控职能，保护合法收入，整顿不合理收入，调节过高收入，打击和取缔非法收入，使地区之间、城乡之间、阶层之间、行业之间的收入差距趋向合理。

七、从 GDP 崇拜到幸福指数关怀

注意事项

1. 申论考试，与传统作文考试不同，是对分析、驾驭材料的能力与对表达能力并重的考试。

2. 作答参考时限：阅读资料 40 分钟，作答 110 分钟。

3. 仔细阅读给定资料，按照后面提出的"申论要求"依次作答。

给定资料

1. 20 世纪 60 年代的发展观，以"GDP 崇拜"作为其特征，反映了当时对于发展或现代化的一种极具历史局限性的理解。由于这种发展观把发展视为一种经济现象，把现代化过程理解为物质财富增长的单维度过程，因此，现代化的首要目标无疑就是要实现经济指数的增长。

这种发展观在第二次世界大战后发展中国家的发展实践中得以最充分地体现，其原因在于：当时发展中国家面临的首要问题就是要尽快地发展生产力，提高经济水平，解除贫困状态，增强综合国力。在这种背景下，多数发展中国家确立的发展战略都以经济增长为首要目标。可以说"GDP 崇拜"成为一种普遍情结。"GDP 崇拜"的实质，就是唯效率主义或独尊经济指数的发展取向。

经由这种"增长优先"的发展战略，一些发展中国家实现了本国经济增长的加速。然而，却导致了诸多意料外的不良后果，最突出的有：国民教育、就业保障、社会福利、医疗卫生、文化建设等与人民生活质量密切相关的社会发展领域，被所谓"经济增长的代价"牺牲掉，正是这种"有增长无发展"的现象，引发人们对以往的发展观进行反思。

2. 正是基于对以"GDP 崇拜"为特征的发展观的检讨，从 20 世纪 70 年代开始，人们放弃了以"经济增长"为核心的传统发展观，而倡导一种综合取向的发展观，它强调发展不能只理解为一种经济增长结果，而应看做经济、社会、环境等多方面之间协调进步的综合成效，兼顾效率与公平则成为所要奉行的一项基本原则。

进入综合取向发展观阶段，实现了从注重物到注重人的转变，人的发展已成为发展的中轴目标。然而，在人的发展这一中轴上，又是可以分为不同层次的，它能通过人的发展指标体现出来。如果说强调综合取向发展的指数体现了"以人为中心"发展理念的初级层面的话，那么，提出"以人为本"的发展原则，则体现了"以人为中心"发展理念的高级层面。而当"以人为本"成为发展原则时，也就标志着人本取向发展观的出现。

3. 进入人本取向发展观的阶段，"以人为本"这一发展的基本原则在发展指标上的具体表现就是对"人文指数"的关注，它是"以人为本"理念的一种实际操作化的结果。而生活满意度指数或幸福指数可以说就是这种"人文指数"的体现。

生活质量意义上的幸福感，主要是指人们根据自己的价值标准和主观偏好对于自身生活状态做出的满意程度方面的评价。可以这样认为，幸福感是一种高度的或极其强烈的生活满意状态。而幸福指数，就是衡量这种感受具体程度的主观指标数值。

4. 在发展理论演进中，幸福指数关怀成为人本取向发展观的一个核心表现。它的出现，首先有着社会发展进程的客观基础，其次有着符合人的需求上升规律的心理基础，此外还受到一些学科有关研究成果的促进。一些关于人的幸福感的研究结果表明，在一个国家的发展进程中 GDP 与幸福指数之间具有一定正相关性，但这种正相关性存在一种界阈。只有当 GDP 达到一定水平时，才会出现对幸福指数的追求；而只有当 GDP 超过特定界阈之后，幸福指数才会呈现增长。换言之，GDP 在一定范围内可作为解释人的幸福感受的物质基础。可是，当突破一定界限之后，它对幸福程度的解释力似乎就变得很弱。由此深刻地揭示了这样一种发展理念：GDP 可以作为经济增长程度的关键性指标，但决不能作为社会发展程度和人民幸福程度的关键性指标。

5. 当今天中国社会发展进程迈上一个新台阶之后，追求幸福感及其最大化，成为一种必然规律。人本化生活的最重要目标应该是追求幸福，而不是财富。因此，对于有中国特色的社会主义和谐社会而言，当"以人为本"成为发展的基本原则后，那么，经济增长只是手段，而人的幸福才是目的。社会发展的最终目标是人民幸福的最大化。

经济条件是影响人的幸福程度的基础因素。但当经济发展到一定水平之后，诸多其他因素，如健康的身体、稳定的工作、美满的婚姻、和谐的人际关系等，对于人的幸福程度的影响力并不亚于收入的高低、财产的多少等经济因素。因此，幸福指数关怀最重要的发展理论内涵就表现在：人民的幸福感是社会运行状况和个人生活状态的"晴雨表"，作为最重要的非经济因素，它是社会发展和个人发展的"风向标"。因此，幸福指数可以勾勒社会心理氛围的风貌，揭示人们需求结构的态势，透视社会运行机制的效能，反映社会整合程度的状况，从而为最急迫社会问题的解决提供导向和动力。而幸福指数关怀对发展政策的意义就表现在：为了提高人民的生活质量，增加幸福感，发展规划和发展政策的制定者在确立工作目标时，应更优先了解社会中哪些条件或因素与人民的生活满意程度之间的关系最为紧密，以便通过制定、完善相关措施和机制来减少、消除或改善导致人民不满意或满意度较低的方面，从而促进人民幸福感受程度的不断提高。

6. 因此，对于致力于把人民幸福作为发展宗旨的中国政府而言，在发展理念和发展决策中就不能不将人民的幸福程度作为检验社会发展成就的关键标准。而要实现这个目标，有必要开展两个方面的工作：首先，是建立一个全面而科学的测量人民幸福感受程度的指标体系；其次，是以此为基础，在制订发展规划时，不仅确定GDP的预期目标，而且也确定幸福指数的预期目标。

在一定意义上，幸福指数关怀不仅成为发展实践具体体现人文精神和终极价值追求的一种重要形式，而且是一种具有普适性并能在社会发展进程中加以实现的有效方式。它把自古代以来思想家们关于人类幸福的形而上学思考变成了在社会发展进程中可以实际操作并可以具体测量成效的方法体系，而这一点正是幸福指数最深刻、最丰厚的发展理论内涵之所在。

7. 在2006年年初各地召开的人大和政协会议上，对"幸福感"、"幸福指数"的关注多了起来。就在两会前，北京市统计局在发布的调查中，第一次将"幸福感"正式纳入和谐社会的评价指标体系中。

北京市统计局社会处一位负责人说，这次调查对和谐社会的评价采取了逆向思维的方式，就是调查北京市还有哪些不和谐的地方，从而得出北京市的和谐程度。

记者在北京市统计局采访时，有关部门领导表示，北京市和谐社会考评指标体系分为三大类：反映社会冲突客观现状的指标、反映社会主体诉求的指标和反映社会冲突协调机制现状的指标。第一类和第三类是客观指标，包括幸福感、社区归属感、底层市民自我认同度等内容，第二类指标则是主观指标。该局2006年2月发布的《北京市和谐社会状况调查》显示，有半数左右的被调查者认为目前社会在收入、就业、医疗、住房等四个方面存在不公平。调查结果显示，住房是被调查者感觉最不公平的一项，53.6％的被调查者认为住房政策不公平，其中70.3％的被调查者认为不合理并且不可接受。名列第二的不公平是医疗保障方面，50.3％的被调查者认为不公平，其中69.8％的被调查者认为不合理并且不可接受。此外，46.1％、36.1％的被调查者认为就业机会、教育机会不公平。调查表明，贫富差距拉大、社会不安定是目前造成北京社会冲突的主要因素。调查还表明，北京市和谐社会指数呈现平稳提升态势，年均增长率为4.8％，市民对和谐社会的认同度为54.6％；综合评价则表明，68.2％的被调查者表示生活幸福。

8. "关注幸福感，其实是对我国以前片面追求GDP增长的反思。"中国人民大学社会学研究所所长、社会学系教授周孝正认为，过去过分迷信GDP，结果人们发现，经济发展起来了，GDP也上去了，生存环境反倒变差了，空气污染、城市噪音、上学难、看病难等问题开始显现。能掉过头关注人们幸福不幸福，这是个进步。

申论要求

1. 用不超过150字的篇幅，概括出给定资料所反映的主要问题。（20分）

2. 用不超过350字的篇幅，提出解决给定资料所反映的主要问题的方案。要有条理地说明，要体现针对性和可操作性。（30分）

3. 就给定资料所反映的主要问题，用1 200字左右的篇幅，自拟标题进行论述。（50分）
要求：中心明确，内容充实，有说服力。

详 解

1. [答案提示] ▷

该资料主要反映了当前社会对 GDP 崇拜的反思和对幸福指数的关切。我国人民在达到温饱的同时，已不满足现状，开始追求更高层次的全面发展，人民的幸福感不仅仅停留在温饱上，更多的是体现在提高生活的质量上。

2. [答案提示] ▷

为了更快更好地使人民的幸福指数上升，可以采取以下措施：

（1）转变观念，大力倡导综合取向的发展观，使经济、社会、环境等各方面协调进步，要把社会发展程度和人民幸福程度作为关键性发展指标。

（2）构建和谐社会，"以人为本"，解决目前社会上老百姓关注的问题，以提高老百姓生活质量，提高"幸福指数"。

（3）要建立一个全面而科学的测量人民幸福感受程度的指标体系，政府在制订发展规划时，不仅要确定 GDP 的预期目标，而且也要确定幸福指数的预期目标。

3. [提纲提示] ▷

从 GDP 崇拜到幸福指数关怀

（1）基于对以"GDP 崇拜"为特征的发展观的反思和检讨，人们放弃了以"经济增长"为核心的持续发展观，而倡导一种综合取向的发展观。

（2）在"以人为本"的基本原则上，关注"人文指数"的具体体现，提高人民生活质量。

（3）建立健全科学的测量人民幸福感受程度的指标体系，使人民尽快过上全面小康的生活。

八、保护隐私权问题

注意事项

1. 申论考试是对考生阅读理解能力、综合分析能力、提出和解决问题能力、文字表达能力的测试。

2. 作答参考时限：阅读资料 40 分钟，作答 110 分钟。

3. 仔细阅读给定资料，按照后面提出的"申论要求"依次作答。

给定资料

1. 今年 8 月中旬，上海市传出一个消息：2010 年前，上海将安装 20 多万个监控摄像头，全面建立起"社会防控体系"。

这一消息引发上海市民议论纷纷。一些市民说，正在举行奥运会的雅典只装了 1 万多个探头就备受争议，上海有必要装这么多探头吗？会不会侵犯广大市民的隐私权？为了威慑极少数犯罪分子，就得让广大市民走在马路上浑身不自在吗？

许多市民以为，这 20 万只探头都是装在街道马路上，比路灯还要多，那是多么惊人的一幕！

上海有关部门的人士告诉记者，这种理解是错误的，这20万只探头包括了上海所有公共场所的监控探头，街面探头只是其中的一小部分。

记者从上海杨浦区了解的情况也证实了这一点。杨浦区是上海人口最多的一个区，拥有120万常住人口，在未来4年内，杨浦区将在全区主要路口、居民小区及重要公共场所布设800多个探头，在全市率先建立起街面防控体系。

如此推算，上海城区的街面监控探头不会超过3000个，平均每平方千米在5个左右，不会给人"遍地是探头"的感觉。

有关专家说，其实上海目前的监控探头总数已经超过10万只，主要分布在银行证券营业场所、商业场所内外部环境、宾馆酒店、办公场所及周边环境、智能小区、楼宇通道、停车场、车站、码头、广场等公共场所，其中上海4.6万台电梯中就有一半以上安装了监控探头。

监控探头的最大作用就是治安防控。记者从上海警方了解到，监控录像每年要帮助上海警方破获数百起大大小小的治安或刑事案件。而由于上海街面监控探头相对薄弱等原因，街面"两抢"（抢劫、抢夺）犯罪一直是困扰上海社会治安的一个老大难问题。

上海市委常委、市委政法委书记、市公安局局长吴志明说，街面"两抢"案件是衡量一个地区社会治安状况好坏的"晴雨表"，不仅严重影响群众的安全感，而且直接关系到上海国际大都市的良好形象。为此，近年来，上海公安机关把严厉打击街面"两抢"犯罪作为提高应急反应能力、治安防控能力、打击犯罪能力的有效措施，不断严密治安防控体系。增加街面监控探头就是其中的一条措施。

据介绍，上海街头的探头摄像范围半径为300至100米，呈环状360度旋转，24小时全天候实时监控。遇到突发情况，就启用人工监控全方位地跟踪目标。这些防控系统的摄像头分布在全市各个区域，探头把画面摄下后通过光缆将画面传到有关部门的监控室，并与公安部门联网。

例如，市民在街头遭抢拨打110报警后，在公安局的指挥中心控制室里，警察就可立即把镜头切换到案发现场，及时看到那里的情景。如果案情严重，通过录像带定格还可回放偷抢发生时的场景，帮助破案。据统计，近年来上海全市街面"两抢"案件总体上已呈现下降趋势。

此外，社会防控体系还有益于城市管理。比如，现在上海乱设摊问题难以解决，往往是城管队员前脚离开，摊贩后脚来个回马枪。有些摊贩甚至雇人在市容监察大队门口蹲点，市容监察队员一出动就赶快通风报信。而装了监控设备后，就像装了千里眼。遇到治安事件，它还能起到取证的效用。

今年4月，徐汇区斜土街道率先在上海建立起街面实时信息系统，在辖区内的肇嘉浜路、斜土路、零陵路等12条主要马路的十字路口安装了监控探头，并在街道办事处辟出一个房间，装上12台显示器执行监控任务。这些路口发生的一切，都展现在值班人员面前。一次，一位街道居民在路上晕倒，就在围观的路人不知怎么办时，120救护车和两位街道干部已赶到现场。因为他们已经通过监控探头看到了情况，使这位居民得到了及时救治。

2. 今年8月10日，上海大学生魏罡及其代理律师分别向法院递交公开信，请求对一起官司尽快给予判决。这起官司的起因是魏喆和女友在教室里接吻的全过程被教室里的监控探头录下来并被学校在校电视台公开播出。于是他们将学校告上了法庭，要求学校公开道歉，并赔偿精神损失费 5 000 元，但是到现在已经整整一年了，诉讼依然停留在调解程序，说明这起官司很具争议。

魏喆的代理律师斯敏江告诉记者，好多学校都有全天候监视，很多办公室也会有这种监视设备，这是法律上的一个模糊区域，希望通过这起诉讼把它明确一下。第二个就是隐私权，像这个事情社会上有争议，学校也认为没错，所以就是双方观念上有差距。这种事情也是需要司法来决定这个是在门内还是在门外来确定范围。

3. 记者了解到，对于银行、商场等室内公共场所的监控探头，上海市民早已习以为常，而街道马路上的监控探头在上海尚属薄弱，既是今后加强建设的重点，也是容易引发市民争议的焦点。

4. 何为隐私权？《辞海》中对隐私权的解释：公民依法享有的不公开与其私人生活有关的事实和秘密的权利。在《世界人权宣言》中，明确规定"任何人的私生活、家庭、住宅和通信不得任意干涉，他的荣誉和名誉不得加以攻击"。应当说，隐私的产生和发展，和人类文明的进程紧密相连。人的情感越丰富，羞耻心和权利意识越强烈，对隐私就更敏感。至今，我国既没有任何法律全面规定公民的隐私权，也没有一部专门的《个人信息法》。

5. 上海一些专家学者认为，公共场所的个人隐私权很小，安装探头的主要目的也是维护社会治安。因此街面探头只要离居民住宅有一段距离，同时有关部门为市民保守秘密，并不会侵犯市民的隐私权。当然，有关部门要确保所拍摄的镜头都是作为内部资料使用，实行严格的保密制度，不随意对外公开；储存的资料无特殊用途的，定期予以销毁。

专家们指出，虽然有关政府部门在公共场所的电子监控并未违反现行的法规，不涉及侵犯隐私权的问题，但市民们对此担忧，却是一个好现象，说明市民的自我保护意识在逐步加强，而且在这个问题上，市民只是对公共场所的全体监控理性地提出问题和意见，并没有冲动地去加以阻止，也提醒有关政府部门以后在制定政策或措施时应多听听市民的意见和想法，并在操作程序上更加透明、公开。

6. 隐私权是一种典型的私权，也是公民基本人权的重要组成部分之一。遗憾的是，时至今日，隐私权在我国法律中尚无一席之地，立法仍未明确将隐私权作为一种法律权利予以确认。有关隐私权保护的暧昧性规定散见于若干法律之中，这不能不说是我国民事立法的一大缺憾。由于立法的缺席，隐私权的保护往往于法无据，致使公民隐私权的司法救济显得相当尴尬和被动。涉嫌侵犯隐私权的官司通常只能牵强附会地以侵犯名誉权或姓名权等为诉因立案审理，这种张冠李戴的司法现状令人匪夷所思而又颇感无奈。侵犯公民隐私权的现象在现实生活中可谓司空见惯，遍地开花的摄像探头更是让公众对自己的隐私感到无奈甚至恐慌。隐私权的保护力度往往与社会的文明程度成正比，社会文明程度越高则对隐私权的保护力度越大，反之，则越小。从这个意义上讲，强化和提升对隐私权的立法保护是社会进步的大势所趋。依法保护公民的隐私权应当是践行"尊重和保障人权"这一宪法承诺的应有之义。因而，隐私权的立法问题应当引起立法机关的高度重视，将来出台的《民法典》必须填补隐私权保护的空白。

7. 近年来我国因公民隐私权受侵犯而引起的损害赔偿案件呈逐年上升趋势。提请九届全国人大常委会第三十一次会议首次审议的民法草案在人格权法一编明确规定，自然人享有隐私权，禁止以窥视、窃听、刺探、披露等方式侵害他人的隐私。草案对隐私范围作出明确界定，规定隐私的范围包括私人信息、私人活动和私人空间。自然人的住宅不受侵扰。自然人的生活安宁受法律保护。自然人、法人的通讯秘密受法律保护。禁止以开拆他人信件等方式侵害自然人或法人的通讯秘密。收集、储存、公布涉及自然人的隐私资料，应当征得本人同意，但法律另有规定的除外。

民法草案还在侵权责任一编中规定，侵害他人隐私权的，侵权人应当按照因此获得的利益给予赔偿，也可以按照受害人的损失给予赔偿。侵权人获得的利益或者受害人的损失不能确定的，应当根据侵权行为的情节，给予 10 万元以下赔偿。全国人大常委会法工委民法室有关负责人介绍，民法草案的有关规定是我国第一次明确提出保护公民的隐私权。我国现行法律主要是通过采取间接、分散的立法方式来保护公民隐私权。比如宪法规定，公民的住宅不受侵犯，禁止非法搜查或者非法侵入公民的住宅。行政诉讼法规定，人民法院公开审理行政案件，但涉及国家秘密、个人隐私和法律另有规定的除外。最高人民法院在有关司法解释中规定，以书面、口头形式宣扬他人的隐私，或者捏造事实公然丑化他人人格，以及用侮辱、诽谤等方式损害他人名誉，造成一定影响的，应当认定为侵害公民名誉权的行为。民法专家表示，保护隐私权是现代文明的重要标志。民法草案的这些规定获得通过后，将对更有效地保护公民的隐私权提供更充分的法律保障。这表明中国政府在保护人民隐私权方面大大前进了一步。

8. 在目前，因特网以及与之相关的整个信息产业迅速发展的趋势下，我国目前在网上隐私权立法和司法保护上的滞后在一定程度上对因特网产业是有利的。有人提出"我国消费者在意识层面上对于网络个人隐私的注重程度远远达不到推动我国政府对因特网的政策和法律做出重大调整的程度，加上我国电子商务本身并不发达，种种原因导致了现在我国网络个人隐私保护方面的滞后"。但是这并不能成为对网络隐私权司法保护滞后的借口，因为关于传统隐私权的相关立法仍然滞后，并已经无法适应人们日益增长的对隐私权的重视。无论网络隐私权还是隐私权的理论研究在我国可以说是刚刚起步，两者都处于理论研究阶段。随着社会的进步，公民自我保护意识逐渐增强，公民网络隐私权和隐私权的法律保护已经走上我国法制建设的重要议事日程。

申论要求

1. 用不超过 150 字的篇幅，概括出给定资料所反映的主要问题。（20 分）

2. 用不超过 350 字的篇幅，提出解决给定资料所反映的主要问题的方案。要有条理地说明，要体现针对性和可操作性。（30 分）

3. 就给定资料所反映的主要问题，用 1 200 字左右的篇幅，自拟标题进行论述。（50 分）要求：中心明确，内容充实，有说服力。

 **详 解**

1. ［答案提示］ ▷

上海市将在 2010 年前在市区安装 20 万个探头。对于在街头安装探头的利弊，政府和市民各有各的说法。政府方面认为，在街头安装探头，有利于上海社会治安的管理。而持异议的人士认为，此举会侵犯公民的隐私权。如何保障公民的隐私权的同时搞好社会管理成为政府的一大难题。政府应加强宣传装探头是为了维护治安，不会侵犯公民的隐私权，政府对探头的安装和使用有严格的管理。

2. [答案提示] ▷

（1）周密布局探头安装网络，既不侵犯公民的隐私权，又不影响社会管理工作的开展。

（2）对拍摄的镜头实行严格的保密制度，不随意对外公开，定期销毁无用途的拍摄资料。

（3）制定相关的法律法规，依法行政，使安装探头的监管工作有法可依。同时，为保障公民的隐私权提供法律依据。

（4）加强宣传，从思想上打消公民的顾虑。

3. 参考例文 ▷

公共场所装探头，安全与隐私如何协调

据报道，2010年前，上海将安装20多万个监控摄像头，全面建立起"社会防控体系"。这一消息引发上海市民议论纷纷——上海有必要装这么多探头吗？会不会侵犯广大市民的隐私权？为了威慑极少数犯罪分子，就得让广大市民走在马路上浑身不自在吗？

任何一项决策产生前，有关部门都要估计它所需要的成本以及可以得到的收益。在安装摄像头这项决策上，可能的收益是提高治安防控能力、打击犯罪能力，有利于维护上海的国际大都市形象。而付出的成本除了安装费外，还有可能涉及公民的隐私权问题。在这个问题上，如何在这两者之间取得平衡点是解决问题的关键所在。

市民在公共场所的隐私权虽然比私人空间少，但并不代表没有，有关部门未经同意就"窥见"市民隐私，似有不妥。

因此，有关部门应该在安装摄像头的地段做上标记，提醒市民在这个地段注意自己的行为，这样一来，既可以保证市民的知情权，又最大程度地减少隐私曝光的可能性。

上海的监控探头安装在银行证券营业场所、商业场所、车站等公共场所，而不是安装在居民的家庭、宿舍或是公共厕所、更衣室等较容易触及市民隐私的场所。所以监控探头的安装只会增加上海市民的安全系数，而不会触及其隐私。

日常生活中，居民的隐私并不会暴露于公共场所。如果市民将隐私暴露于公共场所，我认为很大程度上是出于自愿的。因为在公共场所里，每一个人的举动本来就意味着会被众人所看见，那又何必担心给电视机前的监控员看见呢？

安装监控探头有利于打击犯罪、严密治安防控体系、增加市民的安全感，何错之有？

任何措施的出台，相信都会有利有弊，关键在于权衡轻重问题。在公共场所特别是关键地方装上摄像头，为公安部门打击犯罪分子提供了依据，对犯罪分子也有强有力的震慑力，对保护群众在公共场合的各种安全问题和维护上海国际大都市形象都会起到积极的作用。至于说侵犯个人隐私，则有些勉强。第一，没有违反现行法规；第二，既是公共场合，个人的行为自然会受到别人的注视。因此，在利大于弊的情况下，公共场所装探头是

比较好的选择。

一些人忧心忡忡，担心以后暴露了隐私。这实在是杞人忧天了。尊重隐私，要看场合。某些场合，例如住宅，那里面有隐私，未经检察院许可，任何人不得随便查看。街头、商场、车站、教室等公共场所，顾名思义，就是大家可以任意看、任意评头论足的。警方依据法律，对公共场所实行监控，维护社会治安，有利于维护公众秩序，保障人民安居乐业，看不出有什么不对。动不动就拿出"隐私"说事，是对"隐私权"的曲解。

从经济学的角度看，安装摄像头这一公共决策的"收益"是明确的，即有利于社会治安的防控。而若要使其"净收益"达到最大化，必须要把这一公共决策的成本降到最低。

从对整个社会的影响来看，公共决策的总成本包括两大部分：一是决策的外在成本；一是决策成本。

所谓外在成本，是指政府实行公共决策的过程中，一些不特定的社会个体所要承担的成本。外在成本随着公共决策所需赞同的人数的增加而减少。在极端的情况下，如果公共决策所需的赞同人数为1，独裁者将会按自己的意愿作出抉择，而这种意愿很可能会损害其他个体的利益，因此，其余社会个体将面临最高的外在成本；反之，如果当公共决策所需赞同人数为社会全体人数时，任何社会个体都不需要承担决策的实行而强加给自己的成本负担，故此时外在成本为零。

公共决策总成本的另一部分是决策成本，即决策单位为了获得公共决策所需要同意的人数而耗费的成本，它随着所需要同意的人数的增加而增加。例如，当公共决策只需一个个体做出时，决策成本极低，趋近于零。反之，当公共决策需要全体一致同意时，公共决策耗资最大，成本最高。假如上海市政府在做出安装摄像头这一公共决策时，刻意地把所有市民的意愿都体现在决策之内，这就造成了两方面的成本负担：一方面，为了制定决策所要做的民意调查、举行听证会、组织专家论证等所付出的成本；另一方面，这一理想化的公共决策根本无法做出，就算可以做出，其成本也将趋于无穷大。

由此可见，公共决策总成本的两大组成部分即外部成本和决策成本是相对矛盾的，这是公共决策的一个内在悖论。但是，如果能够在这两者间找到一个平衡点，则决策总成本就可降到最低。这就需要决策部门发挥决策的艺术和智慧。

第五节　其他热点问题

一、高校自主招生

注意事项

1. 申论考试是对应考者阅读理解能力、综合分析能力、提出和解决问题能力、文字表达能力的测试；

2. 参考时限：阅读材料40分钟，参考作答110分钟；

3. 仔细阅读给定材料，按照后面提出来的"作答要求"作答。

给定资料

1. 进入 2010 年 11 月，在全国各大城市的街头巷尾，那些穿着中学校服的孩子们口中的高频词汇多了两个——"北约"、"华约"。这时，如果你以为他们谈论的是北大西洋公约组织或是华沙公约组织，那么你就错了。

他们谈论的是攸关自己身家前途的高考话题——以北京大学为首的高校自主招生联考同盟被人们戏称为"北约"，而"华约"自然是指清华大学所在的七所盟校。

自 1952 年中国首次统一高考以来，还从未有过如此大规模的部分高校联合招生考试。最为惹眼的是，中国最顶端的高校将结束"混战"，而是以集团作战的形式进行招生竞争。11 月 25 日，"高校战争"再次升级。同济大学、东南大学和哈尔滨工业大学等八所以工科见长的高校在各自网站上同时发布八校将合作自主招生的消息，并签署《卓越人才培养合作框架协议》。至此，"北约"与"华约"的竞争升级为"三国鼎立"。

2. 2009 年 5 月 1 日，地处沈阳的东北育才中学迎来 60 年校庆，一批不为人熟知但却对招生方式有着直接影响的重量级宾客也齐聚在这里，而他们的决议将酝酿一场中国高等教育的大事件。他们就是全国各地名牌大学的招生办主任。在这次校庆活动上，清华大学招生办主任孟芊向三四家招办主任第一次提出了由专业的第三方设计考题，多所高校联合自主招生笔试的思路，得到了一致赞成和响应。从 2003 年起，教育部开始试点高校自主招生，7 年来已有近 80 所学校获得自主招生资格，同时，自主招生规模也在逐年扩大。以 2009 年为例，北京大学在全国招生 2 650 名，其中获得自主选拔录取资格的考生有 1 181 名；清华大学当年计划招生 3 330 名，通过自主选拔获得录取的有 1 075 名。

然而，随着自主招生规模的扩大、报名考生的急剧增加，"牛校"们的招生工作者也感到苦恼日益增加。招考工作的经济成本日渐成为高校的一笔重负，而各地考生前往不同高校笔试、面试成本增加也逐渐成为争议话题。于是，当顶级高校清华大学的招办主任孟芊向同行们提出"联考"时，几个招办主任一拍即合。尽管如此，这些长年从事高考招生工作的主任们明白，高考在中国的国情下是特殊而敏感的话题，他们只能小范围试点。很快，2009 年 10 月，清华大学与上海交大、中国科技大学、南京大学和西安交大协议结成"五校联考"，并且在 2010 年 1 月 16 日进行了自主招生选拔联合笔试。

尽管孟芊一再强调选择合作方的三项原则——水平相近、理念相通和技术准备充分，但他也承认，这五校的"联盟"有一定的偶然性。"有的是因为那次活动没去，那次去了的学校，又不一定适合这些条件。"但很多人一望便知其中的微妙之处，"联盟"一开始就使得高校招生的竞争更增加了几分紧张的味道。清华的"老对手"北大并没有入盟，而是继续实行"校长实名推荐"制度，同时与香港大学和北京航空航天大学联合自主招生考试。据知情人士透露，清华联盟曾数次以不同渠道向北大试探性地发出邀请，以求建立"强强联合"的超级联考同盟，但北大迟迟没有作出回应。直到 2010 年 11 月 22 日，北大联合复旦大学等六所学校同时在招生网上发布公告，七校将举行自主选拔联合考试，以联考成绩作为录取参考标准，并表示"之前确有动议，研究是否'985'高校联合举行自主选拔测试工作"，但最终放弃了这一想法。

此前，2010 年 10 月 23 日和 11 月 20 日，浙江大学与中国人民大学已经加入清华五校联盟。至此，"北约"、"华约"对峙格局正式形成。

在两大联盟竞争态势形成后，有公众发问北大一方"为什么不和清华同盟组成更大规模的联考"，北大的答复是："如果'985'高校的自主选拔都统一成一个模式，将会对高考制度的权威性和稳定性造成极大影响。"

高校之间"拉帮打群架"让全国舆论哗然，质疑声集中在"结盟"目的上。很多人认为，这是一场争夺生源的"掐尖"大战。"神仙打仗，凡人遭殃"，重庆一位要求匿名的重点中学老师说，"明眼人都看得出来，就是北大、清华争着把优秀学生捞一遍，弄两个帮派。"

东南大学招办主任池业曾在公开场合表示，"抢生源是必然的，这是无法回避的。但是不同的学校也有不同的思路，学校根据培养理念的不同选择有不同优势的学生。"北京理工大学文科学部主任委员杨东平说："优秀的研究型大学的招生本来就是一种高度竞争的选拔性考试，全国统一高考不也是在'掐尖'吗？"依据往年经验，北大和清华的自主招生考试笔试通常安排在同一天进行。也就是说，两所高校指挥这些优秀考生提前"站队"——要么北大，要么清华。但令人担忧的是，如果北大和清华继续主导选择同天考试，那将意味着考生必须在中国最顶尖的20所顶尖综合性大学里"选边站"。2010年11月26日，"华约"联盟率先公布了自主招生联考初试时间为2011年2月19日，所有的人都将目光投向了北大。2010年11月27日，在汹涌的舆论压力下，人们惊喜地发现，两大联盟在考试时间上妥协了。北大招办在凌晨透露，北大等13所高校2011年自主招生联考时间敲定在2011年2月20日。

3.2010年11月底，教育部直属约90所高校在广西南宁召开关于招生工作的会议，会上通过了《关于自主选拔的工作办法》的初稿。其间，招办主任们在舆论压力下也讨论了不同联盟的自主招生考试是否应当错开时间，但并未就此形成决议。

有两位匿名表态的"盟内"高校招生办主任对联考制度作出了大量的负面评价，诸如"（联考出发点）就是为了垄断生源，其他都是说辞"，"我们压力太大了，现在骑虎难下"，等等。

"联盟里面的关系很微妙，我们也不能细琢磨，"北京大学教育学院教授、前北大附中校长康健说，"谁决定入哪个联盟，可能也有很多偶然性，比如跟校领导的喜好有关，也可能就根据时下的风潮来决定。这是一个松散的联盟，过两年很快加入、退出，甚至'跳槽'都完全有可能。"

但无论如何，随着第三联盟的出现，自主招生联考几乎囊括了中国最优秀的30余所高校。

"集团对抗"在很大程度上被默认为一种发展趋势，很多其他教育部直属高校也在纠结于是否入盟，或是干脆另结联盟。

另一方面，关于自主招生考试的利弊讨论却一刻也没有停止。最大的争议之一在于，目前取得自主招生考试资格的学生大多来自大城市的重点中学。有人电话采访了福建、四川、安徽等地的欠发达地区中学，他们听说了"北约"、"华约"大战，但都表示不是很关心。福建省宁德市民族中学的高三教师陈驹说："好像对我们农村和县城的孩子越来越不利，这种考试，我们更加比不过城里文化氛围好的富裕孩子。"

针对这样的声音，除了对困难地区的困难考生提供面试补贴，清华大学联盟今年已经推出了IPV6远程面试，距离学校1 000公里以上的地区的考生通常不再需要到北京来。同时，清华大学今年还专门推出了"B计划"，专门针对长期生活在欠发达地区，各方面素质又很优秀的考生进行自主招生优惠。

"这些孩子'给点阳光就灿烂'，当你把教育资源补齐的时候他的表现会非常好，"孟芋说，"这种叫好又叫座的事情为什么不干？"

在高校联考的争论声中，也有学者一直在呼吁不要过分关注招生，而忽略了教育改革本身。北京大学教育学院教授康健说，"那就是只顾收获，不顾耕作。希望中国社会不会变成'伯乐常有，而千里马不常有'。"

4. 有人预计，2011年是中国高校选择站队的一年，也将是招生竞争最激烈的一年。多位高校招生办公室主任在谈到本轮结盟时，都提到2010年11月召开的教育部与国内主要高校招办负责人的研讨会。"希望联考的学校坐在一起商讨考试的流程、形式和考试时间。"今年加盟"北约"的复旦大学招生办公室主任丁光宏教授说，"而且是北大、清华分别组织会议。"

也有不少高校的招生负责人现场向三大联盟提出了加盟要求。但领衔的清华、北大和同济考虑到联盟内高校的匹配度和操作性，没有答应。一位不愿透露姓名的参会人士形容说：教育部的会议成了自主招生的交易市场。

高校希望通过结盟来进行自主招生，主要因为单独组织的自主招生考试正面临越来越多的挑战。

单打独斗式的自主招生考试，每年都要耗费上百万元考试经费，漫长繁冗的自主招生考试过程也让考生、家长甚至中学校长苦不堪言。更值得注意的是，高校单独命题的考试，无论结果的公信力还是命题的科学性，都频频受到质疑。

2010年7月，《新华视点》曾长篇报道高校自主招生过程中的乱象，揭露自主招生因操作程序不公开、不透明，权力寻租及少数内部人徇私舞弊的现象普遍存在。而且，这种制度并未脱离以考分评价学生的桎梏，高考成绩和近乎僵化的"分数线"在决定一个考生命运时仍承担主要作用。因此，在自主招生制度诞生不久，便有教育界人士指出，自主招生不过是"戴着镣铐舞蹈"的"伪自主招生"。

北京大学推出"中学校长实名推荐"制度，本来使人为之振奋，人们认为那些被现行高考制度埋没了的偏才、怪才有可能借助这一制度脱颖而出。因为如果没有破格录取，就没有钱钟书、华罗庚、季羡林、闻一多、吴晗、曹禺、臧克家这些大师，他们都是被慧眼识才破格录取入学的，北大的试点无疑将再造这样的奇迹。

但这项推荐制度刚实行两年，便屡遭诟病，获得中学校长推荐的，仍是那些在各项考试中名列前茅的"尖子生"，却忽视了"偏才"、"怪才"等具有特殊潜力的人才。

一位见证自主招生发展历程的高校招生人士坦言，虽然近十年来自主招生未出现重大的"事故"，但越是下游的高校，自主招生的程序就越受质疑。自主招生联盟形成的动力，正是各高校要改变这种无序而繁琐的局面的强大希冀。

"联考的最大意义，是实现统一考试成绩的多元化使用，也使考生获得更多的机会。对于不同高校，分数不同的甲乙两名学生，有的高校会选甲，有的会选乙。"曾参与设计联考制度的清华大学招生办原主任孟芊说。"联考所做的是把考试内容的共性和高校选拔标准的个性结合到一起。"

多年关注自主招生的厦门大学考试研究中心教授郑若玲认为，"由政府或专业考试机构主持的统一考试，或者由若干同类院校共同主持的自主招生联合考试，无论从命题的信度、效度还是从严密性、权威性、效率方面等，都将高于各校主持的单独招考。"

在郑若玲看来，越来越多的高校加入自主招生联盟这一事实本身，也证明联合确实有其优势。

　　实际上，2010年清华首次联合中国科学技术大学等四所高校进行联考，笔试人数逾3万人，北大紧随其后，联合北京航空航天大学和香港大学进行自主招生考试，应考学生也达1.2万人。两大名校的自主招生"战绩"都足够出色：清华通过自主招生录取了200人，占当年录取计划3 360人的6％；北大则招收了280人，占录取总数2 780人的约10％。

　　正是在这个颇为光辉的成果下，各大高校都看到了自主招生联考的效益，因此纷纷加盟，使得自主招生演变成"三国鼎立"的局面，甚至香港大学也加入进来。

　　5. 从2011年2月12日至26日，各高校自主招生考试密集开考。与此同时，高校自主招生的公平性问题再次引发关注，不少人认为目前的自主招生对农村学生不利。

　　自主招生的初衷是给一些有特才和综合素质高的优秀考生，提供一条上大学的"绿色通道"，消弭"一考定终身"的痼疾，但现今似乎变成了城市学生的"小高考"。这里面其实是有很多客观原因的。比如，某大学公布的2011年自主招生考试报名资格第5条就把参加夏令营活动包含在内，这明显是偏向城里学生的一条规定。获得参加自主招生考试资格的学生，大多来自城市重点中学，有些尖子生可以获得多次考试机会，而农村学生获得的机会相对较少。很多高校更加偏爱城市学生，在报考名额分配上向城市重点中学倾斜。除此之外，对于城市学生，保送、破格录取也是常有的事。

　　在国外的招生惯例中，我们会发现，就是很多如哈佛、耶鲁等名牌大学也都主动把资源投入到最穷、最弱势的阶层和地区，向身处社会底层的寒门学子伸出橄榄枝。我们期待教育界形成一种新的"潜规则"：在教学资源稀缺的落后地方就读的学生，越容易获得高考加分，越有希望被选拔进大学。

　　申论要求

　　1. 请结合给定材料，简要分析高考联盟的出现，比之前各自为政的单个高校自主招生有何优势。

　　要求：条理清楚、简明扼要，字数不超过去200字。（20分）

　　2. 社会各界对高校自主招生越来越关注，自主招生中可能存在的一些腐败现象。对此，请提出对策、措施。

　　要求：措施合理、具体可行、条理清楚、语言简明，字数不超300字。（20分）

　　3. 请针对给定材料中有关高考联盟的表面现象，结合自己观点作出深度分析。

　　要求：条理清楚、观点深刻、表述清楚，字数不超过300字。（20分）

　　4. 请以"高校自主招生"为主题写一篇文章。

　　要求：（1）参考给定材料，自选角度，自拟题目。（2）观点明确，联系实际，分析具体，条理清楚，语言流畅。（3）全文字数不少于1 000字。（40分）

 **详　解**

1. ［答案提示］▷

　　一是自主招生所谓的"掐尖"其实是生源竞争的一种方式，只是提早进行了选拔。

　　二是相比一次考试定终身，通过自主招生考试，部分优秀学生多了一次机会，也方便大学识别和选拔具备个性才能和发展潜能的学生，利弊权衡，应该是利大于弊。

三是2011年自主招生考试的新政策更加有利于学生，虽然确定了统一考试时间，但复试时间却错开了，学生拥有了多次选择机会。

四是之所以形成联盟，初衷是为了方便学生考试，降低考试的成本，联盟成员间通过考试互认，避免了考试时间碰车，以免学生顾此失彼。

2. **［答案提示］** ▷

高校自主招生要想"透明"，要施行以下措施：

第一，加快建立诚信制度，建立高校自主招生信息公开制度，实现信息的公开、透明，保障考生权益。

第二，加强政府和社会监督。

第三，建立高校自主招生违规违纪防范机制、举报制度、查处制度，坚决防范和严肃查处自主招生舞弊行为。

第四，对于无法到自主招生的学校参加考试的农村学校的优秀学生、经济困难的学生，可以考虑规定学校对参加面试的贫困考生提供路费等资助。

3. **［答案提示］** ▷

目前，还没有足够的理由断定这种模式就代表了中国高考的大方向，联盟化仅是一定程度上的形式创新，而衡量国家人才选拔制度进步程度的，是高考内容的突破。高考联盟化是一场争夺生源的"掐尖"大战，是排斥普通考生、只针对优秀学生的游戏，有损教育公平。

另外，高考联盟不是与国外名校竞争，没有跳出应试教育的功利格局，迫使考生进行"三选一"或之后更猛烈的"N选一"，让考生及家长纠结于如何"站队"的艰难选择。所有的自主招生考试都有门槛，包括有形的和无形的。有形的门槛，是只有某些学生才能获得参加考试的资格。这与高考不同——高考是向所有人开放的。无形的门槛，是那些农村学校的优秀学生、经济困难的学生，无法到自主招生的学校参加考试。针对高考最为人所诟病的"一考定终身"，增加一次考试比自主招生联盟的"小高考"更具公平性和合理性。

4. **［参考例文］** ▷

自主招生是一条荆棘丛生的改革之路

多年以来，我国高校招生录取的唯一方式是高考，"千军万马过独木桥"的局面多年没有打破。高校自主招生联考冲破了这一束缚，是探索通过多种途径选拔人才的重要突破，增加了考生的选择机会和成才机会。但是出于维护公平的强烈诉求，公众要求高考和录取标准必须严格划一，不能随意变通。鉴于高考对整个教育体制的"指挥棒"作用，为了使中国教育走出应试教育的死循环，必须改变高考日益僵化的趋势。在这种相互冲突的双重目标挤压之下，中国高考制度始终在是否进行改革的问题上进退两难、摇摆不定。

社会各界一致认为，高考制度必须改革，但任何改革都必须首先接受公众和舆论对其公平性的质疑，在此基础上，才可以论证、检验其可能性和有效性。正是基于这一前提，诸如各种特长加分、三电三模、学校保送等已经被证明沦为特权工具，有逐步取消之势。

但接下来的问题是，自主招生是否能够经得起公平性的检验？是否具有打破高考僵局的作用？

现阶段，高校自主招生在方案设计之初，便充分考虑到了公众对其公平性的质疑。在笔试阶段，各自主招生联盟统一出题、统一阅卷，已经形同"小高考"，其公平性大致可以放心；而在面试阶段，各高校也以设立专家库、随机抽取专家及公开面试过程等方法，力求在程序设计上取信于考生和公众。但凡有人为因素介入的过程，必然存在一定的松动空间，任何制度设计都只能努力把这种空间被利用的可能性降至最低，但很难做到绝对公平，这也是任何改革都难以避免的。

其实，现阶段中国教育的最大不公平，是教育资源配置的严重失衡。再好的考试制度设计，都无法改变这种上游的不公平现状，即使是最为刚性的统一高考，也无法保证一个贫困山区的孩子，能够在与大城市学生付出同等努力的情况下考出同样的高分、进入同样优秀的大学。同样，即使自主招生的程序设计足够严谨，也可能有家庭困难的学生因经济上不堪重负而放弃参加自主招生的机会，导致事实上的不公平。

因此，自主招生作为一项改革措施，其设计者和监督者应当站在更高的层面上，对自主招生改革提出更高的要求。譬如，对于有经验的教师而言，面对面的考察是发现人才"苗子"最有效的途径。那些身处教育欠发达地区，在传统高考中未必具备优势，但确有潜力的学生，就可能在这样的面试过程中被发现。这比发现所谓的"偏才、怪才"，显然有着更大的意义。

考试制度无法改变教育现实，但好的制度可以在一定程度上起到纠偏的正向作用。反之，坏的制度则可能进一步强化基础教育制度的不公平，比如自主招生考试的考题偏向考查学生的见多识广，或面试过程中专以学生的聪明伶俐为上等，都可能导致再次把机会给予那些本来就享有更多教育资源的学生。

由此我们可以提出一个标准，即在克服了基本的公平焦虑之后，究竟是为城市重点中学的尖子生锦上添花，还是为那些确有潜力的穷孩子雪中送炭，这是考察自主招生制度是否合理的重要指标。而目前的制度设计，还是比较倾向于前者，这或许才是其最大的问题。

二、户籍制度问题

注意事项

1. 申论考试，与传统作文考试不同，是对分析、驾驭材料的能力与对表达能力并重的考试。

2. 作答参考时限：阅读资料40分钟，作答110分钟。

3. 仔细阅读给定资料，按照后面提出的"申论要求"依次作答。

给定资料

1.1958年1月，全国人大常委会讨论通过新中国第一部完整的户籍法规《中华人民共和国户口登记条例》。我国传统户籍制度正式形成。此条例确立了一套新的户籍管理办法，它包括常住、暂住、出生、死亡、迁出、迁入、变更等多项人口登记规定，并以法律的形式对人口流动进行了严格的管制。单纯从经济的角度看，1958年起实行的户籍管理制度，在当时的历史条件下是必需的，也是有效的。随后的饥荒之年，如果人口毫无管理地盲目流动，造成的社会危害与社会管理成本将是无法想象的。这个制度在当时对稳定社会经济有积极作用。但与此同时，条例的颁布也在城乡之间、城市之间构筑了一道道高墙，而现在为各方人士深感头痛的城乡"二元经济"也由此蔓生出来，并一直影响着中国经济的结构性调整，困扰着中国经济的发展。

1963年以后，公安部在人口统计中把享受国家供应粮的城镇居民划为"非农业户口"，从此，中国城乡分离的二元模式初步形成。1964年8月，国务院批转了《公安部关于处理户口迁移的规定（草案）》，该文件比较集中地体现了处理户口迁移的基本精神：对从农村迁往城市、集镇的要严加限制；对从集镇迁往城市的要严加限制。此规定堵住了农村人口迁往城镇的大门。

2. 为适应经济发展的需要，传统的户籍制度在不断地进行调整。随着户籍制度的改革，"农转非"、"农民自带口粮进入城镇务工经商"、大城市的"蓝印户口"、城市户口买卖、城市购房入户等现象逐一涌现出来。

1977年11月，国务院批转《公安部关于处理户口迁移的规定》，提出"严格控制市、镇人口，是党在社会主义时期的一项重要政策"。该规定进一步强调要严格控制农村人口进入城镇，第一次正式提出严格控制"农转非"。长期以来，户籍制度还与粮油关系、劳动人事制度、社会福利制度、教育制度、住房制度紧密挂钩，它从不同方面限制着中国人的迁徙自由。户籍是一道无形的墙，阻碍着劳动力市场的发育。墙的一边是城市更好的福利，另一边是农村的公共服务不足。

1984年，国务院批转公安部《关于农民进入集镇落户问题的通知》，文件规定，有经营能力、有固定住所或在乡镇企业单位长期务工的，公安机关应准予落常住户口。统计为非农业人口，吃议价粮，给了部分人以"迁徙自由"，农民由此获得了在城市合法生存的权利。1997年，公安部提请国务院批转《小城镇户籍管理制度改革试点方案》和《关于完善农村户籍管理制度的意见》，明确提出从农村到小城镇务工或者兴办第二、三产业的人员，小城镇的机关、团体、企业和事业单位聘用的管理人员、专业技术人员，在小城镇购买商品房或者有合法自建房的居民，以及与其共同居住的直系亲属，可以办理城镇常住户口。

1998年，公安部提请国务院批转《关于解决当前户口管理工作中几个突出问题的意见》，主要规定：实行婴儿落户随父随母自愿的政策。放宽解决夫妻分居问题的户口政策。投靠子女的老人可以在城市落户。尤其是第四条：在城市投资、兴办实业、购买商品房的公民，及随其共同居住的直系亲属，凡在城市有合法固定的住所、合法稳定的职业或者生活来源，已居住一定年限并符合当地政府有关规定的，可准予在该城市落户。这解决了新生婴儿随父随母落户、夫妻分居、父母投靠子女等几个民众反映强烈的问题。

2001年5月1日，国家明令取消《市镇居民粮食供应转移证明》，终结了延续近40年的"户粮挂钩"政策，为今后户口迁移制度的改革排除了一个重大制度性障碍。2001年，公安部提请国务院批转《关于推进小城镇户籍管理制度改革的意见》，提出对办理小城镇常住户口的人员，不再实行计划指标管理。2001年九届全国人大第四次会议批准的《中华人民共和国国民经济和社会发展第十个五年计划纲要》指出，要"消除城镇化的体制和政策障碍"，"改革城镇户籍制度，形成城乡人口有序流动的机制"。同年10月1日，国务院批准公安部《关于推进小城镇户籍管理制度改革的意见》开始实施，中国两万多个小城镇中有固定住所和合法收入的外来人口均可办理小城镇户口登记。

2003年江苏省对户籍管理制度进行改革，自5月1日起实行按居住地登记户口的制度，取消城镇户口和农业户口，统称居民户口。取消"农业户口"，户口迁移将更容易，只要有合法固定住所或稳定生活来源，就可以获准迁入县城、乡镇所在地。

近年来，北京、上海、浙江、广东、福建、山东、吉林、河南、湖南、四川等地的户籍制度改革，都开始启动。但公民还期待着更大的举措和突破。

3. 传统户籍制度对社会的影响。传统户籍制度从1958年开始，已经在中国生存了将近半个世纪。在这近半个世纪中，户籍制度曾经对中国做出了较大的贡献，例如，对发展计划经济、对人口统计、提供人口资料、对维护计划经济下的治安等。但是，事实证明，户籍制度对市场经济的发展越来越起着阻碍的作用。具体来讲，传统户籍制度对社会的影响如下：(1) 传统户籍制度很大程度上限制了人才的流动。在传统户籍制度下，一个地区很难获得外地的人才，外来人才很难到户口外的地区安家落户，需要人才的地区也无法引进人才，因为它们也解决不了外来人才的户口问题。特别对于那些沿海城市，在这些发展速度较快的城市，劳动力需求较大，仅是本地的人口已经满足不了经济发展的需要，引入外地人才成了他们的迫切需求。传统的户籍制度，阻碍了社会经济的发展。(2) 传统的户籍制度是形成城乡二元结构的基础，它阻碍了农村剩余劳动力的合理流动，延缓了农村城市化的进程，妨碍了人口城镇化的正常进行。我国农村积累了庞大的剩余劳动力，严重地阻碍了农村劳动生产率的提高。就全国而言，全国76%的人口在农村，农村剩余劳动力估计有2亿人，占农村总人口的1/4，他们亟须向第二、三产业和城镇转移。一个地区整体经济的发展，需要消除城乡二元结构，促进城市、农村的共同发展。(3) 传统户籍制度导致社会不公平。在传统户籍制度下，城市人口享受着社会福利保障体系，农村人口却只能用土地来养活自己，而且农村人口必须被限制在农村土地上，不能进城，这对农村人口是不公平的。

4. 1991年，36岁的南京某单位职工马某经人介绍，认识了比他小15岁的安徽省肥东县农村姑娘小芳（系化名），不久两人就结婚了。婚后，马某将小芳接到南京生活，并给小芳在外找了一个临时工作，婚后两人感情尚好。次年，小芳生下一个男孩。1995年，儿子满3岁了，马某的心思重了起来：孩子户口与妻子在一起，至今还是农村户口，以后上学借读费太高，就业也是个问题。他思前想后，决定与妻子"假离婚"，等孩子户口上来后再复婚。经马某一番开导，小芳也同意了。于是，夫妻二人演了一次"双簧"，以"年龄悬殊、感情不和"为名办理了离婚手续。果然，儿子判归马某，户口迁到南京。夫妻二人如愿以偿，"一家三口"仍像以前那样生活在一起，一切似乎没什么变化。一天，小芳上班后突然失了踪，一个星期后打来电话，称要跟马某断绝关系。马某还想追问，小芳一句话却把他呛得愣了半天："我们早就不是夫妻了，你有什么权力干涉我的自由？"原来，小芳在外面有了男友。望着哭着要妈的儿子，马某心如乱麻地向派出所报案。民警表示小芳的行为并不违法，派出所也无能为力。

5. 人才配置市场化有两个重要指标：一是人员流动的自由程度；二是工资的市场决定程度。按照国际标准，一个国家只有实现80%以上的市场化，才能被认为是成熟的市场经济国家，而市场化程度的要素之一就是劳动力及其自由流动。世界遗产基金会和华尔街日报每年要对世界上150个国家和地区进行所谓经济自由化程度的评价。美国是95%，中国大体上是美国市场化程度的一半，被认为是准市场经济国家。

6. 北京人才服务中心的主任说，现在外地大专毕业生要进京留京，还需要指标，按条件审批。在京单位特别是"国"字号公有制经济成分的企事业单位招人，除性别、年龄、学历外，最重要的一条是要有户口。这是用计划经济的办法管理市场经济出现的问题。这种做法出路会越来越窄，发展的方向不应是放宽迁移政策，而应是淡化户口的作用，淡化户口的观念，从实际上取消户籍对人才使用的限制。

7. 中国人民大学劳动人事学院教授姚裕群指出，户籍制度的改革完全顺应当前我国市场经济的需要，户籍制度改革将对我国经济发展产生深远的影响。它将带来大量的人口流动和人才流动，对我国城市化进程的建设也将起到积极的作用。他说，我国改革开放以来共有三次较大的自发的人员流动（三峡工程迁移除外），一次是千军万马奔深圳，一次是海南淘金热潮，最近的一次是"上海热潮"。每次大规模的人员流动虽然给当地增加了诸如治安、交通方面的负面影响，但大规模的人员流动确实为当地经济的腾飞起到了积极的作用。他认为，虽然我国部分地区在户籍改革方面有所突破，但还远远不能适应我国目前经济发展的需要，以及人才合理流动、人才合理配置的需要，也不能完全适应我国城镇化发展的总体战略。改革户籍制度，打破城乡界限，是现代化和城市化的要求。它将有力地推动地区间的经济融合，并带来社会结构、文化等方面的深刻变化。他强调一些大城市虽向外地人开了一道口，但在开口的背后仍附加了这样那样的条件，特别是北京仍只限大学本科以上的高科技人才进京，同时大多数企业单位招工，仍把户口作为其中一个不可缺少的硬件，使许多人才失去同等竞争的机会，这样将对地区的经济发展产生不利的影响。

8. 美国：实行的是"出生死亡登记大纲"。只进行公民出生、死亡登记，平时公民可以自由迁移、移民。但公民迁移和移居某地，其生活状态必须符合该城市卫生及相关法律规定，如有一定的住房面积，有稳定的收入能待在该地。否则，有关部门将出面予以法律制裁，用这种方法维护一个城市的和谐和发展。

法国：户籍管理内容十分详尽，不仅有公民出生年月、性别、单双胞胎等内容，而且还有其父母的职业、经济收入、国籍、宗教信仰等相关内容。法国人的户籍信息与他们的就医、存款等日常生活紧密相关，一旦变动，意味着整个生活将发生较大变化，可谓牵一发而动全身。对于跨地区的人口流动，不论是城里人下乡，还是农村人进城，法国政府都没有任何强制性的行政措施，只要本人愿意，到哪儿扎根都没有人拦着。搬家的话，只需通知以前的社会保险机构，将其个人资料转到新住址所在地的相应机构即可。

日本：实行的是"户口随人走"的制度，它以家庭为单位标明每个人的身份、夫妻关系、父子关系等。孩子在20岁法定成人之前，无权独立设立自己的户籍，一旦成人，完全自由。但是日本最常用的户籍文本称为"住民票"，它以每个人的居住地为基础设立，标有此人的姓名、出生年月日、性别、与户主的关系等。日本的住民票是完全随着住址移动的。

9. 我国户籍制度的变迁。

户籍管理制度变化三阶段：

第一阶段，1958年以前，属自由迁徙期；

第二阶段，1958～1978年，为严格控制期；

第三阶段，1978年以后，半开放期。

建国初期，由于新政权在社会制度上的重大变迁，使得全社会的生产结构、收入结构、消费结构，均发生了重大变化。据统计，从 1954 年到 1960 年，全国人口迁入、迁出的绝对数波动在 2 000 万到 3 000 万之间。而当时的城市总人口只有 6 000 万到 8 000 万。就城市的就业来看，当时的产业工人只有 600 多万人，失业人口在 400 万人左右，而在此期间每年涌入城市的人口高达 500 万人以上。面对当时我国历史上突然出现的人口流动大潮，政府被动地出台了一系列限制农民进入城镇的文件。

1953 年 4 月 17 日，政务院公布了《关于劝阻农民盲目流入城市的指示》，"盲流"一词由此出现；1954 年 3 月，内务部和劳动部发文《关于继续贯彻劝阻农民盲目流入城市的指示》；1956 年 12 月 30 日，国务院公布《关于防止农村人口盲目外流的指示》；1957 年 3 月 2 日，国务院公布《关于防止农村人口盲目外流的补充指示》；1957 年 12 月 18 日，中共中央和国务院联合发文《关于制止农村人口盲目外流的指示》。由此可见当时农村人口向城市流动问题的严重。1958 年，在全国人民代表大会常务委员会第 91 次会议通过《中华人民共和国户口登记条例》之前，公安部长罗瑞卿就这一条例草案做了一个说明。罗瑞卿部长指出：我国社会主义建设的方针，是在优先发展重工业的基础上，发展工业和发展农业同时并举。无论工业生产和农业生产，都必须按照国家统一的规划和计划进行。因此，城市和农村的劳动力，都应当适应社会主义建设的需要，进行统一的有计划的安排，既不能让城市劳动力盲目增加，也不能让农村劳动力盲目外流。

当国家选择了计划经济的体制，选择了单一的公有制，并承诺代表工人阶级利益，保护全体劳动人民利益，而国家又不可能把推进工业化所必需的社会福利和保障覆盖到全体国民的情况下，实行多元化的有限公有制，即把社会福利与社会保障按区域，按所属层次，按核算单位分解开，形成有差别的社会保障制度就成为必然。差别的含义就在于，公有制是单一的，但在产权上并不单一属于国家，或单一属于"全民"，而是属于不同层次、不同区域、不同社区的群体。就社会保障的角度来看问题，我国几乎不存在覆盖全体国民的"全民"所有制或"全民"公有制。但在资源有限的条件下，只有这样有限边界的公有制，才能保证以计划经济的方式推进工业化建设。

新中国计划经济体制的确立，公有制对资源的垄断，导致原有市场经济体制下的资源价格、组合、分配、物流发生根本性的结构变化。其直接的反映就是市场供给与就业。1953 年，我国实行对粮食的统购统销政策。该项政策的核心要点是要保证对城市的粮食供给。当时出现城市粮食供给的紧张，恰恰是在国民经济全面恢复、粮食连年大幅增产的背景下发生的。其根本原因是由于市场的供给结构发生了重大变化。中国传统农业社会的粮食市场存在这样的现象：粮食生产总量不足，不一定意味着市镇粮食市场的供给不足；同样，粮食生产的总量充足，也不一定意味着市镇粮食市场的供给充足。在中国传统的市场经济背景下，城市的粮食供给一般都比较宽松，价格偏低。其主要原因是农村的地租总量较高，大量农民在粮食收获季节有被迫集中出手变现的现象。新中国成立后，城市粮食的供给大致是四成靠征，六成靠购。尽管地租的很大一部分转为农业税，但其中原来可以稳定超量进入市场的数量流失掉了。由于粮食生产的总量毕竟不足，这就导致城市粮食市场发生供给短缺。可以说，粮食的统购统销政策是我国城乡户籍制度走向分割的第一步，同时也是最具实质性的一步。

从就业的角度看，大量农村人口突然涌向城市，其基本原因不会是土改造成的。恰恰相反，土改还会吸收相当一部分农村人口进入农业生产。城市的工业化也不是原因，因为当时城市的失业人口有 400 万之多，同时国家大力推行"三个人的饭五个人吃"的就业政策。这里的根本原因在于：传统的以集镇为核心的农村大量非农小私有经济迅速萎缩以后，特别是 1956 年大力推进高级社以后，原本可以在农村从事大量非农小私有经济活动的人口，被挤向了城市。而城市大规模公有制经济的推行，特别是服务业的萎缩，又恰恰缩减了广泛的就业机会。这两方面的逆向调节，使得当时的人口问题迅速激化，加速了城乡户籍分割、区域户籍迁移设限政策的出台。

正是由于这一内在逻辑的自身演化，新中国逐步形成了一种以户籍管理为手段的城乡分割、区域分割、行业分割、核算单位分割的多元公有制体系，即多元社会保障体系。也就是说，当初的决策，并非是出于城市对农村居民的歧视才制定了专门的户籍制度，而是计划经济体制的内在逻辑决定了这一制度的形成。

申论要求

1. 认真阅读给定资料，概述资料的主要内容及当前户籍制度的弊端。（50 分）

要求：层次分明，概括准确，表达简洁，语言流畅，不超过 600 字。

2. 当前户籍制度改革势在必行，但又存在许多的问题，请你就如何认识"户籍制度改革是一个渐进的过程"写一篇文章。（50 分）

要求：观点明确，自拟标题，条理清楚，行文流畅，字数在 1 000～1 200 字之间。

 **详 解**

1. ［答案提示］ ▷

1958 年颁布的《中华人民共和国户口登记条例》是新中国第一部完整的户籍法规，标志着我国传统户籍制度正式形成，并在城乡之间、城市之间构筑了一道道高墙。1963年以后，公安部在人口统计中把享受国家供应粮的城镇居民划为"非农业户口"。从此，中国城乡分离的二元模式初步形成。

为适应经济发展的需要，传统的户籍制度在不断地进行调整。随着户籍制度的改革，"农转非"、"农民自带口粮进入城镇务工经商"、大城市的"蓝印户口"、城市户口买卖、城市购房入户等现象逐一涌现出来。近年来，北京、上海、江苏、浙江、广东、福建、山东、吉林、河南、湖南、四川等地的户籍制度改革，都开始启动。

现行户籍制度作为计划经济时代的产物，阻碍了城乡发展，不利于我国农业人口城市化顺利进行，其弊端主要包括：第一，不利于形成全国统一的劳动力市场。"城市关门"抑制了劳动力、人才的自由流动，特别是发展速度较快的城市，人才不足现象更为严重。第二，传统的户籍制度是形成城乡二元结构的基础，它阻碍了农村剩余劳动力的合理流动，延缓了农村城市化的进程，妨碍了人口城镇化的正常进行。第三，传统户籍制度导致社会不公平。在传统户籍制度下，城市人口享受着社会福利保障，而农村人口却只能用土地来养活自己，而且农村人口必须被限制在农村土地上，不能进城。这对农村人口是不公平的。

只有上述三大弊端得以突破，有关户籍管理的主要障碍才能迎刃而解。其他国家在户籍管理方面的有效经验值得我们学习。

户籍改革必须循序渐进

户籍制度在全国实行一蹴而就的同步改革的确是不现实的。户籍改革不是简单的户口本改革，它涉及就业、医疗、教育、福利等方面的利益调整和再分配，如果在相关配套设施没有落实之前匆匆改革，"户改"就极有可能成为一纸有名无实的空文。但另一方面，户籍改革是实现城乡人才自由流动、体现公平原则、推动新农村建设和经济发展的必然要求，是大势所趋。

改革城乡二元政策尤其是取消现行户籍管理制度是必须的，但要注意改革的力度和顺序。虽然户籍制度是其他制度安排的基础和前提，并且形成于其他制度之前，但根据现实的情况，改革的次序只能是反向的。应先逐步取消城市居民享有的各种优惠待遇，然后才能完全废除现存的户籍管理体制，实行国际通行的登记户口制。

户籍问题所指的并不是户籍管理本身。中国户籍制度的独特之处在于依附在户籍之上的各种权利和福利在城乡居民之间的二元安排，这才是不合理之所在。然而，实践已经证明：取消城乡居民的户口差异可以一蹴而就，而使进城农民享受同等的权利和福利却难上加难。

要统筹城乡发展，避免城乡差距的进一步扩大，就要对传统的城乡二元体制进行逐步调整，而这要求我们对这一系列盘根错节的体制安排有一个清晰的认识。我们都注意到，这一系列排斥农民的政策无一例外都是以户籍制度为基础的，只有通过它，才能严格区分和分割城乡人口，并对农民实行所谓"歧视性待遇"。所以，户籍制度实际上处于基础和核心的地位，从这个角度来说，把改革的矛头指向户籍制度似乎是切中要害的。但是，在户籍改革中，应考虑到当地资源的承受能力，及早进行相关政策和公共设施的建设，避免出现"休克式改革"的局面，即"户改"不慎有可能引发的城市管理混乱和相关服务设施瘫痪，最终导致户籍改革失败。一旦取消对进城农民的户口管制，本来限于城市居民享受的福利和公共资源将会骤显极度短缺，甚至会对城市带来破坏性冲击。这其中的道理是很明显的：在城乡收入和福利差距如此巨大、城市化严重滞后的条件下，户籍制度如果立即取消，城乡制度完全一体化，大量人口的涌入必然导致城市陷入混乱和崩溃。这对一些特大城市和传统体制色彩浓重的城市来说是尤为危险的。

户籍改革还应尽快剥离依附于户口的各种利益和功能，使劳动就业、子女升学、住房分配、社会福利等与户口完全脱钩，还原户籍的本来面目，让它纯粹成为国家管理、统计人口和进行决策的依据。户口管理办法也应由"事前准入制"向"事后登记制"改革，公民只要在某地居住、生活、工作等达到一段时间，就可自愿申请加入当地户口，实行自谋职业、自理口粮的制度，使人才在全国范围内自由流动。

与法律相抵触的是客观的基本国情，我们只能承认"罗马并非一日可以建成"。户籍制度对农民确实不公平，确实限制了公民的基本权利，但目前它在一些地区还有存在的必要。户籍改革必须渐进有序而不能冒进。

三、商业贿赂问题

注意事项

1. 申论考试，与传统作文考试不同，是对分析、驾驭材料的能力与对表达能力并重的考试。

2. 作答参考时限：阅读资料 40 分钟，作答 110 分钟。

3. 仔细阅读给定资料，按照后面提出的"申论要求"依次作答。

给定资料

材料一

2006 年 6 月，一份来自陕西省人民检察院的调查报告：

陕西查处 104 名县处级以上干部

一幢住宅楼，一幢公寓楼，两幢楼的招标建设成了校长的"摇钱树"。因为在招投标过程中"帮了忙"，陕西省石油化工学校校长山鸿从这棵树上摇下了 19 万元，同时也为自己摇来了 10 年牢狱生活。

不仅如此，这一案件又相继牵出 4 名贪官：该校原副校长、党委副书记、纪委书记、财务科长。此外，包括原陕西省建设工程招标投标管理办公室招标科科长在内的 4 人也难逃其责，而行贿人姜守贵也被判处有期徒刑 2 年，缓刑 3 年。

此案是商业贿赂犯罪的一起典型案例。记者从陕西省人民检察院获悉，自 2003 年至 2006 年 1 月，该省检察机关认真履行职能，共查办商业贿赂犯罪案件 509 件、521 人，其中县处级以上干部达 144 人。

"事实上，商业贿赂行为已渗透到社会许多领域，在陕西省查处的这 509 件案例中，工程建设、金融、电力、医疗卫生、土地管理、教育、政府采购等成为当前商业贿赂犯罪的高发区，这与国家划定要求严查的几个商业贿赂'重灾区'范围是一致的。"为加强今后查处行动的针对性，陕西省检察院对这些案件进行了综合分析：509 件商业贿赂案件中，发生在工程建设领域的 209 件、211 人；土地出让领域的 25 件、25 人；医药购销领域的 44 件、44 人；产权交易领域的 19 件、22 人；政府采购领域的 29 件、29 人。

"商业贿赂的通俗说法，就是给回扣、好处费，这就决定了此类案件往往发生在掌握实权的部门和个人中。"一位法律界人士在接受记者采访时说。掌有实权的一些公职人员利用负责各种招标、购销、项目审批、土地审批等机会，大肆收受贿赂或索要"回扣"等，这使商业贿赂犯罪在以下几个环节尤其突出：医疗卫生系统的药品、医疗器械采购环节；金融系统的发放贷款环节；工商系统的注册办证环节；税务系统的核税、征税环节；教育系统的教材设备采购环节；政府采购环节等。

509 件商业贿赂案呈现四大特点：

被查处的 509 件商业贿赂案中，引起社会关注的有：西安城市建设投资有限公司原经理刘景文等 4 人涉嫌贿赂案；陕西人民出版社原社长周鹏飞等 5 人涉嫌贿赂案；西安市房管局物业处原处长钟军受贿 200 余万元、巨额财产来源不明案；宝鸡市千阳县原副县长陈斌收受贿赂案；渭宾信用联社原主任李来锁套取和收受贿赂 25 万元案；铜川新区管委会原副主任德志受贿案；铜川市建设集团原董事长兼党委书记宁国治受贿案；陕西理工学院原副院长黄祥林受贿 12 万元案；汉中农电工委原主任岳成东受贿 48 万元案；汉中中心医院原副院长龚宜文受贿 70 余万元案等等。

"招投标搞半明半暗操作，表面看似公开，实则是谁给的好处多就把标投给谁，是商业贿赂犯罪案件中最常使用的伎俩。"据陕西省检察院综合分析，商业贿赂案的主要犯罪手段还有：加大工程量，提高工程项目造价；对工程质量验收睁一只眼、闭一只眼，对偷工减料的工程也验收合格；在产品购销活动中，双方合谋，层层加价，或者变换产品型号，或者以假充真、以次充好……

由于具有"权力寻租"的性质，商业贿赂犯罪案的最大特点就是"受贿案件占大多数"。其次，单位直接经管人和部门一把手犯罪多，在同一案件中多是一把手和主要经管人共同接受贿赂，且案犯与行贿人联络次数较多、受贿次数较多，每次受贿数额都不大。再次，窝案、串案多。最后，行贿、受贿行为多发生在购销活动过程中，如医药购销领域多是医疗设备或药品第一次采购完毕，经销商为表示感谢和为了以后销售方便进行行贿；工程建设领域则是在建筑材料购买后、付款前行贿；教材采购领域多是在教辅材料订购后、支付款项过程中发生。

查办商业贿赂案件的难点：

"在查办商业贿赂犯罪案件中，仍然存在很多难点。"陕西省检察院在一份《关于查办商业贿赂犯罪案件有关情况》的报告中，对此类案件在查办过程中遇到的问题进行了分析。首先，是立法上的局限性。据了解，我国商业贿赂方面的立法已明显滞后。《刑法》是 1997 年修改的，《中华人民共和国反不正当竞争法》（以下简称《反不正当竞争法》）和《关于禁止商业贿赂行为的暂行规定》分别颁布于 1993 年和 1996 年。由于受当时立法环境的限制，这些法律、法规对商业贿赂的界定及相关规定都比较简单。面对当今现实生活中形形色色的商业贿赂行为，一些条款难以适用，给司法实践带来了很大困难。

同时，现行立法对犯罪主体的限定过于狭窄，使一些本应受到惩处的商业贿赂主体得不到相应的处罚。当前，检察机关查办商业贿赂犯罪主要是依据《刑法》第八章有关规定，犯罪主体仅限于国家工作人员。这些规定将一部分国有企业、事业单位工作人员的犯罪问题排除在外。而医院、学校等事业单位恰恰又是商业贿赂的重灾区，医生、教师等人员收受贿赂的行为却因此较难受到查处。

立法的局限还体现在法律法规相互之间不能有效衔接上。按照《刑法》第 385 条规定，贿赂的是财物，而《反不正当竞争法》、国家工商总局发布的《关于禁止商业贿赂行为的暂行规定》中，贿赂除财物外，还包括其他内容，明显与《刑法》不同。在现实生活中，贿赂的表现形式更是多样，如提供劳务、技术帮助，与实权人物私下所办的企业联营，关联受贿、色情、性贿赂等等，这些又不属于刑法规定的贿赂范畴，因而削弱了刑法对商业贿赂案件惩处的力度。加上"商业贿赂"指的是什么样的贿赂，目前既无明确的立法解释又无相应的司法解释，因而给办案工作带来了一定的困难。

影响查处的第二个因素，是案件线索匮乏，调查取证困难。由于商业贿赂的行贿、受贿双方存在着利益一致性，且行为都是秘密进行，监管主体很难发现线索。加上群众对商业贿赂的危害性认识不足，又缺乏完善的鼓励举报、保护举报人机制，知情人往往不愿举报、不愿作证，案件线索主要靠反贪部门自己摸排。商业贿赂行为通常是账外给付、接受，加之许多私有企业、个体户没有账户，几乎没有书面证据，知情人也很少，给调查取证工作造成了许多困难。

另外，此类案件的查办证据多为"一对一"，案件往往牵涉到多个单位，行贿、受贿人中一方一旦听到风声，便串供、毁证，订立攻守同盟。加上目前的线索管理制度，从受理到查处，中间环节多，容易泄密。并且相当一部分单位、部门发现犯罪后进行内部消化，以罚代刑，导致此类案件线索成案率普遍较低。

办案人员在查办过程中还发现，目前行政处理是治理商业贿赂的重要手段，也是商业贿赂犯罪线索的来源之一，而有权查处商业贿赂行为的机关既有公安机关、检察院、工商行政管理部门，还包括行业行政管理部门等，行政执法机关与司法机关之间的管辖方式并无明确界定，多头管理又缺乏有效的协作配合机制，由此常常导致管辖权的脱节，对商业贿赂犯罪打击不力。

此外，当前商业贿赂行为形式多样，手段日趋隐蔽且日益现代化。而检察机关侦查手段单一、落后，现代化技术的运用差距很大，也给办案带来很大难度。

材料二

1. 新华网北京6月12日电　中央治理商业贿赂领导小组12日召开执纪执法部门负责人座谈会，研究如何充分发挥执纪执法部门职能作用，进一步加大查处商业贿赂案件工作的力度。中共中央书记处书记、中央纪委副书记、中央治理商业贿赂领导小组组长何勇出席会议并讲话。他强调，各执纪执法部门要坚决贯彻中央的部署和要求，进一步增强大局意识和责任意识，以更加坚决的态度、更加有力的措施，切实加强和做好查处商业贿赂案件工作。

据悉，今年以来，各执纪执法部门按照中央关于治理商业贿赂专项工作的要求，加强组织领导，进行周密部署，把查办商业贿赂案件摆上重要日程，依法查处了一批有影响的商业贿赂案件，严惩了违法犯罪分子，收到了较好的社会效果。

何勇指出，依法查处商业贿赂案件是治理商业贿赂专项工作的一项重要任务。一些违法犯罪分子为谋取非法利益，置国家法律法规于不顾，不择手段，肆意妄为，造成了严重危害和恶劣影响，对这些违法犯罪分子必须坚决予以惩处。各执纪执法部门肩负着宪法和法律赋予的神圣职责，要高度重视查处商业贿赂案件工作，进一步加大力度，坚决惩处违法犯罪行为，有效遏制商业贿赂滋生蔓延的势头，以实实在在的成效取信于人民群众，为经济健康发展和社会和谐稳定提供有力保障。

何勇强调，当前要集中力量查办一批商业贿赂案件，尤其要下大力气突破一批涉案金额大、涉案范围广、涉案人员多的大案要案。重点查处工程建设、土地出让、产权交易、医药购销、政府采购以及资源开发和经销领域发生的案件，坚决查处严重破坏市场秩序、严重危害人民群众切身利益的案件。要积极拓宽案件来源渠道，认真受理人民群众的投诉和举报，善于从部门和行业自查自纠中发现问题，注意新闻媒体热议和披露的涉及商业贿赂的信息，运用各种途径和手段深入挖掘案件线索。对符合立案条件的要及时立案侦查，力争尽快突破。正在查办的案件要加强力量，加大力度，从速查结，依法惩处，形成查办商业贿赂案件的强劲声势，有力震慑违法犯罪分子。各地区、各部门都要继续选择一批重大、典型的商业贿赂案件，实行挂牌督办。

何勇要求，司法机关、行政执法部门和行业主管（监管）部门要通力合作，加强联系和协调，增强查处案件的整体效能。要严格依法办案，讲究办案的方式方法，严明办案纪律和工作纪律。要正确把握政策法律界限，做到宽严相济、区别对待，使少数犯罪分子依法受到惩处，使大多数人受到教育和警示，努力达到查办案件的政治效果、经济效果、法律效果和社会效果的统一。要强化对查处案件工作的监督检查，严格落实办案工作责任制，对瞒案不报、压案不办的，要依法追究责任。对商业贿赂案件，不管涉及哪个单位、哪个人，都要敢于碰硬，一查到底，决不手软、决不姑息。

2. 从公安部获悉：2000年以来，全国公安机关立公司、企业人员受贿犯罪案件2 529起，立对公司、企业人员行贿案件564起。"无论立案数、破案数还是打击处理人员数量都是呈逐年上升趋势。"公安部部长助理兼经济犯罪侦查局局长郑少东说。他同时表示，应当清醒地看到，这组统计数据并不能真实反映近年来我国商业贿赂犯罪的客观状况，在一些行业和领域，商业贿赂在某种程度上成为"潜规则"，犯罪形势十分严峻，"目前公安机关查办的案件只是冰山一角"。

在今天召开的全国公安机关打击商业贿赂犯罪专项工作电视电话会上，公安部要求公安机关把查办大要案件作为专项工作的中心环节，力争短期内攻克一批案情复杂、情节严重、涉案金额巨大、影响恶劣的大要案，迅速掀起打击商业贿赂犯罪专项工作的高潮。重点打击工程建设、土地出让、产权交易、医药购销、政府采购、资源开发，以及银行信贷、证券期货、商业保险、出版发行、电信、电力、质检、环保等领域和行业的商业贿赂案件。

公安部打击商业贿赂犯罪领导小组办公室负责人分析了当前面临的制约因素。包括刑法的相关规定相对滞后，移送渠道不畅，执法部门在犯罪主体的认定、案件的管辖、追诉标准、证据要求等方面认识不同造成打击不力的问题，以及从业人员和群众对相关法律规定不了解，举报、投诉较少，加之此类犯罪行为隐蔽性强、手段复杂多样，侦办工作难度大。而公安机关自身也存在警力紧张、经费匮乏等问题需要解决。

针对案源不足、渠道不畅问题，公安机关将从加强调研摸底、线索梳理等几个方面入手解决。例如充分利用和完善现有信访举报系统，开通并及时向社会公布举报电话、传真、邮箱地址，进一步畅通案件举报渠道。加强情报工作，提高公安机关主动发现和打击的能力。

公安部要求各地公安机关准确把握政策，严格依法办案，正确运用宽严相济的刑事政策。严格按照法律规定对商业贿赂行为定性处理，正确区分正常的商业交往与不正当交易、违法违纪与犯罪的界限，分清罪与非罪、此罪与彼罪。要严格按照法定程序和时限办案，严格使用强制措施特别是羁押性强制措施，提高人权保障意识，实现实体正义和程序正义的统一。

申论要求

1. 请用不超过150字的篇幅，概括出给定资料所反映的主要问题。（20分）

2. 请用不超过250字的篇幅，提出解决给定资料所反映问题的方案。要有条理地说明，要体现针对性和可操作性。（30分）

3. 就给定资料所反映的主要问题，用1 200字左右的篇幅，自拟标题进行论述。（50分）要求：中心明确，内容充实，有说服力。

 **详 解**

1. [答案提示] ▷

该资料主要反映了商业贿赂案为何难查办的问题。随着我国经济的繁荣发展，经济犯罪也越来越猖獗。一些掌有实权的公职人员利用职务便利，大肆收受贿赂或索要"回扣"。另一方面，商业贿赂案的查案线索匮乏，调查取证难，法律法规滞后。另外，多头管理又缺乏有效的协作配合机制，由此常常导致管辖权的脱节，造成对商业贿赂案查办难和打击不力。

2. ［答案提示］▷

为解决商业贿赂案难查办的问题，应采取以下措施：

（1）完善立法，重拳打击商业贿赂。2006年6月29日，十届全国人大常委会第二十二次会议通过了《刑法修正案（六）》，明确规定将商业贿赂犯罪的主体扩大到公司、企业以外的其他单位的工作人员。这为打击商业贿赂提供了有力的法律武器，应依法贯彻执行。

（2）大力宣传商业贿赂对社会的危害性，增强人民群众对商业贿赂的举报意识。同时，要建立和完善奖励举报、保护举报人的机制，使商业贿赂成为过街老鼠，人人喊打。

（3）要妥善解决行政执法机关与司法部门之间管辖方式的界定问题，解决多头管理造成的管辖权责不明、打击不力的问题，建立有效的协作配合机制。

3. 参考例文 ▷

对治理商业贿赂的思考

近年来，商业贿赂在一些行业和领域中滋生蔓延，日渐成为滋生腐败行为和经济犯罪的温床。胡锦涛同志在中央纪委第六次全会上明确指出，要把治理商业贿赂作为党风廉政建设和反腐败工作的重点工作之一抓好。温家宝同志在第四次全国廉政会议上部署政府系统廉政建设和反腐败工作时，把治理商业贿赂作为重点工作之一。吴官正同志在中央纪委第六次全会上部署反腐倡廉工作任务时也指出，要认真治理不正当的商业行为，坚决依法惩处商业贿赂。治理商业贿赂，不仅需要政府下决心，同时也考验着相关职能部门的执法水平及每个成员的道德素养。

商业贿赂的主要特征及其危害

商业贿赂是贿赂的一种表现形态，其本质特征是经营者为了获得交易机会或有利的交易条件而采取各种手段，暗中给相关单位或个人好处。其主要法律特征有：一是主体的特定性。即行贿主体是从事商业活动的经营者，受贿主体则是与行贿方相关联的不特定单位和个人，其中较为突出的是拥有公共权力的组织和个人。二是目的明确、手段多样。商业贿赂目的是希望在经营活动中排斥正当竞争，获取交易机会。商业贿赂的花样不断翻新，手段越来越隐蔽。三是从主、客观方面看，商业贿赂是行为人主观上出自故意，以排挤竞争对手为目的；客观上通过秘密的方式向个人或单位支付财物的不正当行为。

商业贿赂在一些地区和行业不断滋生繁衍，影响面越来越宽，对经济和社会发展造成十分严重的危害：它严重破坏了市场的公平竞争和正常交易秩序；破坏了市场资源的合理配置，损害了消费者的合法权益；败坏了党风、政风和社会风气；严重损害了社会主义和谐社会的构建。对我国政治、经济和社会生活均带来很大的负面影响，必须坚决予以治理。

治理商业贿赂的对策

当前，治理商业贿赂，需要从健全法律法规、完善体制机制、规范监督管理和深化体制改革等多方面进行综合治理。

（一）加强宣传教育，营造清廉、诚信的氛围，使人"不愿为"。治理商业贿赂离不开一个积极健康向上的社会文化氛围。要把反对商业贿赂纳入廉政文化建设，在公益广告、"廉政墙"、廉政文化"一条街"上，增加关于反对商业贿赂的宣传内容，大力宣传商业贿赂的严重危害性，纠正"商业贿赂润滑剂"等错误认识，营造"以诚实守信为荣，以见利忘义为耻"的商业文化和社会氛围。组织各部门、各行业认真开展社会主义荣辱观教育，支持、引导新闻媒体对商业贿赂进行舆论监督。加强对国家公务人员的法律、纪律、职业道德教育，运用已查办的商业贿赂案件，开展实例教育活动，营造浓厚的反对商业贿赂的舆论氛围。通过加强宣传教育，在全社会形成搞商业贿赂可耻，诚实守信、规范守法经营光荣的社会文化氛围。

（二）健全和完善治理商业贿赂的制度和法规，使人"不盲为"。发生商业贿赂的一个重要原因，就是有关法规制度不健全，不完善。如果我们的制度设计严密、落实又到位，法网没有空子让人可钻，谁还敢盲目触"网"，以身试法。因此要下工夫健全和完善防治商业贿赂的制度法规体系。一是加快社会诚信体系建设，尽快出台适合我国国情的法律、适应经济发展需要的诚信体系，以及科学的商业信用评价体系，使商业诚信法制化、规范化。二是建立和完善会计制度，防止做假账行为；健全金融监管制度，加强票据管理，减少现金交易。三是修订完善相关法律法规，完善行政执法与刑事司法之间的衔接机制，保证商业贿赂行为能够得到法律的惩治。适时制定反商业贿赂法规，为治理工作提供有力的法律支持。通过健全和完善治理商业贿赂的制度和法规，把全社会的商业经营活动纳入规范化、法制化轨道。

（三）部门联动，严肃查处商业贿赂案件，使人"不敢为"。要集中力量，重点对社团、行业组织和社会中介组织进行规范，打击在市场交易中给予、收受回扣、手续费和礼金和假借促销费、宣传费、赞助费等名义进行商业贿赂的行为。各部门之间建立信息通报、案件协办等机制；健全投诉举报制度，公布举报电话。建立投诉举报激励机制和保护举报人制度，鼓励企业内部人员和同类企业的投诉举报。建立联动、协作机制，纪检、监察、工商、检察等部门加强协调和沟通，及时掌握商业贿赂的线索、动态和特点，形成治理商业贿赂的整体合力。

（四）加大体制改革和权力监管力度，从源头上预防商业贿赂，使人"不能为"。要有效预防和遏制商业贿赂，必须制约权力的运作，必须对权力的运作进行规范。为此，要继续认真贯彻执行《行政许可法》，深化行政审批制度改革，规范行政审批行为，转变政府职能，把原本应由市场评估的东西归还市场；建立健全金融调控体系，完善金融监管体制和协调机制；加强对政府投资的监管，规范政府投资行为，健全政府投资监管体系和国有资产监管制度；大力推进行业协会、商会管理体制改革，进一步强化行业协会的自我管理和行业自律功能，促进企业守法经营，公平竞争。要坚持事前监督与事中监督相结合原则，大力推行办事公开制度，将群众关注的工程建设、土地出让、产权交易、医药购销、政府采购以及资源开发和经销等领域置于阳光之下，接受社会监督。

四、政绩观问题

注意事项

1. 申论考试是对应考者阅读理解能力、综合分析能力、提出和解决问题能力、文字表达能力的测试。

2. 作答参考时限：阅读资料 40 分钟，作答 110 分钟。

3. 仔细阅读给定资料，按照后面提出的"申论要求"依次作答。

给定资料

1. 某县党政领导干部，每人都有本"民情日记"本，走到哪里就带到哪里，随时记录与老百姓切身利益有关的问题，群众对此好评有加。县委、县政府要求每个领导干部每月要有 1/3 的时间深入基层，同群众促膝谈心，倾听真话，了解实情，并写两则以上"民情日记"和一份调查报告。各部门、各乡镇指定专人负责将本单位领导的"民情日记"归纳整理后上报县委办公室，然后由县委办通过简报予以摘登。县委则根据"民情日记"反馈上来的各种问题，定期或不定期召开常委会议，进行研究和解决。据了解，该县 300 名领导干部仅两个月时间就写"民情日记"1 800 多则，解决与群众利益有关的事 465 件。

2. 某县耗资百万元，在 108 国道边修建了"喷灌工程"。该工程竣工之时，电闸开处，甘霖飞洒，官员喝彩，参观取经者络绎不绝。但检查组、参观团一走，就偃旗息鼓，已闲置两年。原来此工程中看不中用，农民浇亩地仅电费就需二三十元，是引渠水浇地的三四倍。

3. 某地农民过去爱种路边田，因为交通方便，产品便于出售，现在他们却大都不愿再种路边田了，因为领导把路边田当做"政绩广告"，强迫农民不断"调整结构"，一个领导一个做法，今天大搞"生态农业，猪鱼混养"，明天搞"葡萄长廊，果树飘香"，到头来屡战屡败，吃亏的是农民。

4. 据报载，某贫困县花近千万元举办芒果节。芒果节期间，虽然用巨款请来歌星助兴，但并未使果农卖果难的问题得到解决。原来芒果节本应在四月下旬举办，可县领导为让各方宾客能看到该县的"形象工程"——"生态湖"，便将芒果节推迟到"形象工程"竣工后的 5 月 28 日，错过了芒果最佳促销时机。

5. 某地政府自 1998 年开始建设"四万工程"，"即万亩黄花菜工程"、"万米绿色长廊工程"、"万亩蔬菜工程"和"万户养鸽工程"，为此拆除农舍 283 间，征用农民承包耕地 300 余亩，导致一些农民至今无家可归、无地可种，有的栖身在洞里已达一年之久。如今，虽然横跨公路的标语"菜青鸽白黄花飘香，境优人靓绿廊溢情"、"抓好四万工程，造福五万人民"十分醒目，但菜地变成荒地，空空的大棚架子已成为儿童玩耍的器械，规划中的鸽子广场，周围民房已经拆除年余，而目前只立起一座造价十万多元的高架灯座。

6. 下去搞调查研究，常常遇上"要啥有啥"的干部，汇报情况的时候，他们不是实事求是，有啥说啥，而是察言观色，要啥有啥，看你对某一问题是持支持态度的，便掏出一堆正面的事例和典型；看你对某一问题是持反对态度的，便掏出一堆反面的事例和典型。总之，要什么经验有什么经验，要什么典型有什么典型，甚至要什么数字就能找到什么数字，把你应对得舒舒服服，满意而归。于是就出现这样一种现象：花了很多精力下去调查研究，得到的却是与实际情况距离很大的虚假情况。几年前，某地为了总结某项工作试点情况，派出七八个小组到同一城市调查研究，看法竟大相径庭，一个主要原因是上了"要啥有啥"的当。

7. 据报道，某县城小学校长关某在向媒体介绍校舍是危房，150 名学生不得不借用民房上课的情况后不久，就被镇里免去了校长职务。

8. 传媒也经常报道某某官员微服私访的消息，但总让人有不伦不类的感觉。一是有些微服私访变了调。应该说，微服私访者，大抵是身居高位的官员，古时听得最多的是皇上或钦差大臣，至少也是总督或巡抚。但是，现在听到的大多是某市县级领导，甚至连下基层也美其名曰微服私访。二是有些微服私访变了味。一曰放不下身。也就是放不下"官架子"，不能以平民身、平常心去体察民情。二曰静不下心。出得"官"来，风风火火，心静不下，一天两天便打道回府。三曰听不到话。下榻宾馆酒店，置身闹市大街，围着转的是各级地方官员，看到的是早就导演好的"戏"，听到的是背熟的"台词"，至于老百姓的真话、实话、心里话则无法听到。四曰吃不了苦。置身于穷乡僻壤，粗茶淡饭无法下咽，草席旧被难以入眠，再加之冬有寒气逼身，夏有蚊虫叮咬，哪能待得下去。五曰解不了难。走后困难还是那个困难，负担还是那个负担，怨气还是那股怨气。

9. 某市政府第二十五次常务会议务实反虚，特别是要坚决反对"虚"，比如年终少搞评比等花费甚多且不必要的活动。临近年终，不少部门照例要搞总结评比活动，眼下就有一些活动计划报到市长那里。市政府要求，要少搞这些形式主义的东西。规定政府部门除了极个别的活动经批准可搞外，其他一律不许搞，经批准的活动即使搞也要缩小规模，降低标准。

10. 某县来了上级派来的水利检查组检查洞庭湖水利工程。来到工地上一看，但见"红旗飞舞，农民挥锹铲土，拖拉机来来往往，好一派繁忙景象"。县里还汇报说，本年度水利工程是历年中出人力最多、投资最多的等等。估计看的听的都使检查组比较满意，就转到下一站检查去了。这边检查刚走，只见刚才还挥汗如雨的农民们立刻收拾工具，坐上各种交通工具——包括刚刚卖力表演的小拖拉机，迅速撤离。有记者提问原因，农民们答曰："乡里叫我们来'表演'给检查组看的，能顶好几天工。"

11. 某地区今年遭受了120年未遇的春旱，而所修建的引水工程却引不来水，市财政拨款138.9万元修建的灌渠已经闲置4年，涵洞口结满了蜘蛛网。干部们说，引长江水灌溉，要有三道工程，第一道高压取水，第二道干道送水，第三道沟渠分水，直到今天只修了无头无尾的干道。农民说，只修这一段，而且修在路边容易看到的地方，修在市"蔬菜办"容易检查到的地方，做个样子。如此看来，毫无作用的干道只是专门供"官"参观检查的。有人称这种"农业"为"官赏农业"。

12. 某乡党委书记，实在看不下那里"农民真苦、农村真穷"的实情，看不下农民因负担过重（有的村人均500元人头费）而背井离乡，使2万亩土地撂荒的境况，给国务院领导含泪上书。信中说："现在真话无处说，上级领导只听农民增收就高兴，汇报农民减收就批评人。有典型，无论真假，就记录、就推广。基层干部察言观色，投领导所好，到处增产增收，形势大好，所以，真话也听不到了……现在，作为一名基层干部，不出假典型，不出假数字，不违心做事，做实事求是的干部，真是太难了。"国务院领导批示，要求省、县领导采取措施，信中反映的问题很快得到了暂时的解决。

13. 继某大学出版社以向中国"希望工程"捐献价值100余万元人民币的书籍，纪念其复社20周年后，今天，全国教育书刊发行联合体（国内23家民营书店协议联合组成）又向"希望工程"捐赠了40万元人民币的现金和价值60万元人民币的与人民教育出版社新版中学教材同步的辅导用书，并以此庆祝联合体成立5周年。捐款将由中国青基会用于在中国西部地区援建希望小学，捐赠的书籍也将由中国青基会转赠给全国各地，主要是中西部地区的中学生。

14. 最近，某市政府向全市公务员提出一个要求："做事不'做戏'，做'实干家'，不做'表演家'。"之所以要这样提，是因为这些年基层干部"做戏"的事确实出了不少。有的是在会台上"做戏"，喊大口号、说大计划、提大措施、讲大蓝图，但细心逐条核对一下，就会发现，十之八九都是空对空。也有的是在汇报材料上"做戏"。拣好的说，拣大的说，拣已经做了的说。十家企业九家亏损，便专门汇报那一家赢了多少多少利。更多的则是在应付检查时"做戏"。为了应付计划生育检查而拉来互不认识的男女组成"假夫妻"，为了迎接"普及九年义务教育验收"，而到外地去借"假学生"。

15. 轰轰烈烈地开展有 10 年之久的"全国卫生城市"冠名活动，近期已被宣布不再进行。来自全国爱卫会的消息表明：一些城市为了应付检查，不是下大力气去提高日常管理水平，而是搞突击甚至弄虚作假，影响了检查评比的效果。某市有一次获得全国卫生城市的称号，然而煞风景的是，检查组前脚刚走，就发生了哄抢盆花的不文明事件。为此，全国爱卫会决定，自今年起作为"流动红旗"式的"全国卫生城市"冠名将不再进行。今后全国城市卫生检查评比将实行申报制，对自愿报名参评的城市进行"不打招呼"式的突击检查，每次检查的结果由全国爱卫会统一公布，评出名次，但不再授予"全国卫生城市"称号。

16. 最近，某地群众在为某个会议叫好。经详细了解，原来这是统计部门开了一次"减数会"。他们发现各县报来的乡镇企业产值明显高于平时调查了解掌握的情况，立即召集各级统计部门负责人开会，认真核对，主动减数，使上报的数字减少了水分。

17. 一个基层单位的领导说，年年要为应付检查而伤脑筋。一曰小康达标检查，二曰初级卫生保健检查，三曰卫生评比检查，四曰体育先进评比检查，五曰家教工作检查。工作检查本是很正常的事，为什么要伤脑筋？原因很简单，就是此类检查变味了。其内容条款看上去丰富，实则琐碎，而且几乎大同小异。首先要有若干年的总体规划，然后是各年度的工作计划和工作总结，要具备专门领导机构，要有一系列的表格数字；主管部门要有一整套资料，当地党委、政府历年的工作计划和总结中也要有相应的内容。这样就非常伤脑筋了。许多形式上的东西平时就没有存档，而现在非要不可，接受检查的部门不得不组织一批造假的人夜以继日地起草、打印、装订。连几年前的政府工作报告也要翻出来修改一番。如果是跨级、跨部门的检查，还要自下而上的相关部门层层会审，哪一关提出异议，又得忙碌一阵子。除了案头资料面面俱到外，还得腾出有关场所，置办相关器材，挂上一块又一块牌子……直到检查团来了，又得诚惶诚恐地忙碌一番。试想，一个单位一年当中有几次类似的检查，不搞得精疲力竭是过不了关的。

18. 深入领会和全面落实科学的发展观，是摆在当前各级领导干部面前的一项重要政治任务。中央党校党建部教授梁妍慧表示："要真正使科学发展观落到实处，必须要解决好观念转换、动力机制和制度保障的问题。"她认为，全面贯彻科学发展观，关键是要树立正确的政绩观。

政绩观与发展观相辅相成。

"领导干部的政绩观与发展观是密切相连的。有什么样的政绩观，就有什么样的发展观，反之亦然。"梁妍慧如是说。

一段时间以来，一些干部在"发展"问题上产生了很大的误区，把"发展是硬道理"

片面地理解为"经济增长率是硬道理",把经济发展简单化为 GDP 决定一切。在这种片面发展观的指导下,很多地方不同程度地出现了片面的政绩观。很多地方,上级对下级的考核指标,主要以 GDP 为主,甚至成为领导干部升迁去留的唯一标准。

与此同时,在以经济数据、经济指标论英雄的片面政绩观的引导和驱使下,一些地方开始脱离地方实际,为追求一时的增长速度盲目上项目、办企业、引投资,大搞"形象工程"、"亮丽工程"、"夜景工程",给地方发展造成了长期的包袱和隐患。有的地方不顾群众反对,大肆圈地卖地,通过各种手段"挤占"群众利益,在当地引发了诸多社会矛盾。

由此可见,在发展观上出现盲区,就会在政绩观上陷入误区;在政绩观上出现偏差,发展观就会与科学产生偏离。树立科学的发展观,必然要求树立正确的政绩观。

什么是正确的政绩观?前不久,在中央党校一次中青年干部培训班学员座谈会上,中组部部长贺国强从五个方面回答了这个问题:要把"三个代表"重要思想作为政绩观的灵魂和指南;要把实现人民群众的利益作为追求政绩的根本目的;要把实现经济社会的可持续发展作为创造政绩的重要内容;要把重实干、求实效作为实现政绩的重要途径;要把党和人民的需求作为评价政绩的重要尺度。

一位中央领导表示,要坚持看政绩用干部,努力形成正确的用人导向。要明确一个原则,那就是,对那些虽然已经成为历史、但被实践发展证明确属突出成绩和重大贡献的,必须作为干部提拔任用的重要依据;而对曾经被认为是突出成绩、但被实践发展证明是虚假政绩或造成重大损失的,必须加以认定和追究责任,已经因此得到提拔重用的干部,必须坚决撤下来。

据了解,中组部已经提出,要把发展思路是否正确,发展战略是否合理,能否处理好数量和质量、速度和效益的关系,作为考察领导干部是否树立了正确的政绩观的重要内容。

干部政绩考评亟待科学化。

在山东、江西等地采访时,一些地方领导干部不无尖锐地向记者表示,要落实科学发展观,必须要改革目前的政绩考核办法,否则中央的决策很可能会流于形式。

记者在南方某县采访时,就曾听说过一件怪事:1999 年和 2000 年,这个县几乎所有的乡镇都新修了路。而 2001 年乡镇换届后,全县再没有一个乡镇修过路。一位知情者告诉记者:"因为现在的乡镇干部们都在等着换届呐,根本没心思干正经事。"政绩考核和提拔任用对官员施政行为的重大影响由此可见一斑!

湖南反腐学者王明高,多年来一直从事组织人事工作,他深有体会地说:"正如高考决定着中学生的学习方式,政绩考核也是官员从政行为的'指挥棒'。树立科学的发展观,必须要以科学的干部政绩考核体系作为制度保障。"

从记者调查的情况看,当前的干部政绩考核体系存在着三大问题:

一是指标设计过于偏重经济发展的内容。在一些地方,政绩考核就看 GDP 增长,就看招商引资的完成数额,就看财税报表的上缴数据,而其他,如教育、文化、卫生、环保等,都要为之让路。

二是考核内容比较随意。在一些地方,对下级官员的政绩考核缺乏科学依据,往往是上级领导一张口,就把某项工作作为干部考核的内容。国家行政学院公共管理教研部主任吴江认为，我们现在的干部考核标准，说到底是没有解决以谁为本的问题，各级干部的大部分工作，都是围绕着领导人的注意力在转。

三是包含项目过于繁杂。王明高认为，现行的干部政绩考核体系，面面俱到，显得很全面，其实不科学，也与政府职能转变的大趋势不相适应。领导干部不是神仙，一个人怎么可能做得好那么多的事情？

专家们指出，与树立科学的发展观相适应，干部政绩考核体制必须要做出调整。梁妍慧认为，首先，要树立群众公认、注重实绩的原则。把群众意见作为考评干部的重要尺度。其次，要完善考评内容。要从单纯地追求速度，变为综合考核增长速度、就业水平、教育投入、环境质量等方面。最后，还要探索采用科学的考评方法与手段。

中央领导在最近的一次讲话中已经提出，要改进政绩评价和考核办法。一是在指标体系的设置上，要全面反映经济、社会和人的全面发展，不能片面地用经济指标考核干部。二是在经济指标的设置上，要既重视反映经济增长的指标，又重视反映经济发展的指标。三是在评价标准上，既要看数字，又不能唯数字，坚决防止"干部出数字"、"数字出干部"。

19. 落实科学发展观，仅靠观念的转变是不够的。有关专家指出，必须在我们的体制上做出重大调整，才能纠正目前存在的一些不正常的政绩现象和不科学的发展方式。

要建立科学的决策机制。落实科学发展观，必须要首先保证决策的科学性。而事实上，屡屡出现的重大决策失误，已经严重地影响到了我们经济社会的可持续发展，成为重复建设、银行坏账、生态退化等一系列问题的重要致因。

王明高指出，"决策腐败"是一种最大的腐败。现在我们的决策机制，往往是一把手说了算。一些所谓专家论证会，很多是走过场。一些领导听不得不同意见。而一旦决策错了，又往往以集体决策的名义逃避责任。因此，有必要建立一种科学的、负责任的决策机制，防止违背客观经济规律、社会规律和自然规律的重大决策失误的发生。

要建立完善的监督机制。一些地方领导之所以敢于而且能够不顾百姓死活，大搞各种贻害无穷的政绩工程，一个重要原因就是缺乏对领导干部特别是一把手的监督。而我们目前的政绩评价和干部选拔体制，往往是由少数领导说了算，"在少数人中选拔少数人"。因此，落实科学的发展观，必须要与贯彻《中国共产党党内监督条例（试行）》和《中国共产党纪律处分条例》结合起来，强化对领导干部特别是高级领导干部和主要领导干部的监督。

要同转变政府职能结合起来。现在的政绩考核体系是全能政府下的一种设计。政府对经济、社会生活干预过多，越位、缺位和不到位现象同时并存，反映到政绩考核方面，考核指标就非常庞杂。事实上，如果政府把职能真正转变到公共服务上来，使民间资本真正成为社会投资和拉动经济增长的主体，那么，我们的政府与社会、政治与经济的关系将会更加协调。这也意味着科学发展观在整个社会得到了比较全面的确立。

申论要求

1. 用不超过 150 字的篇幅，概括出给定资料所反映的主要问题。（20 分）

2. 用不超过 350 字的篇幅，提出解决给定资料所反映的主要问题的方案。要有条理地说明，要体现针对性和可操作性。（30 分）

3. 就给定资料所反映的主要问题，用 1 200 字左右的篇幅，自拟标题进行论述。（50 分）

要求：中心明确，内容充实，有说服力。

详 解

1. [答案提示]

该材料反映的问题是有些领导干部热衷于花费大量人力、物力搞有名无实的"形象工程"、"面子工程"，虚报数据，隐瞒实情以应付检查，只求数字与资历，不求真实的政绩，对于一些真正有利于人民的实事做得很少，落不到实处。

2. [答案提示]

原因：首先，我国现行的片面强调经济发展指标的领导干部考核方式是促使有些领导干部热衷于"政绩工程"的一个重要原因。其次，各种检查流于形式，没有实际的约束力。

解决方法：

（1）要纠正片面强调经济发展的做法。应当全面地考核官员政绩，不仅在经济发展上考核，也应在社会的全面协调发展上考核。同时全力杜绝官员在考核中的数字注水现象。

（2）应当使有关检查落到实处，对一些流于形式的检查，应当停止进行，对一些必要的检查也应加强力度，杜绝做假，使其真正起到作用。

（3）应该强化领导干部的业务水平，强化领导干部为人民服务的意识，坚决杜绝欺上瞒下的行为。

（4）应将领导干部为民做实事的制度明晰化、程序化以提高效率。

3. 参考例文

领导干部要树立正确的政绩观

领导干部要"坚持立党为公、执政为民，树立正确的政绩观"，要把树立正确的政绩观作为党的建设中新的伟大工程的重要内容。对此，我们要在思想上牢固树立，在行动上自觉贯彻执行。

所谓政绩观，就是干部对如何履行职责去追求何种政绩的根本认识和态度，对干部履行职责具有十分重要的导向作用。政绩观正确与否，不仅影响到个别单位、地方的顺利发展，也会影响到整个干部队伍的健康成长。

应当看到，我们大多数领导干部在政绩观上的认识是正确的，态度是端正的。但我们也应清醒地看到，领导干部在树立正确政绩观方面，仍存在不容忽视的问题，有的还非常突出。比如，有的急功近利，好大喜功，热衷于搞"面子工程"、"形象工程"，工作不注重"做事"而注重"作秀"；有的弄虚作假，虚报浮夸，搞"数字政绩"，蒙蔽群众、欺骗上级；有的不讲政治，不讲大局，只顾部门利益，不顾全局利益，对上级政策采取实用主义态度，对己有利的就雷厉风行，对己不利的就阳奉阴违，甚至搞上有政策、下有对策；有的在其位不谋其政，缺少开拓意识和进取精神，无所事事、无所作为，以不求有功，但求无过为政绩；有的只当"太平官"，饱食终日无所用心，只求资历不求政绩。

上述种种现象，有其深刻而复杂的社会、思想和体制根源，但要害是为己不为民，为私不为公，本质是个人主义。这种不正确的政绩观，导致了官僚主义、形式主义的滋长和蔓延，不仅严重败坏了党风和社会风气，而且损害了党群、干群关系，损害了党和政府的形象。对此，我们一定要高度重视，采取有效措施，认真加以解决，不搞形式主义的花架子，脚踏实地干实事，件件实事为人民。

树立正确的政绩观，必须从以下方面努力：第一，要切实加强思想政治教育，不断提高立党为公、执政为民的自觉性。第二，要牢固树立科学的发展观，以科学的发展观引导正确的政绩观，以正确的政绩观落实科学的发展观。第三，要始终坚持求真务实、狠抓落实，坚决把风气搞正，把作风搞实。第四，要坚持以身作则，正确行使权力，始终保持清正廉洁。

我国正处于经济增长的上升阶段，但愿近期陆续曝光的一些事件，能够给"形象工程"、"面子工程"等热衷者以警示。但要从根本上遏制弄虚作假，虚报浮夸的现象，除要善于用经济杠杆实施调控这个重要的手段，从源头上切断形象工程、搞"数字政绩"，蒙蔽群众、欺骗上级的后路外，还要求领导干部树立正确的政绩观，切实把各项工程落到实处，多管齐下，这样"形象工程"、"政绩工程"这个顽症就一定可以治愈。

五、私藏炸药事故问题

注意事项

1. 申论考试，与传统作文考试不同，是对分析、驾驭材料的能力与对表达能力并重的考试。

2. 作答参考时限：阅读资料40分钟，作答110分钟。

3. 仔细阅读给定资料，按照后面提出的"申论要求"依次作答。

给定资料

材料一

1. 2006年7月7日6时30分左右，山西省忻州市宁武县东寨镇东寨村村民家中私藏的炸药发生特大爆炸，六七间房屋倒塌，造成47人死亡、31人受伤的特大事故。

上午10时，记者闻讯驱车赶到爆炸现场。在东寨镇大街刚下车就看到一条街道两边的商店门窗玻璃大都被震破。主大街中部南端大约500多米处，村民孙林峰家的院落内，三间正房和三间西房全部倒塌，旁边有挖出的死者遗体和残肢断臂，惨不忍睹。周围邻居的屋顶上、院子里和西边的土豆地里到处都是砖石、瓦片、木片，一片狼藉。在现场，一位50多岁姓张的老汉说："早晨孙林峰家的房子着火了，他的小舅子跑出来喊左邻右舍的人来救火，连正在街上洒水的车也来救火了，在众人的帮助下不一会儿火就扑灭了。可就在火灭了的同时却引爆了放在他家里的炸药。哎，要是知道他家有炸药谁还去救火呀！"宁武县一位干部说，经初步调查，爆炸物是村民私藏的用于私采煤矿的炸药，私藏炸药问题在当地较为严重。

事故发生后，忻州市、宁武县的领导和有关部门人员相继赶来搜救。省委书记张宝顺作出重要指示，要求全力抢救伤员，做好善后工作，认真核实伤亡人数，依法查处责任人。截至记者发稿时，现场搜救工作已经结束，爆炸共造成47人死亡、31人受伤。

2. 警戒线外的村民议论此事说，着火的这家人真不仗义，明知道家里私藏了炸药，着了火不报警，还欺骗村民前来救火，让这么多无辜的人送命，良心何在？

"如果政府打击非法储存爆炸物品的工作再扎实些，真正搞几次拉网式搜寻，特别是对曾经开过煤窑的人员，在煤矿关闭后严查其所剩爆炸物品，想必也不会出这么大的事。"一名村民说。

3. 在东寨医院门前的警戒线外，村民陈明明哭着说："我是山里的，听见出了事就赶来了，我的外甥二毛和他的两个娃娃全死了，娃娃最大的十几岁，小的才10岁。"东寨村60多岁的门市部老板二蛋和他的儿子俊文，听到着火后跑去救火，都没有活着出来。61岁的张改娥大娘告诉记者，听说东寨出了事，跑了三四十里路过来，看见现场死的人真多，到处是尸块，碗口粗的房梁也被炸飞到附近的田里。"问了很多人，确定没有我的亲人出事后，我才出来。3个小时过去了，我的腿还抖得站不住。"

38岁的任明喜是东寨村人，他的母亲早晨给他打电话，让他回来救火。任明喜走在半路上时突然听到了巨大的爆炸声。他虽然幸免于难，但他的两个姐姐家共死了6口人：两个姐姐、两个姐夫和两个外甥，其中一个外甥只有15岁。

东寨综合公司的一名员工告诉记者，夏胜利、王云华两口子都是被人叫去救火的，想不到就这样没了。他们刚刚收到两口子的请柬，他们的女儿明天就要出嫁了。苏应平、项秀清两口子是着火这家人的邻居，也在这次爆炸中失去了生命，扔下两个娃娃，一儿一女，一个2岁，一个9岁。

48岁的张金德说，他与发生爆炸的人家是邻居，住得不远，人家叫救火，他就赶紧去了，在救火当中，只听见"咚"的一声，就把他摔到另一家大门前，什么也不知道了。他醒来时，发现已躺在医院里。

在东寨医院，记者见到了63岁的郭引引，她躺在病床上，胳膊与腿被绷带包扎得紧紧的。女儿的极力劝说没能止住她的眼泪，"我的老汉到现在还没找着，我只看见他的一只鞋。我15岁的孙子也被炸死了，他是个好学生啊！"

郭引引的女儿也忍不住哭起来，"我家的责任田就在出事人家的大门口，爹和妈早上在地里干活时，听说着火了，停下农活就往回赶，没想到再也见不到爹了"。

4. 7月7日发生的东寨村爆炸事件最令人扼腕的是遇难的47人大都是见义勇为的救火者，住在房子里的人却全跑了！村民们怒火冲天：屋子里的人叫人帮忙救火，却不告诉大家里边有炸药，他们心太黑。出事的房子属于村民孙林峰。村民反映，孙林峰自己住在别处，把房子租给了自己的小舅子王二文和一些外地人。爆炸事故到底应由谁来负责？私藏炸药者是罪魁祸首，政府监管不到位也难辞其咎。有村民告诉记者，有关部门前段时间曾经到村里查过，但没有查到炸药。东寨村的一位商铺店主说，黑煤窑的背后是"官煤勾结"，有关部门对这些非法煤矿和私藏炸药者总是睁一只眼闭一只眼。

一而再，再而三，忻州市的私藏炸药爆炸事故不断，人民的生命财产受到严重威胁。人们不禁要问，忻州市的领导者，你们该怎么办？

5. 近年来，山西省因私藏炸药引发了多起爆炸事件：2004年7月14日，吕梁市交口县回龙村一处民宅发生特大爆炸伤亡事件，造成16人死亡，8人受伤。

2005年3月2日，临汾市蒲县克城镇一村民家中发生爆炸，当场死亡7人，另有5人因伤势过重，抢救无效死亡。

2005年6月9日，汾阳市昌宁宫村一居民家中发生炸药爆炸，共造成9人死亡，25人受伤，邻近的5户26间房屋被毁。

2005年7月24日，洪洞县大槐树镇南营村发生私藏炸药爆炸事故，致使2人死亡，1

人受伤。

2006 年 1 月 25 日，临汾市一居民院私藏炸药发生爆炸，造成 3 人当场死亡，4 人受伤。

2006 年 2 月 3 日，临汾市蒲县克城镇连捷山村一村民家中发生爆炸，6 人死亡，1 人受伤。

2006 年 2 月 5 日，临汾市汾西县和平镇一住宅发生爆炸，造成 5 人死亡。

2006 年 3 月 24 日，吕梁市交口县一民宅发生爆炸，1 人死亡，6 人受伤。

2006 年 4 月 10 日，原平市轩岗煤电医院发生爆炸事故，导致 34 人死亡。

6. 2006 年 7 月 13 日，公安部召开新闻发布会，治安管理局副局长徐沪介绍了部署开展集中整治爆炸物品、枪支弹药、管制刀具专项行动有关情况并回答了记者提问。据介绍，私藏爆炸物品的问题仍然比较严重。近年来，国家不断加大整合关闭矿点工作的力度。一些被关闭的小煤矿为逃避有关部门的监管，伺机继续从事非法生产，将剩余爆炸物品转移藏匿，拒不上交，有的甚至藏到自己家中，造成一些地方，特别是整合关闭矿点工作力度较大的地方，非法持有、私藏爆炸物品问题突出。

2007 年 7 月 4 日，国家安监总局下发《关于加强民用爆炸物品使用安全监管工作的通知》，要求严格监控民用爆炸物品流向。近几年，由于煤炭行业有利可图，出现了大量的小煤窑，"地下炸药"形成一个供需繁荣的市场。据公安部门介绍，他们每年都开展专项治理工作，打击私制、私藏炸药物品，但由于地下炸药流通渠道广、隐蔽性和流动性强，每次突击行动都是"治标不治本"，风头过后就会死灰复燃。

材料二

2006 年 7 月 7 日的清晨，一声巨响将山西省宁武县东寨镇东寨村推入了一场灾难，一处民宅起火后引发了爆炸。截止到今天上午，已经造成 47 人死亡，另外有 30 名伤员还在医院接受治疗。据公安机关初步判断，这是一起私藏炸药引发的惨祸。

7 日早上 6 点 30 分左右，在我身后的这栋房屋，山西省宁武县东寨镇东寨村这栋房屋发生起火，在起火过程中突然发生爆炸。初步分析是由于私藏炸药所致。现在我们看到的这栋房屋，据村民介绍，原来有三间西房，一间正房，还有一间东房，现在这个东房已经炸掉了一半，三间西房基本上已经化为平地了。

解说：

这座发生爆炸的房屋就在村落中间，爆炸不仅使它成为一片瓦砾，它周围的房屋也受损严重。在村中，到处可以看到震碎的窗玻璃和跌落的瓦片，40 多条生命瞬间消失，使整个东寨村笼罩在悲痛之中。

东寨镇东寨村民：我的孩子，你在哪里？

解说：这场爆炸对东寨村民来说就像一场飞来横祸，62 岁的江元仁是这场灾难的亲历者。江元仁靠卖豆腐为生，7 号早晨 6 点，他像往常一样起来磨豆腐。刚磨了一会儿，他就听见有人在大声喊"救火"，距离他租住的房子 20 多米远的一桩房屋着火了。

记者：这是怎么一回事？是什么时候看见的？这火都多大啊？

江元仁（东寨村租房者）：六点多就开始了。火不太大，刚刚着起来，十来分钟以后，冒起来可就大了。

解说：看见邻居家着火，不少早起的村民都从家中跑了出来帮忙救火。然而，他们不知道这栋着火的房屋就像一枚随时要爆炸的定时炸弹，危险正向他们逼近。

江元仁：半个多钟头就爆炸了，六点半就爆炸了。

记者：声音大吗？

江元仁：大啊，那声音可大了，玻璃窗都全炸烂了，全碎了。

东寨村村民：一声巨响以后，马上考虑是不是自己的房子倒了，还是咋了，还是附近发生爆炸了。特别是家里有煤气罐的，是不是煤气爆炸之类的。

东寨村村民：以为地震了，早上还没有起床，六点多一点。

解说：爆炸引起的巨大冲击波把屋内的江元仁和他的老伴掀翻在地。江元仁头部、腿部受伤，他的老伴腿部多处骨折，至今还在医院救治。虽然老两口都受了伤，但和其他邻居相比，他还算是幸运的。江元仁租住房屋的房东一家六口全都丧生，不少村民在这场爆炸中失去了亲人。

东寨村村民：我的女儿上学了嘛。

记者：你女儿多大？

东寨村村民：15岁了，她是在上学路上……

东寨村村民：我小孩，14岁的小孩，在念书，（学习成绩）在前十五名。

东寨村村民：我的母亲，还有小舅，炸了，我姨的儿子，我老婆三叔都没有了。

记者：六七个人。

东寨村村民：七个。

解说：爆炸发生后，山西省忻州市和宁武县的有关领导先后赶到现场，成立了抢险指挥部，展开了事故抢险及善后处理工作。

在东寨镇医院和宁武县医院，记者看到了部分受伤村民。

记者：能开口说话吗？你昨天是在什么地方？

东寨村村民：就在旁边。

记者：您是在救火吗？

东寨村村民：是在救火。

记者：他们家人，家里藏炸药这种事，你知道家里有炸药吗？

东寨村村民：知道肯定不去了。

东寨村村民：当时炸了一下，爆炸的时候，一下黑得望不见了。

记者：黑得望不见了？

东寨村村民：嗯，一下黑得望不见了。

记者：当时您看到什么？

东寨村村民：当时看到惨不忍睹，不能说。

解说：爆炸发生后，党中央、国务院高度重视。根据中央领导同志的批示精神，公安部、国家安监总局、监察部、国防科工委等部门派出由领导带队的工作组，当日赶到宁武县，协助当地开展调查工作。

据村民说，发生爆炸的这桩房屋的主人叫孙林峰。爆炸发生时，在屋里居住的是孙林峰的小舅子王文义，又名王二文。事故发生后，孙林峰被警方控制，王二文下落不明。宁武县公安局下达通缉令，对犯罪嫌疑人王二文进行通缉。

村民告诉记者，他们认识孙林峰、王二文多年了，但让村民怎么也想不到的是他们会在家中私藏夺人命的炸药。

东寨村村民：住房子的人大有责任，里面藏着炸药，你就不能通知这些人吗？

东寨村村民：这个事情，都是家里面住的人。炸药应该是国家管制物品，不可能存放在村民住的地方，所以当时就没有想到。

解说：那么孙林峰、王二文到底是什么人，他们为什么会在家中藏有炸药呢？

东寨村村民：不是开矿的，就是倒卖炸药的。

东寨村村民：开"黑窑"的。房主开了，他小舅子也开了。

解说：当地人说的"黑窑"指的就是无证经营的小煤窑。在宁武县1 900多平方公里的土地上，有煤的地方占了将近60％。这里许多人都靠煤吃饭，更有人靠开"黑窑"发了财。

前几年，东寨村不少人都开了小煤窑，这两年由于政府有关部门加大了管理力度，开"黑窑"的人有所减少。那么孙林峰、王二文私藏炸药是不是和私开小煤窑有关呢？记者找到了一个熟悉孙林峰的知情人。

记者：像孙林峰这个人他是干什么的？为什么在他家里会有这么多炸药呢？

知情人（东寨村村民）：他是开"黑窑"的。

记者：那他小舅子呢？

知情人：他小舅子也是开"黑窑"的。

解说：这个事情你怎么知道的？

知情人：都清楚，也不是就我一个人知道。

记者：都知道。

知情人：都知道。

记者：孙林峰的煤窑开在什么地方？

知情人：石辉沟里。

记者：小山沟里。

知情人：对，离东寨有五公里左右。

记者：是不是因为整治小煤窑，所以炸药最后藏在家里了，有没有这个原因？

知情人：有这个原因。要不是整治小煤窑，这个炸药基本上都在煤矿那边，就不会放到村里面。

解说：这位知情人还告诉记者，孙林峰的小煤窑开在石辉沟村的山沟里，是和这个村的一个叫张建堂的人合开的。在村民指点下，记者找到了张建堂的家。

记者：有人在家吗？看样子是没有人在家。

解说：记者没有找到张建堂，但石辉沟的一些村民证实了知情人的说法，孙和张建堂合开小煤窑，这个村不少人都知道。

记者：张建堂他有没有个煤窑啊？

石辉沟村村民：有。

记者：在哪里？

石辉沟村村民：在煤矿上面。

记者：还往上面走。

石辉沟村村民：对。

记者：这个煤窑是他自己一个人开的，还是跟别人合开的？

石辉沟村村民：听说是跟人合开的。

记者：跟谁呀？

石辉沟村村民：就是叫孙林峰。

记者：跟东寨村的孙林峰？

石辉沟村村民：对。

记者：这个煤窑是他和孙林峰一起合开的？

石辉沟村村民：对，合开的。

记者：东寨的孙林峰？

石辉沟村村民：嗯。

记者：村民们告诉我们，孙林峰和人合开的煤窑就在这座山上。但是我们到这儿之后，却发现要找到这个小煤窑实在是太困难了。

您可以看到，在我身后的这个山上已经被挖得千疮百孔，到处都是像这样的小煤窑。当地人把这样的小煤窑叫做"黑窑"。这种"黑窑"泛滥的现象让我们感到了震惊。我们现在看到，虽然这些"黑窑"都已经被关闭了，但是东寨村的这声爆炸却告诉我们，"黑窑"被关闭之后安全隐患依然存在。

屏幕显示：

2006年4月10日，山西省忻州市原平市轩岗煤电公司医院一家属楼发生私藏炸药爆炸，34人死亡；

2006年6月8日，山西省忻州市繁峙县沙河镇西沿口村一非法自制炸药作坊发生爆炸，10人死亡；

2006年7月7日，山西省忻州市宁武县东寨镇东寨村一民居起火，引爆室内私藏炸药，到目前已经造成47人死亡；

从2006年4月10日到7月7日不到三个月的时间里，山西省忻州市辖下相邻的三个县先后发生的私制私藏炸药爆炸案3起，93条生命被吞噬。

根据记者得到的最新消息，公安机关现已查明，这起爆炸是因王二文私藏炸药自燃而引起的。犯罪嫌疑人王二文曾非法开采煤矿，非法买卖、使用、储存爆炸物品。煤矿被关闭后，王将炸药转移，藏在家中，因炸药中含有氯化钾成分，发生自燃，引发住房着火。在群众救火和围观的过程中，炸药突然发生爆炸，造成47人死亡，31人受伤，7间房屋被毁，周围房屋受损。

经专家组鉴定，造成爆炸的炸药量在200公斤左右，经DNA检测证实，犯罪嫌疑人王二文及妻子王凤仙、哥哥王大文在此次爆炸中死亡。目前死者身份已经全部确认，伤员已经得到及时的治疗，各项工作正在进行当中。

申论要求

1. 用不超过150字的篇幅，概括出给定资料所反映的主要问题。（20分）

2. 用不超过350字的篇幅，提出解决给定资料所反映的主要问题的方案。要有条理地说明，要体现针对性和可操作性。（30分）

3. 就给定资料所反映的主要问题，用1 200字左右的篇幅，自拟标题进行论述。（50分）

要求：中心明确，内容充实，有说服力。

详 解

1. [答案提示]

该资料是关于因非法开采煤窑而私藏炸药爆炸危害人民生命和财产安全的问题。这个问题反映了由于受煤炭价格上涨影响，暴利驱动一些人铤而走险，非法采煤，使得炸药有了"地下市场"。私藏炸药、私制炸药、私卖炸药这一系列违法行为在政府监管不力的情形下悄悄进行着，所以政府多次下文和采取行动都没能有效遏制私藏炸药问题，从而不断发生私藏炸药引起的严重的爆炸事故，造成了重大人员伤亡，严重危害了人民群众生命和财产安全，影响了社会的安全稳定。

2. [答案提纲]

就山西省因私藏炸药引发爆炸事故所反映的问题，我们提出以下解决方案：

(1) 发动群众揭发、举报私藏危险性爆炸物品的行为，政府制定奖励措施，进行奖励。

(2) 落实领导责任制，实行县领导包乡，乡领导包村，村干部包户，一村不能漏，一户不能丢，落实责任，确保不留死角。

(3) 对私藏炸药者给予严厉查处。根据法律法规，对未登记而私藏爆炸物品者要进行罚款处罚，甚至追究刑事责任。

(4) 严厉打击非法开采的小煤窑，从根本上铲除非法爆炸物品的需求市场。

(5) 大力宣传私藏爆炸物品的危害性，做到家喻户晓，人人皆知，形成自觉抵制私藏爆炸物品的氛围。

3. 参考提纲

私藏炸药爆炸事件的背后——谁之罪？

近年来，由于煤炭价格上涨，暴利驱动许多人铤而走险，非法采煤，也使许多人铤而走险生产、运输、藏匿开矿必不可少的炸药和雷管。私挖滥采者获得非法暴利，私制私藏炸药者也从中分得一杯羹。

(1) 爆炸事故到底应由谁来负责？私藏炸药者是罪魁祸首，政府监管不到位也难辞其咎。黑煤窑的背后是"官煤勾结"，开黑煤窑的大多和政府部门的一些掌权人有关系。管理部门的一批掌权人吃了"黑窑"主的好处，对私藏炸药者睁一只眼闭一只眼，打而不严，或干脆成了黑煤窑的入股人，成了他们的"内线"、"保护伞"。

尽管中央和省、市政府三令五申严禁私挖滥采，多次查禁私藏炸药，但有的地方却查而难禁，愈演愈烈；有些人为了牟取暴利无视法律，不计后果。对此，政府执法部门应予以严厉打击，决不手软。

(2) 打击私藏炸药，需要综合治理。绝大多数不法分子私制、私运、私藏炸药的目的是非法采矿。非法采矿一天不除，私藏炸药就一天难绝。只有政府牵头，公安和安全监督等各个部门协同作战，对非法采矿者实施严厉打击，才能从源头下切断私制、私藏炸药者的生存空间。

（3）建立打击私藏炸药行为的长效机制。除了专项行动以外，更重要的是进行日常的、不间断的治理，坚持常抓不懈。要对主要领导和职能部门实行责任制，对打击不力导致私藏炸药泛滥、事故频发的责任部门和责任人进行严厉追究，该撤职的撤职，该查办的查办。同时，必须通过法律对私制、私藏炸药者实行严惩，一经发现，无论是否造成严重后果，都要依法予以严惩，绝不能罚款了事。

六、电力紧张问题

注意事项

1. 申论考试，与传统作文不同，是对分析驾驭材料的能力与对表达能力并重的考试。

2. 作答参考时限：阅读资料 40 分钟，作答 110 分钟。

3. 仔细阅读给定资料，按照后面提出的"申论要求"依次作答。

给定资料

1. 继 2008 年之后，武汉市的电力缺口在 2009 年进一步扩大，2009 年 12 月电力缺口达 400 万千瓦。很多企事业单位，不得不让电于民。

2. 北京市委市政府机关办公楼近日推出了节水节电的具体规定，市政府正门除了必要的照明外，夜间只开国徽灯。市委机关办公楼目前已广泛使用节能灯具，市政府机关也规定了具体节电指标，楼道灯、路灯的关闭时间由零点提前到晚上十点半。

3. 北京市市政管委以及下属的北京市路灯管理中心已经出台了本市路灯照明节电的五大措施方案，并已经开始实施。根据初步测算，仅"半夜灯"一项措施，就可以每年节省电费 280 万元，节省耗电超过 440 万度。这五项具体措施包括：（1）大力推广"半夜灯"，即每晚 24：00 以后，北京城八区 300 条道路上的路灯将由双灯照明改为单灯照明，双排照明的改为单排照明。（2）房前屋后公共照明改造。率先对方庄小区、望京居住区等39 个小区的 4 200 盏庭院灯进行灯具灯杆改造，使其更节能、寿命更长，此项措施可以节电 67.2 万度，节电率达到 50%。（3）推广有载变压器。对全市范围的路灯逐步进行有载调压变压器的改造，通过降低电压的方式达到节能目的。（4）采用更高光效的"超级钠灯"，在只增加灯泡单价的情况下，将路灯照明亮度提高 15%。（5）采用先进的反射效率高的灯具，以节约能源。

4. 对于许多中国人来说，从来没有像现在这样对"电"有如此的"敬畏"。从某种意义上讲，正是越来越严重的电力紧张使我们开始反思过去几十年来对电的"滥用"。那么怎样才能把节电融入日常工作和生活中呢？随着近些年来老百姓家庭电器产品的增多，出现了一些新的节电办法。

电视机：电视的音量越高、屏幕越亮耗电量也就越大，所以，使用电视机想省电最好是降低这两个指标。

电冰箱：一是选好位置，要尽可能放置在远离热源、通风背阴的地方。注意尽量减少开门次数和时间。二是食品不宜装得太满，准备食用的冷冻食物，要提前放在冷藏室里。

空调：据估计夏季空调温度调高 1℃，节能 7%～8%，也并不影响人体的舒适度。

电脑：多数电脑都具有绿色节电功能，使用者可以设置休眠待机时间。另外，在只听音乐的时候可以干脆把屏幕关掉。

电风扇：同一台电风扇的最快挡与最慢挡的耗电量相差约 40%，在快挡上使用 1 小时的耗电量可在慢挡上使用将近两小时。

还有家用电器的插头插座，这些设备要接触良好，否则会增加耗电量，而且还有可能损坏电器。

其实，家用电器还有一些节电的通用方法。比如，经常保持电器的清洁，能不同程度地提高它们工作的"积极性"。据统计，空调每年清洗一次，节能5%。还有就是尽量减少待机时间。电视、空调等家用电器，在电源开关未关闭的情况下，它们内部的红外线接收遥控电路经常处于待机状态，仍在耗电。

5. 2005年"五一"期间，北京亮丽的节日夜景照明再次开启。和往年"五一"期间北京市夜景照明按照重大节日要求开放七天不同，今年"五一"期间为响应政府节约用电的号召，全市范围内的夜景照明设施从4月30日晚到5月3日晚按照重大节日要求开启，而从5月4日晚到7日晚，只有长安街及其延长线上夜景照明设施按照重大节日要求开启。而为了节约能源，全市夜景照明设施中节能灯具的采用已经超过90%。一些景观照明设施通过将过去25W白炽灯更新为5W的节能灯，能耗降低了80%；长安街及其延长线建筑物的9万盏轮廓灯换成节能灯，仅此一项每年就节约用电295万度。

6. 严峻的供电现实把"节电"推到每个单位和市民面前，为此，国家发改委在"节能周"上倡导"公众节能"。一些市民并不是没有节电的意识，而是不具备节电的相关知识。部分专家指出，改变市民的一些生活习惯具有节能的潜力。专家说，很多人以为不看电视、不开空调、不开电脑就不会耗电，事实上，使用遥控器开关或不拔下插头，电表照样走字。专业术语是"待机能耗"，也就是居民常说的"偷电老鼠"。而按照统计，我国城市家庭的平均待机能耗相当于每个家庭都在使用一盏15瓦至30瓦的长明灯。

7. 北京最近发布了本市第一次高温警报，炎炎烈日让很多人把躲进空调屋当做最大享受。如果把温度调高1℃，按运行10个小时计算，就能节电0.5度，可降低耗电量8%。但是一些人为了凉爽，往往会把空调温度设置得很低。专家指出，这样的做法既耗费电能又损害身体。他们提醒市民，从健康的角度来说，盛夏期间室内与室外最好温差为4~5摄氏度，这样能防止因室内外温差过大而患病感冒，否则容易得"空调病"。

8. 关灯、拔下插头，这些本来是举手之劳的小事，一些人却是"懒得关"，尤其是面对单位或者公共场所的电器时，明明知道耗电也"懒得管"。许多公司职员下班时关上电脑主机就算了事，人离开后电脑的显示屏仍然在一闪一闪，对打印机、电视机等电器，很多人也是摁一下开关就一走了之。"反正单位没有人管，电费又不用自己掏腰包，就都睁一只眼闭一只眼喽。"对付这种自私的懒人，最好的办法就专机专用，安排人来检查，浪费电的就罚款。

9. 两只灯泡，一只售价两元，一只却卖到十几甚至几十元，选择哪一只？市民往往会想都不想就挑便宜的那只。实际上，这是市场上销售节能灯时常会遇到的尴尬处境。根据有关专家测算，把普通的白炽灯换成高效节能灯，一年就能节约照明用电近两成，灯泡的寿命也比普通灯泡长。尽管如此，一些省小钱的市民还是算不清这笔账。

10. 夏夜坐在宽阔的广场上，是一件很惬意的事，一些广场上，灯的设置并不是很合理。在地坛附近的园外园，园内安置着广场灯，地上还有地灯，市民在里面乘凉倒也安全明亮。而在公园的东北面，因为临近马路，每盏柱灯仅隔几米就正对着明晃晃的路灯，中间还安置了地灯，把整个园子照得明晃晃的。家住附近的陈大爷说，他们一家经常来这里，虽然灯光多了挺安全，但是过多就有点浪费了。

11. 不少饭店为了招揽顾客，也成了用电大户，除了必要的照明，还用上了各式灯笼、霓虹灯，远远望去简直成了灯品展览。现在一些饭店为了吸引顾客，常常在外观上下工夫，特别是到了夏季，"冷气开放"也变成了招揽生意的绝招。

12. 不久前北京的 24 家星级饭店联合发起了"室内温度调高 1 度"倡议活动。据估算，北京公共建筑内空调用电负荷约占全市最大供电负荷的 40％，如果空调温度定在28℃，可以降低峰值负荷 10％。同时，为了降低用户购买和使用高效照明产品的初始投入，减少推广高效照明产品的市场障碍，北京已启动绿色照明示范项目，年内将推广 10万只节能灯。目前市地铁总公司等 6 家企业参加示范项目并换用节能灯，其改换每只节能灯可获 1 美元的补贴。

13. 面对愈演愈烈的"电荒"，日前，国家发改委拿出了价格杠杆的"利器"，宣布全国销售电价水平每度平均提高 2.2 分。但除去价格杠杆外，大规模抢建电力项目，批量上煤电项目在地方各省愈演愈烈。在浙江省，目前舟山电厂二期、秦山核电二期 2 号机组已先后投产，嘉兴电厂二期 3 号机组 60 万千瓦已进入并网调试阶段。知情人士指出，一批电网项目将在夏季用电高峰前投运，与此同时，为了 2007 年前完全解决"电荒"问题，浙江省决定投资 500 个亿建电网；在上海，日前该地政府已明确投资 200 个亿用于电网建设，同时简化地方审批事项，促进地方电厂建设的速度。据了解，目前已审批地方电厂项目 77 项，总装机容量达 128.3 万千瓦；而江苏省在去年投入 131 个亿的基础上今年再投入 161 个亿建电网，投资规模与浙沪两地赛跑。为彻底缓解京、津、唐地区的用电紧张局面，北京也将在未来 5 年内，专门拿出 420 亿建电网，这已被纳入北京电力公司初步编订的 2004—2010 年电网"十一五"规划中。

14. 6 月底，偏居西南一隅的贵州省，"西电东送"工程中首批开工的"四水四火"电源项目，累计投产装机已超过设计总装机容量的 60％。贵州省发改委预计，到今年底，这8 个电源项目，将有 7 个建成投产。有知情人士指出，贵州电网去年新增装机 260 万千瓦，相当于新中国成立后 50 年的总和，今年又将新增的 210 万千瓦中，80％是火电，到年底电网总装机将突破 1 000 万千瓦，这就意味着，全年要烧掉 2 500 万吨电煤。而在煤炭资源丰富的内蒙古鄂尔多斯能源区，从去年至今，到该地区探矿、投资煤炭开采的资金方有二三十家，投资探矿的区域占整个鄂尔多斯能源区优质煤区的六成到八成。这对于已有500 多家煤矿的该地而言，在去年以前，是绝对无法想象这样的煤业扩张速度的。有关资料显示，2003 年进入电源建设市场的资金已超过了 2 000 亿元，接近 2001 年和 2002 年的投资总和。尤其在电源建设上签约急、立项急、开工急的特点十分显著。

15. 在今年全国电力供应普遍紧张、许多省市区被迫拉闸限电、经济发展受到严重制约的情况下，我部精心调度、合理安排，确保了博山电网安全运行，未出现大面积停电、限电现象，为城乡经济发展和人民生活需要提供了可靠的电力能源。针对今年电网负荷的现状，我们及早动手，合理调整电网布局，去年建成的 110kVA 叩家变电站已经发挥作用，另外，目前我们正在积极筹措资金，对城区部分地区的电网进行进一步优化和建设改造，预计将于夏季负荷高峰来临前完成，届时博山地区用电紧张形势将得到彻底缓解。

同时，为了做好我区的节电预警机制，首先我们依据山东省发改委和山东省物价局鲁价格发［2004］135 号文《关于调整电价水平疏导电价矛盾的通知》的要求，继续对部分限制类和淘汰类高耗能企业执行高耗能电价，以抑制高耗能企业盲目发展，促进技术进步和产业结构升级，提高能源利用效率，做好节电工作；其次，我们于年初制订了博山电网2006年超负荷和事故拉路序位，以及迎峰度夏实施方案，未雨绸缪，防患于未然；另外，我们将同区经贸局联合对博山地区用电容量在315kVA以上的客户进行安全检查评比工作，以保证电网安全运行，保障地区经济健康快速发展。（kVA为功率单位）

申论要求

1. 对给定的资料进行分析，从政府部门制定政策的角度，就如何缓解我国的电力紧张状况提出对策建议，供领导参考。（60分）

要求：分析恰当，对策明确可行，条理清楚，语言通畅，不少于1 000字。

2. 就给定资料所反映的电力紧张状况，拟作为本地区有序用电办公室的工作人员，请你向北京市全体市民写一份节约用电的倡议书。字数600字左右。（40分）

 **详　解**

1.［答案提示］ ▷

缓解我国电力紧张状况的对策

近年来，我国电力发展很快，今年上半年发电量出现多年来少有的高增长，但电力需求增长更快，供需矛盾日益突出。全国电力供应普遍紧张，特别是华东、华南、华北缺电尤为严重。为了缓解电力紧张状况，提出以下对策建议：

第一，强化电力需求侧管理。所谓电力需求侧管理是指通过采取有效的激励措施，引导电力用户改变用电方式，提高终端用电效率、优化资源配置、改善和保护环境，实现最小成本电力服务所进行的用电管理活动。要认真贯彻有保有限的原则，依照法规调度和管理，充分运用价格杠杆，切实做到有序供电、合理限电、确保重点。千方百计确保居民生活用电不受影响，确保农业生产用电不受影响，确保医院、学校、金融机构、交通枢纽、重点工程等重点单位正常用电不受影响，确保高科技等优势企业用电的合理需要。对高耗能、低产出的企业，要实行严格的错峰、避峰和限电措施。对不符合产业政策与规划布局、高污染的企业要停止供电。要认真落实调整电价、差别电价政策，促进节约用电和产业结构调整。

第二，努力增加电力供应。要充分挖掘现有电源、电网潜力，提高设备利用率，努力促进电力生产由粗放型向集约型转变。妥善处理防洪和发电的关系，最大限度地利用水资源多发电。尽快实施和完善煤电价格联动机制，妥善处理煤炭企业和电力企业的利益关系。电力、煤炭、运输部门要同心协力，紧密配合，确保电煤生产、运输和供应。

第三，千方百计抓好节约用电。这是必须长期坚持的根本方针。一方面要积极调整结构，控制高耗电行业、企业和产品的生产。在产业产品结构调整方面加强引导，使中国的经济结构尽快向低能源强度方向转变，同时加强节能，全面提高能效，这样中国不仅可能以低得多的电力消费增长，达到GDP翻两番的经济增长目标，并且在环保、经济效益、能源安全等一系列方面产生良好效果；另一方面，要在各行各业和各单位全面推行节约用电活动，积极组织社区的宣传教育活动，使公众了解节电途径，合理使用能源，提高能源利用效率，提倡城市照明节约用电，提高空调温度数，减少待机能耗，大力宣传和推广节约用电的典型经验，建设节约型社会。

第四，加强宏观经济调控，防止出现投资过热和经济过热。从中国过去的两次经济过热情况看，都是经历 2~3 年电力消费增长快于经济增长速度后出现的。目前有些行业，比如汽车、钢铁、建筑、房地产和化工行业发展过热的迹象比较明显，而这些行业大都属于高耗电部门。应该进一步认识到电力能源与经济发展之间的协调问题。这不仅仅是中央政府的问题，也是地方政府应该考虑的。地方政府今后在发展地方经济时，要充分考虑能源的供应，考虑可行性问题。

2. [答案提示] ▷

节约用电倡议书

全市人民：

2004 年，我市经济建设快速发展，人民群众生活水平不断提高，但由此也带来了我市用电负荷的急剧攀升，电力供应缺口日益加剧，全市的供用电形势异常严峻，给我市的经济建设和群众生活带来了极大的影响。2005 年我市的电力供需矛盾依然存在，并在今后较长的一段时间内将延续用电紧张的局面。市委、市政府对此高度重视，积极采取措施，把保证居民群众生活用电放在第一位。在目前电力异常紧张的时刻，我们向全市人民倡议：从现在做起，从自己做起，从身边的小事做起，以实际行动开展节约用电活动。

我们号召全市人民立即行动起来，积极开展节约用电活动。广大机关干部要带头做好节电工作，要以身作则起表率作用。全市的每个家庭要提高节约用电意识，做到科学用电，节约用电。坚持"少开一盏灯，节约一度电"，努力做到人人节约用电，家家自觉让电，避峰用电，随手关灯，不开空调，少用电器，杜绝一切电力浪费行为。

我们希望在缺电严重和用电高峰时期，全市政府机关、企事业单位的办公室、会议室等场所冬季尽量不用电取暖，不使用空调，夏季空调调高温度；暂停使用霓虹灯、泛光灯、广告灯；大楼电梯双休日减半运行或者不运行。

全市人民，让我们积极行动起来，齐心协力，共同克服当前供电紧张的困难。为我市的经济建设和社会发展做出我们的贡献。

七、法院执行难问题

注意事项

1. 申论考试，与传统作文考试不同，是对分析、驾驭材料的能力与对表达能力并重的考试。

2. 作答参考时限：阅读资料 40 分钟，作答 110 分钟。

3. 仔细阅读给定资料，按照后面提出的"申论要求"依次作答。

给定资料

据《法制日报》2006 年 3 月 11 日报道：执行难是多年来人民群众反映强烈的问题，也是人民法院下大力气着力解决的问题。本报记者就法院执行难这一话题采访了最高人民法院副院长黄松有。

执行难是指被执行人有履行能力，但由于种种原因却得不到执行的情形。

2005 年，全国法院共受理申请执行案件 2 052 835 件，申请执行标的额 5 195 亿元，执结各类案件 2 036 717 件，执结标的额 3 120 亿元。特别需要提及的是，人民法院对涉及农民工工资拖欠纠纷等困难群体的案件，进行了重点清理。

人民法院在过去一年的执行工作中取得了一定成绩：依法执结了大批案件；执行改革取得明显成效。具体来讲，各级法院已经普遍成了执行局，执行机构的工作成效日益显著，地位不断提高；加大了对消极执行的查处力度，在全国法院系统开展了规范执行行为的专项整改活动，其间一批消极执行的案件得到了依法正确执行，一批违法违纪人员受到处理；在执行队伍建设方面取得了重大进展，最高人民法院去年组织全国法院执行人员统一考试，在全国 34 771 名执行人员中考试不及格人员只占 0.9%；这里特别要提的是执行工作规范化建设初见成效，最高人民法院加大了司法解释起草和规章制度制定的力度。去年，除了关于查封、扣押、冻结以及拍卖、变卖的两个司法解释正式实施以外，还颁布了《关于人民法院执行设定抵押的房屋的规定》，着手起草了执行款物管理等项目规章制度，为规范人民法院的执行行为起到了良好的作用。

就目前来看，法院执行工作存在的突出矛盾：一是有限的执行力量难以应对大幅增长的执行案件。目前，执行案件数量逐年增长，而执行人员数量由于受编制限制难以与执行工作相适应。全国法院执行人员年平均执结案件 63 件，平均每 4 天就要执结一起案件。经济发达地区的执行人员年均结案更是高达 300 件左右，执行人员基本上处于超负荷的状态。二是社会信用机制缺失导致当事人自动履行生效法律文书的意识低下。相当数量的债务人千方百计逃避执行。目前，将近 70% 的民商、民事生效判决需要进入强制执行程序就充分说明了这一严峻现实。三是客观社会环境给人民法院的执行设置了种种障碍。由于地方法院的人事、财政管理体制尚未理顺，人民法院在执行中常常遇到这样或者那样的障碍。四是行政管理体制难以满足执行实践的要求。五是执行立法相对滞后。对于执行中遇到的许多新情况、新问题，由于强制执行法律、法规相对滞后，特别是民事强制执行法迟迟不能出台，很多问题没有规定或者规定不明确、不完善、不统一和缺乏可操作性，使解决执行难问题缺乏明确、有力的法律保障。

2006 年上半年，全国法院系统开展了一次清理解决执行积案的专项活动，进一步清理执行积压案件；切实加强执行工作规范化建设，尽快建立举报悬赏、执行告知、执行听证、债务人公示、特困群体案件执行救助基金、执行安全预案等制度，全面提高执行工作水平；尽快建立全国法院执行案件信息管理系统，与有关部门密切合作，建立健全国家执行威慑机制，促使被执行人自动履行义务；加强协作配合，依法严厉打击暴力抗拒法院执行的违法犯罪行为；与有关部门进行沟通；建立典型案件通报制度；按照中央政法委的要求，将法院执行工作纳入县（市、区）、乡、镇（街道）社会治安综合治理目标责任制考核范围；积极争取工商管理、金融等部门的配合和支持，建立健全多元化纠纷解决机制。

《人民法院第二个五年改革纲要》中提出要改革和完善执行体制与工作机制，最高人民法院 2006 年准备采取一系列措施进一步推进执行改革。

首先，要改革执行机构管理体制。应当探讨通过强化上级法院对上级法院执行机构负责人的协管力度，以增强地方法院排除干扰的能力，并保证省级高级法院能够真正统一调度本辖区内的执行装备和执行力量，能够实现对案件的统一管理。

第二，要建立异议之诉制度。现行民事诉讼法所规定的执行异议制度存在提起异议的主体范围过窄、缺乏正当程序的弊端，解决思路应当是建立债务人异议之诉、第三人异议之诉、参与分配异议之诉等异议之诉制度，让争议的双方通过审判程序解决实体争议。同时，将实体争议交由审判程序处理，也使执行程序避免承载过多的负担，防止执行人员因权力过于集中而可能出现的滥用现象。

第三，实行执行实施权与执行审查权的互相制约。执行实施权由法院的执行员行使，执行审查权由执行法官行使。通过执行实施权和执行审查权分工行使，实现两权的互相制约，防止执行实施人员权力过大。同时，也让执行员专司执行实施工作，提高工作效率。

第四，建立执行威慑机制。执行威慑机制以及信息管理系统具有公示功能、制裁功能、威慑功能和监督功能，相信它将会成为解决执行难、促进执行公正的治本之策。

解决执行难这一顽症，需要最高人民法院和地方各级人民法院把有效解决执行难问题看做是维护司法权威、提高党的执政能力的重要组成部分。各级法院坚持程序公正，强调执行效率，降低执行成本，按照司法为民以及公正与效率的要求，以最大限度地及时地实现申请执行人的债权、最大限度地降低实现债权的成本、最大限度地保护执行当事人、案外人的合法权益，要把这些要求作为衡量人民法院执行工作好坏的根本标准。

申论要求

1. 用不超过 150 字的篇幅，概括出给定资料所反映的主要问题。（20 分）

2. 用不超过 350 字的篇幅，提出解决给定资料所反映的主要问题的方案。要有条理地说明，要体现针对性和可操作性。（30 分）

3. 就给定资料所反映的主要问题，用 1 200 字左右的篇幅，自拟标题进行论述。（50 分）要求：中心明确，内容充实，有说服力。

 详 解

1. ［答案提示］ ▷

该资料主要反映了当前人民法院执行难的问题，其原因有：一是有限的执行力量难以应对大幅增长的执行案件；二是社会信用机制缺失导致当事人自动履行生效法律文书的意识低下；三是客观社会环境给人民法院的执行设置了种种障碍；四是行政管理体制难以满足执行实践的要求；五是执行立法相对滞后。

2. ［答案提示］ ▷

为了解决多年来人民群众反映强烈的执行难的问题，应采取以下措施：

（1）认真落实、执行机构管理规定，强化上级法院对下级法院执行机构负责人的协管力度，增强地方法院排除干扰的能力；

（2）建立异议之诉制度，让争议的双方通过审判程序解决实体争议，防止执行人员因权力过于集中而可能出现的滥用现象；

（3）实现执行实施权与执行审查权的互相制约；

（4）教育广大公众要诚信守法，同时要健全、完善执行威慑机制。

破解执行难的治本之策

全国人大代表、北京市高级人民法院院长秦正安为破解执行难题开出了一个良方，就是建议全国人大常委会制定一部独立的《民事强制执行法》。应该说，这为破解执行难这一老大难问题指出了一条根本性的道路。

作为一个对法治有着消解、损耗作用的现实难题，执行难确实有着诸多的原因。目前不少人习惯将其分为主观和客观两个方面：客观方面，不仅表现为因被执行人的死亡、破产等原因而产生执行不能的情况，也表现为一些法院本身执行队伍建设薄弱、交通通讯装备落后等情况；主观方面，则表现为严重的地方保护主义、部门保护主义以及执行中的各种腐败问题。而对于这些原因所造成的执行难，相应的对策、措施实际上往往相对简单明了，那就是健全各级执行机构，完善执行工作机制，严格规范执行工作。这些年来，我国各级人民法院高度重视执行工作，不仅进一步健全了各级执行机构，完善了执行工作机制，而且也集中开展了各种执行活动，强化了执行措施，加大了执行力度。不仅地方、部门保护主义和无序执行、粗暴执行的状况有了很大改善，而且大多数法院的执行工作已逐渐从感性执行进入到了理性执行阶段。然而，我们也不难发现，由于目前我国民事执行制度方面始终存在着较为严重的立法缺陷问题，执行难这一长期困扰我们的难题依然普遍存在。我们不难发现，虽然现行民事诉讼法为法院的执行工作提供了法律保障，但是，目前民事诉讼法中有关执行的规定，不仅篇幅有限，而且过于简单、笼统，缺乏具体可操作性，法律空白、漏洞相对较多。尤其是随着经济社会的发展，许多新情况、新问题不断涌现，比如一些当事人规避法院的执行。而由于对规避等新问题现行法律中并无相应的惩罚性规定，因此，许多法院在执行中往往无法可依、束手无策。当然，这些年来，最高人民法院先后发布了一些司法解释，初步弥补了现行执行立法过于简单、笼统的缺憾。但一方面，司法解释的法律效力并不能完全与法律等同，其往往难以实现法律应有的效果；另一方面，司法解释的制定程序毕竟不如立法程序科学、严谨，一些内容可能和法律条文不一致，从而容易带来执行工作的无所适从。因此，在这种情况下，进一步提升强制执行地位，扭转执行立法粗略、滞后的局面，尽快制定、出台一部单独、统一的《民事强制执行法》显得尤其紧迫和关键。实际上，如果在《民事强制执行法》中，对执行机构、人员的法律地位，对执行机构体制的建立，对执行原则、执行管辖，对执行费用的负担、协助执行义务以及妨碍执行的法律后果等诸多现实问题作出相对更为具体、明确、严格的规定，那么，整个执行工作就能因为时效、范围清楚明了和法律责任明确，而日益规范化、具体化，更具可操作性。如此一来，诸多由于立法缺陷而导致的执行难问题，也就有了更多迎刃而解的可能和机会。

图书在版编目（CIP）数据

申论真题解题示例对比·热点问题预测/姚裕群，钱俊生主编．—2版．—北京：中国人民大学出版社，2011.7

ISBN 978-7-300-14047-6

Ⅰ.①申…　Ⅱ.①姚…②钱…　Ⅲ.①公务员-招聘-考试-中国-自学参考资料　Ⅳ.①D630.3

中国版本图书馆 CIP 数据核字（2011）第 149226 号

申论真题解题示例对比·热点问题预测

姚裕群　钱俊生　主编

Shenlun Zhenti Jieti Shili Duibi · Redian Wenti Yuce

出版发行	中国人民大学出版社	
社　　址	北京中关村大街 31 号	**邮政编码**　100080
电　　话	010 - 62511242（总编室）	010 - 62511398（质管部）
	010 - 82501766（邮购部）	010 - 62514148（门市部）
	010 - 62515195（发行公司）	010 - 62515275（盗版举报）
网　　址	http://www.crup.com.cn	
	http://www.1kao.com.cn(中国1考网)	
经　　销	新华书店	
印　　刷	北京密兴印刷有限公司	
规　　格	185 mm×260 mm　16 开本	**版　　次**　2010 年 8 月第 1 版
		2011 年 9 月第 2 版
印　　张	20.25	**印　　次**　2011 年 9 月第 1 次印刷
字　　数	482 000	**定　　价**　45.00 元